La Foire aux vanités

WILLIAM MAKEPEACE THACKERAY

La Foire aux vanités

Roman sans héros

Tome I

Roman

Traduit de l'anglais
par Georges Guiffrey

Hugo Poche

CLASSIQUE

Titre original : *Vanity Fair. A Novel without a Hero*
La Foire aux vanités (Roman sans héros), le chef-d'œuvre de William Makepeace Thackeray, publié en deux volumes en 1848, paru pour la première fois en fascicules sous forme de feuilletons, entre 1847 et 1848, dans les vingt numéros du magazine *Punch,* imprimé et publié par Bradbury & Evans à Londres.

La présente édition (texte intégral) en deux volumes, *La Foire aux vanités T. I* (1847-1848) par W. Makepeace Thackeray, est établie d'après l'édition du « ROMAN ANGLAIS TRADUIT AVEC L'AUTORISATION DE L'AUTEUR PAR GUILLAUME GUIFFREY » publiée en deux volumes, par LA LIBRAIRIE HACHETTE ET CIE. BIBLIOTHÈQUE DES MEILLEURS ROMANS ÉTRANGERS. Paris, 1865.

Ouvrage et collection « Hugo poche classique » dirigés par Isabelle Solal
Photographie de couverture : © Lauren Rautenbach / Arcangel Images
Graphisme : Emmanuel Pinchon / Studio Hugo

Note biographique : Magali Brénon et Florence Le Grand
Notes, texte revu et corrigé : Florence Le Grand

34-36, rue La Pérouse
75116 Paris
www.hugopublishing.fr

ISBN : 9782755673685
Dépôt légal : janvier 2024
Imprimé en Espagne par CPI Black Print en décembre 2023

PRÉFACE DU TRADUCTEUR

Tout le monde connaît ces rendez-vous en plein air, ces réjouissances annuelles et ambulantes qui appellent les amateurs de bruit, de poussière et de plaisir. La Foire aux vanités est l'idéal du genre. On y trouve même cohue, même tumulte, mêmes éclats de rire ; toutefois, à la différence de ces fêtes populaires qui n'ont lieu qu'à des intervalles éloignés, la *Foire aux vanités* se tient en permanence ; elle a commencé avec le monde, elle ne finira qu'avec lui : c'est une parade universelle où chacun a son rôle à jouer, où chacun tour à tour rit du prochain et le fait rire à ses dépens.

Mais, tandis que la plupart des acteurs de cette comédie humaine disparaissent dans le tourbillon général sans laisser trace de leur passage, quelques-uns sortent de la foule, fondent leur réputation et s'élèvent aux yeux de la postérité au rang de chefs d'emploi et de créateurs du genre. C'est ainsi que l'on peut nommer parmi tant d'autres et Panurge, et Macette, et Tartuffe, et Basile[1]. À cette galerie déjà peuplée de personnages si célèbres, M. Thackeray a ajouté un type qui n'est ni moins expressif ni moins vrai que les précédents. C'est celui d'une jeune fille sans famille, sans fortune et sans cœur, mais aventurière ambitieuse, qui s'obstine à trouver un mari avec les seules ressources d'une imagination précoce : c'est qu'un mari équivaut pour elle à une position sociale, c'est qu'un mari est le passeport nécessaire sans lequel aucune femme ne saurait circuler dans le monde honnête. Puis après le mariage vient la manière de s'en servir.

Mais nous ne voulons point retarder le lecteur au début de cette excursion piquante et instructive, à laquelle le convie M. Thackeray. Déjà les personnages s'agitent, les événements se pressent et l'intrigue se noue. Qu'il nous suffise d'un dernier mot : on verra dans ce roman que les baronnes d'Ange ne sont pas nées d'hier, qu'elles existent dans tous les pays, et que l'Angleterre a aussi son *Demi-Monde*.

G. G.

1. Personnages qui sont devenus des archétypes.

CHAPITRE PREMIER
Chiswick Mall

Notre siècle marchait sur ses quinze ans… Par une brillante matinée de juin, une large voiture bourgeoise se dirigeait, avec une vitesse de quatre milles à l'heure, vers la lourde grille du pensionnat de jeunes demoiselles tenu par miss Pinkerton, à Chiswick Mall. La voiture était attelée de deux chevaux bien nourris, aux harnais étincelants et conduits par un cocher non moins bien nourri, et ombragé d'un chapeau à trois cornes et d'une perruque. Sur le siège, à côté du cocher, se trouvait un domestique noir, qui déplia ses jambes recourbées au moment où la voiture s'arrêtait devant la porte de miss Pinkerton. Au bruit de la cloche qu'il agita, une douzaine au moins de jeunes têtes apparurent aux étroites croisées de ce vieux et majestueux manoir bâti en brique. Un observateur attentif eût pu même reconnaître le nez rouge et effilé de cette bonne miss Pinkerton, se dressant au-dessus d'une touffe de géraniums qui ornaient la fenêtre du salon.

– C’est la voiture de Mr Sedley, ma sœur, dit miss Jemima ; c’est Sambo, le domestique noir, qui vient de sonner, et le cocher a un habit rouge tout neuf.

– Avez-vous terminé tous les préparatifs nécessaires pour le départ de miss Sedley, miss Jemima ? demanda miss Pinkerton.

C’était une bien majestueuse personne que miss Pinkerton, la Sémiramis[2] d’Hammersmith, l’amie du docteur Johnson[3] et la correspondante de mistress Chapone[4].

– Ces demoiselles sont à emballer leurs chiffons depuis quatre heures du matin, ma sœur, répliqua miss Jemima, et nous leur avons préparé une brassée de fleurs.

– Dites un bouquet, ma sœur Jemima ; cela est de meilleur ton.

– Eh bien ! soit, un bouquet qui était bien gros comme une botte de foin. J’ai mis de plus deux bouteilles d’eau de giroflée pour miss Sedley et la recette pour en faire, le tout dans la malle d’Amélia.

– Et je pense, miss Jemima, que vous avez copié la note de miss Sedley. La voici, n’est-ce pas ?... C’est très bien : quatre-vingt-treize livres quatre

2. Reine légendaire, fondatrice de Babylone.

3. Samuel Johnson (1709-1784) est un éminent essayiste et dramaturge britannique.

4. Hester Chapone (1727-1801) est une femme de lettres anglaise, auteur de contes, d’essais et membre du club littéraire londonien Bluestocking Circle.

schillings. Soyez assez bonne pour mettre l'adresse à *Mr John Sedley*, et cacheter ce billet que j'écris à sa femme.

Aux yeux de miss Jemima, une lettre autographe de sa sœur était un objet de grande vénération ; elle n'en eût pas témoigné davantage pour une lettre écrite de la main d'un souverain. Il était de notoriété publique que miss Pinkerton n'écrivait aux parents des élèves que lorsque les pensionnaires quittaient la maison ou se mariaient : elle avait fait une seule exception lorsque cette pauvre miss Birch était morte de la fièvre scarlatine. Miss Jemima était persuadée que, si quelque chose avait pu consoler mistress Birch de la perte de sa fille, c'était la pieuse et pathétique composition où miss Pinkerton lui annonçait cette triste nouvelle.

Dans la circonstance qui nous occupe, voici comme était conçue l'épître de miss Pinkerton :

La Mall, Chiswick, 16 juin 18...

Après six années de séjour à La Mall, j'ai l'honneur et la satisfaction de rendre miss Amélia Sedley à ses parents. C'est une jeune personne accomplie, bien capable de tenir avec distinction sa place dans une société élégante et cultivée. Ces qualités qui donnent le cachet aux jeunes demoiselles du grand monde, ces perfections qui conviennent à sa naissance et à sa condition, ne font point défaut dans l'aimable miss Sedley.

Son application et son obéissance lui ont concilié tous ses maîtres, et la douceur charmante de son caractère a séduit ses petites comme ses grandes compagnes.

Pour la musique, la danse et l'orthographe, pour tous les genres de broderie et de travaux à l'aiguille, on ne peut manquer de trouver qu'elle a réalisé les souhaits les plus légitimes de ses amis. La géographie laisse encore beaucoup à désirer. Nous ne saurions trop recommander aussi l'usage régulier d'un dossier orthopédique au moins quatre heures par jour, et cela pendant trois ans : c'est le seul moyen d'acquérir cette distinction de tournure et de maintien que l'on exige des jeunes personnes à la mode. « Quant aux principes de religion et de moralité, on verra que miss Sedley est digne d'un établissement qui a été honoré de la présence du grand lexicographe *et du patronage de l'incomparable mistress Chapone. En quittant La Mall, miss Amélia emporte avec elle l'affection de ses compagnes et les sentiments les plus tendres de sa maîtresse, qui a l'honneur de se dire,*

Madame,

Votre très humble et très obéissante servante

BARBARA PINKERTON

P.-S. *Miss Sharp accompagne miss Sedley. Les plus vives instances pour que le séjour de miss Sharp à Russell-Square ne dépasse pas dix jours. L'honorable famille chez laquelle elle doit entrer voudrait avoir ses services le plus tôt possible.*

Cette lettre terminée, miss Pinkerton se mit à écrire son nom et celui de miss Sedley sur la page blanche du dictionnaire de Johnson, ouvrage plein d'intérêt, qu'elle ne manquait jamais d'offrir à ses élèves à leur départ de La Mall. Sur la couverture, il y avait copie des *Conseils adressés à une jeune demoiselle à son départ du pensionnat de miss Pinkerton, par feu le docteur Johnson, de si vénérable mémoire.* C'est que le nom du *lexicographe* était toujours sur les lèvres de cette majestueuse personne, depuis qu'elle devait sa réputation et sa fortune à une visite qu'elle avait reçue de lui.

Obéissant à l'ordre de sa sœur aînée, d'aller quérir dans la grande armoire le dictionnaire d'usage, miss Jemima tira du sanctuaire deux exemplaires de l'ouvrage en question, et, quand miss Pinkerton eut achevé sa dédicace sur le premier, Jemima d'un air hésitant et timide, lui tendit le second.

– Et pour qui celui-là, miss Jemima ? dit miss Pinkerton avec une froideur imposante.

– Mais… pour Becky Sharp, répondit Jemima toute tremblante, et la rougeur lui montait à travers les rides de sa face et de son cou. Pour Becky Sharp, car elle s'en va aussi.

– Miss JEMIMA ! s'écria miss Pinkerton, comme si sa bouche eût ouvert passage à des majuscules.

Êtes-vous bien dans votre bon sens ? Remettez le dictionnaire à sa place, et à l'avenir ne vous avisez plus de prendre de telles libertés.

– Cependant, ma sœur, vous n'en auriez que pour vingt-deux sous ; et cette pauvre Becky sera bien malheureuse si vous ne lui faites pas ce présent.

– Envoyez-moi sur-le-champ miss Sedley, dit miss Pinkerton.

Sans hasarder une parole de plus, la pauvre Jemima sortit tout en désordre, les nerfs bouleversés.

Le père de miss Sedley était un marchand de Londres qui vivait dans une certaine aisance. Quant à miss Sharp, c'était une élève reçue gratuitement, pour laquelle miss Pinkerton pensait avoir déjà bien assez fait, sans lui accorder encore à son départ la haute faveur du dictionnaire.

Les lettres des maîtresses de pension ont droit à peu près à autant de confiance que les épitaphes des cimetières. Cependant, de même qu'il se trouve parfois au nombre des personnes défuntes un mort qui mérite réellement les éloges que le marbrier prodigue à ses os, un mort qui fut bon chrétien, bon père, bon fils, bon époux et qui, au moment de son décès, laisse une famille inconsolable pour pleurer sa perte, de même, dans les institutions de garçons comme de filles, on peut de temps à autre mettre la main sur un élève vraiment digne des éloges que lui accorde un maître désintéressé. Et certes, miss Amélia Sedley était un de ces rares sujets, et méritait non seulement tout ce que miss Pinkerton disait à sa louange, mais encore elle avait nombre de charmantes qualités que notre solennelle et vieille matrone ne pouvait apercevoir, par suite de la différence d'âge et de rang, qui existait entre elle et son élève.

C'était beaucoup de chanter comme un rossignol ou comme mistress Billington[5], de danser comme Hillisberg[6] ou Parisot[7], de broder comme une fée, de mettre l'orthographe comme un dictionnaire ; mais elle possédait surtout un cœur si bon, si enjoué, si tendre, si aimable, si généreux, qu'elle gagnait l'affection de tous ceux qui l'approchaient, depuis la respectable matrone jusqu'à la moindre laveuse, jusqu'à la fille de la marchande de gâteaux, pauvre femme borgne qui avait l'autorisation de vendre sa marchandise une fois par semaine aux demoiselles de La Mall. Amélia comptait douze amies de cœur, douze intimes sur ses vingt-quatre compagnes. L'envieuse miss Briggs elle-même n'avait jamais laissé échapper une mauvaise parole sur son compte. La haute et puissante miss Saltire, petite-fille de lord Dexter, lui trouvait une figure distinguée : et quant à miss Swartz, la riche créole

5. Elizabeth Billington (1765-1818) est une cantatrice britannique.

6. Marie-Louise Hilligsberg (vers 1765-1804) est une danseuse française particulièrement appréciée du public londonien à la fin du XVIIIe siècle.

7. Eugénie Parisot (vers 1770-1845) est une danseuse de ballet française.

de Saint-Kitt, à l'épaisse chevelure, elle eut un tel accès de larmes qu'on fut obligé d'envoyer chercher le docteur Floss et de l'inonder de vinaigre aromatique. Miss Pinkerton lui témoignait un attachement calme et digne, comme on peut penser, d'après la haute position et les éminentes vertus de cette dame. Quant à miss Jemima, elle avait déjà senti ses yeux se gonfler à plusieurs reprises à la pensée du départ d'Amélia, et n'eût été la crainte de sa sœur, elle se serait laissée aller à des crises violentes comme l'héritière de Saint-Kitt, qui payait d'ailleurs double pension. Un tel luxe de douleur ne pouvait se permettre qu'à des pensionnaires en chambre. Pour l'honnête Jemima, qui avait à veiller aux notes, au blanchissage, au raccommodage, à la fabrication des puddings, à l'argenterie et à la vaisselle… Mais à quoi bon parler d'elle ? car il est probable que nous ne la retrouverons plus d'ici au dénouement, et quand la grille de fer se sera fermée sur elle et sur sa vénérable sœur, elles ne sortiront guère de leur retraite pour venir se mêler aux personnages de ce récit.

Nos rapports devant être des plus fréquents avec Amélia, il n'est pas inutile de dire, dès cette première entrevue, que c'était une nature douce et bonne par excellence. C'est un grand bonheur, dans la vie et dans ce roman qui abonde surtout en scélérats de la plus noire espèce, d'avoir en notre compagnie une si honnête et si bonne personne. Mais comme ce n'est point une héroïne, je me dispenserai de faire son portrait, car en vérité j'aurais peur que son nez ne fût un peu trop court, que ses joues ne fussent un peu trop pleines et trop colorées pour cet emploi. Quoi qu'il en soit, on voyait sur sa figure s'épanouir les roses de la santé, et sur ses lèvres les plus frais sourires. Elle avait des yeux où pétillait la gaieté la plus vive et la plus franche, excepté toutefois lorsqu'ils se remplissaient de larmes ; et c'était bien trop souvent, car cette naïve créature aurait éclaté en sanglots pour la mort de son serin, pour une souris que le chat aurait étranglée au passage, ou pour une parole de réprimande, s'il se fût trouvé des gens d'un cœur assez dur pour lui en faire. Miss Pinkerton, cette rigide et irréprochable personne, avait cessé bien vite de la gronder, quoiqu'elle ne s'entendît guère plus en sensibilité qu'en algèbre ; elle avait recommandé particulièrement à tous les maîtres de traiter miss Sedley avec la plus grande douceur. De la sévérité avec elle n'eût été qu'injustice.

Aussi, quand vint le jour du départ, miss Sedley, toujours entre le rire et les pleurs, se trouva fort embarrassée. Elle se réjouissait de retourner chez elle, et elle s'attristait encore plus de quitter sa pension. Pendant les trois jours qui précédèrent, Laura Martin ne la quittait pas plus qu'un petit chien. Elle eut à faire et à recevoir au moins quatorze présents, et à prendre quatorze engagements solennels d'écrire chaque semaine.

– Envoyez-moi mes lettres sous l'enveloppe de mon grand-père le comte de Dexter, dit miss Saltire, qui, soit dit en passant, était fort râpée.

– N'attendez pas la poste, mais écrivez-moi chaque jour, mon cher cœur, dit l'impétueuse mais affectionnée miss Swartz.

Et la petite Laura Martin prit la main de son amie et la regardant d'un air sérieux :

– Amélia, dans mes lettres, je vous appellerai ma maman.

(Eh bien, maître Jones, qui lisez ce livre à votre cercle, vous traitez, j'en suis sûr, tous ces détails de bouffonneries grotesques et de bavardage ultra-sentimental. Oui, je vous vois, maître Jones, tout réjoui, en tête à tête avec votre morceau de mouton et votre bouteille de vin, prendre votre crayon et écrire à la marge : *Niaiseries*, *bavardages*, etc., etc. Voilà bien un de ces génies sublimes qui n'admirent que le grand, que l'héroïque, dans la vie comme dans les romans. Dans ce cas, il fera bien de prendre congé de nous et de tourner ses pas d'un autre côté. Ceci dit, nous poursuivons.)

Pendant que Sambo plaçait dans la voiture les fleurs, les présents, les malles et les boîtes à chapeaux de miss Sedley, ainsi qu'un coffre en cuir bien petit, bien usé, sur lequel miss Sharp avait très proprement attaché son carton, et que Mr Sambo tendit au cocher avec une grimace à laquelle celui-ci répondit par un rire d'intelligence, l'heure du départ arriva.

La douleur de ces derniers moments fut moins vive, grâce à l'admirable discours que miss Pinkerton adressa à son élève : non que ce discours de séparation disposât Amélia à des réflexions philosophiques ou qu'il l'eût armée de calme contre les épreuves de la vie, ce qui formait la conclusion du discours ; mais c'est qu'il était d'une épaisseur, d'une prétention, d'un ennui qui dépassait toute limite, et miss Sedley craignait trop sa maîtresse de pension pour laisser percer aucune marque d'impatience. Un gâteau à l'anis, une bouteille de vin, furent apportés dans le salon, comme aux occasions solennelles des visites de parents. Après avoir pris sa part de ces rafraîchissements, miss Sedley put songer à partir.

– Voulez-vous entrer, Becky, et prendre congé de miss Pinkerton ? dit miss Jemima à une jeune fille à laquelle personne ne faisait attention, et qui descendait l'escalier, tenant à la main son carton à bonnets.

– Je le dois, dit miss Sharp avec un grand calme et au grand étonnement de miss Jemima.

Puis elle frappa à la porte, et, ayant reçu la permission d'entrer, elle s'avança sans la moindre hésitation et dit en français, avec la plus grande pureté d'accent : *Mademoiselle, je viens vous faire mes adieux.*

Miss Pinkerton ne comprenait rien au français, bien qu'elle dirigeât des élèves qui l'entendaient. Elle se mordit les lèvres, releva sa vénérable face ornée d'un nez à l'antique, et au sommet de laquelle se dessinait un large et majestueux turban.

– Miss Sharp, dit-elle, je vous souhaite le bonjour.

Et, en parlant, la Sémiramis d'Hammersmith allongeait le bras comme en signe d'adieu et pour donner à miss Sharp l'occasion de serrer un des doigts de sa main, qui resta en route dans ce dessein.

Miss Sharp retira la main avec un sourire glacial et une profonde révérence, et refusa l'honneur qu'on voulait lui faire. À ce mouvement, le turban de la Sémiramis éprouva une secousse d'indignation telle qu'il n'en ressentit jamais de pareille. Dans le fait, c'était une petite lutte entre la jeune personne et la vieille matrone, et celle-ci avait le dessous.

– Le ciel vous bénisse, mon enfant ! dit-elle en embrassant Amélia et en lançant un regard flamboyant à miss Sharp par-dessus l'épaule de la jeune fille.

– Sortez vite, Becky, dit miss Jemima tout en émoi à la jeune personne, en la poussant hors du salon.

Et la porte se referma sur elle pour toujours.

Dans la cour commencèrent les scènes déchirantes du départ ; les mots nous manquent pour une telle peinture. Tous les domestiques étaient réunis, toutes les bonnes amies, toutes les jeunes pensionnaires, et jusqu'au maître de danse qui venait d'arriver. Ce n'étaient que plaintes, embrassades, larmes et lamentations, sans oublier les crises nerveuses de miss Swartz, l'élève en chambre, qui, de sa fenêtre se livrait à des transports que la plume désespère de retracer ; un cœur sensible saura gré qu'on lui fasse grâce de ces détails.

Les adieux sont finis, et nos voyageurs, ou plutôt miss Sedley a quitté ses amies ; car, pour miss Sharp, elle était entrée sans bruit dans la voiture, et personne ne gémissait de la perdre.

Sambo ferma la portière sur sa jeune maîtresse en larmes, et grimpa derrière la voiture.

– Arrêtez ! cria miss Jemima s'élançant vers la grille avec un paquet. Voici des sandwichs, ma chère, dit-elle à Amélia ; vous pourriez avoir faim ; et vous, Becky, Becky Sharp, voici un livre pour vous que ma sœur… c'est-à-dire que je… c'est ce dictionnaire de Johnson, vous savez bien ; vous ne pouvez nous quitter sans cela. Bon voyage ! En route, cocher. Dieu vous bénisse !

Cette excellente créature rentra dans le jardin, vaincue par ses émotions ; mais, au moment où le cocher fouettait les chevaux, miss Sharp montrait sa pâle figure à la portière et lançait le livre dans le jardin.

Miss Jemima pensa s'évanouir d'épouvante.

– Ah ! je n'aurais jamais cru que l'audace…

L'émotion l'empêcha de compléter sa phrase ; la voiture roulait grand train, la grille était fermée, la cloche retentissait pour la leçon de danse. Et maintenant que le monde s'ouvre à nos deux jeunes filles, adieu à Chiswick Mall.

CHAPITRE II
Où miss Sharp et miss Sedley se disposent à entrer en campagne

À peine miss Sharp, accomplissant l'acte héroïque mentionné au dernier chapitre, eut-elle vu le dictionnaire rouler sur le sable du petit jardin et tomber aux pieds de l'étonnée miss Jemima, que la figure de la jeune fille, empreinte jusqu'alors de la pâleur de la haine, laissa percer un léger sourire qui n'était guère plus gracieux. Puis elle se jeta au fond de la voiture, et comme dégagée d'un grand poids :

– Bon voyage à son dictionnaire, dit-elle, et, grâce à Dieu, me voici hors de Chiswick.

En présence de ce défi jeté si résolument, miss Sedley ne resta pas moins interdite que miss Jemima ne l'était de son côté. Elle venait de quitter sa pension depuis une minute au plus, et ce n'est pas dans un si court espace de temps que se dissipent les impressions de six années. Cela est si vrai que chez quelques personnes ces terreurs et ces effrois du jeune âge se conservent tout le reste de la vie. Je connais, par exemple, un vieux gentilhomme de soixante-huit ans qui me disait un matin à déjeuner, avec toutes les apparences d'une grande agitation : « La nuit dernière, j'ai rêvé que je recevais le fouet du docteur Raine. » Dans la durée d'un somme, son imagination l'avait fait remonter à une quarantaine d'années. Le docteur Raine et son paquet de verges lui inspiraient encore à soixante-huit ans autant de terreur qu'ils lui en avaient causé à treize. Si le docteur avec son bouleau flexible se fût dressé devant lui en chair et en os, et bien qu'il marquât soixante et huit à l'horloge de la vie, lui eût dit de sa voix redoutée : « Allons, drôle, mettez bas votre pantal… ? » Aussi miss Sedley resta toute stupéfaite de cet acte d'insubordination.

Enfin :

– Qu'avez-vous fait, Rebecca ? dit-elle après une pause.

– Croyez-vous donc que miss Pinkerton va sortir pour m'ordonner de rentrer dans sa prison d'enfer, dit Rebecca en riant.

– Non, mais…

– J'exècre cette maison, continua miss Sharp emportée par sa colère. J'espère ne jamais la revoir. Je voudrais qu'elle fût au fond de la Tamise, et, si miss Pinkerton s'y trouvait, ce n'est certes pas moi qui irais l'y pêcher. J'aurais plaisir à la voir au milieu de l'eau avec son turban, ses jupes flottant à la suite, et son nez à l'avant, formant la proue du navire.

– Ciel ! s'écria miss Sedley.

– Eh bien ! votre nègre[8] ira-t-il le lui dire ? continua miss Rebecca en riant. Qu'il descende s'il veut, et aille conter à miss Pinkerton que je la déteste de toute mon âme. Je voudrais qu'il en eût envie ; je voudrais lui prouver mon aversion. Depuis deux ans, je n'ai reçu de sa part qu'insulte et outrage ; j'ai été traitée par elle plus mal qu'une fille de cuisine. Jamais mot d'affection ni d'amitié, excepté de votre part. J'étais bonne pour soigner les petites filles de la basse classe et pour parler français aux jeunes demoiselles, jusqu'à m'en faire prendre en dégoût ma langue maternelle. Quant à parler français à miss Pinkerton, c'était le plus mauvais tour qu'on pût lui jouer. Elle n'y comprenait mot, et était trop fière pour l'avouer. C'est là, je crois, la cause de mon départ. J'en remercie le ciel, et cela me fait aimer le français. *Vive la France ! vive l'Empereur ! vive Bonaparte !*

– Ô Rebecca, Rebecca, quelle honte ! s'écria miss Sedley, car c'était le plus grand blasphème qui pût sortir de la bouche de Rebecca.

Dire alors en Angleterre : « Longue vie à Bonaparte ! » était comme si l'on eût dit : « Longue vie à Lucifer ! »

– Pouvez-vous bien avoir ces mauvaises pensées de vengeance et de haine ?

---

8. Ce terme raciste et choquant pour les lecteurs contemporains était couramment employé à cette époque où l'esclavage n'avait pas encore été aboli.

– Si la vengeance est une mauvaise pensée, elle est au moins naturelle, repartit Rebecca, et je ne suis pas un ange.

Elle ne mentait pas.

On a pu, en effet, remarquer que, dans cette conversation, miss Sharp a eu deux fois l'occasion de remercier le ciel ; la première pour l'avoir délivrée de personnes qu'elle détestait, et, en second lieu, pour lui avoir fourni l'occasion de mettre ses ennemis dans l'embarras et de les couvrir de confusion. Ce ne sont pas là des motifs bien légitimes de reconnaissance envers le ciel, ni de ceux qui peuvent venir à l'esprit de personnes d'un caractère doux et bienveillant.

Miss Rebecca n'avait rien de doux ni de bienveillant dans le caractère. Tout le monde en usait mal avec elle, disait cette jeune misanthrope (il vaut mieux dire *misogyne*, car, pour le sexe masculin, on peut déclarer qu'elle en avait encore fort peu l'expérience) ; tout le monde en usait mal à son égard, disait-elle ; cependant nous sommes disposés à croire que ces personnes de l'un ou de l'autre sexe qui sont les victimes de tout le monde n'ont en général que ce qu'elles méritent. Le monde est un miroir qui renvoie à chacun ses propres traits ; si vous froncez le sourcil en le regardant, il vous jette un coup d'œil renfrogné. Riez, au contraire, avec lui, et il se montrera bon compagnon. Avis à vous, jeunes gens, pour régler votre choix. Si on négligeait miss Sharp, c'est qu'elle était connue pour n'avoir jamais rendu service à personne ; on ne peut pas trouver vingt-quatre jeunes demoiselles toutes aussi aimables que l'héroïne de ce roman, miss Sedley, choisie précisément par nous comme la mieux douée de toutes ; autrement rien au monde ne nous eût empêché de mettre à sa place miss Swartz ou miss Crump, ou miss Hopkins ; on aurait eu tort d'espérer rencontrer chez tout le monde le caractère doux et aimable de miss Amélia Sedley, et cette bonne volonté à vaincre en toute circonstance les brusqueries et les rebuts de Rebecca.

Le père de miss Sharp était artiste, et, en cette qualité, avait donné des leçons de dessin dans la maison de miss Pinkerton. C'était un habile homme, bon vivant, bien réjoui, mais brouillé avec le travail. Ses plus grandes dispositions étaient à faire des dettes, et son faible le menait toujours à la taverne. Quand il avait bu, il était dans l'usage de battre sa femme et sa fille ; et le lendemain matin, fatigué d'un grand mal de tête, il adressait ses injures à la foule insouciante de son génie, puis décochait ses traits non moins vifs et quelquefois bien ajustés, contre la sottise de ses confrères les peintres. Comme il était fort mal à l'aise pour subvenir à ses besoins, et que, dans Soho où il vivait, il devait de l'argent à un mille à la ronde, il pensa améliorer sa position en épousant une jeune femme, française d'origine et danseuse de profession. Miss Sharp ne parlait jamais de l'humble condition de sa mère ; mais elle vantait beaucoup la noble et illustre famille des Entrechats, originaires de Gascogne, et tirait vanité d'appartenir à de tels ancêtres. Il est bon de constater que, plus elle avançait dans la vie, plus la race de cette jeune dame gagnait en noblesse et en illustration.

La mère de Rebecca avait fait son éducation on ne sait pas bien où, et sa fille parlait le français avec la pureté des Parisiens. C'était à cette époque une qualité précieuse, et qui valut à Rebecca son entrée chez l'austère miss Pinkerton ; car, sa mère étant morte, son père, qui se trouvait lui-même dans un état désespéré, écrivit à miss Pinkerton, après sa troisième attaque de *delirium tremens*, une lettre pathétique où il mettait l'orpheline sous sa protection. Peu après il descendit dans la tombe, en laissant deux baillis se débattre sur son corps. Rebecca avait dix-sept ans lorsqu'elle vint à Chiswick. On la traita comme une pensionnaire à bourse entière. Elle était tenue de parler français, et jouissait en retour de l'avantage de vivre là sans rien payer ; et même, moyennant une somme modique par an, elle recueillait des professeurs attachés à la maison quelques bribes d'enseignement.

Petite de taille, vive de tournure, elle était pâle et avait les cheveux d'un blond rouge. Ses yeux, ordinairement baissés, s'ouvraient si larges lorsqu'ils vous regardaient, et prenaient une expression si singulière et si communicative, que le révérend Mr Crisp, tout frais sorti d'Oxford et vicaire du ministre de Chiswick, le révérend Flowerdow, s'éprit d'amour pour miss Sharp. Un coup d'œil l'avait frappé à mort dans l'église même de Chiswick, un coup d'œil dirigé du banc des pensionnaires au pupitre de lecture. Notre jeune passionné allait prendre le thé chez miss Pinkerton, à laquelle il avait été présenté par sa maman. Il avait même prononcé le mot de mariage dans un billet intercepté, que la marchande de pommes avait été chargée de remettre. Mistress Crisp, appelée soudainement à Buxton, emmena son cher fils. Mais l'idée seule qu'un vautour avait pu s'introduire parmi les colombes de Chiswick souleva dans la poitrine de miss Pinkerton un tel flot d'indignation, qu'elle eût renvoyé miss Sharp, si elle n'eût pas été engagée par une parole solennelle. Malgré toutes les protestations de la jeune personne, elle ne put jamais croire que ses entretiens avec Mr Crisp se fussent bornés à ceux que Rebecca avait eus sous ses yeux en deux occasions, lorsqu'ils s'étaient rencontrés pour prendre le thé.

Auprès des grandes demoiselles de l'établissement, Rebecca Sharp pouvait passer pour une enfant. Mais elle possédait cette désolante expérience qu'on doit à la pauvreté. Elle avait eu affaire à plus d'un créancier, et avait su l'éloigner de la porte de son père ; elle savait comment enjôler et mettre de bonne humeur les fournisseurs, pour gagner de la sorte un repas de plus. D'ordinaire elle allait festoyer avec son père, qui était très fier de son esprit, et elle entendait les propos de ses grossiers compagnons, souvent peu convenables pour une jeune fille. Mais elle n'avait jamais été jeune fille, à ce qu'elle disait, et était femme depuis huit ans. Pourquoi miss Pinkerton avait-elle admis un oiseau si dangereux dans sa cage ?

Le fait est que la vieille dame tenait Rebecca pour la plus douce créature, tant elle avait admirablement joué son rôle d'ingénue toutes les fois que son père l'avait conduite à Chiswick ! C'était à ses yeux une modeste et innocente petite fille. L'année qui précéda celle où elle fut admise dans la maison, elle était alors âgée de seize ans, miss Pinkerton, de son air le plus majestueux, et à la suite d'un petit discours, lui remit en présent une poupée confisquée à miss Swindle, qu'on avait surprise à faire avec elle la dînette pendant les heures de classe. Que de quolibets échangés entre le père et la fille lorsqu'ils rentraient chez eux après une soirée passée chez miss Pinkerton, et surtout au sujet des discours prononcés en présence des professeurs réunis ! Quelle n'eût pas été la colère de cette bonne miss Pinkerton, si elle avait vu comme cette petite grimacière de Rebecca la tournait en caricature à l'aide de sa poupée ! Elle avait avec elle de longs dialogues qui faisaient les délices de Newman-Street, de Gerard-Street et de tout le quartier des artistes. Les jeunes peintres, en venant prendre leur grog au genièvre chez leur doyen, si bon diable et si paresseux, ne manquaient jamais de demander à Rebecca si miss Pinkerton était à la maison ; elle n'était que trop connue d'eux, la pauvre créature ! Une fois Rebecca eut l'honneur de passer quelques jours à Chiswick ; elle en remporta une Jemima, c'est-à-dire une autre poupée à l'image de miss Jemmy. Et cependant l'honnête fille lui avait donné en confitures et en pâtisseries de quoi régaler trois enfants, et glissé de plus à son départ une pièce de sept schillings. Mais l'esprit railleur de cette enfant était plus fort que la reconnaissance, et elle sacrifia miss Jemmy avec aussi peu de pitié que sa sœur.

Lorsque la mort lui enleva son père, La Mall s'ouvrit pour elle comme une nouvelle famille ; mais les rigides observances de la maison lui étaient insupportables. Les prières et les repas, les leçons et les promenades, qui avaient lieu avec une ponctuelle régularité, la mettaient à bout de patience, et, quand elle se reportait à la vie libre et misérable du vieil atelier de Soho, elle se prenait à le regretter. Tout le monde, et jusqu'à elle, s'imaginait qu'elle était minée par la douleur de la perte de son père. Dans sa petite chambre, nichée sous les combles, ses jeunes compagnes l'entendaient marcher et sangloter pendant toute la nuit ; mais c'était de rage et non de douleur. Elle n'avait guère dissimulé jusqu'au moment où, jetée dans l'abandon, elle apprit à feindre. Elle s'était peu mêlée à la société des femmes. Son père, tout relégué du monde qu'il était, ne manquait pas de talent, et sa conversation était cent fois plus agréable que le bavardage de telle personne de son sexe, comme elle pouvait maintenant en rencontrer. La prétentieuse vanité de la vieille maîtresse d'école, la gaieté intempestive de sa sœur, les conversations un peu niaises et les médisances des grandes pensionnaires, la glaciale exactitude des maîtresses, lui causaient un égal ennui. Si elle avait eu un cœur tendre et maternel, cette infortunée jeune fille, elle aurait trouvé du charme et de l'intérêt dans le babil et les confidences des petites filles qui lui étaient confiées. Mais elle vécut avec elles deux années, et aucune ne regretta son départ. Il n'y avait que le bon et tendre cœur d'Amélia qui pût la toucher et se faire aimer d'elle. Mais qui aurait pu ne pas aimer Amélia ?

Le bonheur, les avantages sociaux que ses jeunes compagnes avaient sur elle livraient Rebecca aux cruels tourments de l'envie. « Voyez, disait-elle, quels airs se donne celle-là parce qu'elle est petite-fille d'un comte ! Comme elles s'inclinent et rampent devant cette créole, et cela à cause de ses cent mille livres ! Je suis cent fois plus vive et plus agréable que cette créature avec tout son or ; ma naissance vaut bien celle de cette petite-fille de comte, avec tous ses parchemins : et cependant chacun ici me laisse à l'écart, tandis que chez mon père tous ses amis manquaient les bals et les fêtes, pour venir passer la soirée avec moi ! »

Elle résolut en conséquence de s'affranchir à tout prix de la prison où elle se trouvait. Elle se mit dès lors à travailler dans ce but et à dresser ses plans pour l'avenir.

D'abord elle profita des moyens de s'instruire que sa position lui offrait. Déjà musicienne et possédant bien une langue étrangère, elle parcourut rapidement le cercle des études regardées comme nécessaires aux dames de cette époque. Elle travaillait sans relâche la musique, et, un jour de sortie où elle était restée à la pension, notre auguste matrone l'entendit exécuter un morceau avec une telle perfection, qu'elle pensa sagement pouvoir s'épargner la dépense d'un maître pour les plus petites, et annonça à miss Sharp qu'à l'avenir elle aurait à leur enseigner la musique.

La jeune fille refusa pour la première fois, et au grand étonnement de la majestueuse maîtresse de pension.

– Je suis ici, dit brusquement Rebecca, pour parler français avec les enfants, non pour leur enseigner la musique et ménager votre argent. Payez ; et je la leur apprendrai.

Notre auguste matrone fut obligée de céder, et naturellement lui en voulut à partir de ce jour.

– Pendant trente-cinq ans, dit-elle, je n'ai jamais vu personne oser se révolter dans ma propre maison contre mon autorité ; j'ai réchauffé une vipère dans mon sein.

– Une vipère ! vous badinez, dit miss Sharp presque pâle de saisissement ; vous m'avez prise parce que je vous étais utile. Ce n'est point une question de reconnaissance entre nous. Je déteste cette maison, et n'aspire qu'à la quitter. Je ne veux rien faire ici que ce que je suis obligée d'y faire.

La vieille dame avait beau lui demander si elle songeait bien qu'elle parlait à miss Pinkerton, Rebecca lui riait au nez d'un air insultant et vraiment diabolique, au point que la maîtresse de pension en eut presque une attaque de nerfs :

– Donnez-moi de l'argent, dit la jeune fille, ou bien, si vous l'aimez mieux, trouvez-moi une bonne place, une bonne place de gouvernante dans une noble famille ; vous n'avez qu'à vouloir. »

Dans toutes leurs querelles subséquentes, elle en revenait toujours à cet argument : « Trouvez-moi une position ; nous ne pouvons nous sentir, et je suis prête à vous quitter. »

La digne miss Pinkerton bien qu'elle fût décorée d'un nez à la romaine et d'un turban, et qu'elle fût taillée comme un grenadier, ne possédait pas cependant une volonté et une énergie égales à celles de sa jeune pensionnaire ; en vain elle lutta contre elle et chercha à l'intimider. Se voyant une fois sermonnée par elle en public, Rebecca eut recours au stratagème mentionné plus haut ; elle répondit en français, ce qui dérouta complètement la vieille femme. Pour maintenir l'autorité dans la pension, il fallait écarter cette rebelle, ce monstre, ce serpent, cette torche incendiaire. Sur ces entrefaites, miss Pinkerton, ayant appris que la famille de sir Pitt Crawley avait besoin d'une gouvernante, recommanda aussitôt miss Sharp pour cette place, tout monstre et tout serpent qu'elle était. « Je n'ai rien à reprendre, pensa-t-elle, dans la conduite de miss Sharp, si ce n'est à mon égard, et ne puis lui refuser des connaissances et des talents accomplis. Elle ne peut que faire honneur au système d'éducation adopté dans ma maison. » C'était ainsi que la maîtresse de pension mettait sa conscience d'accord avec ses recommandations, qu'elle parvenait à dégager sa parole, et que sa pensionnaire se trouvait libre enfin. La bataille décrite ici en quelques lignes dura naturellement plusieurs mois.

Miss Sedley avait aussi dix-sept ans et était sur le point de quitter la pension. Par suite de l'amitié qu'elle ressentait pour miss Sharp, seul point dans le caractère d'Amélia qui, de l'aveu de la vénérable matrone, ne donnât pas satisfaction à sa maîtresse, elle l'invita à venir passer une semaine chez ses parents avant de se rendre à ses devoirs de gouvernante dans la maison où on l'attendait.

Ainsi s'ouvrait le monde pour ces deux jeunes femmes. Pour Amélia, il se présentait comme une fleur dans tout l'éclat de sa fraîcheur et de sa nouveauté ; il n'était pas aussi nouveau pour Rebecca, car, s'il faut dire toute la vérité sur l'affaire du révérend Crisp, la marchande de gâteaux insinua à quelqu'un, qui affirma le fait sous la foi du serment à une autre personne, qu'il y en avait beaucoup plus entre Mr Crisp et miss Sharp qu'on n'en avait confié au public, et que cette lettre était la réponse à une autre. Mais qui pourra découvrir la vérité sur ce point ? En tout cas, si ce n'était pas pour Rebecca un début dans le monde, c'était du moins une rentrée.

Dans le cours du trajet jusqu'à la barrière de Kensington, Amélia, sans avoir oublié ses compagnes, avait fini par sécher ses larmes. D'abord elle avait rougi avec un sentiment de plaisir à la vue d'un jeune officier des Horse-Guards qui avait caracolé à la portière, et, lui jetant un coup d'œil, avait dit : « Vrai Dieu ! la jolie fille. » Puis, avant d'arriver à Russell-Square, la conversation s'était longuement étendue sur l'article des modes. Les jeunes femmes portaient-elles de la poudre sur leurs cheveux, des baleines dans leurs jupes à la présentation ? Miss Amélia aurait-elle cet honneur ? car elle savait qu'on devait la mener au bal du lord-maire. Arrivée à la maison paternelle, miss Sedley, à l'aide du bras de Sambo, s'élança aussi gaie, aussi radieuse qu'aucune fille de la bonne Cité de Londres, et tous les serviteurs de la maison étaient réunis dans la cour pour fêter leur jeune maîtresse et sourire à sa bienvenue.

Après ces premiers embrassements, miss Sedley montra à Rebecca toutes les chambres de la maison et ce qu'il y avait dans chaque chambre, ses livres, son piano, ses robes, tous ses colliers, ses broches, ses dentelles. Elle força Rebecca d'accepter des bagues de cornaline et de turquoise, et une écharpe de mousseline légère qui maintenant était trop petite pour elle ; en dépit de la discrétion dont son amie s'était armée, elle demanda à sa mère l'autorisation de lui offrir son châle de cachemire blanc. Elle pouvait bien s'en passer, puisque son frère Joseph lui en rapportait deux de l'Inde.

Quand Rebecca vit les deux magnifiques châles de cachemire que Joseph Sedley avait rapportés à sa sœur, elle dit avec un accent de vérité : « Ce doit être très bon d'avoir un frère » ; ce qui toucha de compassion le cœur sensible d'Amélia : elle pensait que son amie était seule au monde, pauvre orpheline, sans amis, sans parents.

– Non, vous ne serez pas abandonnée, Rebecca, dit Amélia. Je serai votre amie, je vous aimerai comme une sœur ; oui, comme une sœur.

– Mais où trouver des parents comme les vôtres, bons, riches, affectueux, qui vous donnent tout ce que vous désirez, et leur amour plus précieux que tout le reste ? Mon pauvre père ne me donnait rien, et je n'avais en tout que deux robes. Vous avez un frère, un bon frère ! vous devez bien l'aimer !

Amélia se mit à rire.

– Eh quoi ! ne l'aimez-vous pas, vous qui dites que vous aimez tout le monde ?

– Oui, sans doute… seulement…

– Seulement, quoi ?

– Seulement Joseph semble s'inquiéter fort peu si je l'aime ou non. Il m'a donné ses deux doigts à serrer après une absence de dix années. Il est très bon, très dévoué, mais il me parle rarement, et je crois qu'il aime mieux sa pipe que sa…

Ici Amélia s'interrompit, car pourquoi dire du mal de son frère ?

– Il était très bon pour moi quand j'étais enfant, continua-t-elle ; je n'avais que cinq ans quand il est parti.

– Il doit être très riche, reprit Rebecca, car on dit que tous les nababs indiens le sont énormément.

– Je crois qu'il a un très gros revenu.

– Est-elle gentille, votre belle-sœur ?

– Allons donc ! Joseph n'est point marié, dit Amélia se remettant à rire.

Peut-être en avait-elle déjà informé Rebecca ; mais cette jeune femme ne fit pas semblant de s'en souvenir. Elle répéta même plusieurs fois qu'elle s'attendait à voir à Amélia toute une bande de neveux et de nièces. Elle regrettait beaucoup que Mr Sedley ne fût pas marié ; elle était sûre qu'Amélia lui avait dit qu'il l'était ; pour sa part, elle raffolait des petits enfants.

– Je crois que vous en aviez suffisamment à Chiswick, dit Amélia, tout étonnée de cette tendresse subite de son amie.

Hier encore, miss Sharp ne se serait pas hasardée à avancer des propositions dont on eût pu si facilement démontrer la fausseté ; mais rappelons-nous qu'elle n'avait que dix-neuf ans, et qu'elle était bien novice dans l'art de feindre, l'innocente créature. Toutefois, le motif de cette série de questions pouvait se traduire tout simplement de la sorte : « Si Mr Joseph Sedley est riche et garçon, pourquoi ne l'épouserai-je pas ? Je n'ai que quinze jours devant moi, à la vérité, mais je ne risque rien d'en faire l'essai. »

Elle arrêta, dans son esprit, cette louable tentative. Elle redoubla de caresses pour Amélia, elle couvrit de baisers le collier de cornaline, et déclara qu'elle ne voulait jamais, jamais s'en séparer. Lorsque sonna la cloche du dîner, elle descendit les escaliers, son bras passé autour de la ceinture de son amie, comme font les jeunes femmes. Elle était si émue à la porte du salon qu'elle trouva à peine le courage d'entrer.

– Sentez mon cœur, comme il bat, ma chère, dit-elle à son amie.

– Mais je ne le sens pas, dit Amélia ; entrons et n'ayez pas peur : mon père ne vous fera pas de mal.

CHAPITRE III
Rebecca en présence de l'ennemi

Un gros et gras gaillard, en épaisses bottes de daim à la hongroise, enseveli sous plusieurs foulards qui s'élevaient presque à la hauteur de son nez, avec un gilet rayé de rouge et un habit vert pomme sur lequel brillaient des boutons d'acier aussi larges qu'une couronne, était à lire le journal au coin du feu, lorsque les deux jeunes filles entrèrent. Il bondit de son fauteuil, rougit beaucoup, et, à cette apparition, éclipsa presque toute sa face derrière ses foulards.

– Ce n'est que votre sœur, Joseph, dit Amélia en riant et en lui prenant les deux doigts qu'il lui présentait. Je suis revenue pour tout de bon. Voici mon amie, miss Sharp dont je vous ai déjà parlé.

– Non ! jamais, sur ma parole, répondit la tête cachée sous les foulards en redoublant de signes de dénégation, c'est-à-dire… si !… Il fait abominablement froid, mademoiselle ; et en même temps il tisonnait le feu de tout son pouvoir, bien qu'on fût au milieu de juin.

– Il est très bien, dit Rebecca à Amélia, de manière à se faire entendre.

– Le pensez-vous, reprit celle-ci. Alors je vais le lui dire.

– Ma chère, pour tout au monde ! dit miss Sharp, tressaillant comme une biche effarouchée.

Elle avait d'abord fait un pudique et respectueux salut au jeune homme, puis ses yeux s'étaient fixés si obstinément sur le tapis que c'était merveille qu'elle eût pu l'entrevoir.

– Je vous remercie, mon frère, de vos magnifiques châles, dit Amélia au tisonneur. N'est-ce pas qu'ils sont beaux, Rebecca ?

– Oh ! bien beaux ! répondit miss Sharp ; et ses yeux allèrent droit du tapis au chandelier.

Joseph continua à faire grand bruit dans le feu avec la pelle et les pincettes, tout soufflant, tout haletant et devenant aussi rouge que sa face blême pouvait le permettre.

– Je ne puis vous faire d'aussi jolis présents, continua sa sœur ; mais, pendant que j'étais à la pension, je vous ai brodé une jolie paire de bretelles.

– Mais, en vérité, Amélia, s'écria son frère en proie à une vive agitation, je ne sais ce que vous voulez dire.

Et en même temps il se pendit de toutes ses forces au cordon de la sonnette, qui lui resta entre les mains. Nouveau sujet de confusion pour le pauvre garçon.

– Pour l'amour du ciel, voyez si mon *buggy*[9] est à la porte. Je ne puis attendre, je vais sortir ; le diable emporte ce groom ! il faut que je m'en aille.

Au même instant entra le père de famille, secouant ses breloques comme un vrai marchand anglais.

– De quoi parlez-vous, Emmy ? dit-il.

– Joseph me prie de voir si son… son *buggy* est à la porte. Qu'est-ce qu'un *buggy*, papa ?

– C'est un palanquin à un cheval, dit le vieux père, qui avait des prétentions au bel esprit.

Joseph se laissa aller à un violent accès de rire ; mais, ayant rencontré le regard de miss Sharp, il s'arrêta subitement comme frappé d'un coup invisible.

– Cette jeune dame est votre amie ? Miss Sharp, je suis bien aise de vous voir. Avez-vous déjà, avec Emmy, querellé Joseph sur ses intentions de sortir ?

– C'est que j'ai promis à Bonamy, qui est employé avec moi, d'aller le prendre pour dîner, repartit Joseph.

– Allons donc ! votre mère ne vous a-t-elle pas dit que vous dîniez ici ?

– Mais sous ce costume c'est impossible.

– Regardez-le un peu, miss Sharp ; n'est-il pas assez bien pour dîner partout ?

Là-dessus miss Sharp regarda son amie, et elles partirent d'un éclat de rire qui fit grand plaisir au vieux père.

---

9. Voiture légère.

– Avez-vous jamais vu chez miss Pinkerton des bottes en peau de daim de la tournure de celles-ci ? continua-t-il en poursuivant ses avantages.

– De grâce, mon père ! s'écria Joseph.

– Aurais-je blessé sa susceptibilité ? Je crois, mistress Sedley, ma chère amie, avoir blessé la susceptibilité de votre fils : j'ai plaisanté sur ses bottes de daim. Demandez-lui, miss Sharp, si ce n'est pas cela. Allons, Joseph, soyez ami avec miss Sharp, et allons dîner.

– Il y a un pilaf, Joseph, juste comme vous les aimez, et papa a rapporté le plus beau turbot de Billingsgate.

– Vite, monsieur, donnez votre bras pour descendre à miss Sharp, et je vous suivrai avec ces deux jeunes dames, dit le père en prenant le bras de sa femme et de sa fille et en sortant gaiement.

Que miss Sharp ait résolu au fond de son cœur de faire la conquête de ce gros et gras garçon, nous n'avons, mesdames, aucun droit de l'en blâmer. Car, si le soin de la chasse aux maris est généralement, par un sentiment de modestie très louable, départi par les jeunes filles à la sagesse de leurs mères, il faut se souvenir que miss Sharp n'avait nul parent d'aucun genre pour entrer à sa place dans ces négociations délicates. Si donc elle ne cherchait un mari pour son propre compte, il y avait peu de chance qu'elle trouvât, dans tout l'univers, quelqu'un qui s'en occupât pour elle. Qu'est-ce qui engage toute notre belle jeunesse à aller dans le monde, si ce n'est la noble ambition du mariage ? Qu'est-ce qui fait partir toutes ces bandes pour les eaux ? Qu'est-ce qui fait danser jusqu'à cinq heures du matin dans une saison mortelle ? Qu'est-ce qui fait travailler les sonates au piano-forte et apprendre quatre romances d'un maître à la mode, qu'on paye une guinée le cachet ; jouer de la harpe quand on a le bras joli et bien fait, et porter des chapeaux et des fleurs vert Lincoln, si ce n'est l'espérance qu'avec tout cet arsenal et ces traits meurtriers on frappera au cœur quelque *souhaitable* jeune homme ?

Qu'est-ce qui engage de respectables parents à mettre leur maison sens dessus dessous, à dépenser la moitié de leur revenu en soupers de bal et en champagne frappé ? Serait-ce par amour désintéressé de leurs semblables et par l'unique désir de voir les jeunes gens heureux au milieu de la danse ? Eh ! mon Dieu, c'est qu'ils désirent marier leurs filles ; et, de même que mistress Sedley, dans les profondeurs de son âme maternelle, avait déjà arrangé une douzaine de plans pour l'établissement de son Amélia, de même Rebecca fort aimable mais sans appui, se détermina à faire de son mieux pour s'assurer un mari qui lui était encore plus nécessaire qu'à son amie. Son imagination, très vive d'ailleurs, était en outre excitée par les lectures qu'elle avait faites dans les *Contes arabes*[10] et la *Géographie de Guthrie*, et, en réalité, pendant qu'elle s'habillait

10. *Les Mille et Une Nuits.*

pour le dîner, d'après les renseignements recueillis auprès d'Amélia sur la richesse de son frère, elle bâtissait les plus magnifiques châteaux en l'air, dont on ne pouvait lui contester la libre disposition ; elle entrevoyait un mari qui était encore, il est vrai, dans les brouillards ; elle s'affublait d'une foule de châles, de turbans, de bracelets, de diamants, elle se pavanait sur un éléphant au son de la marche de Barbe-Bleue, pour aller rendre visite au grand Mogol. Douces visions des *Mille et Une Nuits !* Que de jeunes et vives créatures comme Rebecca Sharp se sont arrêtées avec délices sur ces rêves fantastiques que l'on fait les yeux ouverts !

Joseph Sedley avait douze ans de plus que sa sœur Amélia. Il était fonctionnaire civil dans la Compagnie des Indes orientales, et, au temps où nous écrivons, son nom figurait à l'article *Bengale* dans l'*East India Register*, comme receveur de Boggley-Wollah, poste honorable et lucratif, comme tout le monde sait. Pour connaître les places importantes que Joseph fut appelé à remplir dans le service, nous renvoyons le lecteur à la même feuille périodique.

Boggley-Wollah est situé dans un district solitaire, marécageux et fort agréable du reste ; il est renommé pour la chasse à la bécasse, et de temps en temps on y peut tuer un tigre. Rangoon, qui possède un magistrat, n'en est éloigné que de quarante milles, et à trente milles plus loin se trouve une station de cavalerie ; c'est du moins ce que Joseph écrivit à ses parents quand il prit possession de sa place de receveur. Joseph avait passé huit ans au milieu d'une solitude complète dans ce charmant séjour. Il était bien rare qu'il vît une face de chrétien plus de deux fois par an, alors que le détachement escortait à Calcutta les impôts qu'il avait touchés.

Il fut par bonheur atteint d'une maladie de foie. Obligé d'aller se faire soigner en Europe, il trouva dans son pays natal mille occasions de fêtes et de plaisirs. Il ne vivait pas à Londres au sein de sa famille, mais avait son habitation à part, comme un joyeux et bon compagnon. Avant de partir pour l'Inde, il était encore trop jeune pour se mêler aux plaisirs enivrants de la ville ; aussi il s'y plongea à son retour avec une ardeur effrénée. Il conduisait les équipages au Park, dînait aux tavernes à la mode, fréquentait les théâtres, comme c'était de bon ton à cette époque, et se montrait à l'Opéra toujours en pantalon collant et en chapeau à cornes.

À son retour d'Inde, il raconta à tout propos et avec beaucoup d'enthousiasme cette période de son existence, et donna à entendre que Brummel[11] et lui avaient été les lions à la mode. Et cependant il vivait aussi solitaire que dans les broussailles de Boggley-Wollah. Il connaissait à peine un homme dans la métropole ; et sans son docteur, ses pilules et sa maladie de foie, il serait mort d'ennui et de solitude. Lourd, bourru, mais *bon vivant*, la vue

11. George Bryan Brummell (1778-1840) est un dandy britannique.

d'une femme lui causait les plus terribles paniques ; aussi le voyait-on rarement dans le salon de son père, à Russell-Square, où les lazzis[12] du bonhomme mettaient son amour-propre dans les transes.

Joseph s'était vivement préoccupé et même alarmé de son embonpoint ; plusieurs fois déjà il avait voulu prendre un parti énergique pour se débarrasser de cet excès de graisse, mais son indolence et l'amour de ses aises l'avaient bien vite détourné de ses projets de réforme, et il en était encore à ses trois repas par jour. Jamais il n'était bien mis ; et pourtant ce n'était pas faute de se donner beaucoup de tourment pour parer sa grasse personne : il passait plusieurs heures chaque jour à cette occupation. Son valet faisait sa fortune des rebuts de sa garde-robe, et sur sa toilette on trouvait plus de pommades et plus d'essences que n'en employa jamais une beauté décrépite. Pour avoir bonne tournure dans son habit, il avait recours à toutes les sangles, brides et ceintures alors inventées. Comme tous les hommes gras, il exigeait que ses habits fussent trop étroits, et recherchait les plus brillantes couleurs et la coupe la plus jeune. Lorsqu'il s'habillait dans l'après-midi, c'était pour aller au Park, tout seul, faire sa promenade en voiture, puis il rentrait pour s'habiller de nouveau et aller dîner, encore tout seul, au café Piazza. Il était aussi vain qu'une fille, et peut-être cette extrême sauvagerie venait-elle de son extrême vanité.

12. Moqueries.

Si miss Rebecca, dès son entrée dans le monde, peut venir à bout de lui, c'est qu'elle est une jeune personne d'une rare habileté.

Son premier début prouvait d'ailleurs une grande adresse. En disant que Sedley était bel homme, elle savait qu'Amélia le répéterait à sa mère, qui le redirait probablement à Joseph, et de toute manière ne lui en voudrait pas du compliment fait à son fils. Toutes les mères sont les mêmes.

Allez dire à Stycorax que son fils Caliban[13] est aussi beau qu'Apollon, elle en sera flattée dans son amour-propre de sorcière.

Peut-être aussi Joseph Sedley avait-il surpris le compliment au passage. Rebecca avait parlé assez haut pour cela ; et, s'il l'avait entendu, comme déjà dans son opinion il se tenait pour un très beau garçon, cet éloge avait dû caresser chacune des fibres de sa grasse personne et les faire tressaillir de plaisir. Mais il lui vint une amère pensée : « La petite fille se moquerait-elle de moi ? » songea-t-il. Voilà pourquoi il s'était aussitôt élancé vers la sonnette, se disposant à la retraite, comme nous l'avons vu, quand les plaisanteries de son père et les instances de sa mère le contraignirent à rester au logis. Il conduisit la jeune demoiselle à la salle à manger, l'esprit en proie aux plus vives incertitudes. « Croit-elle réellement que je suis beau,

13. Personnage monstrueux de la pièce de théâtre *La Tempête* de William Shakespeare.

pensa-t-il, ou seulement s'amuse-t-elle de moi ? » Nous avons dit que Joseph Sedley était aussi vain qu'une jeune fille. Nous savons bien que les jeunes filles retournent la médaille et disent d'une personne de leur sexe : « elle est vaine comme un homme », et elles ont bien raison. Le sexe barbu est aussi âpre à la louange, aussi précieux dans sa toilette, aussi fier de sa puissance séductrice, aussi convaincu de ses avantages personnels que la plus grande coquette du monde.

Au bas des escaliers, Joseph rougissait de plus en plus, et Rebecca, dans une tenue très modeste, tenait ses yeux fixés à terre. Elle portait une robe blanche ; ses épaules nues avaient l'éclat de la neige ; l'image de la jeunesse, de l'innocence sans appui, l'humble simplicité d'une vierge étaient empreintes dans toute sa tenue. « Je n'ai plus maintenant qu'à garder le silence, pensa Rebecca, et témoigner beaucoup d'intérêt pour tout ce qui concerne l'Inde. »

À ce qu'il paraît, mistress Sedley avait préparé à son fils un excellent *curry*, comme il les aimait, et, dans le courant du dîner, on offrit une portion de ce plat à Rebecca.

– Qu'est-ce que cela ? dit-elle en jetant un coup d'œil interrogatif à Mr Joseph.

– Parfait ! dit-il. Sa bouche était pleine, et sa face toute rouge exprimait les jouissances de la mastication. Ma mère, c'est aussi bon que les *currys* faits dans l'Inde.

– Oh ! j'en veux goûter, si c'est un plat indien, dit miss Rebecca. Il me semble que tout ce qui vient de là doit être excellent.

– Donnez du *curry* à miss Sharp, ma chère, dit Mr Sedley en riant.

Rebecca n'en avait goûté de sa vie.

– Eh bien ! trouvez-vous toujours bon tout ce qui vient de l'Inde ? reprit Mr Sedley.

– C'est excellent, dit Rebecca, que le poivre de Cayenne mettait à la torture.

– Prenez avec cela un *chili*, dit Joseph, qui commençait à faire attention.

– Un *chili*, dit Rebecca qui n'en pouvait plus. Oh ! oui.

Et elle pensait qu'un *chili* était quelque chose de rafraîchissant. On lui en apporta un.

– Quelle couleur fraîche et verte ! dit-elle.

Elle en mit un dans sa bouche ; c'était plus cuisant encore que le *curry* ; elle ne put l'endurer plus longtemps. Elle laissa tomber sa fourchette.

– De l'eau ! pour l'amour du ciel, de l'eau ! s'écria-t-elle.

Mr Sedley éclatait de rire ; c'était un homme épais, un habitué de la Bourse, où l'on aime bien ces plaisanteries à bout portant.

– C'est ce qu'il y a de plus indien, je vous assure, ajouta-t-il. Sambo, donnez de l'eau à miss Sharp.

L'hilarité paternelle trouva de l'écho auprès de Joseph, auquel le tour parut excellent. Les dames rirent peu ; elles pensaient aux cruelles souffrances de la pauvre Rebecca. Pour Rebecca, elle aurait étranglé de bon cœur le vieux Sedley ; mais elle avala la mortification aussi bien qu'elle avait fait auparavant de l'abominable curry, et, aussitôt qu'elle put parler, elle dit d'un air de bonne humeur :

– J'aurais dû me rappeler le poivre que les princesses de Perse mettent dans leurs tartes à la crème, suivant les *Mille et Une Nuits*. Assaisonnez-vous donc en Inde vos tartes à la crème avec du poivre de Cayenne, monsieur ?

Le vieux Sedley se remit à rire, et pensa que décidément Rebecca avait un bon caractère. Joseph repartit simplement :

– Des tartes à la crème, mademoiselle ? Notre crème ne vaut rien au Bengale ; nous n'avons le plus souvent que du lait de chèvre, et j'ai fini par m'y habituer.

– Maintenant, vous n'aimez plus du tout ce qui vient de l'Inde ? dit le vieux père ; mais quand les dames se furent retirées, le rusé compère dit à son fils : Prenez garde, Jos, cette fille veut vous faire tomber dans ses filets.

– Peuh ! je ne la crains pas, dit Joseph très flatté de cette remarque. Je me rappelle qu'il y avait à Dumdum une fille : c'était celle de Cutler, qui était dans l'artillerie ; elle épousa peu après Lance, le chirurgien, qui nous en fit voir des siennes, l'an IV, à moi et à Mulligatawney, dont je vous ai parlé avant dîner ; c'était un bon diable que ce Mulligatawney. Il est maintenant magistrat à Budgebudge, et je suis sûr qu'il sera du conseil avant cinq ans. Eh bien ! monsieur, l'artillerie donna un bal, et Quintin, du 14e régiment du roi, me dit : – Sedley, je parie avec vous, double contre simple, qu'avant les pluies, Sophie Cutler vous aura englué. – Convenu, dis-je… Par ma foi, voilà un bordeaux qui est des meilleurs ; est-il d'Adamson ou de Carbonell ?

Un léger ronflement fut la seule réponse. L'honnête agent de change s'était endormi, et l'histoire de Joseph fut perdue pour ce jour-là. Heureusement qu'il était très communicatif dans les réunions d'hommes, et qu'il a répété ce conte délicieux à plus de cent reprises à son apothicaire, le docteur Gollop, quand celui-ci venait s'informer de son foie et de ses pilules.

À cause de sa mauvaise santé, Joseph Sedley se contenta d'une bouteille de bordeaux après son madère, puis dépêcha deux assiettées de fraises et de crème et vingt-quatre gâteaux qu'on avait laissés dans une assiette auprès de lui. Nous pouvons assurer de plus, car les nouvellistes ont le privilège de tout savoir, qu'il pensa beaucoup aux jeunes filles qui étaient à l'étage au-dessus. « C'est, ma foi, une vive, aimable et gentille créature, pensa-t-il en lui-même. Comme elle me regardait quand je lui ai ramassé son mouchoir à dîner ! Elle l'a laissé tomber deux fois. Qui est-ce qui chante maintenant au salon ? Je vais aller voir. »

Mais sa timidité vint encore l'arrêter avec une force insurmontable. Son père était endormi.

Son chapeau se trouvait dans la pièce. Il y avait là un fiacre tout prêt à partir pour Southampton-Row.

– Je vais aller voir les *quarante voleurs*, dit-il, et les nouveaux pas de miss Decamp.

Et, sur cela, il s'esquiva tout doucement sur la pointe des pieds, sans réveiller son digne père.

– Voilà Joseph qui sort, dit Amélia à la fenêtre du salon, pendant que Rebecca chantait au piano.

– Miss Sharp lui a fait peur, dit mistress Sedley, pauvre Jos, sera-t-il donc toujours aussi timide ?

CHAPITRE IV
La bourse de soie verte

Les terreurs du pauvre Jos se prolongèrent deux ou trois jours, pendant lesquels il ne se montra point dans la maison. Miss Rebecca ne prononça même pas son nom ; elle témoignait à mistress Sedley une respectueuse reconnaissance, prenait grand plaisir à visiter les magasins, et s'extasiait au théâtre avec une admiration à laquelle se laissait prendre la bonne dame. Un jour Amélia eut mal à la tête et ne put aller à une partie de plaisir où on avait convié les deux jeunes filles. Rien ne put déterminer son amie à s'y rendre sans elle.

– Vous avez fait entrer le bonheur et l'affection dans la vie de la pauvre orpheline, et elle vous quitterait ? Non, jamais !

En même temps les yeux de Rebecca se remplissaient de larmes, et mistress Sedley ne pouvait s'empêcher d'avouer que l'amie de sa fille lui ressemblait par sa charmante sensibilité.

Quant aux bons mots de Mr Sedley, Rebecca en riait de si bon cœur et avec une telle persévérance, que le bonhomme en était ravi. Ce n'était pas seulement auprès des chefs de la famille que miss Sharp se trouvait en faveur ; elle était au mieux avec mistress Blenkinsop, pour avoir pris le plus grand intérêt à la confection de ses confitures de framboises, opération qui s'accomplissait alors dans la salle des conserves de la maison. Elle continuait à appeler Sambo son bon monsieur, ou monsieur Sambo, à la grande satisfaction de cet honnête domestique ; elle s'excusait auprès de la femme de chambre de la peine qu'elle lui donnait en la sonnant, et cela avec une si grande douceur, une si grande humilité, qu'on la prônait autant à l'office qu'au salon.

Une fois, en regardant des dessins qu'Amélia avait fait venir de la pension, il lui en tomba un entre les mains qui la fit soudain éclater en larmes et quitter la chambre. C'était le jour où Jos Sedley faisait sa seconde apparition.

Amélia monta auprès de son amie pour connaître la cause de ce chagrin ; cette excellente jeune fille revint sans Rebecca, mais elle était pour le moins aussi affectée qu'elle.

– Vous savez, maman, que son père était notre maître de dessin. Il parvenait toujours à améliorer nos dessins.

– Oui, chère enfant, je me rappelle que j'ai entendu dire à miss Pinkerton qu'il n'y touchait pas, mais qu'il leur donnait de la force.

– C'est cela, c'est ce qu'on appelle le coup de force, ma chère maman. À la vue de ces dessins,

Rebecca s'est rappelé son père, qui y travaillait. Cette pensée lui est venue tout à coup, et voilà pourquoi vous l'avez vue…

– La pauvre enfant est tout cœur, dit mistress Sedley.

– Je voudrais bien qu'elle restât avec nous une semaine de plus, dit Amélia.

– Elle a, reprit Jos, quelque chose de diabolique comme miss Cutler, que je rencontrai à Dumdum, mais elle est plus belle. Miss Cutler est maintenant mariée avec Lance, chirurgien d'artillerie. Vous ai-je dit, madame, qu'une fois Quintin, du 14e, paria avec moi que…

– Joseph, nous connaissons l'histoire, dit Amélia en riant. Laissez cela de côté, et persuadez maman d'écrire un mot à sir Crawley.

– N'avait-il pas un fils aux Indes dans les dragons légers du roi ?

– Eh bien ! vous lui écrirez pour qu'il accorde encore quelques jours de grâce à cette pauvre Rebecca. La voici, les yeux rouges d'avoir pleuré.

– Je suis mieux maintenant, dit la jeune fille avec son plus doux sourire ; puis, prenant la main que lui présentait la bonne mistress Sedley, elle la baisa respectueusement. Que vous êtes tous bons pour moi ! Tous, ajouta-t-elle avec un sourire, excepté vous, monsieur Joseph.

– Moi, dit Joseph méditant un moment pour savoir s'il n'allait pas partir. Juste ciel ! grand dieu ! Miss Sharp !

– Comment avez-vous pu être assez barbare pour me faire manger cet horrible mets au poivre, le premier jour que je vous vis ? Vous n'êtes pas si bon pour moi que ma chère Amélia.

– C'est qu'il ne vous connaît pas si bien, s'écria Amélia.

– Je défie qui que ce soit de n'être pas bon pour vous, ma chère, reprit la mère.

– Le curry était excellent, en vérité il l'était, dit Joseph d'un ton grave. Peut-être n'y avait-il pas assez de jus de citron. Non, il n'y en avait pas assez.

– Et les chilis ?

– Par Jupiter, y avait-il là de quoi vous faire crier si fort ? dit Jos, encore tout pénétré de ce qu'il y avait de risible dans cette aventure, et éclatant d'un fou rire qui s'arrêta soudainement comme d'habitude.

– J'aurai soin de vous laisser choisir pour moi une autre fois, dit Rebecca.

Et comme ils descendaient pour dîner :

– Je ne comprends pas que des hommes trouvent du plaisir à mettre ainsi de pauvres filles dans l'embarras.

– Vraiment, miss Rebecca, je ne voudrais pas vous chagriner pour tout au monde.

– Non, dit-elle, je sais que vous ne le voudriez pas.

En même temps elle lui fit avec sa petite main un serrement gracieux et la retira tout effrayée ; puis, pour la première fois, le regardant un instant en face, elle abaissa aussitôt les yeux sur les tringles du tapis.

Je ne voudrais pas affirmer que le cœur de Jos ne battit pas d'aise à cette marque d'intérêt, pleine de timidité et de grâce, venant d'une simple jeune fille.

C'était une avance que peut-être des dames d'une conduite et d'un tact irréprochables eussent condamnée comme un peu risquée ; mais considérez que la pauvre Rebecca avait tout à faire à elle seule. Quand une personne est trop pauvre pour avoir une servante, quelque élégante qu'elle soit, il faut bien qu'elle balaye sa chambre elle-même ; quand une jeune personne n'a pas de mère pour négocier ses affaires avec un jeune homme, il faut bien qu'elle s'en occupe elle-même.

C'est encore un bienfait du ciel que les femmes n'exercent pas leur pouvoir plus souvent, car nous ne pourrions leur résister. Elles n'ont qu'à montrer la plus légère inclination, les hommes sont aussitôt à leurs genoux. Vieux ou laids, nous sommes tous les mêmes. Je pose en principe qu'une femme, à moins d'être absolument bossue, peut épouser *celui qu'elle préfère*. Félicitons-nous donc si ces aimables créatures sont comme les oiseaux du ciel, et ne connaissent pas leur pouvoir ; autrement elles nous tiendraient à leur entière discrétion.

« Voilà précisément, pensa Joseph en entrant dans la salle à manger, comme j'ai commencé avec miss Cutler à Dumdum. »

Pendant le dîner, miss Sharp lui adressa plusieurs œillades moitié tendres, moitié plaisantes, à propos des plats ; elle était maintenant avec la famille sur le pied d'une entière familiarité, et les deux jeunes filles s'aimaient comme deux sœurs. C'est ce qui arrive toujours à deux jeunes filles qui restent dix jours ensemble dans la même maison.

Comme pour mieux avancer encore les projets de Rebecca, Amélia rappela à son frère une promesse qu'il lui avait faite aux dernières fêtes de Pâques.

– Quand j'étais à la pension, dit-elle en riant, vous, Joseph, vous m'avez promis de me mener au Vauxhall[14]. Maintenant que Rebecca est avec nous, l'occasion ne saurait être meilleure.

– Délicieux ! dit Rebecca battant des mains.

Mais elle se recueillit aussitôt, et reprit un air de retenue qui était bien fait pour une créature aussi modeste.

– Aujourd'hui ce n'est pas le jour, dit Jos.

– Eh bien ! demain.

– Demain, je dîne dehors avec votre père, dit mistress Sedley.

– Vous ne supposez pas que je veuille y aller, madame Sedley ! lui dit son mari. Et ce n'est pas à une femme de votre âge et de votre condition à s'exposer au froid, dans un trou aussi humide.

– Mais il faut que ces enfants aient quelqu'un avec eux, reprit mistress Sedley.

– Jos n'y va-t-il pas ? dit le père en riant. Il est assez gros à lui tout seul pour nous remplacer tous deux.

---

14. Lieu de plaisir au XVIIIe siècle.

Cette parole fit éclater de rire jusqu'à maître Sambo, qui se trouvait au buffet, et le pauvre diable de Joseph eut une tentation de parricide.

– Desserrez son corset, continua l'impitoyable railleur, jetez-lui un peu d'eau sur le visage, miss Sharp, ou bien remontez-le dans sa chambre. Le malheureux se trouve mal : portez-le dans sa chambre ; il ne pèse pas une plume.

– Le diable m'emporte si j'y tiens plus longtemps, monsieur ! hurla Joseph.

– Sambo, faites avancer l'éléphant du seigneur Jos ! cria le père. Envoyez à Exeter-Change.

Mais voyant Joseph prêt à éclater de dépit, le vieux plaisant cessa de rire, et tendant la main à son fils :

– On se permet tout à la Bourse, mon cher Jos. Et toi, Sambo, donne-moi un verre de champagne, ainsi qu'à notre ami Jos. Boney[15] lui-même n'en a pas de pareil dans sa cave, mon garçon.

Un verre de champagne rendit à Joseph sa bonne humeur. Avant que la bouteille fût vide, et en sa qualité de malade il n'en but que les deux tiers, il consentit à conduire les deux jeunes filles au Vauxhall.

– Il faut, dit le père, que ces jeunes filles aient chacune un cavalier. Jos perdra sûrement Emmy dans la foule, parce qu'il sera accaparé par miss Sharp. Envoyez au 26 demander à George Osborne s'il veut bien venir.

---

15. Diminutif péjoratif de Bonaparte.

Je ne sais pourquoi mistress Sedley regarda son mari en riant. Les yeux de Mr Sedley prirent une expression de malice difficile à rendre. Il regarda Amélia, et Amélia, penchant la tête, rougit comme les jeunes personnes de dix-sept ans savent seules rougir, comme miss Rebecca Sharp n'avait jamais rougi de sa vie, ou au moins depuis l'âge de huit ans, où sa grand-mère l'avait surprise volant des confitures dans l'armoire.

– Amélia ferait bien d'écrire un mot, dit le père, et George Osborne verrait la belle écriture que nous avons rapportée de chez miss Pinkerton. Vous rappelez-vous, Emmy, quand vous lui avez écrit de venir le jour des Rois et que vous n'aviez pas mis d'*s* à rois ?

– Il y a longtemps de cela, dit Amélia.

– Il me semble que c'est encore hier, John, dit mistress Sedley à son mari.

Le même soir, dans le cours d'une conversation qui eut lieu dans une pièce du premier étage, sous une espèce de tente faite de riche mousseline de l'Inde avec des dessins bizarres et une doublure de calicot rose tendre, et servant à abriter un lit de plumes bien moelleux, garni de deux bons oreillers sur lesquels s'épanouissaient deux faces rubicondes et bouffies, l'une dans un bonnet de nuit à dentelles, l'autre dans un simple bonnet de coton se terminant par une mèche ; bref, dans *un sermon entre deux draps*, mistress Sedley reprocha à son mari son acharnement contre le pauvre Jos.

– C'est bien mal de votre part, monsieur Sedley, de tourmenter ainsi ce pauvre garçon.

– Ma chère amie, répliqua le bonnet de coton, se disposant à défendre sa conduite, Jos a encore plus de vanité que vous n'en avez jamais eu, et vous en aviez déjà beaucoup pour votre part. Ce n'est pas qu'il y a quelque trentaine d'années… vers 1780… ou environ… vous n'ayez eu le droit d'être vaine. Mais je perds patience avec Jos et sa pudeur pleine d'affectation. C'est être plus Joseph que Joseph lui-même. Tout le temps se passe, pour le drôle, à penser à lui ; avec cela qu'il est beau garçon. Je serais bien étonné, madame, si nous n'avions pas quelque affaire avec lui. Il y a ici une petite amie d'Emmy qui lui fait la cour de fort près, cela crève les yeux. S'il ne tombe pas dans les filets de celle-là, ce sera dans ceux d'une autre. La destinée de cet homme est d'être la pâture d'une femme, comme la mienne est d'aller tous les jours à la Bourse. Et encore, ma chère, nous devrons lui savoir gré de ne pas nous donner pour belle-fille une négresse[16]. Mais, notez bien mes paroles, la première qui lui jette une amorce le fait mordre à l'hameçon.

– Eh bien ! elle partira demain, cette petite intrigante, dit mistress Sedley dans un beau mouvement d'énergie.

– Autant elle qu'une autre, mistress Sedley ; cette jeune fille a la peau blanche, après tout. Peu

16. *Ibidem*, voir note 8 page 24.

m'importe quelle femme épousera Jos ; laissons-le suivre ses goûts.

Les deux interlocuteurs se turent ; à la place de leur voix on n'entendit plus qu'une musique nasale, fort agréable sans doute, mais peu romantique, et, sans les cloches qui sonnaient les heures et le gardien de nuit qui les annonçait, le plus profond silence eût régné dans la maison de John Sedley de Russell-Square.

Quand le matin fut arrivé, la bonne mistress Sedley ne songea plus à exécuter ses projets contre miss Sharp ; car, bien qu'il n'y ait rien au monde de plus douloureux, de plus commun ni de plus excusable que la jalousie maternelle, cependant elle ne pouvait se persuader que cette petite gouvernante si humble, si reconnaissante, si prévenante, osât jeter ses vues sur un personnage aussi considérable que le receveur de Boggley-Wollah. De plus, on avait déjà expédié la demande en prolongation de séjour pour la jeune fille, et il eût été difficile de trouver un prétexte pour la renvoyer si soudainement.

Tout, jusqu'aux éléments, semblait conspirer en faveur de l'aimable Rebecca, bien qu'ils parussent d'abord se déclarer contre elle. Le soir marqué pour la partie du Vauxhall, George Osborne étant venu dîner chez les Sedley, tandis que le père et la mère se rendaient à leur invitation chez l'alderman[17] Balls,

---

17. Membre d'une assemblée ou d'un conseil municipal au Royaume-Uni.

à Highbury-Burn, il survint un orage accompagné de tonnerre, comme il en éclate tout exprès lorsqu'on doit aller au Vauxhall, et la bande joyeuse fut obligée de rester à la maison. Mr Osborne n'eut pas le moins du monde l'air fâché de ce contretemps. Lui et Joseph Sedley burent en tête-à-tête, dans la salle à manger, une honnête quantité de vin de Porto ; et, le verre à la main, Sedley raconta une foule de ses meilleures histoires de l'Inde. Il était très communicatif en compagnie d'autres hommes. Miss Amélia Sedley fit ensuite les honneurs du salon, et les quatre jeunes gens passèrent ensemble une soirée si agréable, qu'ils se déclarèrent fort satisfaits du coup de tonnerre qui les avait forcés de remettre leur visite au Vauxhall.

Osborne était le filleul de Sedley, et comptait à ce titre dans la famille depuis à peu près vingt-trois ans. À six semaines, il avait reçu de John Sedley une timbale d'argent ; à six mois, un hochet en corail avec sifflet et sonnettes d'or ; et depuis lors, à la Noël, il avait régulièrement touché ses étrennes du père Sedley. Il se rappelait parfaitement qu'au retour de l'école il avait été rossé plus d'une fois par Joseph Sedley lorsque celui-ci était un gros luron et que George était encore un enragé gamin de dix ans. Aussi, ses rapports avec elle étaient-ils aussi familiers que pouvaient les rendre de vieilles relations et un échange continuel de bons procédés.

– Vous rappelez-vous, Sedley, votre fureur lorsque je coupai les glands de vos bottes à la hongroise, et comment miss… je veux dire Amélia, m'épargna une raclée en se jetant à genoux et en suppliant son frère Jos de ne point battre son petit George ?

Jos se rappelait parfaitement bien cette circonstance remarquable, mais il déclara qu'il l'avait oubliée.

– Eh bien ! vous rappelez-vous d'être venu me voir dans un cabriolet chez le docteur Swishtail avant de partir pour l'Inde, et de m'avoir donné une demi-guinée et une tape sur la joue ? Je m'étais mis dans la tête que vous deviez avoir au moins sept pieds de haut, et je fus tout étonné, à votre retour de l'Inde, de ne pas vous trouver plus grand que moi.

– Quel bon cœur que ce Mr Sedley d'aller vous voir à la pension et de vous donner de l'argent ! dit Rebecca avec un accent marqué d'approbation.

– Surtout lorsque je lui avais coupé les glands de ses bottes. On n'oublie jamais les présents reçus à la pension ni ceux qui les font.

– J'aime beaucoup les bottes hongroises, dit Rebecca.

Jos Sedley, qui admirait singulièrement ses jambes et portait toujours cette prétentieuse chaussure, fut fort satisfait de cette remarque, ce qui ne l'empêcha pas pendant qu'on la faisait de cacher bien vite ses jambes sous sa chaise.

– Miss Sharp, dit George Osborne, vous qui avez un si beau talent d'artiste, vous devriez faire un tableau historique de la scène des bottes. On verrait Sedley secouant d'une main une de ses bottes outragées, et de l'autre s'en prenant au jabot de ma chemise. Amélia serait à genoux auprès de lui tendant ses petites mains, et on chercherait pour ce tableau un titre allégorique, comme à tous les frontispices des abécédaires.

– Je n'ai pas le temps de le faire ici, dit Rebecca. Je le ferai quand je serai partie.

Et en même temps elle baissa la voix et laissa échapper un regard si triste et si douloureux, que chacun sentit combien son sort était cruel et combien on aurait de chagrin à se séparer d'elle.

– Que je voudrais vous voir rester plus longtemps, ma chère Rebecca ! dit Amélia.

– Pourquoi ? répondit-elle avec un accent plus triste encore. Puissé-je être la seule à ressentir toute la peine, tout le chagrin de cette séparation !

Amélia commença à donner un libre cours à son infirmité naturelle, à cette abondance de larmes qui, comme nous l'avons dit, était le seul défaut de cette naïve créature.

George Osborne regarda les deux jeunes femmes avec une émotion mêlée de curiosité. Du fond de sa large poitrine, Joseph Sedley laissa échapper quelque chose qui ressemblait à un soupir et en même temps il jeta les yeux sur ses chères bottes à la hongroise.

– Faisons de la musique, miss Sedley… Amélia, dit George, qui éprouvait à ce moment un entraînement extraordinaire et presque irrésistible à prendre dans ses bras la jeune fille et à la couvrir de baisers devant toute la compagnie ; et miss Sedley lui jetait aussi un coup d'œil rapide.

Il ne serait peut-être pas vrai de dire que ce fut alors seulement qu'ils ressentirent de l'amour l'un pour l'autre, car ces deux enfants avaient été élevés par leurs parents avec la pensée d'un mariage à venir, et depuis plus de dix ans il y avait entre les deux familles comme une espèce de convention à ce sujet. On se dirigea vers le piano, placé, comme tous les pianos, dans le salon de derrière, et, comme il faisait presque sombre, miss Amélia donna tout naturellement la main à Mr Osborne, qui, beaucoup mieux qu'elle, pouvait distinguer la route à travers les chaises et les canapés. Cet arrangement laissa Mr Joseph Sedley en tête-à-tête avec Rebecca à la table de l'autre salon, où celle-ci achevait une bourse de soie verte.

– Il n'y a pas besoin de demander les secrets de la famille, dit miss Sharp, ils viennent de nous dire les leurs.

– Aussitôt qu'il aura sa compagnie, dit Joseph, je crois que ce sera une affaire réglée. George Osborne est le meilleur garçon de la terre.

– Et votre sœur est la plus aimable créature qui soit au monde, ajouta Rebecca. Heureux celui qui l'aura pour femme !

Et Rebecca poussa un grand soupir.

Lorsque deux jeunes gens non mariés traitent dans le tête-à-tête des sujets aussi délicats, c'est la preuve qu'une grande confiance et une grande intimité règnent entre eux. Il est inutile de faire un récit bien détaillé de la conversation qui s'engagea entre Mr Sedley et la jeune fille ; car, d'après le spécimen que nous venons d'en donner, elle n'avait rien de bien saillant pour l'esprit et l'éloquence, deux choses assez rares dans les sociétés intimes et même partout ailleurs, si ce n'est dans certains romans qui ont la prétention d'en mettre partout. Comme on faisait de la musique dans la chambre à côté, Joseph et Rebecca furent conduits tout naturellement à parler à voix basse ; et cependant le couple qui se trouvait dans la pièce voisine n'eût pas été dérangé par leur conversation, quelque haute qu'elle pût être, tant il était occupé de ses propres affaires.

C'était peut-être la première fois de sa vie que Mr Sedley parlait sans la moindre hésitation, la moindre timidité, à une personne de l'autre sexe. Miss Rebecca lui adressa un grand nombre de questions sur l'Inde, ce qui lui donna l'occasion de raconter plusieurs anecdotes intéressantes sur ce pays et sur lui-même. Il dépeignit les bals du palais du gouverneur, les moyens de se tenir au frais sous ce climat brûlant, les nattes, les éventails et les autres ressources. C'étaient tantôt des sorties railleuses contre tous ces Écossais que lord Minto, le gouverneur général, avait pris sous sa protection, tantôt la description d'une chasse au tigre, et comment le cornac de son éléphant avait été arraché de son siège par un de ces animaux furieux. Rebecca prenait plaisir aux bals du gouverneur, riait des histoires des aides de camp écossais, en appelant Mr Sedley mauvaise langue, puis elle tremblait de crainte à l'histoire de l'éléphant.

– Par affection pour votre mère, mon cher Sedley, disait-elle, par affection pour vos amis, promettez-moi de ne plus jamais aller à ces terribles expéditions.

– Peuh ! peuh ! miss Sharp, dit-il en redressant les pointes de son col, c'est le danger seul qui rend ce délassement plus agréable.

Il n'avait été qu'une fois à la chasse au tigre, le jour de l'accident en question, et on l'avait ramené à moitié mort, non des morsures du tigre, mais de l'effroi qu'il avait ressenti. À mesure qu'il parlait, son courage grandissait ; enfin il poussa l'audace jusqu'à demander à Rebecca pour qui était cette bourse de soie verte, et il se sentit tout surpris et tout charmé de la manière gracieuse dont il s'y prenait.

– C'est pour quelqu'un qui en a besoin, dit Rebecca, lui décochant son regard le plus séducteur.

Sedley se préparait à lui adresser un discours plein d'éloquence :

– Ô miss Sharp, comment…

Une romance exécutée dans l'autre pièce venait de finir, ce qui lui permit de s'entendre parler si distinctement qu'il s'arrêta, rougit et souffla dans son nez avec une grande agitation.

– Avez-vous jamais rien entendu de pareil à l'éloquence de votre frère ? dit tout bas Mr Osborne à Amélia. En vérité, votre amie fait des miracles.

– Plus elle en fera, mieux cela vaudra, dit miss Amélia qui, comme toutes les femmes ayant un écu au soleil, aimait à faire des mariages et aurait été bien aise que Joseph emmenât une femme dans l'Inde. Dans ce peu de jours de vie commune avec Rebecca, elle avait senti croître son amitié pour elle par la découverte d'une foule de vertus et d'aimables qualités dont elle ne s'était jamais aperçue pendant qu'elles étaient ensemble à Chiswick. Car l'affection des jeunes femmes pousse comme les arbres du pas des fées, et atteint jusqu'au ciel en une nuit. Il ne faut pas leur en vouloir si, après leur mariage, ce besoin d'aimer se dissipe. C'est ce que l'école sentimentale, qui aime à se repaître de grands mots, appelle un transport de l'âme vers l'idéal, et cela signifie simplement que les femmes ne sont satisfaites que lorsqu'elles ont des maris et des enfants sur lesquels elles peuvent concentrer leur affection, qui se dépense pour eux en menue monnaie.

Après avoir épuisé son petit répertoire de musique et être demeurée assez longtemps dans le salon de derrière, il parut convenable à miss Amélia de demander à son amie de chanter.

– Vous ne m'auriez pas écoutée, dit-elle à Mr Osborne, bien qu'elle n'en pensât pas un mot, si vous aviez entendu mon amie la première.

– Je déclare cependant à miss Sharp, répliqua Mr Osborne, que, pour moi, soit à tort soit à raison, miss Amélia Sedley est la première chanteuse du monde.

– Vous allez l'entendre, dit Amélia.

Joseph Sedley se trouvait désormais assez apprivoisé ; aussi il s'empressa de porter les bougies au piano. Osborne donna à entendre qu'il aimerait autant rester dans l'obscurité mais miss Sedley, en riant, refusa de lui faire plus longue compagnie, et tous deux, en conséquence, suivirent Mr Joseph. Rebecca chanta beaucoup mieux que son amie, tout en laissant Mr Osborne libre de garder son opinion ; elle se surpassa elle-même, au grand étonnement d'Amélia, qui ne l'avait jamais entendue si bien exécuter. Elle chanta une romance française que Joseph ne comprit pas le moins du monde, que George déclara ne pas comprendre davantage, et de plus quelques-unes de ces ballades à la mode il y a quarante ans et dont les *Loups de mer anglais*, *Notre Roi*, la *Pauvre Suzanne*, *Marie aux yeux bleus* font en général le sujet. Elles ne sont pas très brillantes, il est vrai, au point de vue musical, mais contiennent un appel à ces sentiments bons, naturels et simples, que le peuple comprend bien mieux que ce mélange de *lagrime, sospiri e felicità* de l'éternelle musique de Donizetti dont nous jouissons aujourd'hui.

Une conversation du genre sentimental, en rapport avec le sujet, prenait place entre chaque romance. Sambo, après avoir servi le thé, le cordon bleu, et jusqu'à mistress Blenkinsop, la gouvernante, vinrent écouter sur le palier.

Parmi ces romances, il s'en trouvait une, la dernière du concert, dont voici à peu près le sens :

Sur la bruyère
Solitaire
Le vent courait en gémissant ;
Dans la chaumière
Chaude et claire,
L'âtre flambait retentissant.
Un orphelin passa le long de la chaumière,
Et sentit du foyer le souffle bienfaisant :
La bise de la nuit lui parut plus glacée,
Et plus froide la neige à ses pieds amassée !…
Il s'éloignait, le pauvre enfant,
Engourdi, défaillant…
De douces voix le saluèrent
Et tendrement le rappelèrent
Vers l'âtre hospitalier
Que la flamme colore.
Le jeune bachelier
Repartit à l'aurore,
Et l'âtre hospitalier
Quand il partit flambait encore.
Plus tristement chemine
Le pauvre voyageur…
Las ! écoutez le vent sur la colline
Du pauvre voyageur,
Qui tristement chemine.
Prenez pitié, Seigneur…

Ces vers revenaient sur le sentiment précédemment exprimé par ces mots : *Quand je serai partie.* À la fin de cette romance, la voix de miss Sharp ne laissait plus échapper que des notes sourdes et mélancoliques. Chacun comprit l'allusion à son départ et au triste isolement de l'orpheline. Joseph Sedley, qui était fou de musique et avait le cœur sensible, ressentit le plus vif ravissement tant que dura la romance, et la plus profonde émotion lorsqu'elle fut finie. S'il avait eu du courage, si miss Sedley et George Osborne fussent restés, suivant la proposition de celui-ci, dans l'autre pièce, le célibat de Joseph Sedley touchait à sa fin, et il n'y aurait pas eu besoin d'écrire cette histoire. Mais, après avoir chanté, Rebecca quitta le piano et, donnant la main à Amélia, passa dans l'autre pièce, où régnait une demi-obscurité. Au même instant apparut maître Sambo, portant un plateau couvert de sandwichs, de fruits confits, de verres et de carafes de cristal, ce qui attira sans partage l'attention de Joseph Sedley. Quand les parents rentrèrent de leur dîner, ils trouvèrent les jeunes gens si occupés de leur conversation, qu'ils n'avaient pas même entendu l'arrivée de la voiture et Mr Joseph était en train de dire :

– Ma chère miss Sharp, une petite cuillerée de gelée, pour vous remettre après votre admirable, votre délicieuse exécution.

– Bravo ! Jos, fit Mr Sedley.

En entendant cette voix railleuse qui ne lui était que trop connue, Jos, saisi d'effroi, retomba dans son silence accoutumé et s'esquiva au plus vite. Il ne resta point éveillé toute la nuit à réfléchir s'il était aimé ou non de miss Sharp : la passion de l'amour ne troubla jamais ni l'appétit ni le sommeil de Mr Joseph Sedley ; mais il médita quelque temps en lui-même qu'il serait bien délicieux d'entendre des chants si doux lorsqu'il serait privé du grand théâtre, que cette jeune fille était pleine de distinction, qu'elle parlerait français mieux que la femme du gouverneur général et qu'elle produirait une grande sensation dans les bals de Calcutta.

« Il est évident que la pauvre colombe a de l'amour pour moi, pensa-t-il. Pour la richesse, elle en a autant que toutes les filles qui partent pour l'Inde. Je pourrais chercher plus loin et trouver plus mal, en vérité ! »

Le sommeil le surprit au milieu de ses méditations.

Nous ne chercherons pas à découvrir si miss Sharp, de son côté, passa toute sa nuit à se demander ce qui allait advenir de tout ceci. Le lendemain matin, Mr Joseph se présenta avant le déjeuner, aussi inévitable que la destinée. Jamais il n'avait fait autant d'honneur à Russell-Square. George Osborne s'y trouvait aussi depuis quelque temps, occupé, disait-il, à aider Amélia, qui écrivait à ses douze meilleures amies de Chiswick Mall, et Rebecca continuait son travail de la veille, tandis que le buggy de Jos s'éloignait après que la porte eut retenti sous un bruyant coup de marteau.

Le receveur de Boggley-Wollah monta tout haletant les escaliers qui conduisaient au salon. Des regards d'intelligence furent échangés entre Osborne et miss Sedley qui, avec un sourire malicieux, regardèrent Rebecca toute rougissante, et dont les longues boucles cachaient à moitié la figure. Son cœur battait bien fort lorsque Joseph se montra sur la porte, Joseph tout essoufflé avec des bottes brillantes et dans tout leur premier vernis, Joseph dans un habit qu'il mettait pour la première fois, tout rouge de chaleur et de bonne santé derrière l'épais rempart de ses foulards. C'était un moment critique pour tout le monde, et Amélia était encore dans de plus grandes transes que les parties intéressées elles-mêmes.

Sambo, qui avait annoncé Mr Joseph, venait en riant à la suite du receveur ; il portait deux beaux bouquets de fleurs que le séducteur avait eu la galanterie d'acheter le matin même au marché de Covent Garden. Ils n'étaient pas, à beaucoup près, aussi fournis que ces espèces de bottes de foin que nos dames portent dans les soirées.

Les jeunes filles reçurent avec grand plaisir ce présent, que Joseph accompagna, pour chacune d'elles, d'un majestueux et gauche salut.

– Bravo ! Jos, s'écria Osborne.

– Merci, mon cher Joseph, dit Amélia, toute prête à embrasser son frère, pour peu qu'il s'y fût prêté.

Pour un baiser d'une aussi douce créature qu'Amélia, j'achèterais bien sans marchander toutes les serres de Mr Lee.

– Oh ! les belles, les admirables fleurs ! s'écria miss Sharp ; puis elle osait à peine les sentir, les pressait sur son sein, les contemplait dans l'extase de l'admiration. Peut-être regardait-elle le bouquet de si près pour s'assurer s'il n'y avait pas quelque billet doux caché entre les fleurs.

Mais il n'y avait point de lettre.

– Dites donc, Sedley, parle-t-on le langage des fleurs à Boggley-Wollah ? demanda Osborne en riant.

– Laissez-nous avec vos fadaises, répliqua le sentimental jeune homme. Je les ai achetées chez Nathan. Je suis bien aise que vous les trouviez à votre goût. J'ai acheté en même temps un ananas que j'ai donné à Sambo pour qu'il le prépare en salade ; c'est très rafraîchissant et très agréable par ce temps chaud.

Rebecca dit alors qu'elle n'avait jamais goûté d'ananas, et que depuis longtemps elle désirait savoir ce que c'était.

La conversation en était là, lorsque Osborne quitta la pièce, je ne sais sous quel prétexte, et Amélia sortit aussi, peut-être pour ordonner qu'on mît l'ananas en tranches ; toujours est-il que Joseph resta seul avec Rebecca, qui avait repris sa bourse de soie verte, et dont les aiguilles se mouvaient avec rapidité sous ses doigts blancs et effilés.

– Quelle magnifique, quelle *mâââgnifique* romance vous nous avez chantée cette nuit, miss Sharp ! lui dit le receveur. Peu s'en est fallu que je n'éclatasse en sanglots ; d'honneur ! peu s'en est fallu.

– Parce que vous avez bon cœur, monsieur Joseph ; il en est de même chez tous les Sedley.

– Elle m'a tenu éveillé toute la nuit, et j'essayais de la fredonner ce matin dans mon lit. Oui, d'honneur, j'essayais. Gollop, mon docteur, est venu à onze heures, car je suis un pauvre malade, vous savez ; et Gollop vient me voir tous les jours. Eh bien ! il m'a trouvé chantant comme un enragé.

– En vérité, vous me faites rire ; je voudrais bien vous entendre chanter.

– Moi ! sûrement pas, mais vous, miss Sharp, ma chère miss Sharp, chantez-la encore.

– Non, pas maintenant, monsieur Sedley, dit Rebecca avec un soupir. Je ne suis guère en humeur de chanter, et, de plus, il faut que je termine cette bourse. Voulez-vous m'aider, monsieur Sedley ?

Et, avant d'avoir eu le temps d'y réfléchir, Mr Joseph Sedley, de la Compagnie des Indes orientales, se trouvait en tête-à-tête avec une jeune femme à laquelle il adressait ses regards les plus brûlants, les bras tendus vers elle, dans l'attitude la plus suppliante, les mains engagées dans l'écheveau de soie verte qu'elle était occupée à dévider.

***

C'est dans cette position romantique qu'Osborne et Amélia trouvèrent ce couple intéressant, quand ils revinrent annoncer que la salade était prête.

L'écheveau était enroulé autour de la carte, mais Joseph Sedley n'avait encore parlé de rien.

– Ce sera assurément pour ce soir, ma chère, dit Amélia en serrant la main de Rebecca.

De son côté, Joseph Sedley, comme par une entente secrète, se dit à lui-même : « J'aborderai la question de front, ce soir, au Vauxhall. »

CHAPITRE V
L'ami Dobbin

La bataille entre Cuff et Dobbin, et l'issue inattendue de cette lutte resteront longtemps dans la mémoire de tous ceux qui ont été élevés dans la célèbre institution du docteur Swishtail. Dobbin, connu sous les noms de Dobbin *le Cancre*, Dobbin *la Chiffe*, et autres termes de mépris à l'usage des écoliers, passait pour être le plus engourdi, le plus épais, le plus lourd de tous les pensionnaires du docteur Swishtail. Il avait pour père un épicier de la Cité, et le bruit courait qu'il était reçu dans la maison du docteur Swishtail d'après un système de libre échange, c'est-à-dire que le montant de sa pension était payé par son père en nature, et non en argent. Avec son pantalon et sa jaquette de velours à côtes, dont ses membres gros et gras faisaient craquer les coutures, il passait à l'intérieur de l'école pour représenter de son chef tant de livres de thé, de sucre, de chandelle, de savon, de raisins secs, dont la plus grande consommation n'était pas pour les puddings de l'établissement. Ce fut un jour néfaste pour le petit Dobbin que celui où l'un des plus jeunes de l'école, ayant parcouru la ville pour aller faire la chasse aux saucissons et aux nougats, reconnut à la porte de l'instituteur le haquet de la maison Dobbin et Rudge, épiciers et marchands d'huile, Thames-Street, à Londres, pendant que l'on déchargeait un convoi de marchandises dont cette maison faisait commerce.

À partir de ce moment, il n'y eut plus de repos pour le jeune Dobbin. Les plaisanteries tombèrent sur lui sans pitié.

– Eh bien ! Dobbin, disait un de ces drôles, bonnes nouvelles dans le journal, le sucre est en hausse, mon garçon.

Un autre lui posait le problème suivant :

– Si une livre de chandelle vaut quatorze sous et demi, combien vaudra Dobbin ?

Puis c'étaient des éclats de rire au milieu de cette troupe de garnements, qui jugeaient dans leur sagesse que la vente en détail est un commerce honteux et déshonorant, bon tout au plus à exciter le mépris et le dédain des grands seigneurs de leur trempe.

– Votre père, Osborne, n'est rien de plus qu'un marchand, dit Dobbin en particulier au jeune drôle qui avait soulevé la tempête contre lui.

– Mon père, répondit l'autre avec hauteur, est gentilhomme et sait garder son rang.

William Dobbin se retira dans un coin de la cour, où il passa le reste de la récréation en proie à la plus vive tristesse, au chagrin le plus cuisant. Qui parmi nous ne se rappelle ces heures pénibles et amères, ces douleurs de notre enfance ? Qui mieux qu'un enfant ressent l'injustice ? Qui tremble plus devant la raillerie ? Qui a un sentiment aussi pénétrant du mal qu'on lui fait, une gratitude aussi expansive pour un acte de bonté ? Et vous ne craignez pas de flétrir, de torturer ces jeunes âmes ! et pourquoi, mon Dieu ? pour une malheureuse erreur d'arithmétique, pour l'amour de ce damné latin.

William, par suite de son incapacité à apprendre les éléments de ladite langue tels qu'ils sont présentés dans le merveilleux ouvrage intitulé *Grammaire latine d'Eton*, se vit relégué parmi les débutants du docteur Swishtail. Il était toujours surpassé par de petits enfants à la face joufflue et rose, portant des brassières et des tabliers, au milieu desquels il s'élevait comme un géant. Son regard errant et stupéfait, son abécédaire écorné et son pantalon à côtes qui lui serrait la jambe, le désignaient aux sarcasmes des autres écoliers ; petits et grands, tous étaient après lui. Ils s'amusaient à coudre ses culottes pour les faire encore plus étroites qu'elles n'étaient. Ils coupaient les sangles de son lit. Ils renversaient les tables et les bancs de manière à lui faire rompre les jambes, ce qui ne manquait jamais. Ils lui envoyaient des paquets renfermant du savon et des chandelles de chez son père. Le moindre petit drôle avait une farce et une plaisanterie à l'adresse de Dobbin. Il supportait tout avec une résignation muette et digne de pitié.

Cuff, au contraire, était le meneur de la maison Swishtail et y donnait le ton. Il y introduisait du vin en fraude, rossait les externes et faisait venir son cheval à la porte de la pension pour s'en retourner chez lui le samedi. Il avait apporté dans sa chambre ses bottes à hautes tiges, avec lesquelles il allait à la chasse les jours de congé. Il avait une montre d'or à répétition et il prenait du tabac comme le docteur. C'était un des habitués de l'Opéra, et il connaissait le fort et le faible de chaque acteur : il préférait Kean à Kemble. Il pouvait vous mettre sur leurs pieds quarante vers latins à l'heure, et n'était pas étranger à la poésie française. Que ne savait-il pas ? Que ne pouvait-il faire ? Le docteur lui-même, disait-on, tremblait devant sa supériorité.

Cuff était donc le souverain reconnu par ses camarades ; il les gouvernait et les écrasait de son importance, sans que l'on songeât le moins du monde à contester ses droits. L'un cirait ses souliers, l'autre faisait griller son pain, d'autres étaient chargés de ses commissions ou lui apportaient la balle au jeu de paume, dans les grandes chaleurs de l'été. Dobbin était celui qu'il méprisait le plus. Bien que toujours prêt à le bousculer et à rire de lui, il daignait rarement lui adresser la parole.

Un jour il y eut une dispute entre ces deux jeunes gens. Dobbin se trouvait seul dans la classe à griffonner un message pour la maison paternelle ; Cuff survient et lui enjoint de lui faire une commission dont l'objet était probablement quelque tarte aux cerises.

– Je ne puis, dit Dobbin, il faut que je finisse ma lettre.

– *Vous ne pouvez pas*, dit maître Cuff, faisant mine de vouloir s'emparer de la pièce d'écriture, dont beaucoup de mots étaient grattés, beaucoup d'autres mal écrits, et qui avait cependant coûté à Dobbin je ne sais combien de réflexions, de travail et de larmes ; car le pauvre garçon écrivait à sa mère, qui était folle de lui, bien qu'elle fût la femme d'un épicier et qu'elle habitât une arrière-boutique de Thames-Street. – Vous ne pouvez pas, dit Mr Cuff. Je voudrais bien savoir pourquoi, je vous prie ? vous n'avez qu'à écrire demain à la maman Figs.

– Ne pouvez-vous l'appeler par son nom ? dit Dobbin sortant de son banc dans la plus grande agitation.

– Eh bien ! allez-vous partir ? s'écria le tyran de l'école.

– Laissez cette lettre, répliqua Dobbin ; les *gensse* bien élevés ne lisent pas les lettres.

– Comment ! pas encore parti ? dit l'autre.

– Non, je ne partirai pas ; et prenez garde de me toucher, ou je vous assomme, vociféra Dobbin en s'élançant sur un encrier de plomb, et avec un regard si méchant que Cuff s'arrêta tout net, tira ses bouts de manches, mit ses mains dans ses poches et sortit en ricanant. Depuis lors il n'eut plus aucun rapport direct avec le fils de l'épicier ; nous devons toutefois lui rendre cette justice, qu'il traitait Mr Dobbin avec le plus souverain mépris quand celui-ci avait le dos tourné.

Quelque temps après cet événement, il arriva que Mr Cuff se trouva, par une chaude après-midi, non loin de William Dobbin, qui, étendu sous un arbre de la cour, se plongeait dans son exemplaire favori des *Mille et Une Nuits*. À l'écart des autres pensionnaires qui se livraient à divers jeux, il se trouvait presque heureux dans son isolement. Si on laissait les enfants abandonnés à eux-mêmes, si les maîtres cessaient de les tracasser, si les parents ne prétendaient pas diriger leurs pensées et dominer leurs goûts – ces goûts ou pensées qui sont un mystère pour tout le monde ; car, vous et moi, que savons-nous l'un de l'autre, de nos enfants, de nos pères, de nos voisins ? – et à coup sûr les pensées de ces pauvres enfants sont bien plus pures, bien plus sacrées que celles de ces êtres abrutis et corrompus auxquels est remis le soin de les diriger –, je le répète, si les parents et les maîtres laissaient un peu plus leurs enfants à eux-mêmes, le nombre des mauvais sujets ne s'accroîtrait pas autant, et ils en seraient quittes, pour le présent, à faire de moins grandes provisions de science.

William Dobbin, au moment où nous le prenons, avait oublié l'univers pour un autre monde où il avait accompagné Simbad le marin dans la vallée de diamants, ou le prince Machin et la fée Péribano, dans cette délicieuse caverne où le prince la rencontra et où nous n'étions pas fâchés d'aller faire nous-mêmes un petit tour. Des cris perçants comme ceux d'un enfant qui pleure le tirèrent de son agréable rêverie, et levant les yeux il aperçut devant lui Cuff qui travaillait les côtes d'un de ses jeunes camarades.

C'était justement le petit drôle qui avait dénoncé le commerce de l'épicier. Mais Dobbin, s'il avait du ressentiment, ne le gardait pas contre les plus petits et les plus jeunes.

– Pourquoi, petit gueux, vous êtes-vous avisé de casser cette bouteille ? disait Cuff à sa victime en brandissant au-dessus de sa tête une férule[18] redoutable.

Le jeune écolier avait reçu l'ordre d'escalader le mur de la cour à un certain endroit où l'on avait eu soin d'enlever les tessons de bouteilles qui en garnissaient la crête et de pratiquer des trous dans la brique ; puis il devait courir à un quart de mille de là, y acheter une pinte de rhum à crédit, braver tous les espions du docteur, et enfin redescendre dans la cour. C'était en accomplissant cette dernière partie de ses instructions que son pied avait glissé, que la bouteille s'était brisée, que la liqueur s'était répandue, que son pantalon avait été taché ; et il comparaissait devant son patron avec l'effroi d'un coupable, quoique au fond il fût bien innocent.

– Comment vous êtes-vous avisé de *la* briser, disait Cuff, petit fripon, petit voleur ? Vous avez

---

18. Instrument qui servait aux châtiments corporels des écoliers.

bu la liqueur et vous dites que vous avez brisé la bouteille. Tendez la main, monsieur le drôle.

La férule s'abaissa avec force sur la main du pauvre enfant ; un gémissement se fit entendre. Dobbin leva les yeux. Simbad le marin, la vallée de diamants, tout cela maintenant était bien loin dans les nuages. Pour l'honnête William, il voyait ce qu'il avait tous les jours sous les yeux, un gros garçon qui en battait un petit sans le moindre motif.

– À l'autre main, maître gourmand, disait Cuff à son petit camarade, dont la figure portait les contractions de la douleur. Dobbin, sous ses étroits vêtements, sentit un frémissement et une crispation courir par tous ses membres.

– Voilà pour vous, petit mauvais sujet ! criait Mr Cuff. Et l'instrument de supplice retombait, sur la main de l'enfant.

Que cela ne vous révolte pas, mesdames, c'est le sort de tout enfant qui a été en pension. Vos enfants feront de même et subiront un pareil traitement, selon toute probabilité.

Quand la férule s'abaissa de nouveau, Dobbin se trouva debout.

Je ne saurais trop dire pourquoi ; car la torture dans une école publique est aussi bien de mise que le knout[19] en Russie, et jusqu'à un certain point on n'aurait pas bon air de vouloir s'insurger contre elle.

---

19. Fouet à lanières de cuir dont les extrémités sont garnies de crochets ou de boules de métal.

Peut-être l'âme bonasse de Dobbin était-elle révoltée contre cet acte de tyrannie ; ou peut-être, en proie à un furieux désir de vengeance, voulait-il se mesurer contre ce despotique et orgueilleux bourreau, qui se donnait des airs de conquérant. Il en avait toute la hauteur, toute l'arrogance, tous les privilèges. Devant lui les drapeaux s'agitaient, les tambours battaient aux champs, et on lui portait les armes. Quel que fût le motif de la détermination de Dobbin, il ne fit qu'un bond, et d'une voix ferme :

– Arrêtez, Cuff, et ne tourmentez plus cet enfant, ou bien je vais…

– Ou bien vous allez faire quoi ? demanda Cuff tout surpris de cette interruption. Allons, tendez votre main, petite bête, reprit-il aussitôt.

– Ou bien, je vais vous donner la raclée la plus soignée que vous ayez reçue de votre vie, dit Dobbin en réponse à la première partie des paroles de Cuff.

Le petit Osborne, tout pleurant et tout sanglotant, jeta un coup d'œil d'étonnement et d'incrédulité sur le champion qui venait de surgir soudainement pour sa défense ; l'étonnement de Cuff n'était pas moins grand.

Imaginez-vous notre monarque George III apprenant la révolte des colonies de l'Amérique du Nord ; imaginez-vous le géant Goliath ayant devant lui le petit David qui vient le provoquer, et vous aurez une idée des sentiments de Mr Reginald Cuff en recevant la proposition de ce cartel.

– Après la classe, répondit-il, mettant un temps d'arrêt et avec un regard qui voulait dire : « Faites votre testament d'ici là, et confiez à vos amis vos dernières volontés. »

– À votre aise, dit Dobbin ; vous me servirez de second, Osborne.

– Soit, si vous le désirez, dit le petit Osborne ; et comme son père possédait voiture, c'était tout au plus s'il ne rougissait pas d'un pareil champion. Bien mieux, quand l'heure du combat fut venue, il avait presque honte de lui dire :

– Allons, Figs, vas'y.

Pendant les deux ou trois premières passes de ce fameux combat, pas une voix dans la galerie ne fit entendre un cri d'encouragement. Le brillant Cuff s'était avancé, un sourire de dédain sur les lèvres, aussi allègre, aussi gai que s'il fût allé au bal ; il adressa si bien ses coups à son adversaire, qu'il l'envoya par trois fois mesurer le sol. À chacune de ces chutes, c'étaient des acclamations, c'était au plus pressé à fléchir le genou devant le triomphateur.

– Que de coups je vais recevoir quand ce sera fini ! pensa le jeune Osborne en relevant son homme. Vous feriez bien mieux de céder, dit-il à Dobbin. Ce n'est qu'un mauvais quart d'heure à passer, et vous savez que j'en ai l'habitude.

Mais Figs, dont tous les membres éprouvaient un tremblement nerveux, dont les narines soufflaient la rage, rejeta de côté son jeune second et revint une quatrième fois à la charge.

Ne sachant comment parer les coups dirigés contre lui, et Cuff ayant commencé l'attaque les trois fois précédentes sans laisser à son ennemi le temps de riposter, Figs résolut de prendre les devants à son tour par une charge à fond de train. En conséquence, comme il était gaucher, il porta son bras gauche au fort de l'action, et à deux reprises l'étendit de toute sa force ; la première fois, il atteignit l'œil gauche de Mr Cuff, et la seconde, son admirable nez à la romaine.

Cuff roula par terre, au grand étonnement des spectateurs.

– Bien touché, pardieu, dit le petit Osborne avec un air de connaisseur, en battant des mains derrière son champion. Ferme du bras gauche, Figs, mon garçon.

Pendant tout le reste du combat, le bras gauche de Figs fit un terrible ravage. Chaque fois Cuff allait rouler par terre. Au sixième tour, les voix se partageaient à peu près pour crier :

– Courage, Figs ! courage, Cuff !

Au douzième tour, ce dernier était hors de combat, et, à ce qu'on m'a dit, avait perdu toute présence d'esprit, toute vigueur pour l'attaque ou la défense. Figs, au contraire, était aussi impassible qu'un quaker[20]. Sa figure pâle, ses yeux animés, une large balafre sous la lèvre qui laissait échapper

20. Membre de la « Société des Amis », un groupement religieux de tradition protestante.

beaucoup de sang, donnaient à ce jeune héros un air belliqueux et farouche qui peut-être frappait de terreur plus d'un spectateur. Son intrépide adversaire ne s'en disposait pas moins à en venir aux mains pour la treizième fois.

Si j'avais la plume de Napier[21] ou de Bell[22], je voudrais m'arrêter à décrire au long ce combat. C'était la dernière charge de la vieille garde, ou plutôt elle devait ainsi s'exécuter un jour, car Waterloo n'avait pas encore eu lieu. C'était la colonne de Ney abordant la colonne de la Haie-Sainte, avec l'éclat de dix mille baïonnettes et couronnée de vingt aigles. C'étaient les acclamations de l'Anglais, lorsque descendant de la colline il s'élançait pour étreindre l'ennemi dans une ceinture d'acier. En d'autres termes, Cuff faisait un suprême effort, mais il revenait tout chancelant, tout étourdi. La main gauche du marchand de figues alla s'abattre comme d'habitude sur le nez de son adversaire et l'étendit pour la dernière fois sur le carreau.

– Je pense qu'en voilà assez pour lui, dit Figs, pendant que son adversaire chancelant s'affaissait sur le gazon, comme une bille bloquée dans une blouse de billard. Le fait est que, lorsqu'on le rappela de nouveau, Mr Reginald Cuff n'était plus

---

21. William Francis Patrick Napier (1785-1860) est un officier de l'armée napoléonienne qui publia une *Histoire de la guerre dans la Péninsule* (1828-1840).

22. *Bell's Life in London* est un hebdomadaire sportif anglais publié entre 1822 et 1886.

en état, ou ne se sentait plus le moindre goût pour continuer la lutte.

Toute la bande d'écoliers poussa un tel hourra en l'honneur de Figs, qu'on en aurait pu conclure que, pendant tout le combat, il avait été leur champion préféré. Ce fut au point que le docteur Swishtail sortit de la salle d'étude pour savoir la cause de ce rugissement ; et il se disposait à châtier Figs assez rudement, lorsque Cuff, qui était revenu à lui et lavait ses blessures, se présenta et dit :

– C'est ma faute, monsieur, et non celle de Figs… de Dobbin. Je maltraitais un de mes petits camarades, et j'ai ce que je mérite.

Ce discours magnanime évita non seulement une correction à son vainqueur, mais lui rendit en ascendant sur ses camarades tout ce que sa défaite venait de lui ôter.

Le jeune Osborne, au sujet de cette affaire, écrivit ce qui suit à ses parents :

Richmond, mars, 18…

Chère maman,

J'espère que vous allez bien ; je vous serai fort obligé de m'envoyer un gâteau et cinq schillings. Il y a eu ici bataille entre Cuff et Dobbin. Cuff, vous le savez, était le roi de la pension. Il y a eu treize passes et Dobbin l'a peloté ; aussi Cuff n'est plus maintenant que le roi en second. Cuff me battait parce que j'avais cassé une bouteille de lait, et Figs n'a pas voulu le laisser faire. Nous l'appelons Figs parce que son père est épicier, Figs et Rudge, Thames-Street, dans la Cité. Je pense que, comme il s'est battu pour moi, vous ferez bien d'acheter désormais votre thé et votre sucre chez son père. Cuff va ordinairement chez lui tous les samedis, mais il ne le pourra pas cette fois-ci, parce qu'il a les deux yeux au beurre noir. Il a un poney blanc qui va le chercher à la pension ; je serais bien aise si papa me permettait d'avoir un poney, et je suis,

Votre fils obéissant,
GEORGE SEDLEY OSBORNE

P.-S. *Embrassez bien pour moi la petite Emmy. Je lui découpe en ce moment une voiture de carton.*

Par suite de sa victoire, Dobbin grandit prodigieusement dans l'estime de tous ses camarades, et le nom de Figs, qui avait été un objet de risée, devint un sobriquet aussi populaire et aussi respectable que tout autre ayant cours dans l'école, « Après tout, ce n'est pas sa faute si son père est épicier », disait George Osborne, qui, bien qu'un peu rageur, ne manquait pas d'une certaine faveur parmi les jeunes écoliers du docteur Swishtail, et dont les opinions étaient toujours accueillies avec de grands égards.

On regarda à l'avenir comme inconvenant de railler Dobbin sur ce hasard de naissance. *Mon vieux Figs* devint un nom d'amitié et de tendresse, et les maîtres d'étude eux-mêmes lui témoignèrent de la considération.

Ce changement de position développa singulièrement l'esprit de Dobbin. Il fit des progrès merveilleux dans ses études classiques. L'illustre Cuff lui-même, dont les condescendances faisaient rougir et surprenaient Dobbin, Cuff l'aidait pour les vers latins, le *voiturait* les jours de sortie, l'emmenait triomphalement de la classe des débutants pour le conduire dans celle du moyen collège, et là même il était fort bien traité. On reconnut que, bien qu'il fût un peu lourd dans les études littéraires, il mordait d'une manière assez distinguée aux mathématiques. À la satisfaction générale, il fut classé le troisième en algèbre, et obtint pour prix un livre français à l'examen public du milieu de l'été. J'aurais voulu que vous vissiez la figure de la mère quand le docteur remit à son fils *Télémaque*, en présence de tous ses camarades, de tous les parents, de toute l'assistance, avec l'inscription latine : *Guielmo Dobbino*[23]. Tous les enfants battirent des mains en signe d'approbation et de sympathie. Il rougit, trébucha, chancela, s'embarrassa les pieds l'un dans l'autre plus de vingt fois avant de regagner sa place. Le vieux Dobbin, son père, qui dès lors et pour la première fois l'eut en estime, lui donna publiquement deux guinées, et après les vacances il revint à la pension avec un habit à queue.

---

23. William Dobbin.

Dobbin était un garçon trop modeste pour supposer qu'il devait cet heureux changement à la générosité et à l'énergie de sa conduite. Il aima mieux, par un défaut de jugement, attribuer sa bonne fortune à la seule intervention et à la seule bienveillance du petit George Osborne, auquel il voua, en conséquence, une de ces amitiés et de ces affections telles que les enfants sont seuls capables d'en ressentir ; une de ces affections telles que, dans les charmants contes de fées, nous voyons le valeureux Orson en éprouver pour la jeune et belle Valentine, sa maîtresse bien-aimée. C'est ainsi que Dobbin se mettait aux pieds du petit Osborne et le chérissait de toute son âme. Avant de faire ainsi connaissance, il admirait en secret Osborne, et maintenant il était son valet, son petit chien, son Vendredi. Il croyait qu'Osborne réussissait toutes les perfections, qu'il était le plus beau, le plus brave, le plus actif, le plus adroit, le plus généreux de tous les garçons nés et à naître. Il partageait son argent avec lui. C'étaient, à n'en plus finir des cadeaux de couteaux, de porte-crayons, de cachets en or, de café, de petites fauvettes, de livres d'histoire et de grandes images de chevaliers et de voleurs sur lesquelles on pouvait lire les inscriptions suivantes : « À George Sedley Osborne, esquire[24], son ami dévoué, William Dobbin », et George recevait ses

24. Personne possédant le titre le plus bas dans l'échelle des titres de noblesse.

dédicaces avec toute la dignité qui convenait à son mérite supérieur.

Aussi, quand le lieutenant Osborne vint à Russell-Square le jour de la partie du Vauxhall, il dit à mistress Sedley :

– Madame, j'espère que vous m'accorderez une place pour Dobbin, que j'ai prié d'être des nôtres pour dîner ici et nous accompagner au Vauxhall. Il est presque aussi timide que Jos.

– De la timidité ! qu'est-ce à dire ? dit notre gros et gras garçon, en jetant une œillade conquérante à miss Sharp.

– Il est de plus… mais sous le rapport de l'élégance, on ne peut le comparer à vous, mon cher Sedley, ajouta Osborne en riant. Je l'ai rencontré à Bedford en venant vous voir, et je lui ai dit que miss Amélia était de retour chez ses parents, que nous avions formé des projets de plaisirs nocturnes, et que mistress Sedley lui avait pardonné le bol de punch qu'il avait cassé à cette réunion d'enfants. Vous rappelez-vous, madame, cette catastrophe ? il y a sept ans de cela.

– C'est la robe de soie ponceau[25] de mistress Flamingo qui a tout reçu, dit la bonne mistress Sedley. Il était bien gauche ! et ses sœurs ne sont guère plus gracieuses. Lady Dobbin était à Highbury, la nuit dernière, avec trois d'entre elles ; grand Dieu ! quelle figure elles y faisaient !

---

25. D'un rouge vif foncé.

– L'alderman est très riche, n'est-ce pas ? dit malicieusement Osborne. Ne croyez-vous pas qu'une de ses filles serait une bonne emplette pour moi, madame ?

– Vous êtes fou ! Je voudrais bien savoir qui voudrait de vous, avec votre face jaune. Et puis l'alderman Dobbin aura à partager entre quatorze enfants.

– Moi, une face jaune ? attendez de voir Dobbin, lui qui a eu la fièvre jaune trois fois, deux fois à Nassau, une fois à Saint-Kitts.

– C'est bon, c'est bon, la vôtre est encore trop jaune pour nous, n'est-ce pas, Emmy ? dit mistress Sedley.

Amélia se contenta de sourire en rougissant, regardant la pâle et intéressante figure de George Osborne, et ces belles moustaches bien noires, bien retroussées, bien luisantes, pour lesquelles le jeune homme avait une complaisance particulière. Elle pensa, dans son petit cœur, que dans toute l'armée de Sa Majesté, et même dans tout le monde entier, il n'y avait pas une telle mine de héros.

– Je me soucie peu, reprit-elle, de la physionomie ou de la gaucherie de Mr le capitaine Dobbin, mais je me sens de la sympathie pour lui.

Elle l'aimait parce qu'il avait été l'ami et le champion de George.

– Il n'y a pas de cavalier plus accompli au service, dit Osborne, ni de meilleur officier, quoiqu'il ne soit certainement pas un Adonis.

Et en même temps, avec la plus grande naïveté, il jeta un regard sur la glace, où il rencontra les yeux de miss Sharp fixés sur lui ; il rougit un peu, et Rebecca pensa dans son cœur : « Ah ! mon beau monsieur, je pense vous tenir dans mes filets ! » Adorable petite coquette !

Le soir, quand Amélia, en robe de mousseline blanche, arriva au salon toute parée pour faire des conquêtes au Vauxhall, gazouillant comme une alouette et fraîche comme une rose, un monsieur bien haut et bien gauche, avec de grandes mains, de grands pieds, de grandes oreilles, redressa à son approche sa tête garnie de cheveux noirs et coupés ras. Il portait l'affreux costume militaire tout couvert de galons et le chapeau à cornes de cette époque ; il alla au-devant d'elle et lui fit le salut le plus maladroit que jamais mortel ait fait.

C'était en personne William Dobbin, capitaine dans le *** régiment d'infanterie de Sa Majesté, échappé à la fièvre jaune qu'il avait attrapée aux Indes, où les chances du service avaient envoyé son régiment pendant que tant d'autres de ses aimables compagnons moissonnaient la gloire dans la Péninsule[26].

Il avait frappé un coup si timide, si mal assuré, que les dames, du haut de l'escalier, ne l'avaient

---

26. De 1807 à 1814, les Anglais et Napoléon s'affrontent au cours de longues campagnes dont les Anglais sortent vainqueurs. Il s'agit de la péninsule Ibérique.

pas entendu ; autrement, vous pourriez être sûr que miss Amélia ne se serait jamais hasardée à entrer en chantant dans le salon. Ce qu'il y a de certain, c'est que cette voix douce et fraîche se fraya tout droit un passage au cœur du capitaine, et lorsqu'elle lui tendit la main pour qu'il la prît, avant de la serrer il fit une pause pour se dire à lui-même :

– Est-il bien possible que ce soit là la petite fille que je me rappelle avoir vue en petit tablier il y a si peu de temps, la nuit où je renversai le bol de punch, juste au moment de ma nomination ? Est-ce bien là la petite fille que George Osborne disait vouloir épouser ? Quelle charmante et belle personne ! quel beau morceau pour le drôle !

Tout en faisant ces réflexions avant de prendre la main d'Amélia, il laissa tomber son chapeau à terre.

Son histoire depuis sa sortie de l'école jusqu'au moment où nous avons le plaisir de le retrouver, bien qu'elle n'ait pas été racontée tout au long, a été cependant indiquée d'une manière suffisante, pour un lecteur pénétrant, dans la conversation qui précède. Dobbin, l'épicier méprisé, était devenu l'alderman Dobbin ; l'alderman Dobbin, colonel dans les chevau-légers[27] de la Cité, brûlant d'un feu guerrier pour résister à l'invasion française. Le corps du colonel Dobbin, où le vieux Mr Osborne n'avait

27. Corps de cavalerie attaché à la garde du roi.

qu'un grade très subalterne, avait été passé en revue par le souverain et le duc d'York. Le colonel et alderman avait été fait chevalier, son fils était entré à l'armée, et le jeune Osborne servait avec lui dans le même régiment. Ce régiment, après avoir été envoyé aux Indes occidentales et au Canada, venait enfin de rentrer dans sa patrie ; l'amitié de Dobbin pour George s'était conservée aussi ardente, aussi généreuse que lorsqu'ils étaient tous deux camarades de pension.

Tous ces braves et honnêtes gens se mirent à table pour dîner. On parla de gloire et de Boney, de lord Wellington et des nouvelles du jour. À cette fameuse époque, la gazette avait chaque jour une victoire à enregistrer, et les deux jeunes gens auraient bien voulu voir leurs noms sur cette liste glorieuse, et maudissaient leur mauvaise étoile, qui retenait leur régiment loin des champs de la gloire. Cette conversation exaltait l'enthousiasme de miss Sharp ; mais miss Sedley tremblait et pâlissait rien qu'à l'entendre. Mr Joseph raconta plusieurs histoires de chasse au tigre, et ne ménagea pas celle de miss Cutler et de Lance le chirurgien ; il offrit à Rebecca de tout ce qu'il y avait sur la table, sans toutefois oublier de bien boire et de bien manger.

Il se précipita de la meilleure grâce au-devant des dames pour leur ouvrir la porte quand elles se retirèrent, et, en reprenant sa place à table, il se versa rasade sur rasade, et fit disparaître son bordeaux avec une rapidité fébrile.

– Il amorce son fusil, dit tout bas Osborne à Dobbin.

Enfin arriva l'heure de partir pour le Vauxhall.

CHAPITRE VI
Le Vauxhall

Le ton sur lequel j'ai raconté cette histoire est jusqu'à présent fort paisible (nous arrivons enfin aux chapitres effrayants), et je dois prier l'aimable lecteur de se rappeler que nous ne l'avons encore entretenu que de la famille d'un agent de change à Russell-Square, où chacun se promène, déjeune, dîne, cause et fait sa cour absolument comme dans la vie ordinaire, et sans qu'aucun événement merveilleux ou passionné marque les progrès de cet amour. Notre sujet peut se résumer de la sorte : Osborne aime Amélia et a invité un de ses vieux amis pour le dîner et le Vauxhall. Jos Sedley aime Rebecca. L'épousera-t-il ? Voilà précisément ce qui reste à apprendre.

Nous aurions pu traiter ce sujet dans le genre aristocratique, romantique ou facétieux. Supposez que nous eussions placé la scène à Grosvenor-Square, aurions-nous eu moins d'auditeurs ? Supposez que nous eussions montré comment Joseph Sedley se sentit pris d'amour ; comment le marquis d'Osborne fit la cour à lady Amélia avec le plein consentement du duc son noble père. Ou bien, laissant là la fine aristocratie, supposez que nous fussions descendus aux plus bas étages et entrés dans le détail de ce qui se passe à la cuisine : comment le noir Sambo était amoureux de la cuisinière, et il l'était en effet, et comme il se battit avec le cocher pour ses beaux yeux ; comment le marmiton fut surpris volant une épaule de mouton froid et comment la nouvelle femme de chambre de miss Sedley refusa d'aller se coucher si on ne lui donnait pas de la bougie de cire. De tels incidents peuvent avoir de quoi provoquer la gaieté la plus vive et passer pour des scènes de la vie réelle. Ou encore, si nous nous étions senti en verve pour des peintures terribles, nous aurions donné pour amant à la femme de chambre un brigand qui, à la tête de sa bande, aurait brûlé la maison et, après avoir égorgé le père, aurait emporté Amélia en chemise de nuit ; il nous eût été facile de fabriquer une histoire d'un intérêt palpitant, dont le lecteur aurait traversé les chapitres fantastiques dans une course furieuse et haletante. Mais nos lecteurs ne doivent pas s'attendre à tant de romanesque, mais seulement à une histoire prosaïque ; ils devront se contenter d'un chapitre sur le Vauxhall, si court qu'il eût à peine mérité le nom de chapitre ; et cependant il ne manque pas d'importance. N'y a-t-il pas dans la vie de chacun de nous de petits chapitres qui semblent n'être rien en eux-mêmes, mais qui étendent cependant leur influence sur tout le reste de l'histoire ?

Retournons maintenant à la voiture qui emmène toute la société de Russell-Square et la conduit aux jardins du Vauxhall. Jos se trouve serré contre miss Sharp sur la banquette de devant, et Osborne est assis sur la banquette de derrière entre le capitaine Dobbin et Amélia.

Chacun dans la voiture était persuadé que cette nuit même Jos proposerait à Rebecca de devenir mistress Sedley. Les parents ne s'opposaient pas à cet arrangement ; mais, pour le dire entre nous, le vieux Mr Sedley ressentait pour son fils quelque chose qui était fort voisin du mépris. Il le disait vain, égoïste, engourdi et efféminé ; il ne pouvait endurer ses airs d'homme à la mode, et riait de bon cœur à ses pompeuses histoires de pourfendeur de géants.

– Je laisserai à ce garçon la moitié de mon bien, disait-il à sa femme, et il aura en outre la jouissance du sien, mais je suis convaincu que si vous, sa sœur et moi, venions à mourir demain, il dirait : « Le ciel en soit béni ! » et ne mangerait pas un morceau de moins qu'à son ordinaire. Je ne veux donc pas me faire de bile à cause de lui. Laissons-le épouser la femme qu'il voudra, nous n'avons rien à y voir.

Amélia, d'un autre côté, comme il convenait à une jeune personne de son inexpérience et de son tempérament, était fort enthousiaste pour ce mariage. Une ou deux fois Jos avait été sur le point d'épancher dans son sein des secrets très importants, et elle était toute disposée à prêter l'oreille à ses confidences ; mais le cœur manquait à ce gros garçon pour se soulager auprès de sa sœur, au grand désappointement de laquelle il se contentait de pousser un grand soupir et de se tourner d'un autre côté.

Ce mystère ne servait qu'à entretenir le trouble et l'incertitude dans le pauvre petit cœur d'Amélia. Si elle ne parlait pas avec Rebecca d'un sujet si délicat, elle prenait sa revanche dans de longues et intimes conversations avec mistress Blenkinsop, la gouvernante, qui en avait laissé transpirer quelque chose auprès de la femme de chambre, qui en passant en avait touché quelques mots à la cuisinière, laquelle, je n'en fais aucun doute, en avait porté la nouvelle à tous les fournisseurs ; en telle sorte que le mariage de Jos était le sujet de toutes les causeries à la ronde dans le monde de Russell-Square.

C'était l'opinion, bien naturelle d'ailleurs, de mistress Sedley que son fils manquerait à son rang en épousant la fille d'un artiste.

– Mais mon Dieu, madame, disait respectueusement mistress Blenkinsop, nous n'étions que des épiciers quand nous nous sommes mariée avec Mr Sedley, alors clerc d'agent de change, et nous n'avions que cinq cents livres à deux, et nous sommes assez riches maintenant.

Amélia était entièrement de cette opinion, à laquelle on finit peu à peu par gagner la bonne mistress Sedley.

Mr Sedley restait neutre.

– Laissons Jos épouser celle qu'il voudra, disait-il, ce n'est pas notre affaire. Cette fille n'a pas de fortune, mistress Sedley n'en avait pas davantage. Elle paraît réjouie et adroite, elle le mettra peut-être au pas. Mieux vaut encore celle-là qu'une mistress Sedley toute noire et une douzaine de petits enfants couleur acajou.

Tout semblait sourire à la fortune de Rebecca ; elle avait pris le bras de Joseph, comme cela était tout simple, pour aller dîner. Elle s'était assise à côté de lui sur le siège de la voiture découverte. C'était un fier gaillard lorsqu'il se trouvait à cette place, plein d'une dignité majestueuse et conduisant son attelage pommelé. Personne ne disait mot au sujet du mariage, et cependant la pensée en était dans toutes les têtes. Il ne manquait plus maintenant que la demande, et c'est alors que Rebecca sentait bien vivement la privation d'une mère ; une tendre mère qui en dix minutes aurait conduit l'affaire à bonne fin, et, dans le cours d'une conversation délicate et confidentielle, aurait amené sur les lèvres timides du jeune homme le précieux aveu !

Voilà où en étaient les affaires lorsque la voiture traversa le pont de Westminster. La compagnie arriva sans autre encombre aux jardins royaux du Vauxhall. Lorsque le majestueux Joseph descendit du fringant équipage, la foule accueillit sa grosse personne avec un frémissement de gaieté. Il rougit et porta sur elle un regard fier et hautain en s'avançant avec Rebecca à son bras. George se chargea d'Amélia, qui était épanouie comme une rose aux rayons du soleil.

– Tiens, Dobbin, dit George, si tu veux prendre soin des châles et de toutes les affaires, tu seras un bon garçon.

Et, pendant qu'il prenait pour lui miss Sedley, et que Joseph se dirigeait vers les jardins avec Rebecca, l'honnête Dobbin se résignait à prendre les châles sous son bras et à payer à la porte pour tout le monde.

Il marchait modestement à leur suite, sans songer à faire à ses amis la moindre concurrence. Pour ce qui regardait Rebecca et Joseph, il ne s'en souciait guère. Quant à Amélia, il trouvait en somme qu'elle était bien ce qu'il fallait pour le brillant George Osborne, et en voyant cet aimable couple parcourir ces belles promenades, au grand étonnement et au grand plaisir de la jeune fille, il considérait cette joie naïve avec une sorte de plaisir paternel. Peut-être aurait-il désiré avoir quelque chose de plus que le châle à son bras. La foule souriait en voyant ce jeune officier, un peu gauche à porter tout cet attirail féminin ; mais aucun calcul d'égoïsme ne pouvait venir à l'esprit de Dobbin. Aurait-il songé à se plaindre tant que son ami paraissait satisfait ? Ce qui est certain, c'est que toutes les séductions de ce lieu de délices, ces milliers de lampes qui jetaient le plus vif éclat, ces joueurs de violon en chapeau à cornes, qui faisaient retentir les plus ravissantes mélodies sous la conque dorée qui s'élevait au milieu des jardins ; ces chanteurs de romances sentimentales ou comiques, qui charmaient les oreilles ; ces contredanses composées de *cokneys*[28] et *coknesses* et exécutées au milieu du bruit, des cabrioles, des bousculades et des rires ; le signal qui annonçait que Madame Saqui[29] allait faire son ascension dans le ciel sur une corde roide montant jusqu'aux étoiles ; l'ermite que l'on trouve toujours assis dans son ermitage si bien éclairé ; ces sombres allées si favorables à l'entrevue des jeunes amants ; les pots de porter présentés par des hommes en livrée vieille et râpée, et ces cabinets tout resplendissants où l'on sert aux joyeux convives des tranches de jambon presque invisibles : rien de tout cela ne provoquait la moindre curiosité de la part du capitaine William Dobbin.

Il promenait de tous côtés le châle de cachemire blanc d'Amélia, et s'était arrêté devant l'estrade des musiciens pendant que mistress Salmon exécutait la bataille de Borodine, cantate guerrière, composée contre l'aventurier corse, qui venait d'éprouver dernièrement des revers contre les Russes. Mr Dobbin essaya de fredonner, en s'éloignant, l'air qu'Amélia Sedley avait chanté dans l'escalier en venant se mettre à table. Il se mit à rire de lui-même, car, en vérité, il chantait bien comme un hibou.

---

28. L'homme de la rue en Angleterre, dont l'accent est jugé vulgaire.

29. Célèbre funambule du Vauxhall.

Il est bien entendu que nos jeunes gens, ainsi divisés deux par deux, se firent les plus solennelles promesses de rester ensemble toute la soirée ; mais, au bout de dix minutes, ils se trouvaient déjà séparés. Les sociétés se perdent au Vauxhall, mais c'est pour se retrouver au souper, pour se raconter leurs aventures depuis le moment où elles se sont quittées.

Quelles furent les aventures de Mr Osborne et de miss Amélia ? Cela est un secret. Mais soyez assurés qu'ils furent parfaitement heureux et irréprochables dans leur conduite, et, comme ils avaient eu de nombreuses occasions de se voir depuis quinze ans, leur tête-à-tête n'offrait rien de bien particulier ni de bien nouveau.

Mais quand Rebecca et son vaillant cavalier se furent perdus dans une promenade solitaire où ils ne rencontrèrent guère plus d'une soixantaine de couples errant de la même façon, ils sentirent tous deux combien leur position devenait délicate et critique, et miss Sharp pensa que c'était maintenant ou jamais le moment de provoquer cette déclaration qui venait expirer sur les lèvres timides de Mr Sedley.

Ils avaient d'abord été au panorama de Moscou, où un gros lourdaud avait écrasé le pied de miss Sharp ; elle en était presque tombée à la renverse, en poussant un cri de douleur, dans les bras de Mr Sedley. Ce petit accident avait accru la tendresse et la confiance de notre héros à un tel point qu'il lui avait raconté plusieurs de ses histoires indiennes redites pour la sixième fois.

– J'aimerais voir l'Inde, dit Rebecca.

– Vraiment ? dit Joseph de l'accent le plus tendre.

Et on peut affirmer que cette adroite question en préparait une autre plus tendre encore ; sa respiration était tout entrecoupée, toute haletante, et la main de Rebecca, placée sur son cœur, pouvait en compter les pulsations fébriles. Mais… ô contretemps ! la cloche sonna pour le feu d'artifice, et, emportés par le flot impétueux et irrésistible, nos deux amants furent obligés de suivre le courant de la foule.

Le capitaine Dobbin avait eu quelque idée de rejoindre la société pour le souper ; car, en réalité, il ne prenait pas une part bien active aux divertissements du Vauxhall. Il passa à deux reprises devant le cabinet où se trouvaient maintenant réunis nos deux couples, et personne ne fit attention à lui. Les couverts étaient mis seulement pour quatre. Nos amoureux causaient entre eux avec un abandon où respirait le bonheur, et quant à Dobbin, on paraissait s'en souvenir aussi peu que s'il n'eût jamais existé.

– Je serais de *trop*, dit le capitaine en les regardant avec attention ; je ferai mieux d'aller causer avec l'ermite.

Il s'éloigna de ce tumulte des cris de la foule, du bruit des plats, pour se rendre à la sombre allée qui conduisait à l'habitation de carton du fameux ermite. Tout cela n'était pas fort gai pour Dobbin, et se trouver seul au Vauxhall, j'en ai jugé à mes dépens, est peut-être le plus désagréable des plaisirs que puisse se donner un célibataire.

Les deux couples se trouvaient fort bien dans leurs cabinets, où régnait la plus aimable et la plus libre conversation. Jos était à l'apogée de sa gloire, donnant ses ordres au garçon avec la plus grande majesté. Il faisait la salade, débouchait le champagne, découpait les poulets, mangeait et buvait la plus grande partie de ce qu'on mettait sur la table. Enfin il insista pour avoir un bol de *rak-punch*[30] ; on ne va pas au Vauxhall sans prendre un bol de *rak-punch*.

« Garçon, un *rak-punch*. »

Ce bol de rak-punch est la cause de toute cette histoire ; pourquoi pas un bol de *rak-punch* aussi bien que toute autre chose ? N'est-ce pas un bol d'acide prussique qui fut cause que la belle Rosemonde[31] se retira du monde ? N'est-ce pas un bol de vin qui fut cause de la mort d'Alexandre le Grand ? Ainsi le dit le docteur Lemprière. De même ce bol de punch eut une grande influence sur les destinées de tous les principaux personnages de notre roman. Cette influence s'étendit sur toute leur vie, bien que le plus grand nombre d'entre eux n'y ait même pas goûté.

Les jeunes dames n'en buvaient point, Osborne ne l'aimait pas. La première conséquence fut que Jos, ce gros gourmand, avala tout le contenu du bol ;

30. Cocktail à base d'alcool exotique.

31. Rosemonde Clifford (vers 1140-1176), maîtresse du roi Henry II d'Angleterre, aurait été empoisonnée par la reine.

la seconde conséquence fut qu'après avoir avalé tout le contenu du bol, il éprouva une exaltation qui étonna d'abord, et de plus faillit avoir des suites désagréables. Il parlait et riait si fort, qu'il amassa une haie de curieux autour du cabinet, à la grande confusion de ses innocentes compagnes ; puis il se mit à entonner une chanson, et le fit sur ce ton aigre et insipide particulier aux ivrognes de bonne compagnie. Sa voix attira tout l'auditoire qui se pressait naguère autour des musiciens ; on le couvrit d'applaudissements.

– Bravo, mon gros garçon, dit l'un ; *encccôre*, Daniel Lambert ! et servez chaud !

– Voilà un gaillard qui ferait bien sur la corde roide, s'écria un autre farceur, dont la plaisanterie excita chez les dames la plus vive terreur, et chez Mr Osborne la plus grande colère.

– Pour l'amour du ciel, Jos, lui dit-il, levons-nous et partons ; et les deux jeunes femmes se levèrent.

– Arrêtez, ma petite *louloute*, hurla Joseph, aussi hardi qu'un lion ; et il jeta sa main autour de la taille de Rebecca.

Rebecca se détourna, mais ne put l'éviter. Les éclats de rire redoublèrent au dehors. Jos continua à boire, à faire le joli cœur et à chanter, en clignant de l'œil et en saluant avec grâce l'auditoire de son verre : et il engageait tous ceux qui voudraient à venir boire du punch avec lui.

Osborne se disposait à repousser un monsieur en bottes à revers qui voulait profiter de l'invitation, et une lutte semblait inévitable, quand, par le plus grand des bonheurs, un individu du nom de Dobbin, qui s'était jusque-là promené dans les jardins, s'arrêta devant le cabinet.

– Place ! badauds que vous êtes, dit le nouvel arrivant.

Il se fraya un passage à travers ces rangs serrés, qui se dissipèrent devant son chapeau à cornes et sa belliqueuse tournure, et il pénétra dans le cabinet, en proie à la plus vive agitation.

– Au nom du ciel, Dobbin, où étiez-vous passé ? dit Osborne en saisissant le châle de cachemire blanc que son ami portait à son bras, et le roulant autour d'Amélia. Soyez bon à quelque chose : veillez sur Jos pendant que je conduirai ces dames à la voiture.

Jos se levait déjà pour s'interposer, mais d'un seul coup de main Osborne le renvoya au fond de son siège, et le lieutenant put emmener les dames en toute sûreté. Jos leur envoya des baisers pendant qu'elles s'éloignaient, et au milieu de ses hoquets leur cria un dernier :

– Dieu vous bénisse ! vous bénisse !

Puis, saisissant la main du capitaine Dobbin et pleurant à faire pitié, il lui confia le secret de ses amours.

Il adorait cette jeune personne qui venait de partir ; il lui avait brisé le cœur, oui, par sa conduite, il lui avait brisé le cœur ; il voulait l'épouser le lendemain matin à Saint-Georges, Hanover-Square ; il voulait aller réveiller l'archevêque de Canterbury à Lambeth, il le voulait, et sans retard. Le capitaine Dobbin, profitant de cette pensée, lui persuada adroitement de sortir des jardins pour se rendre à Lambeth-Palace, et, quand une fois il l'eut conduit hors des portes, il fit sans peine monter le tapageur dans un fiacre qui le déposa sain et sauf à son domicile. George Osborne, sans autre accident, reconduisit les jeunes filles chez elles ; puis, quand la porte se fut refermée sur elles, en revenant par Russell-Square, il fut pris d'un fou rire qui laissa tout étonnés les gardiens de nuit.

Amélia regarda son amie avec tristesse, monta avec elle les escaliers, l'embrassa, puis elles allèrent se coucher sans ajouter une parole.

– C'est demain qu'il viendra faire sa demande, pensa Rebecca : il m'a appelée la bien-aimée de son cœur ; il m'a serré la main en présence d'Amélia. Bien sûr la demande sera pour demain.

Amélia le croyait aussi : et j'ose avouer qu'elle pensait également à la robe qu'elle porterait comme demoiselle d'honneur, aux présents qu'elle ferait à sa bonne petite belle-sœur, à la cérémonie prochaine où elle jouerait un des principaux rôles, etc., etc.

Pauvres créatures ignorantes et crédules ! que vous connaissez peu l'effet d'un *rak-punch* ! Quel rapport y a-t-il entre le *rack* qui se trouve dans le *punch* de la nuit, et le *rack* qui se trouve dans la tête le lendemain matin ? À cette vérité, ajoutez, s'il vous plaît, qu'il n'y a pas au monde de mal de tête comparable à celui que vous donne un punch du Vauxhall. Dans l'espace de vingt années, je ne puis me souvenir que de l'effet de deux verres ! deux seulement, sur l'honneur d'un gentilhomme ! Et Joseph Sedley, atteint d'une maladie de foie, avait englouti au moins un litre de cette abominable liqueur.

Le jour suivant, que Rebecca espérait voir se lever sur sa fortune, trouva Sedley poussant les lamentations d'un homme à l'agonie, telles que la plume se refuse à les retracer. L'eau de Seltz n'étant pas encore inventée, la bière blanche, le croirait-on ? était la seule boisson qui pût apaiser la fièvre que lui avait donnée l'orgie de la nuit précédente. George Osborne trouva l'ex-receveur de Boggley-Wollah ayant auprès de lui ce breuvage adoucissant, et occupé à geindre sur un sofa. Dobbin était déjà dans la chambre, donnant des soins empressés à cette victime de la nuit dernière. Les deux officiers, après avoir jeté un regard sur le buveur de punch maintenant hors de combat, échangèrent du coin de l'œil un signe d'intelligence qui n'avait rien de très compatissant. Le valet même de Sedley, homme de l'étiquette la plus irréprochable, aussi grave et silencieux qu'un entrepreneur de pompes funèbres, eut de la peine à faire bonne contenance en regardant son maître infortuné.

– Je n'ai jamais vu Mr Sedley en fureur comme cette nuit, dit-il tout bas à Osborne, pendant que ce dernier montait l'escalier. Il voulait battre son cocher, monsieur. Le capitaine a été obligé de le monter dans ses bras, comme un enfant.

Un sourire passager effleura les traits de maître Brush pendant qu'il parlait, mais ils retombèrent bientôt dans leur impassibilité ordinaire ; en même temps, il ouvrait la porte et annonçait :

– Mr Hosbin[32] !

– Comment vous trouvez-vous, Sedley ? dit le jeune visiteur, n'avez-vous point d'os rompus ? il y a en bas un cocher qui a l'œil tout noir et la tête tout enveloppée. Il parle de vous citer en justice.

– Que voulez-vous dire avec la justice ? demanda Sedley d'une voix mourante.

– Oui, pour l'avoir battu cette nuit, n'est-ce pas, Dobbin ? Vous l'avez poussé, mon cher, aussi rudement qu'aurait pu faire Molyneux[33]. Le gardien de nuit dit qu'il n'a jamais vu un pauvre diable renversé aussi rudement. Demandez à Dobbin.

– Oui, vous avez eu une bourrade avec le cocher, dit le capitaine Dobbin, et vous l'avez assommé de coups.

– Et l'homme du Vauxhall à l'habit blanc ! Ah ! Jos, comme vous l'avez bousculé ; et ces pauvres femmes, comme elles criaient : c'était un plaisir de vous voir. J'ai cru que vous autres gens du civil n'aviez pas de courage ; mais je ne me mettrai

32. « Osborne » prononcé avec un accent cockney.

33. Boxeur français célèbre en Angleterre au début du XIXe siècle.

jamais sur votre route quand vous serez dans les vignes du Seigneur, mon gaillard.

– Oui, je crois que je suis bien terrible lorsqu'on m'excite, dit Joseph dans son sofa avec une grimace d'une tristesse si burlesque, que la politesse du capitaine ne put y résister plus longtemps, et que lui et Osborne partirent d'un éclat de rire.

Osborne, qui n'était pas fort aise qu'un membre de la famille dans laquelle il allait entrer, lui, George Osborne du *** régiment, consentit à une mésalliance avec une petite fille de rien, une aventurière de gouvernante, profita de l'état de faiblesse où il voyait réduit le héros du Vauxhall et commença ainsi l'attaque :

– Vous souvient-il de votre chanson d'hier ?

– Laquelle ? demanda Jos.

– Une chanson sentimentale, après laquelle vous avez appelé Rosa… Rebecca, je ne me rappelle déjà plus son nom, vous savez bien cette petite amie d'Amélia, *votre petite louloute*.

Et, saisissant la main de Dobbin, il répéta la scène de la veille, pour le plus grand supplice de celui qui y avait joué le principal rôle, et en dépit de tous les efforts du bon Dobbin pour éveiller en lui un peu de pitié.

– Pourquoi l'aurais-je épargné, répondit Osborne aux remontrances de son ami, quand il quitta l'invalide, le laissant entre les mains du docteur Gollop. De quel droit se donne-t-il ces airs protecteurs et nous fait-il montrer du doigt au Vauxhall ? Quelle est cette petite institutrice qui le provoque de l'œil pour se faire aimer de lui ? Ma foi ! la famille n'est pas déjà si noble, sans la compter ! Une gouvernante, c'est fort bien, mais j'aime mieux autre chose pour belle-sœur. J'ai des idées libérales mais j'ai aussi une juste mesure d'amour-propre, et je sais ce que je dois à mon rang ; quant à elle, qu'elle ne sorte pas du sien. Je veillerai de près sur ce grand fanfaron de nabab, et je l'empêcherai de se faire encore plus fou qu'il n'est. Aussi lui ai-je dit de se tenir en garde contre toutes les manœuvres de la petite.

– Sans doute, dit Dobbin avec un air qui démentait ses paroles, personne ne peut savoir mieux que vous que vous avez toujours été parmi les tories, et que votre famille est l'une des plus vieilles de l'Angleterre ; mais…

– Venez avec moi voir ces demoiselles, et faites la cour pour votre compte à miss Sharp, dit le lieutenant en interrompant son ami ; mais le capitaine Dobbin refusa d'accompagner Osborne dans sa visite aux dames de Russell-Square.

En apercevant dans la maison des Sedley deux têtes qui faisaient le guet à deux étages différents, Osborne ne put s'empêcher de rire.

Le fait est que miss Amélia était à sa fenêtre, interrogeant de l'œil avec la plus grande anxiété le côté du square qui lui faisait face, et où habitait Mr Osborne, dans l'espérance de découvrir le lieutenant ; et miss Sharp, de la chambre à coucher située au second étage, s'était mise en observation, comptant bien voir apparaître la masse respectable qui avait nom Joseph.

– Ma sœur Anne est à sa tour, dit Osborne à Amélia, mais elle ne voit rien venir.

Et, tout joyeux de sa plaisanterie, il prit un malin plaisir à dépeindre en termes grotesques à miss Sedley le fâcheux état de son frère.

– George, c'est très mal de rire, lui dit-elle avec un air de reproche.

Mais George n'en continua que de plus belle en présence de sa mine contrite et désappointée, et persista à croire que sa plaisanterie était des plus divertissantes. Lorsque miss Sharp descendit, il la railla beaucoup au sujet de l'effet que ses charmes avaient produit sur le gros employé de la Compagnie des Indes.

– Ah ! miss Sharp, si vous aviez pu le voir ce matin, dit-il, vagissant dans sa robe de chambre à ramages et se tordant sur son sofa, si vous l'aviez vu tirant la langue à son apothicaire Gollop…

– Voir qui ? dit miss Sharp.

– Qui ? comment ! qui ! mais ce ne peut être que le bon capitaine Dobbin, dont nous nous sommes si vivement préoccupés la nuit dernière.

– Ah ! nous nous sommes bien mal conduits avec lui, dit Emmy toute rougissante. En effet, je l'avais… complètement oublié.

– Oh ! pour cela, c'est vrai, s'écria Osborne redoublant ses éclats de rire. Et puis on ne peut pas toujours penser à Dobbin, n'est-ce pas, Amélia ? n'est-ce pas, miss Sharp ?

– Si ce n'est quand il a renversé son verre sur la table, répliqua miss Sharp d'un air sec et avec un mouvement d'impatience ; je n'ai pas pris garde un seul moment à l'existence du capitaine Dobbin.

– C'est bon, miss Sharp, je le lui dirai, répondit Osborne.

Comme il parlait, miss Sharp sentit naître en elle un sentiment de défiance et de haine pour ce jeune officier, sans qu'il pût s'en douter le moins du monde. « Peut-être veut-il s'amuser à mes dépens, pensa Rebecca ; peut-être m'a-t-il tournée en ridicule auprès de Joseph ; peut-être a-t-il renouvelé ses terreurs. Et l'autre ne viendra pas. »

Un nuage passa sur ses yeux et son cœur battit plus vite.

– Vous plaisantez toujours, dit-elle avec un sourire aussi ingénu qu'elle put le prendre. Vous avez beau jeu, monsieur George, je n'ai personne ici pour me défendre.

George Osborne, pendant qu'elle s'éloignait et qu'Amélia le grondait du regard, éprouva un léger regret d'avoir mal à propos chagriné cette pauvre créature, d'ailleurs si à plaindre ; mais bientôt il reprit :

– Ma chère Amélia, vous êtes trop bonne, trop indulgente ; vous n'avez pas encore comme moi l'expérience du monde. Il faut que votre petite amie miss Sharp apprenne à rester à sa place.

– Pensez-vous que Joseph…

– Sur ma parole, ma chère ; je n'en sais rien ; il peut le faire comme ne pas le faire, je ne suis pas son maître. Mais je sais seulement que c'est un garçon très léger, très vain, et qu'il a mis dans une très désagréable et très fausse position ma chère petite louloute.

Il se remit à rire d'une façon si drôle qu'Emmy ne put s'empêcher de rire avec lui.

Jos ne vint pas de toute la journée. Mais cela inquiétait peu Amélia, car la petite diplomate avait envoyé le groom aide de camp de maître Sambo, à la maison de son frère, pour lui demander un livre qu'il lui avait promis et s'informer de ses nouvelles. Il fut répondu par le valet de Jos, Mr Brush, que l'indisposition de son maître le retenait au lit, et que le docteur était en ce moment auprès de lui. « Il viendra demain », pensa-t-elle. Mais elle ne se sentait point le courage de rien dire à ce sujet à Rebecca, et cette jeune personne elle-même ne fit aucune allusion à cette affaire dans toute la soirée qui suivit la nuit passée au Vauxhall.

Le lendemain cependant, comme les jeunes dames assises sur le sofa s'occupaient à travailler, à écrire des lettres ou à lire des romans, Sambo entra dans la pièce avec son air d'empressement habituel ; il portait un paquet sous le bras et une lettre sur un plateau.

– Une lettre de Mr Joseph pour mademoiselle, dit Sambo.

Amélia l'ouvrit tout en tremblant.

Voici ce qu'elle disait :

Ma chère Amélia,

Je vous envoie l'Orphelin de la Forêt. *Je me sentais trop mal pour aller vous voir hier et aujourd'hui. Je quitte la ville pour Cheltenham. Excusez-moi, si c'est possible, auprès de l'aimable miss Sharp de ma conduite au Vauxhall. Priez-la de me pardonner et d'oublier tout ce que je lui ai dit dans l'excitation de ce fatal souper. Dès que je me sentirai mieux, car ma santé est fort ébranlée, j'irai passer quelques mois en Écosse.*

Votre bien affectionné,

Jos Sedley

C'était l'arrêt de mort, tout était perdu. Amélia n'osait regarder la pâle figure et les yeux enflammés de Rebecca. Elle laissa tomber la lettre sur les genoux de son amie ; puis, sortant de la pièce, elle alla se réfugier dans sa chambre, où son petit cœur éclata en sanglots.

Blenkinsop l'intendante l'y suivit pour lui prodiguer ses consolations ; Amélia, en épanchant ses larmes dans son sein, reprit un peu de courage.

– Ne vous laissez pas abattre, mademoiselle ; je n'aurais pas voulu vous le dire, mais personne de la maison ne l'a aimée, excepté au commencement. Je l'ai vue, de mes propres yeux vue, lisant les lettres de votre maman. Pinner dit qu'elle est toujours à fouiller dans votre boîte à bijoux et dans vos tiroirs, et dans les tiroirs de tout le monde. Elle est sûre qu'elle a mis votre ruban blanc dans sa malle.

– Je le lui ai donné, je le lui ai donné, répondit Amélia.

Mais cela ne modifia en rien l'opinion de mistress Blenkinsop sur miss Sharp.

– Voyez-vous, Pinner, je ne me fie pas à toutes ces gouvernantes qui ne sont ni chien ni loup. Elles se donnent les airs et les allures de nos grandes dames, et souvent elles ne sont pas mieux payées que vous et moi.

Il était désormais évident pour tous les habitants de la maison, excepté pour la pauvre Amélia, que Rebecca devait partir ; et grands et petits, toujours à l'exception d'une seule personne, pensaient que ce départ devait avoir lieu dans le plus bref délai. Cette bonne jeune fille bouleversa tous les tiroirs, toutes les armoires, tous les sacs, passa en revue ses robes, fichus, colifichets, chiffons, dentelles, soieries et falbalas, choisissant une chose, puis l'autre, puis encore une autre, pour en faire un petit paquet pour Rebecca. Puis, allant trouver son père, ce généreux commerçant de la Cité, qui lui avait promis autant de guinées qu'elle avait d'années, elle pria de donner cet argent à sa chère Rebecca, qui en avait besoin, tandis qu'elle ne manquait de rien.

George Osborne lui-même fut mis à contribution, et il ne se fit pas prier. Il alla à Bond-Street acheter le plus joli chapeau, le plus élégant spencer.

– Voilà le présent que George vous fait, ma chère Rebecca, dit Amélia toute fière. Qu'il a bon goût ! il n'y en a pas un comme lui.

– Il n'y en a pas un, répondit Rebecca. Je lui suis bien reconnaissante !

Dans le fond de son cœur elle se disait : « C'est George Osborne qui a empêché mon mariage. » Aussi elle aimait George Osborne en conséquence.

Elle fit ses paquets de la meilleure grâce du monde, et accepta tous les jolis petits présents d'Amélia, après y avoir mis tout juste ce qu'il fallait d'hésitation et de résistance. Elle ne manqua pas de jurer à mistress Sedley une éternelle reconnaissance, tout en se gardant bien d'importuner cette bonne dame qui se trouvait un peu décontenancée et avait l'air de vouloir l'éviter. Elle baisa la main de Mr Sedley, et lui demanda la permission de le considérer à l'avenir comme son meilleur ami, son plus sûr protecteur. Il y avait quelque chose de si touchant dans toute sa personne, que Mr Sedley fut sur le point de lui donner un mandat de vingt livres. Mais il réprima sa sensibilité, et comme la voiture l'attendait pour l'emmener dîner, il s'éloigna en jetant à Rebecca un :

– Dieu vous protège, mon enfant ! Vous aurez toujours ici une place quand vous viendrez à la ville ; ne l'oubliez pas… James, à Mansion House.

Enfin arriva le moment de la séparation pour les deux amies.

Après une scène où l'une prit son rôle au sérieux et l'autre le joua en comédienne accomplie ; après les plus tendres caresses, les larmes les plus pathétiques, où le flacon à vinaigre ainsi que les meilleurs sentiments du cœur purent trouver leur place, Rebecca et Amélia se séparèrent, la première jurant à son amie de l'aimer toute sa vie et encore au-delà.

CHAPITRE VII
Crawley de Crawley-la-Reine

Parmi les noms en C les plus respectés inscrits sur l'*Annuaire de la cour*, l'an de grâce 18…, était celui de *Crawley (sir Pitt), baronnet, Great-Gaunt-Street et Crawley-la-Reine dans le Hants*. Ce nom honorable figurait aussi, depuis plusieurs années, accolé à ceux de tous ces dignes candidats qui vont à tour de rôle quêter le suffrage des électeurs.

À propos du bourg de Crawley-la-Reine, on raconte que la reine Élisabeth, dans une de ses tournées, s'arrêta à Crawley, pour y déjeuner. L'excellente bière de l'Hampshire, que lui présenta le Crawley d'alors, beau gaillard à longue barbe et au jarret d'acier, la mit en si belle humeur qu'elle octroya au bourg de Crawley le droit d'envoyer à l'avenir deux membres au Parlement. En souvenir de l'illustre visiteuse, ce pays reçut le nom de Crawley-la-Reine, et il l'a conservé jusqu'à ce jour. Par un effet des changements causés par le temps, des vicissitudes produites par les siècles dans les empires, les cités et les bourgs, Crawley-la-Reine n'avait pas cessé d'être aussi populeux qu'à l'époque de la reine Beth, et finissait par tomber dans la catégorie dite des bourgs pourris. Toutefois, sir Pitt Crawley, avec son gros bon sens et sa rhétorique ordinaire, avait bien soin de répéter :

– Pourri ! tant qu'on voudra ; il ne m'en rapporte pas moins quinze cents bonnes livres par an !

Sir Pitt Crawley, ainsi appelé du nom de son illustre homonyme à la chambre des communes, était fils de Walpole Crawley, premier baronnet, dispensateur des sceaux et parchemins sous le règne de Georges II. À l'exemple de tant d'honnêtes confrères de cette époque, il encourut l'accusation de péculat. Walpole Crawley, chose presque superflue à dire, était fils de John Churchill Crawley, du nom de l'un des plus fameux capitaines du règne de la reine Anne. L'arbre généalogique pendu dans la grande salle de Crawley-la-Reine mentionne en outre Charles Stuart, fils de Crawley surnommé le Décharné, le Crawley contemporain de Jacques Ier, et enfin le Crawley de la reine Élisabeth, représenté à la tête du tableau en barbe et en cuirasse. De son gilet part, suivant l'usage, le tronc nobiliaire où s'étalent les noms illustres ci-dessus énumérés. Tout à côté du nom de sir Pitt Crawley, le baronnet dont il est question dans ce chapitre, s'alignent les noms de son frère, le révérend Bute Crawley, recteur de Crawley-Snailby, et de différents autres descendants, tant mâles que femelles, de la famille des Crawley.

Sir Pitt avait d'abord épousé Griselle, sixième fille de Mungo Binkie, lord Binkie, et cousine en conséquence de Mr Dundas. Elle l'avait rendu père de deux fils : Pitt, ainsi nommé non pas tant en l'honneur de son père qu'en celui de notre bien-aimé et fameux ministre, et Rawdon Crawley, appelé comme le favori du prince de Galles, si vite oublié par S. M. Georges IV. Quelques années après le trépas de milady, sir Pitt conduisit à l'autel Rosa, fille de Mr G. Grafton de Mudbury. Cette nouvelle épouse lui donna deux filles, qui, pour leur plus grand avantage, allaient avoir miss Rebecca Sharp pour gouvernante. Notre jeune institutrice se trouvait donc au milieu d'une famille rehaussée, comme on l'a pu voir, par d'assez nobles alliances. Bientôt sa diplomatie allait avoir à s'évertuer sur un théâtre plus digne d'elle que le centre modeste de Russell-Square.

La lettre d'avis qui l'appelait auprès de ses élèves lui vint sous une enveloppe qui n'était plus d'une entière fraîcheur. Elle était ainsi conçue :

Sir Pitt Crawley prie miss Sharp et ses bas gages *d'être* issis *mardi, car* je m'en vas *à Crawley-la-Reine demain matin de* bonheur.

Great-Gaunt-Street.

Rebecca avait beau interroger ses souvenirs, elle ne se rappelait point avoir vu de baronnet ; aussi, après ses adieux à Amélia et le temps de se frotter les yeux avec son mouchoir, cérémonie qui dura tout juste assez pour permettre à la voiture de dépasser le coin de la rue, elle mit son esprit au supplice pour se faire une idée de la tournure que pouvait avoir un baronnet.

– Je voudrais bien savoir s'il porte une étoile, pensa-t-elle. Peut-être le droit de porter des étoiles appartient-il aux lords seuls. Toujours, il aura une mise recherchée, quelque costume de cour. Il porte sans doute des manchettes et doit avoir un soupçon de poudre dans les cheveux. Je le vois d'ici avec son air hautain ; je serai assurément traitée par lui avec le dernier mépris. Il faut encore prendre mon mal en patience, car au moins je serai mêlée à des gens de bonne société, et non plus à cette petite bourgeoisie si vulgaire dans son genre.

Puis, pensant à Joseph et à ses amis de Russell-Square, elle empruntait la philosophie du renard de la fable devant une treille trop élevée.

Après avoir passé Gaunt-Square, la voiture s'arrêta dans Great-Gaunt-Street, devant une grande et sombre maison, encaissée entre deux autres d'aussi lugubre apparence. Chacune portait un écusson au-dessus de la principale croisée, comme on en voit presque toujours aux maisons de Great-Gaunt-Street, où la mort, sans doute attirée par la tristesse du lieu, semble avoir élu domicile à perpétuité. Les volets des fenêtres du premier étage étaient fermés ; ceux de la salle à manger, à moitié ouverts, laissaient voir de vieux journaux enveloppant précieusement les cuivres des fenêtres.

John le cocher, envoyé seul pour conduire la voiture et peu soucieux de descendre pour aller sonner, réclama ce service d'un petit gamin qui passait. La sonnette s'ébranla, une tête se montra aux volets entrebâillés de la salle à manger, et la porte s'ouvrit pour laisser passer un homme en culotte de drap commun, en grosses guêtres, avec une vieille veste tachée, une vieille cravate d'une couleur équivoque, enroulée autour d'un cou velu, ayant la tête chauve et lisse, une face rubiconde et niaise, des yeux gris et brillants, une bouche toujours grimaçante.

– Est-ce ici la maison de sir Pitt Crawley ? demanda John de son siège.

– Oui, dit l'homme de la maison avec un signe affirmatif.

– Avancez ici pour enlever ces paquets, dit John.

– Enlevez-les vous-même, dit le portier.

– Vous ne voyez donc pas que je ne puis laisser mes bêtes ? Allons, allons, mon brave, la main à la besogne ; la demoiselle vous donnera quelque chose pour la peine, dit John avec un gros rire.

Miss Sharp ne pouvait prétendre aux égards de cet homme ; ses rapports avec la famille des Sedley allaient en rester là, et les domestiques n'avaient rien reçu d'elle à son départ.

Le bonhomme chauve sortit les mains des poches de sa culotte ; puis, obéissant à l'injonction du cocher, il chargea la malle de miss Sharp sur son épaule et l'apporta dans la maison.

– Prenez encore ce panier et ce châle, et ouvrez-moi la porte, dit miss Sharp en descendant de voiture toute courroucée. Quant à vous, j'écrirai à Mr Sedley pour l'informer de votre conduite, dit-elle au cocher.

– Ne soyez pas méchante, ma petite dame, répondit le domestique. Vous n'avez rien oublié, n'est-ce pas ? Et les robes de mam'zelle Mélia, les avez-vous aussi ? Elles devaient revenir à la femme de chambre. J'espère qu'elles seront à votre taille. Fermez la porte, Jim. C'est pas d'elle qu'on peut attendre quéque chose, continua John en faisant avec son pouce un geste démonstratif du côté de miss Sharp. Une belle emplette pour vous, en vérité, une belle emplette !

Et en parlant ainsi, le cocher fouetta ses chevaux. En réalité, il nourrissait de tendres sentiments pour la femme de chambre, et il enrageait de la voir privée de ses petits profits.

En entrant dans la salle à manger, sous la conduite du personnage en guêtres, Rebecca trouva à l'appartement l'air de deuil qu'ils prennent tous quand leurs nobles habitants disent adieu à la ville. Les pièces semblent alors pousser la fidélité jusqu'à pleurer l'absence de leurs maîtres. Un tapis turc roulé sur lui-même cachait son air boudeur sous le buffet. Les tableaux voilaient leur face sous de vieilles enveloppes de papier gris. La lampe pendait au plafond, se dérobant aux yeux dans un vieux sac de toile grise, et les rideaux des croisées disparaissaient sous des housses de toutes les paroisses. Du fond de son coin sombre, le buste en marbre de sir Walpole Crawley contemplait la nudité du plancher et les chenets huilés pour prévenir la rouille. Sur la cheminée, des étuis veufs de cartes à jouer ; l'étagère poussée derrière le tapis ; les chaises les pieds en l'air et rangées contre le mur ; à l'opposé de la statue, dans un coin non moins sombre, sur un petit guéridon, gisait une gaine à couteau, tout écorchée, dont la forme attestait l'antiquité.

Deux chaises de cuisine, une table ronde, une pelle et des pincettes se groupaient autour du foyer, où un poêlon chauffait aux tièdes clartés d'un feu mourant. On voyait sur la table à côté d'un morceau de pain et de fromage, un chandelier en fer-blanc et un peu de porter[34] dans un cruchon.

– Vous avez dîné, sans doute ? N'avez-vous pas trop chaud ? Voulez-vous une goutte de bière ?

– Où est sir Pitt Crawley ? demanda miss Sharp avec un air de majesté.

– Hi ! hi ! c'est moi qui *est* sir Pitt Crawley. Vous me devez un bon pourboire pour votre bagage. Hi ! hi ! demandez à mistress Tinker si je ne le suis pas. Mistress Tinker, je vous présente miss Sharp. Mademoiselle la gouvernante, voici ma femme de ménage, ho ! ho !

---

34. Type de bière noire consommée en Angleterre depuis le XVIIIe siècle.

La personne répondant au nom de mistress Tinker fit au même instant son apparition dans la chambre ; elle apportait la pipe et le tabac demandés une minute avant l'arrivée de miss Sharp ; elle remit le tout entre les mains de sir Pitt, qui s'assit au coin du feu.

– Et les liards ? demanda-t-il ; je vous ai donné trois pièces de six liards. Vous avez à me rendre, vieille Tinker !

– Voilà, répliqua mistress Tinker, lui jetant sa monnaie. Être baronnet pour liarder[35] de la sorte !

– Un liard par jour, cela fait sept schillings par an, répondit le maître de céans ; sept schillings par an font l'intérêt de sept guinées. Comptez par liards, vieille Tinker, et vous verrez bientôt arriver les guinées.

– C'est bien sir Pitt Crawley à ne pas vous y tromper, ma jeune dame ; il n'y en a pas un comme lui pour regarder de si près aux liards, dit mistress Tinker d'un air maussade. D'ici à peu vous connaîtrez encore mieux l'homme.

– Et vous ne m'en aimerez pas moins, miss Sharp, dit le vieux gentilhomme d'un air presque poli ; je suis juste avant d'être généreux.

– Il n'a de sa vie fait cadeau d'un liard, bougonna la Tinker.

– Et n'en a nulle envie pour l'avenir : c'est contre mes principes. Allez chercher une chaise à la cuisine,

35. Lésiner.

Tinker, si vous avez envie de vous asseoir, et puis nous dirons un mot au souper.

En attendant, le baronnet plongea sa fourchette dans la poêle et en retira un morceau de tripe et un oignon ; et, après un partage fait avec la plus scrupuleuse équité, il prit sa portion, ainsi que mistress Tinker.

– Vous voyez, miss Sharp, quand je ne suis pas ici, je paye à Tinker ses frais de nourriture ; mais, quand je suis à la ville, elle dîne avec la famille. Ah ! ah ! je suis bien aise, mademoiselle, que vous n'ayez pas faim, pas vrai, Tink ?

Et ils attaquèrent à belles dents leur frugal repas.

Après le souper, sir Pitt Crawley se mit à fumer sa pipe ; quand il fit tout à fait noir, il plaça un bout de chandelle sur un brûle-tout, et tirant d'une poche sans fond une liasse formidable de dossiers, il se mit à les lire et à les mettre en ordre.

– Je suis ici pour des affaires de loi, ma chère, et voilà ce qui me procure le plaisir d'avoir demain une si jolie compagne de voyage.

– Il est toujours avec des procès, dit mistress Tinker en se versant à boire.

– Buvez et ne vous gênez pas, dit le baronnet. Oui, ma chère, Tinker dit vrai, j'ai perdu et gagné plus de procès qu'aucun homme en Angleterre. Jetez les yeux sur ceci : *Crawley, baronnet, contre Snaffle*. J'en aurai raison ou j'y perdrai mon nom de Pitt Crawley… *Podder et Cᵉ, contre Crawley, baronnet… les contrôleurs de la commune de*

Snailby contre Crawley, baronnet. Qu'ils prouvent donc que c'est du domaine public, je les en défie ; ce terrain est bien à moi ; il n'appartient pas plus à la commune qu'à vous ou à Tinker que voilà. Je les mettrai *à quia*[36], quand il devrait m'en coûter mille guinées. Regardez un peu ces papiers ; il ne tient qu'à vous, si le cœur vous en dit, ma très chère ; avez-vous une belle main pour écrire ? Je vous mettrai en réquisition quand nous serons à Crawley-la-Reine, miss Sharp. Maintenant que la douairière est morte, j'ai besoin d'un aide.

– Elle ne valait pas mieux que lui, reprit la Tinker. Elle était toujours en chicane avec ses fournisseurs ; en quatre ans, elle a congédié quarante-huit domestiques.

– Elle était donc avare, très avare ? dit l'orpheline d'un ton de naïveté.

– Pour moi c'était une perle ; elle me sauvait un homme d'affaires.

La conversation continua assez longtemps sur ce ton confidentiel, au grand amusement de la nouvelle arrivée. Bonnes ou mauvaises, les qualités de sir Pitt Crawley étaient mises par lui dans tout leur jour, sans qu'il cherchât le moins du monde à les déguiser. Il ne tarissait pas sur son compte, tantôt faisant usage du patois de l'Hampshire dans toute sa rudesse et sa vulgarité, et tantôt adoptant le langage de l'homme du monde. Enfin, on se souhaita le

36. Mettre quelqu'un dans l'impossibilité de répliquer.

bonsoir, après recommandation à miss Sharp d'être prête le lendemain à cinq heures du matin.

– Vous coucherez cette nuit avec Tinker, lui dit-il ; c'est un grand lit où l'on peut tenir deux. Lady Crawley y est morte. Bonne nuit !

Sir Pitt se retira après ce compliment, et la très solennelle Tinker, le chandelier à la main, ouvrit la marche à travers de grands escaliers en pierre, de longues enfilades de salons immenses dont toutes les serrures étaient recouvertes de papier ; elle arriva enfin à la chambre où lady Crawley s'était endormie du dernier sommeil. L'aspect de cette pièce avait quelque chose de si funèbre et de si triste que non seulement on était disposé à croire que lady Crawley y avait rendu le dernier soupir, mais que le fantôme de la pauvre dame n'avait pas cessé de l'habiter. Rebecca allait et venait dans l'appartement avec un entrain des plus joyeux. Elle avait déjà sondé les profondeurs des placards, des cabinets, des armoires ; elle ouvrait les tiroirs fermés, passait en revue les affreux tableaux suspendus aux murs et tous les objets de toilette, tandis que la vieille femme de ménage récitait ses prières.

– Je ne voudrais pas m'endormir dans le lit que voici sans avoir la conscience en repos, mademoiselle, dit la vieille servante.

– Il y a dans cette chambre, reprit Rebecca, de quoi nous loger avec une demi-douzaine de revenants. Contez-moi donc tout ce que vous savez sur lady Crawley, sir Pitt Crawley et tous les autres, ma *chère* mistress Tinker.

Mais la vieille Tinker n'était pas une personne à se laisser tirer les vers du nez par des questions en l'air. Elle intima à miss Sharp que le lit était fait pour dormir et non pour causer ; et bientôt, du coin où elle reposait, s'éleva un ronflement comme il n'en peut sortir que d'une conscience irréprochable. Rebecca resta éveillée longtemps, fort longtemps ; elle pensait au lendemain, au nouveau monde qui s'ouvrait devant elle, aux chances de succès qu'elle y trouverait. La chandelle, placée dans la cuvette, jetait une dernière lueur avant de s'éteindre ; la cheminée projeta une ombre épaisse sur la moitié d'un canevas *pour marquer*, ouvrage, sans doute, de la feue milady, précieusement encadré, et sur deux portraits de famille représentant deux jeunes garçons l'un en habit de collège, l'autre en veste rouge de soldat. Au moment de s'endormir, miss Sharp se demanda auquel elle devait rêver.

À quatre heures, par une matinée d'été assez brillante pour donner un aspect joyeux même aux sombres murailles de Great-Gaunt-Street, la fidèle Tinker éveilla sa compagne de lit et l'avertit de se préparer pour le départ ; puis tirant les verrous du vestibule, et ouvrant la grande porte dont les gonds firent par un long grincement tressaillir les échos endormis de la rue, elle se dirigea vers Oxford-Street, et prit un fiacre à la station de l'endroit. Il est inutile d'entrer dans des détails sur le numéro de la voiture ou de constater que le cocher était venu de grand matin dans le voisinage de Swallow-Street avec l'espoir de trouver quelque jeune viveur au pas chancelant, qui ayant besoin de l'assistance de son véhicule pour rentrer chez lui le payerait avec la générosité de l'ivresse.

Inutile de dire que si le cocher caressait cette espérance, il eut à se détromper grandement. Car le digne baronnet qu'il voiturait dans sa boîte jusqu'à la Cité ne lui donna pas un sou en sus du prix de la course. Le pauvre John eut beau crier et tempêter, jeter dans le ruisseau les coffres de miss Sharp et jurer qu'il en appellerait aux tribunaux pour se faire payer son dû.

– Songez-y à deux fois, dit l'un des valets d'écurie, vous avez à faire à sir Pitt Crawley.

– Entends-tu, Jos, cria le baronnet d'un air approbateur. Je voudrais bien voir un homme qui oserait me faire aller !

– Et moi aussi ! dit Jos en bougonnant entre ses dents et en chargeant les bagages du baronnet sur la voiture.

– Gardez le siège pour moi, conducteur, cria le membre du Parlement au cocher.

– Oui, sir Pitt, répliqua celui-ci la main au chapeau et la rage dans le cœur, car il avait promis cette place à un jeune étudiant de Cambridge, dont il aurait eu au moins une couronne de pourboire. Miss Sharp avait pris une place à l'intérieur de la voiture qui allait la transporter dans un monde nouveau.

Comment le jeune étudiant de Cambridge étendit cinq vêtements sur ses genoux en boudant, mais son visage s'éclaira en voyant la petite miss Sharp quitter l'intérieur pour prendre place à côté de lui ; comment il la couvrit d'un de ses paletots, et finit par retrouver toute sa belle humeur…

Comment le monsieur asthmatique et la vieille précieuse qui jurait à tout propos sur son honneur, qu'auparavant elle n'avait jamais voyagé en voiture publique (il y a toujours quelqu'une de ces dames dans les voitures publiques, hélas ! quand il en existait encore, car où sont-elles passées maintenant ces voitures ?) et la grosse veuve avec sa bouteille de brandy prirent successivement leur place sur les banquettes de l'intérieur…

Comment le conducteur leur demanda à tous de l'argent et recueillit six sous du monsieur asthmatique et cinq liards crasseux de la grosse veuve…

Comment la voiture se mit enfin en route et traversa les sombres ruelles d'Aldersgate, fit trembler en passant les vitraux de Saint-Paul, franchit avec rapidité l'entrée des étrangers à Fleet-Market qui, avec Exeter-Change, appartient désormais au monde des souvenirs…

Comment on passa l'Auberge de l'Ours blanc de Piccadilly, tandis qu'on voyait flotter un voile de brouillard sur les jardins de Knightsbridge…

Comment on laissa derrière soi Turnham-Green, Brentford et Bagshot…

Il n'est pas besoin de le dire ici.

Celui qui écrit ses lignes ayant, dans ses jeunes années, parcouru cette route enchanteresse par une radieuse et belle matinée, y ramène sa pensée avec un sentiment de regret et de plaisir. Où est-elle maintenant cette route avec le plaisant chapitre des accidents de voyage ? Il n'y a plus de Chelsea ou de Greenwich pour les vieux et honnêtes cochers à la trogne rougie ? Où sont-ils passés, je le demande, tous ces joyeux compagnons ? Le vieux Weller[37] est-il vivant ou mort ? Et les garçons d'auberge avec leurs hôtels où l'on vous offrait le bœuf froid servi à la hâte ? Et ce palefrenier stupide avec son nez bleu et gelé, son seau à l'anse criarde, où est-il passé ? où sont ses descendants ? Pour tous ces grands génies en jupons qui écrivent des nouvelles à l'intention des enfants de notre bien-aimé lecteur, ces hommes et ces choses passeront à l'état de légende, comme l'histoire de Ninive[38], de Cœur-de-Lion ou de Jack Sheppard[39]. Pour eux, la diligence va usurper la place des châteaux enchantés ; un attelage de quatre chevaux bais ne prêtera pas moins

37. Tony Weller est un personnage du premier roman de Charles Dickens, *The Pickwick Papers* (1836).

38. Ancienne grande cité de Mésopotamie.

39. Jack Sheppard (1702-1724) est un célèbre voleur londonien dont les aventures inspirèrent des romanciers du XVIIIe siècle.

au merveilleux que Bucéphale[40] et l'Hippogriffe[41]. Ah ! comme leur poil était brillant quand les garçons d'écurie leur enlevaient la couverture ! comme ils s'élançaient avec ardeur sur la route ! comme leur queue était belle à voir frissonner, leurs flancs à voir fumer quand, au terme du relais, ils rentraient dans la cour d'auberge avec la dignité du devoir accompli ! Hélas ! nous n'entendrons plus les notes joyeuses et fausses du conducteur lorsque les portes s'ouvraient à minuit pour laisser passer sa voiture ? Mais où nous emporte en ce moment l'omnibus de Trafalgar ?

Puis… Mais, sans nous arrêter aux mille incidents de la route, nous irons tout droit à Crawley-la-Reine, pour savoir comment va s'y trouver miss Rebecca Sharp.

---

40. Cheval d'Alexandre le Grand.
41. Créature légendaire, mi-cheval et mi-aigle.

CHAPITRE VIII
Tout confidentiel

MISS REBECCA SHARP À MISS AMÉLIA SEDLEY

Service de la chambre des communes

Russell-Square, à Londres.

Très chère et très douce Amélia,

C'est avec une joie mêlée de tristesse que je prends la plume pour écrire à l'amie de mon cœur. Quel changement d'hier à aujourd'hui ! Maintenant je suis seule, sans amie ; hier j'étais comme dans ma famille, je goûtais la tendre intimité d'une sœur que je chérirai toujours, oh ! oui, toujours !

Je ne vous dirai point mes larmes, mon affliction dans cette fatale nuit passée loin de vous. Vous êtes allée mardi soir où vous appelaient la joie et le bonheur ; vous aviez près de vous votre mère, le jeune soldat qui vous est fiancé. *J'ai pensé à vous toute la nuit, je vous voyais danser chez Perkins, la plus belle, je suis sûre, entre toutes les jeunes filles du bal. Le cocher m'a conduite dans la vieille voiture à la maison de ville de sir Pitt Crawley. Après m'avoir traitée avec la dernière impertinence (hélas ! qu'avait-il à craindre en insultant la pauvreté, le malheur ?), il m'a laissée entre les mains de sir Pitt. Celui-ci m'a fait passer la nuit dans un vieux lit d'un aspect sinistre, à côté d'une vieille bonne non moins effrayante. C'est la gardienne de la maison. Je n'ai pas fermé l'œil de la nuit.*

Sir Pitt ne répond pas à l'idée que, dans nos folles imaginations, nous nous faisions d'un baronnet en lisant à Chiswick nos romans de contrebande. Rien ne peut moins que lui ressembler à un Lord Orville[42]*. Figurez-vous un vieux bonhomme trapu, court, commun et malpropre ; vieux habits, guêtres râpées ; il fume une ignoble pipe et fait lui-même cuire dans la poêle un horrible souper. Il a parlé une espèce de patois montagnard et a juré comme un Turc après la gouvernante, puis après le cocher qui nous a menés à l'auberge d'où part la voiture sur laquelle j'ai fait au grand air la plus grande partie de la route.*

La gouvernante m'avait éveillée au point du jour. Arrivée à l'auberge, j'avais d'abord pris

42. Héros d'*Evelina* (1778), un roman de l'auteur britannique Fanny Burney (1752-1840).

place dans l'intérieur de la voiture ; mais à un certain endroit appelé Leakington, où nous fûmes surpris par une averse assez forte, eh bien ! vous aurez peine à le croire, il fallut me mettre dehors. Sir Pitt est un des propriétaires de la voiture, et, comme il se présenta à Mudbury un voyageur pour une place d'intérieur, je fus obligée de sortir et de recevoir la pluie. Par bonheur, un étudiant du collège de Cambridge m'a donné l'hospitalité sous un de ses énormes paletots.

Ce jeune homme et le conducteur avaient l'air de connaître fort bien sir Pitt, et s'amusaient à ses dépens. D'un commun accord ils lui décernaient l'épithète de vieux pingre, *ce qui signifie une personne très chiche et très avare. À les entendre, il n'aurait jamais donné d'argent à personne. J'étais indignée de tant de pingrerie. Le jeune étudiant me fit remarquer la lenteur avec laquelle nous faisions les deux derniers relais, parce que sir Pitt avait pris place sur le siège et était propriétaire de l'attelage pour cette partie du trajet.*

– Mais, n'est-ce pas que je leur donnerai du fouet à Squashmore, quand je vais prendre les guides ? dit le jeune étudiant de Cambridge.

– Ne les manquez pas, monsieur Jacques, répondit le conducteur.

Lorsqu'on m'eut dit le mot de l'énigme et les projets de Mr Jacques pour le reste du chemin, et ses plans de vengeance sur le dos des chevaux de sir Pitt, je ne pus m'empêcher de rire.

Une voiture attelée de quatre superbes chevaux portant sur leurs harnais les armes du maître et seigneur, nous attendait à Mudbury, à quatre milles de Crawley-la-Reine. Notre entrée dans le parc du baronnet se fit en toute solennité. Une magnifique avenue longue d'un mille environ, conduit au château. Arrivés à la grille d'honneur, dont les piliers sont surmontés d'une colombe et d'un serpent, supports des armes des Crawley, nous fûmes reçus par une femme qui n'en finissait plus de nous saluer, tout en s'empressant de nous ouvrir les vieilles grilles de fer, trop semblables à celles de cet odieux Chiswick.

– Une avenue d'un mille de long ! me dit sir Pitt. Une rangée d'arbres qui vous représente six mille livres en bois de charpente pour le propriétaire ! N'est-ce donc rien que cela ?

Il dit une evenue et le propiétaire. Il fallait rire ou se mordre les lèvres. À Mudbury il avait fait monter avec lui Mr Hodson, espèce de rustre, avec lequel il se mit à causer saisies, ventes, irrigations, culture, fermiers et fermages, toutes matières au-dessus de ma portée. On avait surpris Sam Miles à braconner, et Pierre Bailey était enfin parti pour l'hospice des indigents.

– Tant mieux, dit sir Pitt, voilà une éternité que lui et sa famille étions à me filouter sur leur fermage.

Il me vint à l'esprit que c'était quelque ancien fermier qui ne pouvait acquitter ses loyers. Un autre aurait dit : étaient *; mais les riches baronnets sont-ils tenus envers la grammaire au même respect que les pauvres gouvernantes ?*

En passant, je remarquai la flèche d'un clocher s'élevant avec grâce au-dessus des vieux ormes du parc ; devant ceux-ci, au milieu d'une prairie et de quelques hangars, était bâtie une vieille maison rouge avec de grandes cheminées tapissées de lierre ; les vitres étincelaient au soleil.

– Est-ce là votre église, sir Pitt ? demandai-je.

– Oui, sac... à papier ! dit sir Pitt. (Seulement, ma chère amie, il se servit d'un mot beaucoup plus énergique.) Comment va la bête, Hodson ? La bête, c'est mon frère Bute, ma chère demoiselle, mon frère le ministre. Je l'appelle la bête, il ne manque plus que la belle. Ah ! ah !

Hodson riait aussi ; mais soudain, avec un air de gravité et un mouvement de tête : – *C'est à désespérer de voir comme il va bien, sir Pitt, reprit-il. Il est sorti hier sur son poney pour aller visiter nos récoltes.*

– Il est allé chercher ses termes, le diable l'emporte ! fit-il en employant son autre juron favori. Le brandy et l'eau n'en auront donc pas raison ? Il est aussi coriace que le vieux... Comment l'appelez-vous ? le vieux Mathusalem.

Mr Hodson se tenait les côtés.

– *Les jeunes gens sont arrivés du collège, ils se sont rués sur John Scroggins, et l'ont laissé à peu près pour mort.*

– *Quoi ! sur mon second garde ! hurla sir Pitt.*

– *Il se trouvait sur les terres de la cure, répliqua Mr Hodson.*

Sir Pitt, en fureur, jura que, si jamais il les prenait à braconner sur ses terres, il les ferait transporter, et que le diable ne l'en empêcherait pas. Toutefois il reprit : – *J'ai vendu la présentation de cette cure, Hodson ; pas un membre de cette génération ne l'aura.*

Mr Hodson lui répondit qu'il était parfaitement dans son droit. Pour moi, j'entrevois que les deux frères sont à couteaux tirés, comme cela arrive très souvent entre frères et même entre sœurs. Vous rappelez-vous les deux miss Scratchley, à Chiswick ? elles étaient toujours à se chamailler ; et Maria Box, elle n'épargnait pas les bourrades à Louisa.

Bientôt après, apercevant des petits garçons qui ramassaient des branches mortes dans le bois, Mr Hodson s'élança de la voiture sur l'ordre de sir Pitt, et tomba sur eux à bras raccourcis.

– *Tape ferme, Hodson, criait le baronnet, fais sentir le fouet à ces petits vauriens, et conduis au logis ces vagabonds. Je leur promets la prison, aussi sûr que je m'appelle sir Pitt.*

En même temps nous entendions le fouet de Mr Hodson résonner sur les épaules de ces pauvres enfants tout en larmes. Sir Pitt, voyant les malfaiteurs sous bonne garde, poursuivit sa course jusqu'au château.

Tous les domestiques étaient à leur poste pour nous recevoir et...

Ici, ma chère, je fus interrompue, la nuit dernière, par un coup terrible frappé à ma porte. Qui croyez-vous que c'était ? Sir Pitt en bonnet de nuit et en robe de chambre : vraiment il était à peindre !

Pendant que je reculais devant une pareille visite, il se dirigea vers moi, et prenant ma chandelle :

– Pas de chandelle ici après onze heures, miss Becky, me dit-il. Allez vous coucher sans lumière, jolie petite friponne (c'est ainsi qu'il m'appelle), et, à moins que vous ne vouliez que je vienne éteindre votre lumière tous les soirs, souvenez-vous d'être au lit à onze heures.

Là-dessus il se retira avec Mr Horrocks le majordome, en riant aux éclats.

Vous pouvez être sûre que je prendrai mes précautions pour éviter de nouvelles visites. *Ils s'en allèrent ensuite lâcher deux bouledogues dont les hurlements se prolongèrent tout le reste de la nuit.*

– J'ai nommé mon chien Gorer[43]*, dit sir Pitt ; il a tué son homme, ce chien-là, et il viendrait*

43. « Éventreur ».

à bout d'un taureau. Autrefois j'appelais sa mère Flora ; maintenant je l'appelle l'Édentée, parce qu'elle était trop vieille pour mordre, ah ! ah ! ah !

Devant le castel de Crawley-la-Reine, affreuse grange bâtie à l'ancienne mode et en briques rouges avec de grandes cheminées et des toits comme on en voyait sous le règne de la reine Beth, s'étend une terrasse où l'on retrouve la colombe et le serpent traditionnels de la famille ; la salle d'honneur a une porte sur cette terrasse. Cette grande salle, ma chère, est, j'en suis sûre, aussi triste et aussi lugubre que celle du château des Mystères d'Udolphe[44]. *Il y a un immense foyer où l'on pourrait faire tenir la moitié de l'institution de miss Pinkerton, et un gril d'assez belle dimension pour faire rôtir un bœuf pour le moins. Toutes les générations de Crawley sont accrochées au mur, qui avec des barbes, qui avec de terribles perruques et les pieds en dehors, qui avec de longues cottes ou robes collantes sous lesquelles ils ont l'air aussi roides que des tours, qui avec de longues boucles sur le cou, et on n'en voit guère qui portent des corsets.*

À l'une des extrémités de la salle se trouve un grand escalier en chêne noir aussi effrayant que possible ; de l'autre côté s'ouvrent de grandes portes surmontées de têtes de cerfs et conduisant

44. Titre d'un roman « gothique » d'Ann Radcliffe (1764-1823) publié en 1794.

au billard, à la bibliothèque, au grand salon jaune et aux petits appartements. J'estime à vingt le nombre des chambres à coucher au premier étage. Dans l'une d'elles on montre encore le lit où a dormi la reine Élisabeth.

Mes nouvelles élèves m'ont promenée ce matin à travers ces beaux appartements. Les fenêtres, toujours fermées, ne contribuent pas peu, je vous l'assure, à leur donner un aspect sinistre, et dans chacune de ces pièces je m'attendais à tout instant à voir paraître un spectre au moindre rayon qui y pénétrait.

Ma chambre à coucher, placée au second étage, donne d'un côté sur le cabinet d'études et de l'autre sur les chambres de mes jeunes élèves. Ensuite vient l'appartement de Mr Pitt, l'aîné des fils, qu'on désigne sous le nom de Mr Crawley ; puis celui de Mr Rawdon Crawley, officier comme quelqu'un de notre connaissance ; il est en ce moment en campagne avec son régiment. Il y a de quoi loger tout le monde de Russell-Square dans cette maison et avoir encore de la place de reste.

Une demi-heure après notre arrivée, la cloche sonna le dîner. Je descendis avec mes deux élèves. – Ce sont deux petites créatures de huit et de dix ans qui ne signifient pas encore grand-chose. J'avais votre belle robe de mousseline, que cette détestable mistress Pinner ne vous pardonne pas de m'avoir donnée. Pour l'ordinaire on me traite comme une personne de la famille. Les jours de réception seulement, nous dînons dans nos chambres avec mes élèves. – Je vous disais donc que la cloche du dîner avait tinté ; tout le monde se réunit dans le petit salon où se tient lady Crawley, la seconde lady Crawley, la mère de mes élèves. C'est la fille d'un quincaillier, et au moment de son mariage elle passait pour un très bon parti. Elle a la prétention d'avoir été belle autrefois, et ses larmes sont intarissables sur sa beauté perdue ; elle est pâle, maigre avec des épaules élevées, et c'est à peine si elle desserre les dents. Son beau-fils, Mr Crawley, était également dans la chambre ; sa mise était des plus correctes ; son air est solennel comme celui d'un entrepreneur des pompes funèbres. Figurez-vous un être chétif, laid, silencieux, des jambes comme des allumettes, absence complète d'estomac, des favoris couleur de foin foncé et des cheveux jaune pâle, enfin l'image vivante de sa mère encadrée au-dessus de la cheminée, la bienheureuse Griselda de la noble maison de Binkie.

– Voici la nouvelle gouvernante, monsieur Crawley, dit lady Crawley en allant à ma rencontre et en me prenant par la main. C'est miss Sharp.

– Oh ? fit Mr Crawley ; puis, après un mouvement de tête de mon côté, il se remit à lire une brochure dont la lecture semblait l'absorber.

– Je réclame votre indulgence pour mes filles, me dit lady Crawley avec des yeux rouges et toujours larmoyants.

– Chère maman, elle en aura beaucoup, reprit l'aînée.

Je vis du premier coup que cette femme n'était pas à craindre.

– Madame est servie, vint annoncer le majordome tout de noir habillé et orné d'un immense jabot qui semblait fait avec une collerette à la mode de la reine Élisabeth et empruntée à l'un des tableaux de la grande salle.

Prenant aussitôt le bras de Mr Crawley, elle ouvrit la marche vers la salle à manger. Je l'y suivis avec une de mes petites filles à chaque main.

Sir Pitt était déjà dans la chambre, en face d'une cruche d'argent. Il venait de la cave et avait fait de la toilette, c'est-à-dire qu'il avait quitté ses guêtres et laissait voir ses jambes grosses et courtes dans des bas de laine noire. Le buffet était couvert de vieille argenterie bien brillante, de vieux vases, le tout en or et en argent. Les salières et l'huilier faisaient ressembler cette pièce à une boutique d'orfèvrerie : tout, sur la table, était aussi en argent. Deux laquais aux cheveux rouges et en livrée couleur canari se tenaient des deux côtés du buffet.

Mr Crawley dit des grâces qui n'en finissaient plus ; sir Pitt répondit Amen, *et l'on enleva les couvre-plats.*

– Qu'avons-nous à dîner, Betty ? demanda le baronnet.

– *Du bouillon de mouton, à ce que je crois, sir Pitt, répondit lady Crawley.*

– Mouton aux navets, *ajouta avec gravité le majordome ; pour soupe, un* potage de mouton à l'écossaise *; en accompagnement, des* pommes de terre au naturel *et* des choux-fleurs à l'eau.

– *Le mouton, c'est toujours le mouton, reprit le baronnet. Que la peste m'étrangle si je connais rien de meilleur ! Quel était ce mouton, Horrocks, et quand l'avez-vous tué ?*

– *C'était un écossais noir, sir Pitt. Nous l'avons tué jeudi.*

– *Et qui est-ce qui en a pris ?*

– *Le boucher de Mudbury ; il en a pris l'échine et les gigots, sir Pitt ; mais il a dit que le dernier était trop jeune, et qu'il y a tout perdu, sir Pitt.*

– *Voulez-vous du potage, miss ?... ah ! miss... Blunt*[45]*, dit Mr Crawley.*

– *De l'excellent potage écossais, dit sir Pitt, malgré le nom français dont on veut à toute force le décorer.*

– *Je crois que c'est l'usage, sir, dans la bonne société, reprit Crawley d'un air choqué, d'appeler ce plat comme je l'appelle.*

Le potage nous fut servi, avec le mouton aux navets, *dans des assiettes creuses, en argent, par des laquais* serin. *Puis on apporta de la bière*

45. Jeu de mots sur le nom de l'héroïne : *Sharp* signifie « pointu » et *Blunt* peut se traduire par « émoussé ».

et de l'eau qu'on nous présenta, à nous autres demoiselles, dans des verres de petite dimension. Je ne suis pas à même de juger la bière ; mais je peux dire cependant, en toute conscience, que l'eau me paraît préférable à celle-là.

Tandis que nous étions ainsi à savourer les morceaux, sir Pitt demanda de nouveau ce qu'étaient devenues les épaules du mouton.

– Je crois qu'on les a mangées à l'office, dit milady d'un ton de soumission.

– Précisément, milady, ajouta Horrocks, avec d'autres débris.

Sir Pitt eut un accès de rire bruyant, puis continua sa conversation avec Mr Horrocks.

– Et ce petit cochon noir du Kent, il doit avoir joliment engraissé, maintenant ?

– Ce n'est pas ce qui le presse beaucoup, sir Pitt, dit le majordome avec une gravité imperturbable.

– Miss Crawley, miss Rose Crawley, dit Mr Crawley, voilà un rire fort déplacé et fort mal séant.

– Ne vous fâchez pas, milord, dit le baronnet. Nous goûterons du porc samedi. Vous lui ferez son affaire samedi matin, John Horrocks ; miss Sharp adore le porc ; n'est-ce pas, miss Sharp ?

Voilà en résumé les points les plus saillants de la conversation du dîner. Le repas terminé, on plaça une cafetière d'eau chaude devant sir Pitt, avec un flacon renfermant, je pense, du rhum.

Mr Horrocks servit à moi et à mes élèves trois petits verres à liqueur, et on versa un grand verre plein à milady.

Au sortir de table, elle tira de sa boîte à ouvrage une immense et interminable pièce de tricot, et les jeunes filles se mirent à jouer à la bataille avec un jeu de cartes couvert de crasse. Il n'y avait qu'une chandelle allumée, mais dans un magnifique et vieux bougeoir d'argent. Après quelques courtes questions de milady, elle me laissa le choix pour me distraire entre un volume de sermons et une brochure sur les céréales, celle que Mr Crawley lisait avant dîner.

Nous restâmes assis de la sorte pendant une heure. Un bruit de pas se fit alors entendre.

– Cachez vos cartes, mes enfants, s'écria milady tout effarée. Mettez-les derrière les livres de Mr Crawley, miss Sharp.

À peine ces ordres étaient-ils exécutés, que Mr Crawley entra dans la chambre.

– Nous allons, dit-il, mesdemoiselles, reprendre le discours d'hier à l'endroit où nous l'avons laissé, et chacune de vous lira à son tour. Ce sera pour miss... miss Short une occasion de vous entendre.

Les pauvres filles commencèrent à écorcher un long et mortel sermon, prononcé à Liverpool, dans la chapelle de Bethesda, pour l'œuvre de la mission chez les indiens Chickasaw. L'aimable emploi de la soirée !

À dix heures, on donna l'ordre au domestique d'avertir sir Pitt et toute la maison pour la prière. Sir Pitt arriva le premier, la figure enluminée et gardant peu d'aplomb dans son assiette ; après lui, le majordome, puis les canari, *puis le valet de Mr Crawley, puis trois autres hommes exhalant une forte odeur d'écurie ; enfin quatre femmes, dont l'une, attifée avec une grande prétention, me jeta un regard de mépris en tombant lourdement à genoux.*

Après une instruction pathétique de Mr Crawley, on nous donna des chandelles, et tout le monde alla se coucher. C'est alors, comme je vous en ai fait part plus haut, que je fus troublée dans ma composition, ma très chère et très douce Amélia.

Bonne nuit et mille millions de baisers !

Samedi. – *Ce matin, à cinq heures, j'ai entendu les vagissements du petit cochon noir ; hier, Rose et Violette m'avaient présentée à lui et conduite dans les étables, au chenil, près du jardinier qui cueillait des fruits pour les envoyer au marché. Elles lui demandèrent la permission de prendre un grappillon à la treille ; mais il répondit que sir Pitt en avait numéroté les grains, et qu'il lui en coûterait sa place s'il leur en donnait. Les petites espiègles attrapèrent un poulain dans le pré, et me demandèrent si je voulais aller dessus ; puis elles se mirent elles-mêmes à l'enfourcher ; le valet d'écurie accourut en poussant d'épouvantables jurons et les mit en fuite.*

Lady Crawley ne quitte pas son tricot. Sir Pitt fait chaque soir une excursion dans les vignes du Seigneur, en compagnie, je crois, d'Horrocks le majordome. Mr Crawley nous lit des sermons pendant toute la soirée, et le matin il s'enferme dans son cabinet, ou se rend à cheval à Mudbury pour les affaires du comté, ou à Squashmore, pour y prêcher, devant les habitants de l'endroit, les vendredis et les lundis.

Mille compliments affectueux pour votre cher papa et votre chère maman. Votre pauvre frère est-il remis de son rack-punch *? Oh ! ma chère, ma chère, combien les hommes devraient se défier des effets du* punch *!*

Tout à vous et pour toujours,
Rebecca

Tout bien considéré, il vaut autant, de notre point de vue, pour notre chère Amélia Sedley de Russell-Square, que miss Sharp ne soit plus auprès d'elle ; car, au demeurant, c'est une drôle de créature que Rebecca. Ces descriptions sur cette dame qui *pleure sa beauté perdue*, et ce monsieur *aux favoris couleur de foin fané* et *aux cheveux jaune pâle*, sont fort piquantes et témoignent d'une connaissance trop hâtive du monde. Et puis chacun de nous conviendra qu'étant agenouillée elle avait mieux à faire qu'à penser aux rubans de miss Horrocks. Mais notre cher lecteur se rappellera que cette histoire annonce sur son titre, en gros caractères,

La Foire aux vanités, et la Foire aux vanités est une place où l'on rencontre toutes les vanités, toutes les dépravations, toutes les folies, où l'on se coudoie avec toutes sortes de grimaces, de faussetés et de prétentions. C'est que, voyez-vous, on est tenu de dire la vérité autant qu'on la sait, sous les grelots de la folie comme sous la toque du sage. Toutefois, avec un tel but, on peut rencontrer sur sa route des choses fort désagréables à répéter.

J'ai entendu un de mes collègues de la confrérie des Conteurs haranguant au bord de la mer un nombreux auditoire d'honnêtes fainéants s'emporter en belles colères contre les infâmes dont il déroulait et inventait les exécrables forfaits. L'auditoire suivait l'impulsion donnée, et bientôt, par un élan spontané, le conteur et la foule éclataient en injures et en imprécations contre le monstre imaginaire du récit. Le chapeau mis alors en circulation recevait quelque menue monnaie au milieu d'un déchaînement unanime de malédictions.

Voyez encore les petits théâtres de Paris. Entendez le peuple crier : *ah gredin ! ah monstre !* puis se démener sur ses bancs en maudissant le traître. Les acteurs iront même jusqu'à refuser formellement le rôle des *féroces Cosaques*, et aimeront mieux, avec un moindre salaire, parader sous le costume des bons et généreux Français.

En rapprochant ces deux exemples, vous pouvez vous assurer que ce n'est pas dans des vues intéressées que le présent directeur veut mettre ses traîtres sous vos yeux et les livrer à votre indignation. Mais lui aussi leur a voué une haine implacable, il ne peut la contenir, elle s'échappera en de louables transports sinon en termes choisis.

Je vous avertis donc, mes bons amis, que je vais vous conter une histoire où vous rencontrerez les intrigues les plus atroces et les plus ténébreuses, et, j'en ai aussi la confiance, tout ce qu'il y a de plus attachant en fait de crime. Mes coquins ne sont pas des coquins à l'eau de rose, je vous le promets. Quand nous irons dans le grand monde, nous prendrons un langage fleuri, n'est-ce pas ? Mais avec le calme plat, il faut bien rester en place. Une tempête dans une cuvette serait une absurdité ; nous réserverons cette sorte de spectacle pour le sublime océan, dans la solitude de la nuit. Le chapitre suivant sera des plus douillets. Les autres… Mais il ne faut point anticiper.

À mesure que j'introduirai de nouveaux personnages, ce sont des hommes et vos frères, je vous demanderai la permission de vous les présenter, et même à l'occasion de leur faire quitter les planches pour aller causer avec vous. S'ils sont bons et honnêtes, vous leur accorderez votre estime et une poignée de main ; s'ils sont niais et bêtes, le lecteur pourra en rire plus à son aise et tout bas dans sa barbe ; s'ils sont dépravés et sans cœur, oh ! alors nous les attaquerons avec toute l'énergie que permet la politesse.

Autrement vous pourriez m'attribuer à moi les moqueries dédaigneuses de miss Sharp en présence de ces pratiques de dévotion qu'elle trouve si ridicules, son rire insolent à la vue du baronnet ivre comme le vieux Silène[46]. Loin de là, au contraire, ce rire part d'une personne qui n'a de respect que pour l'opulence, d'admiration que pour le succès. On en voit beaucoup de cette espèce vivre et réussir dans le monde, gens auxquels il manque la foi, l'espérance et la charité. Attaquons-les, mes chers amis, sans relâche ni merci. Il y en a d'autres encore qui ont pour eux le succès, mais chez eux tout est sottise et platitude ; c'est pour les combattre et les marquer qu'on nous a donné le ridicule.

---

46. Satyre de la mythologie grecque qui est le père adoptif et précepteur de Dionysos.

CHAPITRE IX
Portraits de famille

Sir Pitt Crawley était un philosophe aux goûts peu relevés. Son premier mariage avec la fille du noble Binkie avait été uniquement l'ouvrage de ses parents, et il avait souvent répété à lady Crawley, pendant leur hyménée, qu'elle était une carogne d'humeur si hargneuse et si fière, qu'à sa mort il ne se laisserait plus prendre à s'embarrasser d'une autre femme de sa caste. Au décès de milady il tint parole et prit pour seconde femme miss Rose Dawson, fille de John-Thomas Dawson, quincaillier de Mudbury. Voilà une Rose bien heureuse de devenir ainsi milady Crawley !

Mais faisons un peu l'inventaire de son bonheur. D'abord, elle dut rompre avec Peter Butt, brave jeune homme qui lui avait fait une cour assidue, et qui dès lors se livra au braconnage, à la contrebande et autres mauvais métiers. Ensuite, elle se brouilla, comme de juste, avec tous les amis, toutes les compagnes de sa jeunesse, qui, naturellement, ne pouvaient tous être reçus par milady à Crawley-la-Reine.

Parmi les personnes de son rang et à château comme elle, aucune ne voulait la voir. Pouvait-il en être autrement ? Sir Huddleston avait trois filles qui toutes avaient espéré devenir lady Crawley. La famille de sir Giles Wapshot enrageait de voir que la préférence dans ce mariage n'avait pas été pour l'une des demoiselles Wapshot, et les autres baronnets du comté s'indignaient d'une telle mésalliance chez un des leurs ; mais, sans plus nous inquiéter de ces divers membres du Parlement, nous les laisserons grogner sous l'anonyme.

Sir Pitt, comme il le disait, ne se souciait pas plus d'eux que d'un liard rogné. En somme, il avait sa petite Rose ; satisfait de lui-même, que lui importait le reste ? Par application de ce principe, il ne manquait jamais de vider son gobelet tous les soirs, de battre sa petite Rose de temps à autre, et de la laisser dans l'Hampshire tandis qu'il allait à Londres pour la session du Parlement, sans compter un seul ami dans cette vaste capitale. Mistress Bute Crawley, la femme du ministre, refusait même de venir faire visite à la femme du baronnet ; elle ne pouvait consentir, disait-elle, à céder le pas à la fille d'un marchand.

Comme lady Crawley n'avait reçu de la nature d'autres agréments que des joues pétries de rose et une peau de satin ; comme elle n'avait, du reste, ni caractère, ni talents, ni volonté, ni occupations, ni amusements, ni cette âme fougueuse et ces passions ardentes qui sont souvent le partage des femmes privées de sens, elle n'exerçait qu'un bien faible pouvoir sur les affections de sir Pitt. Les roses de ses joues s'étaient fanées, sa figure avait perdu sa première fraîcheur par la naissance successive de deux enfants. Elle restait comme un ustensile dans la maison de son mari, à peu près aussi utile que le piano à queue de la dernière lady Crawley. Blonde, elle portait, comme toutes les blondes, des vêtements de couleur claire, et semblait arrêter ses préférences à un vert de mer sale et à un bleu de ciel fané. Elle s'adonnait, jour et nuit, au tricot et à d'autres ouvrages du même genre. Au bout de quelques années, tous les lits de Crawley-la-Reine étaient parés de courtepointes de sa façon.

Elle avait un petit parterre auquel elle semblait prendre quelque intérêt ; mais hors de là elle n'avait ni aversions ni préférences. Quand son mari n'était que brutal, elle restait dans son apathie ; quand il la battait, elle criait. N'ayant pas assez d'énergie pour se tourner vers la boisson, elle se lamentait toute la journée, en souliers éculés et en papillotes.

Ô Foire aux vanités, Foire aux vanités ! sans vous elle aurait peut-être été une aimable et bonne fille. Pierre Butt et Rose auraient fait un heureux ménage dans une ferme florissante avec de jolis marmots, le tout assaisonné d'une honnête portion de peines et de plaisirs, d'espérances et de luttes. Mais un titre, une voiture à quatre chevaux, sont, dans la Foire aux vanités, des hochets plus précieux que le bonheur ; si Henri VIII et Barbe-Bleue vivaient encore et cherchaient une dixième femme, ils trouveraient toute prête, croyez-le bien, la plus jolie fille présentée cette année à la cour !

Cette sombre torpeur de la mère ne lui attirait pas, comme on peut le supposer, une grande tendresse de la part des petites filles ; elles étaient surtout heureuses à l'office et à l'écurie. Le jardinier écossais ayant par bonheur une excellente femme et de bons enfants, toute leur société, toute leur instruction se bornait à ce qu'elles avaient trouvé dans la loge ; c'était là que se faisait leur éducation avant l'arrivée de miss Sharp.

On n'avait engagé une institutrice que sur les remontrances de Mr Pitt Crawley, le seul ami, le seul protecteur qu'eût jamais trouvé lady Crawley ; aussi, après ses filles, c'était la seule personne pour qui elle éprouvât un peu d'attachement. Mr Pitt avait du sang des nobles Binkie, dont il descendait, et était l'homme de la politesse et de la convenance. Arrivé à l'âge viril, à sa sortie du collège de Christ-Church, il entreprit de réformer la discipline relâchée de la maison, en dépit de son père auquel il inspirait un grand effroi. Il était homme à porter la plus grande rigueur dans les moindres détails ; il serait plutôt mort de faim que de dîner sans cravate blanche. Une fois, peu de temps après son départ du collège, Horrocks, le majordome, lui ayant apporté une lettre sans avoir eu le soin de la placer sur un plateau, il lança un tel regard à ce domestique et lui administra un si vert sermon, qu'Horrocks tremblait toujours comme une feuille en sa présence.

Toute la maison se courbait devant lui quand il était au logis. Lady Crawley quittait plus matin ses papillotes, et l'on ne voyait point à sir Pitt ses guêtres crottées. Bien que cet incorrigible vieillard ne pût se défaire d'habitudes enracinées, en présence de son fils, cependant, il ne se grisait jamais et parlait à ses domestiques d'une façon beaucoup plus réservée et plus polie. Ceux-ci avaient remarqué que sir Pitt ne jurait jamais après lady Crawley quand son fils se trouvait dans la pièce.

C'était lui qui avait appris au majordome à dire : *Madame est servie*, et qui tenait à donner le bras à milady pour se rendre à table. Il lui parlait rarement, mais c'était toujours avec les marques du plus profond respect. Il ne la laissait jamais sortir de l'appartement sans se lever de la manière la plus solennelle pour lui ouvrir la porte et la saluer selon les règles.

À Eton, on l'appelait miss Crawley, et là, je suis fâché de le dire, son jeune frère Rawdon le battait violemment. Bien que ses succès fussent loin d'être brillants, il rachetait son absence de moyens par une louable application. Pendant ses huit années de collège, on ne se rappelait point l'avoir vu en punition, prodige dont un chérubin peut seul être capable.

À l'université, sa conduite avait été des plus exemplaires. Il s'y était préparé à la vie politique, dans laquelle il devait faire son entrée sous le patronage de son grand-père lord Binkie, en étudiant avec une grande assiduité les orateurs anciens et modernes et en parlant sans relâche dans des conférences préparatoires. Mais, avec tout son flux de paroles débitées d'une petite voix flûtée, avec un air d'importance et de contentement de lui-même, il ne mettait jamais en avant que des opinions ou des sentiments vulgaires et rebattus, enchâssés par-ci par-là de quelques citations latines. Et cependant il ne réussissait pas, en dépit de sa médiocrité, gage certain de succès pour tout autre. Il n'obtint même pas le prix de poésie, dont tous ses amis le croyaient assuré.

À sa sortie de l'université, il devint secrétaire particulier de lord Binkie. Nommé, ensuite attaché à la légation de Poupernicle, il remplit ce poste avec une probité parfaite. On le chargeait de dépêches pour l'Angleterre consistant en pâtés de Strasbourg à l'adresse du ministre des Affaires étrangères d'alors. Après une attente de dix ans comme attaché, et son protecteur lord Binkie étant mort, il trouva l'avancement trop lent, prit en dégoût la carrière diplomatique et se fit gentilhomme campagnard.

Revenu en Angleterre, il écrivit une brochure sur la bière, car c'était un homme d'ambition, toujours avide de se poser devant le public ; il prit une part active à la question de l'émancipation des nègres[47],

---

47. *Ibidem*, voir note 8 page 24.

puis devint l'ami de Mr Wilberforce[48], dont il approuvait la conduite politique. Il eut une fameuse correspondance avec le révérend Lilas Hornblower sur les missions dans les Indes. Il allait à Londres, sinon pour la session du Parlement, au moins en mai pour les meetings religieux. Dans sa province, il était magistrat et se faisait l'orateur infatigable des paysans privés d'instruction religieuse. On disait qu'il adressait ses soins à lady de La Bergerie, troisième fille de lord de La Moutonnière, dont la sœur, lady Emily, avait écrit de délicieux petits livres : *La Boussole du marin* et *La Marchande de pommes de Finchley-Common*.

Le récit de miss Sharp sur ses occupations à Crawley-la-Reine n'était point chargé. Mr Crawley contraignait les domestiques aux exercices de dévotion ci-dessus mentionnés, et forçait son père d'y prendre part (et tant mieux qu'il en fût ainsi !). Il avait pris sous son patronage une assemblée d'indépendants de la paroisse de Crawley ; son oncle le recteur s'en indignait, et sir Pitt, en revanche, s'en frottait les mains ; il avait même assisté deux ou trois fois à ces réunions, ce qui avait provoqué de violents sermons dans l'église de Crawley ; des diatribes avaient même été décochées en droite ligne au vieux banc gothique du baronnet. L'honnête sir Pitt ne se montrait nullement affecté

48. William Wilberforce (1759-1833) est un homme politique et philanthrope anglais qui milita pour l'abolition de l'esclavage.

de ces énergiques sorties et ne manquait jamais de ronfler pendant toute la durée du sermon.

Mr Crawley aurait bien voulu, pour le plus grand bien de la nation et de la chrétienté, que le vieux gentilhomme lui cédât sa place au Parlement ; mais le papa ne voulait rien céder. Le père et le fils étaient du reste trop sages pour renoncer à quinze cents livres par an, montant du second siège rempli à cette époque par Mr Noiraud, avec carte blanche sur la traite des nègres. Les propriétés de la famille étaient criblées de dettes, et les revenus provenant du bourg passaient à l'entretien de la maison de Crawley-la-Reine : car on ne s'était jamais bien remis d'une lourde amende infligée à Walpole Crawley, premier baronnet, pour malversation dans l'envoi des sceaux et parchemins. Sir Walpole était un bon vivant, véritable bourreau d'argent (*alieni appetens, sui profusus*[49], aurait dit Mr Crawley avec un soupir) ; de son temps on le chérissait dans le comté pour ses tonneaux toujours en perce et la bonne hospitalité que l'on rencontrait à coup sûr à Crawley-la-Reine. Les caves étaient garnies de bourgogne, les chenils de chiens de chasse, les écuries de bons chevaux. Maintenant, à Crawley-la-Reine, les quadrupèdes de cette dernière espèce allaient à la charrue ou traînaient l'omnibus de Trafalgar. C'est par un de ces attelages, un jour où on ne labourait pas, que miss Sharp fut conduite au château ; car tout

49. « Envieux des biens d'autrui, prodigue des siens ».

rustre qu'il était, sir Pitt se montrait chez lui fort chatouilleux sur le décorum. Il sortait rarement sans une voiture à quatre chevaux, il mangeait du mouton bouilli à son dîner, mais il se faisait toujours servir par trois laquais.

Si la pingrerie pouvait à elle seule faire la fortune d'un homme, sir Pitt Crawley aurait été l'homme le plus riche de la terre. Mettons-le avocat dans une ville de province, sans autre capital que sa cervelle, il en aurait tiré fort probablement un excellent parti, en se procurant avec son aide influence et crédit ; mais malheureusement il sortait de bonne famille, il possédait une fortune considérable bien qu'embarrassée, cette complication était pour lui plus nuisible qu'utile. Il avait un goût prononcé pour la chicane, ce qui lui coûtait plusieurs milliers de livres sterling par an. Étant trop fin, comme il le disait, pour se laisser voler par un agent, il en chargeait une douzaine du soin de mal mener ses affaires, sans qu'aucun lui inspirât la moindre confiance.

Comme propriétaire, il se montrait si dur qu'il ne se présentait pour être fermiers chez lui que des banqueroutiers. Par avarice il rognait à la terre sa portion de semence, et la nature, pour s'en venger, lui rognait ses récoltes et réservait ses libéralités à des cultivateurs plus généreux. Il se lançait dans toute espèce de spéculations ; il travaillait dans les mines, achetait des actions de canaux, montait des services de voitures, passait des traités avec le gouvernement, et était l'homme et le magistrat le plus affairé du comté. Trouvant que d'honnêtes employés pour ses carrières lui coûtaient trop cher, il avait la satisfaction d'apprendre que quatre de ses gérants étaient partis en emportant avec eux la caisse en Amérique. Faute de précautions convenables, ses mines de charbon se remplissaient d'eau. Le gouvernement lui laissait pour compte ses fournitures de bœuf gâté, et quant à ses voitures, tous les autres entrepreneurs savaient qu'il était, de tout le comté, celui qui perdait le plus de chevaux, pour les acheter trop bon marché et ne pas les nourrir.

Il était d'humeur assez sociable et assurément loin d'être fier. Il préférait la société d'un fermier et d'un maquignon à celle d'un gentilhomme comme milord son fils. Il prenait son plaisir à boire, à jurer et à caresser les filles des fermiers. On ne l'avait jamais vu donner un schilling ou faire une bonne action ; mais c'était un joyeux et rusé compère, faisant volontiers la pointe et vidant sa cruche avec un fermier, sauf à le surfaire le lendemain, et badinant avec un braconnier, tout prêt à le faire transporter sans en avoir plus de chagrin. Ses prévenances pour le beau sexe avaient déjà été notées par miss Rebecca Sharp ; en un mot, parmi tous les baronnets, les pairs et les députés de l'Angleterre, il n'y avait pas un être plus rusé, plus bas, plus égoïste, plus bête et plus mal famé que ce vieux ladre. Les grosses mains rouges de sir Pitt Crawley ne pouvaient se trouver qu'au bout de ses bras. C'est avec le plus vif chagrin et la plus grande douleur que nous sommes obligés de reconnaître l'existence de si mauvaises qualités chez une personne dont le nom est inscrit au livre d'or de la pairie.

Une des principales causes de la puissance de Mr Crawley sur les inclinations de son père résultait d'affaires d'argent. Le baronnet devait à son fils une somme assez ronde sur la fortune de sa mère, et il ne jugeait pas à propos de la lui payer ; à vrai dire, l'idée de payer quoi que ce fût lui donnait mal au cœur, et la force seule pouvait le réduire à acquitter ses dettes. Miss Sharp calculait (car, ainsi que nous le verrons bientôt, elle fut vite initiée à tous les secrets de la famille) que le seul payement de ses créanciers coûtait en frais à l'honorable baronnet plusieurs centaines de livres par an ; mais c'était un plaisir dont il ne pouvait se priver. Il éprouvait une joie féroce à faire attendre ces pauvres diables et à remettre de procès en procès, de termes en termes, l'époque de la satisfaction.

« À quoi bon faire partie du Parlement, disait-il, si c'est pour payer ses dettes ? »

Pour lui rendre justice, il savait tirer tout le parti possible de sa chaise curule[50].

Foire aux vanités ! Foire aux vanités ! Voilà un homme à peine capable d'épeler et ne se souciant point de lire ; un homme qui a les allures et la ruse d'un paysan, dont la passion est la chicane, sans autres goûts, sans autres émotions, sans autres

50. Siège d'ivoire des premiers magistrats romains.

plaisirs que ceux d'une âme sordide et bête, et il possède cependant rang, honneur et puissance ; il compte parmi les dignitaires du pays, les piliers de l'État ; il est grand shérif[51] et va en équipage doré. De grands ministres, des hommes d'État lui font la cour. Dans la Foire aux vanités, il a une place plus élevée que celle du plus brillant génie, de la vertu la plus immaculée.

Sir Pitt avait une belle-sœur demoiselle, à laquelle sa mère avait laissé une immense fortune. Le baronnet lui avait bien déjà proposé de lui prendre son argent avec hypothèque ; mais miss Crawley avait refusé cette offre et aimait mieux placer ses fonds en immeubles. Elle avait toutefois manifesté l'intention de partager également sa fortune entre le second fils de sir Pitt et la famille du ministre. Elle avait en outre, une fois ou deux, payé les dettes de Rawdon Crawley au collège et à l'armée. Miss Crawley était en conséquence l'objet de la plus grande vénération quand elle venait à Crawley-la-Reine ; car elle avait chez son banquier une balance capable de la faire aimer partout où elle se serait présentée.

Que de supériorité ajoute à une vieille lady une balance chez le banquier ! De quel œil indulgent nous voyons ses fautes si c'est une parente. Puisse le lecteur en avoir une vingtaine de la sorte ! Quel excellent caractère nous trouvons à cette vieille

---

51. Magistrat qui représente la Couronne dans chaque comté et qui est chargé des fonctions de police et de justice.

créature ! Avec quel air souriant les commis des plus grands magasins la reconduisent à sa voiture marquée du bienheureux losange, et surmontée d'un cocher gras et bouffi ! Quand elle vient nous faire visite, comme nous avons soin d'instruire fort à propos nos amis de son rang dans le monde ! nous disons, et c'est la vérité toute pure :

– Je voudrais bien avoir un billet de cinq mille livres, avec la signature de miss MacWhirter.

– Elle ne s'en apercevrait même pas, reprend votre femme.

– C'est ma tante, ajoutez-vous avec un air insouciant et dégagé, alors que votre ami vous demande si miss MacWhirter est votre parente.

Votre femme est à lui envoyer sans cesse de petits témoignages d'amitié ; vos petites filles lui font sans relâche des cabas en tapisserie, des pelotes et des coussins. L'âtre flambe toujours dans la chambre où elle vous fait visite, tandis que votre femme lace son corset sans feu. La maison, pendant son séjour, prend un air de fête, de propreté, de chaleur, d'entrain, de bien-être qu'on ne lui connaît point à toute autre époque. Vous-même, mon cher monsieur, vous-même négligez votre somme après dîner, et vous éprouvez une subite passion de whist[52], quoique vous y perdiez toujours. Quels bons dîners vous faites alors ! Du gibier tous les jours, du madère, et du plus vieux ; et l'on va et

52. Jeu de cartes, ancêtre du bridge.

vient sur la route de Londres pour avoir du poisson plus frais.

Les domestiques mêmes à la cuisine ont leur part de la frairie[53] générale. Pendant le séjour du gros cocher de miss MacWhirter, la bière n'est plus baptisée, et à l'office où sa femme de chambre prend ses repas, on ne regarde pas à la consommation du thé et du sucre. Est-ce bien cela, oui ou non ? J'en appelle à la bourgeoisie.

Ah ! puissances du ciel, je vous en conjure, envoyez-moi une tante, une tante vieille fille, une tante avec un losange sur sa voiture et un devant de cheveux couleur café ! Comme mes enfants lui feraient des sacs ! comme ma Julie la soignerait ! Douce vision ! chimères de l'esprit !

53. Fête populaire.

CHAPITRE X
Miss Sharp commence à se faire des amis

Admise désormais parmi les membres de l'aimable famille dont nous venons de donner une rapide esquisse, Rebecca devait naturellement mettre tous ses efforts à s'y rendre agréable, comme elle disait. On ne manquera pas d'admirer cette disposition à la reconnaissance dans une orpheline sans appui, et, s'il entrait dans ses calculs une certaine dose d'égoïsme, qui ne trouverait après tout à sa prudence de fort légitimes excuses ?

« Je suis seule au monde, disait cette jeune fille, sans amis. Je n'ai rien à espérer que de mon travail, tandis que cette petite Amélia aux joues roses, sans avoir la moitié de mon intelligence, se voit à la tête de dix mille livres et d'un établissement certain. La pauvre Rebecca, dont la figure est bien au-dessus de la sienne, doit compter seulement sur les ressources de son esprit. Eh bien, voyons si mon esprit ne saura pas me créer une position honorable, et si quelque jour miss Amélia n'aura pas à reconnaître de combien je lui suis supérieure.

Ce n'est pas que j'en veuille à la pauvre Amélia. Qui pourrait en vouloir à une créature aussi inoffensive et aussi avenante ? Mais ce sera un beau jour que celui où, dans le monde, je prendrai rang au-dessus d'elle. Et qu'y aurait-il, après tout, d'étonnant à cela ? »

C'est ainsi que l'imagination romanesque de notre jeune amie entrevoyait dans l'avenir mille visions dorées. Et pourquoi nous scandaliser, si dans tous ces châteaux en Espagne elle plaçait un mari pour principal habitant ? Les jeunes filles peuvent-elles avoir d'autres rêves qu'un mari ? À quelle autre chose, dites-moi, rêvent leurs chères mamans ? « Je serai ma maman à moi-même », disait Rebecca avec un serrement de cœur, lorsqu'elle pensait à sa mésaventure avec Jos Sedley.

Elle résolut donc sagement de donner à sa position dans la famille de Crawley-la-Reine tout le bien-être, toute la sécurité possible, et ne songea plus, dans ce but, qu'à se faire des amis de tous ceux qui, autour d'elle, pouvaient contribuer à son confort.

Milady Crawley n'était point de ce nombre. Il y avait chez elle une telle mollesse, une telle apathie de caractère, que dans sa maison la pauvre dame comptait comme zéro. Rebecca reconnut bien vite qu'il était aussi inutile de rechercher sa bienveillance qu'impossible de l'obtenir. Devant ses élèves elle ne l'appelait jamais que leur *pauvre maman*, et, tout en témoignant à cette dame un froid respect, c'était surtout au reste de la famille qu'elle adressait avec une profonde diplomatie la plus grande part de ses attentions.

Avec ses jeunes élèves, dont elle se concilia tout à fait les bonnes grâces, sa méthode était des plus simples. Elle ne surchargeait point leur jeune cerveau de trop de science ; au contraire, elle les laissait s'élever à leur fantaisie. Quelle instruction est plus efficace que celle qu'on acquiert par soi-même ? L'aînée avait un penchant particulier pour la lecture, et, comme la vieille bibliothèque de Crawley-la-Reine possédait un nombre considérable de livres du dernier siècle, français et anglais, d'une littérature légère (c'était une emplette du secrétaire des sceaux et parchemins pendant sa disgrâce), sans que personne songeât à les déranger de leurs rayons, Rebecca, de la manière la plus agréable et sans beaucoup de peine, était à même de faire faire de grands progrès à l'instruction de miss Rose Crawley.

Elle lisait avec miss Rose de délicieux ouvrages anglais et français, au nombre desquels on peut citer ceux du savant docteur Smollett, de l'ingénieux Mr Henry Fielding, du gracieux et fantastique Mr Crébillon le fils, tant admiré de notre immortel Gray, enfin de l'encyclopédique Mr de Voltaire. Mr Crawley demanda un jour quel ouvrage elles lisaient alors :

– Smollett, répondit l'institutrice.

– Oh ! Smollett, reprit Mr Crawley avec un air fort satisfait. Son histoire est moins animée, mais bien moins dangereuse que celle de Mr Hume. C'est donc de l'histoire que vous lisez ?

– Oui, dit miss Rose, sans ajouter cependant que c'était celle du chevalier de Faublas.

En une autre occasion, comme il se montrait tout scandalisé de trouver un recueil de pièces françaises dans les mains de sa sœur, la gouvernante lui fit remarquer que c'était pour se familiariser avec les idiotismes de cette langue dans la conversation, explication qui le satisfit complètement. Mr Crawley, comme ancien diplomate, était fier de sa facilité à parler le français, et se sentait fort charmé des compliments de l'institutrice au sujet de ses progrès.

Les goûts de miss Violette étaient au contraire plus turbulents et plus masculins : elle connaissait les coins les plus retirés où les poules allaient pondre leurs œufs ; elle grimpait aux arbres pour enlever les nids où les petits chanteurs ailés déposaient leur tendre couvée. Son plaisir était d'enfourcher les jeunes poulains et d'effleurer l'herbe comme Camille. Son père l'adorait ainsi que les palefreniers ; elle était tout à la fois l'enfant gâtée et la terreur de la cuisine ; elle découvrait toujours les cachettes des pots de confitures, et leur faisait de larges brèches quand ils tombaient en son pouvoir. Il y avait bataille perpétuelle entre elle et sa sœur. Quand miss Sharp s'apercevait de ses escapades, elle n'en parlait point à lady Crawley, qui l'aurait répété au père, ou, ce qui était encore pis, à Mr Crawley ; mais elle promettait de n'en rien dire, à la condition que miss Violette serait une bonne fille et aimerait bien sa gouvernante.

À l'égard de Mr Crawley, miss Sharp était pleine de respect et de déférence. Elle le consultait sur les passages français qu'elle ne pouvait comprendre ; bien qu'elle eût eu une mère française, elle le trouvait seul capable de les expliquer à sa satisfaction. Il dirigeait en outre ses études dans la littérature profane, et il était assez bon pour lui désigner les livres d'un esprit sérieux et lui faire l'honneur de lui adresser souvent la parole. Elle n'avait pas assez d'admiration pour son éloquence à la société de secours aux Quashimaboo[54], et elle prenait le plus vif intérêt à son pamphlet sur la bière. Son émotion allait souvent jusqu'aux larmes dans les conférences qu'il faisait le soir.

– Oh ! merci, monsieur, disait-elle avec un soupir et les yeux levés au ciel.

Ce qui lui valait de temps à autre un serrement de main de Mr Crawley.

– Après tout, bon sang ne se dément jamais, disait ce saint parfumé d'aristocratie ; voilà pourquoi miss Sharp est touchée de mes paroles, dont personne autre ici ne se montre impressionné. Il y a là pour leur palais un mets trop fin et trop délicat. Il me faudra prendre des tournures plus familières.

54. Peuples de pays lointains au profit desquels les philanthropes de l'époque délaissaient leurs compatriotes nécessiteux selon Thackeray.

Elle, elle me comprend : sa mère devait être une Montmorency.

Et c'était bien, à ce qu'il paraît de cette illustre famille que miss Sharp descendait du côté de sa mère. Mais elle ne racontait point que sa mère était montée sur les planches, cela aurait pu troubler les scrupules religieux de Mr Crawley. D'ailleurs, que de nobles émigrées plongées dans l'indigence par cette épouvantable Révolution ! Avant d'avoir fait un long séjour dans la maison, elle avait mis tout le monde au courant de l'histoire de ses ancêtres.

Mr Crawley avait retrouvé quelques-uns des noms cités par elle dans le dictionnaire de d'Hozier[55], qui se trouvait à la bibliothèque du château, ce qui le confirmait encore dans sa croyance à l'illustre origine de Rebecca. Avons-nous le droit d'inférer de ce mouvement de curiosité, de ses recherches dans les dictionnaires, que notre héroïne pouvait attribuer de tendres sentiments pour elle à Mr Crawley ? Non, c'était purement de l'amitié. N'avons-nous pas d'ailleurs mentionné plus haut les engagements de ce dernier avec lady de La Bergerie ?

Il avait fait une ou deux fois des remontrances à Rebecca sur ses parties de trictrac avec sir Pitt. C'était, disait-il, un amusement profane ; son temps aurait été mieux employé à lire *Le Legs de Thrump*, ou *La Blanchisseuse aveugle de Morfield*, ou tout

---

55. *Dictionnaire historique et héraldique de la noblesse française* (1736-1768).

autre livre du genre sérieux. Mais miss Sharp répondait que sa chère maman avait fait souvent la partie du vieux comte de Trictrac et celle du vénérable abbé du Cornet : elle avait là une excellente excuse en faveur de cet amusement mondain et de bien d'autres.

Ce n'était pas seulement en jouant au trictrac que la petite gouvernante trouvait le moyen de se rendre agréable à son souverain et maître ; elle avait mille autres petites manières de lui être utile. Elle lisait à haute voix, avec une inépuisable complaisance, tout ce grimoire judiciaire auquel, avant son arrivée à Crawley-la-Reine, il lui avait promis de l'employer. Elle s'offrait pour copier ses lettres et en corrigeait adroitement l'orthographe, sous prétexte de se conformer aux usages actuels. Elle prenait intérêt à tout ce qui se rattachait à ses propriétés, à ses fermes, à ses parcs, à ses jardins, à ses écuries, et sa compagnie était devenue si agréable au baronnet, que dans sa promenade après le déjeuner il manquait rarement de l'emmener, elle et les enfants. Alors elle lui donnait son avis sur les arbres à tailler, sur les plates-bandes à retourner, sur les moissons à couper, sur les chevaux à mettre à la charrette ou au labourage.

Avant d'avoir passé une année à Crawley-la-Reine, Rebecca avait conquis l'entière confiance du baronnet. Et la conversation du dîner, qui, auparavant, se passait toute entre lui et Mr Horrocks, avait lieu presque exclusivement entre sir Pitt et miss Sharp. En l'absence de Mr Crawley, elle se trouvait presque la maîtresse du logis. Toutefois, dans sa nouvelle et brillante position, elle savait se conduire avec assez de prudence et de retenue pour ne point blesser les puissances de la cuisine et de la basse-cour ; au contraire, elle s'y montrait toujours modeste et affable. Ce n'était plus cette petite fille hautaine, mécontente, dédaigneuse, que nous avons connue tout d'abord.

Cette métamorphose de caractère indiquait une grande sagesse ou un sincère désir de s'améliorer ou du moins une grande puissance morale de sa part. Mais était-ce bien le cœur qui inspirait ce nouveau système de déférence et de soumission adopté par notre Rebecca ? Le reste de l'histoire nous le dira. Qui croirait cependant qu'une personne de vingt et un ans puisse suivre pendant longtemps, sans se démentir, un système d'hypocrisie ? Nos lecteurs nous rappelleront que, jeune d'années, notre héroïne était vieille dans l'expérience de la vie, et ce récit manquerait son but si on n'avait pas la preuve que c'était une femme des plus habiles.

Les deux fils de la famille Crawley étaient comme la pluie et le beau temps ; on ne les voyait jamais ensemble au château. Ils se détestaient cordialement. Rawdon Crawley, le cadet, avait un profond mépris pour la demeure paternelle et n'y venait que lors de la visite annuelle de sa tante.

Nous avons déjà mentionné les excellentes qualités de cette vénérable dame : elle possédait soixante-dix mille livres et avait presque adopté Rawdon. Elle ressentait une aversion profonde pour l'aîné de ses neveux, et le méprisait comme une espèce de poule mouillée. En retour, ce dernier n'hésitait pas à vouer l'âme de sa vieille tante à la damnation éternelle et, suivant lui, les chances de son frère pour l'autre monde ne valaient guère mieux.

– C'est une femme mondaine et sans foi, disait Mr Crawley. Elle vit avec les athées et les Français. Je frémis de penser à cette terrible situation. Si près de la tombe donner autant à la vanité, au dérèglement, à des goûts profanes et insensés !

En réalité, la vieille dame se refusait complètement à écouter ses lectures du soir, et, lorsqu'elle venait à Crawley-la-Reine, il était obligé de suspendre le cours de ses pratiques religieuses.

– Mettez de côté votre livre de sermons, disait son père, car miss Crawley va nous arriver. Elle nous a écrit pour nous dire qu'elle ne pouvait entendre prêcher.

– Eh ! monsieur, songez aux domestiques.

– Que les domestiques aillent au diable, disait sir Pitt, et le fils trouvait qu'il leur arriverait pis encore s'ils étaient privés du bienfait de ses instructions.

– Et que diable ! disait le père après avoir écouté ses remontrances. Vous ne serez pas assez sot pour laisser sortir de la famille trois mille livres de revenu ?

– Qu'est-ce que l'argent en comparaison de nos âmes ? reprenait Crawley. Croyez-vous donc que la vieille veuille vous dépouiller de cet argent ?

Qui sait si ce n'était pas le désir de sir Crawley ?

La vieille miss Crawley était bien certainement une réprouvée. Elle avait une délicieuse petite habitation dans Park-Lane, et, comme elle buvait et mangeait trop pendant son hiver à Londres, elle allait se remettre l'été à Harrogate ou à Cheltenham. De toutes les vieilles vestales de l'époque, c'était la plus hospitalière et la plus enjouée. Dans son jeune temps elle avait été une beauté, à ce qu'elle disait : on sait fort bien que les vieilles femmes ont toutes été plus ou moins des beautés dans leur temps.

Elle avait de plus des prétentions au bel esprit et au libéralisme. Pendant un séjour de quelque temps en France, Saint-Just, suivant la rumeur publique, lui avait inspiré une passion malheureuse. Elle aimait en conséquence les romans français, la pâtisserie française et les vins français. Elle lisait Voltaire et savait Rousseau par cœur. Elle discutait d'un ton assez dégagé la question du divorce, et défendait avec énergie les droits de la femme. Elle avait des portraits de Fox[56] dans toutes les chambres de sa maison. Lorsque cet homme d'État comptait dans les rangs de l'opposition, elle combattait à ses côtés au pied du même drapeau ; et quand il

56. Charles James Fox (1749-1806) est un homme politique britannique enthousiasmé par la Révolution française.

arriva au pouvoir, elle était en grand crédit auprès de lui, pour avoir enrôlé dans ses rangs sir Pitt et son collègue de Crawley-la-Reine. Sir Pitt y serait bien entré de lui-même, sans la moindre peine de la part de cette honnête demoiselle. Inutile de dire que Sir Pitt changea d'avis après la mort du grand homme d'État.

Cette excellente et vieille fille avait pris en affection Rawdon Crawley dès son enfance. Elle l'envoya à Cambridge, parce que son frère était à Oxford ; et, lorsque les directeurs de la première université l'engagèrent à se retirer après deux ans de séjour, elle lui acheta ses brevets de cornette et de lieutenant.

Le jeune officier était à la ville un des plus élégants et des plus renommés dandys. Il boxait, courait les coulisses, jouait la bouillotte[57] et conduisait à quatre chevaux ; tel était le fond de la science pour notre aristocratie d'alors, et il y était passé maître. Bien qu'il fît partie de la maison militaire, dont le service se bornait à parader autour du prince régent, et pour laquelle l'occasion ne s'était jamais présentée de montrer sa valeur sur le champ de bataille, Rawdon Crawley, pour des affaires de jeu, sa plus violente passion, avait eu trois duels terribles où il avait assez donné de preuves de son mépris pour la mort.

– Et pour ce qui suit la mort, ajoutait Mr Crawley, attachant au plafond ses yeux couleur groseille.

57. Jeu de cartes.

Il pensait toujours à l'âme de son frère et à l'âme de ceux qui ne partageaient pas ses opinions. C'est une sorte de consolation que se donnent à elles-mêmes les personnes pleines de gravité.

La ridicule et romanesque miss Crawley, loin de se fâcher des étourderies de son Benjamin, ne manquait pas de payer ses dettes, après ses duels, et n'aurait pas permis une parole de blâme sur sa moralité.

– Il jette sa gourme, disait-elle, et vaut cent fois mieux que son pleurnicheur de frère avec ses hypocrisies.

CHAPITRE XI
D'une simplicité toute pastorale

Après avoir introduit le lecteur au milieu de ce respectable personnel du château, dont la simplicité et l'innocence toute champêtre montrent victorieusement la supériorité de la vie de la campagne sur celle de la ville, nous devons aussi lui faire connaître les parents et voisins du seigneur de l'endroit : le révérend Bute Crawley et son épouse.

Le révérend Bute Crawley était d'une taille élevée et majestueuse, d'une humeur joviale, et portait des chapeaux à large bord. Dans le comté, il jouissait d'une popularité bien plus grande que le baronnet son frère. Au collège, il était la meilleure rame de l'embarcation de Christ-Church ; il avait cassé des dents aux meilleurs boxeurs de la ville. Dans la vie privée, il n'avait pu se détacher entièrement de ses goûts pour la boxe et les exercices gymnastiques. Point de combat, à vingt milles à la ronde, auquel il ne fût un des premiers ; pas de courses de régates, de soirées d'élections, de dîners de confrères, pas de grand gala enfin dans le comté, sans qu'il fût de la partie. On était sûr de rencontrer sa jument noire et les lanternes de son cabriolet à six milles de la cure, toutes les fois qu'il y avait un dîner à Fuddleston, à Roxby, ou à Wapshot-Hall, ou chez les gros bonnets du comté, avec lesquels il était dans les meilleurs termes. Il avait une jolie voix, chantait *Le Vent du midi* et *Le Ciel nuageux*, courait le cerf en casaque de jockey, et passait pour l'un des meilleurs pêcheurs du comté.

Mistress Crawley, la femme du recteur, était une petite créature fort remuante, qui composait les célestes homélies de son époux. Ménagère par excellence, elle avait avec ses filles la haute main dans la maison. Au presbytère elle régnait en despote, laissant pour tout le reste carte blanche à son mari ; il pouvait aller et venir, dîner dehors autant que son caprice le lui disait. Quant à mistress Crawley, c'était la femme économe qui sait le prix du vin de Porto.

Depuis l'enlèvement du jeune révérend de Crawley-la-Reine par mistress Bute (elle appartenait à une bonne famille ; elle était fille de feu le lieutenant-colonel Hector MacTavish, et sa mère et elle avaient misé sur Bute et elles avaient gagné la partie), cette dame était dans toute sa vie un modèle de sagesse et d'économie ; mais, malgré tous ses efforts, son mari était toujours endetté. Il lui avait fallu dix ans pour acquitter ses notes de collège, qui remontaient au vivant de son père. En 179*, comme il venait de se mettre à jour de son arriéré, il paria de grosses sommes contre *Kangourou*, qui gagna le prix aux courses du Derby. Le ministre, obligé d'emprunter à de ruineux intérêts, s'était toujours trouvé gêné depuis. Sa sœur, de temps à autre, lui donnait bien une centaine de livres sterling, mais c'était sur sa mort qu'il fondait ses plus belles espérances.

« Il faudra bien que le diable s'en mêle, disait-il, ou Mathilde me laissera au moins la moitié de son argent. »

Le baronnet et son frère avaient donc les meilleures raisons du monde pour être tous deux comme chien et chat ; sir Pitt avait eu raison de Bute dans d'innombrables transactions de famille ; le jeune Pitt, qui n'avait pas même le mérite d'aimer la chasse, s'était avisé d'élever une chapelle à la barbe de son oncle, enfin Rawdon devait venir en partage dans la succession de miss Crawley. Ces affaires d'argent, ces spéculations sur la vie et la mort inspiraient aux deux frères, l'un pour l'autre, une de ces tendresses comme on en voit dans la Foire aux vanités. Pour ma part, je ne connais rien comme un billet de banque pour troubler et rompre entre deux frères une affection d'un demi-siècle, et je ne puis me lasser de penser que c'est une belle et admirable chose que l'affection entre gens du monde !

Il n'était pas à supposer que l'arrivée de Rebecca à Crawley-la-Reine et ses progrès successifs dans les bonnes grâces des habitants du lieu passeraient inaperçus pour mistress Bute, qui savait combien un aloyau faisait de jours au château ; combien il y avait de linge sale aux grandes lessives ; combien de pêches sur l'espalier du midi ; combien milady prenait de pilules quand elle était malade ; car en province, pour certaines personnes, ce sont là des matières du plus haut intérêt. Mistress Bute ne pouvait donc laisser arriver l'institutrice au château sans instruire une enquête sur ses antécédents et son origine. D'ailleurs, la meilleure entente ne cessait de régner entre les serviteurs de la cure et ceux du château. Il y avait toujours à la cuisine du presbytère un bon verre de bière pour les gens du château, dont la ration à l'ordinaire était fort congrue. Mais, en revanche, la femme du ministre savait, à une mesure près, ce qu'il entrait de bière dans chaque tonneau du château ; sans compter que des liens de parenté existaient entre les domestiques comme entre les maîtres ; par ce canal, chaque famille était mise au courant des faits et gestes de ses voisins. Règle générale : Êtes-vous bien avec votre frère, ses actes vous sont indifférents ; êtes-vous en froid avec lui, vous êtes informé de ses allées et venues comme si une police secrète était à votre disposition.

Peu après son arrivée, Rebecca eut une place officielle dans les bulletins que mistress Crawley recevait du château. Voici un spécimen : – On a tué le cochon noir – il pesait tant de livres – on a salé les côtes – à dîner on a servi un pudding et du jarret de porc – Mr Cramp de Mudbury, assisté de sir Pitt, a mis John Blackmore sous les verrous – Mr Pitt a tenu un meeting – (nom des assistants) – rien de nouveau pour milady – les jeunes demoiselles sont avec leur gouvernante.

Le rapport continuait ainsi : – La nouvelle gouvernante est une excellente ménagère – sir Pitt est fort prévenant avec elle – Mr Crawley aussi – Il lui lit ses brochures.

– Voyez cette intrigante ! disait la petite, vive, alerte et noiraude mistress Crawley.

Les rapports finirent par dire que l'institutrice avait circonvenu tout le monde. Elle écrivait les lettres de sir Pitt, expédiait ses affaires, dressait ses comptes, menait à sa guise toute la maison, milady, Mr Crawley, les petites filles et le reste : sur quoi mistress Crawley déclarait que c'était une artificieuse coquine, et qu'elle avait en tête quelque terrible projet. Les événements du château faisaient ainsi le principal sujet des conversations à la cure, et les yeux perçants de mistress Bute Crawley voyaient les moindres mouvements du camp ennemi, et plus encore.

MISTRESS BUTE CRAWLEY À MISS PINKERTON – LA MALL, CHISWICK

De la cure de Crawley-la-Reine, décembre...

Ma chère Madame,

Les années écoulées depuis l'époque où je jouissais de votre agréable et précieux enseignement n'ont rien changé aux sentiments de tendresse et de respect que j'ai conçus pour miss Pinkerton et le cher *Chiswick. J'espère que votre santé va toujours bien. Puissent le monde et la cause de l'enseignement conserver, pour leur plus grande gloire et pendant de longues années encore, miss Pinkerton ! Une de mes amies, lady Fuddleston, me demandait une gouvernante pour ses chères filles. Je n'ai pas, hélas ! le moyen d'en avoir une pour les miennes ; mais n'ai-je pas été élevée à Chiswick ? « Qui, m'écriai-je aussitôt, pouvons-nous mieux consulter que l'excellente et incomparable miss Pinkerton ? » En un mot, chère madame, avez-vous à votre disposition quelque demoiselle dont les services puissent être utiles à ma chère amie et voisine ? Elle est résolue, je vous assure, à n'accepter de gouvernante que de votre main.*

Mon cher mari prend plaisir à répéter qu'il aime tout ce qui sort de la maison de miss Pinkerton. Je voudrais bien le présenter, ainsi que nos filles bien-aimées, à l'amie de ma jeunesse, à la femme qui faisait l'admiration du grand lexicographe de notre pays. Si jamais vous passez par l'Hampshire, Mr Crawley me charge de vous dire qu'il espère pour notre presbytère de campagne l'honneur de votre présence. C'est maintenant l'humble mais heureuse demeure

De votre affectionnée
MARTHA CRAWLEY

P.-S. *Le frère de Mr Crawley, le baronnet, avec lequel nous ne sommes pas, hélas ! dans les termes de cette parfaite concorde qui devrait toujours régner entre frères, a pour ses petites filles une gouvernante qui, à ce qu'on m'a dit, a eu le bonheur d'être élevée à Chiswick. Il m'est venu des bruits assez contradictoires sur son compte. Mon tendre intérêt pour mes petites nièces, qu'en dépit des différends de famille je veux toujours considérer comme mes propres enfants, mes sympathies pour toute élève qui sort de chez vous, me font, ma chère miss Pinkerton, vous demander l'histoire de cette jeune demoiselle dont, à votre considération, je suis très désireuse de devenir l'amie.*

M. C.

Miss Pinkerton à Mistress Bute Crawley

Johnson Home, Chiswick, déc. 18…

Chère Madame,

J'ai l'honneur de vous annoncer réception de votre précieuse lettre, et m'empresse d'y répondre. C'est pour moi une douce satisfaction dans ma tâche épineuse de voir mes soins maternels récompensés par ces retours d'affection, et de reconnaître dans l'aimable mistress Crawley mon excellente élève d'autrefois, la sémillante et exemplaire miss Martha MacTavish. Je me félicite d'avoir maintenant sous ma direction les filles de beaucoup de vos contemporaines. Ce serait pour moi un véritable plaisir d'entourer vos chères filles de toute ma science et de toute ma sollicitude.

En offrant mes compliments respectueux à lady Fuddleston, j'ai l'honneur de lui présenter mes deux amies, miss Tuffin et miss Hawky.

Chacune de ces jeunes demoiselles est parfaitement en état d'enseigner le grec, le latin, les premiers éléments d'hébreu, les mathématiques, l'histoire, l'espagnol, le français, l'italien et la géographie, la musique vocale et instrumentale, la danse sans l'aide d'un maître, enfin les éléments des sciences naturelles. En outre, Tuffin, fille de feu le révérend Thomas Tuffin, professeur du collège de Corpus à Cambridge, peut enseigner la syriaque[58] *et les éléments de droit constitutionnel. Mais ses dix-huit ans et son extérieur fort agréable seraient peut-être un obstacle à son entrée chez sir Huddleston Fuddleston.*

Miss Laetitia Hawky, d'autre part, n'est pas dans sa personne très favorisée de la nature. Elle est âgée de vingt-neuf ans et sa figure est marquée de petite vérole. De plus elle boite ; elle a les cheveux roux et une déviation dans la vue. Ces dames possèdent en outre toutes les qualités morales et religieuses. Leurs prétentions, naturellement, sont en rapport avec leur mérite.

Pénétrée de la plus respectueuse reconnaissance pour le révérend Bute Crawley, j'ai l'honneur d'être,

Chère Madame,

Votre très humble et très obéissante servante,

BARBARA PINKERTON

P.-S. *Cette miss Sharp dont vous me parlez comme gouvernante de sir Pitt Crawley, baronnet, membre du Parlement, était une de mes élèves ; je n'ai donc rien à dire contre elle. Si son extérieur est désagréable, c'est qu'il ne tient pas à nous de réformer la nature dans ses œuvres. Quant à ses parents, il n'y a pas grand cas à en faire ; son père fut peintre et plusieurs fois banqueroutier ; sa mère, comme je l'ai appris*

58. Langue ancienne utilisée dans la liturgie par de nombreux chrétiens du Moyen-Orient.

depuis avec horreur, était danseuse à l'Opéra ; cependant Rebecca ne manquait pas de talent, et je ne saurais me reprocher de l'avoir reçue par charité. Ma seule crainte est que les principes de sa mère, qu'on m'avait d'abord dépeinte comme une comtesse française obligée d'émigrer pendant les horreurs de la dernière révolution, mais qui, d'après de nouvelles informations, était une personne d'une moralité fort suspecte, n'aient passé chez cette malheureuse jeune fille, que j'avais recueillie comme une pauvre délaissée. Sa conduite, j'aime à le croire, sera sans doute restée irréprochable, et je suis convaincue qu'elle ne rencontrera point d'écueil dans l'élégante et exquise société de sir Pitt Crawley.

Miss Rebecca Sharp à Miss Amélia Sedley

Je n'ai pas écrit à ma bien chère Amélia depuis plusieurs semaines ; car que lui dire sur le palais de l'Ennui, comme je l'ai baptisé ? Que vous importe si la récolte des navets est bonne ou mauvaise ; si le cochon gras pesait treize ou quatorze livres, et si les bestiaux sont satisfaits de leurs rations de betteraves ? Un jour ressemble à l'autre. Avant déjeuner, promenade avec sir Pitt et son sécateur ; après déjeuner, études telles quelles, dans notre salle. Après l'étude, lecture des dossiers, correspondance avec les hommes de loi, sur les baux, les mines de charbon et les canaux, car me voici passée secrétaire de sir Pitt ; après dîner, homélies de Mr Crawley ou trictrac du baronnet. Pendant cet enchaînement de plaisirs, l'air placide de milady ne varie pas. Dernièrement une indisposition l'a rendue un peu plus intéressante, ce qui a amené un nouveau personnage au château dans la personne du jeune docteur. Voyez, ma chère, comme les jeunes filles auraient tort de désespérer : le jeune docteur a donné à entendre à l'une de vos amies que, si elle voulait être mistress Glauber, elle pourrait devenir le plus bel ornement de la chirurgie. J'ai répondu à cet impudent que la lancette et le mortier devaient suffire à son bonheur. Comme si j'étais née, en vérité, pour être femme d'un chirurgien de campagne ! Mr Glauber est rentré chez lui tout à l'envers de ce refus ; il a pris une potion calmante et se trouve maintenant hors de danger. Sir Pitt a fort applaudi à ma résolution ; il serait, je crois, très fâché de perdre son petit secrétaire. Mais je ne compte sur l'affection de ce vieux bandit que dans la mesure dont est capable un être de son espèce. Me marier ! et avec un apothicaire de province ! surtout après... Non, non, on ne peut si vite rompre avec de vieux souvenirs dont je ne veux pas, du reste, vous parler davantage. Revenons au palais de l'Ennui.

Depuis quelque temps, ma chère, il a cessé d'être le palais de l'Ennui. Miss Crawley est arrivée avec ses chevaux gras, ses domestiques gras, son épagneul gras ; oui, l'immensément riche miss Crawley, avec ses soixante-dix mille livres sterling placées à cinq pour cent, devant laquelle ou plutôt devant lesquelles *ses deux frères sont en adoration. Elle a l'air très apoplectique, cette chère âme : il n'est donc pas étonnant que ses deux frères se montrent si fort aux petits soins pour elle. Il faut les voir rivaliser d'empressement à lui apporter un coussin ou à lui présenter son café ; elle dit (car elle n'est pas sotte) : « Quand je viens ici, je laisse chez moi miss Briggs, ma demoiselle de compagnie. Mes frères sont ici mes demoiselles de compagnie, et tout le monde n'en a pas, je vous jure, une paire semblable ! »*

Quand elle vient à la campagne, le château tient table ouverte, et, pendant un mois au moins, on croirait que le vieux sir Walpole est revenu l'habiter. Nous avons de grands dîners et nous allons à quatre chevaux, les laquais endossent leur livrée canari la plus neuve ; on boit du bordeaux et du champagne comme si c'était l'ordinaire de toute l'année ; nous avons des bougies de cire dans la salle d'études et du feu pour nous chauffer. Lady Crawley met sa robe la plus splendide, et mes élèves quittent leurs gros souliers et leurs jupes de tartan vieilles et écourtées pour porter des bas de soie et des robes de mousseline, comme il convient aux élégantes demoiselles d'un baronnet.

Rose est rentrée hier dans un état épouvantable. Le cochon de Wiltshire, un de ses favoris, et des plus gros, je vous assure, l'a jetée par terre et a mis en pièces sa robe de soie à fleurs lilas en se roulant dessus. Si cela était arrivé la semaine passée, sir Pitt aurait juré de la plus effroyable façon et allongé les oreilles de la pauvre petite en la mettant au pain et à l'eau pour un mois. Il s'est contenté de dire :

– Nous réglerons cela, mademoiselle, après le départ de votre tante.

Et il a pris en plaisanterie cet accident assez bouffon. Espérons que son courroux sera dissipé avant le départ de miss Crawley.

Quel admirable élément de paix et de concorde que l'argent !

Un merveilleux effet de la présence de miss Crawley avec ses soixante-dix mille livres se manifeste surtout dans la conduite des deux frères Crawley, le baronnet et le ministre, qui se détestent pendant toute l'année et se montrent les meilleurs amis du monde à la Noël.

Je vous ai décrit l'an dernier comment cet abominable ministre avait l'habitude de décocher contre nous, à l'église, ses sermons ridicules, et comment sir Pitt y répondait par d'énormes ronflements. Dès que miss Crawley arrive ici, il n'est plus question de se chamailler ; le château rend visite au presbytère, et vice versa. *Le ministre et le baronnet parlent cochons, braconniers et affaires du comté avec la bouche en cœur et sans jamais se quereller, même après avoir bu. C'est que miss Crawley a déclaré qu'elle ne voulait point de disputes, et qu'elle laisserait son argent aux Crawley de Shropshire, si on la contrariait. S'ils étaient des gens d'esprit, ces Crawley de Shropshire, ils pourraient tout avoir. Mais le Crawley de Shropshire est un ministre comme son cousin du Hampshire, et il a mortellement offensé miss Crawley par ses allures de collet monté ; elle est venue ici dans un accès de rage contre son intolérance. Il aura, sans doute, j'imagine, voulu faire la prière le soir.*

Le livre de sermons est fermé quand miss Crawley arrive, et Mr Pitt, qu'elle déteste, ne trouve rien de mieux que de partir pour la ville. Aussitôt, le jeune élégant, le lion*, c'est, je crois, l'expression d'usage, le capitaine Crawley fait son apparition. Vous ne serez pas fâchée, je suis sûre, d'en avoir une courte esquisse.*

Eh bien ! c'est un grand et beau garçon, de six pieds de haut, à la voix éclatante ; il jure beaucoup et il fait trotter les domestiques, qui l'adorent néanmoins, parce qu'il est très généreux de son argent ; aussi feraient-ils tout pour lui. La semaine dernière, les gardes-chasse ont presque assommé le bailli et son greffier, qui venaient de Londres pour arrêter le capitaine. On les avait trouvés en embuscade le long du mur du parc, on les a roués de coups après leur avoir fait prendre un bain forcé, et on allait leur envoyer du plomb comme à des braconniers, quand le baronnet s'est interposé.

Le capitaine a un mépris filial pour son père ; il l'appelle vieux pingre, vieux ladre[59], vieux bélître[60]. *Il s'est fait une terrible réputation parmi les dames. Il mène avec lui ses chevaux de chasse et vit avec les squires du comté ; il invite qui bon lui semble à dîner, et sir Pitt n'ose rien dire ; ce dernier craint, en offensant miss Crawley, de manquer son legs quand elle mourra d'apoplexie. Vous dirai-je un compliment du capitaine à mon endroit ? Il en vaut la peine, il est assez joli. Un soir où l'on dansait, il y avait sir Huddleston Fuddleston et sa famille, sir Giles Wapshot et ses jeunes demoiselles et bien d'autres encore que je ne connais pas. Eh bien ! je lui ai entendu dire, en désignant votre humble servante : « Pardieu ! voilà une jolie petite pouliche ! » Et il m'a fait l'honneur de danser deux contredanses avec moi. Il est compère et compagnon avec les jeunes squires, et en leur société il boit, parie, monte à cheval et parle chasse et course ; il traite de bégueules*[61] *toutes les filles de ce pays, et je crois qu'il n'a pas tort.*

59. Avare.
60. Coquin.
61. Prudes.

Vous ne pouvez vous faire une idée de leur dédain pour ma pauvreté. Quand on danse, je suis invariablement assise au piano. Mais l'autre soir, en sortant de table, le capitaine, pris d'une pointe de vin et me voyant condamnée au tabouret à perpétuité, jura tout haut que j'étais la meilleure danseuse entre toutes, et donna sa parole qu'il ferait venir des violons de Mudbury.

– Je vais jouer une contredanse, dit mistress Bute Crawley avec beaucoup d'empressement. Figurez-vous une petite vieille à la peau noire, avec un turban de travers et des yeux brillants.

Peu après, le capitaine et votre petite Rebecca dansaient ensemble. Mistress Bute s'approcha à la fin du quadrille pour me complimenter sur ma grâce à danser ; on n'en avait jamais tant entendu de l'orgueilleuse mistress Crawley, cousine germaine du comte de Tiptoff, qui aurait cru déroger en rendant visite à lady Crawley, excepté toutefois lorsque sa belle-sœur venait à la campagne. Pauvre lady Crawley ! pendant la plus grande partie de ces jours de fête, elle restait dans sa chambre à prendre des pilules.

Mistress Bute s'est tout à coup prise d'une belle passion pour moi.

– Ma chère miss Sharp, me disait-elle, envoyez donc vos élèves au presbytère ; leurs cousines seront bien aises de les voir.

Je la vois venir. Signor Clementi ne nous enseignait pas le piano pour rien, et voilà le prix que mistress Bute voudrait donner à un maître pour ses enfants. Je suis au fait de toutes ses petites malices comme si elle prenait soin de m'en instruire. J'irai, toutefois, et je suis résolue de lui être agréable. N'est-ce pas le devoir d'une pauvre gouvernante qui n'a ni ami ni protecteur au monde ?

La femme du révérend m'a fait de grands compliments sur les progrès de mes élèves ; elle pensait sans doute me toucher le cœur, pauvre et ingénue villageoise ! comme si mes élèves me faisaient chaud ou froid.

Votre robe de mousseline et votre écharpe de soie rose me vont à merveille, à ce qu'on dit. Elles commencent à être bien usées ; mais vous savez, nous autres pauvres filles, nous ne pouvons pas avoir sans cesse des toilettes fraîches. Heureuse, mille fois heureuse, vous qui n'avez qu'à aller à Saint-James-Street, et qui possédez une tendre mère pour vous donner tout ce que vous voulez ! Adieu, mon cœur.

Votre affectionnée,
REBECCA

P.-S. *Que n'étiez-vous là pour voir la mine qu'ont faite les miss Blackbrook, filles de l'amiral Blackbrook, de jolies filles, ma chère, à la dernière mode de Londres, quand le capitaine Rawdon, malgré la simplicité de mon costume, m'a choisie pour danseuse !*

Lorsque mistress Bute Crawley, dont l'adroite Rebecca avait pénétré les artifices, eut obtenu de miss Sharp la promesse d'une visite, elle pria la toute-puissante miss Crawley de demander l'approbation indispensable de sir Pitt. Cette excellente vieille femme, toujours de bonne humeur et désireuse de voir la gaieté et la joie autour d'elle, fut enchantée de cette occasion d'affermir et de cimenter une réconciliation entre ses deux frères. Il fut donc décidé que la jeunesse des deux familles se rendrait à l'avenir de fréquentes visites. Cette amitié dura tout le temps que la vieille et joyeuse médiatrice se trouva là pour maintenir la paix.

– Pourquoi avez-vous invité à dîner cet effronté de Rawdon Crawley ? dit le révérend à sa femme tandis qu'ils regagnaient leur logis à travers le parc. Je n'ai que faire de ce drôle ; il nous traite, nous autres gens de campagne, comme de Turc à Maure. Il n'est content que lorsqu'il attrape mon vin à cachet jaune qui me coûte dix schillings la bouteille. Comme si c'était pour lui ! Avec cela il a une tête infernale. C'est un joueur, un ivrogne, un débauché dans toute la force du terme. Il a tué un homme en duel ; il a des dettes par-dessus les oreilles ; il m'a volé la meilleure part de l'héritage de miss Crawley. La sœur (et ici le révérend, après avoir montré le poing à la lune avec l'air d'un homme qui prête serment, continua d'une voix mélancolique), la sœur assure qu'elle l'a couché sur son testament pour cinquante mille livres ; c'est tout au plus s'il y en aura trente mille à partager.

– Elle me fait l'effet de s'en aller, dit la femme du révérend ; sa figure était toute rouge quand nous sommes sortis de table. J'ai été obligée de la délacer.

– Elle a bu sept verres de champagne, dit à voix basse le révérend ; et quel champagne ! mon frère veut nous empoisonner. Mais vous autres femmes, vous ne vous y connaissez pas.

– Nous n'y entendons rien, c'est vrai, dit mistress Bute Crawley.

– Elle a bu de la liqueur de cerises après dîner, continua le révérend, et a pris un curaçao avec son café. Je n'en voudrais pas prendre un petit verre pour cinq livres sterling ; il y a de quoi brûler les entrailles. Elle n'ira pas loin de ce train-là, mistress Crawley ; il faudra qu'elle succombe ; c'est trop pour notre pauvre nature humaine. Je vous parie cinq contre deux que Mathilde décampe cette année.

C'est en se livrant à ces profonds calculs, en pensant à ses dettes, à son fils Jim, au collège, à Frank, à Woolwich, à ses quatre filles qui n'étaient pas des beautés, les pauvres enfants, et qui n'avaient d'autre dot que l'héritage à venir de leur tante, que le révérend et sa femme poursuivaient leur promenade.

– Pitt ne sera pas si gueux que de vendre la présentation à sa cure. Son fils aîné, le farouche méthodiste, songe au Parlement, continua Mr Crawley après une pause.

– Sir Pitt Crawley pourra faire quelque chose, dit sa femme, si par miss Crawley nous lui arrachons cette promesse en faveur de Jacques.

– Pitt promettra tout, reprit son frère. Il avait promis d'ajouter une autre aile à la cure ; il avait promis de me faire abandon du champ de Jibb et de la prairie de six arpents ! Qu'a-t-il exécuté de toutes ses promesses ? Et c'est au fils de cet homme, à ce vaurien, à ce joueur, à cet escroc, à ce bretteur[62] de Rawdon Crawley, que Mathilde laisse la moitié de son argent ! Ce n'est pas agir en bonne chrétienne ; non, certes, par le diable ! Ce gredin a tous les vices, excepté l'hypocrisie, que son frère a prise pour sa part.

– Silence ! mon ami ! nous sommes sur les terres de sir Pitt, interrompit sa femme.

– Je le répète, c'est le ramassis de tous les vices, mistress Crawley. Il n'y a pas là à me chercher noise, madame. N'a-t-il pas tué le capitaine Longfeu ? N'a-t-il pas volé le jeune lord Dovedale à la taverne du Cocotier ? Ne m'a-t-il pas fait perdre quarante livres en interrompant le combat entre Bill Soames et Cheshire Trump ? Vous le savez bien. Pour ce qui est des femmes, n'avez-vous pas entendu dire que devant moi, dans ma chambre de magistrat…

– Pour l'amour du ciel, monsieur Crawley, lui dit sa femme, épargnez-moi les détails.

62. Personne qui se bat souvent à l'épée.

– Et vous invitez ce drôle chez vous ? continua le révérend au comble de l'exaspération. Vous, mère de famille ; vous, femme de l'un des ministres de l'Église d'Angleterre ! Grands dieux !

– Bute Crawley, vous êtes fou, dit la femme du ministre avec un air de dédain.

– Eh bien ! madame, fou ou non… car je n'ai jamais eu, Martha, la prétention d'être aussi rusé que vous, non, jamais ! je ne rencontrerai pas Rawdon Crawley, voilà qui est catégorique. J'irai chez Huddleston, entendez-vous, j'irai voir son lévrier noir, et je ferai courir Lancelot contre lui avec un pari de cinquante livres. Voilà ce que je ferai, et contre tous les chiens de l'Angleterre. Mais je ne veux pas être nez à nez avec cet animal de Rawdon Crawley.

– Monsieur Crawley, vous êtes gris, comme à votre habitude, répliqua sa femme.

Le lendemain, lorsque le révérend, à son réveil, demanda un peu de bière, elle lui rappela sa promesse d'aller voir sir Huddleston Fuddleston le samedi suivant ; et, comme les nuits étaient sereines, il calcula qu'en faisant un peu de galop il pourrait être à temps à son église le dimanche matin. Nous croyons avoir suffisamment démontré que les paroissiens de Crawley avaient autant à s'applaudir de leur ministre que de leur squire.

Miss Crawley était à peine arrivée au château que, par sa puissance fascinatrice, Rebecca avait déjà gagné le cœur de cette excellente vieille évaporée, comme elle avait réussi à emporter celui des innocents campagnards dont nous venons de tracer les portraits.

Un jour, en allant à sa promenade accoutumée, elle jugea à propos de demander la compagnie de la petite gouvernante. La promenade n'était pas finie que Rebecca s'était déjà concilié les affections de la vieille dame. Elle avait daigné sourire quatre fois et s'amuser pendant tout le temps de la route.

– Et pourquoi miss Sharp ne dîne-t-elle pas avec nous ? dit-elle à sir Pitt qui avait arrangé un dîner d'apparat et invité tous les baronnets du voisinage. Mon cher, vous ne supposez pas que je veuille parler poupons avec lady Fuddleston, ou procédure avec cette vieille oie de sir Giles Wapshot ! Je réclame une place pour Sharp. Que lady Crawley reste dans sa chambre si nous sommes au complet ; mais la petite miss Sharp aura son couvert ; de tout le comté, c'est la seule personne avec qui l'on puisse causer !

Après un désir aussi impératif, on indiqua à miss Sharp la gouvernante qu'elle aurait à dîner au rez-de-chaussée avec l'illustre compagnie ; et tandis que sir Huddleston, après avoir en grande pompe et en grande cérémonie conduit miss Crawley dans la salle à manger, se disposait à prendre place à côté d'elle, la vieille dame cria d'une voix aiguë :

– Becky Sharp, miss Sharp ! venez à côté de moi, vous m'amuserez pendant le dîner ; sir Huddleston ira s'asseoir près de lady Wapshot.

Quand la soirée fut terminée, que les voitures furent parties, l'insatiable miss Crawley répétait encore :

– Venez avec moi dans mon cabinet de toilette ; nous mettrons la compagnie à toute sauce.

Et cette paire d'amies s'en acquitta à qui mieux mieux. Le vieux sir Huddleston avait soufflé comme une baleine pendant tout le dîner. Sir Giles Wapshot avait une manière à lui d'avaler sa soupe par une bruyante aspiration ; sa femme clignait de l'œil gauche. Becky faisait à ravir la charge de tous ces travers, aussi bien que des incidents de la conversation dans le cours de la soirée, sur la politique, la guerre, les sessions du Parlement, graves et importants sujets de toute conversation entre gentilshommes campagnards. Quant à l'ébouriffante toilette de miss Wapshot, au fameux chapeau jaune de lady Fuddleston, miss Sharp les mettait en morceaux, au grand amusement de celle qui l'écoutait.

– Ma chère, vous êtes une vraie trouvaille, s'écriait miss Crawley. Je voudrais vous emmener avec moi à Londres, mais je ne pourrais pas faire de vous mon plastron comme de cette pauvre Briggs. Non ! non ! vous êtes trop espiègle, trop fière, n'est-ce pas, Firkin ?

Mistress Firkin, qui arrangeait les cheveux clairsemés sur le crâne de miss Crawley, secoua la tête et dit avec un air des plus sardoniques :

– Oui, mademoiselle est très fine.

Mistress Firkin éprouvait cette jalousie naturelle et commune aux plus honnêtes femmes à l'égard des autres personnes de leur sexe.

Après s'être débarrassée ainsi de sir Huddleston Fuddleston, miss Crawley établit qu'à l'avenir Rawdon Crawley lui donnerait le bras pour aller à table, et que Becky lui porterait son coussin, ou qu'à son choix elle donnerait le bras à Becky et le coussin à Rawdon.

– Nous sommes faits pour être ensemble, disait-elle. Nous sommes, ma toute belle, les seuls vrais chrétiens du comté.

Elle ne donnait point par là une bien haute idée de la religion de l'endroit.

À côté de ses belles dispositions religieuses, miss Crawley affichait, comme nous l'avons dit, des opinions ultralibérales, et ne manquait jamais l'occasion de les laisser percer de la manière la plus franche.

– Belle chose que la naissance, ma chère ! disait-elle à Rebecca, voyez mon frère Pitt, voyez les Huddleston, qui sont ici depuis Henri II, voyez cette pauvre Bute au presbytère. Y en a-t-il un parmi ces gens-là qui vous vaille en intelligence, en bonnes manières ? Vous valoir ? ils ne valent pas même cette pauvre chère Briggs, ma demoiselle de compagnie, ou Bowls, mon majordome. Mais vous, mon ange, vous êtes un petit prodige, un vrai bijou ; vous avez plus de cervelle dans votre tête que tout le comté ensemble ; si le mérite était à sa place dans ce monde, vous seriez duchesse. Mais non, il ne devrait point y avoir de duchesses du tout, et vous ne devriez avoir personne au-dessus de vous. À mes yeux, mon ange, vous êtes autant que moi, et sous tous les rapports. Mettez un peu de charbon dans le feu, ma chère. Voulez-vous prendre cette robe pour y faire quelques changements ? vous travaillez comme une fée.

C'est ainsi que cette vieille *égalitaire* chargeait *son ange* de ses commissions et de ses reprises, et lui faisait lire des romans tous les soirs jusqu'au moment où elle s'endormait.

À l'époque où nous sommes, le monde élégant venait d'être mis en révolution par deux aventures qui, comme le disaient les journaux du temps, avaient de quoi donner de la besogne aux docteurs à longue robe. L'enseigne Shafton était parti avec lady Barbara Fitzurse, fille du comte de Bruin et riche héritière. D'autre part, Vere Vane, homme de quarante ans sonnés, connu jusqu'alors pour sa conduite irréprochable et à la tête d'une nombreuse famille, avait, d'une façon subite et scandaleuse, quitté sa maison pour les beaux yeux d'une actrice, mistress Rougemont, âgée de soixante-cinq ans.

C'était aussi ce qu'on avait de mieux à dire en faveur de ce cher lord Nelson, disait miss Crawley ; il aurait fait le diable pour une femme. Un homme qui se conduit ainsi ne peut manquer d'avoir du bon. J'adore ces mariages d'inclination. Un noble, à mon sens, ne peut mieux faire que d'épouser la fille d'un meunier… Voyez lord Flowerdale… Aussi toutes les femmes sont furieuses. Je voudrais vous voir enlever, ma chère, par quelque noble amant ; vous êtes assez jolie pour cela, au moins.

– Avec deux postillons !… oh ! ce serait charmant, laissa échapper Rebecca.

– Et après, ce que j'aime le plus, c'est de voir un pauvre diable épouser une jeune héritière. Je parierais que Rawdon finira par enlever quelque femme.

– Une riche ou une pauvre ?

– Ah ! que vous êtes simple ! Rawdon n'aurait pas un schilling sans ce que je lui donne. Il est criblé de dettes. Il a à refaire sa fortune et à s'avancer dans le monde.

– Est-il donc fort habile ? demanda Rebecca.

– Habile, ma chérie ? Il ne voit rien au monde au-delà de ses chevaux, de son régiment, de ses équipages de chasse, des plaisirs du jeu. Mais il réussira ; c'est un si délicieux mauvais sujet ! Savez-vous qu'il a tué un homme et envoyé une balle dans le chapeau d'un père qu'il avait outragé ? On l'adore à son régiment. Tous les jeunes gens de chez Vatier et du Cocotier ne jurent que par lui.

Quand miss Rebecca Sharp écrivait à sa tendre amie le récit du petit bal de Crawley-la-Reine et la manière dont elle avait été distinguée pour la première fois par le capitaine Crawley, elle ne faisait pas une narration tout à fait exacte des faits. Le capitaine l'avait distinguée nombre de fois auparavant. Le capitaine l'avait rencontrée dans maintes promenades. Le capitaine s'était trouvé en face d'elle dans mille couloirs et passages. Vingt fois dans une soirée, le capitaine se penchait sur le piano où elle chantait.

Pendant ce temps, milady restait dans sa chambre, se trouvait indisposée et on n'y prenait même pas garde.

Le capitaine avait écrit des billets à Rebecca avec les plus beaux jambages et la plus belle orthographe que pouvait y mettre un dragon à peine dégrossi. Mais l'épaisseur est une qualité qui réussit tout comme une autre auprès des femmes. Au premier billet qu'il déposa entre les feuillets de la romance que chantait la petite gouvernante, celle-ci se leva, le regarda fixement, et, prenant du bout des doigts la missive triangulaire, s'en amusa comme d'un chapeau à cornes ; puis s'avançant droit à l'ennemi, elle jeta le message au feu, fit une profonde révérence, et allant reprendre sa place, se mit à chanter plus gaiement qu'auparavant.

– Qu'est-ce que cela ? dit miss Crawley interrompue dans son somme d'après dîner par cet arrêt de la musique.

– C'est une fausse note, dit miss Sharp en riant.

Rawdon Crawley écumait de rage et de dépit.

En présence de l'engouement non équivoque de miss Crawley pour la nouvelle gouvernante, il y avait de la générosité à mistress Bute Crawley de n'être point jalouse et de faire à la cure un bon accueil à cette jeune personne, à elle, à Rawdon

Crawley surtout, le rival de son mari pour le cinq pour cent de la vieille fille. Mistress Crawley et son neveu ne pouvaient plus vivre l'un sans l'autre. Celui-ci laissait la chasse, dédaignait les avances de Fuddleston, n'allait point dîner avec les officiers du dépôt à Mudbury, et tout cela pour le plaisir d'aller au presbytère de Crawley. C'est que miss Crawley y était aussi. Leur maman étant malade, pourquoi les petites n'y seraient-elles pas allées avec miss Sharp ? Les petites filles, ces pauvres enfants, y allaient donc avec miss Sharp. Et le soir on revenait tous ensemble à pied, non pas miss Crawley, elle aimait mieux sa voiture ; mais la promenade à travers les prairies de la cure jusqu'à la petite porte du parc, dans un bois épais, sous une des sombres avenues de Crawley-la-Reine, était délicieuse au clair de lune pour deux amants de la nature comme le capitaine et miss Rebecca.

– Oh ! les étoiles ! les belles étoiles ! disait miss Rebecca en levant au ciel ses yeux verts et brillants. Il me semble que je ne tiens plus à la terre lorsque je les contemple.

– Oh !... ah !... certes... oui... c'est absolument comme moi, miss Sharp, répliquait l'autre enthousiaste. Mon cigare ne vous incommode point, miss Sharp ?

En plein air, l'odeur du cigare était la chose que miss Sharp aimait le mieux au monde. Elle en donna la preuve de la façon la plus charmante. Prenant celui du capitaine, elle tira une bouffée, poussa un petit cri accompagné d'un léger sourire, puis le rendit au propriétaire. Celui-ci retroussa sa moustache, aspira fortement, et le petit brasier portatif jeta un reflet rouge sur les arbres voisins.

– Morbleu ! l'excellent *cigawe* ! c'est le meilleur que j'aie fumé de ma vie ! morbleu !

Son esprit et sa conversation avaient en verve et en éclat tout ce qu'on pouvait attendre d'un dragon peu civilisé.

Le vieux sir Pitt, tout en fumant sa pipe, en prenant sa bière et en épiloguant avec John Horrocks sur le mouton destiné au couteau, épiait le jeune couple de la fenêtre de son cabinet. Avec d'épouvantables jurons il protesta que, si ce n'était pour miss Crawley, il prendrait Rawdon par les deux épaules et le jetterait à la porte comme un drôle qu'il était.

– Bien sûr que ce n'est là qu'un mauvais garnement, faisait Mr Horrocks, et son valet Flethers est une mauviette. L'autre jour il a fait un tapage dans la chambre de la gouvernante à propos des dîners et de la bière, comme pas un maître n'en aurait fait, mais miss Sharp est un adversaire de taille, sir Pitt, continua-t-il après une pause.

Eh oui ! sans doute, pour le père comme pour le fils.

CHAPITRE XII
Où l'on fait du sentiment

Nous allons maintenant quitter ce séjour pastoral et ces honnêtes personnes pratiquant les vertus champêtres pour nous transporter à Londres et voir ce qu'y devient miss Amélia.

« C'est la moindre de nos préoccupations », nous écrit un correspondant inconnu avec les déliés les plus délicats et un cachet de cire rouge. « Elle est fade et monotone. » On ne s'arrêterait pas si l'on voulait aller jusqu'au bout dans cette charitable litanie.

Mais bien que certaines personnes pour lesquelles je professe le plus profond respect m'aient souvent dit que miss Brown est une petite fille insignifiante ; que mistress White n'a pour elle que son petit minois chiffonné ; qu'il n'y a rien à dire en faveur de mistress Black ; je me rappelle cependant avoir eu les plus délicieuses conversations avec mistress Black – et naturellement, chère madame, je dois être discret. Je vois les hommes faire cercle autour de la chaise de mistress White, et tous les jeunes gens se battre pour danser avec mistress Brown. Je suis donc tenté de croire que les dédains de son sexe sont souvent le plus bel éloge pour la femme qui en est l'objet.

Sous ce rapport, les jeunes demoiselles de la société d'Amélia ne laissaient rien à désirer.

Ainsi l'on ne voyait point de plus touchant accord que celui des demoiselles Osborne, sœurs de George, et des demoiselles Dobbin dans l'estimation des très minces mérites de miss Sedley. Elles n'en revenaient pas de voir leurs frères lui trouver quelques charmes.

Les demoiselles Osborne, jeunes filles aux noirs et beaux sourcils, qui avaient eu les meilleures gouvernantes, les meilleurs maîtres et les meilleures couturières, la traitaient avec tant d'affection et de condescendance, la patronnaient avec tant de supériorité, que la pauvre enfant restait muette en leur présence et avait tout l'air d'une personne pauvre d'esprit ; leur charité se chargeait du reste. Elle faisait de son côté de grands efforts pour les aimer ; n'étaient-elles pas les sœurs de son futur mari ? Elle passait de « longues matinées » avec elles, les plus terribles et les plus sérieuses des matinées. Elle les accompagnait en grande pompe dans la voiture de famille, avec miss Wirt leur gouvernante, cette vestale squelettique.

En guise de distraction, elles la menaient au concert, à l'Oratorio, à Saint-Paul, aux Enfants-Trouvés ; et la terreur qu'elle avait de ses amies était si grande qu'à la douce voix de ces enfants elle n'osait pas se laisser aller à son émotion. Dans cette maison respirait le bien-être. La table de leur père était somptueuse et bien servie. Leur société avait des prétentions à l'élégance et à la cérémonie. Leur amour-propre était excessif ; elles avaient le plus beau banc aux Enfants-Trouvés. Dans toutes leurs habitudes, il y avait étalage de pompe et d'étiquette ; elles prenaient tous leurs amusements avec un air d'imperturbable convenance.

Et cependant Amélia n'était jamais plus contente que lorsqu'elle ne les rencontrait pas quand elle venait les voir ; miss Jane Osborne, miss Maria Osborne et miss Wirt se demandaient avec un étonnement toujours croissant : « Qu'y a-t-il de si séduisant pour George dans cette créature ? »

« Comment donc, va s'écrier quelque esprit chicanier, comment Amélia, qui avait tant d'amis à la pension, qu'on y aimait si tendrement, se trouve-t-elle en butte, dès son entrée dans le monde, aux critiques de son sexe ? »

Mon cher monsieur, il n'y avait pas d'hommes chez miss Pinkerton, excepté le maître de danse, et il n'avait rien en lui de bien propre à allumer la guerre entre ses élèves. Mais quand George, le cavalier accompli, sortait tout de suite après déjeuner et dînait dehors environ six fois par semaine, il n'est pas étonnant que ses sœurs négligées en ressentissent un peu de dépit. Quand le jeune Bullock, de la maison Hulker, Bullock et Cie, banquiers,

Lombard-Street, fort empressé depuis deux ans auprès de miss Maria, allait demander à Amélia de lui accorder un cotillon, pouvez-vous supposer que cela fît plaisir à l'autre jeune dame ? Et cependant, à l'entendre, elle se donnait pour une petite fille bien naïve et sans rancune.

– Je suis enchantée de vous voir aimer cette chère Amélia, disait-elle d'un air fort tendre à Mr Bullock à la suite d'une contredanse, elle doit épouser mon frère George ; il n'y a pas grand fonds chez elle, mais c'est une si bonne fille et sans la moindre affectation ! Nous l'aimons *tant* à la maison !

Chère demoiselle ! qui pourrait dire le degré d'affection et d'enthousiasme contenu dans ce *tant* ?

Miss Wirt et ces deux charitables jeunes filles s'extasiaient si hautement et si souvent en présence de George Osborne sur l'énormité du sacrifice qu'il faisait et sur sa générosité chevaleresque à se mettre ainsi aux pieds d'Amélia, que je ne serais pas éloigné de croire qu'il se regardait comme un des soldats les plus méritants de l'armée anglaise, et qu'il se laissait adorer par esprit de résignation.

Toutefois, s'il quittait la maison tous les matins, comme on l'a dit, s'il dînait dehors six jours par semaine, ce qui le faisait passer auprès de ses sœurs pour un jeune passionné, toujours fourré dans les jupons de miss Sedley, il n'en allait pas plus souvent pour cela chez Amélia, malgré toutes les suppositions possibles. Plus d'une fois, le capitaine Dobbin étant allé rendre visite à son ami, miss Osborne (cette demoiselle accordait au capitaine une attention particulière et aimait beaucoup entendre ses histoires militaires et apprendre des nouvelles de sa chère maman), miss Osborne lui désignait en riant l'autre côté du square et lui disait :

– Oh ! pour trouver George, vous n'avez qu'à aller chez les Sedley ; nous ne le voyons plus de la journée.

Alors le capitaine prenait un rire maladroit et contraint et détournait la conversation, comme un homme qui a un grand usage du monde, sur quelque lieu commun d'un intérêt général, comme l'Opéra, le dernier bal du prince à Carlton-House, la pluie et le beau temps, cette suprême ressource des salons.

– Qu'il est innocent votre bien-aimé ! disait Maria à miss Jane après le départ du capitaine. Avez-vous remarqué sa rougeur quand je lui ai parlé de George occupé à faire sa cour ?

– C'est dommage que Frederick Bullock n'ait pas un peu de sa retenue, Maria, répliqua la sœur aînée avec un hochement de tête.

– De la retenue ! vous voulez dire de la gaucherie, Jane. Je n'ai pas besoin que Frederick vienne faire un accroc à ma robe de mousseline, comme le capitaine Dobbin à la vôtre chez MM. Perkins.

– À votre robe, lui, lui ! demanda miss Wirt. Comment a-t-il fait cela ? Est-ce qu'il ne dansait pas avec Amélia ?

De fait, lorsque le capitaine Dobbin rougissait et regardait d'une façon si gauche, c'est qu'il pensait à quelque chose dont il ne jugeait pas à propos d'informer ces jeunes dames, à savoir qu'il était déjà passé par la maison de Mr Sedley, sous le prétexte tout naturel de voir George. George n'y était point, et Dobbin avait trouvé la pauvre petite Amélia toute seule, assise à la fenêtre du salon, avec un air triste et pensif.

Après quelques paroles insignifiantes et banales, elle s'était aventurée à demander s'il était vrai que le régiment eût reçu un ordre de départ prochain, et si le capitaine Dobbin avait vu Mr Osborne ce jour-là.

Le régiment n'avait point reçu d'ordre de départ, et le capitaine Dobbin n'avait pas vu George.

– Il est très probablement avec sa sœur, avait articulé le capitaine ; faut-il y aller et relancer ce paresseux ?

Elle lui avait tendu la main en signe de remerciement, et on l'avait vu traverser la place.

Elle attendit, elle attendit longtemps, et George ne vint pas.

Pauvre petit cœur ! toujours à espérer et à battre, toujours patient et plein de foi ! Qu'y a-t-il à décrire dans cette vie-là ? Ah ! l'on n'y trouve point ce qu'on appelle des incidents. Tout le long du jour, c'est le même sentiment : « Quand viendra-t-il ? » Même pensée le soir en s'endormant, le matin au réveil. Et George jouait au billard avec le capitaine Cannon dans Swallow-Street, pendant qu'Amélia s'informait de lui auprès du capitaine Dobbin ;

car c'était un joyeux et aimable compagnon, et il excellait à tous les jeux d'adresse.

Une fois, après trois jours d'absence, miss Amélia prit son chapeau et se rendit chez les Osborne.

– Quoi ! vous laissez notre frère pour venir nous voir ? dirent les jeunes filles. Vous vous êtes donc querellés, Amélia ? Contez-nous cela !

Non, il n'y avait pas eu de querelle.

– Qui pourrait se quereller avec lui ? répondit-elle les yeux remplis de larmes.

Elle venait seulement pour… voir ses chères amies, avec lesquelles elle ne s'était point trouvée depuis si longtemps.

Ce jour-là, elle fut si maladroite et si gauche que les demoiselles Osborne et leur gouvernante, qui étaient toujours aux carreaux pour la voir s'en aller, s'étonnèrent de plus en plus que George pût trouver quelque chose de bien dans cette pauvre petite Amélia.

Et pourquoi aurait-elle livré son timide et tendre cœur à l'inspection de ces jeunes demoiselles, à leurs yeux noirs et assurés ? Il valait mieux le cacher et le replier sur lui-même. Je sais bien que les demoiselles Osborne excellaient à donner leur avis sur un châle de cachemire ou une jupe de satin rose. Quand miss Turner avait fait teindre le sien en pourpre, quand miss Pickford avait métamorphosé sa palatine d'hermine en manchon et en garnitures, je vous assure que ces changements n'avaient point échappé à ces pénétrantes demoiselles. Mais, voyez-vous, il y a des choses plus délicates que la fourrure ou le satin, que les splendeurs de Salomon, que toute la garde-robe de la reine de Saba, des choses dont la beauté échappe à l'œil de plus d'un connaisseur. Il faut du soin pour pénétrer ces douces et tendres âmes, semblables à ces fleurs parfumées qui s'épanouissent dans l'ombre et la solitude, tandis que vous avez les yeux crevés par d'autres grandes fleurs aussi larges que des bassinoires de cuivre et qui ont la prétention de détrôner le soleil. Miss Sedley n'était pas une fleur de cette dernière espèce.

Une bonne jeune fille, placée sous l'aile maternelle, ne peut nous offrir de ces péripéties émouvantes auxquelles prétendent les héroïnes de roman. On peut voir les vieux oiseaux se débattre contre les pièges ou fuir devant le fusil du chasseur ; les voraces éperviers peuvent les poursuivre, et alors il faut ou se dérober à leurs griffes ou se résigner à périr. Mais les petits oiseaux qui sont encore au nid mènent, dans le duvet et dans la mousse, une existence paisible et peu romanesque. Leur tour viendra aussi de prendre leur essor. Becky Sharp, dans la province, volait de ses propres ailes, sautant de branches en branches au milieu d'une infinité de pièges, et de côté et d'autre elle ramassait sa pâture avec assez de bonheur et de succès ; Amélia, au contraire, coulait une vie douce dans son nid de Russell-Square. Allait-elle dans le monde, c'était sous la conduite de personnes plus âgées. Et puis aucun malheur ne semblait pouvoir l'atteindre dans cette maison où régnaient l'opulence et le bien-être, où elle se sentait toujours protégée par la plus vive affection.

Maman avait à s'occuper de ses affaires de ménage, de ses promenades du jour, de cette délicieuse tournée dans les plus beaux magasins, tout ce qui constitue l'amusement ou la profession, comme il vous plaira de l'appeler, des riches ladies de Londres. Papa dirigeait ses mystérieuses opérations au milieu de la Cité, centre d'agitation à cette époque, où la guerre embrasait l'Europe, où l'on jouait des royaumes. Alors le journal le *Courrier* comptait dix mille souscripteurs. Un jour on annonçait la bataille de Vittoria, un autre jour l'incendie de Moscou ; ou bien c'était le crieur public qui, en passant à l'heure du dîner sous les fenêtres de Russell-Square, faisait entendre les paroles suivantes : *Bataille de Leipsick – six cent mille hommes engagés – déroute complète des Français – deux cent mille morts*. Le vieux Sedley était rentré une ou deux fois à la maison avec un air préoccupé ; il n'y avait rien d'étonnant à cela, lorsque de telles nouvelles bouleversaient tous les cœurs et toutes les banques de l'Europe.

Cependant le même train se soutenait à Russell-Square, comme si les affaires politiques n'eussent pas été dans un complet désarroi. La retraite de Leipsick ne diminua pas le nombre des plats que maître Sambo apportait de l'office ; les alliés entraient en France, et la cloche annonçait toujours le dîner à cinq heures précises, comme à l'ordinaire. La pauvre Amélia ne se souciait guère plus de Brienne que de Montmirail. Que lui importait la guerre ? Enfin eut lieu l'abdication de l'empereur. Alors elle battit des mains, et adressa ses prières au ciel avec une vive reconnaissance. Dans l'élan de son âme elle se jeta au cou de George Osborne, au grand étonnement de tous les témoins de ce transport passionné. La paix était conclue, l'Europe allait entrer dans une période de calme, et en conséquence le régiment du lieutenant Osborne ne pouvait plus recevoir un ordre de départ. C'était en ce sens que raisonnait Amélia. Les destinées de l'Europe se résumaient pour elle dans le lieutenant Osborne. Il n'avait plus de dangers à courir, elle pouvait donc remercier le ciel. À lui seul il représentait pour elle l'Europe, l'empereur, les monarques alliés et l'auguste Prince régent[63]. Il était son soleil et sa lune, et je ne serais pas éloigné de croire que, dans son esprit, l'illumination et le bal de Mansion House offerts aux souverains n'avaient eu lieu qu'en l'honneur de George Osborne.

Nous avons montré comment miss Sharp avait été élevée à la dure école de l'égoïsme et de la pauvreté. L'amour était maintenant le dernier maître de miss Amélia Sedley, et notre jeune demoiselle faisait des progrès vraiment merveilleux dans cette

---

63. Le futur Georges IV est régent de 1811 à 1820 en raison de l'état de santé de son frère.

science si répandue. En dix-huit mois d'application persévérante et quotidienne, que de secrets Amélia avait appris de son puissant instituteur, dont ne se doutaient même pas miss Wirt et les jeunes demoiselles d'en face, non plus que la vieille miss Pinkerton de Chiswick ! Ces mystères n'étaient pas faits pour ces vierges précieuses et à l'air pincé. Quant à miss Pinkerton et à miss Wirt, elles étaient hors de question ; Dieu me garde d'avoir à me reprocher une pareille idée à leur endroit ! Miss Maria Osborne avait bien un engagement avec Mr Frederick-Auguste Bullock, de la maison Bullock et Cie ; mais c'était un engagement des plus respectables, et il ne lui en aurait pas coûté davantage de prendre le vieux Bullock, son esprit ne voyant dans le mariage que ce que doit y voir une jeune demoiselle bien élevée, à savoir une maison de ville à Park-Lane, une maison de campagne à Wimbledom, une calèche avec deux magnifiques chevaux, des laquais à l'avenant, enfin un quart dans les profits annuels de la forte maison Hulker et Bullock. C'était sous cette forme que se présentait à elle la personne de Frederick Bullock.

Si la mode nous eût déjà donné les fleurs d'oranger, emblème de la chasteté féminine empruntée par nous à la France, où presque toutes les demoiselles sont vendues en mariage, miss Maria, parée de la couronne immaculée, n'aurait pas hésité à partir pour le voyage de la vie à côté de Bullock Senior, malgré sa goutte, ses années, sa tête chauve et son nez rouge, et, avec une modestie parfaite, elle eût fait à son bonheur le sacrifice de sa belle jeunesse. Malheureusement le vieillard était déjà marié ; c'est pour cela qu'elle avait reporté ses affections sur le jeune homme. Ô fleurs d'oranger à peine écloses ! L'autre jour je vis miss Trotter émaillée des fleurs susdites ; elle s'élançait dans la voiture de noces, à Saint-George-Hanover-Square, et lord Mathusalem l'y suivait en clopinant. Avec quelle charmante modestie elle baissa les stores de la voiture, cette chère innocente ! La moitié des voitures de la Foire aux vanités s'étaient donné rendez-vous à ce mariage.

Ce n'était point dans ce genre d'amour qu'Amélia cherchait le complément de son éducation. De bonne petite fille elle était devenue en une année bonne demoiselle, pour finir par être une bonne femme quand l'heureux moment en sera venu. Cette jeune demoiselle, et peut-être y avait-il imprudence de la part de ses parents à se prêter à cette adoration déréglée, à ces idées romanesques, enfin cette jeune demoiselle aimait de tout son cœur le jeune officier au service de Sa Majesté, avec lequel notre connaissance n'a été encore que fort rapide. Il se présentait à elle comme la première pensée à son réveil, le dernier nom à prononcer dans ses prières. Elle n'avait jamais vu un cavalier aussi élégant, aussi spirituel, avec aussi fière allure à cheval, en un mot un tel héros.

Ne nous parlez point de la grâce du Prince, celle de George était bien autre chose ! Elle avait vu Mr Brummell, point de mire de toutes les louanges. Mais il ne s'agissait pas de le comparer à son George ! Non, aucun des lions de l'Opéra n'était digne d'être son rival. Il méritait, pour le moins, de devenir un prince des *Mille et Une Nuits*. Aussi quelle générosité à lui de s'abaisser jusqu'à Cendrillon ! Miss Pinkerton aurait sans doute cherché à ébranler cette aveugle passion si elle avait été la confidente d'Amélia, mais sans le moindre succès, croyez-le bien. Ainsi le veulent et la nature et l'essence de certaines femmes ; les unes sont faites pour dominer, les autres pour aimer. Heureux ceux qui tombent de préférence sur une de cette dernière espèce.

Amélia, tout entière à cette passion absorbante, négligeait ses douze bonnes amies de Chiswick avec toute l'insensibilité de l'égoïsme. Il était naturel que ce seul sujet l'occupât tout entière. Miss Saltire était trop froide, on ne pouvait la prendre pour confidente. Amélia n'aurait jamais songé à en parler à miss Swartz, la jeune héritière de Saint-Kitt à la chevelure laineuse. La petite Laura Martin venait passer chez elle ses jours de congé, et ma persuasion est qu'elle lui avait accordé sa confiance, qu'elle avait promis à Laura de la prendre avec elle quand elle serait mariée. Elle devait être entrée avec Laura dans de grands détails sur la passion de l'amour, étude singulièrement utile et neuve pour cette petite personne. Hélas ! hélas ! je crains bien que l'esprit de notre pauvre Amélia n'ait dévié de son aplomb.

À quoi donc songeaient ses parents en n'empêchant pas ce petit cœur de battre si fort ? Le vieux Sedley n'avait pas l'air de prendre garde à tout cela. Il paraissait beaucoup plus grave que d'habitude, et ses affaires de banque semblaient l'absorber tout entier. Mistress Sedley était d'une nature accommodante et peu curieuse, en sorte qu'elle n'éprouvait pas même la moindre jalousie. Quant à Mr Jos, il était, à Cheltenham, l'objet d'un siège en règle de la part d'une veuve irlandaise ; Amélia était donc livrée à elle-même dans la maison paternelle, et peut-être se trouvait-elle dans un trop grand isolement. Ce n'est pas que le moindre doute effleurât son cœur, car elle était sûre de George. Aux Horse-Guards, on n'avait pas toujours la permission de quitter Chatham, et puis il avait à voir ses amis et ses sœurs, à entretenir ses rapports de société quand il venait à la ville : car la société n'avait pas de plus bel ornement ! Et puis encore, quand il était au régiment, il avait trop de besogne pour écrire de longues lettres. Je sais fort bien où elle gardait le paquet de celles qu'elle avait déjà reçues ; je pourrais bien m'introduire dans sa chambre et les lui dérober comme avec l'anneau de Gygès[64]… Non, non, ce serait mal. Je veux seulement y pénétrer comme un rayon de lune, et jeter

64. Cet anneau permet à son détenteur de devenir invisible selon l'allégorie de Platon (*La République*).

un chaste regard sur ce lit où repose la fidélité, la beauté, l'innocence.

Si les lettres d'Osborne avaient un laconisme militaire, celles de miss Sedley à Mr Osborne pourraient donner à ce roman une dimension insupportable même pour le lecteur le plus sensible. Non seulement elle remplissait quatre pages de grand format ; mais elle lui adressait encore des tirades entières extraites de recueils de poésie, et citait de longs passages avec la plus frénétique obstination. On eût dit qu'elle prenait à tâche de donner partout des signes de son état déplorable. Ses lettres fourmillaient de répétitions. Elle avait une orthographe douteuse, et elle prenait de fréquentes licences avec la prosodie.

Mais, mesdames, si vous ne pouvez toucher le cœur en dehors des règles de la syntaxe, si l'on ne peut vous aimer malgré vos fautes contre la versification, j'envoie au diable l'art poétique, et prie la peste d'étouffer le dernier pédant !

CHAPITRE XIII

Où l'on fait du sentiment et autre chose

J'ai bien peur que le jeune homme auquel miss Amélia adressait ses lettres ne fût un critique plutôt obstiné. Le lieutenant Osborne, se voyant poursuivi, partout où il allait, de nombreux billets doux qui l'exposaient aux railleries de ses camarades, intima à son domestique l'ordre de ne jamais lui remettre sa correspondance que dans son cabinet. Le capitaine Dobbin, qui, j'en suis sûr, aurait donné beaucoup pour avoir une de ces précieuses dépêches, l'avait vu à sa grande stupéfaction allumer son cigare avec une de ces lettres.

Pendant quelque temps, George essaya de tenir sa liaison secrète ; mais il laissait toutefois entrevoir qu'il s'agissait d'une femme.

– Et ce n'est pas la première venue, disait l'enseigne Spooney à l'enseigne Stubbles ; c'est un gaillard que cet Osborne. La fille du juge de Demerara en était devenue folle ; et puis, après, est venu le tour de la belle mulâtresse miss Pye, à Saint-Vincent, vous savez ; et depuis notre retour, on dit qu'il est un vrai don Juan.

Stubbles et Spooney pensaient qu'être un « vrai don Juan » était l'une des plus belles qualités qu'un homme pût avoir. La réputation de George était colossale parmi les jeunes officiers du régiment : il était fameux comme chasseur, fameux comme chanteur, fameux à la parade, fameux en tout et prodigue de l'argent qu'il devait à la libéralité de son père ; aucun habit, au régiment, n'avait meilleure coupe que les siens, et personne n'en avait plus que lui. Ses hommes l'adoraient. Aucun autre officier, même le colonel, le vieil Heavytop, ne pouvait boire plus que lui. Il boutonnait au fleuret Knuckles, le prévôt d'armes, qui serait passé caporal sans son état perpétuel d'ivresse, et qui avait obtenu son diplôme dans un assaut. Il excellait comme joueur aux boules et aux quilles. Sur son cheval, *L'Éclair*, il avait gagné le prix offert par la garnison aux courses de Québec, et Amélia n'était pas seule à l'admirer. Stubbles et Spooney, du régiment, le tenaient pour un Apollon. Dobbin voyait en lui un successeur de Lovelace[65], et la femme du major O'Dowd déclarait qu'il était très beau garçon et qu'il lui rappelait Fitz Jurl Fogarty, second fils de lord Castle Fogarty.

---

65. Personnage du roman *Clarissa Harlowe* (1748) de Samuel Richardson (1689-1761). Lovelace est l'archétype du séducteur cynique.

Toutes ces personnes, chacune de son côté, se livraient aux conjectures les plus romanesques à propos de la correspondance d'Osborne. Selon les uns, c'était une duchesse de Londres amourachée de lui ; selon les autres, la fille d'un général qui, ne pouvant se dégager d'autres liens, l'aimait au moins d'un amour éperdu ; d'autres parlaient de la femme d'un membre du Parlement qui lui aurait offert quatre chevaux pour l'enlever ; chacun enfin à sa guise y voyait une victime de quelque passion enivrante, romanesque et scandaleuse. Osborne refusait de jeter la moindre lumière sur toutes ces conjectures, et laissait à ses jeunes amis le soin de lui fabriquer un roman.

Pour découvrir au régiment le mot de cette intrigue, il ne fallut rien moins qu'une indiscrétion du capitaine Dobbin. Le capitaine prenait un jour son déjeuner dans la salle commune où Cackle, l'aide-chirurgien, avec Stubbles et Spooney, devisaient sur les amours d'Osborne. Stubbles soutenait que la dame mystérieuse était duchesse à la cour de la reine Charlotte, et Cackle penchait pour une danseuse de l'Opéra de la plus détestable réputation. À cette idée, Dobbin éprouva une telle indignation que, la bouche gonflée d'œuf et de pain beurré, malgré cette barrière opposée aux mouvements de sa langue, il essaya, d'articuler les sons suivants :

– Cake, vous êtes un fou *stoupide*, vous êtes *toujou* à dire des sottises et *pallé* de scandale. Oborne n'est point aux pieds d'une duchesse et ne songe point à se ruiner pour une plancheuse[66]. Miss Sedley est la plus charmante fille qui ait jamais existé. Depuis longtemps il y a entre eux promesse de mariage, et l'homme qui voudrait s'attaquer à elle fera mieux de se taire en ma présence.

En prononçant ces mots, Dobbin était devenu cramoisi, et il finit presque de s'étrangler en jetant dans sa bouche une tasse de thé bouillant. Au bout d'une demi-heure, l'histoire était connue de tout le régiment, et le soir même mistress O'Dowd écrivait à sa sœur Glorvina, à O'Dowdstown, de ne plus beaucoup se presser de quitter Dublin, le jeune Osborne ayant dirigé ses recherches d'un autre côté.

Dans la soirée, elle en fit son compliment au lieutenant par une petite allocution fort bien tournée, qu'elle accompagna d'un verre de whisky, et il rentra chez lui furieux contre Dobbin, qui avait refusé l'invitation de mistress O'Dowd pour rester dans sa chambre à jouer un solo de flûte et à composer des vers d'un style mélancolique. L'orage grondait sur la tête de Dobbin, pour avoir ainsi trahi le secret de son ami.

– Qui diable vous a prié de parler de mes affaires ? lui cria Osborne exaspéré. Pourquoi diable tout le régiment sait-il que je vais me marier ! et puis cette vieille et bavarde sorcière de Peggy O'Dowd ne se gêne point pour dire de moi à sa maudite société toutes les sottises qui lui passent par la tête,

66. Menteuse.

pour tambouriner mon union par les trois royaumes. Enfin de quel droit, je vous prie, aller dire que ma foi est engagée ? de quel droit vous immiscer dans mes affaires, Dobbin ?

– Il me semble… commença le capitaine Dobbin.

– Que le diable vous emporte, Dobbin, avec ce qu'il vous semble ! interrompit son jeune ami. Je vous ai des obligations, je le sais, mais je n'y puis plus tenir ; vous m'ennuyez, à la fin, avec vos sermons ; c'est abuser par trop du privilège des cinq années que vous avez de plus que moi. Je n'entends point supporter plus longtemps vos airs de supériorité, de pitié et de haute protection. De la pitié et de la protection ! Je voudrais bien savoir en quoi je vous suis inférieur ?

– Y a-t-il promesse de mariage ? demanda le capitaine Dobbin.

– Est-ce que cela vous regarde plus que les autres ?

– Avez-vous à en rougir ? reprit Dobbin.

– De quel droit me faites-vous cette question ? je voudrais bien le savoir, demanda George.

– Bon Dieu ! vous ne songez point à dégager votre parole ? reprit Dobbin avec inquiétude.

– En d'autres termes, vous me demandez si je suis un homme d'honneur, dit Osborne avec fierté. C'est cela, n'est-ce pas, que vous voulez dire ? Depuis quelque temps vous prenez avec moi un ton que je ne veux pas… que je ne supporterai pas davantage.

– Eh bien ! oui, je vous ai dit que vous négligiez une charmante fille, George ; je vous ai dit qu'en allant à la ville vous devriez aller la voir et ne point fréquenter les maisons de jeu de Saint-James.

– C'est votre argent que vous réclamez ? dit George d'un air moqueur.

– Oui, sans doute ; car je n'en ai pas tant à gaspiller, dit Dobbin, et vous en parlez bien à votre aise.

– Allons, William, je vous demande pardon, dit George cédant à la voix du remords. Je vous ai trouvé mon ami en mainte occasion, Dieu le sait. Vous m'avez tiré de bien des mauvais pas. Lorsque Crawley des gardes m'a gagné cette somme d'argent, que serais-je devenu sans vous ? Oh ! je ne l'ai pas oublié. Mais vous ne devriez pas être si sévère avec moi et venir toujours me faire la morale ; je suis fou d'Amélia, je l'adore : ne vous fâchez donc plus. C'est une perfection, je sais. Mais, voyons, ne peut-on pas jouer un peu ? Le régiment revient des Indes occidentales ; laissez-moi jouir de mon reste. Quand je serai marié, je me réformerai. Oh ! oui, sur mon honneur. Mais maintenant, Dob, je dis que vous avez tort de vous fâcher ; je vous donnerai cent livres le mois prochain : car mon père, je le sais, a l'intention de me faire un joli cadeau. Je vais, de ce pas, demander une permission à Heavytop, et demain à la ville je verrai Amélia. Dites-moi, êtes-vous content ?

– Il est impossible de vous en vouloir longtemps, George, dit l'excellent capitaine. Quant à mon argent, mon garçon, je sais que, si j'en deviens bien pressé, vous êtes prêt à partager votre dernier schilling avec moi.

– Certainement, par Dieu ! Dobbin, dit George avec un grand air de générosité, bien qu'il n'eût jamais le moindre argent dans sa poche.

– Cependant, George, finissez au plus vite avec cette gourme de jeunesse. Si vous aviez vu la figure de cette pauvre Emmy quand elle vous demandait l'autre jour, vous auriez envoyé au diable et billes et billard. Allez la consoler, double scélérat. Allez lui écrire une longue lettre ; faites quelque chose pour la rendre heureuse : il suffit de si peu !

– Je crois, en effet, qu'elle m'aime diablement, dit le lieutenant d'un air satisfait de lui-même. Et il alla dans la salle commune rejoindre ses gais compagnons pour la fin de la soirée.

Pendant ce temps, à Russell-Square, Amélia regardait la lune qui répandait de pâles rayons sur sa paisible demeure comme sur la caserne de Chatham, où le lieutenant Osborne avait son campement. Elle se demandait à elle-même ce qui pouvait alors occuper son héros. « Peut-être fait-il la ronde des sentinelles, pensait-elle. Peut-être est-il à bivouaquer ; peut-être console-t-il un camarade blessé ; peut-être étudie-t-il l'art de la guerre dans sa chambre déserte. » Ses douces pensées s'envolaient comme des anges ailés, et, traversant la rivière jusqu'à Chatham, s'efforçaient de pénétrer dans la caserne de George.

Tout bien considéré, il valait autant que les portes fussent fermées et que la sentinelle refusât le passage. Qu'auraient fait ces pauvres petits anges à robe blanche, s'ils avaient entendu les chansons des jeunes officiers autour d'un bol de punch aux bleuâtres clartés ?

Le lendemain de la petite conversation qui s'était tenue à la caserne, le jeune Osborne, fidèle à sa parole, se disposa à aller en ville, et mérita ainsi les éloges du capitaine Dobbin.

– J'aurais désiré lui faire un petit présent, dit Osborne à son ami avec un air de confidence. Seulement ma bourse est à sec, et il faut attendre qu'il plaise à mon père de la remplir.

Mais Dobbin ne voulut pas que ce bon mouvement de générosité restât stérile, et il donna à Mr Osborne quelques billets de banque que celui-ci accepta après ce qu'il fallait tout juste d'hésitation.

Il avait bien la bonne intention de faire une jolie emplette pour Amélia ; mais, en descendant de voiture, une superbe épingle de chemise frappa ses yeux dans la vitrine d'un joaillier, et il ne put résister à la tentation. Après l'avoir payée, il ne lui restait plus assez d'argent pour le cadeau qu'il se proposait de faire. N'importe, soyez-en sûr, ce n'était pas ses présents qu'Amélia demandait. Quand il arriva à Russell-Square, la face de la pauvre petite s'illumina comme un lever de soleil. Ses inquiétudes, ses craintes, ses larmes, ses doutes, ses insomnies prolongées, tout avait disparu, tout était oublié. Il avait suffi d'un seul sourire amoureux et vainqueur.

Du seuil de la porte, George faisait comme un dieu descendre sur elle les rayons de sa gloire ; ses moustaches remplaçaient pour lui l'auréole céleste. Sambo, en annonçant le capitaine Osborne (il avait accordé de son chef cet avancement au jeune officier), laissa percer sur sa figure un sourire d'intelligence, et vit la jeune fille tressaillir, rougir et quitter son poste d'observation à la fenêtre. Sambo se retira. Quand la porte fut fermée, elle s'élança sur le cœur du lieutenant George Osborne, comme vers son asile naturel.

Pauvre petit cœur agité ! Le plus bel arbre de toute la forêt, avec la tige la plus droite, les branches les plus fortes, le feuillage le plus épais, que vous avez choisi pour y bâtir votre nid et pour y gazouiller, est peut-être marqué, hélas ! et tombera sous la hache avant peu. Elle dit vrai depuis longtemps, cette comparaison entre les hommes et les arbres !

George embrassa avec tendresse le front de la jeune fille ; il fut très empressé et très aimable. Elle, de son côté, trouva son épingle de diamant d'une grâce et d'un goût parfaits ; elle ne se rappelait point la lui avoir vue auparavant.

Un lecteur attentif aura sans doute remarqué la conduite du jeune lieutenant, se souviendra de son petit colloque avec le capitaine Dobbin, et pourra en tirer ses conclusions sur le caractère de Mr Osborne. Un Français a dit, avec une certaine crudité de parole, qu'il y avait deux contractants dans un marché d'amour : une personne qui aime et une autre qui se laisse aimer. Tantôt l'amour vient de l'homme, tantôt de la femme. Peut-être est-il arrivé à quelque jeune passionné, par un effet d'optique amoureuse, de prendre l'insensibilité pour de la modestie, la niaiserie pour une pudeur virginale, la nullité d'esprit pour une aimable timidité. Peut-être aussi quelque femme amoureuse a-t-elle paré un lourdaud avec la splendeur et le charme de son imagination ; admiré sa torpeur comme de la bonhomie ; vu dans son égoïsme le sentiment de sa supériorité, dans sa pesanteur une gravité majestueuse ; et imité dans sa conduite celle de la belle reine des fées, Titania, à l'égard d'un certain charpentier d'Athènes. Il me semble avoir vu de telles méprises dans le monde. Toujours est-il certain qu'Amélia tenait son amant pour l'un des plus brillants et des plus galants cavaliers des trois royaumes : le lieutenant Osborne partageait peut-être cette opinion.

Il frisait le mauvais sujet. Tous les jeunes gens le sont plus ou moins, et les jeunes filles aiment encore mieux les mauvais sujets que les garçons trop engourdis. Il n'avait pas fini de jeter sa gourme, mais cela ne pouvait plus tarder beaucoup. Grâce au retour de la paix, il allait pouvoir quitter l'armée. Désormais, plus d'avancement à attendre, plus d'occasion de signaler sa valeur et ses talents militaires. Son traitement, joint à la dot d'Amélia, leur permettrait de prendre quelque part une jolie maison de campagne au milieu d'aimables voisins. Il s'occuperait de chasse et de culture, et rien ne manquerait à son bonheur. Il ne fallait pas songer à rester à l'armée avec un ménage. Voyez-vous mistress Osborne suivant le régiment en province, ou, mieux encore, dans les Indes, entourée d'officiers, patronnée par *mistress* O'Dowd ! Amélia n'en pouvait plus de rire aux histoires d'Osborne sur *mistress la major* O'Dowd ; et lui aimait trop sa fiancée pour la faire souffrir des vulgarités de cette grosse mère, et l'exposer à la pénible existence des camps. En cela il n'y avait rien de personnel, oh ! nullement. Son unique pensée était pour cette chère enfant, qui devait prendre rang dans la société à laquelle son mariage lui donnait droit de prétendre. Quant à elle, vous êtes sûr d'avance qu'elle donnait son assentiment complet à ces projets, ainsi qu'à tous autres sortis de la même cervelle.

C'est au milieu de ces entretiens, de ces châteaux en Espagne ornés par l'imagination d'Amélia de parterres, de promenades champêtres, d'églises de village *et cætera*, et pourvus en outre, dans la pensée de George, d'écuries, de chenil et de bonnes caves que ce jeune couple passait les heures les plus agréables de sa vie. Le lieutenant, n'ayant qu'un jour à rester à la ville et beaucoup de choses très importantes à y faire, proposa à miss Emmy de venir dîner avec ses futures belles-sœurs ; cette invitation la combla de joie. Il la conduisit donc auprès de ses sœurs, la laissant causer avec un entrain qui surprit beaucoup ces dignes demoiselles. Elles pensèrent qu'après tout George finirait par en tirer quelque chose. Quant à lui, il était parti à ses affaires.

En sortant, il prit d'abord des glaces chez un pâtissier de Charing-Cross ; puis il alla essayer un nouvel habit à Pall-Mall, fit une visite au capitaine Cannon, joua onze parties de billard avec le susdit capitaine, en gagna huit, et retourna à Russell-Square en retard d'une demi-heure pour le dîner, mais du reste en fort belle humeur.

Il n'en était pas de même du papa Osborne. À son retour de la Cité, dès le premier pas qu'il fit dans le salon, où il trouva ses filles et l'élégante miss Wirt, celles-ci reconnurent à son air solennel, à sa figure jaune et refrognée comme il n'est pas possible, au froncement et à l'agitation de ses sourcils, que le cœur du bonhomme était mal à son aise et battait de travers sous son paletot blanc. Amélia s'avança pour le saluer, ce qu'elle ne faisait jamais sans un grand effroi, doublé encore par sa timidité. Le maître de la maison l'accueillit par un grognement sourd pour témoigner qu'il la reconnaissait, et laissa tomber de sa grosse patte velue cette main mignonne qu'on lui avait tendue, sans chercher à la retenir. Puis il jeta un regard de mauvaise humeur sur sa fille aînée. Ce coup d'œil disait à ne pas s'y méprendre : « Que diable vient-elle faire ici ? »

Celle-ci répondit sur-le-champ :

– George est à la ville, cher papa ; il est allé aux Horse-Guards, il sera de retour pour dîner.

– Ah ! ah ! il est ici ? Eh bien ! je ne veux pas qu'on fasse attendre le dîner pour lui, Maria.

Puis alors, le digne homme se laissant aller sur sa chaise, un morne silence régna dans l'élégant salon, et l'on n'entendit plus que le bruyant tic-tac d'une grande horloge française.

Quand la pendule, où était représenté le sacrifice d'Iphigénie, sonna cinq heures avec un timbre aussi formidable que celui d'une cathédrale, Mr Osborne tira violemment la sonnette, et le majordome entra.

– Le dîner ! cria Mr Osborne.

– Mr George n'est pas encore rentré, monsieur, objecta timidement le domestique.

– La peste soit de Mr George ! Suis-je ou non le maître chez moi ? Le dîner ! le dîner !

Mr Osborne fronçait le sourcil, Amélia tremblait de tous ses membres, une correspondance télégraphique s'était établie, à l'aide de leurs yeux, entre les trois autres dames, et sans plus tarder le tintement de la cloche obéissante annonçait le repas demandé. Au dernier coup, le chef de la famille, plongeant ses mains dans les larges poches de sa redingote bleue ornée de larges boutons de cuivre, descendit sans nouvel avertissement, en lançant de temps à autre un coup d'œil de mauvaise humeur vers son escorte féminine.

– Que veut dire cela, ma chère ? fit l'une d'elles, tout en suivant à pas comptés le maître de céans.

– Que les fonds sont en baisse, sans doute, répliqua miss Wirt.

Le bataillon féminin marchait tout tremblant et en silence derrière son farouche conducteur ; chacun prit sa place en silence. Mr Osborne marmotta un *benedicite* qui ressemblait plutôt à une malédiction, puis on enleva les grands couvre-plats d'argent. Amélia était comme la feuille, car elle se trouvait à côté du rébarbatif Osborne, sans soutien ni appui auprès d'elle, George manquant et sa place restant vide.

– De la soupe, fit Mr Osborne d'un ton sépulcral en prenant la grande cuiller et en dirigeant ses yeux vers sa voisine.

Il en offrit de la même façon à tout le reste de la compagnie, puis ne prononça plus une seule syllabe.

– Enlevez l'assiette de miss Sedley, dit-il enfin. Elle ne peut pas plus que moi avaler cette soupe. Ce n'est pas mangeable. Enlevez cette soupe, Hicks, et demain, Maria, vous chasserez la cuisinière.

Après cette sortie contre la soupe, Mr Osborne fit, avec la même malveillance et la même dureté, quelques courtes remarques sur le poisson ; il se répandit en malédictions contre Billingsgate[67] d'un ton tout à fait tragique et bien en rapport avec un si grave sujet. Puis il rentra dans le silence et avala coup sur coup plusieurs verres, affectant un air de plus en plus féroce. Enfin un vigoureux coup

67. Marché aux poissons de Londres.

de marteau, annonçant l'arrivée de George, remit chacun un peu plus à son aise.

Il n'avait pu venir plus tôt, le général Daguilet l'avait fait attendre aux Horse-Guards. Il saurait fort bien se passer de soupe et de poisson. La première chose venue, tout lui allait. Il trouvait le mouton excellent, tout excellent. Sa bonne humeur contrastait singulièrement avec l'air renfrogné de son père. Il ne cessa de bavarder pendant tout le dîner, à la satisfaction de tout le monde en général et en particulier d'une personne que nous croyons inutile de nommer.

Dès que les jeunes demoiselles eurent avalé la salade d'orange et le verre de vin qui formaient comme la conclusion obligée de ces tristes dîners chez Mr Osborne, on donna le signal de passer au salon ; aussitôt elles se levèrent toutes et partirent. Amélia espérait que Georges viendrait bientôt la rejoindre. Elle joua à son intention ses valses favorites sur le grand piano à queue qui ornait le salon du premier étage. Cet innocent artifice resta sans succès ; on aurait dit qu'il fermait l'oreille. Elle joua peu à peu sur un ton de plus en plus faible, et, toute désappointée, finit par quitter le piano. Ses trois amies exécutèrent pour elle les morceaux les plus beaux et les plus brillants du nouveau répertoire. Elle n'entendait point les notes, et restait là toute rêveuse et comme envahie par de tristes pressentiments. Le sourcil du vieil Osborne, toujours formidable, ne lui avait jamais lancé d'éclairs si pétrifiants. Ses yeux fixés sur elle lorsqu'elle avait quitté la pièce, semblaient lui reprocher quelque noir forfait ; enfin, quand on avait apporté le café elle avait tressailli, comme si le majordome Hicks lui présentait une coupe de poison. Quel mystère se cachait là-dessous ? Oh ! les femmes ! les femmes ! c'est un besoin pour elles de réchauffer leurs plus noirs pressentiments, de caresser leurs plus affreuses pensées. C'est ainsi qu'on les voit entourer de la plus vive tendresse un enfant difforme et contrefait.

Les sombres nuages de la figure paternelle avaient aussi communiqué à Osborne quelque trouble et quelque anxiété. Avec ce sourcil à la Jupiter, ce regard injecté de bile, comment obtenir du caissier donné par la nature l'argent dont George avait absolument besoin ? Il entama l'éloge du vin de son père. C'était en général un des moyens qui réussissaient le mieux pour apprivoiser le vieillard.

– Aux Indes occidentales, monsieur, notre madère était loin de valoir le vôtre. Le colonel Heavytop m'a pris trois bouteilles de celles que vous m'avez envoyées l'autre jour.

– En vérité ? dit le vieux bonhomme. Mais aussi il me revient à huit schillings la bouteille.

– Je vous en ferai vendre, quand vous voudrez, une douzaine pour six guinées, dit George en riant. Je connais un des plus grands hommes du royaume qui en demande.

– En vérité, grommela le vieux bougon, je lui en souhaite, à celui-là.

– Quand le général Daguilet était à Chatham, monsieur, Heavytop lui donna à déjeuner, et il m'emprunta du vin. Le général le trouva excellent, et il en aurait désiré une feuillette[68] pour le commandant en chef, qui est la main droite de son Altesse Royale.

– Ah ! mais c'est du fameux vin ! dit l'homme aux gros sourcils déjà moins froncés.

George songeait à prendre avantage de la satisfaction qu'il lui avait donnée pour s'aventurer sur le brûlant terrain d'un emprunt à fonds perdu, lorsque le père, reprenant son air solennel, quoique assez cordial, lui dit de tirer la sonnette pour faire servir le bordeaux.

– Nous verrons s'il est aussi bon que le madère, que Son Altesse Royale elle-même, j'en suis sûr, ne dédaignerait pas, et tout en buvant j'ai à vous entretenir d'affaires sérieuses.

Amélia avait entendu le coup de sonnette à l'intention du bordeaux, et alors elle s'était assise avec une agitation fébrile. Cette cloche éveillait en elle de fâcheux et tristes pressentiments. À force d'avoir des pressentiments, on finit toujours par en avoir de vrais.

– Ce que je veux connaître, George, dit le vieillard après avoir doucement savouré son premier verre, ce que je veux connaître, c'est où en sont vos affaires avec… cette petite fille qui est là-haut !

68. Un fût.

– Il ne faut pas de bien bons yeux pour le voir, dit George en faisant claquer sa langue avec volupté, c'est assez clair, monsieur… L'excellent vin !

– Qu'entendez-vous par : *C'est assez clair, monsieur* ?

– Eh ! que diable, monsieur, ne me poussez pas ainsi l'épée dans les reins, je suis un honnête homme, je ne passe point pour un bourreau de femmes ; mais enfin, il faut reconnaître qu'elle m'aime autant qu'on peut aimer, et il ne faut pas avoir les yeux bien ouverts pour s'en convaincre.

– Et vous, le lui rendez-vous ?

– Eh ! monsieur, n'ai-je pas votre consentement pour l'épouser ? Je suis un homme de parole. N'est-ce pas une convention arrêtée depuis longtemps entre nos deux familles ?

– Oui, vous faites un joli garçon, en vérité, monsieur. J'ai appris de vos exploits, avec lord Tarquin, le capitaine Crawley des gardes, l'honorable Mr Deuceace et consorts. Prenez garde, monsieur, prenez garde ! »

Le vieillard prononça ces noms aristocratiques avec une bouche emphatique ; toutes les fois qu'il rencontrait un homme titré, il n'aurait pas manqué de lui faire la courbette et de lui donner du milord, comme doit faire tout sujet britannique aux idées libérales. Puis en rentrant il lisait tout du long, dans le *Dictionnaire de la pairie*, l'histoire de l'homme qu'il avait rencontré, prenait plaisir à le citer à tout propos, et faisait à ses filles un gros morceau de

Sa Seigneurie. C'était un bonheur pour lui de se prosterner aux pieds du susdit personnage comme un mendiant napolitain s'étale aux rayons du soleil. George se troubla en entendant ces noms : il eut peur d'abord que son père ne fût instruit de quelque affaire de jeu. Mais le vieux rabâcheur le mit à son aise en continuant d'une voix plus douce :

– C'est bien, c'est bien ; les jeunes gens sont des jeunes gens. Mon but à moi, George, c'est que vous viviez avec la meilleure société de l'Angleterre. C'est bien là, j'espère, ce que vous faites, comme vous le pouvez avec ma fortune.

– Merci, monsieur, dit George décidé à en venir à ses fins, merci ! Mais ce n'est pas avec rien que l'on peut vivre avec les gens du grand monde, et regardez un peu cette bourse, monsieur.

Et il lui tendit une bourse de filet, présent d'Amélia, où se trouvait le restant de la somme avancée par Dobbin.

– Vous ne manquerez de rien, monsieur. Le fils d'un marchand anglais ne doit manquer de rien. Mes guinées valent bien celles des autres, George, mon garçon, et Dieu seul sait si je vous les refuse. Allez chez Mr Chopper demain, en passant par la Cité ; il tient quelque chose à votre disposition. Je ne vous refuserai jamais mon argent tant que je serai sûr que vous fréquenterez la bonne société. C'est que, voyez-vous, il y a toujours quelque chose à gagner dans la bonne société. Je n'ai pas d'orgueil pour moi ; ma naissance est des plus humbles ; mais les avantages seront pour vous. Tâchez d'en profiter : fréquentez notre jeune noblesse. Elle en compte plus d'un, mon garçon, qui n'a pas à dépenser un dollar contre vous une guinée, et pour ce qui est des cotillons… (ici les sourcils du vieillard prirent un air qui en disait plus long qu'il n'en savait) il faut que jeunesse se passe. Seulement il y a une chose que je vous défends expressément ; autrement, vous n'obtiendrez plus un schilling de moi : c'est le jeu, monsieur.

– Cela va sans dire, monsieur.

– Maintenant, revenons à cette petite Amélia. Croyez-vous donc que vous n'avez pas mieux à prétendre qu'à la fille d'un agent de change ? George, je veux savoir votre pensée là-dessus.

– Mon Dieu ! monsieur, dit George en cassant des noix, c'est un arrangement de famille ; ce mariage est conclu depuis un siècle entre vous et Mr Sedley.

– C'est la vérité ; mais les positions changent, monsieur. J'avoue que Sedley m'a aidé à faire ma fortune, ou plutôt m'a mis en passe de la gagner par mes talents, mon génie et la brillante position que j'ai acquise, je puis le dire, dans le commerce des suifs et dans la cité de Londres. J'en ai déjà témoigné ma reconnaissance à Sedley, et il en a éprouvé les effets, comme le marque mon livre de caisse. George, je vous le dis en confidence, la tournure des affaires de Mr Sedley ne me plaît point. Mon premier commis, Mr Chopper, ne l'aime pas non plus, et c'est un vieux routier qui connaît la banque aussi bien qu'homme de Londres. Hulker et Bullock lui battent froid. Il aura voulu jouer pour son propre compte, c'est là toute ma peur. De plus, j'ai entendu dire que la *Jeune-Amélie*, capturée par un corsaire américain, avait été armée par lui. Ce qui est sûr, c'est que vous n'épouserez pas Amélia avant que j'aie vu ses deux mille livres sterling. Je ne veux point dans ma famille la fille d'un homme dont les affaires ne seraient pas bonnes. Passez-moi le vin, monsieur, et sonnez pour le café.

Ceci dit, Mr Osborne déploya la feuille du soir, et George reconnut à ce signe que l'entretien était fini et que son père allait faire un somme.

Il monta rejoindre Amélia, se sentant en fort belle humeur. Depuis bien longtemps il n'avait pas été aussi prévenant pour elle, aussi empressé à la distraire, aussi tendre, aussi aimable dans la conversation. Ah ! sans doute son cœur généreux s'enflammait d'une ardeur nouvelle à la pensée du malheur qui la menaçait, ou peut-être la seule pensée de perdre cette chère petite fille la lui rendait encore plus précieuse.

Amélia vécut plusieurs jours des souvenirs de cette heureuse soirée. Sa mémoire lui rappelait un mot, un regard, la romance qu'il avait chantée, l'expression de sa figure lorsqu'il s'approchait d'elle ou la contemplait de loin. Aucune des soirées passées chez Mr Osborne ne lui avait paru aussi rapide. Elle se sentit presque fâchée de voir arriver Mr Sambo, qui lui apportait son châle.

Le lendemain, George vint tendrement prendre congé d'elle, puis se rendit dans la Cité, où il alla voir Mr Chopper, le premier commis de son père. Il en reçut un morceau de papier qu'il échangea chez Hulker et Bullock et qui lui remplit sa poche d'argent. Au moment où George entrait dans la maison, le vieux John Sedley quittait le bureau du caissier avec une figure fort triste. Mais le filleul était trop joyeux pour remarquer la figure abattue du digne agent de change et les regards affligés que l'excellent vieillard jetait de son côté. Le jeune Bullock ne le reconduisit pas jusqu'à la porte en riant avec lui, comme les jours précédents.

Tandis que la porte de Hulker, Bullock et Cie se refermait sur Mr Sedley, Mr Quill, le caissier, dont les fonctions étaient de prendre dans un tiroir les paquets de billets et dans une pelle en cuivre les souverains pour les donner à qui de droit, Mr Quill fit un clin d'oeil à Mr Driver, le commis du bureau de droite, et Mr Driver lui répondit par un autre clignement.

– Valeur nulle, murmura Mr Driver.

– Qu'il ne faut prendre à aucun prix, répondit Mr Quill. Mr George Osborne, voulez-vous vérifier ?

George, en un tour de main, bourra ses poches de billets, et il paya le soir même à Dobbin les cinquante livres qu'il lui devait.

Le même soir, Amélia lui écrivit une lettre des plus tendres et des plus longues. Son cœur débordait d'amour, mais elle était encore en proie à de funestes pressentiments, « Comment expliquer les farouches regards de Mr Osborne ? lui demandait-elle. Y aurait-il une brouille entre mon père et lui ? » Son pauvre père était revenu tout triste de la Cité, et l'alarme était dans la maison. En somme, ses tendresses, ses craintes, ses espérances et ses pressentiments montaient à un total de quatre pages.

– Pauvre petite Emmy, chère petite Emmy ! elle est folle de moi, dit George en lisant sa lettre. Sacrebleu ! ajouta-t-il, voilà un punch qui m'a donné un affreux mal de tête ! Oh ! oui, pauvre petite Emmy !

CHAPITRE XIV
Intérieur de miss Crawley

Dans le même temps à peu près, on aurait pu voir, se dirigeant vers une élégante maison de Park-Lane, une voiture avec un losange sur la portière. Derrière la voiture était assise une femme à l'air maussade, aux boucles pleureuses emprisonnées dans un voile vert, et sur le siège trônait un gros domestique bouffi. C'était l'équipage de notre amie miss Crawley, revenant de l'Hampshire. Les glaces étaient levées. Le gros épagneul, qui d'ordinaire passait la tête et la langue à l'une ou à l'autre portière, était couché sur les genoux de la femme à l'air maussade. Quand le carrosse s'arrêta, il en sortit, soutenue par de nombreux domestiques, une masse informe enveloppée de châles, et une jeune dame qui accompagnait ce ballot de vêtements. Sous cette épaisseur d'enveloppes se trouvait miss Crawley. On la monta jusqu'à sa chambre, on la mit au lit, et on entretint auprès d'elle une température de malade. Des estafettes[69] furent

69. Militaires qui apportent les dépêches.

envoyées aux médecins et aux hommes de l'art. Ceux-ci arrivèrent aussitôt, se réunirent en consultation, indiquèrent un régime et prirent leurs chapeaux. La jeune compagne de miss Crawley s'était présentée pour recevoir leurs instructions, et elle administra les médicaments prescrits par les hommes de l'art.

Le capitaine Crawley des gardes, arriva le lendemain de la caserne de Knightsbridge. Pendant que son coursier noir piaffait sur la paille étendue devant la porte de la malade, il s'enquérait avec sollicitude de l'état de sa respectable parente. Il semblait éprouver pour celle-ci une tendresse des plus violentes. Aux premiers pas qu'il fit dans la maison, il rencontra la femme de chambre de miss Crawley, toute découragée et plus maussade que d'habitude, puis miss Briggs, la demoiselle de compagnie, tout éplorée dans le salon désert. À la nouvelle de l'indisposition de son amie bien-aimée, elle était accourue en toute hâte pour s'asseoir à ce lit de souffrance, dont elle, miss Briggs, avait si souvent adouci les amertumes. Et maintenant on lui refusait l'entrée de la chambre de miss Crawley. Une étrangère présentait à sa place les potions à sa chère amie ; une étrangère venue de la province, cette odieuse miss… Les larmes étouffaient la voix de la dame de compagnie, et elle en était réduite à ensevelir ses affections froissées et son pauvre nez rouge dans son mouchoir de couleur.

Rawdon Crawley fit passer son nom par la femme de chambre à l'air maussade, et la nouvelle compagne de miss Crawley arriva sur la pointe du pied, mit sa petite main dans celle de l'officier qui s'empressait à sa rencontre, et, jetant un regard de dédain sur la consternée miss Briggs, fit signe au guerrier de la suivre hors du salon. Elle le conduisit dans la salle à manger maintenant déserte, et dont les murs avaient été jadis les témoins de si splendides festins.

Ces deux personnes causèrent dix minutes ensemble, s'entretenant sans aucun doute de la malade qui se trouvait à l'étage supérieur ; après quoi la sonnette retentit avec force et au même instant entra Mr Bowls, le gros majordome de miss Crawley, qui, pour dire vrai, avait écouté au trou de la serrure la plus grande partie de la conversation. Le capitaine sortit en tordant ses moustaches, et enfourcha son cheval qui piaffait toujours sur la paille, à la grande admiration des gamins amassés dans la rue.

Il fit faire de gracieuses courbettes à son cheval, tout en jetant un dernier coup d'œil vers la fenêtre de la salle à manger, où s'était montrée un instant, pour disparaître presque aussitôt, la figure de la jeune personne dont nous venons de parler ; elle retournait sans doute à l'étage supérieur pour y donner ses soins inspirés par pure charité.

Quelle pouvait être cette jeune femme ? c'est à vous que je le demande. Le soir même était servi dans la salle à manger un petit dîner pour deux personnes : mistress Firkin, la femme de chambre de miss Crawley, se rendit alors auprès de sa maîtresse et s'affaira auprès d'elle en l'absence de la nouvelle garde-malade, assise en compagnie de miss Briggs devant un simple mais appétissant dîner.

Briggs était dominée par une trop vive émotion pour avoir la force d'avaler un morceau. La même jeune personne découpa une volaille avec une adresse remarquable et demanda la sauce d'une voix si bien articulée que la pauvre Briggs, qui l'avait devant elle, sauta sur sa chaise, faillit casser la saucière et retomba de nouveau dans son état d'affaissement et de torpeur.

– Vous ne feriez pas mal de donner un verre de vin à miss Briggs, dit la même personne à Mr Bowls, le gros domestique de confiance.

Il obéit à cet ordre ; miss Briggs prit le verre machinalement, l'avala de même, puis poussa un soupir et se mit à jouer avec son poulet sur son assiette.

– Je crois que nous pourrons faire notre service nous-mêmes, n'est-ce pas, miss Briggs ? dit la même personne avec une voix caressante. Nous vous remercions de vos bons offices, maître Bowls, et, si cela vous est égal, nous sonnerons quand nous aurons besoin de vous.

Le majordome descendit, et, chemin faisant, il accabla des plus horribles malédictions un pauvre domestique son subordonné.

– C'est pitié de vous voir dans cet état, miss Briggs, dit la jeune dame d'un air froid et légèrement moqueur.

– Ma bonne amie est si malade, et ne veut… eu… eu… pas me voir, sanglota miss Briggs dans un nouvel accès de douleur.

– Cela ne va plus si mal ; consolez-vous, chère miss Briggs, elle a un peu trop mangé ; voilà tout. Elle se sent beaucoup mieux ; elle sera dans peu complètement remise. Les ventouses et le traitement médical l'ont bien affaiblie ; mais dans peu elle aura repris ses forces. Je vous en prie, consolez-vous et prenez encore un verre de vin.

– Mais pourquoi ne veut-elle plus me voir ? disait miss Briggs en gémissant. Oh ! Mathilde ! après vingt-quatre ans d'affection la plus tendre, est-ce là le sort que vous réserviez à votre pauvre Arabelle ?

– Ne vous lamentez pas tant, pauvre Arabelle ! reprit l'autre avec un sourire imperceptible. Elle ne veut point vous voir parce qu'elle dit que vous ne la soignez pas aussi bien que moi. Allez ! je n'ai pas grand plaisir à rester sur pied toute ma nuit ; je vous céderais volontiers la place.

– N'ai-je pas pris soin de cette chère créature pendant de longues années ? reprit Arabelle. Et maintenant…

– Maintenant elle en préfère une autre. Eh bien ! les malades ont des lubies ; il faut subir leurs caprices. Quand elle ira bien, je partirai.

– Jamais ! jamais ! s'écria Arabelle en fourrant la moitié de son nez dans son flacon de sels.

– Que voulez-vous dire, miss Briggs ? qu'elle n'ira jamais bien, ou que je ne partirai jamais ?

reprit l'autre avec le même entrain. Peuh ! elle sera au mieux dans une quinzaine, et alors j'irai retrouver mes petits élèves à Crawley-la-Reine, et leur mère qui est bien plus malade que notre amie. Il ne faut pas être jalouse de moi, ma chère miss Briggs ; je suis une pauvre petite fille sans amis et bien inoffensive. Je ne prétends point vous supplanter dans les bonnes grâces de miss Crawley. Une semaine après mon départ, elle ne pensera plus à moi, tandis que son affection pour vous est l'ouvrage de bien des années. Donnez-moi un peu de vin, ma chère Briggs, et soyons amies ; car, je vous l'assure, j'ai bien besoin d'avoir des amis.

La pauvre Briggs, au cœur tendre et sans fiel, répondit à cet appel en tendant silencieusement la main. Mais elle n'en était pas moins chagrine de se voir délaissée, et donnait un libre cours à ses amères récriminations contre les caprices de sa Mathilde. Au bout d'une demi-heure, après le repas terminé, miss Rebecca Sharp, car, chose qui vous surprendra sans doute, tel était le nom de la personne en question, miss Rebecca Sharp remonta vers la malade, et, avec les détours les plus polis, elle congédia l'infortunée Firkin.

– Merci, mistress Firkin, cela suffit, vous faites à merveille. Je vous sonnerai s'il manque quelque chose ; merci bien.

Firkin descendit les escaliers, tourmentée par une effroyable tempête de jalousie, d'autant plus terrible qu'il la fallait renfermer au fond du cœur.

Était-ce le souffle de cette tempête qui entrebâilla la porte du salon lorsqu'elle arriva sur le palier du premier étage ? Non, cette porte était doucement ouverte par la main de miss Briggs. Briggs avait fait le guet, Briggs avait entendu le bruit des pas de Firkin sur les marches de l'escalier, le choc de la cuiller contre les bords de la tasse que descendait la malheureuse exilée.

– Eh bien ! Firkin ? dit-elle comme l'autre entrait dans la pièce. Eh bien ! Jane ?

– Cela va de pis en pis, miss Briggs, dit Firkin en branlant la tête.

– Elle ne se sent donc pas mieux ?

– Elle ne m'a parlé qu'une seule fois. Je lui demandais si elle se trouvait plus à son aise ; elle m'a répondu de tenir ma langue. Oh ! miss Briggs, je ne me serais jamais attendue à rien de pareil.

Les grandes eaux recommencèrent à jouer.

– Quelle est cette miss Sharp, Firkin ? Ah ! je ne me doutais guère, en prenant part aux réjouissances de Noël chez mes bons amis, le révérend Lionel Delamarre et son aimable femme, non, je ne me doutais guère que je trouverais une étrangère installée à ma place dans les affections de cette chère, toujours chère Mathilde.

Comme on peut le voir à son langage, miss Briggs possédait une inclination littéraire et sentimental ; elle avait jadis publié, par souscription, un volume de poésie, les *Chants d'un rossignol*.

– Voyez-vous, miss Briggs, cette jeune fille leur a tourné l'esprit à tous, répondit Firkin ; sir Pitt aurait bien voulu la garder avec lui, mais il n'ose rien refuser à miss Crawley. Mistress Bute, au presbytère, n'en est pas moins entichée ; ils en sont tous à ne pouvoir se passer d'elle. Le capitaine l'aime à la folie, et Mr Crawley en est jaloux. Depuis que miss Crawley a eu son indisposition, elle ne veut plus souffrir auprès d'elle que miss Sharp. Expliquez-moi cela, car pour moi je n'y comprends rien. On dirait qu'elle les a tous ensorcelés.

Rebecca passa la nuit entière au chevet de miss Crawley. La nuit suivante, la bonne dame dormait d'un si profond sommeil que Rebecca eut le temps de prendre plusieurs heures de repos sur un sofa, au pied du lit de sa protectrice. Peu de jours après miss Crawley se trouva si bien qu'elle eut la force de se lever, et, pour son plus grand divertissement, Rebecca lui donna traits pour traits la représentation de miss Briggs et de sa douleur. Ses sanglots étouffés, sa manière de se frotter la face avec son mouchoir, tout cela fut rendu avec un si admirable naturel que miss Crawley reçut de la façon la plus gaie la visite des docteurs, ce qui les étonna davantage, car ils trouvaient toujours cette enfant du siècle en proie au plus terrible abattement, à toutes les horreurs de la mort, dès qu'elle éprouvait le moindre malaise.

Le capitaine Crawley ne manquait pas un seul jour de venir, et Rebecca lui faisait le bulletin de la santé de sa tante. La convalescence fut si rapide que bientôt la pauvre miss Briggs fut admise au bonheur de voir son amie. Les personnes au cœur sensible pourront seules se faire une idée des émotions larmoyantes de ce tempérament sentimental et du caractère touchant de cette entrevue.

Miss Crawley eut du plaisir à voir miss Briggs. Rebecca contrefaisait la pauvre fille à sa barbe avec une admirable gravité, et la caricature n'en était que plus piquante pour sa vénérable protectrice.

Les causes de la déplorable indisposition de miss Crawley et de son départ de la maison de son frère sont d'une nature si peu romantique, qu'on serait gêné de les expliquer dans un roman destiné à une société élégante et sentimentale. Comment, en effet, faire comprendre à une femme délicate et du grand monde que miss Crawley avait trop bu et trop mangé, et que l'abus du homard à un souper de la cure était l'origine de l'indisposition qu'elle s'obstinait à attribuer à l'humidité du temps ? Le malaise fut si violent que Mathilde, suivant l'expression du révérend, avait bien manqué de faire le grand saut. L'attente du testament avait donné la fièvre à toute la famille, et Rawdon Crawley se voyait à la tête de quarante mille livres pour le commencement de la saison de Londres. Mr Crawley envoya à sa vieille tante un choix de ses brochures religieuses pour la préparer à quitter la Foire aux vanités et Park-Lane pour un autre monde. Mais un excellent médecin de Southampton appelé à temps triompha du homard qui, un peu plus, serait devenu fatal à la vieille fille, et lui donna assez de force pour la mettre en état de revenir à Londres.

Le baronnet ne dissimula point son excessive mauvaise humeur sur le dénouement de cette affaire.

Tandis que chacun se montrait fort empressé autour de miss Crawley, et que des messagers, envoyés d'heure en heure du presbytère, rapportaient des nouvelles de sa santé à ses affectionnés parents, dans une autre partie de la maison se trouvait une dame beaucoup plus malade, mais à qui on ne faisait aucune attention. C'était lady Crawley elle-même. En la voyant, le bon docteur avait secoué la tête : sir Pitt n'avait consenti à cette visite que parce qu'elle ne lui coûtait rien. Il tirait ainsi parti de l'indisposition de miss Crawley. On laissait milady toute seule dans sa chambre, abandonnée aux progrès du mal ; on ne prenait guère plus garde à elle qu'à une mauvaise herbe du parc.

Les jeunes demoiselles se trouvaient privées de l'inestimable enseignement de leur gouvernante ; car miss Sharp était une garde-malade si dévouée que miss Crawley ne voulait recevoir ses potions d'aucune autre main. Firkin était déjà supplantée longtemps avant le retour de sa maîtresse de Crawley-la-Reine. Mais cette fidèle domestique trouvait au moins dans sa tristesse une consolation à retourner à Londres, à voir miss Briggs, à souffrir avec elle les tortures de la jalousie, à partager avec elle les chagrins de leur disgrâce commune.

Le capitaine Rawdon s'était fait accorder un supplément de congé à cause de la maladie de sa tante, et il restait religieusement à la maison. Il était toujours à la porte de sa chambre, et il s'y trouva plus d'une fois face à face avec son père. Arrivait-il sans penser à mal par le corridor, aussitôt son père ouvrait sa porte, et la figure crochue du vieux baronnet apparaissait dans la fente. Quel motif avaient-ils de s'épier ainsi l'un l'autre ? Ah ! c'était sans doute un généreux sentiment de rivalité, c'était à qui serait le plus empressé autour du lit de la malade. Rebecca venait les consoler et leur rendre à tous deux du courage, ou plutôt elle le faisait tantôt pour l'un et tantôt pour l'autre. C'est que ces deux honnêtes personnages étaient bien désireux d'avoir des nouvelles de la malade par son messager de confiance.

Au dîner, où elle ne paraissait qu'une demi-heure, elle s'interposait pour les maintenir en bonne intelligence ; puis après, elle disparaissait pour le reste de la nuit. Alors Rawdon partait pour le dépôt, à Mudbury, laissant son papa dans la société de Mr Horrocks et de son rhum. Miss Sharp passa ainsi une quinzaine bien fatigante et presque mortelle dans la chambre de miss Crawley ; mais ses petits nerfs semblaient être d'acier. Les fatigues et l'ennui qui sont le partage d'une garde-malade ne pouvaient lasser son dévouement à toute épreuve.

Jamais une plainte de sa part sur ses forces épuisées, sur les dérangements de la nuit, sur la mauvaise humeur de la malade, sur sa colère, sur ses terreurs de la mort ; car la vieille dame passait de longues heures à pousser des cris perçants dans l'effroi de cette autre vie dont elle n'avait jamais l'air de se douter quand elle était en bonne santé. Figurez-vous, aimable lectrice, une vieille femme mondaine, égoïste, désagréable, au cœur sec, se tordant au milieu des angoisses de la douleur et de l'épouvante ; mettez-vous bien ce tableau dans la tête, et, avant d'atteindre la vieillesse, apprenez à aimer et à prier !

Sharp veillait sur cette malade peu attrayante avec une patience inaltérable ; rien n'échappait à sa vigilance, et son zèle exemplaire lui faisait tout prévoir. Pendant cette maladie, elle se montra toujours alerte, dormant peu, éveillée au moindre bruit, et se contentant tout au plus de quelques instants de repos. À peine surprenait-on sur sa figure les traces de la fatigue. Son teint pouvait être un peu plus pâle, ses yeux marqués d'un cercle un peu plus noir que de coutume ; mais, hors de la chambre de la malade, on la trouvait toujours souriante, fraîche et bien mise, et, sous son peignoir et son bonnet, elle était aussi séduisante que dans les plus belles robes de bal.

Le capitaine, du moins, le pensait ainsi et l'aimait à en devenir fou. La flèche empennée de l'amour avait traversé son épaisse enveloppe. Six semaines de rapports continuels et de vie commune avaient suffi pour lui faire rendre les armes. Il mit dans sa confidence sa tante du presbytère et tous ceux qui voulaient l'entendre. Mistress Bute le plaisantait à ce propos ; depuis longtemps elle s'était aperçue de sa forte passion ; elle lui disait de prendre garde, et finissait par avouer que miss Sharp était la créature de l'Angleterre la plus vive, la plus adroite, la plus originale, la plus naturelle et la plus affectueuse. Rawdon ne devait pas jouer ainsi avec les affections de cette jeune fille ; car la chère miss Crawley ne le lui pardonnerait jamais. Elle aussi était dans l'admiration de la petite gouvernante, et l'aimait comme une fille. Le devoir commandait à Rawdon de retourner à son régiment, dans la Babylone moderne, et de ne point abuser des sentiments confiants d'une pauvre innocente.

Plus d'une fois cette excellente dame, touchée des peines de cœur du jeune militaire, lui donna l'occasion de voir miss Sharp à la cure et de la reconduire au château, comme nous l'avons vu plus haut. Quand certains hommes vous aiment, mesdames, ils ont beau voir la ligne et l'hameçon et tout l'attirail qui va servir à les prendre, ils n'en sont pas moins à tourner béants autour de l'amorce, il faut qu'ils y viennent et qu'ils l'avalent. Les voilà pris, les voilà frétillant sur le sable. Rawdon reconnut bien vite chez mistress Bute l'intention manifeste de le faire tomber dans les filets de Rebecca. Il ne voyait pas bien loin, il est vrai ; mais enfin un certain usage du monde faisait, à l'aide de la réflexion, pénétrer à travers les discours de mistress Bute une faible lueur dans cette âme enveloppée de ténèbres.

– Retenez bien mes paroles, Rawdon, lui disait-elle ; miss Sharp sera un jour de votre famille.

– Et à quel titre, mistress Bute ? disait l'officier en riant. Sera-ce comme ma cousine ? James est fort tendre avec elle ? est-ce là ce que vous voulez dire ?

– Mieux encore, reprenait mistress Bute avec un éclair dans les yeux. Elle ne sera pas pour Pitt, c'est là qu'est votre erreur. Non, non, ce rustre n'en goûtera pas, et puis d'ailleurs il a un engagement avec Jane de la Moutonnière. Vous autres hommes, vous avez les yeux bouchés ; vous êtes de crédules et aveugles créatures. S'il arrive quelque accident à lady Crawley, voulez-vous savoir ce qui en résultera ? Miss Sharp deviendra votre belle-mère.

À cette annonce, le chevalier Rawdon Crawley, pour témoigner de sa surprise, souffla comme un cachalot. Il n'avait pas à dire non : l'inclination peu dissimulée de son père pour miss Sharp ne lui avait point échappé. Il connaissait fort bien le tempérament du vieux baronnet : c'était un homme fort peu en peine des délicatesses de conscience. Sans demander une plus longue explication, il entra au logis en tordant sa moustache, et bien convaincu qu'il tenait enfin le secret de la diplomatie de mistress Bute.

« En vérité, c'est très mal, c'est très mal, en vérité, pensa Rawdon. Cette pauvre femme ne cherche qu'à jeter le discrédit sur la pauvre enfant, pour l'empêcher d'entrer dans la famille et de devenir lady Crawley. »

Quand il fut seul avec Rebecca, il la plaisanta avec son bon goût ordinaire sur les inclinations du baronnet pour elle. Celle-ci redressa la tête avec un air de suprême dédain, le regarda en face et lui dit :

– Eh bien ! supposons qu'il soit fou de moi. Je le connais pour ce qu'il vaut, lui et bien d'autres de son espèce. Vous ne pensez pas au moins qu'il me fasse peur, capitaine Crawley. Vous n'avez pas dans la tête que je sois incapable de défendre mon honneur, dit cette petite femme avec un regard de reine.

– Oh !... ah !... hé !... vous êtes avertie... vous savez... et puis voilà... balbutia le tortilleur de moustaches.

– Croiriez-vous donc à quelque honteuse intrigue ? reprit-elle avec un accent d'indignation.

– Oh !... dieux !... en vérité... miss Rebecca, fit entendre le dragon à la langue pâteuse.

– Vous ne me supposez donc pas le sentiment de ma dignité personnelle, parce que je suis pauvre et sans amis, et que les gens riches eux-mêmes en manquent souvent ? Toute gouvernante que je suis, il ne faut pas croire que j'aie moins de jugement, de délicatesse, que je sois de moins bonne race que tous vos hobereaux de l'Hampshire ? Je suis une Montmorency, pensez-y bien. Une Montmorency ne vaut-elle pas une Crawley ?

Lorsque miss Sharp, dans les grandes circonstances, faisait allusion à sa lignée maternelle, elle prenait un accent légèrement étranger qui ajoutait un grand charme à sa voix naturelle claire et sonore.

– Non, non, continua-t-elle en s'enflammant de plus en plus dans son apostrophe au capitaine ; je puis endurer la pauvreté, mais non le déshonneur ; l'oubli, mais non l'insulte, surtout l'insulte venant… de vous !

Son émotion prenant alors un libre cours, elle versa un torrent de larmes.

– Le diable m'emporte, miss Sharp… Rebecca… Pour l'amour du ciel… Sur mon âme, je donnerai bien mille livres… Arrêtez, Rebecca…

Mais elle était déjà partie pour aller faire ce jour-là la promenade de miss Crawley. Ceci se passa avant l'indisposition mentionnée plus haut. Au dîner, Rebecca fut plus sémillante et plus gaie que jamais. Elle n'avait pas l'air de s'apercevoir des signes, des clignements d'yeux, des supplications maladroites de l'officier aux gardes ; elle le laissait à son humiliation et aux tortures de son fol amour. Chaque jour la grosse cavalerie de Crawley essuyait quelque nouvelle déroute. Le gros officier en perdait la tête et n'en était que plus fou et plus amoureux.

Si le baronnet de Crawley-la-Reine n'avait pas eu sans cesse devant les yeux la crainte de perdre l'héritage de sa sœur, il n'aurait jamais consenti à priver ses filles des utiles enseignements de leur incomparable gouvernante. Le vieux château, en son absence, avait l'air d'un désert, tant Rebecca avait su s'y rendre utile et agréable. Sir Pitt n'avait plus ses lettres copiées et corrigées ; ses écritures n'étaient plus au courant ; les affaires de sa maison et ses nombreux dossiers souffraient beaucoup depuis le départ de son petit secrétaire. Il était facile de voir quel besoin il avait d'un tel secours, d'après le style, la rédaction et l'orthographe des nombreuses lettres qu'il lui envoyait, avec prière et même avec recommandation expresse de les corriger. Presque chaque jour on apportait une lettre du baronnet, adressant à Becky les plus vives instances pour son retour ; à miss Crawley les raisonnements les plus pathétiques au sujet de l'interruption fâcheuse apportée dans l'éducation de ses filles. C'était de la rhétorique perdue à l'endroit de miss Crawley.

Miss Briggs n'avait pas reçu positivement son congé comme demoiselle de compagnie ; mais sa place devenait une sinécure dérisoire. Elle vivait désormais ou dans le salon, en société du gros épagneul, ou de temps à autre dans le cabinet de la gouvernante, avec la maussade Firkin. Cependant, bien que la vieille dame ne voulût en aucune manière entendre parler du départ de Rebecca, celle-ci n'était point installée comme titulaire de l'emploi à Park-Lane. Miss Crawley, à l'exemple de beaucoup de gens riches, avait l'habitude d'accepter de ses inférieurs tous les services qu'elle pouvait en tirer, et, sans plus se faire de bile, de les abandonner dès qu'elle n'en sentait plus le besoin. La reconnaissance chez certaines personnes riches est peu commune et presque inconnue ; elles reçoivent les services des gens nécessiteux comme une chose qui leur est due. Et de quel droit vous plaindriez-vous, parasites et pauvres gueux ? Votre amitié pour les riches est à peu près aussi sincère que celle qu'ils vous témoignent en retour. C'est l'argent que vous aimez, et non pas l'homme ; et, si les rôles étaient intervertis entre Crésus et son laquais, vous savez bien, mendiants de bonne maison, de quel côté se tourneraient vos flatteries.

En dépit du naturel et de la vivacité de Rebecca, de ses airs toujours si avenants et si aimables, il pouvait bien se faire que notre vieille rusée de Londres, à laquelle on prodiguait ces trésors d'amitié, conçût quelques vagues soupçons sur le dévouement de sa garde-malade et nouvelle amie. Miss Crawley avait souvent ruminé ce principe dans sa tête, qu'on ne fait rien pour rien. Si elle jugeait les sentiments des autres sur les siens, elle devait arriver nécessairement à cette conclusion ; et le fond de ses réflexions devait être que ceux-là ne peuvent avoir d'amis, qui ne sont préoccupés que d'eux-mêmes.

Quoi qu'il en soit, Becky lui était d'une grande utilité et d'une grande distraction. Aussi la généreuse miss Crawley lui avait-elle donné deux robes neuves, un vieux collier et un châle. C'était à elle qu'elle se plaignait de ses amis les plus intimes : peut-on donner une plus grande preuve de confiance et d'amitié ? Elle lui bâtissait parfois les plus brillants projets d'avenir, comme, par exemple, de la marier à Clump, son apothicaire, ou de lui procurer quelque établissement avantageux du même genre ; le moins c'était de la renvoyer à Crawley-la-Reine quand elle serait lasse de l'avoir auprès d'elle et que la saison de Londres commencerait.

Dès que miss Crawley, entrée en convalescence, put descendre au salon, Becky lui chanta des romances et inventa mille moyens de la distraire. Quand elle fut assez bien pour sortir en voiture, Becky l'accompagna. Dans les promenades qu'elles firent ensemble, parmi toutes les maisons où l'amitié bienveillante de miss Crawley pouvait l'aider à s'introduire, miss Sharp dirigea ses tentatives du côté de Russell-Square, vers la maison de John Sedley esquire.

Avant d'en venir à une visite, bien des lettres avaient été échangées entre les deux amies. Pendant le temps de la résidence de Rebecca dans le Hampshire, leur amitié éternelle avait, s'il faut l'avouer, souffert une baisse considérable, et son grand âge la rendait si branlante et si caduque, qu'elle était menacée d'un prochain trépas. Et puis les deux jeunes filles avaient eu chacune à songer à leurs affaires ; tandis que Rebecca cherchait à s'avancer de plus en plus dans l'esprit de ceux dont elle dépendait, Amélia restait toujours absorbée dans la même idée. Les jeunes filles, en se retrouvant, se jetèrent dans les bras l'une de l'autre avec cette impétuosité qui caractérise les affections de la jeunesse. Rebecca joua son rôle dans cette rencontre avec la plus bruyante et la plus démonstrative tendresse. La pauvre Amélia rougit, embrassa son amie et se trouva coupable d'un peu de froideur à son égard.

Cette première entrevue fut très courte. Amélia était prête à sortir. Miss Crawley attendait en bas dans sa voiture. Ses gens s'étonnaient de se trouver en pareil lieu, et regardaient l'honnête Sambo, le nègre de notre connaissance, comme un des naturels de l'endroit. Mais quand Amélia descendit avec sa figure sereine et souriante pour être présentée par son amie à miss Crawley, qui désirait la voir et était trop mal pour quitter sa voiture, l'aristocratie galonnée de Park-Lane fut plus que jamais surprise de rencontrer une pareille merveille à Bloomsbury, et miss Crawley se sentit prendre aux charmes de la figure aimable et rougissante de cette jeune fille, qui venait avec grâce et timidité présenter ses hommages à la protectrice de son amie.

– Quelle charmante tournure, ma chère, quelle douce voix ! dit miss Crawley pendant la route, après cette courte entrevue. Ma chère Sharp, votre jeune amie est charmante. Faites-la venir à Park-Lane, entendez-vous ?

Miss Crawley avait bon goût, comme on voit : du naturel dans les manières, joint à un peu de timidité, avait le don de la charmer. Elle aimait les jolis minois, mais comme on aime à s'entourer de beaux tableaux et de belle porcelaine. Ce jour-là, à diverses reprises, elle parla avec enthousiasme d'Amélia ; elle en entretint son neveu Rawdon, qui vint religieusement partager, à dîner, le poulet de sa tante.

Rebecca s'empressa aussitôt d'ajouter qu'Amélia allait sous peu se marier au lieutenant Osborne ; que c'était une ancienne passion.

– Il appartient à un régiment de ligne ? demanda le capitaine Crawley ; puis, après un petit effort de mémoire, il se souvint, ainsi qu'il convenait à un homme au service, qu'il devait être sur les cadres du *** régiment.

Rebecca crut se rappeler que c'était en effet le numéro du régiment.

– Le capitaine, ajouta-t-elle, s'appelle le capitaine Dobbin.

– Une grande perche toute dégingandée, reprit Crawley, et qui s'en va de droite et de gauche ; ah ! je le connais bien. Osborne est un beau jeune homme avec d'épaisses moustaches noires.

– Colossales ! reprit Rebecca Sharp. Elles lui donnent de la fierté, je vous assure, à raison de leur dimension.

Le capitaine Rawdon Crawley fit alors entendre un gros rire ; et les dames le pressant de s'expliquer, il se disposa à les satisfaire dès que son accès d'hilarité fut passé.

– Il s'imagine, dit-il, savoir jouer au billard. Je lui ai gagné deux cents livres sterling, au Cocotier.

C'est qu'il a encore des prétentions, ce jeune imprudent. Il aurait joué sa chemise ce jour-là, sans son ami le capitaine Dobbin, qui l'a emmené de force ; que la peste l'étrangle !

– Rawdon, Rawdon, ne vous faites pas plus noir que vous n'êtes, reprit miss Crawley, fort réjouie de cette histoire.

– C'est que, voyez-vous, madame, ce garçon est naïf comme il n'y en a pas. Tarquin et Deuceace lui soutirent tout l'argent qu'ils veulent. Il irait au diable pour se faire voir avec des monseigneurs. Il leur paye des dîners à Greenwich, où ils amènent toute leur société.

– Et c'est ce qu'il y a de mieux en fait de société ?

– Excellente, miss Sharp, excellente, comme cela doit être. On n'en voit pas beaucoup comme cela. Ah ! ah ! ah !

Et le capitaine Rawdon de rire de plus belle, s'imaginant avoir fait une délicieuse plaisanterie.

– Rawdon ! Rawdon ! vous êtes une mauvaise langue ! lui cria sa tante.

– Son père est, à ce qu'on dit, un marchand de la Cité immensément riche ; et, ma foi, tous ces marchands de la Cité ont besoin d'être saignés. Nous ne sommes pas à bout de compte avec lui, je vous assure. Ah ! ah ! ah !

– Fi donc ! capitaine Crawley ! j'en informerai Amélia. Un mari joueur !

– Oh ! c'est affreux, n'est-ce pas ? dit le capitaine d'un ton solennel. Puis il ajouta aussitôt comme frappé d'une soudaine inspiration : Eh bien ! madame, vous devriez le recevoir ici.

– Est-il présentable ? demanda la tante.

– Présentable ? mais oui, comme tout le monde, répondit le capitaine Crawley. Il faudra l'avoir quand vous commencerez à recevoir un peu ; et sa… comment l'appelez-vous déjà ?… sa belle adorée… enfin, miss Sharp, vous savez bien… qu'il nous l'amène. Moi, je vais lui écrire un billet pour l'engager à venir, et nous verrons s'il est aussi fort au piquet qu'au billard. Son adresse, miss Sharp ?

Miss Sharp donna à Crawley l'adresse du lieutenant, et, peu de jours après cette conversation, le lieutenant Osborne recevait une lettre couverte de l'écriture d'écolier du capitaine Rawdon, avec une invitation de la part de miss Crawley. Rebecca envoya une autre invitation à sa chère Amélia, qui n'hésita point à accepter, quand elle eut appris que George devait être de la partie. Amélia, en conséquence, alla passer la matinée chez les dames de Park-Lane, si bienveillantes pour elle. Rebecca affecta un air de majestueuse protection. Elle était sans conteste plus adroite que son amie ; et, comme celle-ci se renfermait dans un rôle de douceur et d'abnégation et cédait à quiconque voulait la dominer, elle subit les usurpations de Rebecca avec une douceur et une bonté inaltérables. Miss Crawley se montrait d'une amabilité remarquable. Son enthousiasme pour la petite Amélia était poussé au fanatisme. Elle n'était pas plus gênée pour parler d'elle en sa présence que si c'eût été une poupée, une femme de chambre ou un tableau. Son admiration dépassait toute limite. J'admire fort cette admiration que le beau monde tient toujours au service d'une classe inférieure. On a de quoi être flatté de tant de condescendance. Cette bienveillance exagérée de miss Crawley finissait par peser beaucoup à la pauvre petite Amélia, et peut-être bien, parmi les trois dames de Park-Lane, la plus aimable à son goût était l'honnête miss Briggs. Elle sympathisait avec l'honnête Briggs comme avec une personne serviable et délaissée. Du reste, il lui manquait complètement ce qu'on appelle le savoir-faire.

George avait cru venir dîner en garçon avec le capitaine Crawley. La grande voiture bourgeoise des Osborne transporta leur héritier de Russell-Square à Park-Lane ; ses jeunes sœurs, qui n'étaient point invitées, dissimulèrent la mortification qu'elles éprouvaient de cette omission. Toutefois, elles cherchèrent le nom de sir Pitt Crawley dans le *Dictionnaire de la pairie*, et étudièrent tous les détails donnés par ce livre sur la famille Crawley, sur sa généalogie, sur les Binkie et leur parenté, etc. Rawdon Crawley fit à George Osborne un bon et aimable accueil ; il le loua sur son talent au billard, et se mit à sa disposition pour la revanche. Il adressa à Osborne quelques questions sur son régiment, et aurait engagé un piquet séance tenante, si miss Crawley n'avait formellement banni de sa maison toute espèce de jeu. Ce jour-là, le jeune lieutenant remporta sa bourse aussi pleine qu'il l'avait apportée, au grand déplaisir de son amphitryon[70]. Cependant ils prirent rendez-vous pour aller voir, le lendemain, un cheval que Crawley voulait vendre, pour l'essayer au Park, dîner ensemble et passer la soirée en joyeuse compagnie.

– C'est-à-dire, si vous n'êtes pas à soupirer aux pieds de miss Sedley, fit Crawley avec un coup d'œil d'intelligence. Pour jolie, en voilà une qui l'est assurément, eut-il la bonté d'ajouter.

Osborne ne devait point aller soupirer le lendemain ; il aurait donc un véritable plaisir à rejoindre le capitaine Crawley.

– Au fait, comment va la petite miss Sharp ? demanda George à son ami, tout en vidant un verre de liqueur. C'est une bonne petite fille. En êtes-vous contents, à Crawley-la-Reine ? continua-t-il d'un air de suffisance. Miss Sedley avait pour elle une grande tendresse, l'année dernière.

Les petits yeux bleus du capitaine Crawley avaient lancé au lieutenant un regard plein de férocité, lorsque ce dernier s'était avancé pour renouer connaissance avec la jolie gouvernante. Mais l'accueil qu'il reçut de la jeune personne fut bien propre à apaiser toutes les jalousies qui pouvaient gonfler le cœur de l'officier aux gardes.

Après sa présentation à miss Crawley, Osborne se tourna vers Rebecca d'un air protecteur et hautain,

70. Hôte qui offre le repas.

et, se disposant à la prendre sous son bienveillant patronage, il lui tendit d'abord la main comme à l'ancienne amie d'Amélia, et lui dit :

– Eh bien ! miss Sharp, comment vous portez-vous ?

En même temps, il allongeait la main gauche de son côté, s'attendant à la trouver toute fière de l'honneur qu'il lui faisait.

Miss Sharp lui présenta seulement son petit doigt, et lui fit un petit salut si glacial et si dédaigneux, que Rawdon Crawley, qui, de l'autre pièce, surveillait tous les détails de cette aventure, ne put s'empêcher de rire de l'embarras du lieutenant, qui d'abord avait tressailli, puis, après une pause, s'était décidé enfin, d'une manière assez maladroite, à prendre l'unique doigt qu'on lui tendait.

« Elle en revendrait au diable, par ma foi », se disait le capitaine ravi de son aplomb, tandis que le lieutenant, ne sachant comment entamer la conversation, demandait à Rebecca si elle se trouvait bien dans sa nouvelle place.

– Ma place ? dit miss Sharp avec froideur. Vous êtes bien bon d'y penser ! mais oui, c'est une assez bonne place. Les gages sont assez honnêtes ; cependant miss Wirt en a peut-être davantage pour l'engager à rester auprès de vos sœurs, à Russell-Square ; et comment vont ces jeunes dames ? quoique je puisse bien me dispenser de m'informer de leurs nouvelles.

– Que voulez-vous dire ? fit Mr Osborne tout étonné.

– Ce que je veux dire ? Eh ! m'ont-elles jamais parlé ? m'ont-elles invitée chez elles pendant mon séjour chez Amélia ! Mais nous autres, pauvres gouvernantes, nous sommes habituées à ce manque d'égards.

– J'entends, chère miss Sharp ! fit Osborne d'une voix suppliante.

– Au moins dans certaines familles, continua Rebecca, mais on n'en agit point ainsi dans la maison où je suis maintenant. L'or n'est pas si commun dans l'Hampshire que chez vous autres richards de la Cité ; mais là, au moins, j'y ai rencontré une bonne famille de la vieille noblesse anglaise. Le père de sir Pitt, vous le savez sans doute, a refusé la pairie. Voyez pourtant comme on m'y traite ; je suis on ne peut mieux. C'est en somme une excellente place. Mais c'est trop de bonté à vous de vous arrêter à ces détails.

Osborne écumait. La petite gouvernante prenait un ton de supériorité et de persiflage qui mettait notre jeune lion sur les épines, et le sang-froid lui manquait pour couper court à cette piquante conversation.

– Vous n'avez pas, il me semble, toujours dédaigné de la sorte les familles de la Cité, reprit-il d'un ton hautain.

– Vous parlez de l'année dernière, quand je sentais encore derrière moi cette affreuse pension ?

Oh ! alors vous avez raison. À tout prix, les jeunes pensionnaires veulent passer leurs jours de congé hors des murs de leur cachot. Mais voyez un peu, monsieur Osborne, comme dix-huit mois d'expérience nous changent ! dix-huit mois, remarquez-le bien, passés avec des personnes de bon ton et de noble race. Quant à cette bonne Amélia, c'est une perle, j'en tombe d'accord avec vous, et on aura toujours du plaisir à la revoir. Allons, vous voilà tout en belle humeur ; c'est qu'en effet ces bizarres habitants de la Cité !... Et Mr Jos, comment va-t-il, l'étonnant Mr Joseph ?

– Mais il me semble que l'année dernière il ne vous déplaisait pas trop, cet étonnant Mr Joseph, dit Osborne avec un air de bonhomie.

– Ah ! c'est méchant ! Eh bien ! entre nous, mon amour pour lui ne m'a pas fait maigrir. Cependant, s'il m'eût demandé ce que vous avez l'air d'insinuer par vos regards fort charitables et fort significatifs, je n'aurais pas dit non, je l'avoue.

Osborne arrêta sur elle un regard qui semblait dire : « En vérité, vous êtes bien bonne. »

– Ah ! c'eût été un grand honneur pour moi de vous avoir pour beau-frère, n'est-ce pas ? Moi, devenir la belle-sœur de George Osborne esquire, fils de John Osborne esquire, fils de... Quel était votre grand-papa, monsieur Osborne ? Voyons, ne vous fâchez pas. Ce n'est pas votre faute si vous avez un grand-papa. Et d'ailleurs, je suis parfaitement d'accord avec vous que j'aurais, sans répugnance, épousé Mr Sedley. Que pouvait faire de mieux une pauvre fille sans fortune ? Maintenant vous avez tout mon secret. Je suis franche et ouverte, et, tout bien considéré, c'est fort galant à vous de rappeler cette circonstance, oui, fort galant et fort poli. Ma chère Amélia, Mr Osborne et moi nous parlions du pauvre Joseph. Comment va-t-il ?

George ne savait plus où donner de la tête, non pas que Rebecca eût raison contre lui, mais elle avait au moins réussi avec un plein succès à le mettre dans son tort. Il battit donc en retraite tout honteux et humilié, pensant que, s'il restait une minute de plus, il pourrait avoir à jouer un rôle assez ridicule sous les yeux d'Amélia.

Vaincu par Rebecca, ce n'est pas George qui aurait eu la petitesse de se venger d'une femme en racontant par-derrière ses petites histoires scandaleuses. Il ne put toutefois s'empêcher de faire le lendemain au capitaine Crawley d'adroites confidences sur le compte de miss Rebecca : c'était une femme rusée, dangereuse, une coquette finie, etc., etc. Crawley reçut tous ses détails en riant, et avant vingt-quatre heures Rebecca n'en ignorait pas un, tout lui était rapporté. Cela ajouta encore beaucoup à l'estime particulière qu'elle avait conçue pour Mr Osborne. Je ne sais quel instinct de femme lui disait que ses premières tentatives amoureuses avaient échoué par lui, et elle l'affectionnait en conséquence.

– Il est de mon devoir de vous avertir, dit-il à Rawdon Crawley, qui venait de lui vendre son cheval et de lui gagner une vingtaine de guinées après le dîner. Il est de mon devoir de vous avertir, car je connais les femmes, et je vous engage à vous tenir sur vos gardes.

– Merci bien, mon cher, dit Crawley avec un regard pétillant de reconnaissance ; vous avez l'œil trop pénétrant pour qu'on vous trompe.

Et George le quitta, pensant tout à fait comme lui. En revoyant Amélia, il lui dit ce qu'il avait fait, et comme quoi il avait conseillé à Rawdon Crawley, un bon diable, un bon garçon, tout rond, d'être sur ses gardes contre cette astucieuse et fourbe miss Sharp.

– Contre qui ? demanda vivement Amélia.

– Contre votre amie la gouvernante. Ne faites donc pas ainsi l'étonnée.

– Oh ! George ! qu'avez-vous fait ? dit Amélia.

Avec la perspicacité féminine, que l'amour rend encore plus subtile, un instant lui avait suffi pour découvrir un secret qui avait échappé à miss Crawley, à l'innocente miss Briggs et surtout à la vue un peu obtuse du jeune lieutenant Osborne, aux épaisses moustaches.

Un jour que Rebecca était allée mettre son châle et son chapeau à l'étage supérieur, les deux amies profitèrent sans doute de l'occasion pour échanger leurs secrets et tramer quelqu'une de ces petites conspirations qui sont tout le bonheur de la vie féminine. Et nous, avec notre privilège de romancier qui nous introduit partout, il nous fut permis de voir Amélia se posant devant son amie Rebecca, lui prenant les deux mains et lui disant ces seules paroles :

– Je sais tout.

Sur quoi Rebecca l'embrassa.

Pas un mot de plus ne fut échangé entre les deux jeunes femmes sur ce charmant secret ; mais il devait avant peu tomber dans le domaine public.

Peu après les événements que nous venons de rapporter, miss Rebecca Sharp se trouvant encore chez sa protectrice à Park-Lane, on vit dans Great-Gaunt-Street un écusson de plus figurer parmi ceux qui formaient déjà la décoration de ce funèbre quartier. Placé sur la façade de la maison de sir Pitt Crawley, il n'annonçait point cependant la mort du digne baronnet. C'était un écusson de femme. Quelques années auparavant il avait déjà servi pour la vieille mère de sir Pitt, feue la douairière lady Crawley. Après son temps d'exposition, l'écusson enlevé était resté à moisir dans quelque coin de la maison du baronnet. Il revit le jour en l'honneur de la pauvre Rose Dawson. Sir Pitt était veuf une seconde fois. Les armes écartelées sur l'écu avec celles du baronnet n'appartenaient point à la pauvre Rose : la fille du quincaillier n'avait point d'armoiries. Mais les anges peints sur l'écu ne pouvaient-ils pas aussi bien lui aller qu'à la mère de sir Pitt, ainsi que le *resurgam*[71] écrit en devise, et accompagné pour support de la colombe et du

71. « Je me relèverai ».

serpent des Crawley ? Des armoiries, un écusson, le *resurgam*, quel sujet fécond pour moraliser !

Mr Crawley avait apporté ses soins et ses consolations à cette femme délaissée sur son lit de souffrances ; et elle avait quitté le monde, raffermie par ses pieuses exhortations. Depuis bien des années il était seul à lui témoigner des égards et des attentions. Telle était pendant de nombreuses années l'unique consolation de cette âme faible et abandonnée. La matière chez elle avait longtemps survécu à l'esprit. Le cœur était mort pour qu'elle pût devenir la femme de sir Pitt.

Tandis qu'elle trépassait à Crawley, son mari était à Londres à négocier quelques-unes de ses innombrables spéculations et à se disputer avec ses hommes de loi. Il trouvait néanmoins le temps d'aller souvent à Park-Lane et d'écrire notes sur notes à Rebecca pour la supplier, la conjurer, lui commander de revenir à la campagne auprès de ses jeunes élèves, qui n'avaient plus personne pour les surveiller depuis la maladie de leur mère. Mais miss Crawley ne voulait pas entendre parler de départ ; car, bien que Londres ne possédât pas femme à la mode aussi disposée à mettre ses amis à l'écart, sans le moindre regret, dès qu'elle se sentait lasse de leur société, ni aussi prompte à s'en fatiguer, cependant elle était excessive dans ses attachements pendant toute leur durée, et sa passion pour Rebecca était encore dans sa première ardeur.

La nouvelle de la mort de lady Crawley ne donna pas lieu à une grande douleur ni à de longs commentaires dans la maison de miss Crawley.

– Je ferai bien de remettre ma soirée du trois, dit miss Crawley ; puis, après une pause, elle ajouta : Je pense que mon frère aura la convenance de ne pas convoler à de nouvelles noces.

– C'est pour le coup que Pitt serait furieux, remarqua Rawdon, toujours avec les mêmes sentiments fraternels pour son aîné.

Rebecca ne disait rien. Elle semblait, de toute la famille, la plus triste et la plus affectée de cet événement. Elle quitta ce jour-là le salon avant le départ de Rawdon. Mais, par le plus grand des hasards, ils se rencontrèrent en bas comme ce dernier allait partir, et ils eurent ensemble une longue conversation.

Le lendemain matin, Rebecca, regardant à la fenêtre, fit tressaillir miss Crawley, tranquillement occupée à lire un roman français, lorsqu'elle lui cria d'une voix alarmée :

– Voici sir Pitt, madame !

On entendit en même temps le baronnet frapper à la porte.

– Ma chère, je ne puis pas, je ne veux pas le voir. Dites à Bowls qu'il réponde que je suis sortie, ou descendez vous-même, et dites que je me sens trop mal pour recevoir personne. Mes nerfs sont trop agités pour qu'il me soit possible de supporter la vue de mon frère en ce moment.

Cela dit, miss Crawley reprit son roman.

– Elle est trop malade pour vous voir, dit Rebecca, descendant vers sir Pitt, qui se disposait à monter.

– Tant mieux, répondit sir Pitt, j'avais à vous parler, miss Becky ; venez avec moi dans le salon.

Ils entrèrent tous deux.

– J'ai absolument besoin de vous à Crawley-la-Reine, mademoiselle, dit le baronnet en fixant les yeux sur elle et en déposant sur la table ses gants noirs et son chapeau orné d'un large crêpe.

Ses yeux avaient une expression si étrange, il les arrêtait sur elle si fixement, que Rebecca Sharp fut presque sur le point de trembler de tous ses membres.

– J'espère partir bientôt, dit-elle à voix basse, quand miss Crawley ira mieux… et aller retrouver… mes chères élèves.

– Vous me dites cela depuis trois mois, Becky, répliqua sir Pitt, et vous n'en restez pas moins auprès de ma sœur, qui vous jettera de côté un de ces quatre matins, comme une paire de vieux souliers dont elle n'a plus que faire. Je vous le répète, j'ai absolument besoin de vous. Je m'en vais pour l'enterrement. Voulez-vous venir avec moi, oui ou non ?

– Je n'ose… je ne crois pas… il ne serait pas bien… de m'en aller seule avec vous, monsieur, dit Becky paraissant en proie à une violente agitation.

– Je vous le répète, j'ai besoin de vous, dit sir Pitt en frappant sur la table. Je ne puis rien faire sans vous. Je ne sais ce qui nous arriverait, si vous tardiez encore longtemps. La maison va tout de travers.

Rien n'est plus à sa place. Tous mes comptes sont embrouillés. Il faut que vous reveniez. Revenez, chère Becky, revenez.

– Revenir ; mais à quel titre, monsieur ? murmura Rebecca.

– Revenez en qualité du lady Crawley, si vous le voulez, dit le baronnet, agitant son chapeau de deuil. Cela peut-il vous satisfaire ? Revenez, et vous serez ma femme. Vous le méritez à coup sûr. Au diable la naissance ; vous valez toutes les ladies du monde. Vous avez autant d'esprit dans votre petit doigt qu'il s'en trouve dans toutes les têtes réunies de toutes les femmes des baronnets du comté. Voulez-vous, oui ou non ?

– Oh ! sir Pitt, dit Rebecca fort émue.

– Dites oui, Becky, continua sir Pitt. Je suis vieux, mais encore solide au poste. J'ai au moins vingt ans devant moi. Je vous rendrai heureuse ; qu'en pensez-vous ? Vous ferez tout ce qui vous plaira ; vous dépenserez ce que vous voudrez ; rien ne vous sera refusé. Je vous constituerai un douaire en cas de mort ; tout se passera en règle. Hésitez-vous encore ?

En même temps le baronnet tombait à ses genoux avec un air de vieux satyre.

Rebecca, la figure toute consternée, fit un mouvement en arrière. Dans le cours de cette histoire, nous ne l'avions pas encore vue manquer de sang-froid ; mais sa présence d'esprit lui fit ici complètement défaut. Les larmes les plus vraies coulèrent de ses yeux.

– Ah ! monsieur… ah ! sir Pitt, dit-elle, je suis… hélas !… *déjà mariée* !

CHAPITRE XV

Où l'un voit un bout de l'oreille du mari de miss Sharp

Tout lecteur d'un caractère sentimental, et nous n'en voulons que de ce genre, doit nous savoir gré du tableau qui couronne le dernier acte de notre petit drame. Qu'y a-t-il en effet de plus beau qu'une image de l'Amour à genoux devant la Beauté ?

Mais, quand l'Amour reçut de la Beauté l'aveu terrible qu'elle était déjà mariée, il bondit soudain, et, quittant l'humble posture qu'il avait sur le tapis, il laissa échapper des exclamations qui rendirent la pauvre petite Beauté plus tremblante encore qu'elle n'était en prononçant ces malencontreuses paroles.

– Mariée ! vous plaisantez, s'écria le baronnet après la première explosion de rage et de surprise. Vous voulez vous jouer de moi, Becky. Qui voudrait d'une femme sans un schilling de dot ?

– Mariée ! oui, mariée ! dit Rebecca fondant en larmes, la voix tremblante et son mouchoir sur ses yeux humides.

En même temps elle appuyait sa tête contre le marbre de la cheminée. On eût dit une statue de la Douleur, bien capable d'amollir le cœur le plus endurci.

– Oh ! sir Pitt, cher sir Pitt, ne me croyez pas ingrate à toutes vos bontés envers moi. C'est votre noble générosité qui vient de m'arracher mon secret.

– Au diable la générosité ! hurla sir Pitt. À qui donc êtes-vous mariée ? où cela s'est-il fait ?

– Laissez-moi retourner avec vous à la campagne, monsieur ! permettez-moi de veiller sur vous avec le même dévouement ! ne me séparez point de mon cher Crawley-la-Reine !

– Le ravisseur vous a donc abandonnée ? dit le baronnet, s'imaginant qu'il commençait à comprendre. Eh bien ! Becky, venez si vous le voulez. À parti pris conseil donné. L'offre que je vous faisais était belle cependant. Revenez au moins comme gouvernante. Vous pourrez toujours en faire à votre tête.

Elle lui tendit la main, elle poussa des sanglots à se briser le cœur ; ses boucles couvraient sa figure et elle se tenait accoudée sur le marbre de la cheminée.

– L'infâme est donc parti ? reprit sir Pitt, dont l'esprit s'ouvrit à une honteuse pensée. Ne pensez plus à lui, Becky, je prendrai soin de vous.

– Oh ! monsieur, ce sera le bonheur de ma vie de retourner à Crawley-la-Reine et d'y prendre soin de vos enfants, de vous, comme par le passé, alors que vous m'exprimiez votre satisfaction des services de votre petite Rebecca. Quand je pense aux offres que vous venez de me faire, mon cœur se remplit de gratitude ; oh ! oui, je vous l'assure. Je ne puis être votre femme, permettez-moi… d'être votre fille !

À ces mots Rebecca tombait à genoux de la manière la plus tragique, et, pressant la main noire et crochue de sir Pitt entre ses deux petites mains blanches et lisses comme le satin, elle le regardait en face avec une expression de tendresse et de confiance. La porte s'ouvrit alors, et miss Crawley apparut sur le seuil.

Mistress Firkin et miss Briggs s'étaient trouvées par hasard à la porte du salon, comme le baronnet et Rebecca entraient dans cette pièce, et par hasard aussi elles avaient vu, à travers le trou de la serrure, le vieux bonhomme aux pieds de la gouvernante, et entendu ses offres généreuses. À peine avait-il fini que mistress Firkin et miss Briggs s'étaient élancées sur l'escalier, et, se précipitant dans la chambre où miss Crawley lisait son roman français, avaient apporté à cette vieille dame l'étourdissante nouvelle que sir Pitt, à genoux, faisait une déclaration à miss Sharp. Si vous calculez le temps nécessaire pour que le susdit dialogue ait pu s'achever, pour que miss Briggs et mistress Firkin soient grimpées jusqu'à l'étage supérieur, le temps nécessaire à miss Crawley pour s'étonner, laisser tomber son volume de Pigault-Lebrun[72] et enfin descendre les escaliers, vous reconnaîtrez l'exacte précision

72. Charles-Antoine-Guillaume Pigault de l'Épinoy (1753-1835) est un romancier et dramaturge français.

de cette histoire et comment miss Crawley dut se présenter à la porte de la salle, au moment où Rebecca se trouvait dans une attitude suppliante.

– C'est la dame qui est à genoux et non pas le monsieur, dit miss Crawley avec un regard et une expression de dédain. On me disait que vous étiez à genoux, sir Pitt : mettez-vous donc encore à genoux, et voyons un peu le joli tableau que cela fait.

– J'ai remercié sir Pitt, madame, dit Rebecca en se relevant, et je lui ai dit que jamais je ne pourrais devenir lady Crawley.

– Comment ! vous avez refusé ses offres ? dit miss Crawley tout ébahie.

Briggs et Firkin, se tenant sur la porte, ouvraient les yeux d'étonnement et la bouche de stupéfaction.

– Oui, je l'ai refusé, continua Rebecca d'une voix triste et larmoyante.

– Mais dois-je en croire mes oreilles, sir Pitt ? et lui auriez-vous fait une déclaration formelle ? demanda la vieille dame.

– Oui, dit le baronnet, c'est la vérité.

– Et vous a-t-elle refusé, comme elle le dit ?

– Oui, dit sir Pitt avec un gros rire.

– Cela n'a pas l'air de vous attrister beaucoup, observa miss Crawley.

– Pas le moins du monde, répondit sir Pitt avec un sang-froid, une bonne humeur qui laissa miss Crawley tout étonnée.

Qu'un vieux gentilhomme de bonne race se mette aux genoux d'une pauvre gouvernante et éclate de rire quand elle lui refuse sa main, qu'une pauvre gouvernante refuse un baronnet flanqué de quatre mille livres sterling de revenu, miss Crawley ne pouvait s'expliquer ces mystères. Il y avait là une intrigue qui surpassait en complication toutes celles de son bien-aimé Pigault-Lebrun.

– Je suis bien aise de vous voir si gai, mon frère, continua-t-elle sans pouvoir revenir de sa surprise.

– C'est fameux ! dit sir Pitt, qui eût pensé cela ? C'est un vrai démon, un petit renard, disait-il à part lui en souriant de plaisir.

– Qui eût pensé quoi ? criait miss Crawley en frappant du pied. Voyons, miss Sharp, est-ce que vous attendez le divorce du Prince régent, et ne trouveriez-vous pas notre famille assez bonne pour vous ?

– L'attitude que j'avais, madame, dit Rebecca, quand vous êtes entrée, témoigne assez du prix que j'attache à l'honneur que ce noble et excellent homme daignait me faire. Il faudrait n'avoir point de cœur si, en retour de tant de bonté, de tant d'affection pour la pauvre orpheline, pour l'enfant abandonnée, elle vous payait par de la froideur et de l'insensibilité. Oh ! mes amis, mes bienfaiteurs ! ma tendresse, ma vie, mon dévouement, tout vous appartient pour l'appui que j'ai trouvé auprès de vous. Douteriez-vous de ma reconnaissance, miss Crawley ? Ah ! c'en est trop… mon cœur succombe à tant d'émotions…

En même temps, elle se laissa tomber d'une façon si tragique sur une chaise voisine, que toute l'assistance fut attendrie de sa douleur.

– Que vous m'épousiez ou non, vous êtes une bonne petite fille, Becky, et je serai votre ami, entendez-vous ? dit Pitt en mettant son chapeau à crêpe.

Il partit, et Rebecca se sentit soulagée d'un grand poids ; car ainsi son secret restait ignoré de miss Crawley, et elle pouvait encore jouir de quelque temps de répit.

Elle s'essuya les yeux avec son mouchoir, et fit signe à l'honnête Briggs, qui grillait de l'accompagner, de ne point la suivre dans sa chambre. Briggs et miss Crawley, au comble de la curiosité, se mirent à commenter ce singulier événement. Firkin, non moins émue, descendit dans les régions de la cuisine, et mit au courant de l'affaire la population mâle et femelle de l'endroit. Firkin fut si frappée de cette aventure, qu'elle jugea à propos d'écrire, par le courrier du soir, que, sauf le respect qu'elle devait à mistress Bute Crawley et à la famille du ministre, sir Pitt avait offert sa main à miss Sharp, et qu'elle l'avait refusée, à l'étonnement général.

Dans la salle à manger, où la digne miss Briggs se réjouissait de partager de nouveau les confidences de sa maîtresse, ces deux dames n'en revenaient point de la proposition de sir Pitt et du refus de Rebecca ; Briggs supposait fort judicieusement qu'il devait s'élever quelque obstacle par suite d'un attachement antérieur ; autrement, suivant elle, la jeune femme n'aurait pas refusé une offre si avantageuse.

– Vous auriez accepté, n'est-ce pas, Briggs ? dit miss Crawley avec un air de bonté.

– Ne serait-ce pas un grand honneur pour moi de devenir la sœur de miss Crawley ? répondit Briggs par une périphrase évasive.

– Eh bien ! après tout, Becky eût fait une très bonne lady Crawley, observa miss Crawley, fort attendrie du refus de la jeune fille.

Elle était d'autant plus libérale dans son admiration qu'elle n'avait plus de sacrifice à faire.

– C'est une forte tête, continua-t-elle, avec plus d'esprit dans son petit doigt que vous, ma pauvre Briggs, n'en avez dans toute votre personne. Ses manières sont excellentes, et surtout depuis que je l'ai formée. C'est une Montmorency, on le voit bien, Briggs, et le sang est après tout quelque chose, quoique, pour ma part, je m'élève au-dessus de ces préjugés. Elle eût tenu son rang au milieu de ces orgueilleux et stupides personnages de l'Hampshire, bien mieux que la malheureuse fille du quincaillier.

Briggs maintenait son opinion, et cet attachement antérieur devenait l'objet de leurs conjectures.

– Vous autres, pauvres créatures sans amies, vous avez toujours quelque sot roman, dit miss Crawley. Et vous-même, qu'avez-vous fait de votre bel amour pour ce maître d'écriture ? Allons, Briggs, ne pleurez pas ; et à quoi bon pleurer ainsi ? Vos larmes ne le ressusciteront pas ; et je suppose que cette infortunée Becky n'aura pas été moins niaise, moins sentimentale que… Il y a là-dessous un apothicaire, un commis, un peintre, un jeune ministre ou quelque chose de cette espèce.

– Pauvre enfant ! pauvre enfant ! disait Briggs se reportant à vingt-quatre ans en arrière et pensant au maître d'écriture poitrinaire, dont une mèche de cheveux jaunes et des lettres remarquables par leur griffonnage restaient dans son pupitre comme un aliment éternel pour son amour et ses regrets, « Pauvre enfant ! » répétait Briggs ; elle se voyait encore avec ses joues fraîches et ses dix-huit ans, allant le soir à l'église et chantant avec son poitrinaire sur le livre des psaumes.

– Après une telle conduite de la part de Rebecca, dit miss Crawley avec enthousiasme, notre famille doit faire quelque chose pour elle. Cherchez à découvrir quel est l'individu, Briggs. Je l'établirai en boutique, je lui ferai faire mon portrait, ou je parlerai de lui à mon cousin l'évêque ; je donnerai une dot à Becky, nous aurons une noce, Briggs ; vous ferez le déjeuner, et vous serez la demoiselle d'honneur.

Briggs déclara que ce serait charmant et s'extasia sur l'inépuisable bonté de sa chère miss Crawley. Elle monta dans la chambre de Rebecca pour la consoler, pour causer de l'offre, du refus, de ses motifs d'agir ainsi, pour lui faire part des généreuses intentions de miss Crawley et pour tâcher de découvrir qui était le maître et seigneur du cœur de miss Sharp.

Rebecca, en proie à une vive émotion, répondit aux offres bienveillantes que lui apportait miss Briggs avec toute la chaleur de la reconnaissance. Elle lui avoua qu'il y avait là-dessous un secret attachement entouré du plus délicieux mystère. Quel dommage que miss Briggs ne fût pas restée une minute de plus au trou de la serrure !

Rebecca allait peut-être lui en dire plus long ; mais à peine miss Briggs se trouvait-elle auprès de Rebecca depuis cinq minutes, que miss Crawley s'y présenta en personne, honneur jusqu'alors inouï. Son impatience ne lui ayant pas permis d'attendre le retour de son ambassadrice, elle était venue elle-même. Elle dit à Briggs de quitter la chambre, exprima hautement à Rebecca son approbation sur sa conduite, et lui demanda des détails sur le colloque qui avait amené l'offre surprenante de sir Pitt.

Rebecca lui dit que, depuis longtemps, elle s'apercevait des prévenances dont sir Pitt voulait bien l'honorer, car c'était son habitude de faire connaître ses sentiments d'une manière assez franche et assez peu déguisée. Elle eut soin de taire ses raisons particulières de refus, dont elle ne voulait point, pour le moment, occuper l'esprit de miss Crawley. L'âge, le rang, les habitudes de sir Pitt lui avaient fait trouver ce mariage complètement impossible. D'ailleurs, une femme qui possède le moindre sentiment de dignité personnelle, de convenance, peut-elle écouter de pareilles propositions à un tel moment, lorsque les funérailles de la dernière épouse ne sont pas encore terminées ?

– À d'autres, ma chère, vous n'auriez pas refusé, s'il n'y avait pas anguille sous roche, dit miss Crawley, arrivant brusquement à ses fins. Dites-moi vos motifs ; quels sont vos motifs personnels ? Il y a un amoureux là-dessous ; il y a quelqu'un qui a touché votre cœur.

Rebecca, baissant les yeux, avoua qu'il y en avait un.

– Vous avez deviné tout juste, ma chère dame, dit-elle d'une voix douce et timide. Vous vous étonnez qu'une pauvre fille sans amis ait trouvé à placer son cœur ? Mais je n'ai jamais entendu dire que la pauvreté fût un obstacle à la loi commune. Ah ! que n'a-t-il pu en être ainsi !

– Pauvre chère âme, s'écria miss Crawley toujours prête à faire du sentiment, votre amour n'est donc point partagé ? nous pleurons donc dans le secret et l'abandon ? Contez-moi tout, que je puisse vous consoler.

– Que cela n'est-il en votre pouvoir, chère madame ? dit Rebecca de la même voix larmoyante. Ah ! j'en aurais bien besoin !

Et elle appuyait sa tête sur l'épaule de miss Crawley, et pleurait avec tant de naturel que la vieille dame, maîtrisée par un mouvement de sympathie, l'embrassa avec une tendresse presque maternelle, et l'assura avec vivacité de son estime et de son affection, déclarant qu'elle l'aimait comme une fille et qu'elle ferait tout au monde pour lui être utile.

– Et maintenant, ma chère, son nom ? Est-ce le frère de cette charmante miss Sedley ? Vous m'avez touché un mot d'une affaire avec lui. Je l'inviterai ici et il sera à vous. Vous pouvez compter dessus, ma chère.

– Ne m'interrogez point, dit Rebecca ; plus tard, bientôt vous saurez tout, oui, tout, chère et excellente miss Crawley ! bien chère amie… Mais puis-je vous donner ce nom ?

– Je le veux, ma chère enfant, répliqua la vieille dame en l'embrassant.

– Il m'est impossible de vous rien dire maintenant, sanglota Rebecca. Je suis bien malheureuse !… mais aimez-moi toujours… promettez-moi de m'aimer toujours.

Toutes deux maintenant versaient des larmes, car l'émotion de la jeune femme avait été contagieuse pour sa vieille protectrice. Miss Crawley fit solennellement cette promesse et quitta ensuite sa petite amie, pleine d'admiration pour cette simple, tendre, affectueuse et incompréhensible créature.

Seule et livrée à elle-même pour réfléchir sur les événements imprévus et merveilleux de cette journée, sur ce qu'elle était, sur ce qu'elle aurait pu être, quels furent, à votre avis, les sentiments intimes de miss, non, j'en demande pardon, de mistress Rebecca ? Un peu plus haut votre serviteur a réclamé le privilège de jeter un regard furtif dans la chambre de miss Amélia Sedley et a dévoilé avec l'omniscience du nouvelliste tous les petits soucis, toutes les petites passions qui voltigeaient à l'entour de cet innocent chevet ; et pourquoi ici ne pas nous déclarer le confident de Rebecca, le maître de ses secrets et le geôlier de sa conscience ?

Rebecca se laissa d'abord aller aux regrets les plus vifs et les plus sincères d'avoir été réduite à renoncer à la bonne fortune prodigieuse qu'elle avait eue si près de sa main ; c'était là assurément un contretemps qui lui attirera toute la sympathie des personnes positives.

« Eh quoi ! se disait Rebecca, j'aurais pu être milady ! J'aurais mené ce vieux bonhomme par le nez. J'aurais dispensé mistress Bute de sa protection et Mr Pitt de ses airs de supériorité. J'aurais eu maison de ville meublée à neuf et fraîchement décorée, je me serais promenée dans le plus bel équipage de Londres, j'aurais eu ma loge à l'Opéra, et, l'année prochaine, j'aurais été présentée à la cour. Voilà quelle aurait pu être la réalité, tandis que l'avenir maintenant n'est plus que doute et mystère. »

Mais Rebecca était une jeune dame d'une résolution et d'un courage trop énergiques pour se permettre longtemps ces lamentations superflues sur un passé irrévocable. Après avoir fait à ces préoccupations une part de regrets convenable, elle tourna toute son attention vers l'avenir qui, par son importance, fixait bien davantage ses méditations. Elle calcula donc quels étaient, dans sa situation, ses espérances, ses doutes et ses chances de succès.

D'abord elle était *mariée*, c'était là le point capital. Sir Pitt le savait. Cet aveu de sa part était moins l'effet d'une surprise que d'une décision prise sur-le-champ. Il aurait fallu tôt ou tard en venir à cette déclaration. Pourquoi remettre ce qu'on peut faire tout de suite ? Lui qui aurait voulu l'épouser, garderait certainement le silence sur son mariage. Mais comment miss Crawley recevrait-elle cette nouvelle ? C'était là la grande question. Rebecca flottait dans le doute ; et cependant elle ne pouvait oublier les opinions manifestées par miss Crawley, son mépris déclaré pour la naissance, ses opinions d'un libéralisme avancé, ses dispositions romanesques, son vif attachement pour son neveu, enfin ses protestations, sans cesse répétées, de tendresse pour Rebecca.

« Elle est si éprise de moi, se dit Rebecca, qu'elle me pardonnera tout. Elle est si habituée à moi, que je ne crois pas qu'elle puisse se trouver bien en mon absence. Quand l'éclaircissement viendra, il y aura encore une scène, des attaques de nerfs, des querelles, et une réconciliation finale. En somme, pourquoi retarder encore ? Le sort l'avait voulu ; aujourd'hui ou demain, tout cela revenait au même. »

Ainsi donc, décidée à annoncer à miss Crawley la grande nouvelle, la jeune personne interrogea son esprit sur la meilleure manière de la lui présenter. Devait-elle faire face à l'orage, ou bien fuir et éviter les premières fureurs de son déchaînement ? C'est en proie à ces méditations qu'elle écrivit la lettre suivante :

Très cher ami,

La grande crise dont nous avons si souvent parlé va enfin éclater. La moitié de mon secret est connue et de mûres réflexions m'ont persuadée que le temps était enfin arrivé de révéler tout ce mystère. Sir Pitt est venu me voir ce matin, et pourquoi ? devinez... Pour me faire une déclaration en forme. Qu'en pensez-vous ? Quel malheur ! j'aurais pu devenir lady Crawley. Qu'aurait dit mistress Bute, qu'aurait dit cette bonne tante, surtout en me voyant prendre le pas sur elle ? Je me serais trouvée la maman de certaine personne au lieu d'être sa... Oh ! je tremble, je tremble quand je pense que bientôt il faudra tout dire.

Sir Pitt sait que je suis mariée ; mais à qui ? il l'ignore, et, grâce à cela, n'en est pas autrement fâché. Actuellement ma tante n'est pas contente de mon refus aux propositions du baronnet, mais cependant elle est toute bonté et toute tendresse. Elle veut bien reconnaître que j'eusse été pour lui une excellente femme et déclare qu'elle tiendra lieu de mère à votre petite Rebecca. Quel coup pour elle à la première ouverture qui va lui être faite ! Mais qu'avons-nous à craindre, sinon une colère d'un moment ? C'est mon avis, c'est ma conviction ; elle raffole trop de vous, mauvais sujet et grand vaurien, pour ne pas tout vous pardonner ; et, en vérité, je crois qu'après vous, je tiens la première place dans son cœur, et qu'elle serait très malheureuse sans moi. Très cher ami, une voix me dit que nous en sortirons victorieux. Vous laisserez là cet affreux régiment, le jeu, les courses, et vous deviendrez un honnête garçon ; nous vivrons tous ensemble à Park-Lane, et nous hériterons un jour de tout l'argent de ma tante.

Je tâcherai d'aller me promener demain à la place ordinaire. Si miss Briggs m'accompagne, venez dîner et apportez-moi la réponse que vous mettrez dans le troisième volume des Sermons de Porteus[73]. *Mais, de toute manière, venez voir celle qui est toute à vous.*

R...

À miss Élisa Styles, chez Mr Barnet,
sellier, Knightsbridge

Nous sommes sûrs qu'il n'y a pas un lecteur de cette petite histoire qui ne possède assez de clairvoyance pour avoir déjà découvert que cette

73. Beilby Porteus (1731-1809) est évêque de Londres.

miss Styles, ancienne amie de pension, à ce que disait Rebecca, avec laquelle elle avait dernièrement repris une active correspondance, et qui allait chercher ses lettres chez le sellier, portait des éperons en cuivre et de grandes moustaches retroussées, et n'était autre que le capitaine Rawdon Crawley.

CHAPITRE XVI
La lettre sur la pelote

Comment se fit ce mariage ? Voilà un problème qui ne saurait embarrasser personne. Comment empêcher un capitaine arrivé à sa majorité d'épouser une jeune personne également majeure, d'acheter une licence et de s'unir à elle dans l'une des églises de la ville ? Personne n'en est encore à apprendre que, lorsqu'une femme a une volonté, elle trouve toujours moyen de l'accomplir. Voici ma version. Un jour où miss Sharp était allée passer l'après-midi chez sa chère amie miss Amélia Sedley, de Russell-Square, on avait pu voir une dame fort semblable à elle entrer dans une église de la Cité en compagnie d'un monsieur aux moustaches bien cirées, ressortir un quart d'heure après cette entrée avec le même monsieur, qui l'avait conduite à un fiacre stationnant à la porte ; et ainsi s'était célébrée la cérémonie du mariage.

Personne au monde, après tant d'exemples quotidiens, n'ira, je pense, mettre en doute qu'on puisse se marier avec la première venue ? N'a-t-on pas vu des gens sensés et instruits épouser leurs cuisinières. Lord Elden lui-même, le plus sérieux des hommes, n'a-t-il pas procédé à son mariage par enlèvement ? Achille et Ajax n'ont-ils pas fait l'amour avec leurs belles esclaves ? Pouvait-on demander à un robuste dragon, qui jamais dans sa vie n'avait cherché à régler ses passions, d'aller subitement se métamorphoser en sage et résister aux entraînements de ses caprices ? Si l'on ne se mariait qu'avec poids et mesure, le monde serait bien vite dépeuplé.

Il me semble, pour ma part, que le mariage de Mr Rawdon est l'une des plus honnêtes actions que nous ayons trouvées sur notre route, dans la biographie du susdit personnage. Qui songerait à lui faire un crime de s'être laissé captiver par une femme, et, après s'être laissé captiver, de l'avoir épousée en noces légitimes ? L'admiration, le plaisir, l'amour, l'étonnement, la confiance illimitée, l'adoration frénétique qu'avait éprouvés par degrés ce brave et gras guerrier à l'égard de la petite Rebecca étaient des sentiments qui, aux yeux des dames, ne sauraient tourner qu'à son avantage. Si elle chantait, chaque roulade de son gosier électrisait cette âme épaisse et vibrait à travers cette masse de matière. Si elle causait, il disposait de toutes les forces de son intelligence pour l'écouter et l'admirer. Disait-elle une plaisanterie, il ruminait ce bon mot dans son esprit, et, une demi-heure après, dans la rue, finissait par éclater de rire, à la grande surprise de son valet, quand il était en tilbury, ou de son camarade qui montait à cheval à côté de lui à Rotten-Row. Pour lui, les paroles de Rebecca étaient des oracles, ses moindres actions portaient l'empreinte de la grâce et de la sagesse.

« Comme elle chante ! comme elle peint ! se disait-il à lui-même. Comme elle monte bien la jument qui me mène à Crawley-la-Reine ! »

Il allait même jusqu'à lui dire dans ses moments d'épanchements :

– Mon Dieu, Becky, vous pourriez fort bien vous faire général en chef ou archevêque de Canterbury.

Ces sentiments sont-ils donc si rares, et combien ne voit-on pas chaque jour d'honnêtes Hercules dans les jupons de leur Omphale, et de Samsons aux épaisses moustaches prosternés aux genoux de leur Dalila !

Lors donc que Becky lui annonça l'approche de la grande crise et lui dit que le temps de l'action était venu, Rawdon lui déclara qu'il était prêt à agir sous ses ordres, et à faire charger ses troupes dès le signal du colonel. Il ne fut pas nécessaire de mettre sa lettre dans le troisième volume de Porteus. Rebecca trouva le moyen de se débarrasser de Briggs, sa compagne, et rencontra le jour suivant sa fidèle *amie* au rendez-vous ordinaire. Elle avait mûri son plan pendant la nuit et fit part à Rawdon du résultat de ses déterminations. Celui-ci approuva tout, comme c'était son devoir. Comment n'aurait-ce pas été pour le mieux, puisque c'était elle qui avait tout réglé ? Miss Crawley ne pouvait manquer de donner à la fin son consentement ou tout au moins de s'apprivoiser, suivant l'expression de Rawdon, au bout de quelque temps. Quant aux résolutions de Rebecca, elles eussent été dans le sens opposé qu'il les eût suivies aussi aveuglément.

– Vous avez de la cervelle pour deux, Becky, lui disait-il, vous nous tirerez de ce précipice ; je n'ai jamais vu personne qui vous vaille, et cependant je me suis trouvé avec des gens bien habiles, moi aussi.

Après cette profession de foi, le dragon au cœur brûlant s'en remit à elle du soin de conduire l'exécution de son projet, conçu dans l'intérêt commun, et il exécuta ponctuellement ses ordres sans même en demander les raisons. Son rôle, dans l'affaire, se bornait tout simplement à louer pour le capitaine et mistress Crawley un logement retiré dans le voisinage de la caserne ; car Rebecca s'était décidée, et avec beaucoup de sagesse, selon nous, à se faire enlever. Rawdon était ravi de cette résolution ; depuis plusieurs semaines déjà il la suppliait de prendre ce parti. Il se mettait en campagne pour retenir les logements avec cette activité que l'amour seul peut donner : il avait fait si peu de difficultés sur les deux guinées par semaine demandées par la maîtresse d'hôtel, que celle-ci se reprocha de n'en avoir pas exigé davantage. Il fit apporter un piano et assez de fleurs pour remplir la moitié d'une serre. Tout était à l'avenant. Quant aux châles, aux gants, aux bas de soie, aux montres en or, aux bracelets et à la parfumerie, il en fit emplette avec toute la profusion d'un amour aveugle et d'un crédit illimité. Après avoir soulagé son esprit par ce débordement de générosité, ne sachant plus que faire de ses nerfs, il alla au club attendre, en buvant, l'heure qui devait décider de la félicité de sa vie.

Les événements du jour précédent, l'admirable conduite de Rebecca refusant de si brillantes propositions, le malheur mystérieux qui planait sur elle, et la résignation silencieuse avec laquelle elle supportait son affliction, ajoutèrent encore à la tendresse ordinaire de miss Crawley.

Dès qu'il s'agit de mariage, soit pour un refus, soit pour une demande, c'en est assez pour mettre en branle des légions de femmes, et donner du mouvement aux fibres nerveuses de chacune d'elles. Comme observateur de la nature humaine, je fréquente régulièrement l'église Saint-George pendant la saison des mariages dans le grand monde. Jamais je n'ai vu les amis du fiancé fondre en larmes, jamais je n'ai remarqué la moindre émotion dans le bedeau et le clergé qui officie. Il n'est pas rare, au contraire, de voir des femmes qui n'ont plus aucun intérêt à ce qui se passe, de vieilles ladies qui sont depuis longtemps au-delà de la limite où l'on se marie, d'honnêtes mères de famille, entourées d'un cortège d'enfants, de voir, dis-je, ce troupeau de femmes pleurer, sangloter, souffler, cacher leur figure dans leur mouchoir de poche, s'abandonner aux transports de la plus farouche émotion.

En un mot, miss Crawley et miss Briggs, après la démarche de sir Pitt, se livraient à une dépense immodérée de sentiments ; Rebecca était devenue l'objet du plus tendre intérêt pour miss Crawley, et, tandis que Rebecca était retirée dans sa chambre, sa vieille amie se consolait par la lecture des histoires les plus romanesques. La petite Sharp était l'héroïne du jour, grâce au mystère de ses pensées de cœur.

Jamais Rebecca n'avait trouvé un chant si doux, une conversation si séduisante que le soir qui suivit tous les préparatifs que nous venons de raconter. Elle tenait dans sa main le cœur de miss Crawley. Elle parlait d'un ton dédaigneux et moqueur de la proposition de sir Pitt, en riait comme d'un caprice extravagant de vieillard. Ses yeux se remplissaient de larmes, tandis que le cœur de Briggs débordait de l'inexprimable douleur de se voir évincée par sa rivale, quand celle-ci disait que son seul désir était de rester toujours auprès de sa chère bienfaitrice.

– Chère petite amie ! disait la vieille dame ; vous ne me quitterez pas de longtemps, voilà qui est convenu. Quant à retourner chez mon abominable frère, après ce qui s'est passé, il ne faut plus en parler. Vous resterez ici avec moi et avec Briggs. Briggs fait très souvent visite à ses parents. Il ne tiendra qu'à elle d'aller les voir tant qu'elle voudra. Mais vous, ma chère, vous serez là pour avoir soin de la pauvre vieille.

Que Rawdon Crawley se fût trouvé là, au lieu d'être à boire à son club pour endormir ses nerfs, le jeune couple, tombant aux pieds de la vieille demoiselle, aurait, par un aveu complet obtenu son pardon en un clin d'œil. Mais ce coup de fortune fut refusé à nos jeunes gens, sans doute pour le plus grand bonheur de cette histoire. Nombre d'aventures merveilleuses auxquelles ils vont se trouver mêlés, les auraient laissés bien tranquilles au coin de leur feu, sous un toit confortable, avec l'intervention dès le début du pardon consolant, mais peu dramatique de miss Crawley.

Dans la maison de Park-Lane se trouvait, sous les ordres de mistress Firkin, une jeune servante de l'Hampshire, qui, entre autres fonctions, avait celle de frapper tous les matins à la porte de miss Sharp avec la cruche d'eau chaude que Firkin ne lui aurait pas portée elle-même, eût-il dû lui en coûter la tête. Cette fille avait été élevée autrefois aux frais de la famille ; elle avait un frère dans la compagnie du capitaine Crawley, et, sans blesser la vérité, on pouvait affirmer qu'elle était instruite de certains arrangements qui entrent pour beaucoup dans les combinaisons de cette histoire. Toujours on ne pourra nous contester qu'elle avait acheté un châle jaune, une paire de bottines vertes, un chapeau bleu clair ombragé d'une plume rouge, avec trois guinées provenant de Rebecca. Comme avec miss Sharp l'argent était toujours placé à intérêt, c'était sans doute les services de Betty Martin qui lui avaient valu cette largesse toute royale.

Le surlendemain des propositions de sir Pitt Crawley à miss Sharp, le soleil se leva comme à son ordinaire, et à son ordinaire aussi Betty Martin, chargée du service de l'étage supérieur, frappa à la porte de la chambre à coucher de la gouvernante.

Point de réponse. Nouveau coup à la porte : même silence. Sa cruche d'eau chaude à la main, elle ouvrit et entra dans la chambre.

La petite couchette, bien blanche, était aussi en ordre et aussi peu froissée que la veille, après que Betty avait aidé Rebecca à faire le lit. Dans un coin de la chambre se trouvaient deux petites malles ficelées, et sur la table, devant la fenêtre, piquée à la pelote, bien grosse et bien grasse, quoique doublée de satin rose, une lettre attirait les regards ; il est probable qu'elle avait passé là toute la nuit.

Betty se dirigea de ce côté sur la pointe du pied comme si elle eût craint de la faire envoler, jeta autour d'elle un coup d'œil de surprise et de satisfaction, prit la lettre du bout des doigts, puis se mit à rire de bon cœur en la retournant dans tous les sens, et enfin la descendit à l'étage inférieur, chez miss Briggs.

Comment Betty reconnut-elle que la lettre était à l'adresse de miss Briggs ? j'aimerais à l'apprendre ! Elle avait eu beau suivre l'école du dimanche faite par mistress Bute Crawley, elle ne savait pas plus lire l'écriture que l'hébreu.

– Holà ! miss Briggs, s'écria cette grosse fille. Ohé ! miss, quelle drôle de chose vient d'arriver ! Il n'y a personne dans la chambre de miss Sharp ; le lit n'a pas été défait, et elle est partie en laissant cette lettre pour vous, miss.

– Qu'est-ce que cela ? s'écria Briggs laissant tomber son peigne et flotter sur ses épaules une petite corde de cheveux fanés. Un enlèvement ! Miss Sharp en fuite ! Qu'est-ce à dire que cela ?

En même temps elle rompait brusquement le cachet et, comme on dit, dévorait le contenu de la lettre à elle adressée.

Chère miss Briggs (écrivait la fugitive), dans l'excellent cœur que je vous connais, vous trouverez pitié, sympathie et excuse pour votre pauvre amie. C'est en répandant mes larmes, mes prières, mes bénédictions que je m'éloigne de cette maison, de cette maison où la pauvre orpheline a toujours trouvé des trésors inépuisables de bonté et d'affection. J'obéis à des droits supérieurs à ceux que ma bienfaitrice peut avoir sur moi. Je me rends au devoir qui m'appelle près de mon mari. Oui, je suis mariée, et mon mari m'ordonne de le suivre sous l'humble toit qui doit désormais nous servir de demeure. Très chère miss Briggs, annoncez cette nouvelle, en vous inspirant de votre excellent cœur, à ma chère, à ma bien-aimée amie et protectrice. Dites-lui qu'avant de partir j'ai été verser des larmes sur son oreiller, sur cet oreiller où j'ai si souvent calmé ses souffrances, et sur lequel je désire veiller encore. Oh ! avec quelle joie je rentrerai à mon cher Park-Lane ! Que je tremble en attendant cette réponse qui va décider de mon sort ! Quand sir Pitt a daigné m'offrir sa main, honneur dont m'a trouvée digne ma bien-aimée miss Crawley (et ce sera pour moi un sujet de la bénir éternellement, puisqu'elle n'aurait pas dédaigné d'avoir la pauvre orpheline pour sœur), j'ai dit alors à sir Pitt que j'étais déjà mariée et il m'a pardonné ; mais le courage m'a manqué sur le point de lui faire un aveu complet, alors que j'allais lui dire que je ne pouvais devenir sa femme, parce que j'étais déjà sa fille ! J'ai épousé le meilleur, le plus généreux des hommes : le Rawdon de miss Crawley est mon Rawdon ! Il ordonne, et j'incline la tête ; il m'appelle dans notre humble demeure, et je le suivrai par tout l'univers. Excellente et bonne amie, intercédez auprès de la bien-aimée tante de mon Rawdon, pour lui et pour la pauvre fille à laquelle sa noble race a montré une affection sans égale. Suppliez miss Crawley de recevoir ses affectionnés enfants ; et, pour terminer, mille bénédictions sans fin sur la chère maison que je quitte.

Votre dévouée et reconnaissante,

REBECCA CRAWLEY

Minuit

Au moment où Briggs terminait la lecture de cette pièce intéressante et pathétique, grâce à laquelle elle se voyait réintégrée dans sa position de première confidente auprès de miss Crawley, mistress Firkin entra dans la chambre.

– Mistress Bute Crawley, lui dit-elle, vient d'arriver par la malle de l'Hampshire et demande du thé ; voulez-vous descendre pour lui préparer à déjeuner, miss ?

À la grande surprise de Firkin, Briggs, sa robe de chambre ramenée devant elle, sa petite corde de cheveux flottant toujours à l'aventure derrière sa tête, ses papillotes suspendues en grappes autour de son front, Briggs descendit précipitamment vers mistress Bute, tenant à la main la lettre où elle avait lu ces prodigieuses nouvelles.

– Oh ! mistress Firkin, s'écriait de son côté Betty. Quelle affaire ! Miss Sharp s'est enfuie avec le capitaine ; ils sont en route pour Gretna-Green[74].

Il y aurait un chapitre à écrire sur les émotions de mistress Firkin, si la peinture des passions qui agitaient ses maîtresses n'était pas une plus digne occupation pour notre aimable muse.

Quand mistress Bute Crawley, transie d'un voyage nocturne et se réchauffant à l'âtre pétillant de la salle à manger, apprit de miss Briggs la nouvelle de ce mariage clandestin, elle répéta que

74. Village du sud de l'Écosse où les couples clandestins pouvaient se marier sans l'autorisation de leurs parents.

son arrivée dans un pareil moment, où il faudrait aider cette pauvre miss Crawley à supporter un si terrible coup, était tout à fait providentielle. Rebecca n'était plus qu'une petite scélérate pétrie d'artifice et de fourberie ; elle s'en était toujours défiée, et, quant à Rawdon Crawley, elle cherchait en vain à s'expliquer la folle tendresse de sa tante à son endroit. Depuis longtemps, elle ne voyait en lui qu'un débauché, un dissipateur, un être abandonné de Dieu. « Cette détestable équipée, ajoutait mistress Bute, aura du moins pour utile résultat d'ouvrir les yeux à miss Crawley sur le véritable caractère de ce misérable. »

Mistress Bute prit alors son thé avec renfort de toats beurrés. Comme désormais il se trouvait une chambre vacante dans la maison, rien ne la forçant plus à rester à l'hôtel Gloster, où l'avait descendue la malle de Portsmouth, elle dépêcha Mr Bowls avec commission d'en rapporter ses bagages.

Miss Crawley ne sortait jamais de sa chambre avant midi. Elle prenait le matin son chocolat dans son lit, tandis que Becky Sharp lui lisait le *Morning-Post*, faisait mille allées et venues ou la distrayait d'autre manière. Les coryphées[75] de l'étage inférieur convinrent qu'on ménagerait la sensibilité de la chère dame jusqu'à son apparition dans le salon ; on lui avait cependant annoncé que la malle de l'Hampshire avait déposé mistress Bute Crawley

75. Chefs de chœur du théâtre antique.

à l'hôtel Gloster, qu'elle envoyait ses politesses à miss Crawley et lui demandait l'autorisation de déjeuner avec miss Briggs. L'arrivée de mistress Bute, qui en tout autre temps ne lui aurait fait aucun plaisir, lui causa alors une certaine satisfaction. Miss Crawley n'était pas fâchée de parler avec sa belle-sœur de feu lady Crawley, des préparatifs pour les funérailles et des brusques propositions de sir Pitt à Rebecca.

On laissa d'abord la vieille demoiselle s'installer à son aise dans son grand fauteuil favori, échanger les embrassements et les questions d'usage avec la nouvelle arrivée ; alors enfin les conjurés jugèrent le moment favorable pour lui faire subir l'opération. Qui n'a pas eu occasion d'admirer les artifices et les ménagements délicats employés par les femmes pour préparer leurs amis aux mauvaises nouvelles ? Les deux acolytes de miss Crawley s'entourèrent d'un tel appareil de mystère que, sans lui avoir dit encore le premier mot de la fatale nouvelle, elles avaient pourtant éveillé chez elle, dans une proportion convenable, le doute et l'inquiétude.

– Elle a refusé sir Pitt, ma chère miss Crawley, disait mistress Bute… voyons, du courage… parce que… parce qu'elle ne pouvait pas faire autrement.

– Il faut toujours un parce que, répondait miss Crawley, et c'est parce qu'elle en aime un autre. Je l'ai dit hier à Briggs.

– Oui, elle en aime un autre ! reprenait Briggs à son tour. Hélas ! ma chère et respectable amie, elle est déjà mariée !

– Oui, déjà mariée, reprenait mistress Bute, en appuyant sur la chanterelle[76].

Et toutes deux, les mains croisées, se regardaient l'une l'autre, puis reportaient les yeux sur leur patiente.

– Qu'elle vienne me trouver dès son retour, cette petite astucieuse ! ne me rien dire ! s'écriait miss Crawley.

– Ah ! elle ne reviendra pas de sitôt ; montrez ici tout votre courage, ma chère amie ; elle est partie, mais pour longtemps ; elle… elle est partie pour de bon.

– Dieux du ciel ! et qui me fera mon chocolat ! Vite, qu'on aille la chercher et qu'elle revienne. Je veux qu'elle revienne ! hurlait la vieille fille.

– Pour l'amour du ciel, qu'elle prenne son courage à deux mains, et ne la torturez pas ainsi, miss Briggs.

– Elle est mariée à qui ? s'écria la vieille fille dans une exaspération nerveuse.

– À… à un parent de…

– Allons, parlez ; il y a de quoi me rendre folle, s'écria miss Crawley à bout de patience.

– Oh ! ma chère dame…, miss Briggs soutenez-la, elle a épousé Rawdon Crawley.

---

76. En insistant sur le point délicat de l'affaire.

– Rawdon marié… à Rebecca… une gouvernante… non, non… Sortez de ma maison, vieille folle, vieille idiote ! Que vous êtes stupide, Briggs… et vous osez ?… vous êtes du complot… c'est de votre faute s'il s'est marié… vous avez cru que je le dépouillerais alors pour vous… je vois bien ce que c'est, Martha !

Et la fureur de la vieille s'exhalait en phrases entrecoupées.

– Ah ! quelle affliction, madame ! une personne de votre rang épouser la fille d'un maître de dessin !

– Sa mère était une Montmorency, s'écria la vieille dame arrachant presque la sonnette.

– Sa mère était une fille d'Opéra, une *plancheuse*, peut-être pis encore, repartit mistress Bute.

Miss Crawley poussa un dernier cri et tomba sans connaissance. On la remonta dans sa chambre, d'où elle venait de descendre. Les crises nerveuses se succédaient sans interruption. On fit venir le docteur, et l'apothicaire ne tarda pas à suivre ses pas. Mistress Bute s'installa à son chevet comme garde-malade.

– C'est le devoir de ses parents de veiller sur elle, disait la charitable Bute.

À peine avait-on remonté miss Crawley dans sa chambre, que survint un nouveau personnage qu'il fallut mettre au courant des faits. C'était le baronnet.

– Où est Becky ? dit sir Pitt. Où sont ses bagages ? Je viens la chercher pour partir avec moi pour Crawley-la-Reine.

– Ne connaissez-vous donc point l'étonnante nouvelle de son mariage clandestin ? demanda Briggs.

– *Quéque* ça me fait ? fit sir Pitt. Eh bien ! elle est mariée, et voilà tout. Dites-lui de descendre sans plus de retard.

– Vous ne savez donc pas, monsieur, lui demanda miss Briggs, qu'elle n'est plus dans la maison, au grand désespoir de miss Crawley ? La pauvre femme a bien manqué mourir lorsque nous lui avons appris l'union de la gouvernante avec le capitaine Rawdon.

Quand sir Pitt Crawley entendit annoncer que Rebecca était la femme de son fils, il sortit de sa bouche une avalanche de jurons qui sonneraient assez mal ici, et qui firent que la pauvre Briggs, toute tremblante, s'élança de la chambre où il écumait. Nous pousserons avec elle la porte sur cette figure décomposée par la colère, enflammée par la haine et le désir.

Le lendemain de son arrivée à Crawley-la-Reine, sir Pitt se livra aux excès du délire le plus effréné, et, dans la chambre qu'avait occupée miss Sharp, il enfonça les caisses à coups de pied et mit en pièces ses papiers, ses robes et tous ses chiffons. Miss Horrocks, la fille du majordome, prit une partie de ces débris ; les enfants s'affublèrent du reste pour jouer la comédie.

Il y avait à peine quelques jours que leur pauvre mère avait été conduite à sa dernière demeure. Pas une larme, pas un regret n'avait accompagné ses cendres déposées parmi tant d'autres, toutes étrangères pour elles.

– Mais si la vieille ne s'apaise pas, disait Rawdon à sa petite femme dans leur élégante maison de Brompton, où celle-ci avait passé sa matinée à essayer un nouveau piano, ses nouveaux gants qui lui allaient à merveille, ses nouveaux châles qui lui seyaient on ne peut mieux, ses nouvelles bagues qui brillaient à ses petits doigts, et sa nouvelle montre qui faisait tic-tac à son côté. Eh bien ! Becky, si la vieille femme s'entête ?

– Je me charge de votre fortune, reprit-elle ; et Dalila caressait Samson.

– Vous pouvez tout, dit-il en déposant un baiser sur sa main mignonne ; aussi, mordieu ! je m'en remets à vous ! Allons dîner au restaurant !

CHAPITRE XVII
Le capitaine Dobbin achète un piano

S'il est au monde un endroit où la satire et le sentiment puissent se donner rendez-vous, où le risible et le larmoyant se présentent avec le plus bizarre contraste, où l'on ait le droit de se montrer mordant et pathétique avec un parfait à propos, c'est dans une de ces assemblées publiques dont l'annonce remplit chaque jour les dernières colonnes du *Times*, et où chacun, pour son argent, est appelé à prendre sa part de la bibliothèque, du mobilier, de la vaisselle, de la garde-robe et des vins fins d'Épicure trépassé.

Les restes de mylord Plutus reposent maintenant dans le caveau de la famille. Les statuaires taillent dans le marbre une inscription commémorative et véridique, comme on le sait, de ses vertus et de la douleur de son héritier, désormais en possession de ses biens. Quel convive de la table de Plutus peut passer devant sa maison jadis si hospitalière pour lui, sans laisser échapper un soupir, devant cette maison qui s'illuminait de si joyeuses clartés vers les sept heures du soir, dont les portes étaient toujours toutes grandes ouvertes, et dont les domestiques, tandis qu'on montait l'escalier garni de moelleux tapis, faisaient retentir le nom du visiteur de palier en palier jusqu'à ce qu'il eût pénétré dans l'élégant sanctuaire où le vieux Plutus recevait ses amis ! Il en comptait beaucoup ! Il les traitait si bien ! Combien de gens voyait-on chez lui, spirituels sous ses vastes portiques, moroses dès qu'ils en franchissaient le seuil. Combien de gens aimables et prévenants à l'envi, qui partout ailleurs se détestaient et se seraient égorgés l'un l'autre ! Il avait une certaine arrogance, mais sa cuisine aurait fait avaler bien pis encore. Il était lourd et épais, mais le feu de son vin pétillait dans toutes les conversations.

– À tout prix nous aurons quelques bouteilles de son bourgogne, disent à son cercle ses amis éplorés.

– J'ai acheté cette tabatière à la vente du vieux Plutus, reprend l'un d'eux en la faisant circuler. C'est le portrait d'une des maîtresses de Louis XV ; joli bijou, n'est-ce pas ? charmante miniature ?

Puis on se met à causer de la manière dont Plutus le jeune va dissiper l'héritage.

Dans l'hôtel, quelle métamorphose ! la façade a disparu sous une enveloppe d'affiches ; tous les articles y sont inventoriés en lettres majuscules. Un tapis est pendu comme échantillon à l'un des étages supérieurs. Une demi-douzaine de commissionnaires sont échelonnés sur les marches boueuses.

La cour est envahie d'hôtes basanés à la figure plus ou moins grecque, qui vous distribuent des cartes imprimées et se proposent pour enchérir à votre compte. De vieilles femmes et des amateurs indécis encombrent les étages du haut, tâtant les couvre-pieds, fourrant les doigts dans la plume, retournant les matelas, ouvrant les tiroirs des chiffonniers. De jeunes et entreprenantes maîtresses de maison viennent mesurer la dimension des rideaux et les miroirs, pour s'assurer qu'ils conviendront à leur nouveau ménage.

Mr Martofrap, assis sur une grande table d'acajou dans la salle à manger du bas, agite son marteau d'ivoire et emploie tous les artifices de l'éloquence, de l'enthousiasme, de la prière, de la raison, du désespoir pour allumer les acheteurs. Il décoche un trait satirique à Mr Juda sur son engourdissement, provoque du geste Mr Lévi. Il implore, commande et beugle jusqu'au moment où il laisse tomber le fatal marteau et passe au lot suivant.

Ô Plutus, qui aurait jamais pensé, lorsque nous étions en cercle autour de votre large table étincelante de vaisselle et de linge damassé, qu'on y verrait un jour figurer, en guise de plat, cet étourdissant brocanteur ?

La vente tirait à sa fin. Déjà on avait vendu le magnifique ameublement du salon, sorti des meilleurs ateliers ; les vins rares, qui avaient coûté des prix fabuleux et avaient été choisis avec le goût que l'on connaissait à leur possesseur ; les services d'argenterie, d'une richesse et d'une ciselure remarquables. Quelques-unes des meilleures bouteilles, renommées parmi tous les amateurs du voisinage, avaient été achetées pour la cave de son maître par le majordome de notre ami Osborne, esquire de Russell-Square. Un petit lot d'argenterie consistant en objets les plus indispensables, avait été acquis pour le compte de jeunes agents de change de la Cité. Il ne restait plus maintenant pour exciter la tentation du public que des objets de moindre valeur. L'orateur, juché sur la table, s'extasiait sur les mérites d'un tableau qu'il recommandait à l'admiration des assistants. La foule des acheteurs était loin d'être aussi choisie, aussi nombreuse qu'aux vacations précédentes.

– Numéro 369 ! hurlait Mr Martofrap. Portrait d'un monsieur sur un éléphant. Qui parle pour le monsieur sur l'éléphant ? Faites voir aux amateurs, monsieur Criarson, qu'ils puissent examiner le chef-d'œuvre.

Un monsieur grand, pâle, à la tournure militaire, assis tranquillement sur la table d'acajou, ne put s'empêcher de rire quand Mr Criarson promena ce précieux morceau sous les yeux du public.

– Montrez l'éléphant au capitaine, Criarson. Eh bien ! monsieur, que disons-nous pour l'éléphant ?

Le capitaine, au lieu de répondre, rougit, se troubla et détourna la tête pendant que le vendeur renouvelait ses provocations.

– Vingt guinées pour cet objet d'art ? quinze… cinq… qu'on dise un mot ; le monsieur sans l'éléphant vaut à lui seul cinq livres.

– Je m'étonne que l'éléphant ne plie pas sous un pareil fardeau, dit un loustic de profession. Son cavalier est assez gros pour cela.

En effet le monsieur placé sur l'éléphant faisait l'effet d'un gros et grand gaillard. Un rire universel accueillit cette plaisanterie.

– Ne dépréciez pas la valeur de mon lot, maître Lévi, dit Martofrap. Laissez la compagnie examiner cet objet d'art. La pose de cet intelligent animal est tout à fait conforme à sa nature. Le monsieur en veste de nankin, son fusil à l'épaule, s'en va à la chasse ; dans le lointain, on voit un bananier et une pagode ; c'est probablement quelque endroit célèbre dans nos fameuses possessions des Indes orientales. Combien met-on sur ce lot ? Allons, messieurs, ne restons pas à coucher ici.

Une personne offrit cinq schillings ; le militaire regarda du côté d'où partait cette offre brillante ; il aperçut alors un autre officier et une jeune dame lui donnant le bras, qui paraissaient se divertir beaucoup de cette scène, et à qui, en définitive, le lot fut adjugé pour une demi-guinée. L'autre amateur fut plus surpris et plus décontenancé que jamais à la vue du couple qui lui faisait face ; il enfonça tout à fait sa tête dans son col d'uniforme et tourna le dos pour ne plus rencontrer cette vision désagréable.

Nous n'avons nulle envie d'entretenir nos lecteurs des autres objets que Mr Martofrap eut en ce jour l'honneur d'offrir à l'avidité du public, à l'exception d'un seul toutefois : c'était un petit piano droit qu'on avait descendu des régions élevées de la maison ; le grand piano à queue était déjà vendu. La jeune dame dont nous avons parlé le fit retentir sous ses doigts agiles et déliés, et l'officier, à l'autre bout de la table, se mit à rougir et à tressaillir.

La jeune dame fit pousser par un tiers les enchères du piano. Mais il y avait concurrence. L'aide de camps de l'officier du bout de la table poussait contre le gentleman employé par les acquéreurs de l'éléphant. Le petit piano fut chaudement disputé ; Mr Martofrap stimulait encore l'ardeur des combattants. La lutte se prolongea ainsi quelque temps, mais le capitaine et la dame à l'éléphant finirent par quitter la lice. Le marteau tomba et le crieur fit entendre ces mots :

– Pour Mr Lévi, vingt-cinq quinées.

Le client de Mr Lévi se trouva ainsi propriétaire du petit piano droit. Après cette victoire il reprit sa position normale, et, ses compétiteurs évincés jetant un coup d'œil de son côté, la dame dit à son cavalier :

– Eh mais ! Rawdon, c'est le capitaine Dobbin.

Peut-être Becky était-elle mécontente du nouveau piano que son mari avait loué pour elle ; peut-être les propriétaires de l'instrument l'avaient-ils fait reprendre, refusant un plus gros crédit ; peut-être enfin attachait-elle un prix tout particulier à celui dont elle avait voulu faire l'emplette, se souvenant du temps où elle en avait joué dans la petite chambre de notre chère Amélia Sedley.

La vente avait lieu dans la vieille maison de Russell-Square, où nous avons passé quelques soirées au commencement de ce récit. Le bon vieux John Sedley était ruiné, sa banqueroute affichée à la Bourse, et par suite il avait fallu procéder à son exécution commerciale.

Le majordome de Mr Osborne était venu acheter le fameux vin de Porto, pour le transporter de l'autre côté de la place. Quant à la boîte de petites cuillers de dessert, à la douzaine de couverts artistement travaillés et vendus au poids, trois jeunes agents de change, MM. Dale, Spiggot et Dale de Treadneedle-Street, qui avaient été en rapports d'affaires avec le vieillard et l'avaient trouvé bon et affable comme tous ceux qui traitaient avec lui, envoyèrent à sa demeure actuelle ce petit débris arraché du naufrage, avec leurs compliments pour la bonne mistress Sedley. Pour le piano d'Amélia, comme elle allait en avoir incessamment besoin et que le capitaine Dobbin ne savait pas plus en jouer que danser sur la corde roide, il est probable qu'il n'avait pas fait là une acquisition pour son usage personnel.

Le soir même il fut porté dans une charmante maisonnette de l'une de ces rues baptisées des noms les plus romantiques, où les habitations ressemblent à de petites maisons de poupées, et où, lorsqu'on regarde des fenêtres du premier étage, on a l'air, pour le passant, d'avoir les pieds au rez-de-chaussée. Les arbres des petits jardins qui s'étalent devant la façade de ces demeures sont couverts d'une éternelle végétation de tabliers d'enfant, de petites chaussettes rouges, de bonnets, etc. (*Polyandrie, polygynie.*) Malheur à l'oreille qui s'aventure dans ces lieux écartés ! elle sera écorchée par les notes aiguës sortant de mauvaises épinettes et du gosier de femmes qui font gémir les échos d'alentour. Tous les soirs on voit les commis de la Cité aller dans ces réduits coquets se reposer des fatigues du jour. C'était là que Mr Clapp, le commis de Mr Sedley, avait son domicile, et c'était là que le bon vieillard avait trouvé un asile pour lui, sa femme et sa fille, au moment de la catastrophe.

Jos Sedley, en apprenant le malheur qui frappait sa famille, avait agi comme on devait s'y attendre de la part d'un homme de son tempérament. Il ne vint pas à Londres, mais il écrivit à sa mère de prendre chez ses banquiers tout ce dont elle aurait besoin. Ainsi il était tranquille sur le sort de ses parents ; ils n'avaient plus rien à craindre du côté de la pauvreté ! Ces dispositions prises, Jos Sedley alla à son restaurant de Cheltenham aussi gai que de coutume, à sa promenade en voiture, buvant son bordeaux, jouant son whist, disant ses histoires indiennes ; et sa veuve irlandaise l'amadouait et le flattait comme si de rien n'était.

Ses offres d'argent, malgré le besoin qu'on en avait, firent peu d'impression sur ses parents. Amélia racontait que, la première fois qu'elle vit son père relever la tête depuis son malheur, fut le jour où il reçut de la part du jeune agent de change le paquet de couverts, accompagné de ses compliments. Alors il éclata en sanglots, alors il se mit à pleurer comme un enfant, et parut plus touché que sa femme elle-même, à qui le présent était destiné. Édouard Dale, le plus jeune des associés qui avaient acheté ces couverts en commun, se montrait toujours plein d'égards pour Amélia, et, en dépit du malheur de son père, s'offrait encore pour l'épouser. En 1820, il se maria à miss Louisa Cutts, fille de Cutts, un de nos plus grands facteurs en grains, et sa femme lui apporta une belle fortune. Maintenant il vit retiré dans l'opulence, au milieu d'une nombreuse famille, à son élégante villa de Muswell-Hill. Mais la rencontre d'un excellent cœur ne doit pas nous emporter trop loin du principal sujet de notre histoire.

Nous supposons que le lecteur s'est formé une trop haute idée du bon sens du capitaine et de mistress Rebecca, pour leur jamais attribuer la pensée de faire une visite dans un quartier aussi éloigné que Bloomsbury, s'ils eussent pu soupçonner qu'ils allaient y trouver des personnes non seulement passées de mode, mais encore ruinées, et dont la connaissance devait être sans profit pour eux. Rebecca fut toute surprise de voir cette opulente demeure où elle avait jadis rencontré si bon accueil, mise au pillage par les acheteurs et les marchands, de trouver à chaque pas de précieux souvenirs de famille livrés à la rapacité et à l'indifférence du public. Un mois après sa fuite, elle s'était souvenue d'Amélia, et Rawdon, accueillant sa proposition avec un rire sournois, s'était montré tout disposé à visiter George Osborne.

– Excellente connaissance, Beck ! disait-il en se donnant un air narquois. Il faudra que je lui vende encore un cheval. Nous ferons aussi quelques parties de billard. C'est ce que j'appelle une amitié *utile*, madame Crawley, ah ! ah !

On aurait tort peut-être de se hâter de conclure d'après ces paroles que Rawdon Crawley trichait de propos délibéré en jouant avec Mr Osborne ; il voulait simplement conserver sur lui cette supériorité que chacun est bien aise de faire sentir à son voisin.

La vieille tante n'avait pas l'air très pressée de se radoucir. Un mois s'était écoulé et Mr Bowls continuait à refuser la porte à Rawdon avec la même rigueur. Ses domestiques ne pouvaient pénétrer dans la maison de Park-Lane, ses lettres lui étaient renvoyées sans qu'on eût pris la peine de les ouvrir. Miss Crawley ne sortait point, elle se sentait toujours indisposée. Mistress Bute veillait toujours sur elle et ne la quittait pas d'un instant. Crawley et sa femme auguraient mal de la présence assidue de mistress Bute.

– Eh bien ! je commence à comprendre pourquoi vous vouliez que je fusse toujours avec elle à Crawley-la-Reine, dit Rawdon.

– C'est une femme bien adroite et bien fourbe, fit Rebecca avec un soupir.

– Bah, laissez là les regrets, et je serai tout consolé, s'écria le capitaine dans un transport amoureux pour sa femme.

Celle-ci pour récompense lui donna un baiser. Elle éprouvait un certain plaisir de la généreuse confiance de son mari.

« Avec un peu de cervelle dans cette tête-là, pensa-t-elle, j'en aurais fait quelque chose. »

Mais elle ne lui laissait jamais entrevoir sa manière de penser sur son compte ; elle écoutait avec une complaisance infatigable ses histoires d'écurie et de régiment ; elle riait de tous ses bons mots ; elle prenait le plus vif intérêt à Jack Spatterdash, dont le cheval s'était abattu ; à Bob Martingale, surpris dans une maison de jeu ; à Tom Cinq-Bars, qui devait courir dans un steeple-chase[77]. Rawdon rentrait-il à la maison, il trouvait Rebecca toujours vive et joyeuse ; voulait-il sortir, elle ne le retenait jamais ; restait-il au logis, elle jouait du piano, chantait pour lui plaire, faisait des sirops qu'il aimait fort, veillait à son dîner, chauffait ses pantoufles et inondait son âme de mille sons empressés. Une femme, suivant ma grand-mère, ne peut être bonne si elle

77. Course de fond qui comprend des obstacles.

n'est hypocrite. Nous ne savons jamais tout ce que l'autre sexe nous dissimule ; quelle adresse et quels artifices se cachent sous ce masque de franchise et de confiance ; combien de manœuvres sont mises en jeu pour nous plaire, nous tromper, nous désarmer à l'aide de ces sourires en apparence si ouverts. Je ne parle point ici des grandes coquettes, mais de ces modèles domestiques, de ces prodiges de vertu féminine. On voit tous les jours des femmes couvrir avec habileté les sottises d'un mari imbécile, ou apaiser les transports d'un furibond. Une bonne ménagère commencera toujours par être une excellente diplomate.

Ces prévenances avaient métamorphosé Rawdon Crawley ; de vétéran de la débauche il était devenu mari très soumis et très heureux. Il était complètement brouillé avec ses anciennes habitudes. À son club, on avait demandé une ou deux fois ce qu'il devenait, puis on avait fini par ne plus s'apercevoir de son absence. Pour lui, ses soirées au coin du feu, avec une femme joyeuse et souriante, une table bien servie, avaient tout le mérite de la nouveauté et du mystère. Il avait eu soin de faire son mariage sans l'annoncer dans le *Morning-Post* ; autrement il eût été assailli des réclamations étourdissantes de ses créanciers, s'ils avaient su qu'il avait épousé une femme sans fortune.

– Je ne crains point les reproches de mes parents, disait Becky en riant du bout des lèvres.

Elle était résolue à ne point faire connaître au monde le nouveau rang qu'elle y prenait, tant qu'il n'y aurait pas eu réconciliation avec la vieille tante. Elle vivait ainsi à Brompton sans voir personne, si ce n'est les amis de son mari, admis à l'intimité du petit couvert. Elle les enchantait tous dans ces dîners en petit comité : une conversation pleine d'entrain, puis les jouissances de la musique, charmaient les privilégiés qui avaient part à ces plaisirs. Le major Martingale n'aurait jamais demandé à voir leur acte de mariage. Le capitaine Cinq-Bars ne tarissait pas sur le talent que la maîtresse du logis déployait dans la confection du punch ; le jeune lieutenant Spatterdash, joueur enragé de piquet et fort souvent invité par Crawley, était complètement sous le charme de mistress Crawley : mais la modestie et la prudence n'abandonnaient jamais la nouvelle épouse, et la réputation de Crawley comme brave à trois poils et comme jaloux achevait de protéger complètement sa chère petite femme.

Il existe dans cette ville des hommes de très bonne race et fort à la mode, qui jamais ne hasardent le pied dans un salon de femmes. Cela explique comment le mariage de Crawley pouvait faire grand bruit dans son comté, où mistress Bute se chargeait d'en répandre la nouvelle, sans être le moins du monde l'objet des préoccupations et des entretiens de la capitale. Quant à Rawdon, il vivait très largement, mais toujours à crédit. Il avait un actif de dettes fort respectable qui, habilement exploité, pouvait mener un homme pendant encore assez longtemps ; avec des dettes, certains industriels des grandes villes savent couler une vie cent fois plus agréable que beaucoup d'autres avec de l'argent comptant.

Un jour en lisant la gazette, Rawdon trouva l'indication suivante : « Le lieutenant G. Osborne vient d'acheter le brevet de capitaine à Smith, démissionnaire ; » aussitôt il exprima sur l'amant d'Amélia des sentiments d'estime dont la conséquence fut une visite à Russell-Square.

Rawdon et sa femme auraient bien voulu à la vente se rapprocher du capitaine Dobbin et apprendre quelques détails sur la catastrophe qui avait frappé les anciens amis de Rebecca ; mais le capitaine avait disparu dans la foule, et ils ne purent obtenir de renseignements que de l'un des crieurs publics.

– Voyez tous ces museaux crochus, disait Becky, son tableau sous le bras et rentrant dans le buggy d'un pas assez allègre ; ne dirait-on pas des vautours après la bataille ?

– Je ne saurais vous dire, je n'ai jamais assisté à aucune bataille ; demandez à Martingale, qui était en Espagne aide de camp du général Blazes.

– C'était un honnête vieillard que ce Mr Sedley, reprit Rebecca. Je suis bien fâché du malheur qui lui arrive.

– Peuh ! agents de change… banqueroutiers… C'est du pareil au même, vous savez, reprit Rawdon en chassant avec son fouet une mouche posée sur l'oreille de son cheval.

– J'aurais aimé racheter, pour le leur offrir, quelque peu d'argenterie, Rawdon, continua sa femme d'une voix sentimentale. Mais vingt-cinq guinées pour ce petit piano, c'est monstrueusement cher ; nous l'avions choisi avec Amélia au sortir de la pension, chez Broadwood, il en a coûté alors trente-cinq.

– Et votre… comment l'appelez-vous ?… Osborne, je crois… Il va tirer, je suppose, sa révérence à cette fille, maintenant que la famille est ruinée. Ça va chagriner votre petite amie, miss Becky ?

– Bah ! on se console, dit Becky avec un sourire.

Puis, pendant le reste de la promenade, ils parlèrent de tout autre chose.

CHAPITRE XVIII
Qui joua sur le piano acheté par le capitaine Dobbin

Notre récit, pour un temps, se trouve mêlé à des événements et à des noms fameux, et marche presque sur les brisées de l'histoire. Lorsque les aigles de Napoléon Bonaparte prirent leur vol de la Provence, où elles s'étaient abattues après un court séjour dans l'île d'Elbe, et, de clochers en clochers, atteignirent les tours de Notre-Dame, les aigles impériales firent sans doute peu d'attention à un petit coin de la paroisse de Bloomsbury, à Londres, où l'on était aussi préoccupé de bien autre chose que du battement de ces ailes puissantes !

« Napoléon est débarqué à Cannes ! » Une pareille nouvelle pouvait répandre la panique à Vienne, renverser les plans de la Russie, menacer l'intégrité de la Prusse, faire secouer la tête à Metternich et à Talleyrand, et enfin abasourdir le prince Hardemberg et le marquis de Londonderry ; mais qui aurait jamais cru que la fatale secousse de la grande lutte impériale dût faire ressentir son contre-coup jusque sur les destinées d'une malheureuse enfant de dix-huit ans, dont l'âme tout entière s'épanouissait en des pensées d'amour ? Pauvre et aimable fleur du toit domestique !… le souffle impétueux de la guerre va aussi vous emporter dans ses tourbillons impitoyables. Oui, Napoléon tente un coup suprême, et le dé fatal qui roule porte avec lui le bonheur de la petite Amélia Sedley.

La fortune de son père fut balayée sans espoir au souffle de ces fatales nouvelles. Tout avait mal tourné pour le pauvre vieillard ; ses dernières opérations avaient échoué ; ses banquiers avaient fait faillite. Les fonds avaient monté quand il pensait les voir baisser. Si le succès est rare et vient lentement, tout le monde sait que les désastres sont rapides et toujours menaçants.

Toutefois, le vieux Sedley avait renfermé sa tristesse en lui-même, et tout semblait marcher comme d'habitude dans cette opulente et paisible demeure. L'excellente mistress Sedley continuait chaque jour à se livrer sans le moindre soupçon à son active oisiveté et à ses futiles occupations. Sa fille s'absorbait de plus en plus dans une tendre et égoïste pensée, en s'isolant du monde qui l'entourait, lorsque la fatale secousse vint ébranler cette digne famille.

Un soir, mistress Sedley préparait des lettres d'invitation pour une fête qu'elle devait donner : les Osborne avaient eu la leur ; elle ne pouvait rester en arrière. John Sedley, rentrant très tard, s'assit sans dire mot au coin du feu, pendant que sa femme bavardait à ses côtés. Quant à Emmy, elle était remontée dans sa chambre, toute triste et tout abattue.

– Notre enfant n'est pas heureuse, hasarda la mère ; Osborne la néglige. Je ne puis souffrir les grands airs de cette famille. Les filles n'ont pas mis le pied ici depuis trois semaines, et George est venu deux fois à la ville sans nous rendre visite. Édouard Dale l'a vu à l'Opéra. Édouard épouserait bien cette chère enfant, j'en suis sûre. Il y a encore le capitaine Dobbin qui ne demanderait pas mieux ; mais j'ai horreur de tous ces militaires. Voyez comme George fait le beau fils et le matamore ! Il faudra apprendre à tous ces gens-là que nous les valons bien. Encouragez le moins du monde Édouard Dale, et vous verrez. Nous aurons une soirée, monsieur Sedley. Mais pourquoi ne répondez-vous pas ? Mon Dieu, qu'est-il arrivé ?

John Sedley quitta sa chaise pour aller au-devant de sa femme qui accourait vers lui. La serrant alors dans ses bras, il lui dit d'une voix entrecoupée :

– Nous sommes ruinés, Marie ; il faut recommencer notre vie, ma chère ! J'aime mieux vous dire tout, tout sans restriction.

En parlant ainsi il frissonnait de tous ses membres et se sentait défaillir ; c'est qu'il craignait que sa femme ne pût supporter ces nouvelles, sa femme à qui auparavant il n'avait jamais dit un mot capable de la chagriner. Mais il était plus accablé qu'elle, malgré la soudaineté du coup qui frappait sa chère compagne. Après cet effort il retomba sur son siège, et ce fut sa femme qui s'empressa de le consoler. Elle prit la main de cet honnête et excellent homme, l'embrassa, la passa autour de son cou ; puis, l'appelant son John, son cher John, son vieux mari, son bon vieux, elle lui adressa mille paroles inspirées par la tendresse et l'amour. Cette voix fidèle et dévouée, ces simples caresses tenaient suspendu le cœur du pauvre homme entre un bonheur et une tristesse inexprimables, et pénétraient dans cette âme souffrante comme un rayon de joie et de consolation.

Une fois seulement dans le cours de cette longue soirée, où, assis à côté de sa femme, le vieux Sedley épancha dans son sein les douleurs concentrées au fond de son âme et lui dit l'histoire de ses pertes et de ses embarras, les trahisons de ses plus vieux amis, la noble délicatesse de quelques personnes dont il ne croyait avoir rien à attendre ; une fois seulement, au milieu de ce retour douloureux sur le passé, sa fidèle épouse donna un libre cours à son émotion.

– Mon Dieu ! s'écria-t-elle, cela va briser le cœur d'Emmy !

Le père n'avait plus pensé à la pauvre enfant. Elle était là-haut en proie à l'insomnie et à la douleur, seule au milieu de ses amis, seule dans la maison paternelle, auprès de bons et excellents parents. Y a-t-il donc tant de personnes à qui l'on puisse tout avouer ? Pourquoi s'ouvrir à des âmes froides, insensibles, ou à des gens qui ne peuvent comprendre ? Notre chère petite Amélia se trouvait ainsi reléguée dans sa solitude. Elle n'avait plus, pour ainsi dire, de confidente, depuis le moment où elle avait des secrets à confier. Comment dire à sa chère maman ses doutes et ses inquiétudes ? Ses futures sœurs semblaient chaque jour la mettre de plus en plus à l'écart. Et même ses doutes et ses craintes, elle n'osait se les avouer à elle-même, bien qu'elle en fît toujours l'objet de ses secrètes méditations.

Son cœur faisait effort pour se rattacher à la conviction que George Osborne était fidèle et digne de son amour, en dépit de toutes les preuves contraires. Que de paroles d'amour lui avait-elle dites cependant sans faire tressaillir ses fibres sensibles ! combien de soupçons trop justifiés d'égoïsme et d'indifférence n'avait-elle pas eu à chasser de son cœur ? À qui cette pauvre victime pouvait-elle raconter ces luttes et ces tortures de chaque jour ? Son héros même ne comprenait pas son dévouement. Ah ! le courage lui manquait pour s'avouer combien l'homme qu'elle aimait lui était inférieur, combien elle s'était trop pressée de donner son cœur. Mais il était donné, et la pure et chaste jeune fille était trop modeste, trop tendre, trop fidèle, trop faible, trop femme enfin pour le reprendre.

Ce pauvre petit cœur était bien froissé, bien meurtri, lorsque, au mois de mars de l'an du Seigneur 1815, Napoléon débarqua à Cannes et Louis XVIII prit la fuite. Une panique générale s'empara de l'Europe ; les fonds baissèrent, et le vieux Sedley fut ruiné.

Nous ne suivrons pas le digne agent de change à travers les souffrances et l'agonie de son désastre, qui aboutit à sa mort commerciale. On afficha son nom à la Bourse, il abandonna ses bureaux, ses billets furent protestés ; la banqueroute était flagrante. La maison et l'ameublement de Russell-Square furent saisis et vendus à la criée, et la famille mise à la porte, ainsi que nous l'avons vu, se vit obligée de chercher un gîte dans le premier endroit venu.

John Sedley, obligé par son indigence de se séparer de ses domestiques, ne se sentit pas le courage de leur adresser ses derniers adieux. Ces honnêtes gens se montrèrent surtout chagrins de perdre de si bonnes places, et en somme ils se consolèrent assez vite du départ de leurs maîtres bien-aimés. La femme de chambre d'Amélia se livra à de longues doléances, mais elle s'en alla enfin toute résignée, en pensant qu'il pourrait s'offrir à elle une place bien plus avantageuse dans un des quartiers aristocratiques de la ville. Le noir Sambo, avec son caractère avantageux et sûr de lui, résolut d'entrer dans un hôtel. Quant à l'honnête et vieille mistress Blenkinsop, qui avait vu naître Jos et Amélia, dont les services dataient même du mariage de John Sedley et de sa femme, elle resta auprès d'eux gratuitement, car elle avait amassé une somme assez ronde depuis son entrée dans la maison. Elle suivit ses maîtres ruinés dans leur nouvel et modeste asile, où elle leur prodigua toujours ses soins, et ses grognements de temps à autre.

Parmi les poursuites qui firent à l'âme de ce bon et excellent Sedley la blessure la plus douloureuse et la plus profonde, et qui en six semaines blanchirent plus ses cheveux que les soucis des quinze années précédentes, celles de John Osborne se distinguèrent par leur acharnement et leur âpreté. John Osborne avait été son ami et son voisin ; John Osborne avait, à ses débuts, trouvé appui et assistance et lui avait mille obligations ; John Osborne devait marier son fils à la fille de Sedley. N'en était-ce pas assez pour expliquer ses rigueurs et son animosité ?

Un homme a de très grandes obligations à un autre : survient une brouille entre eux. L'obligé doit alors, par égard pour les convenances, se montrer bien plus exigeant que le premier venu ; car cet excès d'ingratitude ne devient légitime qu'en prouvant le crime du bienfaiteur. Égoïste, brutal intéressé ! vous ne l'êtes pas, vous ne l'avez jamais été, mais vous êtes victime de la trahison la plus honteuse, accompagnée de circonstances aggravantes.

Règle générale dont s'accommodent fort les créanciers durs et revêches : les hommes gênés dans leurs affaires sont tous des coquins. Ils ont dissimulé leur situation, ils ont exagéré leurs chances de gain, ils ont voulu en imposer, faire croire que tout allait bien quand tout était perdu ; ils promenaient partout une face souriante, sourire bien douloureux alors qu'on se trouve sous le coup d'une banqueroute ! Ils étaient toujours prêts à saisir toutes les occasions de remise, afin de retarder quelques jours de plus une ruine inévitable.

– C'est leur déloyauté qui est cause de tout, dit le créancier triomphant, et il insulte à son ennemi dans la détresse.

– C'est folie de s'accrocher à une paille, dit la froide raison à l'homme qui se noie.

– Vous êtes un infâme, puisqu'on voit votre nom couché sur les colonnes de la gazette, dit toujours la prospérité au pauvre diable qui se débat dans le gouffre de la misère.

Qui n'a remarqué la promptitude des amis les plus intimes et des hommes les plus honorables à se soupçonner, à s'accuser l'un l'autre de mauvaise foi, pour peu qu'il s'agisse d'une question d'argent et qu'elle tourne mal ? Chacun en est là, chacun se trouve honnête, à charge que tous les autres soient des gueux. Afin d'être justifié, le bourreau a besoin de montrer un scélérat dans l'homme qu'il attache au pilori ; autrement, il ne serait lui-même qu'un misérable.

Quant à Osborne, il se sentait blessé, aigri par le souvenir des bienfaits qu'il avait reçus : c'est toujours là le grand motif de haine et d'hostilité. Enfin il avait rompu le mariage projeté entre la fille de Sedley et son fils. Comme on avait été fort loin, et comme le bonheur et peut-être l'honneur de la pauvre fille se trouvaient compromis, il fallait, pour arriver à une rupture, mettre en jeu les raisons les plus fortes ; John Osborne avait besoin de faire savoir à tous que la réputation de John Sedley était des plus pitoyables.

À toutes les réunions de créanciers, il affectait, à l'endroit de Sedley, une brutalité et un mépris qui achevaient de briser le cœur de ce malheureux, accablé déjà par sa ruine. Il s'opposa absolument à toute entrevue entre George et Amélia, menaçant le jeune homme de sa malédiction s'il contrevenait à ses ordres, et traitant cette pauvre et innocente jeune fille comme la plus infâme et la plus artificieuse des créatures. La colère et la haine jettent toujours le venin de leurs calomnies sur l'objet détesté : c'est, comme on dit, une manière d'être conséquent.

La nouvelle du désastre de son père, le départ de Russell-Square, furent pour Amélia comme la déclaration que tout était désormais fini entre elle et George, entre elle et son amour, entre elle et son bonheur, entre elle et sa foi en ce monde. Une lettre grossière et insultante de John Osborne l'informa que la conduite de son père renversait tous les engagements pris entre les deux familles.

Amélia reçut cette nouvelle avec beaucoup plus de calme et de résignation que sa mère ne l'avait espéré. Elle n'y voyait que la confirmation des tristes pressentiments qui l'agitaient depuis si longtemps. C'était la sentence portée contre le crime dont elle était coupable depuis plusieurs années, d'aimer trop aveuglément, trop passionnément, sans consulter la froide raison. Comme par le passé, elle renferma en elle-même ses pensées intimes. Elle n'était guère plus malheureuse maintenant, avec la certitude de ses espérances déçues, qu'au temps où, sans vouloir la regarder, elle avait devant les yeux la triste réalité. Elle passait ainsi d'un vaste hôtel à un petit réduit sans se plaindre, sans être émue. Elle se renfermait moins longtemps dans sa petite chambre, mais elle languissait en silence, et chaque jour on pouvait signaler les progrès de son affaiblissement.

L'animosité que Mr Osborne avait témoignée à l'occasion du projet de mariage entre George et Amélia ne pouvait être comparée qu'au ressentiment que manifestait le vieux Sedley toutes les fois qu'il était question devant lui du même sujet. Il maudissait Osborne et sa famille comme des êtres sans cœur, sans foi, sans gratitude ; il protestait qu'aucune force humaine ne l'amènerait à donner sa fille au fils d'un tel misérable ; il ordonnait à Emmy de bannir George de son esprit et de lui renvoyer toutes les lettres et tous les présents qu'elle avait reçus de lui.

Elle promit d'obéir et se disposa à le faire. Elle enveloppa les quelques bagatelles qui lui venaient de George, tira ses lettres de l'endroit où elle les gardait et les relut d'un bout à l'autre, comme si elle ne les savait pas encore par cœur. Mais elle n'avait pas le courage de s'en séparer ; cet effort était au-dessus de ses forces : elle cacha ce paquet de lettres dans son sein, comme on voit une mère éplorée y cacher son enfant mort. Il semblait à Amélia qu'elle mourrait ou qu'elle deviendrait folle si on lui enlevait cette suprême consolation. Quel rayonnement de joie s'épanouissait autrefois sur sa figure, à l'arrivée de ces lettres ! comme elle s'éloignait avec un battement de cœur pour pouvoir les lire sans être vue ! Si le style en était glacial et froid, comme elle savait y trouver au contraire toute la chaleur de la passion ! Étaient-elles courtes et égoïstes, les excuses ne lui manquaient pas en faveur de l'auteur.

En relisant ces lettres, si peu dignes de tant d'amour, elle s'abandonnait au cours de ses rêveries ; elle revivait dans le passé. Chaque lettre marquait pour elle un souvenir. Tout le passé se pressait dans son esprit. Elle se rappelait son regard, sa voix, sa tournure, ce qu'il avait dit et comme il l'avait dit. Hélas ! de toute cette affection éteinte il ne lui restait plus au monde que ces tristes débris, et sa vie devait se passer désormais à enfouir sa tristesse dans le silence.

Soyez prudentes, jeunes demoiselles. Regardez-y à deux fois en engageant votre cœur. Prenez garde de vous abandonner à un amour bien sincère. Ne dites jamais tout ce que vous éprouvez, et mieux encore n'éprouvez jamais grand-chose. Voyez où conduit une passion trop loyale et trop confiante ; ne vous fiez à personne. Mariez-vous comme en France, où le notaire tient lieu de confident, où les registres de l'état civil remplacent les billets amoureux. Enfin, n'ayez jamais de ces sentiments qui puissent devenir pour vous une source de chagrin. Ne faites jamais de ces promesses que vous ne puissiez pas retirer, en cas de besoin, sans qu'il vous en coûte. Suivez cette méthode, si vous voulez faire votre chemin et passer pour vertueuse dans la Foire aux vanités.

Si Amélia avait entendu les commentaires dont elle était l'objet dans la société dont la ruine de son père la retirait brusquement, elle aurait appris la nature de ses crimes et en quoi elle avait compromis sa réputation. Suivant mistress Smith, on n'avait pas l'exemple d'une légèreté aussi criminelle ; mistress Brown avait toujours condamné ces scandaleuses familiarités, et c'était une leçon qui devait profiter à ses filles.

– Le capitaine Osborne ne peut pas épouser la fille d'un banqueroutier, disait miss Dobbin ; c'est bien assez déjà d'être victime des escroqueries du père. Quant à cette petite Amélia, sa folie dépassait tout…

– Tout quoi ? demandait le capitaine Dobbin avec humeur. Ne sont-ils pas promis l'un à l'autre depuis leur enfance ? Cette promesse n'est-elle pas aussi valable que le mariage ? Qui ose proférer le moindre mot contre la plus pure, la plus tendre, la plus angélique des jeunes filles ?

– Tout beau, William ! répondait miss Jane. Il ne faut pas monter ainsi avec nous sur votre cheval de bataille. Nous ne pouvons vous rendre raison et nous battre avec vous. Nous ne disons rien contre miss Sedley, si ce n'est que sa conduite a été des plus imprudentes, et c'est le moins qu'on puisse en dire. Ce malheur, du reste, vient bien à ses parents.

– Allons, William, reprit miss Anne d'un ton moqueur, miss Sedley est libre maintenant ; c'est affaire à vous de vous mettre sur les rangs ; c'est un bien bon parti, ma foi : qu'en dites-vous ?

– Que je l'épouse ! dit Dobbin tout rouge et précipitant ses paroles ; si vous aimez le changement, mesdemoiselles, croyez-vous qu'elle vous ressemble ? Moquez-vous de cette angélique jeune fille ; elle ne peut se défendre. Son malheur et sa peine doivent suffire, en effet, pour la livrer à vos railleries. Courage, Anne ! vous êtes le bel esprit de la famille, et vos sottises y font florès.

– Je vous ai déjà dit que nous n'étions pas au régiment ! reprit miss Anne.

– Au régiment ! morbleu, je voudrais bien entendre quelqu'un parler comme vous au régiment, s'écria le digne Dobbin avec un enthousiasme chevaleresque. Oui, je voudrais, morbleu ! qu'un homme s'avisât de dire quelque chose contre elle. Mais les hommes ne bavardent pas de cette façon, Anne ; il n'y a que des femmes pour s'ameuter de la sorte, pour confondre ainsi leurs hurlements et leurs clabaudages. Eh bien ! vous allez vous mettre à pleurer pour cela. Vous n'êtes que des oies.

Et William Dobbin s'apercevant que les yeux rouges de miss Anne commençaient comme à l'ordinaire à se gonfler de larmes, dit aussitôt :

– Eh bien ! vous n'êtes pas des oies, vous êtes des cygnes ou tout ce que vous voudrez, seulement laissez tranquille miss Sedley.

– Rien ne peut se comparer à l'ardeur chevaleresque de William au sujet de cette petite effrontée coquette, se disaient entre elles la mère et les sœurs de Dobbin.

Elles redoutaient fort que, son mariage avec Osborne n'ayant pas de suite, elle ne trouvât sur-le-champ un autre admirateur dans le capitaine. Ces honnêtes femmes réglaient sans doute leurs prévisions d'après leur propre expérience, ou plutôt, car les occasions de mariage et de coquetterie n'étaient pas fort communes pour elles, selon leur manière de comprendre le bien et le mal, le juste et l'injuste.

– Il est fort heureux, ma chère maman, disaient ces jeunes filles, que le régiment ait reçu son ordre de départ ; au moins voilà un danger auquel échappe notre frère.

Le régiment était en effet désigné pour partir, et c'est ainsi que l'empereur des Français se trouve mêlé à notre histoire, qui, sans l'auguste intervention de ce personnage muet, n'aurait point mérité les honneurs de la publicité. C'était lui qui avait causé la ruine des Bourbons et celle de Mr John Sedley. C'était lui dont l'arrivée à Paris faisait, en France, reprendre les armes pour le soutenir, et dans toute l'Europe pour le chasser. Pendant que la nation française et l'armée lui juraient fidélité autour des aigles, dans le champ de Mai, les quatre plus puissantes armées de l'Europe se réunissaient pour faire la *chasse à l'aigle*, et l'une d'elles, l'armée anglaise, comptait dans ses rangs deux de nos héros ; le capitaine Dobbin et le capitaine Osborne.

La nouvelle de l'évasion de Napoléon et de son débarquement en France fut accueillie par le valeureux ***ᵉ avec cette joie belliqueuse et enthousiaste que comprendront sans peine tous ceux qui connaissent ce fameux régiment. Depuis le colonel jusqu'au moindre tambour, chacun était rempli d'ambition, d'espoir et d'ardeur patriotique, chacun savait gré à l'empereur des Français d'être ainsi venu troubler la paix de l'Europe comme d'une faveur toute particulière. Il arrivait enfin, ce temps si désiré par le ***ᵉ, où il pourrait aller montrer à ses compagnons d'armes qu'il se comportait aussi bien sur le champ de bataille que les vétérans de la Péninsule[78], et qu'il n'avait point perdu sa valeur guerrière dans les Indes occidentales, au milieu des ravages de la fièvre jaune. Stubble et Spooney pensaient obtenir une compagnie sans avoir besoin de l'acheter. Avant la fin de la campagne, dont elle était bien résolue à partager les fatigues, mistress la major O'Dowd, espérait pouvoir signer : Mistress la colonel O'Dowd, *chev. du Bain*[79]. Nos deux amis,

---

78. Il s'agit de la péninsule Ibérique.

79. L'ordre du Bain est le troisième ordre de chevalerie britannique.

Dobbin et Osborne, partageaient, chacun à sa manière, la fièvre générale : Mr Dobbin, avec beaucoup de calme, Mr Osborne, avec une exaltation bruyante, se montraient décidés à faire leur devoir et à obtenir leur part de gloire et de distinctions.

La commotion que ressentit le pays à cette nouvelle avait quelque chose de si national, que toute question d'intérêt privé disparut. C'est sans doute pour ce motif que George Osborne, tout récemment promu à son nouveau grade, et songeant déjà à un nouvel avancement, ne prit pas garde à d'autres événements qui eussent sans doute attiré son attention dans des temps plus calmes.

Il n'était pas, il faut l'avouer, très abattu par la catastrophe du bon Mr Sedley. Il essayait son nouvel uniforme, qui lui allait à merveille, le jour où se tint la première réunion des créanciers de l'infortuné vieillard. Son père lui avait dit que la frauduleuse et abominable conduite de ce banqueroutier le forçait à lui renouveler ses injonctions au sujet d'Amélia, et que c'en était fini pour toujours des projets de mariage. Il lui compta ce soir-là une somme assez ronde pour payer son uniforme et ses épaulettes, qui lui donnaient si bonne mine. Ce jeune homme, peut-être trop libéral, faisait toujours bon accueil à l'argent, et il accepta sans plus de cérémonie la généreuse gratification de son père. Les affiches de vente tapissaient déjà la maison Sedley, où il avait passé tant de journées heureuses. Il put les apercevoir en sortant le soir de chez son père pour se rendre chez le vieux Slaughter, où il descendait quand il venait à la ville ; la lune les éclairait de ses pâles rayons. Cette maison, où avait régné jadis le bien-être, était fermée pour Amélia et ses parents. Où cette malheureuse famille avait-elle trouvé un asile ? La pensée de leur désastre fit sur lui une impression profonde ; il fut très sombre ce soir-là au café de Slaughter. Il but beaucoup, et ses camarades en firent la remarque.

Dobbin, étant survenu, voulut l'empêcher de boire. Mais Osborne lui dit qu'il buvait ainsi à cause de son excessive tristesse. Son ami le pressa alors de maladroites questions, et lui demanda s'il avait des nouvelles. Osborne refusa d'entrer dans aucun détail, disant seulement qu'il avait l'esprit tout bouleversé et qu'il était bien malheureux.

Trois jours après, Dobbin vint voir Osborne dans sa chambre, à la caserne. Il avait la tête appuyée sur la table ; des papiers étaient jetés pêle-mêle autour de lui. Le jeune capitaine semblait en proie au plus grand abattement.

– Elle m'a renvoyé tout ce que je lui ai donné, tous ces petits souvenirs ; voyez un peu !

Il lui montra du doigt un paquet de lettres d'une écriture bien connue du capitaine Dobbin, et puis plusieurs petits objets jetés au hasard ; une bague, un couteau d'argent qu'il avait achetés pour elle à une foire, quand ils étaient enfants ; une chaîne d'or et un médaillon renfermant de ses cheveux.

– Tout est là, disait-il d'une voix traînante et éteinte. Tenez cette lettre, Will ; vous pouvez lire, si vous voulez.

Il lui présentait en même temps une lettre contenant les lignes suivantes :

D'après la volonté de mon père, je vous renvoie tous les présents que vous m'avez faits dans des temps plus heureux. Cette lettre est la dernière que je vous écris. Vous sentez, je pense, autant que moi, le coup qui vient de nous frapper. Nos infortunes rendent impossible l'union projetée entre nous ; désormais vous êtes libre, je vous rends votre parole. Vous ne partagerez point, j'en suis sûre, à notre endroit, les cruels soupçons de Mr Osborne qui viennent s'ajouter à notre malheur comme un surcroît d'affliction. Adieu, je prie le ciel de me donner la force de supporter cette épreuve et toutes les autres qu'il lui plaira de m'envoyer ; puisse-t-il faire descendre sur vous ses bénédictions !

Je jouerai souvent sur le piano... sur votre piano. À cet envoi, j'ai reconnu la délicatesse de votre cœur.

A.

Dobbin avait l'âme très sensible. Les pleurs et les sanglots des femmes et des enfants faisaient sur lui une très vive impression. L'idée d'Amélia, dans la solitude de sa douleur, mettait à la torture cette âme dévouée. Il y avait chez lui un luxe d'émotion peut-être excessif pour un homme. Il jurait qu'Amélia était un ange, et qu'Osborne devait lui conserver son cœur pour toujours. Osborne avait, lui aussi, fait un retour sur leurs deux existences si unies : cette jeune fille lui apparaissait enfin telle qu'il l'avait vue depuis son enfance, douce, innocente, charmante dans sa simplicité, passionnée et tendre avec toute la franchise de son âme.

Quelle affliction de perdre un pareil trésor, de n'avoir pas su apprécier son bonheur alors qu'il en jouissait ! Mille scènes de famille se pressaient maintenant dans son esprit, et, au milieu de tous ses souvenirs, il la revoyait toujours bonne et belle. Le remords saisissait son âme et la honte lui montait au front, quand il se rappelait son égoïsme et son indifférence contrastant avec cette ravissante candeur. Les espérances de gloire, les chances de la guerre, le monde entier avaient disparu pour un moment, et les deux amis ne parlaient plus que d'elle et d'elle seule.

– Où sont-ils ? demanda Osborne après un long entretien, et non toutefois sans éprouver quelque honte à la pensée de son peu d'empressement à suivre sa fiancée. Où sont-ils ? Il n'y a point d'adresse sur ce billet.

Dobbin savait l'adresse, lui. Non content d'envoyer le piano, il avait écrit une lettre à mistress Sedley pour lui demander la permission d'aller la voir. Et il l'avait vue la veille, ainsi qu'Amélia, avant son retour à Chatham ; bien plus, c'était lui qui avait apporté cette lettre d'adieu, ce paquet qui causait aux deux amis une si vive émotion.

L'excellent garçon avait reçu de mistress Sedley le meilleur accueil. Elle avait été fort touchée de l'arrivée du piano, qui, suivant ses conjectures, était envoyé par George comme marque de dévouement et d'amitié. Le capitaine Dobbin ne chercha point à détromper cette honnête femme ; mais il écouta tous ses malheurs, toutes ses plaintes avec la plus vive sympathie. Il lui exprima la part qu'il prenait à ses peines et à ses privations ; d'accord avec elle, il blâma la dureté de Mr Osborne pour son ancien bienfaiteur. Puis, après avoir reçu les épanchements de son cœur, les confidences de ses chagrins, Dobbin se sentit assez de courage pour demander à voir Amélia, retirée comme d'ordinaire dans sa chambre ; sa mère amena la pauvre fille toute tremblante.

On eût dit un fantôme ; sur son visage le désespoir se peignait en traits si éloquents que l'honnête Dobbin frissonna à son aspect, et lut les plus sinistres présages sur cette figure décolorée et immobile. Au bout d'une ou deux minutes, elle lui remit le paquet et lui dit :

– Voici pour le capitaine Osborne, s'il vous plaît… J'espère qu'il va bien… Vous êtes très bon d'être venu nous voir… Nous aimons beaucoup notre nouvelle habitation… Je crois, maman, que je puis remonter, car je me sens un peu faible.

La pauvre enfant fit un salut accompagné d'un sourire et se retira. La mère, en la reconduisant à sa chambre, jeta vers Dobbin un regard désolé. Le pauvre garçon se sentait très ému. Il éprouvait déjà pour cette jeune fille une vive tendresse ; car, lorsqu'il se retira, son âme était en proie à la douleur, à la compassion, à la crainte, comme s'il eût été coupable, comme si un remords poignant se fût glissé dans son âme.

Osborne, apprenant que son ami avait vu Amélia, lui fit les questions les plus pressantes, les plus inquiètes, au sujet de la pauvre enfant. Comment allait-elle ? comment l'avait-il trouvée ? que disait-elle ? Alors son ami lui prit la main, et, le regardant en face :

– George, elle se meurt ! dit-il sans pouvoir ajouter un mot de plus…

Dans la petite maison où la famille Sedley avait trouvé asile, il y avait une bonne grosse fille irlandaise qui était là pour tout faire. Cette fille tentait, en vain, depuis plusieurs jours, de donner aide et consolation à Amélia. Emmy était trop triste pour lui répondre ou même pour s'apercevoir de ses soins prévenants.

Quatre heures s'étaient écoulées depuis la conversation que nous venons de rapporter entre Dobbin et Osborne, lorsque cette servante entra dans la chambre où Amélia était silencieuse comme à son ordinaire et pensait à ses lettres, ses chers trésors. Cette fille, toute souriante et avec un air espiègle et joyeux, s'efforça d'attirer l'attention de la pauvre Emmy, sans pouvoir y parvenir.

– Miss Emmy ! dit-elle.

– Me voilà, dit Emmy sans se détourner.

– Un message, reprit la servante, c'est quelque chose… quelqu'un… Enfin, voilà une nouvelle lettre pour vous ; ne lisez donc plus les vieilles.

Elle lui remit alors une lettre qu'Emmy prit et lut : « Il faut absolument que je vous voie, disait la lettre, chère Emmy, cher amour, chère femme ! Ne me repoussez pas. »

Sa mère et George étaient sur le seuil de la porte, attendant qu'elle eût terminé la lecture de la lettre.

CHAPITRE XIX
Miss Crawley et sa garde-malade

Nous avons vu avec quelle ponctualité mistress Firkin, la femme de chambre de miss Crawley, s'empressait de notifier à mistress Bute Crawley les événements de quelque importance pour la famille, dès qu'ils arrivaient à sa connaissance. Nous avons aussi indiqué de quels bons procédés, de quelles attentions particulières cette excellente dame honorait la femme de confiance de miss Crawley. Elle témoignait enfin à miss Briggs, la demoiselle de compagnie, l'amitié la plus cordiale. Les bonnes dispositions de cette dernière lui étaient assurées par mille de ces petits soins et promesses qui coûtent si peu et sont cependant d'une si grande influence sur la personne qui en est l'objet.

Une habile ménagère qui connaît son affaire, sait combien ces paroles aimables sont faciles à dire et quel prix elles donnent aux faits les plus insignifiants de la vie. C'est un sot que celui qui a dit que les belles paroles ne sauraient remplacer le beurre dans les épinards. La moitié du temps, les épinards de la société ne seraient pas mangeables si on ne les accommodait avec cette sauce oratoire. Une douce parole, adroitement placée, aura de plus grands résultats que des espèces sonnantes offertes par un imbécile. Les espèces sonnantes pèsent sur certains estomacs, qui digèrent mieux les belles paroles sans éprouver jamais la satiété. Mistress Bute avait si souvent parlé à Briggs et à Firkin de la vivacité de son affection à leur endroit, de ce qu'elle ferait pour des amis si dévoués dans le cas où la fortune de miss Crawley lui arriverait, que les susdites personnes nourrissaient pour elle la plus haute considération. Elles lui étaient aussi dévouées, leur gratitude était aussi profonde que si mistress Bute les eût comblées des plus magnifiques faveurs.

Rawdon Crawley, sous son épaisse et égoïste enveloppe de soldat ne s'était jamais préoccupé d'amadouer les aides de camp de sa tante. Il témoignait au contraire pour ce couple féminin le mépris le plus prononcé. Tantôt il faisait tirer ses bottes par Firkin, et tantôt, malgré une pluie battante, il la chargeait des commissions les plus puériles. Lui donnait-il une guinée, il la lui jetait à la face ni plus ni moins qu'un soufflet. Tout comme sa tante, le capitaine se moquait de Briggs et l'accablait de plaisanteries à peu près aussi délicates qu'un bon coup de sabot de son cheval.

Mistress Bute, au contraire, la consultait sur toutes les questions de goût, dans toutes les affaires difficiles ; elle admirait son talent poétique, et par ses politesses et ses prévenances témoignait en quelle estime elle tenait miss Briggs. Faisait-elle à Firkin un présent de six liards, elle l'accompagnait de tant de compliments que dans le cœur reconnaissant de la femme de chambre les six liards se changeaient en or ; sans compter qu'elle caressait pour l'avenir les plus magnifiques espérances. Il fallait seulement pour cela voir mistress Bute à la tête de la fortune à laquelle elle avait tant de droits.

Ayez des louanges pour tout le monde, c'est un conseil à ceux qui débutent dans la vie. Ne faites jamais les incorruptibles, mais donnez de l'encensoir aux gens, quand vous devriez leur casser le nez ; louez-les encore par-derrière, s'il y a chance qu'ils vous entendent ; ne laissez jamais échapper l'occasion de dire un mot aimable. Faites enfin comme ce propriétaire qui ne voyait jamais un coin inoccupé de ses terres sans prendre aussitôt dans sa poche un gland pour l'y planter ; semez ainsi vos compliments dans la vie. Un gland, c'est peu de chose ; mais il pourra quelque jour produire une grosse pièce de bois.

Pendant la durée de sa faveur, Rawdon Crawley n'obtenait qu'une soumission forcée ; après sa disgrâce, il ne trouva personne pour le plaindre ou l'assister. Bien au contraire, quand mistress Bute prit le commandement chez miss Crawley, la garnison fut charmée de se trouver sous un pareil chef, attendant tout l'avancement possible de ses promesses, de ses générosités et de ses paroles doucereuses.

Mistress Bute Crawley était loin de se bercer d'illusions sur les projets de l'ennemi ; elle s'attendait à un assaut de sa part pour reconquérir la position perdue. Elle connaissait toute l'habileté et toute la ruse de Rebecca ; elle la croyait capable de tout risquer avant d'accepter son sort. Elle devait donc faire ses préparatifs de combat et redoubler de vigilance, dans la crainte des tranchées, des mines et des surprises de l'ennemi.

D'abord, bien que maîtresse de la place, pouvait-elle compter sur la principale habitante ? Miss Crawley ferait-elle bonne résistance ? N'avait-elle pas un secret désir d'ouvrir les portes à l'ennemi vaincu ? La vieille dame aimait Rawdon, et surtout Rebecca, qui savait la distraire. Mistress Bute ne pouvait se dissimuler qu'il n'y avait aucun des gens de son parti capable, comme cette dernière, de réjouir cette vieille mondaine.

« La voix de mes filles, se disait avec candeur la femme du révérend, n'est pas tolérable après celle de cette odieuse petite gouvernante. Miss Crawley ne manquait jamais d'aller se coucher quand Martha et Louisa exécutaient leurs duos. Les manières roides et pédantesques de Jim, les tirades de ce pauvre Bute sur ses chiens et ses chevaux l'ont toujours ennuyée. Que je la conduise au presbytère, elle nous prendra tous en grippe, et nous la verrons bien vite partir, j'en suis sûre ; et pourquoi, pour aller retomber dans les filets de ce mécréant de Rawdon, pour devenir la proie de cette petite vipère de Rebecca. Bien qu'elle ne battît plus que d'une aile et qu'elle n'eût plus à aller bien loin, encore fallait-il aviser à la mettre pendant ce temps à l'abri des entreprises de ces gens sans foi ni loi. »

Lorsque miss Crawley était dans ses bons jours de santé, si on lui disait qu'elle était malade ou qu'elle en avait l'air, la vieille dame toute tremblante envoyait chercher le docteur. Après cette évasion si soudaine, ce coup imprévu, bien capables du reste d'agiter des nerfs plus solides que ceux de la vieille dame, mistress Bute pensa qu'il était de son devoir de dire au médecin et à l'apothicaire, à la dame de compagnie et aux domestiques, que miss Crawley était dans une situation déplorable, et que chacun devait agir en conséquence. Dans la rue, elle avait fait répandre de la paille jusqu'à la hauteur du genou, et le marteau, par mesure de précaution, avait été soigneusement enveloppé. Elle avait de plus exigé que le médecin vînt deux fois par jour, et toutes les deux heures elle inondait sa patiente de tisanes et de potions. Quand on pénétrait dans la chambre, elle faisait entendre un *chut ! chut !* si redoutable et si perçant, que la pauvre vieille en bondissait dans son lit. Miss Crawley ne pouvait faire un mouvement sans apercevoir les yeux saillants de mistress Bute s'abaissant sur elle avec une immobilité sépulcrale, et ils semblaient briller au milieu des ténèbres, quand elle remuait dans la chambre avec la souplesse et la légèreté d'un chat.

Miss Crawley resta longtemps, bien longtemps dans son lit, et mistress Bute lui lisait des livres de dévotion. Pendant ses longues insomnies, elle n'entendait pour toute distraction que la voix du garde de nuit et les pétillements de sa veilleuse. À minuit, elle recevait la visite de l'apothicaire, qui s'approchait d'elle à pas comptés ; puis il ne lui restait plus qu'à contempler les yeux fantastiques de mistress Bute et les reflets jaunes de la lumière projetée sur le plafond dans une demi-obscurité qui avait quelque chose d'effrayant. Hygie[80] elle-même serait tombée malade avec un tel régime, et à plus forte raison cette vieille femme nerveuse et affaiblie.

Nous avons dit qu'en bonne société, et lorsqu'elle avait toute sa belle humeur, cette vieille dissipée professait, sur la morale et la religion, des idées aussi dégagées de préjugés qu'aurait pu le désirer Monsieur de Voltaire lui-même. Mais, aux premières atteintes de la maladie, cette vieille pécheresse, aussi lâche qu'incrédule, était assaillie par les plus affreuses terreurs de la mort.

« Si seulement mon pauvre mari avait la tête un peu plus solide sur ses épaules, pensait mistress Bute Crawley, de quelle utilité ne pourrait-il pas être en ce moment à son infortunée parente ? Il la

---

80. Dans la mythologie grecque, Hygie, fille du dieu de la médecine, est la déesse de la santé et de l'hygiène.

ferait repentir de ses égarements passés, il la ferait rentrer dans la bonne voie et déshériter cet infâme débauché qui s'est brouillé avec toute sa famille ; il pourrait enfin l'amener aux sentiments qu'elle doit avoir pour mes chères filles et mes deux garçons, qui réclament et méritent à tous égards l'appui qu'ils peuvent trouver dans leurs proches. »

Et, comme la haine du vice est toujours un progrès vers la vertu, mistress Bute Crawley s'efforçait d'inspirer à sa belle-sœur une légitime horreur des innombrables péchés de Rawdon Crawley. Cette charitable dame en présentait un total suffisant pour faire à lui seul condamner tous les jeunes officiers d'un régiment. Qu'un homme fasse un faux pas en ce monde, il ne trouvera point devant le public de censeurs plus inexorables que les membres de sa famille.

Mistress Bute faisait preuve d'un intérêt touchant et d'une science approfondie en ce qui concernait l'histoire de Rawdon. Elle savait les menus détails de sa déplorable querelle avec le capitaine Longfeu, où Rawdon, après avoir eu, dès le principe, les torts de son côté, avait fini par tuer le capitaine. Elle savait comment le malheureux lord Dovedale, dont la mère avait été s'établir à Oxford pour y suivre l'éducation de son fils, et qui n'avait jamais touché une carte de sa vie avant son arrivée à Londres, avait été perverti par la fréquentation de Rawdon au Cocotier, plongé dans la plus complète ivresse par cet abominable corrupteur de la jeunesse, et finalement dépouillé au jeu de plus de quatre mille livres.

Elle lui peignait, avec les couleurs les plus vives, le désespoir de toutes les familles de province qu'il avait ruinées, dont il avait précipité les fils dans le déshonneur et la pauvreté, et poussé les filles à la honte et à l'infamie. Elle connaissait tous les malheureux marchands que ses extravagances avaient conduits à la banqueroute ; elle dévoilait à miss Crawley les escroqueries et les honteuses manœuvres de son neveu, les mensonges révoltants à l'aide desquels il en imposait à la plus généreuse des tantes, son ingratitude pour elle et le ridicule dont il la couvrait en retour de tant de sacrifices. Elle administrait à petites doses ces histoires à miss Crawley, sans passer sur un seul article de cette litanie. En cela elle pensait accomplir son devoir de chrétienne et de mère de famille, et sa langue frappait sa victime sans le moindre remords ni le plus léger scrupule. Bien au contraire, elle s'imaginait faire œuvre pie et méritoire, et se montrait glorieuse de son courage à l'accomplir. Oui, vous aurez beau dire, il n'y a rien de tel que les gens de votre famille pour se charger de vous mettre en morceaux. À dire vrai, en présence des méfaits de Rawdon Crawley, la vérité seule aurait suffi pour sa condamnation, et ces raffinements de la médisance étaient du superflu de la part de sa charitable parente.

Rebecca, comptant désormais dans la famille, devint aussi l'objet des recherches minutieuses de l'excellente mistress Bute. S'étant assurée par une rigoureuse consigne que la porte resterait close aux envoyés et aux lettres de Rawdon, elle se mettait en quête de la vérité avec un courage infatigable ; elle se rendait dans la voiture de miss Crawley chez sa vieille amie Pinkerton, à Minerva-House, Chiswick-Mall, lui annonçait l'incroyable nouvelle de la séduction du capitaine Rawdon par miss Sharp, et obtenait d'elle tous les renseignements possibles sur la naissance de l'ex-gouvernante et l'histoire de ses premières années. L'amie du lexicographe en avait long à lui dire. On faisait apporter par miss Jemima les reçus et les lettres du maître de dessin. L'une était écrite d'une prison de dettes et réclamait humblement une avance. Dans une autre, le soussigné ne trouvait pas de termes assez expressifs pour témoigner sa reconnaissance aux dames de Chiswick à propos de l'admission de Rebecca dans leur maison ; enfin le dernier écrit sorti de la plume de ce malheureux artiste était une lettre où de son lit de mort il recommandait l'orpheline à la charité de miss Pinkerton.

On retrouva aussi des lettres de l'enfance de Rebecca, où celle-ci priait ces bonnes dames de venir en aide à son père, et les assurait de sa propre reconnaissance. Prenez vos lettres qui remontent à dix ans, vous ne trouverez peut-être rien qui prête plus à la satire : vœux, amour, promesses, serments, reconnaissance, tout cela n'est plus qu'un rêve bizarre au bout d'un certain temps ! Il devrait y avoir une loi prescrivant la destruction de toute pièce écrite, excepté les notes acquittées des fournisseurs, et encore devraient-elles être détruites après un bref délai déterminé. On devrait vouer à l'extermination tous ces charlatans et ces misanthropes qui débitent l'encre indélébile de la petite vertu, et faire des auto-da-fé de leurs funestes marchandises. La meilleure encre serait celle qui s'effacerait au bout d'un ou deux jours et laisserait le papier net et blanc, de manière à ce qu'il pût encore servir à écrire comme la première fois.

De chez miss Pinkerton, l'infatigable mistress Bute suivit la trace de Sharp et de sa fille dans les mansardes de Greek-Street, occupées par le peintre jusqu'au jour de sa mort. Les portraits de l'hôtesse en robe de satin blanc et de son mari en veste à boutons de cuivre, chefs-d'œuvre de Sharp, donnés en payement de loyers, décoraient encore les murs du salon. Mistress Stokes était une personne communicative ; elle raconta sans se faire prier tout ce qu'elle savait de Mr Sharp, de sa vie de débauche et de misère ; de sa bonne humeur et de son entrain, des chasses que lui donnaient baillis et créanciers ; et à la grande indignation de l'hôtesse scandalisée, de son mariage avec sa femme, retardé jusqu'aux derniers moments de la malheureuse, que l'hôtesse ne pouvait même pas voir en peinture ; des manières vives et délurées de sa fille ; de l'hilarité qu'elle excitait par son talent à tourner tout le monde en caricature ; c'était elle qu'on envoyait chercher le genièvre au cabaret, et on la connaissait dans tous les ateliers du quartier. En somme, mistress Bute recueillit les détails les plus complets sur la parenté, l'éducation et le caractère de sa nouvelle nièce. Rebecca n'eût peut-être pas été fort aise d'apprendre le résultat de l'enquête dont elle était l'objet.

Ces recherches si habilement dirigées profitaient ensuite à l'instruction de miss Crawley. On lui disait que mistress Rawdon Crawley était la fille d'une danseuse d'Opéra ; qu'elle-même avait exercé cette profession ; qu'elle avait servi de modèle chez les peintres ; qu'elle avait été élevée de manière à devenir la digne fille de sa mère ; qu'elle buvait le petit verre avec son père, etc., etc. ; qu'enfin c'était une femme perdue qui avait épousé un homme non moins perdu. Et la moralité de la fable était, d'après mistress Bute, qu'il n'y avait plus rien de bon à faire de ces deux êtres, et qu'une personne respectable ne pouvait consentir à voir de tels fripons.

Telles étaient les pièces de campagne dont mistress Bute s'entourait à Park-Lane, les provisions et les munitions de guerre qu'elle amassait dans la place, en prévision du siège que Rawdon et sa femme ne manqueraient pas de faire subir à miss Crawley.

S'il y avait un reproche à adresser à mistress Bute, c'était d'apporter trop d'ardeur dans l'exécution de ses plans. Ses soins étaient peut-être excessifs ; elle faisait miss Crawley plus malade qu'elle n'était en réalité. Bien que sa parente courbât la tête sous le joug, elle ne demandait pas mieux que d'échapper le plus tôt possible à une servitude si rigoureuse et si assommante. Ces femmes à l'esprit dominateur, qui prétendent mieux savoir que les parties intéressées ce qui convient à leurs voisins, ont le grand tort de compter sans les éventualités d'une révolte domestique ou les fâcheux résultats d'un abus d'autorité.

Nous donnons comme exemple mistress Bute, animée des meilleures intentions, compromettant sa santé à force de veilles, négligeant repos et promenades pour le plus grand bien de sa belle-sœur souffrante, et si pénétrée de la gravité du malaise de la vieille dame que, pour un peu, elle eût été commander son cercueil.

Un jour, en tête à tête avec Mr Clump, le fidèle apothicaire, elle entra dans quelques détails sur le dévouement dont elle faisait preuve, sur les résultats qu'elle en espérait pour cette santé si précieuse et si chère.

– Mon cher monsieur Clump, disait-elle, je puis me donner ce témoignage de n'avoir négligé aucune tentative pour rendre la santé à notre chère malade, que l'ingratitude de son neveu a conduite à ce lit de souffrance. Aucune fatigue ne m'effrayera, aucun sacrifice ne me fera reculer.

– Votre dévouement, il faut l'avouer, est admirable, dit Mr Clump avec un profond salut, mais…

– Je n'ai pas fermé l'œil depuis mon arrivée. Sommeil, santé, bien-être personnel, j'ai tout mis de côté en présence d'un seul sentiment, celui du devoir. Quand mon pauvre James a eu la petite vérole, je n'ai point confié à des mains mercenaires le soin de ce cher enfant, oh non !

– Vous êtes une bien bonne mère, chère madame, la meilleure des mères, mais…

– Comme mère de famille, comme femme d'un ministre de l'Église anglaise, j'ai l'humble confiance de suivre la bonne voie, dit mistress Bute avec un ton béat et pénétré. Tant que le moindre souffle animera mon être, jamais, monsieur Clump, jamais je n'abandonnerai le poste du devoir. D'autres ont pu conduire à ce lit de souffrance cette vénérable femme et chagriner ses cheveux blancs…

En même temps par un mouvement oratoire, mistress Bute indiquait du geste le devant de cheveux couleur café accroché à un clou du cabinet de toilette.

– Mais moi on me trouvera toujours assise à ce chevet. Ah ! monsieur Clump, je ne le sais que trop, cette couche a autant besoin des secours spirituels que de ceux du médecin.

– J'allais vous faire remarquer, ma chère madame, se décida à dire Mr Clump d'une voix doucereuse, j'allais vous faire observer, quand vous avez donné un libre cours à des sentiments qui vous font honneur, que précisément vous vous alarmez à tort pour cette excellente amie, et que vous faites à cause d'elle trop bon marché de votre santé.

– C'est que, voyez-vous, je donnerais ma vie pour mon devoir, pour les membres de la famille de mon mari, répliqua mistress Bute.

– Fort bien, madame, si cela était nécessaire ; mais nous ne voulons rien moins que le martyre de mistress Bute Crawley, reprit Clump avec galanterie. Le docteur Squills et moi avons examiné l'état de miss Crawley avec le plus grand soin, la plus vive sollicitude, comme vous devez le penser. Nous l'avons trouvée dans un état de faiblesse et de surexcitation nerveuse. Ces affaires de famille l'avaient mise tout en émoi…

– Son neveu finira par la potence, fit mistress Bute d'un ton prophétique.

– L'avaient mise tout en émoi ; alors vous êtes arrivée comme un ange gardien ; oui, ma chère madame, vous êtes venue, je le répète, comme son ange gardien, pour la soulager dans l'accablement du malheur. Mais le docteur Squills et moi nous pensons que l'état de notre aimable cliente n'exige pas qu'elle garde le lit d'une façon aussi rigoureuse. L'hypocondrie de son humeur ne peut qu'augmenter dans cet isolement, il lui faut du changement ; le grand air, de la gaieté. Ce sont les meilleurs remèdes de ma pharmacie, dit Mr Clump en riant et en laissant voir une rangée de dents parfaitement conservées. Conseillez-lui de se lever, chère madame ; faites-la sortir de son lit, secouez sa torpeur par des promenades en voiture, et bientôt vous verrez aussi renaître les roses de vos joues, si je puis parler ainsi sans manquer au respect que je dois à mistress Bute Crawley.

– C'est qu'au parc, elle pourrait voir son abominable neveu, où l'on m'a dit que l'infâme allait souvent se promener avec l'impudente complice de ses crimes, répliqua mistress Bute laissant percer son égoïste cupidité ; il y en aurait assez pour lui donner une rechute qui l'obligerait à reprendre le lit. Il ne faut pas qu'elle sorte, monsieur Clump ; elle ne sortira pas tant que je serai là pour veiller sur elle. Et quant à ma santé, peu m'importe ! j'en fais le sacrifice avec joie, monsieur. C'est mon offrande sur l'autel du devoir.

– Eh bien ! sur ma parole, madame, reprit brusquement Mr Clump, je ne réponds point de sa vie si elle reste plus longtemps enfermée dans l'air épais de sa chambre. Une attaque de nerfs pourra venir nous l'enlever quelque jour, et, si vous voulez voir hériter le capitaine Crawley, je vous le dis en toute sincérité, madame, vous en prenez tout à fait le chemin.

– Dieu du ciel ! est-elle donc en danger de mort ? s'écria mistress Bute. Pourquoi ne m'en avoir pas informée plus tôt ?

La veille au soir, Mr Clump et le docteur Squills avaient eu une consultation sur miss Crawley et sa maladie, tout en vidant une bouteille de vin chez sir Lapin Warren, dont la femme, pour la treizième fois, allait lui décerner le titre de père.

– Clump, disait le docteur Squills, c'est une véritable harpie sous forme de femme, vomie par Hampshire pour agripper la vieille Tilly Crawley. Excellent madère, ma foi !

– Quelle folie aussi, répliqua Clump, à ce Rawdon Crawley, d'aller épouser une gouvernante ! Il est vrai qu'il y a du sang dans cette fille.

– Des yeux bleus, une jolie peau, une figure chiffonnée, un front hardiment dessiné, continua Squills, c'est bien quelque chose, sans compter que Crawley est un fou, Clump.

– Oh ! oui, et un fameux, repartit l'apothicaire.

– Cette vieille fille va l'oublier, ajouta le médecin ; puis après une pause il ajouta : C'est un bon revenu pour vous, Clump, et vous lui faites avaler des drogues pour de l'argent.

– Un fameux, et que je ne céderais pas pour deux cents livres sterling par an.

– Prenez garde alors ; car cette naturelle de l'Hampshire l'expédiera en deux mois, Clump, mon garçon, si vous la laissez faire, dit le docteur Squills. La vieillesse, les indigestions, les palpitations de cœur, une congestion cérébrale, une attaque d'apoplexie, elle n'a qu'à choisir, et son affaire est bonne. Remettez-la sur pied, Clump, faites-la sortir, ou sans cela vous pourrez bien voir arrêter votre revenu annuel.

Sous l'empire de cette pensée, le digne apothicaire s'était adressé à mistress Bute Crawley, avec toute la candeur de son âme.

Celle-ci faisant peser sa main de fer sur la vieille dame, la consignait au lit, et, ne laissant approcher d'elle personne, redoublait d'efforts pour lui faire changer son testament. Mais les terreurs de miss Crawley à l'idée de la mort la reprenaient toutes les fois qu'on venait à lui faire de ces funèbres propositions. Mistress Bute avait donc à remettre sa patiente en belle humeur et en bonne santé avant de poursuivre le but sérieux qu'elle se proposait. Mais en quel lieu la conduire ? Le seul endroit où il n'y eût pas chance de rencontrer l'odieux couple des Rawdon était l'église, et la vieille dame n'y aurait trouvé aucun plaisir ; mistress Bute le savait.

« Nous irons visiter les magnifiques faubourgs de Londres, pensait-elle alors. Rien n'est plus pittoresque, à ce qu'on dit. »

Elle s'allumait ainsi d'une soudaine et belle passion pour Hampstead et Hornsey : Dulwich ne lui avait jamais paru si féerique. Elle chargeait sa victime sur la voiture, et lui faisait visiter ces sites champêtres ; elle avait soin d'assaisonner ces petits voyages de conversations irritantes sur Rawdon et sa femme ; elle n'épargnait à la vieille dame aucune des histoires qui pouvaient provoquer son indignation contre ce couple de réprouvés.

Mais mistress Bute, pour vouloir trop bien faire, finissait par tendre la corde trop roide. Tandis qu'elle s'efforçait d'inspirer à miss Crawley l'aversion de son neveu rebelle, la malade sentait naître en elle au contraire une haine profonde, une terreur secrète pour son bourreau, et n'aspirait plus qu'à sortir de ses mains. Au bout de quelque temps, elle leva l'étendard de l'insurrection contre Highgate et Hornsey. Elle voulait aller au parc. Mistress Bute craignait d'y rencontrer l'abominable Rawdon, et ne se trompait pas. Un jour on vit poindre à l'horizon le phaéton de Rawdon, où Rebecca était assise à côté de lui. Dans le carrosse de l'ennemi, miss Crawley occupait sa place ordinaire, mistress Bute était à sa gauche. Sur la banquette de devant se trouvait miss Briggs avec le toutou.

Le moment critique était donc enfin arrivé. Le cœur de Rebecca battait avec violence quand elle reconnut la voiture ; les deux équipages s'avançaient l'un vers l'autre, et Rebecca, la tête penchée, jeta sur la vieille demoiselle un regard où se peignaient la tendresse et le dévouement. Rawdon lui-même tremblait, et sa figure rougit sous ses épaisses moustaches. Le chapeau de miss Crawley était imperturbablement tourné du côté de la petite rivière. Mistress Bute redoublait de prévenances à l'égard du toutou, qu'elle appelait son petit *doggy*, son petit bichon, son petit amour d'argent. Les voitures roulaient toujours chacune dans son sens.

– C'est une affaire toisée, dit Rawdon à sa femme.

– Essayez encore une fois, Rawdon, répondit Rebecca, accrochez leur voiture s'il le faut, cher ami.

Le cœur manqua à Rawdon pour exécuter cette dernière manœuvre. Quand les voitures se rencontrèrent de nouveau, il se leva dans son phaéton, porta la main à son chapeau, tout prêt à saluer et regardant de tous ses yeux. Cette fois la figure de miss Crawley n'était pas tournée de l'autre côté ; elle et mistress Bute jetèrent sur leur neveu un coup d'œil inexorable. Le malheureux retomba sur son siège, en proférant un énorme juron, enfila une allée de côté et rentra chez lui le désespoir dans l'âme.

Ce fut pour mistress Bute un brillant et décisif triomphe ; mais elle comprit le danger qu'il y aurait à s'exposer à de nouvelles rencontres, en voyant la surexcitation nerveuse où se trouvait miss Crawley. Elle parvint à convaincre sa chère amie que, pour le bien de sa santé, elle devait quitter la ville pour quelque temps, et elle appuya fortement auprès d'elle en faveur de Brighton.

CHAPITRE XX
Le capitaine Dobbin négociateur de mariage

Le capitaine Dobbin se trouva, sans savoir comment, ministre plénipotentiaire pour la conclusion du mariage entre George Osborne et Amélia. Sans lui cette union n'eût jamais eu lieu ; il ne pouvait trop se l'avouer à lui-même, et il lui venait sur les lèvres un amer sourire, à la pensée que, parmi tant d'autres, le sort l'avait précisément chargé du soin de faire réussir ce mariage. La conduite de cette affaire était peut-être la plus pénible tâche qui pût lui être imposée ; mais, toutes les fois que le capitaine Dobbin se trouvait en face d'un devoir, il marchait droit au but, sans beaucoup de paroles ni d'hésitation. Ayant donc mis dans sa tête que, si miss Sedley n'épousait pas George Osborne, elle en mourrait de douleur, il résolut de mettre tout en œuvre pour la conserver à la vie.

Nous n'entrerons point dans des détails trop minutieux sur l'entretien de George Osborne et d'Amélia, lorsque le jeune capitaine fut ramené aux pieds, ou pour mieux dire dans les bras de sa jeune maîtresse, grâce à l'amicale intervention de l'honnête William. Un cœur même plus dur que celui de George n'aurait pu résister à la vue de cette douce figure si douloureusement ravagée par le chagrin et le désespoir, à ces simples et tendres accents avec lesquels elle lui retraçait l'histoire de ses peines. Les forces ne lui avaient point manqué lorsque sa mère avait conduit Osborne auprès d'elle ; elle avait seulement soulagé l'excès de sa tristesse en reposant sa tête sur l'épaule de son amant et en y versant des larmes tendres, abondantes et douces. Aussi la vieille mistress Sedley, toute joyeuse de cette scène, voulut assurer à ces jeunes amants les joies et le mystère d'un entretien secret. Elle laissa Emmy, qui couvrait les mains de George de larmes et de baisers, comme celles de son maître et seigneur, et semblait réclamer son indulgence et son pardon, comme si elle se fût rendue par ses crimes indigne de ses bontés.

Cette tendre et humble soumission pénétrait George Osborne d'une douce et flatteuse émotion. Il trouvait une esclave prosternée et obéissante dans cette simple et fidèle créature, et le sentiment de sa toute-puissance faisait tressaillir agréablement son âme. Monarque souverain, il se sentait enclin à la générosité, et daignait relever cette Esther[81] agenouillée pour lui faire prendre place à ses côtés

81. Dans l'Ancien Testament, Esther, reine de Perse, sauve son peuple de l'extermination.

sur le trône. En outre, cette suave et mélancolique beauté avait pour lui autant de charme que ces marques de soumission. En conséquence, il rassura, encouragea la pauvre petite, et lui pardonna pour ainsi dire.

Quant à elle, ses espérances, ses pensées, qui s'étaient flétries à l'ombre en l'absence de leur soleil, retrouvèrent leur fraîcheur et leur sève, grâce au retour de l'astre tout-puissant. Dans cette petite figure rayonnante qui s'épanouissait désormais sur l'oreiller d'Amélia, vous n'auriez pas reconnu celle qui était si pâle, si défaite, si indifférente à tout ce qui l'environnait. L'honnête Irlandaise se réjouissait du changement, et demandait à déposer un baiser sur cette figure qui avait subitement retrouvé toutes ses roses. Amélia entourait de ses bras le cou de la jeune fille et l'embrassait de tout cœur, comme aurait fait un enfant. Elle goûta ce soir-là un sommeil calme et rafraîchissant. Une joie ineffable resplendissait dans ses traits quand elle s'éveilla aux rayons de l'aurore.

« Je le verrai encore aujourd'hui, se disait tout bas Amélia ; c'est le plus noble et le meilleur des hommes. »

Le fait est que George se tenait pour l'être le plus généreux de la terre, et pensait faire un grand sacrifice en épousant cette jeune fille.

Tandis qu'elle avait avec Osborne un délicieux tête-à-tête dans la salle du haut, la vieille mistress Sedley et le capitaine Dobbin s'entretenaient en bas sur la situation des jeunes amants et avisaient aux arrangements à prendre. Mistress Sedley, en épouse qui connaît son mari, prévoyait déjà qu'aucun pouvoir humain ne pourrait faire consentir Mr Sedley au mariage de sa fille avec le fils de l'homme qui l'avait traité d'une manière si outrageante et si inexorable. Elle fit à Dobbin l'histoire détaillée du passé, alors qu'Osborne le père menait une vie plus que modeste dans New-Road, et que sa femme se montrait enchantée des petits jouets d'enfants dont Jos ne voulait plus, et que mistress Sedley donnait aux enfants Osborne le jour de leur naissance. L'ingratitude diabolique de cet homme avait, suivant elle, fait une profonde blessure au cœur de Mr Sedley, et, quant au mariage, il n'y consentirait jamais, jamais, au grand jamais.

– Il se fera alors par enlèvement, madame, dit Dobbin en riant, à l'instar de celui du capitaine Rawdon avec la petite gouvernante, l'amie de miss Emmy.

Mistress Sedley ne pouvait en croire ses oreilles ; elle n'en revenait pas. Enfin, tout absorbée de cette nouvelle, elle appela Blenkinsop pour lui en faire part.

Blenkinsop s'était toujours défiée de cette miss Sharp ; Jos l'avait échappé belle ! et elle retraça tout au long les scènes sentimentales qui s'étaient passées entre Rebecca et le receveur de Boggley-Wollah.

Quant à Dobbin, ce n'étaient pas les fureurs de Mr Sedley qui l'effrayaient le plus. Il avouait que ses doutes et ses inquiétudes les plus vives lui venaient au sujet des dispositions d'une espèce d'autocrate russe aux épais sourcils, séant à Russell-Square, et qui avait mis un veto absolu au mariage médité par Dobbin. Il connaissait l'entêtement et la brutalité du père Osborne, il savait combien il était tenace dans ses résolutions une fois prises.

– Le seul moyen pour George de sortir d'embarras, disait son ami, c'est de se distinguer dans la campagne qui va s'ouvrir. S'il est tué, la mort ne tardera pas à réunir ces deux âmes ; s'il se distingue, eh bien ! alors, comme il lui revient quelque argent de sa mère, à ce que j'ai entendu dire, il pourra acheter un grade de major ou se défaire de celui de capitaine, et aller s'occuper de défrichement au Canada, ou encore se livrer à l'agriculture dans une petite habitation à la campagne.

Avec une telle compagne, Dobbin trouvait que l'on aurait pu défier les glaces de la Sibérie. Ce naïf et imprévoyant jeune homme ne fut pas même arrêté un moment par la pensée que le manque d'espèces pour acheter un bel équipage avec des chevaux, et l'absence d'un revenu suffisant pour en mettre les propriétaires à même de faire bonne chère à leurs amis, pussent devenir un obstacle à l'union de George et de miss Sedley.

Toutefois, sous l'influence de ces graves considérations, il pensa qu'il fallait presser autant que possible ce mariage. Était-il donc lui-même bien désireux d'en voir la conclusion ? à peu près à la façon de gens qui, après un décès, hâtent les cérémonies funèbres ou avancent l'heure fixée pour une séparation inévitable. Mr Dobbin s'étant chargé de cette affaire avait grand désir de la terminer. Il faisait sentir à George la nécessité d'une exécution immédiate ; il lui montrait les chances de réconciliation avec son père, si son nom était porté à l'ordre du jour dans la Gazette. Dobbin consentait même, s'il en était besoin, à affronter le courroux des deux pères. En tout cas, il priait George d'en finir avant l'ordre de départ attendu de jour en jour, et qui devait forcer le régiment à quitter l'Angleterre pour aller guerroyer sur le continent.

Tout dévoué à ces projets matrimoniaux, Mr Dobbin, suivi de l'approbation et des vœux de mistress Sedley, qui n'avait nulle envie de traiter directement cette affaire avec son mari, se rendit auprès de John Sedley, dans la maison où il descendait dans la Cité, au café du Tapioca. C'était là que, depuis la fermeture de ses bureaux et les rigueurs de sa destinée, le pauvre vieillard ruiné allait chaque jour écrire et recevoir sa correspondance, réunissant ses lettres en liasses mystérieuses qu'il fourrait dans les poches de ses habits. Rien de plus triste que ce mystère, ces soucis, ces démarches où en est réduit tout homme ruiné, ces lettres qu'il étale sous vos regards, et où se lit la signature de quelque richard connu ; ces papiers gras et déchirés renfermant des promesses de secours et des compliments de condoléances ; fragile espoir sur lequel on se fonde pour un retour à la fortune.

Dobbin trouva au milieu de ces illusions de la misère celui qui avait été jadis l'épanoui, le joyeux, l'opulent John Sedley. Ses habits, autrefois coquets, étaient blancs sur les coutures. Le cuivre des boutons commençait à percer. L'infortuné avait les traits pâles et défaits. Sa cravate et son jabot chiffonnés tombaient en désordre sur son gilet devenu trop large. Dans ses beaux jours, quand il avait traité George et Dobbin au restaurant, personne n'y parlait et n'y riait plus haut ; tous les garçons se heurtaient autour de lui. On éprouvait un sentiment de peine à voir maintenant l'humble et triste figure de John au café du Tapioca. Un vieux garçon aux yeux éraillés, aux bas crasseux, aux souliers pesants, avait pour office d'apporter aux habitués de ce triste repaire des pains à cacheter dans des verres, de l'encre dans des godets de plomb, et des morceaux de papier qui semblaient être dans ce lieu l'unique objet de consommation.

En apercevant William Dobbin, à qui il avait donné maints pourboires dans sa jeunesse, et qui avait été la cible du vieux gentleman à des milliers de reprises, le vieux Sedley lui tendit la main d'un air humble et indécis ; il l'appela *monsieur*. Un sentiment de tristesse et de peine s'empara de William Dobbin, et il fut affecté de l'accueil et des paroles de l'infortuné vieillard, comme si lui-même avait été coupable du malheur qui le réduisait à cette piteuse situation.

– Je suis aise de vous voir, capitaine Dobbin… monsieur…, dit-il en jetant un œil attristé sur son visiteur.

La figure allongée et la tournure militaire du capitaine firent briller de curiosité les yeux éraillés du serveur et tirèrent de son assoupissement la vieille dame qui ronflait au comptoir au milieu de ses tasses ébréchées.

– Comment vont le digne alderman et milady votre excellente mère, monsieur ?

Il jetait un coup d'œil au garçon en prononçant ce mot de milady, comme s'il avait voulu dire : « Vous voyez, j'ai encore des amis, et parmi les personnes de rang et de distinction. »

– Venez-vous me demander quelque service, monsieur ? Mes jeunes amis Dale et Spiggot conduisent maintenant mes affaires jusqu'à l'installation de mes nouveaux bureaux ; car je ne suis ici que très provisoirement, vous savez, capitaine. Voyons, qu'y a-t-il pour votre service ? Voulez-vous accepter quelque chose ?

Dobbin, plein d'hésitation, lui protesta en bredouillant qu'il n'avait ni faim ni soif, qu'il ne venait point parler d'affaires avec lui, qu'il venait seulement prendre des nouvelles de Mr Sedley et serrer la main à un vieil ami. Puis il ajouta en donnant la plus effroyable entorse à la vérité :

– Ma mère va assez bien… c’est-à-dire qu’elle a été très souffrante ; elle attend le premier beau jour pour sortir et pour aller voir mistress Sedley. Comment va mistress Sedley, monsieur ? J’espère que sa santé est toujours bonne.

Il s’arrêta, réfléchissant à l’excès de son hypocrisie. Le jour était des plus beaux, le soleil n’avait jamais versé autant de lumière sur Coffin-Court, où était situé le café du Tapioca. Dobbin se rappelait en outre qu’il venait de quitter mistress Sedley il y avait au plus une heure, lorsqu’il avait conduit Osborne en fiacre à Fulham, où il l’avait laissé en tête-à-tête avec miss Amélia.

– Ma femme sera très heureuse de voir madame votre mère, dit Sedley en sortant ses papiers de sa poche. Votre père m’a écrit une bien excellente lettre, monsieur, et je vous charge pour lui de mes respectueux compliments. Lady Dobbin trouvera notre maison bien plus petite que celle où nous avions coutume de recevoir nos amis, mais elle est fort commode, et le changement d’air a fait grand bien à ma fille, à qui les brouillards de la ville n’allaient pas du tout. Vous rappelez-vous la petite Emmy, monsieur ? Eh bien ! elle se sentait fort mal ici.

Le vieillard promenait ses yeux de côté et d’autre, tandis qu’il parlait avec un air distrait, et en même temps ses doigts jouaient avec ses papiers et tortillaient maladroitement le fil rouge qui leur servait de lien.

– Vous êtes soldat, continua-t-il. Eh bien ! je vous le demande, Will Dobbin, qui se serait attendu au retour de ce Corse, à son évasion de l'île d'Elbe ? Quand les souverains alliés étaient l'année dernière ici, quand nous leur avons donné ce dîner dans la Cité, quand nous avons vu ce temple à la Concorde, ces feux d'artifice, ce pont chinois de Saint-James Park, un homme sensé pouvait-il supposer que la paix ne tiendrait pas, surtout après un *Te Deum* chanté en son honneur, monsieur ? Je dis, monsieur, que c'est par un tour de passe-passe que Bonaparte s'est échappé de l'île d'Elbe. C'était une conspiration de toutes les puissances de l'Europe pour faire baisser les fonds et ruiner ce pays. C'est à cela que je dois d'être ici, William. Voilà comment mon nom se trouve dans la gazette. Oui, monsieur, voilà où m'a mené mon excès de confiance dans l'empereur de Russie et le prince régent. Tenez, regardez ici, sur ces papiers. Voyez les fonds au 1er mars, lorsque j'ai acheté du cinq pour cent français au comptant. Voyez où cela est descendu maintenant… Qu'est devenu le commissaire anglais qui l'a laissé partir ? On devrait le fusiller, ce commissaire ! monsieur, on devrait le faire passer à un conseil de guerre et le fusiller, morbleu !

– Nous ne tarderons pas, monsieur, à donner la chasse à Bonaparte, dit Dobbin, un peu tourmenté des fureurs du vieillard, en voyant les veines de son front s'injecter de sang et ses poings retomber à coups redoublés sur ses paperasses. Oui, nous allons lui donner une chasse, monsieur. Le duc est déjà en Belgique, et nous attendons chaque jour les ordres de départ.

– Ne lui faites point de quartier. Rapportez la tête de ce scélérat, fusillez ce misérable ! hurlait Sedley. J'avais des engagements à… Enfin me voilà ruiné, entendez-vous, ruiné par ce damné brigand et par des escrocs sans pudeur dont j'ai fait la fortune, monsieur, et qui roulent carrosse maintenant, ajouta-il d'une voix enrouée.

Dobbin se sentait vivement ému à la vue de ce vieux et excellent ami, égaré par le malheur et se livrant à des colères inutiles.

– Oui, continuait-il, ce sont des vipères que l'on s'amuse à réchauffer dans son sein, et elles ne piquent ensuite que plus fort. Ce sont des meurt-de-faim que vous mettez en voiture et qui sont les premiers à vous écraser. Vous savez de qui je parle, William Dobbin, mon garçon. Je parle de ce sac à écus de Russell-Square, si fier de sa dorure, lui que j'ai connu sans un schilling. Je ne désire plus qu'une chose, c'est de le revoir dans l'état de misère où il était quand nous nous sommes liés ensemble.

– Mon ami George, monsieur, m'en a touché quelques mots, dit Dobbin, préoccupé d'en venir à ses fins. Ce débat l'a fort chagriné, monsieur, et je viens vous apporter un message de sa part.

– Et voilà le but de votre visite, sans doute ? s'écria le vieillard bondissant sur son siège. Heuh ! il m'envoie ses compliments de condoléances, n'est-ce pas ? Il est vraiment trop bon ce beau monsieur ; qui veut répandre une odeur aristocratique et se roidit comme s'il avait un bâton dans le dos. Qu'il vienne un peu rôder autour de ma maison ? si mon fils avait le courage d'un homme, il lui aurait déjà logé une balle dans la tête. C'est un coquin tout comme son père. Je ne veux pas qu'on prononce son nom chez moi ; j'ai maudit le jour où je lui ai ouvert ma maison, et j'aimerais cent fois mieux voir ma fille morte que mariée à cet homme-là.

– Il ne faut pas imputer à George les mauvais procédés de son père. L'amour de votre fille pour son fils est autant votre ouvrage que le sien. Avez-vous donc pensé vous jouer avec les affections de deux jeunes gens pour les étouffer ensuite à votre gré ?

– Mettez-vous bien dans l'esprit, s'écria le vieux Sedley, que ce n'est point le père de George qui rompt ce mariage, c'est moi qui le défends. Il y a une barrière éternelle entre cette famille et la mienne. Je suis tombé bien bas, mais pas encore à ce degré de honte. Non ! non ! Vous pouvez le répéter à toute cette clique, père, fils, sœurs et tout le reste.

– Moi, je pense, monsieur, répondit Dobbin à voix basse, que vous n'avez ni le pouvoir ni le droit de séparer ces deux cœurs, et que, si vous ne donnez pas votre consentement à votre fille, elle fera bien de s'en passer. Parce que vous avez la tête à l'envers, ce n'est pas une raison pour qu'elle meure ou mène une vie malheureuse. À mon sens, elle se trouve déjà aussi bien mariée que si tous les bans avaient été publiés dans les églises de Londres. Et quelle meilleure réponse à faire à toutes ces attaques d'Osborne contre vous, que de montrer son fils entrant dans votre famille et épousant votre fille ?

Un éclair de satisfaction parut briller sur le front du vieux Sedley à cette dernière remarque, mais il n'en continuait pas moins à déclarer que jamais on n'aurait son consentement pour le mariage d'Amélia et de George.

– Eh bien ! on s'en passera, dit Dobbin en souriant.

Et il raconta à Mr Sedley, comme il l'avait fait un peu auparavant à sa femme, l'histoire de l'enlèvement de Rebecca par le capitaine Crawley. Le vieillard s'en amusa beaucoup.

– Vous êtes de terribles gaillards, vous autres capitaines, dit-il en ramassant ses papiers.

Sa figure prenait presque en même temps une expression souriante, à la grande surprise du garçon, qui n'avait jamais rien vu de semblable sur les traits de Sedley depuis que l'infortuné fréquentait ce maussade café.

L'idée de jouer un pareil tour à son ennemi, à ce richard d'Osborne, avait un vif attrait pour le vieillard. Ils se quittèrent, Dobbin et lui, les meilleurs amis du monde.

***

– Mes sœurs prétendent qu'elle a des diamants gros comme des œufs de pigeon, disait George en riant. Cela doit bien faire avec sa tournure ! Avec ces brillants à son cou, elle doit ressembler tout à fait à une illumination publique. Ses cheveux noirs sont aussi laineux que ceux de Sambo. Elle mettrait presque un anneau à son nez pour le jour de la présentation à la cour. Avec un panache de plumes sur le chignon, elle aura tout à fait l'air de la belle sauvage.

C'est ainsi que George plaisantait, en tête-à-tête avec Amélia, de l'apparence d'une jeune demoiselle dont son père et ses sœurs venaient de faire la connaissance, et qui était, à Russell-Square, l'objet des hommages de toute la famille. La rumeur publique lui attribuait je ne sais combien de plantations aux Indes occidentales, beaucoup d'argent placé sur les fonds publics et une grosse part dans les actions de la Compagnie des Indes. Elle a une maison dans le Surrey et une autre à Portland-Place. Le *Morning-Post* avait retenti de formules admiratives sur cette riche héritière, Mrs Haggistoun, veuve du colonel Haggistoun, lui servait de chaperon et avait la haute main dans la maison. Elle venait de quitter la pension, et George et ses sœurs l'avaient rencontrée dans une soirée chez le vieux Hulker, Devonshire-Place. Hulker, Bullock et Cie, étaient depuis longtemps les correspondants de la maison.

Les demoiselles Osborne lui avaient fait les avances les plus cordiales, que l'héritière avait reçues avec beaucoup de bonne humeur. Les demoiselles Osborne trouvaient qu'une orpheline dans sa position, avec tant d'argent surtout, était quelque chose de bien intéressant. Elles avaient la tête et la bouche pleines de leur nouvelle amie, quand elles revinrent de Hulker-Hall, auprès de miss Wirt, leur demoiselle de compagnie. Dès le lendemain, leur voiture les conduisit chez elle.

Mrs Haggistoun, veuve du colonel Haggistoun, parente de lord Binkie, dont elle ramenait toujours le nom dans la conversation, avait tourné la tête à ces simples ou plutôt à ces orgueilleuses jeunes filles trop disposées à parler de leurs illustres connaissances. Quant à Rhoda, elle avait toutes les qualités désirables, de la franchise, de la bonté, de l'amabilité ; elle n'était pas encore bien au courant du monde, mais elle avait un si bon caractère ! Dès la première entrevue, ces demoiselles s'appelèrent de leur nom de baptême.

– J'aurais voulu que vous vissiez sa robe de cour, Emmy, disait Osborne se pâmant de rire. Elle est venue la montrer à mes sœurs avant sa présentation par milady Binkie, parente d'Haggistoun. Ses diamants brillaient comme l'éclairage du Vauxhall, le soir que nous y avons passé ensemble. Vous rappelez-vous le Vauxhall et la voix passionnée de Jos et : *Ma chère petite Louloute* ?… Diamants et acajou, ma chère ! Quel heureux contraste ! Et des plumes blanches dans les cheveux, c'est-à-dire dans la toison. Ses boucles d'oreilles ressemblaient à des lustres, et, pour achever cette toilette, une robe à queue de satin jaune qui traînait derrière elle comme la chevelure lumineuse d'une comète.

– Quel âge a-t-elle ? demanda Emmy, lorsque George eut fini de débiter, avec une volubilité sans égale, cette belle tirade sur son enchanteresse d'ébène.

– Cette reine de Congo, bien qu'elle vienne de quitter la pension, doit avoir environ vingt-deux ou vingt-trois ans. Je voudrais que vous vissiez son orthographe. Mistress la colonelle Haggistoun écrit ordinairement ses lettres, mais sa tendresse pour mes sœurs l'a emportée trop loin ; elle s'est risquée à prendre la plume, et elle a écrit *çatain* et *Sain-Geams* pour satin et Saint-James.

– Ce ne peut être que miss Swartz, la pensionnaire en chambre, dit Emmy, se rappelant la bonne et excellente mulâtresse qui avait eu des attaques de nerfs le jour où Amélia avait quitté la maison de miss Pinkerton.

– C'est bien ce nom-là, dit George. Son père était un Juif allemand qui faisait la traite des nègres, à ce qu'on dit ; enfin, je ne sais comment, mais il était en rapport avec les cannibales et les anthropophages. Il est mort l'année dernière, et miss Pinkerton a présidé à l'éducation de sa fille : elle joue deux airs sur le piano et sait trois romances ; elle met l'orthographe quand Mrs Haggistoun est là pour lui dire les lettres. Jane et Maria se sont mises à l'aimer comme une sœur.

– Pourquoi ne m'ont-elles pas aimée aussi ? dit Emmy avec tristesse. Elles m'ont toujours témoigné beaucoup de froideur.

– Ma chère âme, elles vous auraient aimée si vous aviez eu à vous deux cent mille livres, répliqua George, ainsi le veut l'éducation qu'elles ont reçue. Dans notre société, on ne connaît que l'argent comptant. Nous vivons au milieu des banquiers, des financiers de la Cité, et chacun d'eux, en vous parlant, a besoin de faire sonner ses guinées dans sa poche. Ils sont fiers de posséder dans leurs rangs ce lourdaud de Frederick Bullock qui va épouser Maria, Goldmore, le directeur de la Compagnie des Indes, Dipley, qui est dans le commerce des suifs, notre commerce à nous, dit George avec un rire forcé et en rougissant. Au diable ce troupeau de rogneurs d'écus ! Je m'endors toujours à leurs assommants et cérémonieux dîners. Je ne fais que rougir dans ces fêtes ridicules données par mon père. Moi, j'ai l'habitude de vivre avec des gentilshommes, des gens du monde, Emmy, et non point avec ces grossiers commerçants. Chère petite femme, vous êtes la seule personne de notre classe qui ait la tournure, les pensées et le langage d'une grande dame. C'est qu'aussi vous êtes un ange, et vous avez beau faire, il n'en sera ni plus ni moins. On dirait, en vous voyant, une grande dame. Miss Crawley, qui a fréquenté les meilleures sociétés de l'Europe, ne l'avait-elle pas remarqué ? Et, quant à Crawley des gardes-du-corps, vrai Dieu ! voilà un fameux gaillard. Il me plaît pour avoir épousé la femme qu'il aimait.

Amélia admirait beaucoup Mr Crawley à cause de son équipée, trop peut-être. Rebecca ne pouvait manquer d'être heureuse avec lui, et elle disait en riant que Jos finirait bien par en prendre son parti.

C'est ainsi que le couple amoureux était revenu aux épanchements des premiers jours. Amélia avait repris toute sa confiance, tout en se disant très jalouse de miss Swartz et en témoignant, la petite hypocrite, la plus vive terreur de se voir oubliée par George pour l'héritière de Saint-Kitts aux immenses richesses et aux vastes domaines. Mais, en fait, elle était trop heureuse pour ressentir des craintes ou des doutes ; elle voyait George à ses côtés ; aucune héritière, aucune beauté ne pouvait plus maintenant lui causer de terreur.

Quand le capitaine Dobbin revint dans l'après-midi pour rendre compte de ses négociations, son cœur s'épanouit en voyant Amélia reprendre la fraîcheur de la jeunesse, en l'entendant rire, badiner et chanter au piano ses vieilles romances, jusqu'au moment où retentit la sonnette de la porte. C'était Mr Sedley qui rentrait, et George dut battre en retraite devant lui.

Après le premier sourire d'arrivée, miss Sedley ne s'était pas plus inquiétée de Dobbin que s'il n'y était pas. Pour lui, il se sentait heureux du bonheur de la jeune fille, et s'applaudissait de pouvoir s'en faire l'instrument.

CHAPITRE XXI
Querelle à propos d'une héritière

Les mérites incontestables que possédait miss Swartz avaient assurément de quoi inspirer une violente passion, et l'âme du vieil Osborne se berçait déjà de mille rêves ambitieux qu'il espérait bientôt, grâce à cette héritière, voir passer à l'état de réalités. Il était ravi des avances et des cajoleries que ses filles faisaient à leur nouvelle amie, et il déclarait que sa plus grande joie comme père était de voir ses enfants placer si bien leurs affections.

– Il ne faut point chercher, disait-il à miss Rhoda, dans notre humble retraite de Russell-Square, la splendeur et le luxe que vous offrent les salons aristocratiques. Chère demoiselle, mes filles sont toutes simples, tout ouvertes. Ce qu'on peut dire pour elles, c'est qu'elles ont le cœur bien placé et ressentent pour vous une tendresse qui prouve en leur faveur. Quant à moi, je ne suis qu'un négociant tout uni et tout rond dans les affaires, et sans prétention, comme pourront vous le dire Hulker et Bullock, les correspondants de feu votre père, de si respectable mémoire. Vous trouverez chez nous cette cordialité et cette franchise qui font le bonheur, et, pour tout dire en un mot, une famille respectée, une table simple, des mœurs honnêtes, un accueil affectueux. Ah ! chère miss Rhoda, chère Rhoda, laissez-moi vous appeler ainsi, car mon cœur, je vous le jure, s'épanouit de joie à votre approche. Je vous le dis du fond du cœur, je ne sais quel instinct me pousse vers vous. Vite, un verre de champagne ! Hicks, du champagne pour miss Swartz.

Pourquoi douter de la véracité du vieil Osborne, de la sincérité de ses filles dans leurs protestations de tendresse pour miss Swartz ? Combien de gens y a-t-il ici-bas dont les affections savent aller ainsi au-devant des écus et les saluent de loin ! Leurs plus tendres sympathies sont toujours prêtes pour ceux qui ont le bon esprit d'avoir beaucoup d'argent et qui justifient l'amitié qu'on leur accorde par leur rang dans le monde. Pendant quinze ans, les Osborne n'avaient manifesté qu'une très mince tendresse à la pauvre Amélia, tandis qu'une seule soirée suffit pour les enflammer d'une belle passion en faveur de miss Swartz, de manière à persuader les plus incrédules sur la sympathie mystérieuse des cœurs.

– Quel magnifique parti ce serait là pour George, disaient ses sœurs avec miss Wirt, et qui lui vaudrait bien mieux que cette petite niaise d'Amélia !

Un joli garçon comme lui, avec sa tournure, son grade, ses qualités, était le mari qu'il fallait à la riche héritière.

Les demoiselles Osborne avaient soin de parsemer l'horizon de bals à Portland-Place, de présentations à la Cour, d'invitations chez les plus hauts personnages. Il n'était plus question que de George et de ses brillantes connaissances auprès de leur nouvelle et bien chère amie.

Le vieil Osborne, de son côté, voyait là pour son fils une excellente occasion. George laisserait l'armée pour le Parlement, et prendrait sa place dans les salons et la politique. Le sang du vieillard bouillait dans ses veines quand il pensait que le nom des Osborne pourrait être anobli dans la personne de son fils, et pour lui il se voyait déjà le tronc d'une glorieuse lignée de baronnets. Dans la Cité et à la Bourse, il se mit en quête des renseignements les plus complets sur la fortune de l'héritière, sur la nature de ses biens, sur la situation de ses immeubles. Le jeune Fred Bullock, qui lui avait fourni les indications les plus détaillées aurait bien pris l'affaire pour son propre compte (ce sont les expressions même du jeune banquier), si déjà il n'avait pas été fiancé à Maria Osborne. Ne pouvant donc faire sa femme de miss Swartz, ce désintéressé jeune homme aurait bien voulu en faire tout au moins sa belle-sœur.

– Que George marche à l'assaut franchement, continua-t-il sur le ton de la plaisanterie, et l'enlève à la pointe de l'épée ; il faut frapper le fer pendant qu'il est rouge, comme on dit, et la prendre au débotté. Dans une semaine ou deux, quelque petit freluquet de nos quartiers aristocratiques viendra lui offrir son titre avec une fortune à refaire, et nous autres gens de la Cité, nous en serons pour nos frais, comme c'est arrivé l'année dernière pour lord Fitzrufus, et miss Grogram, jusqu'alors fiancée à Podder de la maison Podder et Brown. Le plus tôt, c'est le mieux, Mr Osborne, tel est mon sentiment.

Quand Mr Osborne fut parti, Mr Bullock se souvint alors d'Amélia, de la grâce aimable de cette jeune fille si attachée à George Osborne, et il préleva bien sur son temps dix précieuses secondes pour déplorer le malheur qui avait frappé cette innocente enfant.

Ainsi, pendant que l'inconstant George Osborne revenait aux pieds d'Amélia, sous l'inspiration de son bon génie personnifié dans l'excellent Dobbin, son père et ses sœurs préparaient pour lui un brillant mariage, sans croire à aucun obstacle possible de sa part.

Lorsque le vieil Osborne faisait ce qu'il appelait une *ouverture*, il ne laissait point de place au doute par rapport à ses intentions. Lorsque d'un coup de pied il précipitait un de ses valets du haut de son escalier, c'était une *ouverture* pour engager celui-ci à quitter son service. Avec sa rondeur, son tact ordinaires, il promit à mistress Haggistoun de lui souscrire un billet à vue de dix mille livres, le jour où son fils épouserait sa pupille : il appelait cela une *ouverture*, et pensait avoir agi en diplomate consommé touchant la susdite héritière. Il fit aussi une *ouverture* à George ; il lui ordonna de l'épouser sur-le-champ, tout comme il aurait dit à son majordome de déboucher une bouteille, ou à son secrétaire d'écrire une lettre.

Cette *ouverture* du genre impératif fut accueillie par George avec une vive contrariété. Il était alors dans le premier enthousiasme, dans le premier feu de sa réconciliation avec Amélia, et jamais ses chaînes ne lui avaient paru si douces. La comparaison de ses manières, de sa tournure avec celles de miss Swartz, lui montrait une union avec celle-ci sous des traits doublement burlesques et odieux.

« Des voitures et des loges à l'Opéra, se disait-il, où l'on me verra à côté de mon enchanteresse couleur acajou ! J'en ai assez ! »

Il faut dire que le jeune Osborne était bien aussi entêté que le vieux. Quand il voulait quelque chose, rien ne pouvait l'ébranler dans sa résolution, et, si les fureurs du père étaient terribles, celles du fils ne valaient guère mieux.

La première fois que son père lui signifia d'un ton impératif qu'il aurait à déposer ses hommages aux pieds de miss Swartz, Georges songea à opposer la temporisation à l'*ouverture* du vieillard.

– Vous auriez dû y penser plus tôt, mon père, lui dit-il. Cela est impossible maintenant : d'un moment à l'autre nous allons recevoir nos ordres de départ. Ce sera pour mon retour, si tant est que j'en revienne ; et il s'efforçait pour lui faire sentir que c'était fort mal prendre son temps pour conclure un mariage que de choisir précisément celui où le régiment était menacé à chaque instant de quitter l'Angleterre. Le peu de jours qui restaient devaient être consacrés aux préparatifs de campagne, et non à des serments d'amour. Il songerait tout à son aise à se marier quand il aurait son brevet de major. Car, je vous le jure, continuait-il d'un air joyeux et déterminé, vous verrez un de ces jours le nom de George Osborne tout au long sur la Gazette.

Suivait la réplique du père, qui mettait en avant les renseignements qu'il avait pris dans la cité : le père avait à cœur d'empêcher que quelque freluquet aristocratique ne fît main basse sur l'héritière, dans le cas d'un plus long retard, et on pouvait au moins par précaution procéder aux fiançailles, pour célébrer ensuite le mariage au retour de George en Angleterre. D'ailleurs, c'était une folie d'aller exposer sa vie sur le continent, lorsqu'on avait sous la main une fortune de dix mille livres sterling de rente.

– Vous voulez donc, monsieur, que je passe pour un lâche, répliqua George, et que notre nom soit déshonoré, par tendresse pour les écus de miss Swartz ?

Cette objection jeta quelque incertitude dans l'esprit du vieillard ; mais, dominé par son entêtement naturel, il répondit :

– Demain, vous dînerez ici, monsieur, et, toutes les fois que miss Swartz y viendra, j'entends que vous soyez là pour lui faire votre cour. Si vous avez besoin d'argent, vous pouvez passer chez Mr Chopper.

Un nouvel obstacle s'élevait donc à la traverse des projets de George au sujet d'Amélia. Plus d'une conférence intime eut lieu à cette occasion entre lui et Dobbin. L'opinion de ce dernier nous est déjà connue ; et quant à George, une fois qu'il s'était mis une chose en tête, il ne s'arrêtait pas devant une difficulté de plus ou de moins.

La négrillonne restait tout à fait étrangère à cette conspiration tramée entre les principaux membres de la famille Osborne, et dont elle était l'objet. Bien plus, sa tutrice et amie ne lui avait rien laissé pénétrer, et l'héritière de Saint-Kitts prenait pour très sincères les flatteries de ses jeunes compagnes. Sa nature impétueuse et ardente, comme nous avons eu occasion de le voir précédemment, répondait à ces démonstrations multipliées avec une chaleur toute tropicale. Et puis, il faut en convenir, elle trouvait une jouissance personnelle dans ses visites à Russell-Square ; elle y rencontrait un charmant garçon, George Osborne, en un mot. Les moustaches du jeune lieutenant avaient fait sur elle une vive impression le soir où elle les avait vues au bal de MM. Hulker, et comme nous le savons, elle n'était pas la première victime de leur puissance séductrice.

George savait prendre à la fois un air vaniteux et mélancolique, langoureux et hautain, derrière lequel il affectait de laisser entrevoir des passions, des secrets et tout un enchaînement mystérieux de peines de cœur et d'aventures. Sa voix avait des notes douces et sonores. Il disait : « Il fait chaud ce soir », ou offrait une glace avec cet accent triste et sentimental qu'il aurait mis à annoncer à la même dame la mort de sa mère ou à lui faire une déclaration d'amour. Il regardait du haut de sa grandeur les jeunes lions de la société de son père et posait en héros parmi ces élégants de troisième ordre. Les uns riaient de lui et le détestaient, les autres, comme Dobbin, concevaient une admiration poussée jusqu'au fanatisme. Toujours est-il que ses moustaches commençaient à produire leur effet sur le petit cœur de miss Swartz et à l'enrouler *de leurs vrilles capricieuses*.

Toutes les fois qu'il y avait chance de voir George Osborne à Russell-Square, cette naïve et excellente jeune fille n'avait point de paix qu'elle ne fût auprès de ses chères amies. C'était une dépense et un luxe de robes neuves, de bracelets et de chapeaux sur lesquels on ne ménageait pas les plumes. Elle donnait à sa parure tous les soins imaginables pour assurer son triomphe sur le conquérant, et avait recours à toutes ses séductions pour obtenir ses bonnes grâces. Quand les demoiselles Osborne lui demandaient de leur air le plus grave de faire un peu de musique, elle chantait ses trois romances et jouait ses deux morceaux avec un courage infatigable et un plaisir toujours croissant. Pendant que les demoiselles Osborne se livraient à ces délicieuses distractions, miss Wirt et la tutrice, se retirant dans un coin de la pièce, se mettaient à étudier le *Dictionnaire de la pairie* et à parler noblesse.

Le lendemain du jour où George reçut l'*ouverture* de son père quelques instants avant le dîner, il s'étendit sur le sofa du salon, dans la pose la plus naturelle à un homme mélancolique et rêveur. D'après l'avis de son père, il avait passé, dans la journée, au bureau de Mr Chopper. Le vieux commerçant donnait de grosses sommes à son fils, sans consulter, dans ses largesses, d'autre règle que son caprice. Ensuite, George s'était rendu à Fulham, où il était resté trois heures avec Amélia, sa chère petite Amélia, et enfin il était venu retrouver ses sœurs, aussi empesées dans leur maintien que leurs robes de mousseline. La société était réunie dans le salon ; les duègnes bavardaient dans leur coin, et l'honnête Swartz portait sa robe favorite de satin jaune, des bracelets de turquoise, des bagues à n'en plus finir, des fleurs, des plumes, et une collection de breloques et de babioles qui la faisaient ressembler à la boutique d'une revendeuse à la toilette[82].

Les demoiselles de la maison, après des efforts inutiles pour tirer une parole de leur frère, se mirent sur le chapitre des modes et parlèrent de la dernière réception à la cour. George ne tarda pas à trouver ce babillage insupportable. Et puis ces tournures étaient-elles à comparer à celle de la petite Emmy ? Dans ces voix brusques et saccadées, ces jupes

82. Entremetteuse.

roides d'empois, qu'y avait-il de semblable à la douceur angélique, aux grâces modestes de sa bien-aimée ? La pauvre Swartz était justement assise à la place que prenait autrefois Emmy ; ses mains, couvertes de joyaux, s'étalaient en éventail sur sa robe de satin jaune ; ses broches et ses boucles d'oreilles lançaient des lueurs rutilantes, et ses gros yeux semblaient vouloir s'échapper de leurs orbites. Elle exprimait dans toute sa personne la parfaite satisfaction du désœuvrement, avec un air qui disait à tout le monde : « Admirez-moi ! » Les deux sœurs trouvaient, du reste, que le satin lui allait à ravir.

– Le diable m'emporte, dit George en retrouvant le confident de son cœur, si elle n'avait pas l'air d'un mandarin chinois qui n'a rien à faire toute la journée qu'à branler la tête. Vrai Dieu, Will, j'étais démangé de l'envie de lui jeter le coussin du sofa.

Il était parvenu toutefois à réprimer la pétulance de sa mauvaise humeur.

Ses sœurs se mirent à jouer la *Bataille de Prague*.

– Encore cet infernal refrain ! hurla George exaspéré, du sofa où il était couché. Vous voulez donc me rendre fou ! À la bonne heure si miss Swartz nous jouait quelque chose ; chantez-nous quelque chose, miss Swartz, ce que vous voudrez, à l'exception toutefois de la *Bataille de Prague*.

– Que désirez-vous ? *Marie aux yeux bleus* ou l'air de la *Corbeille* ? demanda miss Swartz.

– Il est fort joli, l'air de la *Corbeille*, reprirent en chœur les deux demoiselles Osborne.

– Connu ! cria de son sofa le misanthrope.

– Je puis vous chanter encore *Fleuve du Tage*, dit Swartz d'une voix doucereuse. Il ne me manque que les paroles.

Là s'arrêtait le répertoire de la jeune fille.

– Oh ! oui, *Fleuve du Tage*, s'écria miss Maria, nous avons la romance.

Et elle alla chercher bien vite le recueil où elle se trouvait.

Or, cette romance, qui jouissait de la vogue du moment, avait été donnée aux deux sœurs par une de leurs amies, dont le nom était écrit sur la première page. Miss Swartz reçut de George les plus vifs applaudissements. C'était, en effet, une des romances favorites d'Amélia, et il ne l'avait pas oublié. L'héritière de Saint-Kitts, espérant sans doute qu'on la prierait de recommencer, jouait négligemment avec les feuillets de la musique, lorsque son œil rencontra le nom d'Amélia Sedley, écrit au haut du premier feuillet.

– Dites donc, s'écria miss Swartz en tournant vivement sur le tabouret, est-ce là mon Amélia ? l'Amélia qui était chez miss Pinkerton, à Hammersmith ? C'est elle, n'est-ce pas ? Comment va-t-elle ? où est-elle ?

– Ne répétez pas ce nom, s'empressa de dire Maria Osborne. Sa famille est bien coupable. Son père a abusé de la confiance du nôtre, et, quant à elle, son nom n'est plus prononcé ici.

Maria Osborne se vengeait ainsi de la sortie de George au sujet de la *Bataille de Prague.*

– Êtes-vous l'amie d'Amélia ? demanda George en se redressant. Dieu vous le rende alors, miss Swartz. Ne croyez pas un mot de tout le bavardage de ces femmes. On n'a pas le moindre reproche à lui adresser. C'est la meilleur…

– Vous savez bien, George, que vous ne devez point parler ainsi, s'écria Jane tout effarée. Papa le défend.

– Je voudrais bien voir qu'on m'en empêchât, cria George en fureur. Je veux parler d'elle ; je dis que c'est la plus accomplie, la plus douce, la plus charmante des filles d'Angleterre. Que son père soit banqueroutier ou non, mes sœurs ne sont pas dignes de délier les cordons de ses souliers. Si vous l'aimez, allez la voir, miss Swartz, elle n'a plus beaucoup d'amis maintenant, et, je le répète, Dieu bénira ceux qui lui conservent quelque affection. Qui parle bien d'elle est mon ami ; qui en dit du mal est mon ennemi. Merci encore une fois, miss Swartz.

Et, se levant, il alla lui serrer la main.

– Ah ! George fit une de ses sœurs d'une voix suppliante. Ah ! George, que dites-vous là ?

– Je dis, répéta George d'un air de défi, que je remercie tous ceux qui aiment Amélia Sed…

Il laissa son mot inachevé. Le vieil Osborne était dans la pièce, la face livide de colère ; ses yeux injectés de sang brillaient comme des charbons ardents.

Bien que George se fût arrêté tout court, le sang lui bouillonnait dans les veines, et tous les Osborne de la terre ne l'auraient pas fait reculer d'un pas. Maîtrisant bientôt son émotion, il répondit au regard menaçant du vieillard par un coup d'œil où se peignaient si bien la résolution et le défi, que celui-ci, tout interdit à son tour, porta les yeux d'un autre côté : il avait senti la résistance, et comprenait que la lutte était désormais inévitable.

– Mistress Haggistoun, votre bras pour aller à table ; donnez le vôtre à miss Swartz, George, dit-il à son fils.

Et l'on se mit en marche.

– Miss Swartz, disait George à la riche héritière, j'aime Amélia, et nous sommes fiancés l'un à l'autre depuis nos plus jeunes années.

Pendant le repas, George parla avec une volubilité qui le surprenait lui-même et irritait de plus en plus les nerfs de son père. On eût dit qu'il trouvait du plaisir à amonceler les nuages pour l'orage qui allait éclater après le départ des dames.

Mais il existait cette différence entre les deux champions, que le père écumait de rage et était tout hors de lui, tandis que le fils conservait le sang-froid et la clarté de pensées qui manquaient au vieillard, et se trouvait armé ainsi, non seulement pour l'attaque, mais encore pour la riposte. Il ne se préoccupait point de la bataille, trouvant qu'il serait assez tôt d'y penser quand le moment serait enfin venu ; il mangea donc avec le plus grand calme et du meilleur appétit, attendant le signal pour commencer la mêlée.

Le vieil Osborne, au contraire, était en proie à une agitation nerveuse, vidant les verres les uns après les autres. Plus d'une fois il perdit le fil de ses idées dans sa conversation avec ses voisines, et le sang-froid de George redoublait encore sa colère. Il était presque fou de voir l'impassibilité de son fils à jouer avec sa serviette, à s'incliner profondément devant les dames qui se levaient pour partir, à leur ouvrir la porte, à remplir son verre, à en déguster à loisir le contenu, puis enfin à regarder son père entre les deux yeux, en ayant l'air de lui dire : « Messieurs de la garde, tirez les premiers. » Le vieillard voulut prendre du renfort, mais le carafon heurtait son verre dans un choc convulsif, sans arriver à le remplir.

Après avoir poussé un gros soupir, et avec la figure d'un homme qui suffoque, Mr Osborne commença la charge.

– Comment osez-vous, monsieur, prononcer le nom de cette personne devant miss Swartz, et dans mon salon. Voyons, monsieur, pouvez-vous m'expliquer une pareille audace ?

– Prenez garde aux termes que vous employez, dit George ; votre mot sonne mal aux oreilles d'un capitaine de l'armée anglaise.

– Mon fils ne me dictera peut-être pas le choix des mots, monsieur. Quand je le voudrai, il n'aura pas dans sa poche un schilling vaillant ; quand je le voudrai, il sera aussi pauvre que le dernier des mendiants. Je parlerai comme il me plaît, poursuivit le vieillard.

– Bien que votre fils, je suis gentilhomme, monsieur, répondit George avec hauteur. Quelques avis que vous ayez à me donner, quelques ordres que vous vouliez me transmettre, je vous prie de me parler avec la politesse à laquelle j'ai droit de prétendre.

Toutes les fois qu'il s'élevait à ce ton d'arrogance, le jeune officier portait son père au comble de la colère ou de la terreur. Le vieil Osborne redoutait chez son fils l'usage du grand monde et des belles manières, qui lui faisait complètement défaut ; car rien, en général, ne met plus mal à l'aise un manant que de sentir à côté de lui un homme de bon ton.

– Mon père n'a pas dépensé pour mon éducation tout ce que m'a coûté la vôtre, il n'a pas fait les mêmes sacrifices, et je ne lui ai pas coûté aussi cher. Si j'avais fréquenté la société où certains êtres peuvent vivre, grâce à moi, mon fils n'aurait peut-être pas tant de motifs de faire le fier, monsieur, et de tirer supériorité de ses airs de grand seigneur.

Le vieil Osborne appuya en prononçant ces mots avec une intention ironique.

– De mon temps, on ne croyait pas qu'il fût d'un gentilhomme d'insulter son père. Si j'avais rien fait de pareil, monsieur, le mien m'aurait jeté à coups de pied à la porte, monsieur.

– Je ne vous ai point insulté, monsieur. Je vous ai seulement prié de vous souvenir que j'étais aussi gentilhomme que vous. Je sais très bien que vous me donnez de l'argent à discrétion, continua George en serrant dans ses doigts un paquet de billets que Mr Chopper lui avait délivré le matin même. Mais vous en êtes fastidieux avec vos répétitions. Craignez-vous donc que je ne l'oublie ?

– Vous devriez avoir autant de mémoire pour tout le reste, monsieur, répliqua le père de plus en plus irrité ; vous devriez vous rappeler que dans cette maison, aussi longtemps que vous daignerez l'honorer de votre présence, je suis le maître, moi, que ce nom… et que vous… et je veux…

– Quoi, monsieur ? dit George avec un sourire moqueur, et il remplit de nouveau son verre.

– Mille tonnerres !… s'écria son père avec un effroyable blasphème, que ce nom des Sedley ne soit plus prononcé ici, monsieur ; non, je ne veux rien qui me rappelle cette damnée engeance !

– Ce n'est pas moi, monsieur, qui le premier ai mis en avant le nom de miss Sedley ; mes sœurs en disaient du mal à miss Swartz, et je me suis promis de la défendre en toute rencontre. Personne ne traitera légèrement ce nom en ma présence. Notre famille lui a déjà fait assez d'affronts, il est temps d'arrêter la calomnie devant la ruine de ces malheureux : le premier qui s'avisera de parler contre elle sentira le poids de ma main.

– Allez donc, monsieur, allez donc, dit le vieux père dont les yeux sortaient de leurs orbites.

– Oui, certes, monsieur ! Je prétends persévérer dans mes sentiments pour cette angélique jeune fille.

Si je l'aime, vous n'avez qu'à vous en prendre à vous. J'aurais peut-être adressé mes hommages d'un autre côté, élevé mes vœux plus haut, en dehors de notre cercle étroit, mais je n'ai fait que vous obéir. Et maintenant que son cœur est à moi, vous me dites de l'abandonner, de la punir d'un crime dont elle est innocente, de causer sa mort peut-être, et tout cela pour les fautes d'autrui ! Voilà où seraient la lâcheté et la bassesse, voilà où serait l'infamie, dit George cédant à l'exaltation de son enthousiasme. Se jouer ainsi du cœur d'une jeune fille, d'un ange descendu du ciel au milieu de ce monde dont ses vertus exciteraient l'admiration, si sa douceur et son aménité ne réduisaient au silence les accusations de la haine ! Enfin, si je la délaissais, monsieur, croyez-vous qu'elle m'oublierait ?

– Il ne me convient point, monsieur, de prêter l'oreille à ce galimatias d'absurdités sentimentales, s'écria le père de George. Je ne donnerai point la main à un mariage qui ferait entrer des gueux dans ma famille. Du reste, à votre aise, monsieur, il ne tient qu'à vous de laisser envoler huit mille livres sterling de rentes quand vous n'avez qu'à vous baisser pour les avoir ; mais alors songez, à faire votre paquet. Une fois pour toutes, voulez-vous faire ce que je vous dis, monsieur ?

– Épouser cette mulâtresse ? dit George en redressant les pointes de son faux col. Je n'aime pas la teinture, monsieur. Vous ferez mieux d'envoyer chercher le nègre qui balaye à Fleet-Market ; pour moi, monsieur, je ne veux pas m'allier à la Vénus hottentote.

Mr Osborne s'élança furieux vers la sonnette qui d'ordinaire servait à faire venir le majordome pour le bordeaux, et, d'une voix à moitié étouffée par la colère, il lui donna l'ordre de faire avancer un fiacre pour le capitaine Osborne.

***

– C'est une affaire faite ! dit George entrant une heure après chez Slaughter avec une figure pâle et défaite.

– Quelle affaire, mon garçon ? dit Dobbin.

George lui exposa tout au long ce qui s'était passé entre lui et son père.

– Je l'épouserai demain, dit-il avec un juron. Ah ! Dobbin, Dobbin, chaque jour je sens mon amour grandir pour elle.

CHAPITRE XXII
Mariage et premiers quartiers de la lune de miel

La garnison la plus déterminée et la plus courageuse ne peut tenir contre la famine. Le vieil Osborne comptait sur cet auxiliaire dans la lutte que nous lui avons vu engager avec son fils. Il ne doutait point que George ne vînt faire une soumission complète dès qu'il se trouverait à court d'espèces. Il était à regretter seulement que, le jour même du premier assaut, l'ennemi eût ravitaillé la place ; mais les provisions ne devaient durer qu'un temps, et, suivant ses calculs, le vieil Osborne s'attendait avant peu à une reddition. Pendant plusieurs jours, toute communication cessa entre le père et le fils. Le premier s'étonnait de ce silence, sans en être autrement inquiet ; car, ainsi qu'il disait avec son élégance habituelle, il savait fort bien où le bât blessait George, et il s'en rapportait à l'infaillibilité de ses prévisions. Il avait raconté minutieusement à ses filles les détails de sa querelle avec son fils, tout en leur enjoignant de rester étrangères à cette affaire et d'accueillir George à son retour comme si rien ne s'était passé. Le couvert du fils rebelle était mis tous les jours comme à l'ordinaire, et le vieux marchand se préoccupait peut-être beaucoup plus de son absence qu'il ne le disait et ne voulait le laisser paraître. Il envoya aux informations chez Slaughter, où l'on ne put rien lui dire, sinon que George et son ami le capitaine Dobbin avaient quitté la ville.

Par une matinée maussade et pleureuse de la fin d'avril, des giboulées balayaient par rafales le trottoir de la rue où se trouvait le café du vieux Slaughter ; George Osborne arriva dans le café, l'air pâle et les yeux hagards. Sa mise cependant indiquait une certaine recherche ; il portait un habit bleu aux boutons bronzés, et un gilet en peau de daim, suivant la mode du temps. Dobbin, qu'il retrouva dans cet endroit, avait, lui aussi, abandonné la casaque militaire et le pantalon gris dont il affublait d'ordinaire sa longue et osseuse personne, pour l'habit bleu aux boutons bronzés.

Dobbin venait de passer une heure et plus dans le café, à prendre successivement tous les journaux sans pouvoir venir à bout d'en lire un seul. Il avait plus de vingt fois jeté les yeux sur la pendule, puis dans la rue, où la pluie balayait la chaussée, où les passants faisaient retentir le pavé sous leurs socques, où leurs ombres mouvantes miroitaient en longs reflets sur les dalles humides. Tantôt il battait le rappel sur la table, puis rongeait ses ongles jusqu'à la racine, ce qui ajoutait à la beauté de ses mains monumentales ; ensuite il mettait en équilibre sur le pot au lait une petite cuiller, et la poussait avec une pichenette, etc., etc. L'impatience de son esprit se faisait jour dans ses moindres gestes et le portait à ces déplorables distractions qui sont le suprême recours d'un esprit en proie à toutes les anxiétés de l'attente.

Quelques camarades du régiment, habitués de ce café, le plaisantaient sur l'élégance de son costume et sur la surexcitation fébrile de ses nerfs. On lui demandait si, par hasard, il n'allait pas se marier ? Dobbin riait du bout des lèvres et promettait à son ami, le major Wagstaff, de lui envoyer un morceau de gâteau aussitôt après la cérémonie. Enfin arriva le capitaine Osborne en grande tenue, comme nous l'avons dit, mais très pâle et très agité. Il essuya avec son foulard des Indes sa figure décomposée où perlait la sueur, et une forte odeur d'eau de Cologne se répandit dans toute la pièce. George serra ensuite la main de Dobbin, regarda à la pendule, dit à John le garçon de lui apporter du curaçao, dont il avala deux verres avec une précipitation fébrile, et son ami lui demanda comment il se portait.

– Je n'ai pas fermé l'œil de la nuit, Dob, dit celui-ci. J'ai eu le frisson et un mal de tête épouvantable. Levé à neuf heures, je suis sorti pour prendre un bain. C'est tout comme le jour où je me suis rendu sur le terrain avec Rocket, à Québec, si vous vous en souvenez, Dobbin.

– Je crois bien, répondit William, mes diables de nerfs me tiraillaient encore plus que vous ce matin-là ; car même vous avez joliment mangé, sans reproche. Puisque cela vous a si bien réussi, recommencez, aujourd'hui.

– Vous êtes toujours bon et prévenant, Will. Je veux boire à votre santé, mon vieux, et au diable la...

– Non, non, deux verres c'est assez, fit Dobbin en l'arrêtant. John, enlevez ce carafon. Voilà du poivre de Cayenne pour mettre avec votre poulet, et dépêchez-vous, car nous devrions déjà être là-bas.

La pendule marquait onze heures et demie, quand les deux capitaines échangeaient ces quelques paroles. Un fiacre, où le domestique d'Osborne avait placé son nécessaire de voyage et sa valise, attendait à la porte depuis quelques instants. Les deux jeunes gens gagnèrent la voiture, abrités sous un parapluie, et le domestique grimpa sur le siège en maugréant contre l'averse et contre l'humidité du manteau du cocher, d'où se dégageait une épaisse vapeur.

« Nous trouverons heureusement une meilleure voiture à la porte de l'église », se disait-il pour se consoler.

Le fiacre traversa Piccadilly, où alors encore Apsley-House et l'hôpital Saint-Georges portaient leur robe de briques rouges, où l'on voyait encore des réverbères à l'huile, où Achille[83] devait bientôt se dresser sur son socle de granit, où devait s'élever dans peu l'arc de triomphe de Pimlico, surmonté de

83. Une statue de bronze représentant le duc de Wellington avec un casque.

ce monstre équestre[84] qui semble vouloir enjamber tous les toits du voisinage. Enfin, ils s'arrêtèrent à Brompton, devant une petite chapelle, au carrefour de Fulham.

Une voiture de poste attelée de quatre chevaux attendait à la porte ; par l'élégance de sa coupe, elle rappelait les voitures de remise ; quelques oisifs seulement bravaient cette fâcheuse averse.

– Morbleu ! dit George, je n'avais commandé que deux chevaux.

– Mon maître en a voulu quatre, répondit le domestique de Mr Joseph, posté sur le seuil en sentinelle.

Le valet de Mr Osborne et celui de Mr Joseph trouvaient, tout en suivant leurs maîtres dans l'église, que c'était donner un croc-en-jambe aux convenances, que de faire une noce sans repas, sans bouquet, sans rubans.

– Ah ! vous voici ! dit à George Joseph Sedley, notre galant cavalier du Vauxhall. Vous êtes de cinq minutes en retard, George, mon garçon ! Quel temps, bon Dieu ! Cela me rappelle la saison des pluies au Bengale. Mais soyez tranquille, ma voiture est imperméable. Entrons : Emmy et ma mère sont déjà à la sacristie.

Jos Sedley était dans toute sa splendeur : jamais on ne l'avait vu si gras ; jamais son faux col n'était monté si haut, jamais sa face n'avait été

---

84. Un char de triomphe tiré par plusieurs chevaux.

plus rubiconde. Son jabot s'étalait avec orgueil sur son gilet à ramages ; ses bottes à la hongroise resplendissaient sur la rotondité de ses mollets. Sur son habit vert clair s'épanouissait la rosette nuptiale, large et blanche comme la fleur du magnolia.

George allait se marier. Ce seul mot explique la pâleur de sa figure, l'excitation de ses nerfs, ses insomnies et ses frissons. J'ai entendu des gens qui affrontaient la même épreuve avouer la même émotion. À la troisième ou quatrième fois on finit par s'y accoutumer sans doute, mais le premier plongeon coûte toujours beaucoup à faire.

La mariée avait un manteau de soie brune, comme me l'a appris depuis le capitaine Dobbin, et portait un chapeau de paille avec un ruban rose et un voile en dentelle blanche de Chantilly. Le capitaine Dobbin, après lui en avoir demandé la permission, lui avait offert une montre avec sa chaîne d'or, qu'elle portait pour la cérémonie. Sa mère lui avait fait présent d'une broche en diamants, unique bijou resté en possession de mistress Sedley. Pendant le service, cette excellente mère, assise dans l'un des bancs, versait d'abondantes larmes, tandis que la servante irlandaise et mistress Clapp, son hôtesse, s'efforçaient de la consoler. Le vieux Sedley n'avait pas voulu assister au mariage. Jos remplaçait son père et conduisait la mariée à l'autel, tandis que le capitaine Dobbin remplissait, du côté de George, les fonctions de garçon d'honneur.

Dans l'église se trouvait seulement le clergé qui officiait. La pluie sur les vitraux et les sanglots de mistress Sedley étaient le seul bruit qui vint par moments interrompre le service divin. La voix du ministre ébranlait les tristes échos de ces voûtes désertes. Le oui d'Osborne se fit entendre grave et articulé. La réponse d'Emmy, s'échappant avec peine de son petit cœur, parvint mourante à ses lèvres, et n'arriva qu'aux seules oreilles du capitaine Dobbin.

La cérémonie terminée, Jos Sedley embrassa sa sœur ; c'était plus qu'il n'en avait fait pour elle depuis plusieurs mois. George avait déposé son air triste et semblait maintenant tout radieux.

– À votre tour, William, dit-il tout joyeux en frappant sur l'épaule de Dobbin.

Et Dobbin s'en alla embrasser Amélia sur la joue.

On alla ensuite à la sacristie pour signer le registre.

– Dieu vous bénisse, mon vieux Dobbin ! dit George en lui serrant la main, la vue presque troublée par les larmes.

William répondit par un mouvement de tête. Son cœur était trop ému pour lui permettre d'en dire plus long.

– Écrivez-nous régulièrement, et venez aussitôt que possible, n'est-ce pas, mon ami ? dit Osborne.

Après des adieux très pathétiques qui eurent lieu entre mistress Sedley et sa fille, le nouveau couple monta dans la voiture.

– Gare là ! petits polissons, cria George à une troupe de gamins tout trempés de pluie qui stationnaient devant la porte de l'église.

L'averse cinglait sur la figure des deux époux, rien que pour monter dans la voiture ; les rubans des postillons se collaient sur leur veste ruisselante. La troupe d'enfants poussa des hurlements diaboliques au moment où la voiture s'éloigna en les éclaboussant.

William Dobbin, de la porte de l'église, les regardait disparaître avec une expression singulière dans le regard ; la petite troupe de curieux riait de son air bizarre ; mais il se souciait bien des curieux et de leur rire !

– Allons manger un morceau, Dobbin, lui cria une voix par-derrière.

En même temps une main pesante s'abaissant sur son épaule coupait court aux rêveries du pauvre garçon ; mais le capitaine ne se sentait pas le cœur à se rendre aux provocations gastronomiques de Jos Sedley. Il installa dans la voiture la vieille dame tout éplorée, vit Jos monter à côté d'elle et les domestiques sur le siège, puis les quitta sans leur faire de bien longs adieux ; cette seconde voiture disparut comme la première, et les gamins la poursuivirent encore de leurs cris railleurs.

– Voilà pour vous, petits mendiants, dit Dobbin en leur jetant de la menue monnaie, puis il s'en alla lui-même sans faire attention à la pluie.

Tout était donc fini. Il les voyait donc mariés et heureux, du moins Dobbin le demandait au ciel. Quant à lui, le pauvre garçon, jamais il ne s'était trouvé si seul et si abandonné. Il aurait déjà voulu être à quelques jours de là pour *la* revoir de nouveau.

Dix jours environ après la cérémonie dont nous venons de parler, trois jeunes gens de notre connaissance étaient à admirer ce magnifique panorama de Brighton, où d'un côté se déroulent devant les yeux du visiteur de délicieuses petites tourelles, et de l'autre l'azur de la mer. Tantôt le citadin émerveillé contemple l'Océan, dont le sourire des vents plisse la surface de rides sans nombre sur lesquelles mille voiles blanches étincellent au soleil, et que couronne une coquette ceinture de mystérieuses cabines. Tantôt un ami de la nature humaine, qui la préfère aux sites les plus pittoresques, se tourne du côté des tourelles, où un air de vie indique la présence de l'homme. Ici l'on entend gémir un piano qu'une jeune demoiselle en tire-bouchons martyrise six heures par jour pour le plus grand plaisir des autres locataires ; là une gentille petite bonne, l'aimable Polly, fait sauter dans ses bras un petit nourrisson dont on se croit le père, tandis que Jacob, *pater quem nuptiæ demonstrant*[85], mange des sauterelles à l'étage au-dessous et dévore le *Times* pour son déjeuner.

85. « Le père qu'ils montrent au mariage ».

Là-bas ce sont des filles d'Ève qui regardent les jeunes officiers de dragons en promenade sur la plage ; ou bien c'est encore un bon habitant de Londres en costume nautique, armé d'un télescope de la dimension d'un canon du calibre six, qui a pointé son instrument sur la mer et à l'inspection duquel n'échappe aucune barque de plaisance ou de pêche, aucune cabine de baigneuse allant à la mer ou en revenant, etc., etc. Que n'avons-nous le loisir de décrire Brighton ? car Brighton, c'est un Naples rutilant avec des *lazzaroni*[86] aristocratiques ; car Brighton a toujours l'air frais, aimable et pimpant comme le costume d'un arlequin, car Brighton, éloigné de sept heures de Londres à l'époque dont nous parlons, n'en est plus qu'à une centaine de minutes et s'embellira peut-être encore davantage, à moins que la flotte française ne juge à propos de venir le bombarder.

– Voilà une petite qui est diablement belle, dans cette maison, au-dessus des modistes, dit un des promeneurs à son voisin. Hein, Crawley, avez-vous vu comme elle m'a fait de l'œil quand je suis passé ?

– N'allez pas la blesser au cœur, Jos, mauvais sujet que vous êtes, répliqua l'autre. N'allez pas ainsi badiner avec les affections féminines, monsieur le Don Juan.

---

86. Mot italien qui désigne les hommes les plus pauvres à Naples aux XVIIIe et XIXe siècles.

– Laissez-moi, reprit Jos Sedley fort satisfait et jetant à la bonne des œillades assassines. Jos était encore plus brillant à Brighton qu'au mariage de sa sœur. Il avait un choix de gilets du dernier goût dont un seul eût suffi pour contenter un dandy plus modeste. Il portait un habit d'uniforme orné de brandebourgs[87], de franges et de boutons, mais avec des broderies tortueuses. Il affectait un costume militaire et toutes les allures de l'emploi, se promenait avec ses deux amis, tous deux officiers dans l'armée, faisait sonner ses bottes à éperons en l'honneur de toutes les servantes qu'il jugeait dignes de ses regards meurtriers.

– Qu'allons-nous faire, mes enfants, jusqu'au retour de ces dames ? demanda notre lion.

Ces dames étaient allées faire une promenade en voiture à Rottingdean.

– Nous pourrions jouer au billard, reprit un de ses amis, le grand aux moustaches cirées.

– Non, diable ! non, capitaine, répliqua Jos un peu alarmé, pas de billard aujourd'hui, Crawley, mon garçon ; c'est bien assez d'y avoir joué hier.

– Cependant vous avez un coup de queue admirable, dit Crawley en riant. N'est-ce pas, Osborne ? comme il est fort avec son fameux coup de cinq ?

– Très fort, reprit Osborne, Jos est un rude joueur au billard, sans compter le reste. Je voudrais bien qu'il fût possible de chasser le tigre dans les

87. Galon décorant un vêtement.

environs ; nous serions allés en tuer quelques-uns avant dîner. – Tenez, la jolie fille, quelle jambe. Jos ! – Racontez-nous donc l'histoire de votre chasse au tigre, et de l'entrevue que vous avez eue avec lui dans les fourrés de l'Inde. Ah ! Crawley, voilà une bien merveilleuse histoire.

George Osborne manqua se casser la mâchoire par un énorme bâillement.

– Que la vie est ennuyeuse ici-bas ! continua-t-il. Eh bien ! que faire ?

– Si nous allions voir les chevaux qui viennent d'arriver de la foire de Lewes ? dit Crawley.

– Pourquoi ne pas aller plutôt chercher des petits gâteaux qui doivent sortir du four ? proposa ce scélérat de Jos, qui songeait à faire d'une pierre deux coups. Elle est fort jolie, la pâtissière.

– Encore mieux, allons au-devant de *L'Éclair* qui va arriver ; car voici son heure, dit George.

Ce dernier avis l'emporta ; on remit à un autre jour la visite à la pâtissière et aux chevaux, et l'on se dirigea vers les bureaux de *L'Éclair*.

Sur leur route ces trois messieurs rencontrèrent la voiture découverte de Jos Sedley, ornée de magnifiques armoiries. C'était dans ce splendide équipage qu'il avait coutume de se produire en public, majestueux dans son isolement, les bras croisés sur la poitrine, son chapeau à cornes sur l'oreille, ou bien, dans ses jours de bonne fortune, ayant des dames à ses côtés.

Deux personnes occupaient alors la voiture : une jeune femme aux cheveux un peu rouges, et mise à la dernière mode, et une autre en manteau de soie brune, avec un chapeau de paille et des rubans roses encadrant une figure ronde et vermeille qui faisait plaisir à voir. Cette dernière fit arrêter la voiture quand elle fut proche des trois jeunes gens, puis, comme toute honteuse de cet acte d'autorité, elle s'empressa de rougir de la façon la plus ridicule.

– Nous avons fait une délicieuse promenade, George, se mit-elle à dire. Et… nous sommes bien aises d'être rentrées. Et… Joseph, ne faites pas rentrer mon mari trop tard.

– N'allez pas conduire nos maris à leur perte, monsieur Sedley, esprit tentateur que vous êtes, reprit l'autre dame en menaçant Jos d'un joli petit doigt précieusement serré sous un gant français. Point de billard, point de fumerie ! Soyez sage !

– Ma chère mistress Crawley, je vous le jure… sur mon honneur !…

Ce furent les seuls mots que l'éloquence de Jos put proférer pour toute réponse. Mais si la parole lui manquait, il eut soin de prendre une pose académique ; il inclina légèrement la tête sur son épaule, souffla d'une manière expressive en regardant sa victime d'autrefois ; en même temps une de ses mains reposait derrière lui sur sa canne, tandis que l'autre, sur laquelle scintillait un gros brillant, chiffonnait son jabot et jouait avec son gilet. Quand la voiture repartit, il envoya mille baisers aux dames. Combien n'eût-il pas donné pour que tout Brighton, tout Londres et tout Calcutta pussent le voir dans cette attitude galante, au milieu des saluts qu'il adressait à une si piquante beauté, et dans la compagnie d'un lion aussi renommé que Rawdon Crawley des Gardes !

Nos nouveaux mariés étaient venus à Brighton après la célébration de leur mariage et avaient passé, dans un appartement de l'hôtel de la Marine, quelques jours de calme et de bonheur, en attendant l'arrivée de Jos. Toutefois, ils se trouvèrent bien vite en pays de connaissance ; car un après-midi, en revenant d'une promenade au bord de la mer, ils se rencontrèrent nez à nez avec Rebecca et son mari.

Rebecca se jeta dans les bras de sa chère Amélia. Crawley et Osborne se serrèrent la main avec assez de cordialité, et Becky, en quelques heures, trouva le moyen de faire oublier à ce dernier les paroles un peu dures de leur dernière entrevue.

– Vous rappelez-vous la dernière fois que je vous vis, chez miss Crawley ? je vous ai un peu maltraité, mon cher capitaine : c'est que vous aviez l'air d'être refroidi pour notre chère Amélia. Voilà ce qui me fâchait, m'irritait jusqu'à me rendre méchante et même ingrate. Votre main, capitaine, et passons l'éponge !

Et en même temps Rebecca lui tendait la main avec une grâce si franche et si irrésistible, qu'Osborne ne trouva rien de mieux que de la prendre et de croire à la sincérité de la démarche de Becky.

Nos deux jeunes couples avaient beaucoup à se dire ; chacun fit à l'autre le récit de son mariage et raconta ses projets d'avenir avec une franchise et un intérêt réciproques. Le mariage de George devait être annoncé à son père par son ami le capitaine Dobbin, et le jeune Osborne tremblait un peu des suites de cette communication ; miss Crawley, à laquelle se rattachaient toutes les espérances de Rawdon, lui tenait encore rigueur. Consigné à la porte de sa maison de Park-Lane, il avait, avec sa femme, suivi cette chère tante à Brighton et posté dans sa rue des émissaires en permanence.

– Il faudra que nous vous fassions aussi connaître, ma chère, dit Rebecca en riant, quels vigilants amis Rawdon tient en faction perpétuelle à sa porte. Avez-vous jamais vu la mine d'un créancier ou celle d'un bailli avec son assesseur ? Deux abominables gredins qui sont toute la semaine à nous épier de la boutique de l'épicier, de telle sorte que nous ne pouvons sortir que le dimanche. Si la tante ne s'apprivoise pas, gare au dénouement !

Rawdon, avec de gros éclats de rire, raconta une douzaine de tours fort divertissants qu'il avait joués à ses créanciers, et la manière adroite dont Rebecca leur donnait congé. Il affirma avec un gros juron qu'il n'y avait pas en Europe une femme qui fût comparable à la sienne pour le talent d'envoyer paître les créanciers. Presque aussitôt après son mariage, elle avait eu à recourir à ce don naturel, et son mari avait pu alors l'apprécier à sa juste valeur. Ils avaient su se créer un crédit illimité ; mais ils avaient aussi des protêts[88] à revendre, et ils poursuivaient leurs projets au milieu d'une disette absolue de vil métal. Ces embarras pécuniaires jetaient-ils quelques brouillards sur la bonne humeur de Rawdon ? Aucun.

Le meilleur moyen pour vivre au sein de l'opulence, c'est d'être criblé de dettes ; on n'a rien alors à se refuser, et, dans cette situation, l'esprit se trouve toujours allègre et dispos. Rawdon et sa femme occupaient le plus bel appartement du plus bel hôtel de Brighton ; l'hôte, en leur présentant chaque plat, les saluait comme ses plus gros consommateurs ; Rawdon engloutissait ses dîners et son vin avec un aplomb de magnat ou de prince russe. Des allures de grand seigneur, des bottes et un costume irréprochables, de l'arrogance dans la tournure, enfin une certaine rouerie, posent souvent beaucoup mieux un homme que des fonds placés chez un banquier.

Les deux couples ne pouvaient plus vivre l'un sans l'autre. Au bout de deux ou trois jours, les messieurs organisèrent pour le soir une table de piquet, tandis que leurs femmes se mettaient dans un coin à causer. Les cartes avec George, le billard avec Jos Sedley, qui ne tarda pas à arriver dans sa grande voiture découverte, aidèrent à combler les

88. Acte d'huissier de justice constatant le non-paiement d'une créance et permettant des poursuites immédiates.

vides de la bourse de Rawdon et lui procurèrent les avantages de cet argent comptant, dont la disette met dans l'embarras les plus grands génies eux-mêmes.

Mais revenons à nos trois jeunes gens, qui s'en allaient au-devant de *L'Éclair*. La voiture, d'une exactitude rigoureuse, était remplie à l'intérieur et couverte au dehors d'êtres vivants. Le conducteur tira de son cor ses modulations habituelles. *L'Éclair* entra dans la rue avec une rapidité digne de son nom et s'arrêta devant le bureau des voitures.

– Bravo ! voilà Dobbin, s'écria George enchanté de voir son vieil ami perché sur l'impériale.

Sa visite, différée de jour en jour, était impatiemment attendue.

– Comment vous portez-vous, mon brave garçon ? Vous êtes bien aimable d'être venu. Emmy va être enchantée de vous voir, dit Osborne donnant une cordiale poignée de main à son ami quand celui-ci fut descendu de son poste élevé. Puis, d'une voix plus basse : M'apportez-vous des nouvelles ? Avez-vous été à Russell-Square ? Que dit le père Rabat-joie ? ne me cachez rien.

La figure de Dobbin était pâle et grave.

– J'ai vu votre père, répondit-il. Comment va Amélia… Mrs George ? vous saurez toutes les nouvelles. Mais la plus grande de toutes, c'est que…

– Vite, mon vieux camarade, dit George avec anxiété.

– On nous envoie en Belgique ; l'armée entière est commandée pour le départ, le régiment des gardes comme les autres. Heavytop a ses accès de goutte et enrage de ne pouvoir bouger. O'Dowd le remplace. Nous nous embarquons à Chatham la semaine prochaine.

Ces nouvelles de guerre, tombant comme la foudre sur nos amants, les plongèrent dans de sérieuses et tristes méditations.

CHAPITRE XXIII

Où le capitaine fait preuve de diplomatie

Qui pourra nous expliquer par quel mystère William Dobbin, qui, sur les instances de ses parents, n'aurait fait aucune difficulté à aller chercher sa cuisinière par la main pour l'épouser ensuite, et qui était d'une humeur si indolente et si molle qu'en vue de son intérêt personnel il n'eût pas trouvé le courage de traverser la rue, qui pourra nous dire par quelle merveilleuse influence ce même Dobbin se révéla tout à coup et à point nommé, dans la conduite des affaires de George Osborne, comme le tacticien le plus actif, et montra au profit de son ami l'habileté dont un diplomate consommé n'eût peut-être pas été capable dans la poursuite de ses projets ambitieux ?

Pendant que George et sa femme étaient à Brighton, où ils s'enivraient à longs traits des douceurs de la lune de miel, l'honnête William restait à Londres en qualité de plénipotentiaire et avec mission de faire toutes les démarches nécessitées par le mariage de son ami. Il avait à voir le vieux Sedley, à le mettre de bonne humeur, à pousser Jos à rejoindre son beau-frère, afin que l'éclat de sa position et de son crédit comme receveur de Boggley-Wollah servît à couvrir le désastre de son père, à faire tomber les préjugés du vieil Osborne contre ce mariage en question, et à finir par l'apprendre au vieillard en ménageant le plus possible son humeur irritable.

Toutefois, avant de s'aventurer dans la maison d'Osborne avec les nouvelles dont il était porteur, Dobbin réfléchit qu'il y aurait de la politique de sa part à se créer des intelligences parmi les membres de la famille, et à mettre au moins les dames de son côté.

« Au fond du cœur, se disait-il, elles ne sauraient être fâchées de tout ceci. Quelle femme a jamais été fâchée de voir entrer un peu de romanesque dans un mariage ? Il y aura bien sûr des larmes de répandues, mais elles ne tarderont pas à se ranger du côté de leur frère ; nous serons trois alors à poursuivre le vieil Osborne dans ses derniers retranchements. »

Notre machiavélique capitaine se demandait ensuite à l'aide de quel heureux stratagème il pourrait glisser en douceur, dans l'oreille des demoiselles Osborne, le terrible secret de leur frère.

Grâce à un interrogatoire préalable qu'il fit subir à sa mère sur l'emploi de ses soirées, il se trouva bien vite au courant des salons où il avait chance de rencontrer les sœurs de George. Malgré son horreur pour les bals, horreur, hélas ! partagée par plus d'un homme sensé, il s'assura d'une invitation pour une soirée à laquelle devaient assister les demoiselles qu'il cherchait. À peine arrivé, il s'empressa de les faire danser à plusieurs reprises, se montra plein de prévenances et de petits soins à leur égard, et poussa le courage jusqu'à demander à miss Osborne quelques minutes d'entretien dans la matinée du lendemain. C'était, dit-il, pour lui communiquer des nouvelles de la dernière importance.

Pourquoi cette jeune demoiselle se mit-elle à tressaillir de la sorte, puis à regarder son cavalier, puis à baisser modestement les yeux vers le sol, enfin à manquer de s'évanouir dans les bras de son danseur, lorsque le capitaine lui écrasant maladroitement le pied, la rappela fort à propos à un sentiment plus net de la réalité ? Pourquoi, en un mot, cette requête lui causa-t-elle une si vive agitation ? Voilà un mystère que jamais on ne pourra approfondir. On sait seulement que le lendemain, quand le capitaine arriva à Russell-Square, Maria n'était point au salon avec sa sœur, et que miss Wirt sortit sous prétexte d'aller la chercher. Le capitaine et miss Osborne restèrent donc en tête à tête. Un si profond silence régna d'abord, qu'on pouvait très distinctement entendre le tic-tac de la pendule placée sur la cheminée et représentant le sacrifice d'Iphigénie.

– Quelle délicieuse soirée que celle d'hier ! fit miss Osborne, comme pour encourager son interlocuteur. Vous voilà maintenant passé maître à la danse, capitaine Dobbin. Vous avez pris des leçons, je gage, continua-t-elle avec une aimable espièglerie.

– Ah ! je voudrais que vous me vissiez danser une bourrée écossaise avec mistress *la major* O'Dowd de notre régiment !… Et une gigue !… avez-vous jamais vu danser une gigue ? Mais qui ne danserait pas bien avec vous, miss Osborne, vous qui dansez si bien ?

– La femme du major est-elle jeune et belle, capitaine ? continua la jolie questionneuse. C'est une bien terrible chose que d'être la femme d'un soldat ! Je m'étonne qu'on ait le cœur à la danse dans ces temps de guerre ! Si vous saviez, capitaine Dobbin, comme je tremble quelquefois en pensant à notre cher George, aux dangers des pauvres soldats ! Y a-t-il beaucoup d'officiers mariés dans le ***e, capitaine Dobbin ?

« Elle joue trop à cartes découvertes », pensa miss Wirt en elle-même.

Cette observation ne se place ici que comme parenthèse, et ne s'entendit point à travers la fente de la porte, où la gouvernante la murmura entre ses dents.

– Un de nos jeunes officiers vient de se marier, dit Dobbin se dirigeant vers son but. C'étaient d'anciennes affections, et les jeunes gens sont pauvres comme des rats d'église.

– Mais c'est charmant, mais c'est romantique, s'écria miss Osborne, comme le capitaine achevait ces mots : *anciennes affections*, *pauvres comme des rats d'église*.

Cette marque de sympathie l'encouragea.

– C'est le plus beau garçon de notre régiment, continua-t-il. L'armée entière ne compte pas dans ses rangs de plus brave et de plus brillant officier. Et puis une femme accomplie ! rien qu'à la voir, j'en suis sûr, vous vous prendriez à l'aimer, miss Osborne.

La jeune demoiselle se crut à deux doigts du dénouement. Il était bien permis d'avoir cette pensée en présence de l'agitation nerveuse de Dobbin se trahissant aux contractions de sa figure, au mouvement saccadé de son large pied retombant en cadence sur le parquet, à l'infatigable activité de ses mains à boutonner et à déboutonner son habit, etc., etc.

Miss Osborne supposa que la respiration avait manqué au capitaine, et qu'il attendait que ses poumons se fussent remplis d'air pour lui faire une confidence complète qu'elle se préparait à recevoir de grand cœur. L'horloge de l'autel d'Iphigénie commença à sonner midi. Quand les dernières vibrations eurent cessé d'agiter les rouages, miss Osborne pensa qu'il était au moins une heure, tant lui paraissaient longues les minutes qui tenaient en suspens son anxieuse curiosité.

– Mais ce n'est pas en vue d'un mariage que je viens vous parler… ou plutôt c'est à propos d'un mariage… c'est-à-dire… je ne voudrais pas vous laisser croire… Enfin, ma chère miss Osborne, c'est de ce cher George qu'il s'agit.

– De George ? dit-elle d'un ton désappointé, qui excita l'hilarité de Maria et de miss Wirt derrière la porte, et provoqua un sourire sur les lèvres de ce traître de Dobbin ; car il savait à quoi s'en tenir, et plus d'une fois George lui avait dit en badinant : « Que diable, Dobbin, pourquoi ne prenez-vous pas la vieille Malcy ? vous n'avez qu'à la demander pour l'avoir. Je vous parie cent contre deux qu'elle dira oui. »

– Eh ! oui, de George, continua-t-il une fois lancé. Il s'est élevé une querelle entre lui et Mr Osborne ; or, vous savez que je l'aime comme un frère, ce cher George, et je voudrais faire en sorte d'étouffer ce débat à sa naissance ; nous allons partir pour l'étranger, miss Osborne. Demain peut-être vont arriver les ordres d'embarquement ; qui oserait répondre des suites de la campagne ? Allons, plus de calme, miss Osborne, il faut au moins faire en sorte que le père et le fils se séparent bons amis.

– Mais il n'y a rien de grave, capitaine Dobbin ; c'est une bouderie comme il y en a si souvent entre eux, reprit la jeune demoiselle. Nous attendons George d'un jour à l'autre. Ce qu'en disait son père, c'était pour son bien. Il n'a qu'à revenir et il n'y paraîtra plus ; il n'y a pas jusqu'à cette chère Rhoda, qui ne soit prête, j'en suis sûre, à lui pardonner. Les femmes, capitaine, ont toujours le pardon trop facile.

– Cela est vrai, surtout de vous, de votre cœur, dit Dobbin, avec la plus noire perfidie. Aussi c'est un crime impardonnable à un homme de causer de la peine à une femme. Vous, par exemple, que deviendriez-vous si l'homme qui vous a juré sa foi vous était infidèle ?

– Oh ! alors, j'en mourrais ! Je me précipiterais par la fenêtre ! j'avalerais du poison ! je succomberais à l'excès de ma douleur ! Oh ! oui, bien sûr, s'écria la sensible demoiselle, qui déjà avait vu plusieurs amants lui échapper et n'en était pas moins vivante et très vivante.

– Vous n'êtes pas la seule à penser de la sorte, continua Dobbin. Il y en a d'autres aussi sensibles que vous. Je ne parle point de l'héritière des Indes, miss Osborne, mais d'une pauvre fille que George a aimée autrefois, et qui, depuis son enfance, a fait de lui l'unique objet de ses pensées. Je l'ai vue dans la misère, résignée à son malheur, toujours pure, toujours irréprochable. Je vous parle de miss Sedley. Ah ! chère miss Osborne, votre cœur généreux peut-il en vouloir à votre frère de lui avoir été fidèle ? Un remords éternel s'emparerait de lui, s'il délaissait cette pauvre fille. Ainsi, à votre tour, aimez celle qui vous a toujours aimé… Je viens de la part de George vous dire qu'il se regarde lié envers elle par des serments irrévocables, et vous prie, vous au moins, de vous rallier à sa cause.

Quand Mr Dobbin se sentait sous l'influence d'une forte émotion, il éprouvait toujours quelque embarras à trouver ses premières paroles ; mais bientôt le reste suivait avec la plus grande volubilité, et, à dire vrai, ce flux oratoire fit dans le cas présent une très vive impression sur la personne dont il devait gagner le suffrage.

– Voici, dit-elle, qui est fort pénible et fort singulier. Refuser un si brillant parti ! En tout cas, capitaine Dobbin, George a trouvé en vous un valeureux champion de sa cause. Pourquoi faut-il que tous ces efforts soient en pure perte. Cependant, je vous le dis, continua-t-elle après une pause, cette pauvre miss Sedley peut compter sur mes sympathies les plus vraies et les plus sincères. Quant à ce mariage, il ne nous a jamais paru bien sortable, bien qu'ici nous ayons toujours témoigné à miss Sedley beaucoup d'affection, oh ! oui, beaucoup ! mais jamais, j'en suis sûre, vous n'aurez le consentement de mon père… D'ailleurs une jeune fille bien élevée… qui a de bons principes, devrait… George lui-même devrait n'y plus penser, entendez-vous, mon cher capitaine Dobbin !

– Un homme doit-il donc ne plus penser à la femme qu'il aimait du moment où le malheur vient à la frapper ? dit Dobbin en lui tendant la main. Ah ! chère miss Osborne, mes oreilles me trompent sans doute. Aimez, aimez cette jeune fille, aimez-la tendrement. George ne peut plus, il ne doit plus renoncer à elle. Croyez-vous qu'on renoncerait à vous, si vous tombiez dans la pauvreté ?

Cette adroite question impressionna vivement le cœur de miss Jane Osborne.

– J'ignore, capitaine, jusqu'à quel point, nous autres pauvres filles, devons ajouter foi à toutes vos belles paroles, messieurs. La tendresse des femmes les rend toujours trop confiantes, et vous n'en profitez que pour nous abuser cruellement.

Dobbin sentit une pression non équivoque de la main de miss Osborne, restée négligemment dans la sienne. Il fit un soubresaut sans savoir où il en était, et les deux mains se trouvèrent séparées.

– Nous des trompeurs ! dit-il. Non, chère miss Osborne, il n'en est point ainsi de tous les hommes. Rayez d'abord votre frère de la liste. George aimait et aime encore Amélia Sedley ; tous les trésors de la terre ne pourraient le décider à en épouser une autre. Serait-ce bien vous qui lui conseilleriez de l'abandonner ?

La réponse était difficile pour miss Jane, surtout avec ses vues personnelles. Elle s'empressa de l'éluder :

– Eh bien, alors, si vous n'êtes pas un trompeur, vous êtes au moins très romantique.

Le capitaine William laissa passer cette observation sans broncher d'un pas, et lorsque enfin, à l'aide de nouveaux compliments, il pensa miss Osborne assez préparée pour recevoir la grande nouvelle, il lui glissa à l'oreille les paroles suivantes :

– George Osborne ne peut plus désormais renoncer à Amélia, car ils sont mariés.

Il entra alors dans le détail de toutes les circonstances que nous connaissons déjà, et lui raconta comment la pauvre petite serait morte de chagrin, si son amant n'avait pas été fidèle à la foi jurée ; comment le vieux Sedley avait refusé d'assister à ce mariage ; comment Jos Sedley était venu de Cheltenham pour conduire la fiancée à l'autel, et comment les nouveaux époux étaient partis dans la voiture à quatre chevaux de Jos, pour passer à Brighton leur lune de miel ; comment enfin George comptait sur ses chères et excellentes sœurs, sur ces cœurs de femmes si dévoués et si sincères, pour réconcilier le père et le fils. Il termina en demandant à miss Osborne la permission de venir la revoir encore, et la jeune demoiselle s'y prêta avec un empressement des plus gracieux.

Bien persuadé, et pour cause, que les nouvelles qu'il venait de communiquer seraient, avant cinq minutes, portées à la connaissance des autres dames, le capitaine Dobbin fit un profond salut et se retira.

À peine franchissait-il le seuil de la maison que miss Maria et miss Wirt étaient déjà dans le salon auprès de miss Jane, qui les mettait au courant de la surprenante nouvelle. Pour être juste à l'égard des deux sœurs, nous devons dire que ni l'une ni l'autre ne se montra bien courroucée. Un mariage par enlèvement plaît toujours par quelque côté à de jeunes demoiselles, et Amélia avait presque fait des progrès dans l'estime de ses belles-sœurs par le courage qu'elle avait déployé en cette circonstance.

Tandis que chacune disait son mot, et que les conjectures allaient leur train sur ce que pourrait dire et faire le père de George, le marteau retentit sur la porte comme le tonnerre de la vengeance, et fit tressaillir les conjurées jusque dans les plis de leurs robes. Voilà notre père, fut la pensée commune. Ce n'était point lui, mais simplement Mr Frederick Bullock, qui arrivait de la Cité au rendez-vous donné par ces dames pour les conduire à une exposition d'horticulture.

Le nouveau venu, comme on peut le penser, fut bien vite du secret. Mais à cette nouvelle sa figure exprima une surprise bien différente de la rêverie sentimentale qui se peignait dans les traits des deux sœurs. Mr Bullock, en homme d'affaires, en jeune associé d'une riche maison, savait apprécier tout ce que vaut et tout ce que peut l'argent ; aussi ses petits yeux brillèrent d'une satisfaction manifeste à cette révélation inattendue. Il regardait Maria en souriant et calculait que par la folie de George elle allait lui représenter trente mille livres de plus qu'il ne l'avait d'abord évaluée !

– Pardieu, Jane, dit-il en jetant un œil de convoitise sur la sœur aînée, comme si la cadette ne lui suffisait plus, Eels va s'arracher les cheveux de vous avoir plantée là, car, savez-vous, vos actions vont monter de trente mille livres, valeur vénale.

Les deux sœurs n'avaient pas jusqu'alors réfléchi à la question d'argent, mais Fred Bullock revint sur ce sujet avec une humeur si enjouée pendant tout le temps de cette excursion matinale, que peu à peu elles finirent par grandir considérablement dans leur estime et qu'elles étaient devenues à leurs yeux de fort grandes dames quand elles rentrèrent pour le dîner.

CHAPITRE XXIV
Où Mr Osborne fait une rature sur la bible de famille

Après avoir pris ses précautions auprès des deux sœurs, Dobbin s'empressa de se rendre dans la Cité : c'était là qu'il lui restait à poursuivre sa tâche de médiateur dans sa partie la plus épineuse et la plus difficile. La pensée de se trouver face à face avec le vieil Osborne lui donnait la chair de poule, et plus d'une fois il songea à laisser aux jeunes dames le soin de révéler à l'inexorable père un secret que leur discrétion féminine ne pouvait leur permettre de porter bien loin. Mais il avait promis à George de lui rendre compte de la manière dont le vieil Osborne aurait reçu la nouvelle. Il partit donc pour la Cité, où se trouvaient les bureaux de Mr Osborne. Il eut le soin, toutefois, de se faire précéder d'un billet pour le père de George, lui demandant un entretien de quelques instants pour parler avec lui des affaires de son fils. Le messager de Dobbin lui rapporta, avec les compliments de Mr Osborne, l'assurance que celui-ci aurait grand plaisir à le voir sans plus tarder.

Le capitaine entra dans les bureaux de Mr Osborne avec une conscience un peu troublée et la perspective d'une conversation désagréable et orageuse. Sa démarche était chancelante, son air mal assuré. Il traversa la première pièce, où trônait Mr Chopper. Le commis de confiance le regarda passer du haut de son tabouret avec une maligne bonhomie qui acheva de décontenancer le pauvre capitaine. Mr Chopper cligna de l'œil, secoua la tête et désigna du bout de sa plume la porte du cabinet de son maître.

– Entrez, le patron vous attend, dit-il avec un ton de bonne humeur.

Dobbin poussa la porte. Osborne se leva aussitôt, et lui donnant une cordiale poignée de main :

– Comment va la santé, mon cher ? lui dit-il.

À cet accueil franc et amical, l'ambassadeur de George se sentit pris de nouveaux remords et sa main resta insensible sous l'étreinte du vieil Osborne. Sa conscience lui criait qu'il était le vrai coupable dans tout ce qui venait de se passer. C'était lui qui avait ramené George aux pieds d'Amélia ; c'était lui qui avait approuvé, encouragé, conduit tout ce mariage ; et lorsque enfin il se présentait pour dévoiler au père l'abîme où il avait poussé le fils, il trouvait une figure riante, et s'entendait appeler *mon bon ami Dobbin*. Ah ! certes, il y avait bien là de quoi rougir et baisser la tête.

Osborne avait l'intime conviction que Dobbin lui apportait la soumission de son fils. Déjà, à l'arrivée du message qui annonçait sa venue, Mr Chopper et son patron, en causant de cette brouille de famille, étaient tombés d'accord que George se rendait enfin aux ordres paternels, et envoyait l'adhésion attendue depuis plusieurs jours.

– Dans peu vous verrez une fameuse noce, disait Mr Osborne avec un air de triomphe à son commis ; et en même temps il faisait claquer ses gros doigts, et remuait les guinées confondues dans ses poches avec les schillings.

Lorsque Dobbin fut entré, Osborne, se prélassant dans son fauteuil, continua avec une satisfaction toujours croissante à tirer de ses poches un son métallique ; pendant ce temps, le capitaine se tenait pâle et silencieux sous ce regard où s'épanouissaient la sottise et la présomption.

– Quelle tournure de paysan pour un capitaine ? pensait le vieil Osborne. George aurait bien dû le dégrossir un peu et le styler aux belles manières.

Dobbin finit par appeler tout son courage à son aide et prit le premier la parole :

– Monsieur, dit-il, les nouvelles dont je suis porteur sont de la plus haute gravité. Je me suis rendu ce matin aux Horse-Guards, et notre régiment recevra infailliblement son ordre de départ pour la Belgique avant la fin de la semaine. Or, vous savez, monsieur, que nous ne reviendrons ici qu'après une bataille qui pourra être fatale à plus d'un parmi nous.

La figure d'Osborne prit une expression plus sérieuse.

– Mon fils… le régiment fera son devoir, j'en suis sûr, monsieur, répondit-il.

– Les Français sont nombreux, continua Dobbin. Il faudra encore du temps aux troupes russes et autrichiennes pour arriver à notre aide : le premier choc sera pour nous, monsieur, et comptez que Bonaparte s'arrangera pour qu'il soit le plus rude possible.

– Où voulez-vous en venir, Dobbin, dit son interlocuteur, mal à l'aise et fronçant le sourcil. Ce ne sont pas ces damnés Français, j'imagine, qui pourraient faire trembler un soldat des armées britanniques, monsieur ?

– Certainement non, monsieur ; mais j'ai seulement voulu vous dire qu'en présence des périls nombreux et inévitables qui nous menacent, vous feriez bien, monsieur, de passer l'éponge sur les petites fâcheries qui peuvent exister entre vous et George, et de vous donner la main, vous m'entendez ? S'il lui arrivait quelque chose, ce serait pour vous, j'en suis sûr, un sujet d'éternel regret de ne vous être pas quittés bons amis.

En disant cela, le pauvre William Dobbin passait par les différentes nuances du rouge pour arriver au violet. Il faisait intérieurement son *mea culpa* de toute cette malheureuse affaire ; car, sans lui peut-être, ce déchirement domestique n'aurait jamais eu lieu. Pourquoi avoir tant pressé le mariage de George ? Ne pouvait-il pas attendre quelque temps ? Amélia, délaissée par son fiancé, en eût conçu sans doute une douleur mortelle ; mais le temps, en grand médecin, aurait peut-être fini par guérir les chagrins d'Amélia. Il fallait donc s'en prendre à lui de ce mariage, de ses fâcheuses conséquences. Quel mobile l'avait poussé à toutes ces démarches ? Ah ! c'est qu'il l'aimait tant, qu'il ne pouvait souffrir de la voir malheureuse. Peut-être aussi les tortures de l'incertitude étaient-elles si cuisantes à son âme qu'il avait hâte de les étouffer. C'est ainsi qu'après un décès, on se dépêche d'en finir avec les funérailles ou l'on devance le moment du départ lorsqu'on doit quitter ceux qu'on aime.

– Vous êtes un brave garçon, William, dit Mr Osborne d'une voix radoucie. George et moi nous ne pouvons nous quitter fâchés, c'est impossible. Voyez-vous, dans ma tendresse pour lui j'ai fait tout ce qui est au pouvoir d'un père. Il a eu de moi trois fois plus d'argent que votre père, j'en suis sûr, ne vous en a jamais donné. Ce n'est pas pour le lui reprocher si j'en parle, mais je ne saurais vous dire toutes les préoccupations dont il a été sans cesse l'objet de ma part ; tout ce que j'ai dépensé pour lui de talent et d'énergie. Interrogez Chopper, George lui-même, interrogez toute la Cité. Eh bien ! quand je lui propose un mariage à rendre jaloux les plus grands seigneurs de la terre, pour la première chose que je lui demande il me refuse ; dites, monsieur Dobbin, les torts sont-ils de mon côté ? La brouille vient-elle de mon fait ? Ce que je veux, n'est-ce pas son bien ? son bien en vue duquel je travaille comme un galérien depuis sa naissance ? Non, non, personne ne pourra dire que c'est l'égoïsme qui me pousse. Qu'il revienne, et voilà ma main, je lui promets oubli et pardon. Quant à se marier maintenant, il ne peut en être question, il fera sa paix avec miss Swartz, et plus tard on avisera au mariage. À son retour, avec le grade de colonel, car il sera colonel, morbleu ! s'il ne lui faut que des écus pour cela. Enfin je suis bien aise que vous l'ayez ramené à de bons sentiments. C'est à vous que j'en suis redevable, Dobbin, je le sais. Vous avez déjà été son Mentor en plus d'une occasion. Qu'il revienne donc, et il trouvera de l'indulgence. Son couvert sera mis ce soir à Russell-Square pour le dîner, même heure, même rue, même numéro. Il se trouvera en face d'un cuissot de chevreuil et à l'abri de toutes récriminations.

Ces paroles confiantes et affectueuses émurent vivement le cœur de Dobbin. Plus l'entretien prenait cette tournure, plus une voix intérieure l'accusait de la plus noire des trahisons.

– Monsieur, dit-il enfin, vous vous abusez, je crois ; je puis même vous affirmer que George a trop de noblesse dans l'âme pour s'abaisser à un mariage d'argent, et quant à une menace d'exhérédation en cas de désobéissance, elle n'aurait d'autre résultat que d'amener une résistance plus formelle de sa part.

– Que diable, monsieur, prenez-vous pour une menace l'offre de huit à dix mille livres de rente ?

dit le vieil Osborne dans un accès de belle humeur. Si miss Swartz voulait de moi, je lui dirais tout de suite : « Me voilà. » Pour une nuance de peau un peu plus ou un peu moins claire, faut-il donc faire le dégoûté ?

Le vieux marchand, charmé de sa plaisanterie, poussa un grognement expressif accompagné de gros éclats de rire.

– Vous oubliez, monsieur, les engagements antérieurs du capitaine Osborne, dit son ambassadeur avec gravité.

– Qu'est-ce à dire, monsieur, de quels engagements venez-vous nous parler ? continua Mr Osborne, dont la colère et la surprise, s'éveillant à cette pensée subite, firent pressentir les plus terribles éclats. Vous ne voulez pas dire, j'imagine, que mon fils est assez misérablement fou pour se sentir encore épris de la fille d'un escroc et d'un banqueroutier ? Vous n'êtes pas venu, ici, je suppose, pour me faire entrevoir son intention de l'épouser. L'épouser ? une belle fin qu'il ferait là. Mon fils, mon sang s'allier à la fille d'un gueux, d'un mendiant ! Il peut bien aller au diable, si jamais il lui prend fantaisie pareille. Je lui conseille alors d'acheter un balai et de se faire boueux[89]. Oh ! je me la rappelle bien, toujours autour de lui, avec ses agaceries et ses œillades. C'était un manège combiné, j'en suis sûr, avec son vieux coquin de père.

89. Éboueur.

– Mr Sedley a été un de vos bons amis, fit Dobbin, l'arrêtant tout court et charmé de trouver un prétexte pour se mettre en colère. Il fut un temps où vous saviez lui donner d'autres noms que ceux d'escroc et de coquin. Qui plus que vous, d'ailleurs, a travaillé à cette alliance ? George n'a pas le droit de jouer ainsi à pile ou face avec…

– Pile ou face ! pile ou face ! hurla le vieil Osborne. Ah çà ! le diable m'emporte, ce sont les mêmes mots que mon gentilhomme de fils m'a jetés à la figure, il y a eu jeudi quinze jours, quand il faisait son rodomont[90], qu'il me menaçait de l'armée britannique et voulait en remontrer à son père. C'est donc vous qui l'avez poussé à cette rébellion ? Je le vois maintenant, capitaine, et vous en remercie ; mais apprenez que je n'ai que faire de mendiants dans ma famille. Grand merci encore une fois, capitaine ! Épouser cette fille, et pourquoi donc, s'il vous plaît ? Croyez-vous donc qu'il ne puisse avoir ses faveurs à meilleur marché ?

– Monsieur, dit Dobbin rouge de colère et mettant de côté tout ménagement, je ne permettrai à personne de tenir de pareils propos en ma présence, et à vous encore moins qu'à tout autre.

– C'est donc, maintenant un cartel[91] ? Alors je vais sonner pour qu'on nous apporte des pistolets pour deux. Mr George vous a envoyé ici pour

90. Faux brave.

91. Lettre de défi.

insulter son père, sans doute, dit Osborne en sautant sur le cordon de la sonnette.

– Mr Osborne, dit Dobbin d'une voix étouffée, c'est vous qui insultez la plus douce créature que Dieu ait mise sur la terre. Vous feriez mieux, monsieur, de la ménager, car c'est la femme de votre fils.

À ces mots, Dobbin sortit, sentant qu'il n'avait rien à ajouter, et Osborne retomba sur son fauteuil en jetant autour de lui un regard furieux et sauvage. Un commis accourut au bruit de la sonnette, et Dobbin était à peine au bas de l'escalier, qu'il vit descendre à toutes jambes Mr Chopper, le principal employé, courant après lui nu tête et hors d'haleine.

– Pour l'amour de Dieu, qu'y a-t-il ? demanda Mr Chopper, en saisissant le capitaine par la basque de son habit. Le patron est en état de convulsion. Qu'a fait Mr George, capitaine Dobbin ?

– Il a épousé miss Sedley depuis cinq jours, répondit Dobbin. J'étais son garçon d'honneur, Mr Chopper, et vous serez toujours du nombre de ses amis.

Le vieux commis branla la tête.

– Cela va mal, cela va mal, capitaine. Le patron sera inflexible.

Dobbin, après avoir prié Chopper de venir à son hôtel l'informer de tout ce qu'il pourrait apprendre sur cette affaire, se dirigea tristement vers son quartier, sans apercevoir dans l'avenir des consolations pour le passé.

À l'heure du dîner, la famille de Russell-Square trouva ce jour-là dans la salle à manger son chef assis à sa place ordinaire, mais l'expression sombre et triste de sa figure fit régner un morne silence parmi les convives. Les demoiselles Osborne et Mr Bullock, qui était du dîner, virent bien vite que le père de George était déjà au courant de la grande nouvelle. Ses traits soucieux et moroses comprimaient la joie intérieure de Mr Bullock, réduisaient au silence son amabilité et glaçaient sa belle humeur. Il redoublait toutefois d'attentions et d'égards pour miss Maria, à côté de laquelle il était assis, et pour sa sœur, qui présidait au haut bout de la table.

Miss Wirt, en conséquence, se trouvait isolée à sa place ; il y avait une place vide entre elle et miss Jane Osborne, occupée par le couvert de George que l'on continuait à mettre en attendant le retour de l'enfant prodigue. Rien ne troubla la monotonie et le silence de ce repas, si ce n'est les confidences langoureuses du souriant Mr Frederick et le bruit heurté de la vaisselle et des porcelaines.

Les valets entraient et sortaient sur la pointe du pied ; on eût dit à leur air des pleureurs aux funérailles. Le cuissot de chevreuil dont Osborne avait parlé à Dobbin, fut découpé par lui dans un morne silence ; il laissa enlever son assiette sans avoir presque touché à son morceau. Mais en revanche, il buvait beaucoup et le majordome ne faisait que remplir son verre.

Enfin, vers la fin du dîner, ses yeux firent le tour de la table et se fixèrent un moment sur le couvert destiné à George ; il fit un geste avec l'index de sa main gauche comme pour le désigner aux domestiques ; ses filles regardaient sans comprendre, et les domestiques ne s'expliquaient pas davantage le sens de cet ordre silencieux.

– Enlevez cette assiette, dit enfin Mr Osborne, en se levant avec un jurement.

Et repoussant sa chaise du pied, il alla s'enfermer dans sa chambre.

Derrière la salle à manger se trouvait la pièce servant de cabinet à Mr Osborne. C'était là le sanctuaire du maître de la maison. Mr Osborne s'y retirait le dimanche matin quand il ne voulait pas aller à l'église, et y lisait son journal, étendu sur son grand fauteuil de maroquin rouge. Deux corps de bibliothèque vitrés renfermaient les ouvrages les plus connus, reliés en veau et dorés sur tranches. Du 1er janvier au 31 décembre, jamais une main profane ne dérangeait les livres de leurs rayons. Aucun des membres de la famille n'aurait osé, pour tout l'or du monde, y toucher du bout du doigt. Quelquefois le dimanche soir, lorsqu'il n'y avait eu personne à dîner, on tirait de leur coin la grande bible rouge et le livre de prières placé à côté d'un exemplaire du *Dictionnaire de la pairie*. Les domestiques étaient appelés dans la salle à manger, et Osborne, d'une voix aigre, et emphatique, procédait devant la famille assemblée à la lecture du service du soir.

Enfants ou serviteurs, personne n'entrait dans cette pièce sans un certain frisson d'épouvante. C'était là que Mr Osborne révisait les comptes du majordome et examinait le livret du sommelier. Des fenêtres de son cabinet, qui avaient vue sur une cour bien sablée et à l'aide d'une sonnette qui le mettait en communication avec l'écurie, il donnait ses ordres au cocher et le poursuivait de ses jurons. Quatre fois par an, miss Wirt entrait dans cette pièce pour toucher ses appointements, et les demoiselles Osborne y allaient aussi recevoir leur pension trimestrielle. Plus d'une fois, dans son enfance, George y avait été fouetté, tandis que sa mère, tout en émoi, comptait sur le palier les coups du martinet. Jamais ces corrections n'avaient arraché un cri au bambin. La pauvre femme le caressait et l'embrassait en secret après le supplice et lui donnait de l'argent pour le consoler.

Au-dessus de la cheminée s'élevait un tableau de famille qu'on avait transporté à cette place depuis la mort de Mrs Osborne. On y voyait George sur un poney ; sa sœur aînée tenait un gros bouquet à la main, et sa cadette se cachait dans les jupes de sa mère. Tous ces personnages avaient les joues et les lèvres rouges, et se renvoyaient de l'un à l'autre le sourire traditionnel des portraits de famille. Depuis longtemps la pauvre mère était descendue dans le tombeau ; depuis longtemps aussi on l'avait oubliée.

Frère et sœurs, chacun allait de son côté, et bien que membres de la famille, ils étaient comme étrangers dans leurs rapports. Au bout de quelque vingtaine d'années, quand les personnages représentés sur des toiles ont atteint un certain âge, quelle amère épigramme ne trouve-t-on pas dans ces tableaux de famille ! Que reste-t-il souvent de ces sourires menteurs, de tout ce fard sentimental ? Le portrait en pied d'Osborne, de son encrier d'argent massif, de son fauteuil de cuir, avaient pris la place d'honneur occupée jadis, dans la salle à manger, par cette grande toile de famille.

Lorsque le vieil Osborne se fut retiré dans son cabinet, le reste des convives, fort soulagé par son départ et celui des domestiques, s'entretint à voix basse d'une manière fort animée. Les demoiselles montèrent ensuite à l'étage supérieur, où Mr Bullock les accompagna sur la pointe des pieds. Il n'avait pas eu le courage de rester seul à vider des bouteilles, et surtout dans le voisinage du cabinet où le terrible vieillard s'était enfermé.

Il faisait nuit depuis une heure environ, lorsque le majordome, ne recevant point d'ordres, s'aventura à frapper à la porte du cabinet, pour donner à Mr Osborne de la lumière et le thé. Le maître de la maison, assis dans son fauteuil, paraissait tout occupé de la lecture du journal. Quand le domestique eut placé devant son maître la bougie et le plateau, il se releva, et Mr Osborne alla fermer la porte au verrou. Il n'y avait plus à s'y méprendre !

une vague terreur répandue dans la maison faisait pressentir une grande catastrophe suspendue sur la tête de George et prête à le frapper d'un coup terrible.

Un des tiroirs du grand bureau en acajou de Mr Osborne était spécialement affecté aux papiers concernant son fils. Là se trouvait réuni tout ce qui se rattachait à lui depuis son enfance. Là étaient les prix qu'il avait remportés, les albums qu'il avait faits avec l'aide de son maître, ses premières lettres avec leurs jambages indécis et vacillants : en général il y présentait ses tendresses à son papa et à sa maman suivies de requête pour avoir des gâteaux. Son cher parrain Sedley y était nommé plus d'une fois. Les malédictions se pressaient sur les lèvres livides du vieil Osborne ; un ressentiment, une haine implacable torturaient son cœur toutes les fois que ce nom lui apparaissait au milieu de tous ces papiers. Ils étaient arrangés, étiquetés et liés ensemble avec un ruban rouge. On lisait sur l'un : *Lettre de George, qui demande 5 schillings, 23 avril 18... Répondu le 25 avril*. Sur une autre : *De George, pour un poney, 13*... et ainsi de suite. Dans un autre paquet on trouvait : *Note du docteur Swishtail... Notes acquittées du tailleur de George... Billets tirés sur moi par G. Osborne, juin*, etc. Puis venaient les lettres écrites de l'Inde, les lettres de son correspondant, les journaux contenant sa nomination au grade de lieutenant ; il s'y trouvait aussi un fouet avec lequel George avait joué étant enfant, et dans un papier un médaillon renfermant une boucle de ses cheveux, bijou qui n'avait point quitté sa mère.

Ce malheureux père passa plusieurs heures à prendre et à contempler ces souvenirs l'un après l'autre et à méditer sur le passé. Tout était là, vanités, ambitions, espérances, qui jadis avaient fait battre son cœur. N'avait-il pas placé tout son orgueil dans son fils ? Comme enfant, en vit-on jamais un plus beau ? Chacun le disait digne du sang d'un grand seigneur. Une princesse royale l'avait remarqué parmi tous les autres et demandé son nom. Quel bourgeois de Londres eût pu à plus juste titre être fier de sa progéniture ? Aussi quel fils de prince était l'objet de plus de gâteries et de soins ?

À l'école, George avait toujours des schillings neufs à distribuer à ses camarades. Quand George fut sur le point de partir avec son régiment pour le Canada, son père avait donné à tous les officiers un dîner qui n'eût pas été indigne de l'héritier de la couronne. L'avait-on jamais vu refuser aucune lettre de change tirée par George ? Il les payait toujours sans la moindre observation. Plus d'un général de l'armée pouvait lui envier ses chevaux de selle. À propos des moindres circonstances, le passé de cet enfant de prédilection se présentait à son esprit. Il le voyait encore après dîner traînant sa chaise à côté de son père pour vider son verre avec la dignité d'un lord ; il le voyait à Brighton, sur son poney, sautant la haie comme le meilleur cavalier, et encore le jour où il avait été présenté au petit lever du prince régent, et où dans tout Saint-James on n'aurait pu trouver un plus brillant militaire ; tous ces rêves, tout cet édifice de grandeur s'écroulait par son mariage avec la fille d'un banqueroutier, par sa désertion devant le devoir et la fortune. Ô honte ! ô désespoir ! ô tortures d'une âme déchirée dans ses ambitions et ses tendresses ! Quelle blessure et quel outrage pour la vanité et les affections de ce vieux sectateur du monde et de ses pompes !

Après un examen minutieux de tous ces papiers, poursuivi au milieu des souffrances que cause cette affliction sans espoir réservée aux âmes dont le bonheur doit se borner désormais à un amer retour sur le passé, le père de George tira tous ces objets du tiroir où il les tenait depuis si longtemps, les enferma dans son secrétaire, après les avoir entourés d'un ruban sur lequel il apposa son sceau. Il ouvrit ensuite la bibliothèque, prit la grande bible rouge si rarement ouverte et toute resplendissante de dorures. Sur le frontispice, on voyait le sacrifice d'Abraham. Suivant l'usage, Mr Osborne avait écrit à la première page, d'une écriture boiteuse, la date de son mariage, de la mort de sa femme, de la naissance de ses enfants, avec leurs prénoms : Jane venait la première, ensuite George Sedley Osborne, puis Maria Frances ; le jour de leur baptême se trouvait aussi indiqué.

Mr Osborne prit une plume, la passa soigneusement sur les noms de George.

Puis, quand la page fut sèche, il remit le volume à la place où il l'avait pris. Dans un autre tiroir où il rangeait ses papiers personnels, il tira une autre pièce écrite, la lut, la chiffonna, l'alluma à l'une des bougies et la regarda brûler dans le foyer : c'était son testament. Quand il ne resta plus que des cendres, il s'assit, écrivit une lettre, sonna son domestique et la lui remit avec ordre de la porter à son adresse dans la matinée. Il faisait jour quand il alla se mettre au lit. Toute la maison brillait des premiers feux du soleil. Les oiseaux gazouillaient sous les frais ombrages de Russell-Square.

Désireux de se faire le plus de recrues possible parmi les gens de la maison Osborne et d'assurer à George leurs bonnes dispositions pour l'heure de l'adversité, William Dobbin, qui connaissait la puissance de la bonne chère et du bon vin sur l'âme humaine, écrivit à sa rentrée à l'hôtel la lettre la plus aimable à Thomas Chopper, esquire, avec prière d'accepter à dîner pour le lendemain, chez Slaughter. Le billet parvint à Mr Chopper avant son départ de la Cité, et il répondit aussitôt :

Mr Chopper présente ses respectueux compliments au capitaine Dobbin, et aura l'honneur et le plaisir d'être exact au rendez-vous.

L'invitation et le brouillon de la réponse furent montrés à mistress Chopper et à ses filles, lorsque le brave commis revint de son bureau. La famille, assise autour de la table pour le thé, n'en finissait point de s'extasier sur les gens de guerre et les grands seigneurs du royaume britannique. Quand les filles eurent été se mettre au lit, Mr Chopper et sa femme s'entretinrent des singuliers événements qui se passaient dans la famille de leur patron. Jamais le commis n'avait vu son maître si ému que ce jour-là. Après le départ du capitaine Dobbin, lorsque Mr Chopper était accouru auprès du père, la figure cramoisie et en proie à un tremblement nerveux, lui indiquèrent assez que quelque scène violente avait dû avoir lieu entre Mr Osborne et le jeune capitaine. Chopper avait reçu l'ordre de faire le relevé des sommes comptées au capitaine Osborne dans le cours des trois dernières années.

– Et il a mené l'argent grand train, disait le principal commis, plein de respect pour son vieux maître et d'admiration pour son fils qui savait si généreusement faire rouler les guinées.

Le sommeil du commis fut sans contredit beaucoup plus profond et beaucoup plus calme que celui de son patron. Il embrassa ses enfants après avoir déjeuné du meilleur appétit du monde, bien que, pour lui, les douceurs de la vie se bornassent à mêler un peu de cassonade à la coupe de la vie ; il partit pour son bureau dans son plus bel habit des dimanches et avec sa chemise à jabot, en promettant à sa femme, ravie d'admiration pour sa tournure, de ne point abuser du porto du capitaine Dobbin.

L'apparence de Mr Osborne, lorsqu'il arriva à son heure ordinaire, frappa de surprise tous ses employés ; il paraissait pâle et défait. À midi arriva Mr Higgs, homme d'affaires avec lequel il avait rendez-vous. Mr Higgs fut introduit dans le cabinet du patron et y resta plus d'une heure enfermé avec lui. Dans l'intervalle, Mr Chopper reçut un billet du capitaine Dobbin avec un pli pour Mr Osborne, auquel le commis s'empressa d'aller le remettre. Quelque temps après, Mr Chopper et Mr Birch, le second employé, furent appelés pour donner leurs signatures.

– C'est un nouveau testament que je viens de faire, dit Mr Osborne.

Ses deux employés signèrent comme témoins. Pas un mot ne fut prononcé. Mr Higgs en traversant l'antichambre avait une figure grave et sérieuse ; il jeta un coup d'œil sur Mr Chopper, mais on n'échangea aucune parole. Le reste du jour, Mr Osborne se montra bienveillant et affable, à la grande surprise de ceux qui avaient mal auguré de ses sinistres allures ; il ne dit de sottises à personne, et on ne l'entendit point jurer. Il quitta son bureau de bonne heure, mais avant de partir il appela son principal commis ; il lui fit des recommandations générales, puis, après quelque hésitation, il lui demanda s'il pensait que le capitaine Dobbin fût à la ville.

Chopper dit qu'il le pensait. Du reste, tous deux savaient parfaitement à quoi s'en tenir.

Osborne chargea alors son commis d'une lettre pour cet officier, en priant Mr Chopper de la remettre le plus tôt possible à Dobbin en personne.

– Et maintenant, mon cher Chopper, dit-il en prenant son chapeau, et avec une singulière expression dans la figure, je me sens bien mieux dans mon assiette.

À deux heures, probablement d'après un rendez-vous convenu, Mr Frederick Bullock vint le prendre, et ils sortirent ensemble.

Le colonel du ***e régiment dont faisaient partie les compagnies de MM. Dobbin et Osborne était un vieux général qui avait fait ses premières armes sous Wolfe[92], à Québec, et que son âge et sa faiblesse avaient mis depuis longtemps hors d'état de commander. Il prenait toutefois un vif intérêt au régiment dont il était le chef nominal et recevait de temps à autre, à sa table, quelques jeunes sous-officiers. Le capitaine Dobbin était l'un des privilégiés du vieux général. Dobbin connaissait assez la littérature de sa profession pour savoir qui était le grand Frederick[93] et l'impératrice Marie-Thérèse[94] ; il était même en mesure, à propos des guerres de ces souverains, de discuter avec le vieux

92. Général anglais, James Wolfe (1727-1759) a trouvé la mort au cours de cette bataille.

93. Frédéric II de Prusse (1712-1786).

94. Marie-Thérèse d'Autriche (1717-1780).

général, assez indifférent aux victoires contemporaines et admirateur exclusif des tacticiens du dernier siècle.

Cet officier supérieur envoya à Dobbin une invitation à déjeuner le matin même où Mr Osborne avait changé son testament et où Mr Chopper avait mis sa chemise à jabot. Il apprit, au moins deux jours plus tôt, à son jeune favori l'ordre de départ, attendu depuis si longtemps par le régiment. Avant la fin de la semaine, les cadres étant portés au complet, les troupes devaient commencer à s'embarquer. Le vieux général espérait que les hommes qui l'avaient aidé à battre Montcalm au Canada et à mettre en déroute Mr Washington, à Long-Island, soutiendraient leur réputation traditionnelle sur les champs de bataille des Pays-Bas, illustrés déjà par tant de trophées.

– Ainsi, mon bon ami, si vous avez quelque affaire qui vous remue par là, dit le vieux général en prenant une prise de tabac de ses doigts décharnés et en montrant du doigt la place où, sous sa robe de chambre, son cœur ne donnait plus que de faibles battements, si vous avez quelque Philis à consoler, à dire adieu à papa et à maman, à mettre en ordre votre testament, faites au plus vite ; il n'y a pas de temps à perdre.

Là-dessus, le vieux général tendit un doigt à son jeune ami, et de sa tête poudrée et portant une queue lui fit un amical salut. Puis, quand la porte se fut refermée sur Dobbin, le vieux guerrier se mit à écrire un poulet dans un français dont il était très fier, et mit l'adresse à Mademoiselle Aménaïde, du théâtre de Sa Majesté.

En apprenant ces nouvelles, Dobbin sentit son âme s'assombrir ; il pensa à ses amis de Brighton. Il se fit un reproche de ce qu'Amélia venait toujours la première à sa pensée, avant qui que ce fût, avant père et mère, sœurs et devoirs ; dès son réveil, pendant la nuit, tout le long de la journée, il avait toujours son image présente à l'esprit. De retour à son hôtel, il envoya à Mr Osborne un petit billet où il l'instruisait des renseignements qu'il venait de recueillir, espérant l'ébranler par là et amener une réconciliation entre George et son père.

Ce billet, apporté par le même messager chargé la veille de l'invitation à dîner pour Chopper, alarma beaucoup ce digne employé. Le billet était à son adresse, et, en déchirant l'enveloppe, il tremblait d'y voir remis le dîner pour lequel il avait fait de si grands frais de toilette ; il éprouva un grand soulagement en s'assurant que ce pli n'avait d'autre objet que de lui rappeler le rendez-vous qu'il n'avait pas oublié.

– Je vous attends à cinq heures et demie, lui écrivait le capitaine Dobbin.

Chopper était sans doute fort attaché à son patron ; mais, que voulez-vous ! un bon dîner passait pour lui avant toute autre considération.

La communication du général à Dobbin n'avait rien de confidentiel. Celui-ci se trouvait donc parfaitement autorisé à la répéter aux autres officiers qu'il pourrait rencontrer dans le cours de ses pérégrinations. Le premier qui s'offrit à lui fut le jeune enseigne Stubble qui, n'écoutant que son ardeur belliqueuse, alla sur-le-champ choisir une épée neuve chez l'armurier. Cet officier avait dix-sept ans environ, soixante-six pouces de haut et une constitution déjà débilitée par l'abus prématuré du brandy et de l'eau, mais du reste un courage indomptable et un cœur de lion. Il pesa, plia, essaya la lame, avec laquelle il pensait tailler des croupières aux Français, faisant des *hop là !* et frappant de son petit pied avec une énergie furibonde. Il porta deux ou trois bottes au capitaine Dobbin, qui les para en riant avec sa canne de bambou.

Mr Stubble, à en juger par sa haute stature et sa maigreur, avait sa place marquée parmi les voltigeurs. L'enseigne Spooney, au contraire, un gros et gras garçon, était du nombre des grenadiers du capitaine Dobbin. Ce dernier s'occupait à essayer un gros chapeau à poils tout neuf, sous lequel il avait l'air bien plus farouche que ne le supposait son âge. Ces deux jeunes gens s'étaient rendus chez Slaughter, où, après avoir ordonné un dîner splendide, ils se mirent à écrire des lettres pour consoler leurs excellents parents. Dans ces lettres, il y avait beaucoup de sentiment, beaucoup de tendresse, un peu d'esprit et des fautes d'orthographe. À cette époque, que de cœurs, en Angleterre, palpitaient d'inquiétude et de crainte ! Plus d'une mère dans la solitude secrète du foyer se livrait aux larmes et à la prière.

Le jeune Stubble, à l'une des tables du café de Slaughter, était dans le feu de la composition ; les larmes lui coulant le long du nez finissaient par inonder son papier : le pauvre garçon pensait à sa mère que peut-être il ne reverrait plus. Dobbin, de son côté, se disposa à écrire une lettre à George Osborne, puis il changea d'avis et ferma son portefeuille.

– À quoi bon ? dit-il. Laissons-leur encore une nuit de calme et de bonheur. J'irai voir demain mes parents de grand matin, et puis je partirai dans la journée pour Brighton.

Cette résolution prise, il se leva et, se dirigeant vers Stubble, il lui posa la main sur l'épaule ; il dit à son jeune camarade qu'il devrait renoncer au brandy et à l'eau, et qu'alors il deviendrait un bon soldat comme il avait été jusqu'ici un loyal et excellent garçon. Les yeux du jeune Stubble brillèrent de reconnaissance pour ces paroles bienveillantes. Au régiment, Dobbin était l'objet de la plus haute considération ; on le tenait pour l'officier le plus habile et le plus clairvoyant.

– Mr Dobbin, dit-il en essuyant une larme du revers de sa main, voilà précisément ce que j'étais en train de *lui* promettre quand vous m'avez frappé sur l'épaule. C'est que, voyez-vous, capitaine, *elle* est *diablement* bonne pour moi.

Les cascades se remirent alors à couler de plus belle, et nous n'oserions pas affirmer que les yeux du tendre Dobbin ne finirent pas aussi par s'humecter.

Les deux enseignes, le capitaine et Mr Chopper dînèrent à la même table, dans le même cabinet. Chopper remit à Dobbin une lettre de la part de Mr Osborne. Celui-ci présentait brièvement ses compliments au capitaine Dobbin, et le priait de faire parvenir la lettre incluse au capitaine George Osborne. Chopper n'en savait pas plus long. Il donna quelques indications sur l'attitude de Mr Osborne, parla de son entrevue avec son homme d'affaires, de sa politesse inaccoutumée avec tout le monde, et se perdit en commentaires et en conjectures. À chaque verre il devenait de plus en plus confus et finit par n'être plus du tout intelligible. Enfin, à une heure avancée, le capitaine Dobbin fit entrer son convive dans un fiacre. Mr Chopper se trouvait dans un état de titubation complète et jurait au milieu de hoquets redoublés, qu'il était l'ami du capitaine, à la vie, à la mort.

Ainsi que nous l'avons vu, le capitaine Dobbin, en prenant congé de miss Osborne, lui avait demandé la permission de se présenter de nouveau. Le jour suivant, cette jeune demoiselle passa plusieurs heures à l'attendre, et Dobbin ne vint pas. Peut-être, s'il eût fait cette visite, s'il eût adressé la question pour laquelle elle tenait sa réponse toute prête, peut-être alors, disons-nous, prenant en main la cause de son frère, miss Jane eût-elle réussi à réconcilier George avec un père irrité. Mais son attente fut aussi vaine que celle de ma sœur Anne. Dobbin avait à mettre en règle ses propres affaires ; il avait à consoler ses parents, puis à s'embarquer sur *L'Éclair* pour aller retrouver ses amis à Brighton.

Dans la journée, miss Osborne entendit son père donner l'ordre de fermer la porte à cet intrigant de capitaine Dobbin, qui se mêlait de tout ce qui ne le regardait pas. Cette parole fit tomber les secrètes espérances de la demoiselle.

Mr Frederick Bullock, d'une exactitude scrupuleuse, se montra fort tendre pour Maria, fort empressé pour l'infortuné père. Mr Osborne répétait bien haut qu'il se sentait bien plus à son aise ; mais les moyens qu'il avait pris pour cela paraissaient manquer complètement leur but, et il était visiblement affecté des événements accomplis dans le cours des deux derniers jours.

CHAPITRE XXV

Où nos principaux personnages se décident à quitter Brighton

Dès son arrivée à Brighton, Dobbin fut conduit auprès des dames, à l'hôtel de la Marine. Jamais ce jeune officier ne se montra si jovial et si causeur, tant il faisait chaque jour de progrès dans l'art profond d'une hypocrite diplomatie. Il ne laissa rien paraître des sentiments qui l'agitaient pour mieux étudier mistress George Osborne dans sa nouvelle condition. Il ne voulait pas non plus qu'on pût s'apercevoir des appréhensions et des craintes que lui donnaient les mauvaises nouvelles dont il était porteur, et qui n'auraient pas manqué d'avoir sur Amélia le plus mauvais effet.

– Mon opinion, mon cher George, avait-il dit à ce dernier, mon opinion est que l'empereur des Français va nous tomber sur les bras, infanterie et cavalerie, avant trois semaines d'ici, et qu'entre le duc et lui, il va y avoir une danse auprès de laquelle les guerres de la Péninsule ne sont que des jeux d'enfants. Mais c'est inutile à dire à mistress Osborne, savez-vous bien ? Après tout, nous pourrions bien être dispensés de mettre la main à la pâte, et alors notre promenade en Belgique se terminerait par une simple occupation militaire. C'est une opinion, du reste, assez généralement répandue, et c'est à Bruxelles une procession de beau monde et de dames à la mode.

Il fut, en conséquence, arrêté entre les deux amis que l'expédition de l'armée anglaise en Belgique serait présentée à Amélia sous les couleurs les plus rassurantes.

Les conjurés d'accord, l'hypocrite Dobbin s'avança vers mistress George Osborne avec un air de complet contentement ; il lui commença deux ou trois compliments sur les joies matrimoniales, et resta en chemin d'une façon assez gauche, nous devons l'avouer, malgré l'estime que nous avons pour notre ami.

La conversation tomba ensuite sur Brighton, l'air de la mer, les plaisirs de l'endroit, les beautés de la route, la douceur des coussins et la rapidité des chevaux de *L'Éclair*. Amélia ouvrait de grands yeux ; Rebecca paraissait beaucoup se divertir et observait le capitaine comme tous ceux avec qui elle se trouvait en rapport.

La petite Amélia, pour le dire en passant, n'avait pas ce qu'on appelle des regards prévenus pour l'ami de son mari, le capitaine Dobbin. Il bégayait, était un peu bonasse, un peu timide, fort emprunté et fort maladroit. Elle lui savait gré de son attachement pour George, sans toutefois lui en faire un trop grand mérite ; d'ailleurs, qu'y avait-il d'étonnant qu'on aimât George, si bon, si généreux ? et ne faisait-il pas beaucoup pour son camarade en lui accordant son amitié ? Plus d'une fois, George s'était amusé devant elle à contrefaire le bégaiement et la tournure maladroite de Dobbin. Toutefois, George ne parlait des qualités de son ami qu'avec le ton de la plus profonde estime. Dans les premières joies de son amour, pendant ses jours de triomphe, Amélia, se laissant tromper à l'écorce grossière du capitaine, faisait assez bon marché de l'honnête William. Le pauvre garçon savait parfaitement à quoi s'en tenir, et se soumettait sans murmure à son sort. Un temps devait venir où, connaissant mieux Dobbin, elle changerait de sentiments à son égard. Mais ce temps était encore bien éloigné.

Le capitaine Dobbin avait à peine passé deux heures avec ces dames, que Rebecca était déjà maîtresse de son secret. Elle éprouvait pour lui un sentiment de répulsion instinctive, de défiance secrète, et, de son côté, Dobbin n'avait pas conçu pour elle de grandes sympathies. Il était trop honnête pour se laisser prendre aux artifices et aux cajoleries de l'enchanteresse, et il ne lui restait plus alors à son endroit qu'une aversion bien marquée. Rebecca, supérieure à toutes les autres faiblesses de son sexe, n'avait pas su s'affranchir de ces inspirations jalouses qui sont un élément de la nature féminine, et elle en voulait beaucoup au capitaine de ses préférences pour Amélia. Mais, malgré ses froissements intérieurs, elle affectait envers lui des manières pleines d'égard et de cordialité. Un ami des Osborne, de ses chers bienfaiteurs ! Elle parlait bien haut de sa vive affection pour lui, et rappelait tous les détails de la nuit du Vauxhall, quitte à en faire des gorges chaudes tout en s'habillant avec son amie pour le dîner. Rawdon Crawley daignait à peine faire attention à Dobbin ; c'était pour lui un gros bêta, bonne pâte d'homme au demeurant, mais dont l'ébauche était restée inachevée. Jos prenait avec lui des airs majestueux et protecteurs.

Lorsque George et Dobbin se trouvèrent seuls dans la chambre de ce dernier, Dobbin tira de son nécessaire la lettre que Mr Osborne lui avait fait remettre pour son fils.

– Ce n'est pas là l'écriture de mon père, s'écria George tout alarmé.

Il ne disait que trop vrai. La lettre était de l'homme d'affaires de Mr Osborne. En voici le contenu :

Bedford-Row, 7 mai 1815.

Monsieur,

Je suis chargé par Mr Osborne de vous informer qu'il reste inébranlable dans ses résolutions antérieures. Aussi, par suite du mariage que vous venez de contracter, il cesse de vous considérer dorénavant comme membre de sa famille. Sa détermination est définitive et formelle.

Bien que les sommes dépensées à votre profit, pendant votre minorité, et les billets à vue que vous ne lui avez pas ménagés dans le cours de ces dernières années, dépassent de beaucoup le montant de la somme à laquelle vous avez droit, à savoir, le tiers de la fortune de feu Mrs Osborne, fortune au partage de laquelle, par le décès de ladite dame, vous avez été appelé en concurrence avec miss Jane Osborne et miss Maria Frances Osborne, Mr Osborne m'a chargé cependant de vous informer qu'il renonce à toute reprise sur vos biens, et que la somme de 2 000 liv. en 4 pour 100 valeur courante et formant le tiers des 6 000 liv. qui constituent la fortune de votre mère, vous sera payée sur quittance, à vous ou à votre chargé d'affaires.

Votre très obéissant serviteur,

HIGGS

P.-S. *Mr Osborne me prie de vous donner, pour la dernière fois, avis qu'il ne recevra aucun message, lettre ou communication de votre part sur ce sujet, pas plus que sur aucun autre.*

– Voilà comme vous avez arrangé mes affaires, dit George en lançant à Dobbin un regard fulminant. Tenez, lisez Dobbin.

Et il lui mit brusquement sous le nez la lettre de son père.

– Il ne me reste d'autre parti à prendre que de mendier. Beau résultat de ma stupidité chevaleresque !

Aussi qui diable nous poussait tant d'en finir ? Nous pouvions attendre la fin de la guerre ; une balle m'aurait tiré d'embarras, comme c'est encore la plus sûre ressource qui me reste ; Emmy sera bien avancée quand elle se trouvera veuve d'un mendiant. Vous avez fait là un beau coup ; je vous conseille de vous en vanter ; mais vous n'avez eu ni repos ni cesse avant d'avoir consommé à la fois ma ruine et mon mariage. Que faire maintenant, avec mes deux mille livres sterlings ? Dans deux ans j'en aurai vu la fin. Depuis que nous sommes ici, Crawley m'a gagné aux cartes et au billard plus de cent cinquante livres. Soyez tranquille, je vous chargerai de mes affaires à l'avenir !

– Le fait est que la situation est difficile, répondit Dobbin, dont la pâleur avait augmenté à mesure qu'il avançait dans la lecture de la lettre. Et, comme vous dites, j'y entre bien pour quelque chose. Mais malgré cela, il y a encore des gens qui voudraient se mettre à votre place, reprit-il avec un amer sourire. Croyez-vous que le régiment compte beaucoup de capitaines avec deux mille livres à leur disposition ? Tâchez de vous suffire avec votre paye, jusqu'à ce que votre père se rabatte un peu de sa sévérité, et si une balle vous emporte, vous laisserez encore une rente de cent livres à votre femme.

– Croyez-vous donc que ma paye et cent livres de rente puissent suffire à mes habitudes, s'écria George exaspéré. Vous avez perdu la tête Dobbin, cent livres pour tenir mon rang dans le monde, allons donc, c'est une plaisanterie. D'abord, il m'est impossible de rien changer à mes habitudes. Je ne puis me passer de mes aises ; on ne m'a pas élevé à manger à la gamelle comme MacWhirter, ou à me nourrir de pommes de terre comme le vieil O'Dowd. Voudriez-vous aussi voir ma femme faire la lessive du soldat ou monter dans la charrette des bagages ?

– C'est bien, c'est bien, dit Dobbin avec une parfaite égalité d'humeur, nous nous arrangerons pour lui procurer une meilleure voiture. Il faut, pour le moment, vous résigner au rôle de prince détrôné, George, mon garçon ; attendez avec patience la fin de l'orage. Ce ne sera pas bien long à passer. Que votre nom soit seulement dans la Gazette, et je vous promets que le vieux papa se relâchera de sa sévérité.

– Dans la Gazette ! répondit George. Et à quel titre, je vous prie ? parmi les morts et les blessés ? et l'un des premiers très probablement.

– Allons, allons, répliqua Dobbin, il sera assez temps de se lamenter quand les choses seront venues. D'ailleurs, vous savez, George, je possède quelque bien et me sens peu de dispositions matrimoniales, eh bien, je n'oublierai pas mon filleul dans mon testament, continua-t-il avec un sourire.

La dispute en resta là, comme cela ne manquait jamais entre Osborne et son ami. Osborne s'en alla en disant qu'il n'y avait pas moyen de se fâcher avec Dobbin. Il fut même assez généreux pour ne plus lui en vouloir de la mauvaise querelle qu'il lui avait cherchée.

– Dis donc, Becky… criait Rawdon Crawley de son cabinet de toilette à sa femme qui, dans sa chambre, mettait la dernière main à sa toilette pour le dîner.

– Quoi ? reprit Becky d'une voix perçante, tout en jetant un coup d'œil à sa glace par-dessus son épaule.

Elle avait mis la robe blanche la plus délicieuse et la plus fraîche qu'on pût voir. Avec ses épaules nues, son petit collier, sa ceinture bleu clair, on l'eût prise pour la déesse de l'Innocence entourée d'une auréole de bonheur.

– Je dis, que deviendra mistress Osborne quand Osborne partira avec le régiment ? reprit Crawley sur le seuil de la chambre. Armé de deux brosses impitoyables, il chassait ses mèches rebelles sur le devant de sa tête, tout en admirant sa charmante femme à travers les broussailles de sa chevelure.

– Ses yeux vont se changer en fontaine, dit Becky. Déjà à plusieurs reprises elle m'a étourdie de ses jérémiades à ce sujet.

– Et vous, vous en prenez à votre aise, il me semble, dit Rawdon à moitié fâché du ton indifférent de sa femme.

– Allons, mauvaise tête ! répliqua Becky, vous savez bien que je vous accompagne. C'est fort différent pour *nous autres*, qui faisons partie de l'état-major du général Tufto. Nous n'avons rien à démêler avec les fantassins, ajouta-t-elle, rejetant sa tête en arrière d'un air tout à la fois si comique et si séducteur que son mari ne put s'empêcher de l'embrasser.

– Rawdon, mon cher... pensez-y... il ne serait pas mal... d'avoir votre argent de Cupidon avant qu'il parte, continua Becky en lui lançant un coup d'œil meurtrier.

C'était George Osborne qu'elle décorait ainsi du nom de Cupidon. Déjà plusieurs fois elle lui avait fait compliment de sa bonne mine, et ne manquait jamais de se mettre à côté de lui quand il venait le soir faire sa partie d'écarté avec Rawdon.

Elle le traitait de dissipateur, de prodigue, le menaçait d'instruire Emmy de ses inclinations perverses, de ses détestables habitudes ; prenant ses petits airs de charmante coquetterie, elle lui apportait un cigare et l'allumait elle-même sachant d'avance les résultats de cette tactique par l'expérience qu'elle en avait faite autrefois sur Rawdon Crawley. Quant à Osborne, il la trouvait gaie, vive, espiègle, distinguée, ravissante en un mot. Dans leurs promenades, dans leurs dîners intimes, les hommages, les applaudissements étaient pour Becky, et la pauvre Emmy était condamnée au silence et à l'abandon. Mistress Crawley bavardait avec Osborne ; Rawdon et Jos, quand ce dernier eut rejoint nos deux ménages, vidaient les bouteilles sans prononcer une seule parole. Qui se serait alors occupé de la pauvre Amélia ?

En présence de son amie, Amélia en était venue à douter du pouvoir de ses charmes. L'esprit, l'entrain, les attraits de Rebecca lui causaient un trouble inexprimable. À peine une semaine de mariage écoulée et George souffrait déjà de l'ennui et recherchait une autre société que la sienne ! En vérité, l'avenir n'avait-il pas de quoi exciter son effroi ?

– Comment, se disait-elle à elle-même, pourrait-il trouver quelque plaisir avec moi, pauvre et humble créature, lui si aimable, si séduisant ! Déjà quelle générosité de sa part de m'avoir épousée, d'avoir renoncé à tout pour se mettre à mes pieds ! Mon devoir me disait de refuser ce sacrifice, mais je n'en ai pas eu le courage ; mon devoir me disait de rester auprès de mon père pour prendre soin de sa douleur et de ses vieux jours, et je ne l'ai point écouté !

Troublée alors avec quelque raison par la voix accusatrice de sa conscience, elle se souvint pour la première fois de l'abandon où elle avait laissé ses parents et se mit à rougir de honte.

– Ah ! continua-t-elle alors, mon égoïsme est bien coupable de m'avoir fait ainsi oublier leurs chagrins, bien coupable d'avoir forcé George à m'épouser ! Je le reconnais, je ne suis pas digne de lui ; sans moi il eût trouvé le bonheur… et pourtant j'ai fait tous mes efforts pour lui rendre sa liberté.

Combien n'est-elle pas à plaindre la pauvre petite mariée qui, après sept jours au plus de mariage, se surprend au milieu de ces douloureuses pensées et de ces tristes aveux. Tel était pourtant le supplice qu'endurait Amélia !

La veille de l'arrivée de Dobbin, par une soirée tiède et embaumée d'une belle journée de mai, on avait laissé ouverte la fenêtre du balcon. George et mistress Crawley, appuyés sur la balustrade, contemplaient les plaines argentées de l'Océan, tandis que Rawdon et Jos faisaient à l'intérieur leur partie de trictrac et que la triste Amélia restait sur le grand fauteuil dans l'oubli le plus complet, et sentait le désespoir et le regret se glisser dans son âme avec leurs amères douleurs.

Une semaine à peine écoulée, tel était le présent ! Quant à l'avenir, elle en détournait les yeux, elle avait peur de le voir, car il s'offrait encore à elle sous un plus sombre aspect. L'âme d'Emmy avait trop besoin de protecteur et de guide pour oser fixer ses regards de ce côté, pour s'aventurer seule sur ce vaste océan. Un autre devait prendre le gouvernail pour elle ; elle ne savait qu'aimer et souffrir.

– Quelle soirée magnifique ! comme la lune resplendit au ciel ! dit George en poussant une bouffée de tabac qui s'éleva en blanches spirales.

– J'adore cette odeur... dit Rebecca, il embaume l'air, votre cigare... Croirait-on que la lune est à deux cent trente-six mille huit cent quarante-sept milles de la terre ? ajouta-t-elle avec un sourire sur les lèvres en contemplant le disque aux clartés vacillantes. J'ai bonne mémoire, comme vous voyez, n'est-ce pas ? Peuh ! toutes ces belles choses, nous les avons apprises chez miss Pinkerton ! Comme la mer est calme ! comme il fait clair ce soir. Je crois, en vérité, que j'aperçois les côtes de la France.

Et ses yeux brillants s'élançaient dans les ténèbres et plongeaient dans la nuit comme s'ils avaient pu en percer les voiles.

– Vous ne savez pas ce que je compte faire un de ces matins, reprit-elle en riant. Vous avez peut-être entendu parler de mes talents comme nageuse : eh bien ! un de ces jours, quand la demoiselle de compagnie de ma tante Crawley, la vieille Briggs, vous vous la rappelez bien, cette femme à bec de corbin et à la chevelure clairsemée, enfin un de ces jours, au moment où Briggs se mettra au bain, je m'en irai sous l'eau la tirer par les pieds et la contraindre à une réconciliation entre deux vagues. Ne trouvez-vous pas mon idée sublime ?

George éclata de rire à la pensée de cette entrevue aquatique.

– Quel tapage faites-vous à vous deux ? cria Rawdon en secouant les dés.

Amélia, à moitié folle de douleur et retenant ses sanglots mal étouffés, se retira dans sa chambre pour y donner un libre cours à ses larmes.

Ce chapitre a été contraint, par les nécessités du récit, de faire une pointe en avant, puis de revenir en arrière, en suivant une marche fort irrégulière en apparence. Mais l'arrivée de Dobbin à Brighton, venant annoncer le départ de l'armée pour la

Belgique, sous le commandement de Sa Grâce le duc de Wellington, était un événement d'un assez haut intérêt pour prendre le pas sur tous les menus détails qui forment le fond de cette histoire. On nous pardonnera, nous l'espérons, ce désordre nécessaire, à cause de son peu de gravité dans ses conséquences ; et maintenant que la chronologie se trouve rétablie, nous allons rejoindre nos différents personnages dans leurs cabinets de toilette respectifs, où ils s'habillent pour le dîner qui eut lieu comme de coutume le soir de l'arrivée de Dobbin.

Par égard pour sa femme ou dans sa préoccupation pour le nœud de sa cravate, George ne dit rien à Amélia des nouvelles que son ami lui avait apportées de Londres. Il entra cependant dans la chambre avec un air si important, et tenant à la main la lettre de l'homme d'affaires d'une façon si solennelle, que sa femme, toujours en défiance de quelque malheur, s'imagina que pour le moins toutes les calamités de la terre venaient de fondre sur eux. Elle courut toute tremblante au-devant de son mari et supplia son cher George de n'avoir point de secret pour elle. Son ordre de départ était-il venu, devait-on se battre la semaine suivante ? Ce n'était rien moins que tout cela, elle en était sûre !

Le cher George éluda, par des réponses évasives, tout ce qui avait trait au départ pour l'étranger, et, avec un mélancolique mouvement de tête, il ajouta :

– Non, Emmy, il n'est pas question de tout cela ; mes inquiétudes sont pour vous, non pour moi.

Les nouvelles que j'ai reçues de mon père sont fort mauvaises. Tous rapports sont rompus entre nous ; il me ferme sa porte, il nous livre à la pauvreté. Elle ne me fait point peur, Emmy ; mais vous, ma chère femme, comment la supporterez-vous ? Tenez et lisez.

Et il lui présenta la lettre.

Amélia fixait un douloureux et tendre regard sur le héros de ses pensées, grandi encore dans son imagination par la générosité des sentiments qu'il étalait ; puis, s'asseyant sur son lit, elle lut la lettre que George lui tendait en se drapant dans une orgueilleuse résignation de martyr. Ses traits prenaient une expression plus calme et plus sereine à mesure qu'elle avançait dans sa lecture. L'idée de partager la pauvreté et les privations de l'objet aimé est loin d'être pénible pour un cœur de femme vivement épris. Amélia plaçait désormais tout son bonheur dans cette pensée ; puis, comme à l'ordinaire, elle fut prise d'un remords subit pour cette joie si intempestive, refoulant dans son âme ce bonheur bien innocent, elle dit avec calme :

– Oh George ! George ! votre excellent cœur doit saigner cruellement de cette rupture avec votre père !

– Ah ! bien sûr ! fit George avec un air de crucifié.

– Mais sa colère ne pourra tenir contre vous, continua-t-elle. Qui aurait le courage de vous en vouloir longtemps ? Il vous pardonnera, cher ami, et, s'il ne le faisait pas, ce serait pour moi un chagrin de toute la vie.

– Je me consolerais facilement des privations de la misère, ma pauvre Emmy, reprit George, mes inquiétudes sont toutes pour vous ! Que m'importe à moi la pauvreté ? Vanité à part, je possède assez de talents pour faire mon chemin.

– Oh ! cela est sûr, dit sa femme persuadée qu'à la fin de la guerre son mari ne pouvait manquer d'être nommé général.

– Mon chemin est donc tout tracé, continua George ; mais vous, ma toute belle !… Ah ! je ne puis m'accoutumer à cette idée de vous voir privée de vos aises, de ce rang que ma femme était appelée à tenir dans le monde. Penser que vous serez soumise à toutes les fatigues et les souffrances de la vie du soldat. Ah ! cette idée m'accable et me tue.

Emmy, toute joyeuse d'être l'unique objet de la sollicitude de son mari, lui prit les mains, les serra dans les siennes, et, la figure radieuse et souriante, se mit à gazouiller les couplets d'une de ses romances favorites, dont l'héroïne, après avoir reproché à son bien-aimé ses froideurs répétées, finit par lui promettre de raccommoder ses culottes et de lui préparer son grog s'il est fidèle et tendre et s'il ne la délaisse pas.

– D'ailleurs, dit-elle après une pause pendant laquelle elle semblait reprendre tout cet éclat de bonheur et de beauté qui sied si bien à une femme ;

d'ailleurs, George n'avons-nous pas la somme énorme de deux mille livres ?

George se prit à rire de sa naïveté, et ils descendirent pour aller se mettre à table. Amélia s'appuyait sur le bras de son mari, en fredonnant encore les dernières notes de sa romance ; elle avait l'esprit bien plus allègre et bien plus satisfait que les jours précédents.

Le repas, au lieu de traîner comme à l'ordinaire, fut vif et animé. L'esprit de George, s'enflammant à l'idée de la campagne prête à s'ouvrir, avait secoué la première stupeur où l'avait jeté la lettre qui le déshéritait. Dobbin continuait son rôle de beau parleur et divertissait la compagnie par ses bavardages sur l'expédition en Belgique ; l'objet principal devait y être les plaisirs, les fêtes et les toilettes.

L'indiscret capitaine racontait que mistress la major O'Dowd était dans tous les embarras de l'emballage ; qu'elle avait serré les épaulettes neuves de son mari dans la boîte à thé : qu'elle avait mis sous une double enveloppe de papier gris son fameux turban jaune surmonté d'un oiseau de paradis, et qu'il reposait finalement dans la boîte en fer-blanc dont la destination première était pour le chapeau à cornes du major. Cette brave femme avait la tête perdue de l'effet qu'elle se promettait de faire à Gand à la cour du roi de France, ou à Bruxelles dans les bals de l'armée.

– Gand ! Bruxelles ! s'écria Amélia avec un tressaillement subit, le régiment a donc reçu son ordre de départ, George ? Ah ! répondez-moi ?

En même temps une expression d'effroi courait sur cette figure naguère si souriante, et instinctivement Amélia se serrait contre George.

– Ne vous effrayez pas pour si peu, ma chère, dit-il avec un air de bonne humeur. Pour douze heures de traversée, ce n'est pas la peine de vous bouleverser les sens. D'ailleurs, vous viendrez avec nous, Emmy.

– Et moi aussi, je pars, dit Becky à son tour. Je fais partie de l'état-major. Je suis la passion du général Tufto ; n'est-ce pas Rawdon ?

Rawdon fit ses gros éclats de rire ordinaires. William Dobbin devint tout rouge.

– *Elle* ne peut nous accompagner, dit-il, songez…

Il allait ajouter au danger ; mais toute sa conversation pendant le dîner n'avait-elle pas eu pour but de prouver qu'il n'y avait rien à craindre ? Le silence seul vint à l'aide de sa confusion.

– J'irai avec vous, dit Amélia d'un ton résolu et impératif.

George, tout fier de sa détermination, demanda à l'aimable assistance si jamais on avait vu pareil grenadier en jupons de femme, et en même temps il assura sa femme qu'elle ferait partie de l'expédition.

– Mistress O'Dowd vous servira de chaperon, dit-il.

Tant qu'elle avait son mari auprès d'elle, que lui fallait-il de plus ? le départ donc n'avait plus rien de pénible. La guerre avec ses dangers apparaissait bien à l'horizon, mais d'ici là, il y avait au moins une distance de plusieurs mois. Cet intervalle permettait à la timide Amélia de goûter une joie aussi pure que si l'on eût déclaré la suspension définitive des hostilités. Dobbin applaudissait du fond du cœur à cet arrangement ; car voir Amélia était pour lui le rêve de sa vie ; et, dans le secret de son âme, il se sentait heureux d'avoir bientôt à veiller sur elle et à la protéger.

– Si elle était ma femme, pensait-il, elle ne partirait pas.

Mais George était le maître, et ce n'était point à Dobbin à lui faire la leçon.

Rebecca, passant le bras autour de la taille de son amie, quitta enfin avec elle la table où ces graves affaires venaient d'être mises sur le tapis ; les messieurs, excités déjà par la plus folle gaieté, restèrent pour se livrer aux plaisirs de la boisson et causer gaiement.

Dans le cours de la soirée, Rawdon reçut un billet tout confidentiel de sa femme, qu'il froissa et brûla sur-le-champ à la bougie. Nous avons heureusement pu le lire par-dessus l'épaule de Rebecca ; et nous en faisons profiter nos lecteurs : « Grandes nouvelles, écrivait-elle, mistress Bute est partie ! Tâchez de vous faire donner ce soir votre argent par Cupidon, demain il sera en route selon toute probabilité. N'oubliez pas surtout ce dernier point. R. »

Aussi, au moment où ces messieurs se disposaient à passer dans l'appartement des dames, pour y prendre le café, Rawdon tira Osborne par le bras et lui dit, de son air le plus gracieux :

– Ah ça, mon cher, si cela ne vous faisait rien, je vous prierais de me donner cette petite bagatelle que vous savez.

Cela faisait bien quelque chose à Osborne, néanmoins il lui remit une liasse de billets de banque qu'il tira de son portefeuille, et quelques billets à une semaine d'échéance pour compléter la somme.

Cette affaire terminée, George, Jos et Dobbin s'assemblèrent en grand conseil de guerre, au milieu de la fumée des cigares, et on arrêta que le lendemain on plierait ses tentes pour se mettre en marche sur Londres, dans la voiture découverte de Jos. Jos eût peut-être mieux aimé attendre à Brighton le départ de Rawdon Crawley ; mais Dobbin et George le forcèrent à se ranger à leur avis. Avec sa royale gracieuseté, il consentit à les ramener à Londres dans son équipage, et commanda quatre chevaux de poste : un homme comme lui ne pouvait pas moins faire. Le lendemain, après déjeuner, leur départ eut lieu avec une pompe toute seigneuriale.

Ce jour-là, Amélia se leva de bonne heure, et fit ses paquets avec une prestesse merveilleuse. Quant à Osborne, il resta au lit, gémissant de la voir manquer du secours d'une femme de chambre.

La pauvre enfant était pourtant très heureuse d'avoir pu ainsi se suffire à elle-même. Mais un sentiment pénible et vague torturait encore son âme à propos de Rebécca. Qui ne connaît la jalousie féminine ? Et, malgré les tendres embrassements du départ, nous pouvons affirmer que parmi les vertus de son sexe, Amélia possédait celle-là au suprême degré.

À côté de ces personnages dont nous venons de partager les allées et venues, n'oublions pas certains autres de nos vieux amis qui se trouvent aussi à Brighton. Miss Crawley, par exemple, et tout le cortège attaché à sa personne.

Quelques maisons à peine séparaient Rebecca et son mari de celle où miss Crawley était venue loger ses infirmités et son ennui. Malgré ce voisinage, la porte de la vieille dame leur était rigoureusement fermée ; la consigne était la même qu'à Londres. Aussi longtemps que mistress Bute Crawley resta auprès de sa belle-sœur, elle eut soin d'épargner à sa très chère Mathilde les émotions d'une entrevue avec son neveu. Quand la vieille demoiselle faisait sa promenade en voiture, la fidèle mistress Bute était toujours à côté d'elle. Quand miss Crawley allait prendre l'air dans son fauteuil roulant, mistress Bute marchait à sa droite, tandis que l'honnête Briggs soutenait l'aile gauche. Rencontrait-on par hasard Rawdon et sa femme, en dépit des coups de chapeau respectueux et persévérants du capitaine, l'escorte de miss Crawley passait près de lui avec une indifférence si glaciale et si dédaigneuse, qu'il ne restait plus à Rawdon qu'à s'arracher les cheveux ou à se casser la tête contre les murs.

– Pour ce que nous faisons ici, répétait souvent le capitaine Rawdon, d'un air mortifié, nous serions aussi bien à Londres.

– Un bon hôtel à Brighton vaut toujours mieux que la prison de dette à Chancery-Lane, répondait sa femme toujours en belle humeur. Pensez donc aux deux aides de camp de Mr Moses, l'officier du shérif qui, toute une semaine, nous ont fait l'honneur de monter la garde à notre porte. La société dans laquelle nous vivons ici est insipide, j'en conviens. Mais Rawdon, mon cher, Mr Jos et le capitaine Cupidon sont encore préférables aux acolytes de Mr Moses.

– Si quelque chose m'étonne, continua Rawdon en proie à un sombre désespoir, c'est qu'ils ne m'aient pas relancé jusqu'ici avec leurs mandats.

– Eh bien après, n'aurions-nous pas encore trouvé la manière de leur glisser dans la main, dit l'intrépide Becky, en insistant sur les avantages et les profits qu'ils avaient retirés de leur rencontre avec Jos et Osborne, ce renouvellement d'amitié n'était-il pas venu fort à propos leur procurer un peu d'argent comptant ?

– Ce sera tout juste de quoi payer la note de l'hôtelier, grommela le garde.

– À quoi bon le payer ? répondit son interlocutrice, qui ne restait jamais court.

Grâce au valet de Rawdon, qui entretenait encore quelques relations avec le personnel mâle au service de miss Crawley et qui avait ordre d'offrir à boire au cocher toutes les fois qu'il le rencontrait, le jeune couple était mis au courant des faits et gestes de la chère tante. Rebecca, de plus, avait eu l'heureuse idée de se sentir indisposée afin d'appeler auprès d'elle le même apothicaire qui donnait ses soins à miss Crawley. Les informations leur arrivaient de la sorte assez complètes et assez régulières. Miss Briggs, bien que forcée d'adopter une attitude hostile, n'éprouvait pas un réel ressentiment à l'égard de Rawdon et de sa femme. Au fond du cœur elle penchait pour l'indulgence et le pardon. Son aversion pour Rebecca avait disparu avec ses motifs de jalousie ; elle ne se rappelait plus que l'inaltérable bonne humeur et les délicieuses plaisanteries de son ancienne rivale. En résumé, toute la maison de miss Crawley, à commencer par elle et mistress Firkin, la femme de chambre, murmurait en secret du despotisme et des envahissements de l'omnipotente mistress Bute.

En toute circonstance, cette digne mais impérieuse matrone voulait pousser trop loin ses avantages et abusait sans pitié de ses succès. Quelques semaines lui avaient suffi pour réduire la malade à une obéissance passive pour ses moindres volontés. Miss Crawley n'osait même plus se plaindre à Briggs et à Firkin de son état d'asservissement. Mistress Bute mesurait avec un infatigable dévouement les verres de vin que miss Crawley était autorisée à boire chaque jour ; au grand dam de Firkin et du majordome, qui perdaient ainsi jusqu'à leurs droits sur la bouteille de xérès. Mistress Bute distribuait même aux gens de l'office leur part de ris de veau, de gelées et de volailles. Le matin, à midi et le soir, elle arrivait auprès de miss Crawley avec les abominables médecines prescrites par le docteur, et la patiente avait fini par les avaler avec une si touchante soumission, que Firkin disait :

– À voir ma pauvre maîtresse prendre ses drogues, ne dirait-on pas un agneau ?

C'était encore mistress Bute qui décidait si la promenade se ferait en voiture ou dans le fauteuil roulant. En un mot, une jeune mère n'est pas plus attentive à dorloter son premier-né. La patiente avait-elle des velléités de résistance, suppliait-elle pour un morceau de plus à dîner, ou une médecine de moins à prendre, aussitôt sa garde-malade la menaçait de mort subite, et miss Crawley cédait instantanément.

– Il ne lui reste pas une étincelle de vie, disait un jour Firkin à Briggs, voilà trois semaines qu'elle ne m'a appelée vieille bête !

Mistress Bute lui faisait déjà des ouvertures pour congédier l'honnête Firkin, Mr Bowls, le gros majordome, enfin Briggs elle-même, afin de substituer ses filles à tous ces mercenaires, et de préparer la pauvre malade à sa translation à Crawley-la-Reine. Mais hélas ! un funeste accident vint tout à coup détruire ses projets et l'enlever aux devoirs dont elle s'acquittait avec un zèle si désintéressé. Le révérend Bute Crawley, son mari, en revenant un soir à cheval, avait fait une chute et s'était fracturé le col du fémur. La fièvre s'était déclarée avec tous les symptômes de l'inflammation, et mistress Bute Crawley avait été forcée de quitter le chevet de sa belle-sœur pour courir à celui de son mari. Ce n'était pas toutefois sans avoir promis, avant son départ, de revenir auprès de sa chère amie aussitôt après le rétablissement de Bute. Elle avait laissé aux domestiques les instructions les plus pressantes sur les soins à donner à leur maîtresse ; mais à peine la voiture de Southampton avait-elle fait quelques tours de roue, qu'une jubilation universelle régna dans la maison de miss Crawley. On y respirait plus à l'aise ; depuis longtemps on n'y avait joui d'une aussi grande liberté. Ce jour même, Bowls déboucha, sans crainte de surprise, une bouteille de xérès pour lui et mistress Firkin ; ce soir-là, miss Crawley et Briggs remplacèrent la lecture fastidieuse et monotone des sermons de Porteus par une partie de piquet. C'était comme dans les contes de fées où, d'un coup de baguette, il s'opère une heureuse et paisible révolution dès que le mauvais génie est mis en fuite.

Deux ou trois fois par semaine, miss Briggs allait de grand matin prendre ses bains de mer et se transformer en océanide sous la robe de flanelle et le bonnet de toile cirée. Rebecca était, comme nous l'avons vu, au fait de ses habitudes, et sans réaliser contre Briggs sa conspiration aquatique et à l'aide d'un plongeon lui chatouiller la plante des pieds, elle résolut de dresser une embuscade et d'attaquer Briggs au sortir du bain, alors que toute fraîche et ragaillardie par ses ablutions, elle se trouverait en belle humeur.

Becky se leva de très bonne heure le lendemain, et apportant le télescope sur le balcon qui faisait face à la mer, elle le braqua dans la direction des baraques de baigneurs. Elle put voir de la sorte Briggs arriver, entrer dans sa cabine et se mettre à l'eau ; et elle était à son poste, sur le rivage, épiant sa proie, lorsque l'océanide sortit de sa cabine et s'avança sur les galets. Il y aurait eu de quoi faire un charmant tableau de genre avec la plage et la troupe de baigneuses sur le premier plan, et dans le lointain une chaîne de rochers et de maisons étincelant aux premiers feux du soleil. Rebecca avait paré sa figure de son plus tendre et de son plus aimable sourire ; elle tendit à Briggs sa petite main blanche en allant au-devant d'elle. Briggs pouvait-elle repousser cette démonstration amicale.

– Ah ! miss Sh… mistress Crawley, fit-elle.

Mistress Crawley lui prit la main, la serra contre son cœur, puis, comme si elle eût cédé à l'entraînement de son émotion, elle jeta ses bras autour du cou de Briggs et l'embrassa avec une effusion pleine d'une apparente sincérité.

– Ah ! ma bien bonne amie, dit-elle d'un ton si naturel que Briggs se mit incontinent à fondre en larmes, et que la fille des bains en fut attendrie.

Rebecca obtint sans peine de Briggs de longues et délicieuses confidences. Briggs raconta et commenta tous les événements accomplis chez miss Crawley, depuis la disparition subite de Becky jusqu'au présent jour ; elle couronna son récit par les détails de la retraite si inattendue et si désirée de mistress Bute. Les symptômes de la maladie de miss Crawley, les moindres circonstances de son traitement médical furent exposés par cette honnête fille avec l'ampleur et la complaisance que les femmes mettent toujours à s'étendre sur cette matière. C'est toujours avec un nouveau plaisir qu'elles causent entre elles de leurs malaises et de leur docteur. Briggs suivit, en cette occasion, l'exemple des personnes de son sexe, et Rebecca ne s'en plaignit point ; elle ne pouvait assez répéter combien elle était heureuse de penser que l'excellente Briggs, la fidèle Firkin étaient restées auprès de leur bienfaitrice pour la soulager dans ses souffrances. La Providence avait droit pour ce seul motif à ses plus vives actions de grâce.

Alors Rebecca, revenant sur sa conduite, lui faisait voir comment, malgré les apparences, sa faute était cependant bien naturelle et bien excusable. Pouvait-elle refuser sa main à l'homme qui avait trouvé le chemin de son cœur ? Pour toute réponse, la sensible Briggs éleva les yeux au ciel, poussa un soupir de sympathie, car elle aussi avait autrefois connu ces tendresses de cœur : Rebecca, en somme, n'était donc pas bien criminelle.

– Ah ! je n'oublierai jamais, disait cette dernière, que miss Crawley a donné asile à l'orpheline délaissée ; non, non, bien qu'elle m'ait bannie de sa présence, jamais je ne cesserai de l'aimer ; ma vie est à elle ; sur un signe de sa part, je suis prête à lui en faire le sacrifice. Comme ma bienfaitrice, comme la tante de mon bien-aimé Rawdon, chère miss Briggs, miss Crawley domine dans ma tendresse et ma vénération mes sentiments pour toute autre femme ; immédiatement après elle, mes affections s'adressent aux personnes qui lui donnent tant de preuves de fidélité.

Il n'y avait que cette astucieuse et intrigante mistress Bute pour traiter, comme elle l'avait fait, les cœurs dévoués à cette chère demoiselle.

– Tenez, continua Rebecca, mon Rawdon, qui est si bon, malgré la rudesse et la brusquerie de ses manières, m'a dit mille fois les larmes aux yeux qu'il bénissait le ciel d'avoir mis auprès de sa chère tante deux femmes, deux anges, comme l'excellente et dévouée Firkin, comme l'admirable miss Briggs.

Dans le cas où, à l'aide de ses menées ténébreuses, l'abominable mistress Bute, suivant les craintes encore trop bien fondées de Rebecca, parviendrait à écarter tous ceux qui avaient la confiance de miss Crawley pour faire de cette pauvre femme la pâture des harpies du presbytère, Rebecca priait miss Briggs de se souvenir que sa maison, toute modeste qu'elle était, serait toujours ouverte pour elle.

– Chère amie, s'écriait-elle dans un transport d'enthousiasme, il est des cœurs pour lesquels le souvenir d'un bienfait est éternel ! Toutes les femmes ne sont pas des Bute Crawley ! Mais après tout, dois-je me plaindre d'elle, dois-je me plaindre d'avoir été l'instrument et la victime de ses artifices, puisque sans elle je ne serais point devenue la femme de Rawdon ?

Alors Rebecca découvrit à Briggs les ruses et les fourberies de mistress Bute à Crawley-la-Reine ; jusqu'alors elle n'avait pu saisir les fils cachés de sa conduite ; mais les événements actuels les lui faisaient toucher du doigt, après avoir par mille artifices allumé une flamme réciproque, après avoir fait tomber deux innocents dans les filets qu'elle leur avait préparés, mistress Bute les avait conduits par l'amour et le mariage à la ruine la plus complète.

C'était d'une vérité palpable, et tous ces stratagèmes sautaient aux yeux de miss Briggs. Dans le mariage de Rawdon et de Rebecca, mistress Bute était la grande, l'unique coupable. Mais en reconnaissant Becky pour une victime bien innocente des embûches de mistress Bute, miss Briggs ne pouvait dissimuler à son amie son peu d'espoir de voir les affections de miss Crawley se ranimer en faveur de Rebecca, et l'éloignement de la vieille fille à pardonner à son neveu ce mariage inconsidéré.

Sous ce rapport, Rebecca ne partageait point les idées de la demoiselle de compagnie, et gardait bon espoir. Miss Crawley refusait jusqu'à présent tout pardon : soit ; mais tôt ou tard elle finirait par se radoucir. Et d'ailleurs, qu'y avait-il entre Rawdon et le titre de baronnet ? Le maladif et souffreteux Pitt Crawley. Quelle faculté de médecine aurait osé répondre de lui ! Avoir mis au grand jour les ténébreuses menées de mistress Bute, avoir attiré sur elle les soupçons était une douce satisfaction pour Rebecca, et cette manœuvre ne pouvait d'ailleurs que tourner à l'avantage de Rawdon. Rebecca, après une heure de causeries intimes avec miss Briggs, ralliée désormais à sa cause, la quitta au milieu des plus tendres protestations d'amitié, et parfaitement convaincue que dans une heure au plus tard, miss Crawley saurait par le menu tout ce qui venait de se dire.

Après cette entrevue, Rebecca retourna en toute hâte à son hôtel. Déjà la société des jours précédents s'y trouvait réunie pour un déjeuner d'adieu. À voir Rebecca et Amélia étroitement enlacées au moment de la séparation, on aurait dit deux sœurs tendrement unies. Mistress Crawley tira grand parti de son mouchoir pour les effets dramatiques ; elle se suspendit au cou de son amie comme si elle n'avait plus dû la revoir, et de sa fenêtre, tandis que la voiture s'éloignait, elle agita son mouchoir qui, du reste, était parfaitement sec. Après cette petite pantomime, elle vint reprendre sa place à table, et mangea de très bon appétit pour une femme émue. Tout en mangeant ses crevettes de bon appétit, elle instruisit Rawdon du résultat de sa promenade matinale. Ses espérances étaient en hausse ; elle fit partager sa manière de voir à son mari : c'était en général l'habitude, et, soit que ses opinions fussent tristes ou gaies, son mari finissait toujours par voir comme elle.

– Allez, lui dit-elle, mon cher ami, vous mettre à ce pupitre, et écrivez-moi une jolie petite lettre pour miss Crawley, où vous lui ferez comprendre que vous êtes un brave garçon et autres choses sur le même ton.

Rawdon s'assit et écrivit sans difficulté :

Brighton, jeudi.

Ma chère tante...

Mais ici s'arrêta tout net la verve imaginative du brillant officier. Il rongea le bout de sa plume en regardant le visage de sa femme, et elle ne put s'empêcher de rire à la mine piteuse qu'il faisait. Alors, se promenant en long et en large les mains derrière le dos, elle lui dicta la lettre suivante :

Avant de quitter mon pays et de partir pour une guerre qui pourrait bien m'être fatale...

– Comment ? dit Rawdon un peu surpris ; mais bientôt, saisissant la finesse de la phrase, il fit de nouveau courir sa plume sur le papier, en se livrant à de gros ricanements :

Qui pourra très probablement m'être fatale, je suis venu ici...

– Pourquoi pas *je viens*, Becky ? *Je viens* est plus correct, risqua le dragon.

– Je suis venu ici, reprit Rebecca en frappant du pied, pour vous faire mes adieux comme à ma meilleure et à ma plus ancienne amie. Ah ! avant de m'éloigner de vous, pour toujours peut-être, permettez-moi une fois encore de presser cette main qui a répandu sur moi tant de bienfaits.

– De bienfaits ! répéta Rawdon en griffonnant les derniers mots, et tout émerveillé de sa propre facilité de composition.

Je ne vous demande rien d'autre que de nous séparer sans colère. J'ai la fierté de ma famille sur certains points, mais pas sur tous. J'ai épousé la fille d'un peintre et je n'ai pas honte de cette union.

– On m'enfoncerait plutôt dans le corps une épée jusqu'à la garde, éructa Rawdon.

– Taisez-vous, imbécile ! dit Rebecca en lui tirant l'oreille, et en regardant par-dessus son épaule pour voir s'il n'avait pas fait quelque faute d'orthographe. Séparer ne prend pas d'*e* à la fin, et il en faut un à colère.

Il corrigea ces mots en baissant pavillon devant l'éminente supériorité de sa commandante.

– Je vous croyais instruite du succès de ma flamme, continua Rebecca, car mistress Bute Crawley l'approuvait et l'encourageait. Loin de me plaindre d'avoir épousé une femme sans fortune, je m'applaudis encore de ce que j'ai fait. Chère tante, disposez de votre fortune comme il vous plaira ; vous en avez le droit ; je n'y trouverai jamais à redire. Je voudrais seulement vous persuader que mon affection est pour vous et non pour votre argent. Je ne puis quitter l'Angleterre sans votre pardon ; permettez-moi de vous voir, je vous en conjure, avant mon départ. Dans un mois, une semaine, il sera trop tard, et je ne puis supporter l'idée de quitter ce pays sans une bonne parole d'adieu de votre part.

– Elle ne reconnaîtra pas mon style, dit Becky. J'ai fait à dessein des phrases courtes et simples.

Cette missive officielle fut envoyée sous enveloppe à miss Briggs.

La vieille miss Crawley se mit à rire quand Briggs, avec un air de mystère, lui présenta cette candide et simple requête.

– Maintenant, dit-elle, que nous voilà débarrassés de mistress Bute, nous pouvons nous donner les plaisirs de la correspondance. Voyons, Briggs, lisez-moi ça un peu, de votre plus belle voix.

Quand Briggs fut arrivée à la fin de l'épître, sa chère protectrice redoubla d'hilarité.

– Vous êtes bête comme une oie, dit-elle à Briggs, pour ne pas voir qu'il n'y a pas là un mot de Rawdon, tandis que celle-ci gagnée au ton de probité et de tendresse répandu dans tout ce message, se laissait aller à sa sensibilité naturelle. Il ne m'a jamais écrit de sa vie que pour me demander de l'argent, et puis ses lettres se trahissent toujours par les fautes d'orthographe et les ratures. Ce petit monstre de gouvernante le mène par le bout du nez. Les voilà bien tous les mêmes, ajoutait miss Crawley à mi-voix, ils désirent tous ma mort et soupirent après mon argent. Que m'importe, en définitive, de voir Rawdon ? ajouta-t-elle après une pause et du ton le plus indifférent. Je n'en irai ni mieux ni pis pour lui avoir donné une poignée de main. Qu'il vienne s'il veut, mais à la condition que cette entrevue ne tourne point au tragique ! D'ailleurs, il serait aussi avancé de souffler sur une glace. Mais, ma chère, il y a des bornes à tout, même à la patience, et je me refuse positivement à voir mistress Rawdon. Sur ce point, mon parti est pris.

Miss Briggs dut se contenter de ce message de réconciliation. Elle pensa que la meilleure manière de raccommoder la tante et le neveu était d'engager Rawdon à faire sentinelle sur la falaise où miss Crawley venait chaque jour prendre l'air dans son fauteuil.

Ce fut là le théâtre de l'entrevue. Il nous serait impossible de dire si miss Crawley éprouva aucun sentiment de tendresse ou d'émotion à la vue de son ancien favori. Elle lui tendit deux doigts avec un sourire de bonne humeur : à son air, on aurait dit qu'ils s'étaient quittés la veille. Quant à Rawdon, il devint rouge comme un homard ; il saisit par mégarde la main de Briggs, tant son trouble et sa confusion étaient à leur comble. Peut-être cette émotion avait-elle une cause intéressée ; peut-être venait-elle d'une affection sincère ; peut-être enfin, ce bon neveu était-il frappé de l'altération que quelques semaines de maladie avaient portée dans les traits de sa tante.

– La vieille fille m'a mis en échec, dit-il à sa femme en lui racontant sa conférence. Je me sentais tout drôle et tout chose, vous savez… Je me tenais à côté de sa grande machine, vous savez… Je l'ai conduite jusqu'à sa porte, où Bowls est venue au-devant d'elle pour la soutenir. J'aurais bien voulu entrer, vous savez…

– Vous n'êtes pas entré, Rawdon ! cria sa femme furieuse.

– Non, ma chère, que la peste m'étouffe si je n'ai pas éprouvé un tremblement du diable à ce moment-là.

– Vous êtes un imbécile : il fallait entrer quand même et n'en plus sortir, dit Rebecca.

– Ne me dites pas de sottises, grogna notre gros guerrier. Il est possible que *j'aie été* un imbécile, Becky ; mais ce n'est pas à vous de me dire cela.

Et il lança un coup d'œil à sa femme, avec une expression hargneuse et une physionomie plissée par la colère.

– Voyons, mon chéri, dit Rebecca en s'efforçant d'adoucir le courroux de son bien-aimé, tenez-vous prêt pour aller la revoir, qu'elle vous engage ou non à une nouvelle visite.

À cela il répondit qu'il savait bien ce qu'il avait à faire, et la pria seulement de garder pour elle ses aimables compliments. Le mari froissé s'en alla sombre, silencieux et rancunier, passer le reste de la journée à l'estaminet.

Vers le soir, il fut obligé, comme toujours, de rendre les armes à la haute et prévoyante intelligence de sa femme, en recevant la plus triste confirmation des inquiétudes qu'elle avait manifestées à propos de sa maladroite démarche. L'émotion avait sans doute été trop forte pour miss Crawley, car elle resta longtemps accablée par ses rêveries, et c'était une fatigue dont la vieille demoiselle voulut même s'affranchir.

– Comme Rawdon est devenu vieux et épais, dit-elle à sa compagne, son nez s'est teint en rouge et sa personne tourne à l'obésité. Quel air de vulgarité il a pris depuis son mariage avec cette femme ! Mistress Bute me disait qu'ils se grisaient ensemble, et j'en ai la certitude maintenant ; il répand une abominable odeur de gin. N'avez-vous rien senti ? c'était à suffoquer.

En vain Briggs fit valoir que mistress Bute parlait mal de tout le monde, et qu'avec les faibles capacités d'une personne de son humble condition elle la tenait pour une…

– Une intrigante de la pire espèce ? Oh ! vous avez raison, sa langue s'en prend à tout le monde. Mais j'ai l'intime conviction que cette Rebecca a donné à Rawdon des habitudes d'ivrognerie. Tous ces gens de peu…

– Il a été très ému en vous voyant, madame, dit la demoiselle de compagnie, et je suis persuadée que si vous réfléchissez aux dangers qu'il va courir, vous…

– Combien, Briggs, vous a-t-il promis pour être son avocat ? cria la vieille demoiselle prise d'un accès de fureur nerveuse. Bon ! voilà maintenant que vous allez vous mettre à pleurer. Je déteste les scènes. Je ne pourrai donc jamais avoir la paix ? Allez-vous-en pleurer dans votre chambre et envoyez-moi Firkin. Non, restez, asseyez-vous là, mouchez-vous et finissez-en avec vos larmes. Bien ; prenez maintenant ce qu'il vous faut pour écrire une lettre au capitaine Crawley.

La pauvre Briggs, avec une obéissance passive, alla se placer devant le buvard, dont chaque page portait les traces de l'écriture ferme et courante du dernier secrétaire de la vieille fille, mistress Bute Crawley.

– Écrivez : « Mon cher monsieur », ou « Cher monsieur », cela vaudra mieux, et dites que vous êtes chargée par miss Crawley… par le médecin de miss Crawley, Mr Cramer, de l'informer que l'état chétif de ma santé ne me permet pas d'affronter de trop fortes secousses ; qu'en conséquence, il m'est impossible d'avoir aucune discussion d'affaires, aucune entrevue de famille ; que je le remercie d'être venu à Brighton, et que je le prie de ne pas y prolonger son séjour à cause de moi. Ensuite, miss Briggs, vous pourrez ajouter que je lui souhaite un bon voyage, et que s'il veut prendre la peine de passer chez mon notaire à Grays'-Inn-Square, il y trouvera quelque chose qui ne lui fera pas de peine. C'est bien ; en voilà assez pour le déterminer à quitter Brighton.

L'excellente Briggs écrivit la dernière phrase avec un sentiment de très vive satisfaction.

– Vouloir me mettre en état de blocus le jour même du départ de Mr Bute, marmottait la vieille dame entre ses dents, c'est trop fort. Briggs, ma chère, écrivez aussi à mistress Bute Crawley qu'il est inutile qu'elle revienne ; elle n'a qu'à rester chez elle. Je serai peut-être enfin la maîtresse chez moi. Je ne me laisserai pas à plaisir étouffer sous les drogues et noyer dans le poison. Ils sont tous acharnés à ma mort. Oui, tous, tous…

La vieille dame, écartant successivement tous les proches que l'intérêt seul avait appelés autour d'elle, finissait par se trouver dans un isolement complet ; c'étaient alors des convulsions nerveuses amenant un déluge de larmes et des lamentations sans fin.

La dernière scène approchait pour elle dans la triste comédie de la Foire aux vanités. Peu à peu les lumières s'éteignaient, et bientôt elle allait disparaître derrière le rideau fatal.

Le dernier alinéa où miss Crawley engageait Rawdon à aller voir son notaire à Londres, alinéa que miss Briggs avait écrit avec un plaisir tout particulier, fut pour le dragon et sa femme une fiche de consolation, après le refus explicite de la vieille fille pour toute espèce de réconciliation. Ces lignes magiques produisirent donc tout leur effet. Rawdon eut désormais le plus grand empressement à retourner à Londres.

Sans ses gains sur Jos et les billets de banque de George, Rawdon n'aurait su comment payer sa dépense à l'hôtel. L'hôtelier ignora toujours combien peu il s'en était fallu qu'il n'en eût été pour ses frais. Comme un général expérimenté qui dans la retraite sauve ses bagages, Rebecca, après avoir prudemment emballé tous ses effets de quelque valeur, les avait expédiés pour Londres, sous la responsabilité du domestique de George. Le jeu fournit heureusement à Rawdon les moyens d'être honnête et de partir avec sa femme et sa note acquittée, le lendemain du départ de nos autres personnages.

– J'aurais bien voulu revoir cette vieille fille encore une fois, dit Rawdon. Elle est si épuisée et si changée, que, j'en suis sûr, elle n'ira pas loin… Je suis fort intrigué de savoir le montant des billets qui m'attend chez son notaire. Un billet de deux cents livres… Oh ! oui, deux cents livres au moins, n'est-ce pas, Becky ?

Pour se soustraire aux assiduités persévérantes des importuns dont nous avons parlé plus haut, Rawdon et sa femme n'allèrent point reprendre leur appartement de Brompton, mais descendirent dans un hôtel écarté. Le lendemain matin, Rebecca put apercevoir sur sa route les susdits visages en se rendant à Fulham chez la vieille mistress Sedley, où elle allait faire visite à Amélia et à ses amis de Brighton. Ils étaient tous partis pour Chatham et de là pour Harwich, d'où le régiment devait s'embarquer pour la Belgique. L'excellente mistress Sedley était dans les larmes et dans la douleur.

À son retour, Rebecca trouva son mari, qui rentrait de Gray's-Inn, où il était allé apprendre son sort. Il étouffait de colère.

– Mordieu ! Becky, dit-il, elle nous donne vingt livres pour tout potage !

Quoique la plaisanterie tournât à leur détriment, elle était des meilleures, et Becky ne put s'empêcher de rire de la déconvenue de Rawdon.

CHAPITRE XXVI
Entre Londres et Chatham

Comme il convenait à un grand seigneur de son espèce, notre ami George, en quittant Brighton, fit la route dans une berline à quatre chevaux, et descendit dans un splendide hôtel de Cavendish-Square. Là, le jeune gentleman prit, pour lui et sa nouvelle épouse, une longue suite de salles magnifiquement décorées, une table garnie de vaisselle fine, et se fit servir par une demi-douzaine de domestiques noirs, silencieux comme les muets du sérail. George fit les honneurs à Jos et à Dobbin avec une aisance toute princière. Pour la première fois, Amélia, surmontant à peine sa timide gaucherie, présida ce que George appelait pompeusement la table de sa femme.

L'amphitryon faisait le difficile pour les vins, et ses airs de monarque en imposaient aux domestiques. Jos avalait sa soupe à la tortue avec une satisfaction gloutonne, et Dobbin lui complétait ce qui faisait défaut sur son assiette par suite de l'inexpérience à servir de la maîtresse de la maison ; les yeux de

Jos témoignaient au capitaine de la reconnaissance de son estomac.

La somptuosité du repas et de l'appartement provoqua la sollicitude du bon Dobbin pour la bourse de son ami. Après le dîner, tandis que Jos était à ronfler dans le grand fauteuil, il hasarda quelques observations sur cette recherche dans les mets, cette prodigalité de vin de Champagne vraiment digne d'un archevêque, mais ce fut en vain :

– J'ai toujours été habitué à voyager en gentilhomme, répondit George, et quand le diable y serait, ma femme aura toutes les aises auxquelles elle doit prétendre dans son rang. Tant qu'il restera un sou dans ma bourse, j'entends qu'elle vive au sein de l'abondance.

George paraissait trop satisfait de ses grands airs de générosité, pour que Dobbin cherchât plus longtemps à le persuader que le bonheur d'Amélia n'était point dans une soupe à la tortue.

Un peu après le dîner, Amélia exprima timidement le désir d'aller voir sa mère à Fulham ; George y consentit, mais non pas sans avoir d'abord accueilli sa demande par de grondeuses paroles. Elle alla s'apprêter dans son immense chambre à coucher où s'élevait un immense lit de parade, « où avait dormi la sœur de l'empereur Alexandre[95] lorsque les *souffrants* alliés s'étaient rendus à Londres ». Elle mit son petit chapeau et son châle avec beaucoup

95. Alexandre Ier (1777-1825), empereur de Russie.

d'empressement et de plaisir. George, pendant ce temps, était resté dans la salle à manger à boire du bordeaux, et quand elle revint il ne se dérangea pas le moins du monde.

– Est-ce que vous ne m'accompagnez pas, cher ami ? lui dit-elle d'un ton câlin.

Réponse négative ! le *cher ami* avait *à faire* ce soir-là, et il laissa à son valet de pied le soin d'accompagner milady. Quand la voiture qu'on avait envoyé chercher fut arrivée à la porte de l'hôtel, Amélia prit congé de George d'un petit air boudeur. Après deux ou trois coups d'œil inutiles, elle descendit tristement le grand escalier. Le capitaine Dobbin la suivit par-derrière, lui présenta la main pour monter en voiture et la regarda partir. Le valet, pour n'avoir point à rougir en donnant l'adresse au cocher devant les gens de l'hôtel, lui promit de la lui indiquer un peu plus loin.

Dobbin prit la route de son vieux quartier tout en pensant en lui-même au plaisir qu'il aurait eu de se trouver dans le fiacre à côté de mistress Osborne. George évidemment n'était pas dans les mêmes idées ; car lorsqu'il fut las de boire, il sortit et acheta une contremarque, pour voir Mr Kean[96] dans le *Juif de Venise*. C'est que le capitaine Osborne aimait beaucoup le théâtre, il avait même joué certains

---

96. Edmund Kean (1787-1833) est un acteur britannique célèbre, notamment pour son interprétation de Shylock dans *Le Marchand de Venise* de Shakespeare.

premiers rôles d'une façon fort brillante, dans des représentations données au régiment.

Lorsque Mr Joseph se réveilla en sursaut au bruit que faisait son domestique en vidant les carafons placés sur la table, il faisait nuit noire depuis longtemps. Un nouveau fiacre fut mis en réquisition à la station voisine, et l'on transféra Mr Jos d'abord chez lui et puis dans son lit.

La visite de la pauvre Amélia fit passer à mistress Sedley quelques moments bien doux pour ses affections maternelles. Elle s'élança vers la porte quand la voiture s'arrêta à la grille du jardin, et elle serra avec effusion dans ses bras la jeune mariée tremblante et émue jusqu'aux larmes. Le vieux Mr Clapp, qui était en bras de chemise à bêcher ses plates-bandes, se sauva tout honteux de son accoutrement, et la grosse fille irlandaise franchit d'un bond l'escalier de la cuisine pour faire son plus beau sourire à la nouvelle arrivée. Amélia, chancelante, avait peine à arriver au salon.

La mère et la fille laissèrent couler leurs pleurs sans contrainte dès qu'elles purent, à l'abri de ce sanctuaire, se livrer à la vivacité des sentiments qui débordaient dans leur cœur ; il y eut bien des larmes répandues, comme le comprendra tout lecteur sentimental ! Les larmes dans toutes occasions, soit tristes, soit joyeuses ne sont-elles pas la suprême ressource des femmes ? Une mère et sa fille ont bien le droit de donner un libre cours à ces délicieux épanchements. Les bonnes mères se remarient à la noce de leurs filles ; jugez de ce qui advient à un degré de plus ! Tout le monde sait à quoi s'en tenir sur les grands-mères et leur tendresse ultra-maternelle. Je poserais volontiers en principe qu'on ne connaît bien l'amour maternel que lorsqu'on est passé à l'état de grand-mère. Laissons dans la demi-teinte d'obscurité qui règne au salon les sanglots, les larmes et les rires d'Amélia et de sa mère. Le vieux Sedley nous en donne lui-même l'exemple. Sa clairvoyance, à lui, n'avait pas été à deviner qui se trouvait dans la voiture qui s'était arrêtée à la porte. Il n'avait pas couru au-devant de sa fille, mais il l'avait étroitement serrée contre son sein lorsqu'elle était entrée dans la maison, où il vivait au milieu de ses paperasses, de ses fils rouges et de ses comptes. Il causa un instant avec la mère et la fille, puis sortit discrètement de la pièce pour leur laisser toute liberté.

Le laquais de George regardait avec un air de superbe dédain Mr Clapp en bras de chemise arrosant ses rosiers. Il se découvrit toutefois avec une affable courtoisie, quand Mr Sedley lui demanda des nouvelles de son gendre, de la voiture, de Jos, de la manière dont les chevaux avaient supporté le voyage de Brighton, et l'infortuné finit comme toujours par tomber sur le sujet de cet infernal sournois de Bonaparte. La servante irlandaise apporta une bouteille et un verre, car le vieux Sedley voulut à toute force que le domestique se rafraîchît, et il lui donna une demi-guinée, que le laquais empocha avec un mélange de surprise et de mépris.

– Buvez ce verre de vin à la santé de votre maître et de sa femme, dit Mr Sedley, et n'oubliez pas de boire à la nôtre, Trotter, quand vous serez chez vous.

Neuf jours à peine s'étaient écoulés depuis qu'Amélia avait quitté ce modeste réduit, et cependant elle se sentait séparée par un bien long intervalle des temps heureux qu'elle y avait passés. En faisant un retour vers cette époque, quelle différence ne trouvait-elle pas entre la situation présente de son esprit et celle de la jeune fille absorbée dans son amour, dirigeant toutes les forces de son âme sur l'objet unique de ses affections, et payant les soins affectueux de ses parents, sinon par l'ingratitude, du moins par une froide indifférence, tandis qu'elle réservait toute la chaleur de son cœur et de son âme pour réchauffer une espérance dont un jour, peut-être, elle aurait à reconnaître les illusions. Ce coup d'œil rétrospectif vers des temps tout à la fois voisins et si éloignés, la saisirent d'une certaine honte, et la vue de son excellente mère, si affligée dans sa solitude, la pénétra d'un tendre remords. Elle était bien forcée d'avouer maintenant que, possédant ce qu'elle croyait le paradis sur terre, ses désirs n'en étaient ni moins inquiets ni plus satisfaits.

Quand le romancier, en mariant son héros et son héroïne, leur a fait faire ce qu'on appelle le grand saut, il tire en général la toile sur ce tableau.

Eh ! mon Dieu ! le drame est-il donc fini ? Les soucis et les luttes de la vie respectent-ils cette limite ? En un mot, ne trouve-t-on plus que des objets couleur de rose sur les terres du mariage ? Doit-on croire que la femme et le mari n'aient plus alors qu'à gagner paisiblement, au milieu des plus douces étreintes et des plus ineffables jouissances, le terme de leur vieillesse ? Notre petite Amélia, toute fraîche débarquée sur ce nouveau rivage, jetait un dernier regard de regret et d'adieu à ces tristes et charmantes figures dont le courant ne la séparait pas encore assez pour l'empêcher de voir leurs ombres disparaître dans le lointain.

En l'honneur de la jeune mariée, mistress Sedley voulut faire quelque chose d'extraordinaire. Aussi, après le premier feu de leur entretien, elle quitta un instant mistress George Osborne, et descendit dans les parties inférieures de la maison, où se trouvait une espèce de cuisine, résidence habituelle de Mr et Mrs Clapp et de miss Flannigan, la servante irlandaise, lorsqu'elle avait lavé la vaisselle et ôté ses papillotes. Mistress Sedley se rendit donc dans ces profondeurs pour faire préparer un thé remarquable par sa magnificence. Chacun exprime sa tendresse à sa façon ; la meilleure pour mistress Sedley était de bourrer sa chère Amélia de gâteaux et de salade d'oranges servie dans une coupe de cristal.

Tandis qu'on s'occupait de la confection des susdites friandises dans les parties basses de la maison, Amélia quittait le salon, montait l'escalier et se retrouvait sans savoir trop comment, dans la petite pièce qui lui avait servi de chambre avant son mariage, dans ce même fauteuil où elle avait passé de si longues heures d'angoisse et d'amertume. Elle éprouva le délicieux plaisir que l'on ressent à revoir un vieux camarade. Puis ses pensées l'entraînèrent vers la semaine à peine écoulée, et peu à peu elle revint sur son passé. Rechercher dans le passé les souvenirs heureux, qui contrastent douloureusement avec le présent ; gémir sur ses espérances de bonheur évanouies et remplacées par le doute et la souffrance, tel était le sort de cette pauvre et infortunée créature, de cette brebis errante au milieu des luttes et des presses de la Foire aux vanités.

Assise dans son vieux fauteuil, elle se rappelait avec tout son enthousiasme d'autrefois cette image de George, objet de ses confiantes et premières adorations. Fallait-il donc s'avouer maintenant la différence entre la réalité et les traits imaginaires du héros devant lequel elle eût volontiers jadis brûlé de l'encens ? Pour réduire à une pareille extrémité la vanité de la femme qui vous aime et qui vous choisit, il faut ordinairement bien des années et bien des trahisons… Les yeux verts et perçants de Rebecca, son sourire sinistre venaient ensuite remplir d'effroi la craintive Amélia. Elle resta plongée dans le vague de ces méditations, dans ces rêveries mélancoliques, les mêmes où l'avait trouvée l'honnête Irlandaise lorsqu'elle lui apporta la lettre qui contenait les nouvelles protestations de George et sa nouvelle demande en mariage.

Ses yeux étaient fixés sur ce petit lit bien lisse et bien blanc où naguère reposait encore sa tête de jeune fille ! Mais il avait cessé d'être à elle. Alors elle se prenait à penser au plaisir qu'elle aurait à y dormir encore, à s'éveiller comme autrefois sous les regards souriants de sa mère. Elle songeait avec terreur à ce grand catafalque[97] de damas qui s'élevait comme un tombeau dans cette vaste et sombre pièce où elle devait passer la nuit à Cavendish-Square. Ô cher petit lit bien blanc, que de confidences n'avez-vous pas reçues dans ses longues insomnies ! que de fois dans son désespoir ne l'avez-vous pas entendue appeler la mort ! Maintenant elle doit être bien heureuse et ses désirs sont remplis. Le bien-aimé pour lequel elle a tant soupiré, elle le possède pour toujours ! Avec quelle vigilance, quelle tendresse sa bonne mère n'avait-elle pas veillé sur cette couche de l'innocence ! Tous ces souvenirs, toutes ces pensées brisaient ce pauvre petit cœur sensible et passionné. Amélia alla s'agenouiller au pied de son humble couchette, et pour les froissements et les blessures de son âme demanda le baume consolateur à celui auquel la jeune fille s'était trop rarement adressée jusqu'alors. L'amour avait été sa foi, et maintenant ce cœur saignant et rebuté cherchait l'appui qui ne fait jamais défaut

97. Estrade décorée sur laquelle on expose le cercueil.

aux âmes souffrantes. Avons-nous le droit d'écouter, de répéter ces prières ? Ces mystères sacrés de la conscience, mon cher lecteur, ne doivent point être troublés par le tumulte de la Foire aux vanités au milieu de laquelle notre histoire se passe.

Nous dirons seulement que, quand on vint la chercher pour le thé, la jeune femme descendit avec une âme plus sereine. Ses tristes visions s'étaient évanouies, sa destinée lui paraissait moins amère ; elle ne pensait plus ni aux froideurs de George, ni aux yeux verts de Rebecca. Elle embrassa tendrement son père et sa mère, et, par ses causeries avec le vieux Sedley, pénétra son âme d'une joie à laquelle il n'était plus accoutumé. Elle trouva le thé excellent, fit ses compliments à sa mère sur la salade d'oranges, et, en cherchant à répandre le bonheur autour d'elle, se sentit elle-même plus heureuse. Puis elle repartit pour aller dormir dans le grand catafalque funèbre, et reçut George avec un sourire sur les lèvres quand il rentra du théâtre.

Le lendemain, maître George avait des *affaires* d'une plus haute importance que d'aller au théâtre applaudir Mr Kean. Dès son arrivée à Londres, il avait écrit aux hommes de loi de son père pour leur faire savoir que, dans sa royale sagesse, il avait décidé qu'il aurait avec eux une entrevue le jour suivant. Ses pertes au billard et aux cartes contre le capitaine Crawley avaient presque vidé sa bourse, et il désirait se monter en espèces avant son départ. Il n'avait d'autre moyen pour cela que d'entamer les deux mille livres que le notaire avait ordre de lui compter. Du reste, il ne doutait pas que son père, avant peu, ne se relâchât beaucoup de ses sévérités. Quel père assez dur pour ne point finir par ouvrir les yeux sur les mérites d'un prodige de son espèce ? Et si ce cœur de roc était capable de résister à la voix du sang et à l'évidence de ses hautes vertus, eh bien ! George était décidé à recueillir tant de lauriers, à planter tant de trophées sur les champs de bataille qui allaient s'ouvrir pour lui, que le vieillard, vaincu, finirait par reprendre de meilleurs sentiments pour son fils. D'ailleurs, George n'avait-il pas le monde devant lui ? Sa mauvaise chance aux cartes ne serait peut-être pas éternelle, et deux mille livres, du reste, lui laissaient encore bien du temps.

Par ses soins, une voiture conduisit de nouveau Amélia auprès de sa mère. Il donnait carte blanche à ces deux dames pour se conformer dans leurs achats à toutes les exigences de la mode. Il voulait que mistress George Osborne ne manquât de rien pour faire sensation à son arrivée en pays étranger. Mais un jour, un seul jour pour de si importantes emplettes, c'était bien peu ; aussi fut-il grandement et gravement rempli. Mistress Sedley courant en voiture chez la modiste et la lingère, se voyant escortée jusqu'à son équipage par une foule obséquieuse de commis empressés et polis, se crut un instant revenue aux jours de ses grandeurs passées ; c'était la première joie qu'elle goûtait depuis ses rudes et pénibles épreuves. Mistress Amélia ne se montra pas complètement indifférente au plaisir de s'arrêter dans les boutiques, de voir, de marchander et d'acheter de jolies choses ; il ne lui en coûtait point du tout d'obéir aux ordres de son mari, et elle se distinguait dans l'acquisition de ces objets de toilette par une finesse et une élégance toutes féminines, comme disent les marchands, suivant une habitude traditionnelle.

Quant à la guerre qu'on voyait poindre à l'horizon, mistress Osborne ne s'en tourmentait pas beaucoup. L'affaire de Bonaparte était claire, il ne pouvait manquer d'être écrasé au premier choc. Les navires de Margate transportaient chaque jour à Gand et à Bruxelles une société élégante et choisie. On avait plutôt l'air de se rendre à une partie de plaisir qu'à une guerre sérieuse. Comment le Corse pourrait-il tenir contre les armées coalisées de l'Europe et le génie de Wellington ! Amélia partageait ces sentiments ; car il est inutile de dire que cette douce et tendre créature acceptait sans contrôle les impressions de ceux qui l'environnaient. Il y avait trop d'humilité et de soumission dans cette âme pour qu'elle vînt jamais à prendre l'initiative d'une opinion personnelle. Mais revenons à notre sujet ; Amélia et sa mère passèrent une grande journée à courir les boutiques de Londres, et la jeune femme trouva à la fois grand succès et grand plaisir à ses débuts dans le monde élégant.

George, pendant ce temps, le chapeau sur l'oreille, les coudes en équerre, l'air crâne et provocateur, se dirigeait vers Bedford-Row, et s'avançait dans l'étude du notaire avec une démarche majestueuse, au milieu de tous les clercs à mine de parchemin, occupés à griffonner des mémoires indéchiffrables. Il enjoignit à l'un d'eux d'aller prévenir Mr Higgs que le capitaine Osborne était à l'attendre. Au ton protecteur et arrogant d'Osborne, on aurait pu croire que ce *pékin* de notaire, qui avait trois fois plus de cervelle que lui, cinquante fois plus d'argent et mille fois plus d'expérience, n'était qu'un pauvre hère qui, toute affaire cessante, devait se mettre à la disposition du capitaine. George ne s'aperçut pas du sourire de pitié qui passa sur les lèvres de tous ces gratteurs de papier, comme il les traitait dans son for intérieur, depuis le maître clerc jusqu'au saute-ruisseau[98]. Il s'assit, et tout en caressant avec sa canne la tige de sa botte, il daigna abaisser ses pensées sur le ramassis de pauvres diables qu'il avait devant les yeux. Ces pauvres diables étaient au courant de ses affaires, et en parlaient le soir au café tout en buvant leur bière avec des confrères. Quel secret y eut-il jamais pour un notaire ou pour ses clercs ? Rien n'échappe à cette puissance scrutatrice, mais discrète ; dans les études se règlent mystérieusement les destinées de tous les habitants de la Cité.

En entrant dans le cabinet de Mr Higgs, George s'attendait peut-être à le trouver chargé de quelque

98. Garçon de courses.

message de réconciliation de la part de son père, et peut-être avait-il pris ces allures dédaigneuses et superbes pour manifester, dans son extérieur, la résolution et la fermeté de son âme. Mais ces prétentions à l'arrogance ne rencontrèrent chez le notaire que froideur et indifférence, ce qui les rendit encore plus ridicules. Mr Higgs était occupé à écrire quand le capitaine entra.

– Ayez la bonté de vous asseoir, monsieur, lui dit-il. Je suis à vous dans une minute. Monsieur Poe, apportez-moi le dossier, s'il vous plaît.

Et il se remit à écrire.

Mr Poe ayant apporté les pièces, le patron demanda à George s'il voulait ses deux mille livres en billets payables à vue, ou bien s'il préférait qu'on lui achetât de la rente.

– Un des exécuteurs testamentaires de feu Mr Osborne est absent en ce moment, dit-il avec le ton de l'indifférence, mais mon client consent à se conformer à vos désirs pour terminer le plus tôt possible.

– Faites-moi un billet, reprit le capitaine de fort mauvaise humeur, je n'ai que faire de vos schillings et vos sous, ajouta-t-il quand l'homme de loi lui présenta le montant de la somme.

Il se flattait d'avoir, par ce trait de majestueux mépris, confondu la ridicule exactitude de ce vieil écrivassier, et il sortit du cabinet le papier dans sa poche.

– Dans deux ans ce garçon-là sera sous clef, dit Mr Higgs à Mr Poe.

– Croyez-vous donc que le père Osborne ne finisse pas par se radoucir ?

– Je me fierais plutôt à l'attendrissement d'une borne, répliqua Mr Higgs.

– Du reste, il la mène bonne et heureuse, reprit le clerc, voilà à peine une semaine qu'il est marié, et je l'ai vu l'autre jour avec d'autres individus de son régiment reconduire au sortir du théâtre mistress Highflyer à sa voiture.

Puis la conversation prit un autre cours, et mistress George Osborne s'effaça du souvenir de ces messieurs.

Le billet était tiré sur nos amis de Lombard-Street Hulker et Bullock. George jugea à propos de se diriger sur-le-champ de ce côté pendant qu'il était en train de faire ses affaires : il avait hâte de recevoir son argent. Fred Bullock, à la face bilieuse, était précisément à regarder le travail d'un de ses employés, dans le bureau où George se présenta, sa face jaune prit aussitôt une teinte livide, et il se retira comme pour cacher les remords de sa conscience dans son cabinet le plus reculé. George, tout occupé à couver des yeux son argent, ne fit aucune attention aux variations de teint et à la fuite du cadavérique adorateur de sa sœur.

Fred Bullock instruisit le soir même le vieil Osborne de la démarche de son fils.

– Il est fier comme un écu neuf, lui dit son futur gendre. Il a pris jusqu'au dernier schilling. Quelques centaines de livres n'iront pas loin avec ce garçon-là.

Le vieil Osborne attesta par le plus terrible serment qu'il se souciait peu du temps et de la manière qu'on mettrait à dépenser cet argent.

Quant à George, fort satisfait de l'emploi de sa journée, il fit promptement tous ses préparatifs de départ, et Amélia reçut, pour payer ses emplettes, des billets à vue que son mari lui remit avec une générosité de grand seigneur.

CHAPITRE XXVII
Amélia au régiment

Quand le splendide équipage de Jos s'arrêta à la porte de l'hôtel de Chatham, la première figure qu'avait aperçue Amélia avait été celle du brave capitaine Dobbin qui, depuis plus d'une heure, arpentait la rue en attendant l'arrivée de ses amis. Le capitaine, avec ses épaulettes, son uniforme, son ceinturon rouge et son sabre, avait une tournure tout à fait martiale. Jos sentit alors un certain orgueil à pouvoir parler de sa relation avec lui ; aussi mit-il dans son bonjour bien plus de cordialité qu'il lui en avait jamais témoigné à Brighton.

Le capitaine avait avec lui l'enseigne Stubble qui, en voyant descendre Amélia de voiture, ne put retenir l'exclamation suivante :

– Vrai Dieu, la jolie fille !

Osborne se rengorgea à cette approbation spontanée et la prit comme un hommage rendu à son bon goût. À vrai dire, Amélia dans sa pelisse de mariée, avec ses rubans roses, la fraîcheur que donnait à ses joues un voyage rapide et au grand air, justifiait assez, par la gentillesse et le charme de sa figure, le compliment de l'enseigne. Dobbin au fond du cœur en sut gré à son jeune camarade ; puis, comme il s'avançait pour aider la jeune femme à descendre de voiture, Stubble put voir le joli petit pied qui posa à peine sur la marche. Il devint tout rouge pendant qu'il faisait le plus profond salut à la jeune mariée.

En voyant le numéro du régiment sur le casque de l'enseigne, Amélia lui fit un petit signe de tête accompagné d'un doux sourire, ce qui acheva de le clouer sur place. À partir de ce jour, le capitaine Dobbin traita Mr Stubble de la façon la plus affectueuse, et, à la promenade comme à la caserne, il fut souvent question d'Amélia dans leurs conversations. Bientôt, parmi les jeunes et braves officiers du ***e régiment, ce fut à qui aurait le plus d'admiration et de louanges pour mistress Osborne. Ses manières simples et naturelles, son air bienveillant et modeste lui gagnèrent tous les cœurs honnêtes. Notre lecteur doit demander à son imagination plus encore qu'à nos paroles une idée de cette douceur et de cette simplicité. La simplicité, voilà un joyau inestimable pour une femme et qu'on peut reconnaître en elle, rien qu'à lui entendre dire qu'elle est engagée pour le prochain quadrille ou que la chaleur la fatigue. George, qui avait toujours eu le pompon dans son régiment, grandit encore dans l'estime de ses jeunes collègues, séduits par son désintéressement à prendre une femme sans fortune et son bon goût à la choisir si charmante.

Dans le salon commun, Amélia fut toute surprise de trouver une lettre adressée à mistress la capitaine Osborne. C'était un billet rose de forme triangulaire. Sur le cachet on voyait une colombe tenant dans son bec un rameau d'olivier ; la cire n'avait point été ménagée, et l'écriture très large et très lâche accusait une main féminine.

– Voilà qui sort du poignet de Peggy O'Dowd, dit George en riant ; je le reconnais aux bavures de la cire.

C'était bien en effet un billet de mistress la major O'Dowd, qui priait mistress Osborne de venir passer la soirée chez elle en petit comité.

– Il faut y aller, dit George à sa femme. Vous ferez connaissance avec tous les officiers de notre corps. O'Dowd commande le régiment, et Peggy commande O'Dowd.

Mais ils étaient à peine, depuis quelques minutes, en possession de la lettre de mistress O'Dowd, que la porte s'ouvrit avec fracas et qu'une bonne grosse mère, en amazone, suivie de quelques officiers du régiment, s'avança à leur rencontre.

– Me voilà ! fit-elle, car je n'ai pas pu attendre le thé. George, mon cher, présentez-moi à madame. Madame, charmée de faire la vôtre et de vous présenter mon époux, le major O'Dowd.

Après ce compliment, la joyeuse et grosse amazone s'élança au cou d'Amélia avec une effusion délirante, et celle-ci reconnut bien vite l'original dont son mari s'était si souvent amusé à lui faire la caricature.

– Vous avez dû souvent entendre parler de moi par votre cher époux, reprit cette dame avec beaucoup de vivacité.

– Vous avez dû souvent en entendre parler, répéta son mari le major avec la précision d'une serinette[99].

Amélia lui dit qu'en effet ils avaient souvent parlé d'elle avec son mari.

– Je suis sûre qu'il ne m'aura pas trop bien arrangée, répliqua mistress O'Dowd en ajoutant que George était une mauvaise langue.

– J'en répondrais, continua le major essayant de prendre un air malicieux, ce qui excita une vive hilarité de la part de George.

Mistress O'Dowd fit claquer son fouet, en intimant au major l'ordre de se tenir fixe sur toute la ligne. Puis elle demanda à George d'être présentée à mistress la capitaine Osborne, suivant toutes les règles de l'étiquette.

– Je vous présente, ma chère femme, dit George avec son plus grand sérieux, la très bonne, très aimable et très excellente amie, Aurelia Margaretta, autrement dite Peggy.

– Vous y êtes ; allez toujours, dit le major.

– Autrement dite Peggy, femme de Michel O'Dowd, major de notre régiment et fille de Fitzjurld

99. Instrument mécanique permettant d'apprendre des mélodies à des oiseaux siffleurs.

Ber'sford de Burge Malony de Glen Malony, comté de Kildare.

– Et de Muryan-Square, à Dublin, reprit la dame avec un air de majesté calme et digne.

– Et de Muryan-Square, cela va sans dire, fit tout bas le major.

– C'est là que vous m'avez fait la cour, mon cher major, reprit la dame.

Le major eut un signe de tête affirmatif pour ces dernières paroles comme pour celles qui les avaient précédées.

Le major O'Dowd avait servi son souverain dans toutes les parties du monde. Bien qu'il eût dû ses grades à quelque chose de plus honorable que des intrigues de boudoir, il était cependant le plus modeste, le plus silencieux, le plus doux et le plus paisible des hommes ; c'était un agneau que sa femme menait à sa fantaisie. Il venait en silence prendre sa place à la table des officiers, buvait beaucoup, puis, quand il était gorgé de liquides, il rentrait dans sa chambre pour y cuver son vin. S'il ouvrait la bouche, c'était toujours pour être d'accord sur n'importe quoi avec n'importe qui. Sa vie s'écoulait ainsi heureuse et égale. Le soleil brûlant de l'Inde n'avait point embrasé son sang, et la fièvre jaune n'avait point eu de prise sur cette rude écorce. Il marchait à une batterie de canons avec la même indifférence qu'il mettait à se rendre à une table servie. Son appétit ne distinguait pas entre un rôti de cheval et une soupe à la tortue. Il avait encore sa vieille mère, mistress O'Dowd de O'Dowdstown, à laquelle il n'avait jamais désobéi qu'en prenant la fuite pour s'enrôler et en s'obstinant à épouser cette gaillarde de Peggy Malony.

Peggy était une des cinq demoiselles faisant partie des onze enfants de la noble maison de Glen-Malony. Son mari, et tout à la fois son cousin, lui était parent du côté maternel, et lui devait l'inestimable avantage d'une alliance avec des Malony, dont pas une famille au monde n'égalait à ses yeux la noblesse. Après neuf saisons à Dublin et deux à Bath et à Cheltenham, sans avoir pu trouver personne qui voulût s'atteler avec elle au joug de l'hyménée, miss Malony ordonna à son cousin Mick de l'épouser ; elle marquait alors six lustres et demi sonnés. L'honnête garçon obéit et emmena sa cousine dans les Indes occidentales, où elle eut, comme doyenne d'âge, la présidence des dames du ***e régiment dans lequel O'Dowd venait de passer par mutation.

Mistress O'Dowd avait à peine passé une demi-heure avec Amélia, que celle-ci, subissant le sort commun à toutes les nouvelles connaissances de la major, dut écouter d'un bout à l'autre l'histoire de sa famille et la généalogie des Malony.

– Ma chère, disait-elle dans le laisser-aller de ses épanchements, je voulais faire de George mon beau-frère, et ma sœur Glorvina lui allait parfaitement ; mais ce qui est fait n'est plus à faire, et, puisqu'il vous a épousée, vous êtes désormais pour moi comme ma sœur. Pas vrai ? C'est maintenant comme si vous étiez de la famille. Vous avez une petite mine chiffonnée qui me plaît, et je vois d'ici que nous nous entendrons au mieux ; et nous n'aurons au régiment qu'à marquer un de plus au total.

– C'est cela, nous n'aurons qu'à marquer un de plus au total, dit O'Dowd d'un air approbateur.

Amélia, fort reconnaissante de ces bons procédés, se divertit néanmoins beaucoup d'un accueil aussi cavalier, et de cette brusque introduction au milieu de sa nouvelle et nombreuse famille.

– Ici, nous sommes tous de bons diables, continua la femme du major. Il n'y a pas un régiment au service où vous puissiez trouver plus d'unions et de concorde que dans le nôtre. Jamais de querelles, de mauvais rapports, de médisance parmi nous. Il y règne, tout au contraire, une affection réciproque à l'égard les uns des autres.

– Exemple : mistress Magenis et vous, dit George en riant.

– Mistress la capitaine Magenis et moi avons fait notre paix, et pourtant elle s'était conduite avec moi à me rendre les cheveux tout blancs et à me mettre à deux doigts du tombeau.

– Ah ! Peggy, ma chère, c'eût été dommage pour ces belles tresses noires, s'écria le major.

– Taisez votre bec, gros bêta ! Voyez-vous, ces maris, mistress Osborne, il faut toujours que ça lève la tête. Quant à Mick, je lui ai dit qu'il ne devrait jamais ouvrir la bouche que pour donner le mot d'ordre, boire et manger. Il faudra que je vous fasse connaître notre personnel ; je vous donnerai tous les renseignements dans le tête-à-tête. Présentez-moi maintenant à votre frère ; en vérité, c'est un bel homme : il me rappelle mon cousin Dan Malony, Malony de Ballymalony, ma chère ; vous savez qu'il a épousé Ophelia Scully de Oystherstown, cousine de lord Poldoody… Monsieur Sedley… charmée de faire la vôtre. Vous dînerez, je pense, avec nous ce soir à la table des officiers… Pensez au docteur, Mick, et tenez-vous bien pour ne pas vous mettre hors combat pour la réunion de ce soir.

– Nous pourrions peut-être, ma chérie, fit observer le major, avoir pour Mr Sedley un billet d'invitation à ce dîner d'adieu que nous donne le 150e.

– Vite, Simple… L'enseigne Simple de notre régiment ; ma chère Amélia, j'avais oublié de vous le présenter… Courez en toute hâte : vous offrirez au colonel Tavish les compliments de mistress la major O'Dowd, et vous lui direz que le capitaine Osborne a amené avec lui son beau-frère, et que nous le lui conduirons dans la salle du banquet, à cinq heures sonnant. Voulez-vous, ma chère, venir prendre avec moi quelque chose pour tromper la faim jusque-là ? Allons, pas de cérémonie, je vous prie.

Tandis que mistress O'Dowd continuait sa litanie, le jeune enseigne, déjà au bas de l'escalier, courait s'acquitter de sa commission. L'obéissance est l'âme du soldat !

– Emmy, dit le capitaine George, nous allons à notre service. Pendant ce temps, mistress O'Dowd voudra bien procéder à votre éducation militaire.

Les deux capitaines prirent chacun un bras du major, et se firent l'un à l'autre, par-dessus sa tête, une grimace d'intelligence. Une fois en possession de sa nouvelle amie, mistress O'Dowd l'accabla d'une avalanche de renseignements, à laquelle ne pouvait résister la mémoire de la pauvre petite patiente. Amélia fut initiée à toute l'histoire secrète de la nombreuse famille dans les rangs de laquelle la jeune dame s'étonnait d'être encore si vite entrée.

– Mistress Heavytop, la femme du colonel, était morte à la Jamaïque, d'une passion malheureuse, fortement compliquée de fièvre jaune. Quant à ce vieux monstre de colonel, auquel on ne voyait pas plus de cheveux sur la tête qu'il n'y en a sur un boulet de canon, il avait conté fleurette à une fille métisse de la localité. Mistress Magenis, à laquelle manquaient les premiers rudiments de l'éducation, était au demeurant une brave femme ; mais elle avait une langue infernale, et aurait trompé sa propre mère au whist. Mistress la capitaine Kirk ne manquait pas de lever au ciel ses grands yeux de homard effarouché dès qu'on parlait de faire le plus innocent loto. Et pourtant, continuait la major, mon père, l'homme le plus pieux qui soit entré dans une église, le doyen Malony, mon oncle et notre cousin l'évêque, font tous les soirs, en parfaite tranquillité de conscience, leur partie de mouche ou de whist.

Du reste, aucune de ces dames n'accompagne le régiment, reprit mistress O'Dowd. Fanny Magenis reste avec sa mère, marchande, comme vous savez, de charbon et de pommes de terre à Islington-Town, tout près de Londres. Aussi la fille est-elle toujours à nous parler des navires de son père et à nous appeler pour nous les faire voir quand ils montent la rivière. Mistress Kirk et ses enfants resteront ici, à Bethesda-Place, pour être plus à portée de leur prédicateur favori, le docteur Ramshorn… Mistress Bunny est dans une situation intéressante, mais c'est pour elle un état normal : voilà le huitième qu'elle va donner au lieutenant… La femme de l'enseigne Posky, qui nous est arrivée deux mois avant vous, ma chère, s'est déjà querellée plus de vingt fois avec Tom Posky. On entend leur vacarme de toute la caserne. D'après le bruit qui court, ils en seraient déjà à se jeter les plats à la tête. Tom n'a point voulu s'expliquer la semaine dernière sur son œil au beurre noir. Quant à madame, elle va retourner chez sa mère, qui tient une pension de demoiselles à Richemond. Pour en venir là, elle eût aussi bien fait de se tenir tranquille au lieu de se laisser enlever !… Où avez-vous étudié, ma chère ? Moi, j'ai été élevée chez mistress Flanagan, à Ilyssus-Grove, près de Dublin, et la pension y coûtait son prix. Rien qu'une marquise pour nous donner la prononciation de Paris, et un major général retiré du service pour nous faire marcher au pas.

Amélia n'en revenait pas de ces singulières communications et de ces titres de parenté qui, sans plus de cérémonie, lui donnaient mistress O'Dowd pour sœur aînée. On la présenta le soir même au reste de sa famille improvisée. Comme elle était timide et aimable, sans être assez jolie pour donner de l'ombrage aux autres femmes, la première impression fut en sa faveur. Mais les officiers du 150e étant survenus et l'ayant jugée digne de leur attention particulière, toutes ses sœurs se mirent bien vite à lui trouver des défauts.

– Osborne en a donc fini avec ses folles dépenses, dit mistress Magenis à mistress Bunny.

– Si dans un débauché converti on peut tailler un bon mari, il y a des chances pour que George devienne le modèle du genre, fit observer mistress O'Dowd à mistress Posky, jusqu'alors la plus jeune mariée du régiment, et furieuse par suite contre la nouvelle venue qui lui prenait sa place.

Quant à mistress Kirk, l'assistante du docteur Ramshorn, elle posa à mistress Osborne deux ou trois questions de principe sur le dogme, pour voir si c'était une brebis marquée au sceau de l'élection. À la simplicité des réponses de la jeune femme, elle décida que cette âme errait encore dans les plus épaisses ténèbres. Pour la rapprocher le plus possible de la lumière, elle lui remit trois excellents petits livres illustrés, à savoir : *Désert hurlant*, *La Blanchisseuse de Wandworth*, *Le Livre du soldat britannique*.

Désireuse de la tirer de ce chaos d'ignorance avant que le sommeil fût venu fermer ses yeux, mistress Kirk pressa Amélia de lui promettre de ne pas se coucher avant d'avoir lu ces petits manuels.

Les hommes, étrangers à tous ces petits manèges, firent cercle autour de la charmante femme de leur camarade et épuisèrent en son honneur tout le répertoire de la galanterie militaire. Ce fut une véritable ovation, qui ranima le courage d'Amélia et rendit à ses yeux tout leur éclat. George se sentait fier des succès de sa femme et surtout du mélange de grâce et de timidité avec lequel elle recevait les hommages de ses jeunes adorateurs et répondait à leurs compliments. Quant à lui, sous son brillant uniforme, il éclipsait tous les autres officiers et tenait un regard d'affectueuse tendresse sans cesse attaché sur sa femme. Ce soir-là, Amélia fut bien heureuse, et son pauvre petit cœur en bondissait de joie.

– Je veux être aimable pour tous ses amis, disait-elle en elle-même. Il suffit qu'ils soient ceux de George pour devenir les miens, je m'efforcerai de lui faire trouver la joie et la gaieté dans son intérieur pour le lui faire chérir davantage.

L'entrée d'Amélia au régiment se fit donc par acclamations ; les capitaines la trouvaient charmante, les lieutenants chantaient ses louanges, et les enseignes lui auraient brûlé de l'encens. Le chirurgien-major, le vieux Cutler, risqua deux ou trois plaisanteries qui sentent trop l'anatomie pour trouver place ici. Cackle, son aide, qui avait pris ses grades à l'université d'Édimbourg, daigna causer avec elle littérature et lui adresser quelques citations françaises, enfin, Stubble allait de l'un à l'autre glisser à l'oreille de chacun :

– Hein ! n'est-ce pas qu'elle est jolie ?

Le vin chaud eut seul le pouvoir de le détourner de sa contemplation. Quant au capitaine Dobbin, il ne dit mot à Amélia de toute la soirée, mais il reconduisit Jos à son hôtel, assisté du capitaine Porter. Le pauvre garçon avait la démarche fort vacillante. Le récit de ses chasses au tigre avait eu un succès fou d'abord à table auprès des officiers, puis, le soir, sur mistress O'Dowd, qui se prélassait à l'ombre de son turban à l'oiseau de Paradis. Dobbin remit l'ex-receveur aux mains de son domestique et resta à se promener et à fumer son cigare sur le devant de l'hôtel. George, au moment de partir de chez mistress O'Dowd, avait soigneusement enveloppé sa femme dans son châle, et celle-ci donna à la ronde une poignée de main à tous les officiers qui l'accompagnèrent jusqu'à sa voiture, et la suivirent encore de leurs bruyantes acclamations. Amélia, pour descendre de voiture, s'appuya sur la main de Dobbin et le gronda, en souriant, de ne s'être pas approché d'elle de toute la soirée.

Le capitaine fumait encore son cigare que déjà, depuis longtemps, tout dormait dans l'hôtel et dans la rue. Il avait regardé la lumière disparaître du salon de George, puis briller ensuite et s'éteindre dans la chambre à coucher.

Il rentra dans ses quartiers aux clartés incertaines d'un jour qui commençait à poindre. Déjà un sourd murmure de cris et de manœuvres s'élevait du côté de la rivière : c'étaient les bâtiments de transport qui recevaient leurs nombreux passagers pour les porter sur le continent, bien loin des rives de la Tamise.

CHAPITRE XXVIII
Amélia arrive en Belgique

Officiers et soldats dans le ***e devaient prendre passage sur les navires équipés à cet effet par le gouvernement. Le surlendemain du thé de mistress O'Dowd, au milieu des bruyantes clameurs des matelots et des troupes, des fanfares de la musique répétant l'air national du *God save the king*, des officiers qui agitaient leurs chapeaux, enfin des hourras de la flotte entière, le convoi descendit lentement sur le fleuve et appareilla pour Ostende.

Jos, toujours galant, avait consenti à servir d'escorte à sa sœur, et à la femme du major, dont les malles immenses, y compris le fameux oiseau de paradis, étaient parties avec les bagages du régiment. Nos deux héroïnes, après s'être rendues en voiture à Ramsgate sans le plus mince paquet, s'embarquèrent pour Ostende, au milieu de la cohue des passagers qui se pressaient en foule pour cette destination.

Cette période de la vie de Jos à laquelle nous allons assister, est si remplie d'incidents du genre le plus dramatique, qu'elle lui fournit pendant longtemps des sujets de conversation aussi neuve qu'animée et fit même beaucoup tort à la chasse au tigre, remplacée désormais par les récits les plus émouvants de l'héroïque campagne de Waterloo.

Dès qu'il eut prix le grand parti d'accompagner les dames, il cessa de se raser la lèvre supérieure. À Chatham, il assistait avec la plus invariable exactitude aux revues et aux exercices. Il prêtait une oreille attentive aux conversations de *ses confrères les officiers*, comme il se plaisait à les appeler, et il faisait tout son possible pour retenir les expressions techniques du métier. L'excellente mistress O'Dowd l'aidait beaucoup dans cette étude en lui prêtant le secours de ses lumières.

Le jour de l'embarquement à bord de *La Belle-Rose*, il arriva pour le départ avec un habit à brandebourgs, un pantalon d'ordonnance et un immense chapeau étincelant sous ses galons d'or. Il disait d'un air de mystère à qui voulait l'entendre qu'il allait rejoindre l'armée du duc de Wellington, et comme il avait sa voiture avec lui, on le prenait pour quelque grand personnage, pour un commissaire général ou tout au moins pour un courrier du gouvernement.

Son cœur eut horriblement à souffrir du voyage ; les dames éprouvèrent aussi un état de malaise pitoyable. Mais Amélia sentit la vie renaître en elle quand le navire entra dans le port d'Ostende : c'est qu'elle voyait le bâtiment sur lequel se trouvait le régiment de son mari. Jos alla tout droit à l'hôtel, le cœur encore mal à sa place ; et le capitaine Dobbin, après avoir escorté les dames, s'occupa de réclamer au navire, puis à la douane, la voiture et les effets de Mr Jos, car Mr Jos se trouvait alors sans valet. Le sien, d'accord avec celui de Mr Osborne, avait refusé catégoriquement de se livrer aux flots trompeurs d'Amphytrite[100]. Cette conspiration, ayant éclaté au dernier moment, avait jeté la consternation dans l'âme de Mr Jos Sedley, et il s'en fallut de bien peu qu'il ne laissât le convoi partir tout seul. Mais les railleries du capitaine Dobbin triomphèrent de ses hésitations. Ses moustaches avaient d'ailleurs atteint toute leur croissance ; ce dernier motif acheva ce qu'avait commencé l'éloquence de Dobbin, et Jos s'embarqua.

Dobbin, pour récompenser Jos d'avoir obtempéré à sa demande, se mit en quête d'un domestique et lui amena un petit Belge olivâtre qui ne parlait aucun idiome connu, mais qui, par son air affairé et sa ponctualité à n'appeler Mr Sedley que milord, se concilia promptement les bonnes grâces de notre ami.

Ostende a bien changé de physionomie ; parmi les Anglais qui y vont, très peu ressemblent à des seigneurs, et ceux qu'on y rencontre ne trahissent guère une origine aristocratique. La plupart du

100. Dans la mythologie grecque, Amphitrite est l'épouse de Poséidon et la personnification féminine de la mer.

temps, ce sont des gens mal vêtus, en linge sale, qui sentent l'eau-de-vie et le tabac, et vont jouer aux cartes ou pousser les billes dans des estaminets enfumés.

Un ordre du duc de Wellington obligeait alors chacun dans l'armée à payer rigoureusement sa dépense. Pour un peuple de marchands, c'est un de ces souvenirs qui ne saurait s'effacer de la mémoire. Être envahi par une armée de pratiques qui payent bien, avoir à nourrir des héros parfaitement solvables, que peut désirer de plus un pays industriel ?

La Belgique n'est pas du reste, par elle-même, fort belliqueuse, car son histoire atteste, depuis des siècles, qu'elle se contente de fournir un champ de bataille aux autres nations.

Ce riche et florissant royaume présentait aux premiers jours de l'été de 1815, un air de bien-être et d'opulence qui rappelait les plus beaux temps de son passé. Ses vastes campagnes et ses paisibles cités s'animaient de la présence de nos beaux uniformes rouges ; ses magnifiques promenades étaient sillonnées en tous sens par de fringants équipages, par de brillantes cavalcades ; ses rivières côtoyant de riches pâturages, d'antiques et pittoresques hameaux, de vieux châteaux cachés sous d'épais ombrages, promenaient doucement sur leurs ondes la foule indolente des touristes anglais ; le soldat buvait à l'auberge du village et, chose plus rare, payait libéralement sa dépense ;

le Highlander[101], logé dans les fermes flamandes, berçait le nouveau-né, tandis que Jean et Jeannette allaient rentrer les fourrages. Un pinceau délicat trouverait là un charmant sujet comme épisode de la guerre à cette époque. On eût dit les préparatifs d'une revue inoffensive et brillante. Cependant Napoléon, abrité par une ceinture de forteresses, se préparait, lui aussi, à envahir ce pays.

Le général en chef de l'armée anglaise, le duc de Wellington, avait su inspirer à tous ses soldats une foi comparable seulement à l'enthousiasme fanatique des Français pour Napoléon. Ses dispositions pour la défense étaient si bien combinées, ses renforts, en cas de besoin, étaient si proches et si nombreux, que la crainte était bannie de tous les cœurs, et que nos voyageurs, parmi lesquels s'en trouvaient deux d'une timidité excessive, partageaient néanmoins la sécurité générale.

Le régiment parmi les officiers duquel sont nos amis allait être transporté par eau jusqu'à Bruges et Gand et marcher ensuite de là sur Bruxelles. Jos accompagnait les dames, qui prirent passage sur les bateaux publics, dont le luxe et l'aménagement ont droit à quelque place dans le souvenir des vieux touristes de Flandres. Ces lents mais commodes véhicules s'étaient fait, pour la bonne chère, une réputation parfaitement justifiée et à laquelle se rattache la tradition suivante : Un voyageur anglais,

101. Soldat d'un régiment écossais.

qui était venu en Belgique avec l'intention d'y passer seulement une semaine, étant monté à bord de l'un de ces navires, se trouva si bien de la cuisine, qu'une fois arrivé à Gand, il repartit pour Bruges, et recommença le même voyage. Enfin les chemins de fer furent inventés. Alors, de désespoir, notre homme se noya dans le fleuve au moment où le dernier navire qui faisait le dernier voyage touchait à sa destination.

Jos ne devait point en venir à cette extrémité, mais il fit largement honneur à la table servie devant lui. Mistress O'Dowd affirmait que, pour compléter son bonheur, il ne lui manquait plus que d'épouser sa sœur Glorvina. Toute la journée se passa pour lui à boire sur le pont de la bière flamande, à tempêter contre Isidore, son nouveau domestique, et à faire le galant auprès des dames.

Son courage était monté à un diapason des plus élevés.

– Que le Corse vienne donc nous attaquer ! s'écriait-il. Emmy ! ma chère âme, si je tremble, ce n'est que pour lui. Dans deux mois, morbleu ! les alliés seront à Paris, et je vous payerai à dîner au Palais-Royal. Trois cent mille Russes, entendez-vous ? vont entrer en France par Mayence et le Rhin ; trois cent mille, ma chère sœur, sous les ordres de Wittgenstein et de Barclay de Tolly. Vous n'êtes pas au fait de la stratégie militaire, chère petite ; mais en connaissance de cause, je puis vous dire qu'il n'y a pas d'infanterie en France capable de tenir tête à l'infanterie russe. Le Corse a-t-il un général en état de moucher la chandelle à Wittgenstein ? Viennent ensuite les Autrichiens, au nombre de cinq cent mille, aussi vrai que me voilà. Avant dix jours, vous les verrez à la frontière de France, sous les ordres de Schwartzemberg et du prince Charles. Et puis les Prussiens, les Prussiens, entendez-vous ? commandés par le brave général Blücher. Maintenant que Murat n'y est plus, trouvez-moi un général de cavalerie à comparer à celui-là. N'est-ce pas, mistress O'Dowd, que votre jeune amie aurait tort de se tourmenter ? Allons, Isidore, ne tremblez pas ainsi ; vite, monsieur, versez-moi de la bière.

Mistress O'Dowd, pour toute réponse, insista sur le courage de Glorvina. C'était une femme à ne pas reculer devant homme qui vive, et encore moins devant un Français. Après cet éloge, elle avala un verre de bière, et, par une grimace de satisfaction, témoigna de ses sympathies pour ce genre de liquide.

De fréquentes escarmouches avec l'ennemi, c'est-à-dire avec le beau sexe de Cheltenham et de Bath, avaient fini par ôter beaucoup à l'ancienne timidité de notre ami, l'ex-receveur de Boggley-Wollah. Dans cette circonstance, enhardi par les fumées pétillantes de la bière, il se sentait plus que jamais des dispositions à la faconde. Au régiment, on était enchanté de lui ; les jeunes officiers lui savaient gré des splendides festins qu'il leur offrait et des occasions de rire qu'il leur procurait par ses allures martiales. Dans l'armée, les régiments adoptent tous, plus ou moins, un animal favori qui les suit dans leurs pérégrinations. George, par allusion à son beau-frère, disait que son régiment avait choisi un éléphant.

George commençait à rougir un peu de la société à laquelle il s'était vu forcé de présenter sa femme, et faisait part à Dobbin, à la grande satisfaction de ce dernier, de ses intentions de passer le plus tôt possible dans un autre corps, pour épargner à Amélia le contact d'un entourage aussi vulgaire. Quant à mistress Osborne, son caractère simple, sa nature franche et ouverte la rendaient exempte de ces délicatesses exagérées que son mari prenait pour une preuve de bon goût.

Parce que mistress O'Dowd avait une poignée de plumes de coq sur son chapeau, parce qu'elle laissait ballotter sur sa poitrine une grosse montre à répétition et la faisait sonner à tout propos ; parce qu'elle racontait comment son père lui avait donné la susdite bassinoire le jour de son mariage, au moment où elle mettait le pied dans la voiture, et ajoutait mille autres petits détails non moins intéressants, le délicat Osborne n'en pouvait plus ; il souffrait intérieurement de voir sa femme en si fâcheux voisinage. Amélia, au contraire, riait des excentricités de l'honnête commère, sans rougir le moins du monde de la société où le sort l'avait jetée.

En dépit des susceptibilités de George, il était impossible de trouver une compagne de route plus divertissante que mistress la major O'Dowd. Sa conversation se distinguait par le pittoresque et l'imprévu.

– En fait de bateaux de rivière, ne me parlez, ma toute belle, que de ceux de Dublin à Ballinasloe ; voilà ce qui s'appelle voyager rapidement ! Et puis, comme elle est belle la viande qu'on a par-là ! Savez-vous que mon père a obtenu la médaille d'or à l'un des concours ? Son Excellence elle-même a voulu manger une tranche du bœuf qui a remporté le prix, et elle a dit que jamais sa dent n'avait broyé un morceau si délicat. C'était une bête de quatre ans. Voyez si vous pourrez me trouver son pareil dans ce pays-ci.

Jos déclara avec un soupir que l'Angleterre seule produisait de la bonne viande de boucherie, tenant un juste milieu entre le gras et le maigre.

– Ah ! l'Irlande mérite bien qu'on fasse exception en sa faveur, dit la dame du major, fort disposée, suivant l'usage de ses compatriotes, à établir en toute rencontre la supériorité de son pays. Quant à l'idée de comparer le marché de Bruges à ceux de Dublin, elle n'y voyait qu'une folle et ridicule prétention qui lui faisait hausser les épaules.

Les rues, les places, les jardins publics étaient remplis de soldats anglais. Le matin, on s'éveillait aux notes sonores des clairons ; le soir, on rentrait chez soi au bruit du fifre et du tambour. Ce pays, l'Europe entière ressemblaient alors à un camp, et l'histoire préparait ses tablettes dans l'attente de grands événements. L'honnête Peggy O'Dowd continuait à discourir avec un aplomb imperturbable des chevaux et des étables de Glen-Malony et des vins qu'on y buvait ; Jos Sedley faisait de graves dissertations sur le riz et le curry qu'on mangeait à Dumdum ; Amélia pensait à son mari et à la meilleure manière de lui témoigner son amour. Comme si la réflexion n'avait pas eu alors à s'exercer sur de plus graves sujets !

Chacun, dans ce tourbillon joyeux, dont le centre était à Bruxelles, se laissait entraîner à la poursuite des plaisirs ou par le cours de ses pensées intimes. Il semblait qu'on ne voulût point voir l'avenir avec ses menaces, apercevoir l'ennemi qu'on avait devant soi.

Le régiment avait été désigné pour prendre ses quartiers à Bruxelles, et nos voyageurs se trouvèrent ainsi avoir pour résidence une des plus aimables et des plus brillantes capitales de l'Europe. Partout des salons ouverts au jeu et à la danse ; partout des festins dignes de chatouiller le palais vorace de Mr Jos. Quoi encore ? un théâtre où un rossignol, sous des traits de femme, charmait un auditoire d'élite ; des promenades fraîches et ombreuses, toutes chamarrées de brillants uniformes. Enfin, une ville antique, curieuse par ses bizarres costumes, ses admirables monuments. Il y avait bien là de quoi faire ouvrir les yeux à la petite Amélia qui n'était jamais sortie de son île, et lui causer à chaque pas de délicieuses surprises.

Au milieu des jouissances les plus pures, ce jeune ménage goûta pendant quinze jours encore les douceurs trop fugitives de la lune de miel. George était descendu dans un magnifique hôtel dont il supportait la dépense de moitié avec Jos ; George, toujours prodigue de son argent, redoublait de petits soins et de prévenances pour sa femme. Mistress Amélia dut alors se trouver plus heureuse qu'aucune des jeunes mariées de l'Angleterre.

Chaque jour de nouveaux plaisirs, de nouveaux divertissements : la variété prévenait le dégoût ; tantôt c'était une église à visiter ; dans le jour on faisait une excursion pour aller voir une galerie de tableaux ; tantôt on parcourait les environs, et le soir on allait à l'Opéra. Les concerts militaires se succédaient au parc, où l'on se coudoyait avec les plus hauts personnages de l'Angleterre ; on aurait dit une fête militaire en permanence. Chaque soir, George conduisait sa femme au restaurant et de là dans quelque lieu de plaisir, et, ravi de lui-même, il s'empressait de se décerner des éloges sur sa vocation matrimoniale. Être sans cesse avec George, être la compagne préférée de ses plaisirs, c'était assez pour rendre bien heureuse la timide et aimante Amélia. Sa reconnaissance pour son mari éclatait à chaque ligne dans les lettres qu'elle écrivait alors à sa mère. Son mari voulait lui voir colliers, dentelles, bijoux de toute espèce. C'était, sans aucun doute, le modèle, le phénix des maris.

George éprouvait un vif sentiment de plaisir à côtoyer dans les lieux publics cette foule nombreuse de lords et de ladies, d'élégants et de hauts personnages dont les flots pressés envahissaient Bruxelles de toutes parts. Dans cette course au plaisir, on avait mis de côté cette froide étiquette, cette impertinence polie qui est assez souvent le caractère distinctif des grands seigneurs dans les murs de leur hôtel : sur la place publique, l'égalité reprend tout son empire. Comment s'assurer que le voisin qui vous pousse a bien le droit de vous coudoyer ? Le plus simple est de prendre son parti de bon cœur et de se fondre dans la nuance générale.

Dans une soirée donnée par un officier supérieur, George obtint une contredanse de lady Blanche Thistlewood, fille de lord Bareacres. Tout fier d'un pareil honneur, il se montra fort empressé à procurer des glaces et des rafraîchissements aux deux nobles dames ; il ne voulut laisser à personne d'autre le soin de faire avancer la voiture de lady Bareacres ; sa bouche n'était pas assez grande pour parler de la comtesse, et le ton emphatique de son père, en pareille circonstance, n'était rien auprès du sien. Le lendemain, il fit visite à ces dames, caracola au parc à côté de leur voiture et les invita à un grand dîner chez le restaurateur.

La joie lui fit presque perdre la raison lorsqu'il les entendit accepter son invitation. Le vieux Bareacres était trop peu fier et beaucoup trop affamé pour ne pas aller dîner partout.

– J'espère au moins que nous serons les seules femmes à ce dîner, dit lady Bareacres en réfléchissant à cette invitation faite et acceptée avec la même étourderie.

– Grands dieux ! maman, croyez-vous donc qu'il nous amène sa femme ? fit lady Blanche qui, la nuit précédente, s'abandonnait dans les bras de George aux voluptueux vertiges de la valse. Passe encore pour le mari ; mais la femme !

– Sa femme ? Il vient de l'épouser ; une charmante femme, ma foi, à ce que j'ai entendu dire, reprit le vieux comte.

– Allons, ma chère Blanche, dit la mère, si ton père y va, nous pouvons bien le suivre ; et d'ailleurs, une fois en Angleterre, nous n'aurons qu'à ne plus les voir, entends-tu, mon enfant ?

Cette résolution une fois prise, ces grands personnages acceptèrent sans difficulté le dîner que George leur offrait à Bruxelles, et daignèrent lui laisser payer la carte. Toutefois, pour ne pas compromettre leur dignité, ils eurent soin de tenir sa femme à distance, et ne lui permirent point de se mêler à la conversation. Les dames anglaises du grand ton excellent à ravir à se donner ces airs de supériorité dédaigneuse.

Cette fête coûta fort cher à la bourse de George, et fut pour la pauvre Amélia une des plus tristes soirées de sa lune de miel. Dans les confidences écrites à sa mère, elle raconta les moments les plus lamentables de la fête : comment la comtesse de

Bareacres avait affecté de ne point lui répondre pendant tout le dîner ; comment lady Blanche la regardait avec son lorgnon, et quelle avait été la fureur de Dobbin contre ces airs de morgue et les exclamations de milord qui, en quittant la table, avait demandé à voir la carte et s'était écrié que c'était à la fois horriblement mauvais et horriblement cher. Mais, malgré les plaintes d'Amélia sur la grossièreté de ses convives et sa fâcheuse soirée, la vieille mistress Sedley n'en fut pas moins ravie d'avoir à prononcer le nom de la nouvelle amie de sa fille, la comtesse de Bareacres, et elle le fit même avec un zèle si persévérant que le vieil Osborne finit par savoir que son fils recevait à sa table des pairs et des pairesses.

Ceux qui connaissent le général Tufto d'aujourd'hui, tel qu'on peut le voir par un beau jour, se pavaner dans Pall-Mall, la poitrine garnie de ouate, la taille serrée dans son corset, le jarret finement dessiné dans ses bottes à hautes tiges, le torse cambré quoique décrépit, avec un regard provocateur pour le beau sexe, ou bien encore sur sa jument bai, tout pimpant et à la dernière mode, auraient peine à reconnaître dans ce sir George Tufto d'aujourd'hui le vaillant officier des guerres de la Péninsule et de la journée de Waterloo. Il porte maintenant des cheveux bruns, épais et frisés, des sourcils noirs et des moustaches du rouge le plus éclatant.

En 1815, ses cheveux, de couleur claire, étaient fort rares sur sa tête ; il avait la taille plus ronde, et les mollets surtout, mieux nourris ; mais tout passe, les mollets comme la gloire du monde. À soixante-dix ans, il en a maintenant quatre-vingts, ses cheveux, fort clairsemés et presque blancs, devinrent, comme par enchantement, épais, bruns et frisés ; ses favoris et ses sourcils prirent la couleur rutilante qu'ils n'ont plus quittée depuis lors. De mauvaises langues cherchent bien à accréditer le bruit qu'il a un estomac de laine, et que si ses cheveux n'ont jamais besoin des ciseaux du coiffeur, c'est qu'ils n'ont point encore pris racine. Tom Tufto vous dira encore que Mademoiselle de Jaisey, actrice du Théâtre-Français à Londres, envoyait, avec deux doigts, promener sur le parquet, tous les cheveux de son grand-papa ; mais Tom est un enfant terrible, et, d'ailleurs, la perruque du général n'entre pour rien dans cette histoire.

Nos amis du ***ᵉ, après avoir visité l'hôtel de ville de Bruxelles, que mistress la major O'Dowd ne trouvait pas, à beaucoup près, aussi grand et aussi beau que la maison de son père à Glen-Malony, étaient à se promener sur le marché aux fleurs, lorsqu'ils aperçurent un officier à cheval, suivi d'un ordonnance, qui se dirigeait de ce côté. Après avoir quitté sa monture, l'officier s'avança au milieu des fleurs, et choisit un des plus beaux et des plus gros bouquets ; puis monta à cheval, après avoir fait soigneusement envelopper cette magnifique botte de fleurs, et l'avoir remise à son ordonnance, qui le reçut tout en grommelant, tandis que son chef repartait avec un air fort content de lui et de son emplette.

– Je voudrais vous faire voir nos fleurs de Glen-Malony, glissa en passant mistress O'Dowd. Mon père a trois jardiniers et neuf aides. Il y a chez lui un arpent tout couvert de serres chaudes, et les ananas y sont aussi communs que les poires à Londres dans la saison. Nos treilles portent des grappes du poids de six livres, et sur mon honneur et ma conscience, je puis vous dire que nous avons des magnolias bien grands, ma foi, comme des chaudrons.

Dobbin ne trouvant aucun plaisir aux ridicules tirades de mistress O'Dowd, s'était écarté du reste de la bande, ayant peine à contenir son hilarité. Enfin, lorsqu'il fut à une distance convenable, il lui donna un libre cours, à la grande surprise des passants.

– Eh bien ! où est-il donc, notre grand flandrin de capitaine, s'écria mistress la major O'Dowd en regardant autour d'elle, est-ce qu'il saigne encore du nez ? Il dit toujours qu'il saigne du nez ; il finira par avoir cet organe totalement dépourvu de sang… N'est-ce pas, O'Dowd, que les magnolias de Glen-Malony sont bien aussi larges que des chaudrons ?

– Oh ! certainement, Peggy, et même plus larges, reprit le major toujours prêt à certifier les assertions de sa femme.

Cette charmante conversation fut interrompue par l'arrivée de l'officier, qui a fait son apparition quelques lignes plus haut.

– Le beau cheval ! dit George. Qui est-ce qui le monte ?

– Que serait-ce, si vous voyiez la bête de mon frère Molloy Malony, qui a gagné une coupe ciselée à Curragh, s'écria la femme du major, reprenant son histoire de famille à un autre chapitre.

Son mari l'arrêta tout court.

– Je ne me trompe pas, dit-il, c'est le général Tufto qui commande la ***e division de cavalerie. Puis il ajouta tranquillement : nous avons, lui et moi, reçu un coup de feu à la même jambe au siège de Talavera.

– C'est ce qui vous a fait marcher, dit George en riant. Le général Tufto ! ajouta-t-il ensuite en se tournant vers Amélia, ma chère, les Crawley ne doivent pas être loin.

Amélia sentit un vertige et manqua se trouver mal sans savoir pourquoi. Le soleil lui parut moins brillant, la ville moins curieuse et moins pittoresque. Et cependant le ciel était illuminé par les derniers feux au couchant, et il faisait une des plus belles journées de la fin de mai.

CHAPITRE XXIX
Bruxelles

Mr Jos avait loué une paire de chevaux pour mettre à sa voiture découverte, et avec cet attelage et son luxueux carrosse de Londres, il faisait une assez passable figure dans les promenades qui entourent Bruxelles. George s'était procuré un cheval de selle, et en compagnie de Dobbin il caracolait autour de la voiture où Jos et sa sœur allaient faire leur tournée quotidienne. Dans une de leurs excursions au parc, théâtre ordinaire de leurs promenades, ils purent s'assurer de la justesse des conjectures de George sur l'arrivée de Rawdon Crawley et de sa femme. En effet, au milieu d'un groupe de cavaliers, composé des personnes les plus considérables de Bruxelles, ils virent Rebecca bien serrée, bien coquette dans son costume d'amazone, galopant sur un joli cheval arabe, qu'elle manœuvrait à la perfection. Ses talents d'écuyère dataient de Crawley-la-Reine, où le baronnet MM. Pitt et Rawdon lui avaient donné plus d'une leçon. À ses côtés se trouvait le galant général Tufto.

– En vérité, c'est le duc lui-même, criait à Jos mistress la major O'Dowd, tandis que la rougeur commençait à monter au visage de celui-ci. Oui, voilà lord Uxbridge sur le cheval bai ; quelle tournure élégante ! il ressemble à mon frère Molloy Malony comme deux gouttes d'eau.

Rebecca n'avait pas d'abord remarqué la voiture, mais en reconnaissant son ancienne amie parmi les personnes qui s'y trouvaient, elle lui adressa un gracieux sourire et lui fit un salut de la main. Puis elle se tourna vers le général Tufto, qui lui demandait quel était ce gros officier en chapeau tout galonné d'or.

– C'est, répondit Beck, un officier au service de la Compagnie des Indes orientales.

Rawdon Crawley, se détachant alors de la cavalcade, se dirigea vers Amélia pour lui donner une amicale poignée de main et demander de ses nouvelles ; puis ses regards se fixèrent sur mistress la major O'Dowd et ses plumes de coq noires avec une attention imperturbable, que la grosse mère s'empressa d'attribuer à la puissance de ses charmes vainqueurs.

George, qui se trouvait quelques pas en arrière, accourut presque aussitôt, accompagné de Dobbin ; tous deux ôtèrent leurs chapeaux aux augustes personnages, dans les rangs desquels Osborne distingua mistress Crawley. Il était singulièrement flatté de voir Rawdon, accoudé sur la portière, causer sans façon avec Amélia, et il répondit par les protestations les plus obséquieuses aux cordiales avances de l'aide de camp. Les saluts échangés entre Rawdon et Dobbin restèrent tout juste dans les limites de la plus stricte politesse.

Crawley engagea Osborne à venir le voir à l'hôtel du Parc, où il était descendu avec le général Tufto, et George réclama de son ami un pareil engagement.

– Que je suis donc fâché de ne vous avoir pas rencontré trois jours plus tôt, dit George à Rawdon, je vous aurais enlevé pour un dîner que j'ai donné chez le restaurateur. C'était fort bien servi. Lord Bareacres, la comtesse et lady Blanche ont bien voulu nous faire l'amitié d'accepter notre invitation. Nous aurions été charmés de vous avoir aussi pour convives.

Après avoir donné cette petite satisfaction à son amour-propre et à ses prétentions d'homme à la mode, Osborne laissa Rawdon rejoindre l'auguste cavalcade, qui s'enfonça au galop dans une allée détournée. George et Dobbin reprirent leur place des deux côtés de la portière, et la voiture continua sa promenade.

– Que ce duc a bon air à cheval, observa mistress O'Dowd ; les Wellesley et les Malonys sont parents. Mais, dans ma position, j'attendrai pour me présenter à Sa Grâce, qu'elle se souvienne la première de nos liens de famille.

– C'est un fameux capitaine, dit Jos, qui avait retrouvé toute sa langue depuis que le héros n'était plus devant ses yeux. Trouvez-moi une victoire à comparer à celle de Salamanque ? Qu'en dites-vous, Dobbin ? Eh bien, savez-vous où il a puisé toutes ses connaissances stratégiques ? Dans l'Inde, mon cher, dans l'Inde, mettez-vous bien dans la tête que, pour former un bon général, il n'y a rien de tel que les *jungles*. Moi aussi je le connais, mistress O'Dowd ; nous avons tous deux dansé le même soir avec miss Cutler, la fille de Cutler de l'artillerie, un beau brin de fille, morbleu ! C'était dans le bon temps, à Dumdum.

Cette rencontre avec de si illustres personnages fit les frais de la conversation pendant le reste de la promenade, au dîner et jusqu'au départ pour l'Opéra.

Ce soir-là, au théâtre, on eût pu se croire, pour un moment, transporté dans les murs de la vieille Albion. La salle était garnie de figures anglaises, et un air d'intimité régnait parmi l'assistance ; les loges resplendissaient de ces merveilleuses toilettes qui portèrent à un si haut degré la réputation des femmes anglaises.

Mistress O'Dowd n'était pas moins remarquable dans sa mise. Sur son front s'avançait une rangée de boucles surmontées d'un diadème en cailloux d'Irlande, qui éclipsaient, à son avis, les parures de toutes ses rivales. Sa présence mettait Osborne au supplice. Mais bon gré mal gré, elle s'inscrivait d'office pour toutes les parties de plaisir concertées entre ses amis, sans qu'il lui vînt jamais à l'esprit que sa présence pût causer autre chose que du plaisir.

– Jusqu'ici elle vous a été d'un grand secours, ma chère, disait George à sa femme, se sentant fort tranquille toutes les fois qu'il la laissait en cette compagnie ; mais l'arrivée de Rebecca, dont vous allez faire votre amie, vous permettra de laisser de côté cette indigeste Irlandaise.

Amélia garda le silence. Le moyen alors de connaître le secret de sa pensée ?

Pour mistress O'Dowd, elle trouvait le coup d'œil assez joli ; mais il ne fallait pas établir de comparaison avec la salle du théâtre de Fishamble-Street, à Dublin. La musique française n'avait rien de comparable avec les marches nationales de son pays. Les amis de la major profitaient de toutes ces remarques accompagnées de bruyants éclats de voix et des oscillations majestueuses de son immense éventail.

– Savez-vous quelle est cette femme assise à côté d'Amélia, et qu'on prendrait pour un grenadier déguisé, Rawdon, mon amour ? disait dans une loge vis-à-vis une dame, fort aimable avec son mari en privé, mais encore plus amoureuse de lui en public. D'où sort cette créature avec un panache jaune fiché sur son turban, cette robe de satin rouge et cette horloge qui lui bat les flancs ?

– À côté de la jolie petite dame en blanc ? demanda une troisième personne placée au second rang. C'était un monsieur entre deux âges et portant ruban à la boutonnière ; il cachait son cou dans les plis d'une immense cravate blanche, et sa poitrine sous une épaisse quantité de gilets.

– La jolie femme en blanc, général ? C'est Amélia Osborne… Mais vous avez des yeux pour toutes les jolies femmes, monsieur le mauvais sujet.

– Oh ! je vous le jure, une seule, une seule au monde a su fixer mes regards, dit le général enchanté de son esprit.

En même temps sa voisine levait sur lui son immense bouquet, comme si elle eût voulu le frapper.

– Parbleu, je ne me trompe pas, dit mistress O'Dowd, c'est bien le bouquet et l'homme du marché aux fleurs !

Rebecca voyant que son amie tournait les yeux de son côté, lui envoya un baiser avec la grâce que nous lui connaissons. La major O'Dowd prenant la politesse pour elle, fit une légère inclinaison de tête accompagnée d'un aimable sourire ; Amélia, avec une vivacité nerveuse, se rejeta dans le fond de sa loge.

Pendant l'entracte, George alla présenter ses hommages à mistress Crawley ; il rencontra Crawley dans le corridor, et ils échangèrent quelques mots sur les événements de la dernière quinzaine.

– Eh bien ! mon cher, mon banquier vous a payé mon billet sans la moindre difficulté ? dit George d'un air de familiarité. C'était bien en règle ?

– Parfaitement en règle, lui répondit Rawdon. Je suis prêt pour la revanche quand vous voudrez. Et le papa, s'apprivoise-t-il ?

– Pas trop, dit George, mais c'est une affaire de temps. Pour prendre patience, j'ai eu à recueillir quelque peu de fortune au côté de ma mère. Et pour vous, la tante est-elle moins féroce ?

– Ah ! oui ; au fait, elle a été jusqu'à me donner vingt livres, la vieille avare. À quand, maintenant, pour nous retrouver ? le général dîne dehors mardi. Pouvez-vous venir ce jour-là ? Dites donc à Sedley de couper sa moustache. Que diable ! un pékin a-t-il à faire d'une moustache et d'une redingote à brandebourgs ? Voilà qui est chose convenue, je compte sur vous pour mardi.

Après ce petit colloque, Rawdon s'éloigna aux bras de deux coryphées de la mode, faisant partie, comme lui, de l'état-major du général.

George était un peu désappointé de voir que Rawdon avait précisément choisi, pour l'inviter, le jour où le général devait dîner en ville.

– Je vais de ce pas présenter mes hommages à votre femme, avait alors dit George.

– Comme il vous plaira, répondit l'autre d'un air évidemment contrarié.

Les deux officiers qui étaient avec Rawdon échangèrent un coup d'œil d'intelligence, et George se dirigea vers la loge du général, dont il avait soigneusement retenu le numéro.

– Entrez, fit une voix argentine après le petit coup frappé à la porte, et notre ami se trouva en présence de Rebecca.

Mistress Crawley vint à sa rencontre avec un grand étalage de démonstrations ; elle lui tendit ses deux mains, comme pour mieux lui exprimer son ravissement de le revoir. Pendant ce temps, le général décoré fixait le nouveau venu avec un froncement de sourcil, qu'on pouvait traduire sans peine par un : « Au diable l'importun qui nous dérange ! »

– Ce cher capitaine George ! s'écria Rebecca avec un charmant sourire. C'est bien gentil à vous d'être venu. Le général et moi commencions à trouver une certaine monotonie dans le tête-à-tête. Général, je vous présente le capitaine George, dont vous m'avez souvent entendu parler.

– Fort bien, dit le général avec un salut imperceptible. À quel régiment appartient le capitaine George ?

George indiqua le numéro de son régiment.

– C'est un régiment qui arrive des Indes occidentales, n'est-ce pas ? Il ne s'est pas beaucoup distingué dans la guerre. Avez-vous vos quartiers à Bruxelles, capitaine George ? continua le général avec une morgue insultante.

– Ce n'est pas le capitaine George ; vous vous embrouillez, général : c'est le capitaine Osborne, reprit Rebecca en riant.

Le général lançait des regards fulminants.

– Capitaine Osborne, soit. Eh bien, capitaine Osborne, êtes-vous de la même famille que les lords Osborne ?

– Nos armes sont les mêmes, répondit George avec la plus exacte vérité.

Mr Osborne, après avoir eu recours à un généalogiste, avait emprunté au livre de la pairie l'écusson de son homonyme et le promenait depuis quinze ans sur les panneaux de sa voiture.

Le général ne dit plus un seul mot ; mais, prenant sa lorgnette, il parut porter toute son attention sur ce qui se passait dans la salle. Toutefois il ne sut le faire avec assez d'adresse pour que Rebecca ne s'aperçût pas qu'un de ses yeux était obstinément braqué sur elle et lui lançait des regards de tigre ainsi qu'à George.

Elle n'en devint que plus tendre et plus familière.

– Et cette chère Amélia, comment va-t-elle ? Mais à quoi bon le demander lorsqu'on la voit si fraîche et si jolie ! Quelle est donc la grande et belle femme assise à côté d'elle ? Une des passions de monsieur, sans doute ? Vous serez donc toujours un profond scélérat ! Ah ! Mr Sedley se met à manger des glaces ; mais on dirait qu'il y prend goût ! Général, comment se fait-il que nous n'ayons pas aussi des glaces ?

– Je vais aller vous en chercher, dit le général outré de colère.

– Laissez-moi ce soin, je vous prie, reprit George avec empressement.

– Non, je veux aller voir Amélia dans sa loge. Cette chère et bonne Amélia ! Votre bras, capitaine George.

Après quoi, faisant un petit salut au général, elle partit au bras de George. Rebecca souriait alors d'un sourire plein de finesse et d'expression, comme pour dire à son cavalier : « Ne voyez-vous pas où en sont les choses ? Ce pauvre général n'a plus sa tête à lui. » Mais George ne vit rien. Il était trop préoccupé de ses pensées, de ses désirs, et dominé surtout par une vive admiration pour les charmes triomphants de sa personne.

Les malédictions dont le général poursuivit à mi-voix le ravisseur et sa conquête sont telles que pas un imprimeur ne se chargerait de les reproduire ; aussi nous les passerons sous silence. Cependant, chez le général, cela partait du fond du cœur ; et c'est merveille de penser que le cœur humain tient en réserve pour de telles occasions de pareils trésors de bile et de fureur.

Les jolis yeux d'Amélia suivaient aussi avec anxiété le couple dont les faits et gestes excitaient si fortement l'humeur jalouse du général. Quand Rebecca entra dans sa loge, elle se jeta dans les bras de son amie avec un élan de tendresse enthousiaste, et, en dépit du lieu où elle se trouvait, en dépit de la lorgnette du général, obstinément braquée sur la loge d'Osborne, elle embrassa sa chère amie en présence de la salle entière ; mistress Crawley eut en outre un gracieux salut pour Dobbin, admira la large broche de mistress O'Dowd et ses magnifiques cailloux d'Irlande, ne pouvant se persuader qu'ils ne vinssent pas en droite ligne de Golconde. Elle s'agitait, se tournait, frétillait, décochait un sourire à celui-ci, une parole à celui-là, et tout ce manège était à l'adresse de la lorgnette jalouse, qui ne perdait pas un seul de ses mouvements. Quand le rideau se leva pour le ballet, où pas un danseur n'égala son talent de pantomime et de comédienne, elle retourna à sa loge, s'appuyant cette fois sur le bras du capitaine Dobbin. Elle avait refusé celui de George ; elle n'avait pas voulu l'enlever à sa chère et excellente petite Amélia.

– Quelle grimacière ! murmura l'honnête Dobbin à l'oreille de George, en revenant de la loge de Rebecca, où il avait conduit cette dernière sans desserrer les dents et avec une mine d'entrepreneur de pompes funèbres ; elle se tord et se démène comme un serpent coupé en deux. Tout le temps qu'elle est restée ici, je ne sais si vous vous en êtes aperçu, George, mais c'était une vraie comédie à l'intention du général qui se trouvait dans la loge.

– Grimacière… la comédie… Au moins vous m'accorderez que c'est la plus jolie femme de l'Angleterre ! répliqua George en montrant une rangée de dents blanches et en frisant sa moustache parfumée. Allons, Dobbin, vous n'êtes pas un homme du monde. Mais voyez-la maintenant, je vous prie : à peine a-t-elle dit deux mots au général, que le voilà à rire !… Emmy, pourquoi donc n'avez-vous pas de bouquet ? Toutes les femmes ici ont des bouquets.

– Et pourquoi ne lui en avez-vous pas acheté un ? répliqua mistress O'Dowd.

Amélia et Dobbin surent gré à cette excellente femme de l'à-propos de sa repartie. Mais tout le reste de la soirée se passa dans un silence complet. L'éclat séducteur, la conversation brillante de sa rivale causaient à Amélia une tristesse insurmontable. Mistress O'Dowd elle-même restait pensive et taciturne comme si l'apparition de cette séduisante créature eût mis à néant les puissants attraits de la major ; le chroniqueur affirme que, de toute la soirée, il lui échappa à peine un mot sur Glen-Malony.

– Quand donc renoncerez-vous au jeu, suivant vos promesses mille fois répétées ? disait Dobbin à George, quelques jours après cette soirée à l'Opéra.

– Et vous, quand aurez-vous fini vos sermons, lui répondit son ami. Que diable ! je ne vois pas là de motifs de vous tourmenter si fort ; nous jouons un jeu très modéré. D'ailleurs j'ai gagné la nuit dernière. Croyez-vous donc que Crawley triche ? En jouant toujours un jeu égal, les pertes et les gains se compensent à la fin de l'année.

– Mais s'il perd il ne vous payera pas, dit Dobbin.

Son conseil eut le sort qu'ils avaient tous d'ordinaire. Osborne et Crawley étaient les deux inséparables ; le général Tufto dînait souvent en ville, et George était toujours le bienvenu dans les appartements que l'aide de camp et sa femme occupaient à l'hôtel, tout à côté de ceux du général.

La première querelle entre George et Amélia faillit venir de l'ennui et de la gêne qui perçaient, pendant la durée de ces visites chez les Crawley, dans les traits et les manières de sa femme. George la gronda beaucoup de sa répugnance manifeste à aller voir une ancienne amie, du ton fier et dédaigneux qu'elle prenait avec mistress Crawley. La pauvre Amélia ne dit rien, mais les regards irrités de son mari, les coups d'œil inquisiteurs de Rebecca redoublèrent sa gaucherie et son embarras à la visite suivante.

Rebecca ne s'en montrait que plus prévenante, ne voulant pas faire semblant de s'apercevoir des froideurs de son amie.

– On dirait qu'Emmy est devenue plus fière depuis que le nom de son père a pu se lire dans la… depuis les malheurs de Mr Sedley, reprit-elle en adoucissant charitablement sa phrase pour l'oreille de George. À Brighton, elle me faisait l'honneur d'être jalouse de moi, et maintenant elle se scandalise sans doute de nous voir vivre en commun, moi, Rawdon et le général. Eh ! mon Dieu ! nos propres ressources ne pourraient nous suffire si un ami ne se mettait de moitié avec nous dans la dépense. Croit-elle donc que Rawdon n'est pas de taille à avoir soin de mon honneur ? En vérité, j'en suis fort reconnaissante pour Emmy, oh ! oui, excessivement reconnaissante !

– C'est de la jalousie, fit George, et pas autre chose ; toutes les femmes sont jalouses, plus ou moins.

– N'oubliez pas les hommes, reprit à son tour Rebecca. Vous, l'autre soir, à l'Opéra, n'étiez-vous pas jaloux du général Tufto ? Ne l'était-il pas de vous ? Je crois qu'il m'aurait avalée quand j'ai été auprès de cette petite mijaurée d'Amélia. Comme si je me souciais plus de vous deux que de la tête d'une épingle ; et elle accompagna ses paroles d'un hochement de tête impertinent. Voulez-vous dîner avec moi ce soir ? Je suis toute seule. Mes deux dragons dînent chez le général en chef. Au fait, vous savez les grandes nouvelles ? Les Français ont, dit-on, passé la frontière. Nous dînerons bien paisiblement.

George accepta malgré une légère indisposition qui retenait sa femme au lit. Son mariage datait au plus de six semaines, et déjà une autre femme pouvait diriger contre Amélia les saillies de sa verve moqueuse, sans que cet excellent mari y mît la moindre opposition, sans qu'il se reprochât à lui-même cette indifférence coupable. « C'est mal », lui disait tout bas sa conscience ; mais il faut bien se résigner à son sort lorsqu'une jolie femme vient se mettre à la traverse, et d'ailleurs, toutes les fois qu'il avait fait devant Stubble, Spooney et ses autres camarades la chronique de ses amours, se vantant que, parmi toutes les femmes, il n'en avait jamais rencontré de cruelles, ses prouesses en ce genre l'avaient élevé au plus haut degré dans l'admiration de ses jeunes collègues.

Mr Osborne ne pouvait se défaire de la ferme conviction que sa destinée était de porter les plus terribles ravages dans le cœur de toutes les femmes. Ainsi le voulait le sort ; il ne pouvait donc que lui obéir sans résistance. Et comme Amélia, au lieu de fatiguer son mari par des plaintes jalouses, se résignait à être malheureuse et à verser des larmes dans le silence et l'abandon, George tenait à se persuader qu'elle n'avait pas le moindre soupçon de ce qui n'était plus un secret pour personne, de ses folles intrigues avec mistress Crawley. Il faisait avec elle des promenades toutes les fois qu'elle trouvait moyen de se débarrasser de son général, et George prétextait auprès d'Amélia des affaires de service, mensonge dont elle n'était point la dupe.

Tandis que sa femme passait ses soirées dans le délaissement et la solitude, ou en compagnie de son frère, il allait chez Crawley, perdait son argent contre le mari, et se berçait de la douce illusion que la femme séchait d'amour pour lui. On ne peut pas dire que ces deux honnêtes personnes s'entendissent pour le dépouiller, mais enfin la femme avait pris pour rôle d'étourdir le jeune homme par ses cajoleries, et le mari de lui vider sa bourse. Osborne pouvait aller et venir dans la maison sans que jamais la bonne humeur de Rawdon en souffrît la moindre altération.

George était désormais si empressé à courir chez ses amis, qu'il ne voyait presque plus William Dobbin. Il l'évitait même dans le monde et au régiment, et n'aimait pas beaucoup, comme nous l'avons vu, les sermons que son Mentor était toujours prêt à lui adresser. D'ailleurs, si certains points de sa conduite peinaient et attristaient le cœur du capitaine, à quoi eût-il servi de dire à George que, malgré ses épaisses moustaches et sa profonde expérience, il était encore aussi novice qu'un écolier ; que Rawdon se jouait de lui, que cela remontait déjà assez loin, et qu'enfin, lorsqu'il lui aurait soutiré jusqu'à son dernier schilling, il serait le premier à l'accabler de son mépris ? George n'eût pas même écouté. Aussi, quand, par hasard, à de rares intervalles, Dobbin, dans ses visites chez Osborne, rencontrait son ancien ami, il évitait avec soin ces explications inutiles et douloureuses. George continuait à savourer avec délices les plaisirs enivrants de la Foire aux vanités.

Jamais armée, depuis le règne de Darius, ne surpassa ou n'égala même, par les fastueuses splendeurs de son cortège, celle que le duc de Wellington commandait en 1815, dans les Pays-Bas. Les fêtes et les danses se prolongèrent, on peut le dire, jusqu'à la veille de la bataille. Le bal donné à Bruxelles, le 15 juin de la susdite année, par une noble duchesse, est devenu historique. Tout Bruxelles fut, à l'occasion de ce bal, comme livré à une agitation fiévreuse et frémissante, et longtemps après on pouvait encore recueillir cet aveu des dames qui se trouvaient alors dans cette ville, que les préoccupations de leur sexe étaient toutes pour le bal et les plaisirs qu'il promettait, sans nul souci de l'ennemi campé à quelques heures de marche. On aurait peine à se faire une idée des luttes, des manœuvres, des prières auxquelles il fallut recourir pour avoir des billets. Les dames anglaises sont seules capables de dépenser tant de diplomatie et d'adresse pour leurs divertissements et l'honneur d'être admises chez quelque grand de leur nation.

Jos et mistress O'Dowd, malgré leurs désirs et leurs démarches, ne purent réussir à se procurer des billets. Nos autres amis furent plus heureux. Grâce à l'intervention de milord Bareacres, qui rendait ainsi, d'une manière économique, la politesse du dîner, George obtint une carte pour lui et mistress Osborne, ce qui ajouta, s'il était possible, à la vanité de ses sentiments. Dobbin, ami du général de division sous les ordres duquel était son régiment, vint un jour tout joyeux trouver mistress Osborne et lui montra une invitation semblable. Jos en fut jaloux, et George se demanda avec surprise ce que William avait à faire dans ces salons aristocratiques. Mr et Mrs Rawdon furent tout naturellement invités, comme amis du général commandant la brigade de cavalerie.

George avait fait préparer pour sa femme les toilettes les plus élégantes, les parures les plus nouvelles ; mais la pauvre Amélia, une fois arrivée dans ce bal qui acquit par la suite une si grande célébrité, ne trouva personne à qui parler.

Lady Bareacres répondit à peine au salut de George et lui tourna le dos. Il lui avait offert à dîner ; elle lui avait procuré un billet, partant ils étaient quittes. De toute la soirée elle n'eut pas l'air de l'apercevoir. George déposa Amélia sur une banquette où il la laissa à ses réflexions. N'avait-il pas fait preuve de galanterie, en lui achetant des robes, en la conduisant au bal ; c'était à elle maintenant de s'y amuser comme elle l'entendrait. La pauvre femme était assaillie par les pensées les plus tristes et les plus pénibles, et personne, à l'exception de l'honnête Dobbin, ne vint en troubler le cours.

L'échec fut complet pour Amélia, et son mari s'en mordit les lèvres avec rage. En revanche, mistress Rawdon Crawley obtint un véritable triomphe. Elle arriva à une heure fort avancée, sa figure était rayonnante, sa toilette d'un goût exquis ; son entrée fit sensation au milieu de ces grands personnages, et tous les lorgnons se dirigèrent sur elle. Rebecca paraissait aussi à son aise que si elle se fût trouvée à la tête des pensionnaires de miss Pinkerton pour les conduire au temple.

La foule des élégants et des hommes à la mode, dont la plupart l'avaient déjà vue, faisait cercle autour d'elle ; les dames disaient tout bas qu'enlevée par Rawdon dans un couvent, elle était alliée avec la famille des Montmorency. La manière pure et facile dont elle s'exprimait en français était bien de nature à donner à ces bruits quelque apparence de vérité, et l'on s'accordait à reconnaître que ses manières exquises et son air des plus distingués en étaient une nouvelle confirmation. Plus de cinquante cavaliers se présentèrent à la fois, se disputant l'honneur de danser avec elle. Elle répondit qu'elle était engagée, qu'elle ne danserait que fort peu, et se fit enfin passage jusqu'à l'endroit où Emmy, dans l'abandon le plus absolu, souffrait un cruel supplice.

Pour la pauvre enfant, ce fut le coup de grâce de se voir accablée, par mistress Rawdon, des protestations les plus tendres, des airs les plus protecteurs. Mistress Rawdon critiqua quelques détails défectueux de sa coiffure et de sa toilette, et lui demanda comment elle avait fait pour se chausser si mal. Elle lui donna l'adresse de sa marchande de corsets, l'engageant à y passer le lendemain ; puis elle lui fit l'éloge du bal : il était charmant, surtout pour l'intimité qui y régnait. On ne voyait dans la salle que fort peu de visages inconnus.

Quinze jours et trois grands dîners avaient suffi à cette jeune femme pour se familiariser avec la langue des salons, et maintenant elle la parlait aussi bien que le premier des naturels de l'endroit.

George avait laissé Emmy sur sa banquette dès son arrivée au bal ; mais, dès qu'il aperçut Rebecca à côté de sa chère amie, il revint bien vite sur ses pas. Becky faisait précisément alors des représentations à mistress Osborne sur les folies de son mari.

– Pour l'amour de Dieu, ma chère, lui disait-elle, empêchez-le de jouer, il se ruinera. Tous les soirs ce sont des parties de cartes avec Rawdon ; et comme il n'est pas riche, Rawdon aura bientôt fait de lui gagner jusqu'à son dernier schilling. Vous avez tort, petite sans souci, de ne rien faire pour le modérer. Venez donc passer vos soirées avec nous, au lieu de vous ennuyer chez vous avec le capitaine Dobbin. Il est très aimable, j'en conviens, mais comment aimer un homme qui a de si petites pattes ; heureusement, votre mari a des pieds admirables. Mais le voici qui se dirige de ce côté. D'où venez-vous, mauvais sujet ? Vous laissez ainsi toute seule cette pauvre Emmy, et vous allez vous divertir, tandis qu'elle est à pleurer comme une Madeleine. Mais qui vous ramène ici vers nous ? Venez-vous me prendre pour la contredanse ?

Elle se débarrassa en même temps de son bouquet et de son écharpe qu'elle laissa à côté d'Amélia, et rejoignit au bras de George les groupes de danseurs. Les femmes, les femmes seules excellent à faire de si cruelles blessures ; la pointe acérée de leurs traits porte un poison mille fois plus dangereux que les armes émoussées et pesantes de l'homme. La pauvre Emmy, dont le cœur ne connaissait ni la haine ni le dédain, était livrée sans défense aux mains de son impitoyable ennemie.

George dansa deux ou trois fois avec Rebecca, Amélia ne s'en aperçut même pas, et nul ne fit attention à elle, à l'exception de Rawdon qui vint lui adresser quelques-unes de ses phrases décousues, et du capitaine Dobbin qui, vers la fin de la soirée, s'enhardit assez pour lui apporter des glaces et s'asseoir à ses côtés. Il ne la questionna point sur les causes de sa tristesse, il ne les savait que trop. Ne pouvant lui cacher les larmes qui remplissaient ses yeux, elle lui dit que mistress Crawley avait jeté le trouble dans son âme en lui apprenant que George était toujours possédé de la même passion pour le jeu.

– Il est vraiment curieux, dit le capitaine Dobbin, de voir à quels pièges grossiers se laisse prendre un homme aveuglé par l'amour du jeu.

– Hélas ! fit Emmy dominée par un violent chagrin, dans lequel n'entraient pour rien les pertes de l'argent.

Enfin George arriva ; mais il venait chercher l'écharpe et les fleurs de Becky. Elle partait, sans avoir daigné même faire ses adieux à Amélia. La pauvre enfant, silencieuse comme un marbre, vit son mari s'éloigner de nouveau. Sa tête retomba sur son sein. Dobbin avait été entraîné d'un autre côté par le général de division son ami, et paraissait avoir avec lui une conversation fort sérieuse. Dobbin ne fut pas témoin de cette dernière douleur ajoutée à tant d'autres.

George remit le bouquet à mistress Crawley ; un billet doux s'y cachait comme un serpent parmi les fleurs. L'œil de Rebecca l'y découvrit sur-le-champ, son éducation avait reçu un développement précoce sur le chapitre des billets doux. Elle tendit la main, prit le bouquet, et George put lire dans son regard qu'elle avait deviné la présence de son message. Rawdon était trop absorbé sans doute dans ses idées personnelles pour remarquer les signes d'intelligence échangés entre son ami et sa femme au moment du départ. Du reste, il n'y avait rien là d'extraordinaire. Un serrement de main, un coup d'œil, un salut, et puis ce fut tout ; n'était-ce pas la manière dont on se disait adieu tous les jours ? George, tout exalté par les joies du triomphe, n'avait pas fait la moindre attention à une phrase que Crawley lui avait dit en entraînant Rebecca. Il n'avait rien entendu, rien répondu.

Amélia avait vu en partie la scène du bouquet. George venant, à la demande de Rebecca, chercher son écharpe et ses fleurs, qu'y avait-il de plus naturel ? C'était la répétition de ce qu'il avait fait vingt fois depuis quelque temps. Mais c'en était trop pour Emmy, elle n'eut pas la force d'y résister.

– William, dit-elle en prenant convulsivement le bras de Dobbin qui se trouvait près d'elle, vous êtes toujours si complaisant pour moi… je ne me sens pas bien… je voudrais rentrer.

Elle l'avait appelé, sans y prendre garde, par son nom de baptême, comme George faisait avec son vieux camarade. Amélia demeurait à quelque pas de là ; mais dans ce court trajet elle put remarquer dans la rue une agitation, un frémissement qui n'étaient pas ordinaires.

Plusieurs fois déjà George avait grondé sa femme pour avoir attendu son retour jusqu'à une heure avancée ; afin d'éviter de nouveaux reproches elle se coucha tout de suite en rentrant. Il lui fut impossible de dormir, et cependant ce n'était point le tumulte, le mouvement, le galop des chevaux dans la rue, qui chassaient le sommeil de son oreiller ; elle n'entendit aucun de ces bruits ; mais de plus pressantes préoccupations accablaient son âme et causaient son insomnie.

Osborne, ivre du succès qu'il venait de remporter, se dirigea vers une table de jeu et se mit à jouer avec une folle audace. La chance était toujours pour lui.

– Tout me réussit ce soir, se disait-il dans ses joyeux transports ; son bonheur au jeu ne contribua nullement à calmer l'exaltation de son âme. Il se leva au bout de quelques instants emportant les pièces d'or qu'il avait gagnées ; et se rendit au buffet où il avala plusieurs verres de punch.

Il apostrophait tous ceux qui l'entouraient, riait tout haut et se livrait aux saillies d'une folle gaieté. Ce fut là que Dobbin le retrouva, après l'avoir vainement cherché à la table de jeu. La figure pâle et sérieuse du capitaine contrastait avec l'air animé et insouciant de son ami.

– Ohé ! Dobbin ! venez donc boire, vieux Dobbin. Le vin du duc est excellent. Hé ! vous autres, encore du champagne !

Et d'une main tremblante George tendait son verre pour qu'on le remplît de nouveau.

– Partons, George, dit Dobbin, dont la figure s'assombrissait de plus en plus ; vous avez bu suffisamment.

– À boire ! à boire ! ne faites donc pas ainsi la fine bouche. Un peu de vermillon sur vos joues, mon vieux, ça ne leur fera pas de mal. Tenez, voilà pour vous.

Dobbin, tirant George à part, lui glissa quelques mots à l'oreille. George tressaillit, et, après une exclamation de surprise, il posa son verre, quitta la table et partit sans plus de retard au bras du capitaine Dobbin.

– L'ennemi a passé la Sambre, lui avait dit William, notre gauche est engagée, et nous serons en marche dans trois heures.

Un tressaillement nerveux s'était emparé de George à cette nouvelle si impatiemment désirée, mais qui venait fondre sur lui rapide comme un coup de foudre. Combien étaient loin maintenant ses intrigues amoureuses, les enivrements d'une passion coupable ! Mille pensées assiégèrent son âme, tandis qu'il regagnait ses quartiers. Il réfléchissait aux vicissitudes de sa vie passée, à la destinée que lui réservait l'avenir ; il songeait à sa femme, à l'enfant que peut-être il ne verrait jamais. Ah ! combien il aurait voulu jeter un voile sur cette nuit dont chaque souvenir s'élevait comme un remords ! Pourrait-il, avec une conscience bien calme, dire adieu à la douce et innocente créature dont il avait froissé l'amour avec une froideur si outrageante ?

Son mariage remontait à quelques semaines au plus, et déjà il ne lui restait plus rien de sa modeste fortune ! N'était-ce pas, de sa part, le comble de l'égoïsme et de l'insouciance ? Non, il n'était pas digne d'une pareille femme. En cas de malheur, que lui laisserait-il ? Mais aussi pourquoi aller se marier ? Les devoirs de mari n'allaient ni à son caractère ni à ses goûts. Pourquoi avait-il désobéi à son père toujours si généreux envers lui. L'espérance, le remords, l'ambition, la tendresse, mêlés d'un peu d'égoïsme, soulevaient tumultueusement son âme.

Il s'assit et écrivit à son père. L'aube commençait à poindre lorsqu'il ferma sa lettre ; il la cacheta et y déposa un baiser. Il pensait à l'isolement de ce malheureux vieillard, aux mille témoignages de bonté qu'il en avait reçus à travers toutes ses sévérités.

En rentrant, il avait jeté un coup d'œil sur le lit où reposait Amélia. Une respiration douce et régulière s'échappait de sa poitrine ; ses yeux étaient fermés ; il crut qu'elle dormait et se réjouit en voyant le calme de ses traits. Son planton s'occupait déjà des préparatifs du départ ; d'un signe il lui fit comprendre qu'il eût à faire ses arrangements sans bruit et en toute célérité. George hésitait pour savoir s'il devait éveiller Amélia ou charger son beau-frère de lui apprendre son départ. Il entrouvrit la porte pour la contempler une dernière fois.

Lorsqu'il était arrivé, elle ne dormait pas, mais elle était restée les yeux fermés. Elle voulait lui épargner même les remords des insomnies qu'il lui causait ; mais le voyant revenir de nouveau et à un si court intervalle, son petit cœur craintif se sentit plus à l'aise ; elle fit un mouvement de son côté comme il se retirait sur la pointe du pied, puis elle dormit d'un paisible sommeil. Quand George revint pour le suprême adieu avec un redoublement de précaution, il put distinguer à la faible lueur de la veilleuse cette pâle et douce figure dont les paupières, rougies par les larmes, étaient à demi closes et encadrées par un bras mollement arrondi et d'une blancheur éblouissante. Quelle pureté dans ses traits ! Quelle grâce, quelle douceur et en même temps quelle tristesse ! Chez lui, au contraire, quel égoïsme, quelle dureté, quelle barbarie ! Ah ! ses fautes lui apparaissaient maintenant dans toute leur immensité ; la rougeur sur le front, le désespoir dans l'âme, il s'arrêta au pied du lit à contempler le sommeil de cette chaste enfant.

Tandis qu'il restait ainsi incliné sur cette charmante figure, immobile sur l'oreiller, deux bras s'enlacèrent tendrement autour de son cou.

– George, je ne dors plus, je suis éveillée, dit cette chère âme avec un sanglot capable de faire éclater son pauvre cœur.

Éveillée ! Hélas ! oui, éveillée pour sa plus grande douleur, la pauvre enfant, car au même instant les notes aiguës du clairon retentirent sur la place d'armes pour s'étendre sur la ville entière. Bientôt la cité se trouva sur pied au son du tambour et des fifres.

CHAPITRE XXX
« La fille que j'ai laissée au pays »

Nous n'élevons pas nos prétentions jusqu'à vouloir prendre rang parmi les chroniqueurs de bataille. Notre place est marquée loin de la mêlée, et nous y tenons. Pendant le branle-bas du combat nous descendons à la cale pour y attendre héroïquement la fin de l'action. À quoi bon venir nous jeter à la traverse des manœuvres que de braves gens exécutent au-dessus de nos têtes. Ainsi donc après avoir accompagné le ***e aux portes de la ville, nous laissons le major O'Dowd faire son devoir, et nous retournons auprès de la femme du major, des autres dames et des bagages.

Mais il est indispensable de dire auparavant que le major et sa femme n'ayant pas été invités au bal où nous venons de voir figurer nos autres amis, avaient eu, pour goûter les douceurs de l'édredon, bien plus de temps que ceux qui avaient voulu partager la nuit entre le plaisir et le devoir.

– Peggy, ma chère, disait le major, en tirant tranquillement son bonnet de nuit sur ses oreilles, laissez faire, et dans deux ou trois jours nous allons commencer une danse comme on n'en a pas vu souvent de pareilles.

Le lit, après un bon verre de genièvre, avalé à son aise, lui paraissait bien préférable à l'ennui et à la fatigue de ces corvées du grand monde. Quant à Peggy, elle regrettait de n'avoir pu faire à l'éclat des lumières l'exhibition de son turban et de son oiseau de paradis, lorsque les paroles de son mari vinrent lui offrir un plus grave sujet de méditations.

– Éveillez-moi, je vous prie, une heure avant le rappel, dit le major à sa femme, vers une heure et demie, ma chère Peggy ; donnez un coup d'œil à ce qu'il ne me manque rien. Je ne rentrerai pas pour déjeuner mistress O'Dowd.

Après lui avoir ainsi fait comprendre que le régiment devait se mettre en route le lendemain, le major cessa de parler et s'endormit.

Mistress O'Dowd, en chemise et en papillotes, comme une ménagère, sentit que c'était le moment d'agir et non de se coucher.

– Nous aurons assez le temps de dormir, se dit-elle, quand Mick ne sera plus là.

Elle se mit donc à l'œuvre, prépara la valise de campagne, brossa l'habit et le tricorne, disposa le reste du fourniment militaire de manière à ce que son mari trouvât sous sa main ses affaires prêtes et en ordre. Elle garnit les poches de son manteau d'une petite provision de comestibles, y joignit une bouteille d'osier contenant presque une pinte d'excellent cognac, qui était fort de son goût et de celui du major. Lorsque l'aiguille de sa montre à répétition, dont la sonnerie pouvait rivaliser avec les cloches d'une cathédrale, au dire de la propriétaire, arriva enfin sur l'heure fatale et fit sonner comme un glas funèbre, mistress O'Dowd éveilla le major.

Une tasse de café, la meilleure peut-être qui eût été préparée ce matin-là à Bruxelles, lui fut servie toute chaude par les soins de sa femme. Les attentions délicates et empressées de cette digne épouse n'auront-elles pas, aux yeux de tout le monde, un prix bien supérieur à ces flots de larmes, à ces crises nerveuses qui sont toujours le plus grand témoignage que les femmes sensibles sachent donner de leur tendresse. Cette tasse de café prise en commun au bruit des clairons et des tambours qui se répondaient des différents quartiers, n'était-elle pas alors bien plus à sa place qu'un vain luxe de douleur dont tant d'autres, en cette circonstance, ne se seraient pas fait faute ? Au moins le major put se montrer à la parade frais, allègre et dispos, les joues roses et le menton rasé ; et sa tournure martiale, sur son cheval de bataille, répandirent la confiance et la bonne humeur dans le cœur de tous ses hommes.

Tous les officiers saluèrent le major quand le régiment défila sous le balcon où se tenait cette digne épouse. Si elle n'accompagnait point le brave ***ᵉ jusqu'au milieu de la mêlée, ce n'était point par manque de courage, mais seulement par un sentiment de délicatesse et de retenue féminine ; ses vœux du moins étaient avec ces braves soldats.

Dans les grandes circonstances, mistress O'Dowd avait coutume de lire avec la plus religieuse attention quelques pages d'un énorme volume de sermons composés par son oncle le doyen. Sur le point de faire naufrage à son retour des Indes occidentales, elle avait puisé dans ce livre une énergie et une force nouvelles. Elle chercha alors dans ce volume des sujets de méditation, peut-être sans bien comprendre ce qu'elle lisait. Son esprit avait peine à se détacher des préoccupations qui l'accablaient ; en vain elle avait placé à côté d'elle sur l'oreiller le bonnet de coton du pauvre Mick, ses paupières étaient restées sans sommeil.

Ainsi va le monde. Pierre et Jacques courent à la gloire, le sac sur le dos, et fredonnant gaiement : *La fille que j'ai laissée au pays*. Derrière eux un cœur aimant se consume dans l'incertitude de l'avenir et dans d'amers retours sur le passé.

Bien persuadée de l'inutilité des regrets, qui n'ont pour résultat que de nous rendre plus malheureux, Rebecca jugea à propos de se dispenser de ces émotions aussi superflues que fatigantes. Elle supporta le départ de son mari avec l'héroïsme d'une fille de Sparte.

Le capitaine Rawdon, au moment des adieux, était beaucoup plus ému que cette petite créature pleine de résolution et d'énergie ; il aimait et adorait sa femme avec l'effusion d'une âme violemment éprise ; car les mois qu'il venait de passer avec elle depuis leur mariage lui paraissaient les plus beaux et les plus heureux de sa vie. Les courses, le régiment, la chasse, le jeu, ses intrigues précédentes avec les modistes et les danseuses de l'Opéra, tous ces triomphes faciles, tout son passé, en un mot, lui semblait fade et insipide en comparaison des voluptés nouvelles que lui avait fait connaître cette union légalement contractée. Et, il faut le dire, Rebecca avait eu le talent de conduire son robuste Adonis de distractions en distractions, et de lui faire trouver sa maison mille fois plus agréable, plus charmante que tous les lieux de plaisir qui l'attiraient jadis.

Sur le point d'aller se faire estropier pour la gloire, il se mit à maudire ses extravagances passées, à gémir tristement sur cette effroyable meute de créanciers qui pourraient un jour faire à sa femme un fâcheux parti. Souvent, au milieu des confidences de l'alcôve, il avait avoué à Rebecca de pathétiques lamentations à ce sujet, lui qui, avant son mariage, n'avait jamais eu pareil souci !

– Morbleu ! disait-il avec une expression peut-être plus énergique encore, et empruntée à son naïf vocabulaire, avant mon mariage je m'inquiétais fort peu de tous ces billets auxquels j'apposai ma signature. Tant que Juda voulait bien attendre, ou que Lévi m'accordait un renouvellement, je vivais joyeux et sans souci, mais depuis que je suis marié, je n'ai plus touché, je vous le jure, à tous ces billets d'usuriers, si ce n'est pour obtenir des sursis.

Rebecca savait toujours l'arrêter fort à propos sur cette pente mélancolique.

– Taisez-vous, gros bêta, disait-elle du plus grand sang-froid, tout n'est pas perdu auprès de la tante. Si elle nous éclate dans la main, nous aurons pour suprême ressource la dernière colonne de la Gazette. Mais que l'oncle Bute rende seulement ses os à la terre, j'ai mon idée là (et elle portait son index à son front). Le bénéfice revient de droit au plus jeune frère, vous rendrez alors votre brevet de capitaine, et vous vous ferez révérend.

Cette idée burlesque provoqua de la part de Rawdon la plus bruyante hilarité. À l'heure de minuit, tout l'hôtel retentit des gros éclats de rire de notre dragon. Ils arrivèrent jusqu'aux oreilles du général Tufto, et le lendemain, à son déjeuner, Rebecca lui donna la représentation du premier sermon du révérend Rawdon, ministre de Crawley, etc. L'esprit inventif de Rebecca savait ainsi charmer le temps par ses saillies imprévues et piquantes. Mais enfin lorsque arriva la nouvelle qui mit tout Bruxelles en émoi, lorsqu'on sut que les hostilités étaient ouvertes et que les troupes marchaient, Rawdon prit un air plus grave et Betty fit pleuvoir sur lui des épigrammes dont le Horse-Guard se sentit presque offensé.

– Ah ! Becky, disait-il avec un frémissement dans la voix. N'allez pas croire, au moins, que j'aie peur, c'est que, voyez-vous, si un coup de fusil me décrochait, et j'offre une assez belle surface, je vous laisserais vous et l'enfant que nous aurons peut-être en fort mauvaise passe, sans avenir assuré, et ce serait moi qui vous aurais poussée dans le précipice. Allez ! tout cela mistress Crawley n'est pas si risible que vous voulez bien le dire.

Rebecca, par mille caresses, par de douces paroles, essaya de mettre du baume sur la blessure qu'elle venait de faire. Son caractère vif et enjoué pouvait l'entraîner parfois à des sorties satiriques et moqueuses, mais bientôt maîtrisant cette humeur naturelle, elle finissait par rendre à sa figure une expression calme et impassible.

– Cher ange, dit-elle à Rawdon, me supposez-vous un cœur de pierre ? Moi aussi, je sais aimer, je sais sentir.

En même temps, elle avait l'air d'essuyer à la dérobée comme une larme dans ses yeux et lançait à son mari le sourire le plus enivrant.

Cette éloquence ne manquait jamais son effet.

– Voyons, reprit Rawdon, si je meurs, faisons le compte de ce qui vous restera. Dans ces derniers temps, la chance m'a assez favorisé au jeu, et au total, voici deux cent trente livres. Je garde dix napoléons dans ma poche ; il ne m'en faut pas davantage avec le général qui paye en prince. D'ailleurs, si une balle me donne mon compte, je n'aurai plus besoin de rien. Allons, ne pleurez pas ainsi, chère petite ; j'en échapperai peut-être, et pour votre plus grand tourment. Il va sans dire que je ne ferai pas la sottise de prendre un de mes chevaux ; je monterai un de ceux du général, ce sera plus économique : je l'ai déjà averti que le mien boitait. Si je suis tué, vous aurez au moins quelque chose à tirer de là. On m'a déjà offert quatre-vingt-dix livres sterling de cette bête avant l'arrivée de ces maudites nouvelles. Vous la vendrez bien encore à dix pour cent de perte. *Couche tout nu* ne perdra rien de son prix, mais je vous engage à le vendre dans ce pays. Mes affaires sont si embrouillées avec les maquignons anglais, qu'ils pourraient se mêler du marché ; il vaut donc mieux traiter loin de leurs griffes. La petite jument dont le général vous a fait présent, mérite bien encore d'être portée pour quelque chose, et ici vous n'avez point à craindre, comme à Londres, les oppositions des créanciers.

Rawdon accompagna cette remarque d'un rire de satisfaction.

– Voici mon nécessaire de toilette, qui coûte deux cents livres à votre mari, ou plutôt au marchand, car je ne l'ai point encore payé ; les flacons, avec leurs bouchons en or ciselé, peuvent bien être évalués de trente à quarante livres sterling. Il faudra tirer le meilleur parti possible de tout cela, madame, ainsi que de mes épingles, montre, chaîne et autres bijoux. Je vous réponds que cela fait encore une somme. Miss Crawley a donné, je le sais, cent livres sterling pour la chaîne et la *toquante*. Les bouchons et les flacons sont en or. J'ai un remords maintenant :

c'est de n'avoir pas écouté le marchand, qui voulait de plus me faire prendre des tire-bottes en vermeil. Si je m'étais laissé faire, j'aurais eu le nécessaire complet, avec la bassinoire d'argent et le service d'argenterie. Mais enfin, Becky, à la guerre comme à la guerre ; il faudra faire de votre mieux.

Le capitaine Crawley qui, jusqu'à l'époque où l'amour vainqueur l'avait fait passer sous son joug, avait été dominé par une pensée exclusive de sa personne, se préoccupait ainsi du bien-être futur de sa femme, dans le cas où il ne serait plus là pour veiller sur elle.

Il éprouvait une vive satisfaction dans ce moment d'anxiété à faire l'inventaire des différents objets d'une défaite facile à l'aide desquels sa veuve pourrait se procurer quelques ressources. Voici encore quelques articles du catalogue :

– Mon fusil double, soit 40 guinées ; mon manteau doublé de fourrure, soit 50 livres ; mes pistolets de duel dans leur étui en bois de rose, avec lesquels j'ai tué le capitaine Market, 20 livres sterling ; ma selle d'ordonnance avec ses housses, ma selle de promenade, etc., etc. Et ainsi de suite, pour tous les articles qu'il avait légués à Rebecca.

Fidèle à son principe d'économie, Rawdon prit ce qu'il avait de plus râpé en uniforme et en épaulettes ; ce qu'il avait de plus neuf devait rester entre les mains de sa femme, et, qui sait ? peut-être de sa veuve. Avant de partir, il prit Rebecca dans ses bras, la serra contre son cœur, qui battait à rompre sa poitrine, la tint étroitement embrassée, tandis que le sang montait à sa figure et que les larmes gonflaient ses yeux, puis il la remit à terre et la quitta. Pendant quelque temps il chevaucha à côté du général, son cigare à la bouche et gardant le plus profond silence, jusqu'au moment où ils eurent rejoint le corps principal ; ce fut alors seulement qu'il cessa de friser sa moustache et rompit le silence.

Rebecca, comme nous l'avons dit, avait sagement résolu de ne point se livrer à propos de cette séparation aux écarts d'une sensiblerie stérile et superflue. De la croisée elle lui fit un dernier signe d'adieu, puis resta quelques minutes à jouir de la fraîcheur du matin. Les tours de la cathédrale et les toits bizarres des vieilles maisons de la ville commençaient à s'illuminer aux premiers feux du soleil. Elle n'avait encore pris aucun repos de toute la nuit. Sa toilette de bal qu'elle portait encore, ses belles boucles défrisées, descendant sur son cou, un cercle d'azur autour de ses yeux, accusaient assez une nuit sans sommeil.

– Je suis laide à faire peur, dit-elle en se regardant à la glace, ce rose me fait paraître pâle.

Elle délaça aussitôt sa robe rose. Un billet tomba du corsage ; elle le ramassa en souriant et le rangea dans le tiroir de son meuble de toilette. Puis, après avoir mis son bouquet de bal dans un verre rempli d'eau, elle se jeta sur son lit et s'endormit du meilleur somme.

Un calme profond planait sur la ville lorsque mistress Crawley s'éveilla vers les dix heures du matin ; elle prit son café avec un grand plaisir, ce qui l'aida beaucoup à se remettre de la fatigue de la nuit et des émotions de la matinée.

Son repas terminé, elle reprit les calculs que l'honnête Rawdon lui avait faits la nuit précédente, et récapitula sa situation. Somme toute, et en mettant les choses au plus mal, sa position n'était pas encore si désespérée qu'elle aurait pu le craindre. Aux objets laissés par son mari venaient s'ajouter ses bijoux et son propre trousseau, et la générosité de Rawdon, à l'époque de son mariage, a déjà reçu dans cette histoire les éloges qu'elle méritait. Outre la jument ci-dessus mentionnée, le général, son intrépide admirateur, lui avait fait de magnifiques présents, comme châles de cachemire achetés au rabais à une vente après banqueroute et autres articles provenant de la boutique des joailliers, et témoignant à la fois du goût et de la fortune du donateur.

Quant aux *toquantes*, suivant l'expression du pauvre Rawdon, leurs tic-tac se répondaient de toutes les pièces de l'appartement. Un soir, Rebecca s'étant plainte à Rawdon de celle qu'il lui avait donnée comme ayant le double défaut d'aller mal et de sortir d'une fabrique anglaise, le lendemain elle recevait un petit bijou portant le nom de Leroy, dans une petite boîte enrichie de turquoises, et une montre de la marque Bréguet, couverte de perles et tout au plus grande comme une demi-couronne.

Le général Tufto et George Osborne lui avaient aussi fait semblable cadeau. Mistress Osborne n'avait point de montre, mais son mari lui en aurait certainement donné une si elle en avait seulement exprimé le désir. L'honorable mistress Tufto, alors en Angleterre, traînait à son côté, pour savoir l'heure, une vieille mécanique, héritage de famille qui aurait remplacé avec avantage la bassinoire d'argent dont Rawdon parlait plus haut. Si la plupart des bijoux que vendent les joailliers allaient aux femmes, aux filles des acquéreurs, combien ne verrait-on pas, dans les maisons les plus honnêtes, de parures qui, hélas ! prennent une tout autre route !

Son compte fait, Rebecca put constater, avec un vif sentiment de plaisir, qu'en définitive elle avait au moins à sa disposition de six à sept cents livres sterling pour assurer son entrée dans le monde. Elle fut trop occupée toute la matinée à ranger ses petits trésors pour avoir un moment d'ennui. Parmi les papiers conservés dans le portefeuille de Rawdon était un billet de vingt livres, souscrit par Osborne ; ce fut pour Rebecca une occasion de penser à mistress Osborne.

« J'irai d'abord toucher le billet, se dit-elle, et voir ensuite cette pauvre petite Emmy. »

Si notre roman manque de héros, il possède du moins une héroïne. Dans les rangs de l'armée anglaise, y compris le grand Duc lui-même, on n'aurait pu trouver un homme aussi impassible, aussi maître de lui à l'approche de la bataille que l'intrépide petite femme de l'aide de camp.

Il est une dernière personne de notre connaissance qui, n'étant point un des acteurs du drame sanglant qui va se passer à quelques heures de Bruxelles, tombe à ce titre sous notre juridiction et sur les émotions duquel nous avons des droits imprescriptibles : nous voulons parler de notre ami l'ex-collecteur de Boggley-Wollah, dont le sommeil, comme celui de tout le monde, avait été troublé à une heure matinale par le bruit aigu des clairons. Notre ami était, pour le sommeil, de la famille des marmottes ; son lit avait pour lui des charmes indicibles. Peut-être, en dépit des tambours, des clairons et des fifres de toute l'armée anglaise, ses ronflements se seraient-ils prolongés jusqu'à l'heure ordinaire de son lever, si une interruption, à laquelle George était tout à fait étranger, n'était venue le tirer de sa léthargie.

George occupait le même appartement de moitié avec son beau-frère, mais ses préparatifs et le chagrin de quitter sa femme ne lui laissèrent pas le temps de songer à maître Jos, profondément enfoncé dans ses draps. George n'entra donc pour rien dans l'attentat dirigé contre le sommeil de son beau-frère : le capitaine Dobbin fut le seul coupable. Le capitaine vint le secouer rudement dans son lit, ne pouvant, disait-il, partir sans lui avoir serré la main.

– C’est bien aimable à vous, fit Jos avec un épouvantable bâillement et le sincère désir de voir le capitaine au diable.

– C’est que… vous savez… je n’aurais pas voulu partir sans vous dire adieu, dit Dobbin dont les paroles confuses trahissaient le trouble des idées ; parce que, voyez-vous, il en est plus d’un parmi nous qui ne reviendra pas… et alors je n’étais pas fâché de vous voir tous en bonne santé… et puis… enfin… voilà… vous m’entendez ?

– Je ne vous comprends pas ! dit Jos en se frottant les yeux.

Mais le capitaine ne faisait pas la moindre attention au gros garçon en bonnet de nuit pour lequel il venait de protester d’un si tendre intérêt. L’hypocrite dirigeait toutes les facultés de son âme du côté des appartements de George, dans l’espérance de recueillir un murmure, d’apercevoir une ombre fugitive. Il allait et venait dans la chambre de Jos, dérangeait les chaises, battait la mesure sur les vitres, rongeait ses ongles et donnait mille preuves non équivoques du désordre intérieur de son être.

Jos, qui ne s’était jamais formé une bien haute idée du capitaine, commença à concevoir quelques doutes sur son courage.

– Qu’y a-t-il pour votre service, capitaine Dobbin ? demanda-t-il d’un ton railleur.

– Je vais vous le dire, répondit le capitaine en s’approchant de son lit. Le régiment part dans une heure, Sedley, et qui sait le sort qui nous est réservé, à George et à moi ! Comprenez bien ceci, vous ne quitterez cette ville que lorsque vous serez bien renseigné sur l'état des choses. Votre place, Jos, est marquée à côté de votre sœur, pour veiller sur elle, lui donner du courage et la protéger contre tout danger. Si quelque malheur arrivait à George, c'est à vous qu'appartiendrait le soin de la défendre ; en cas de défaite pour l'armée, vous aurez à ramener votre sœur en Angleterre. Eh bien ! donnez-moi votre parole de ne point l'abandonner. Mais je n'ai pas besoin de vous demander cette promesse. Quant à l'argent, comme vous ne l'avez guère ménagé, si vous en avez besoin, je vous en offre, parlez sans détour, avez-vous encore assez d'or pour effectuer votre retour en Angleterre en cas de désastre ?

– Monsieur, dit Jos avec un air majestueux, quand j'ai besoin d'argent, je sais où en prendre ; et quant à ma sœur, je n'ai point à apprendre de vous mes devoirs à son endroit.

– Vous parlez en homme de cœur, Jos, repartit l'excellent Dobbin, et je suis heureux de penser que George laisse sa femme en si bonnes mains. Je pourrai donc lui reporter votre parole d'honneur, qu'elle trouvera en vous appui et protection, si elle était menacée de quelque péril.

– Certainement, certainement, répondit Mr Jos.

Dobbin le savait fort bien du reste, ce n'était pas les sacrifices d'argent qui devaient coûter le plus au frère d'Amélia.

– Et en cas de défaite, vous l'accompagnerez hors de Bruxelles, jusqu'à ce qu'elle soit en sûreté.

– La défaite ?… morbleu ! monsieur, c'est chose impossible, vous chercheriez en vain à m'effrayer, vociféra le héros, en allongeant sa tête entre les deux draps de son lit.

Le capitaine se sentait l'esprit plus tranquille en entendant Jos se prononcer si résolument.

« Au moins, pensa Dobbin, la retraite est assurée pour elle dans le cas où nos affaires prendraient une mauvaise tournure. »

Si le capitaine Dobbin avait espéré, avant son départ, puiser dans la vue d'Amélia un nouveau courage, une dernière consolation, ce mouvement d'égoïsme trouva sa punition dans la satisfaction même du désir qu'il avait inspiré.

Un salon commun à la famille séparait la chambre de Jos de celle d'Amélia. C'était dans cette pièce que le domestique de George procédait à l'emballage, à mesure que son maître lui apportait les objets dont il pensait avoir besoin pour l'expédition. À travers les portes à demi entrouvertes, Dobbin put contempler encore une fois les traits d'Amélia. Mais, hélas ! la pâleur, l'abattement, le désespoir, étaient peints sur sa figure. Ce souvenir tortura longtemps l'âme de Dobbin ; cette image lui apparaissait comme un remords à travers les douloureuses angoisses d'une tendresse inquiète et compatissante.

Elle avait jeté à la hâte sur ses épaules son peignoir du matin, ses cheveux tombaient en désordre, ses grands yeux étaient ternes et fixes. Comme pour aider aux préparatifs de départ et montrer qu'en ces circonstances critiques elle aussi pouvait être utile, elle avait pris dans la commode le ceinturon de George, et le tenant toujours à la main, suivait son mari pas à pas et en silence. Elle entra dans le salon, et là, appuyée contre le mur, elle pressait ce ceinturon sur son sein d'où l'écharpe cramoisie descendait comme une longue traînée de sang. À ce pénible spectacle, notre bon et sensible capitaine entendit une voix accusatrice s'élever dans sa conscience.

« Mon Dieu, pensa-t-il, voilà pourtant l'affliction, dont je n'ai pas su respecter le mystère. »

C'était une de ces douleurs immenses que les paroles ne sauraient ni calmer ni adoucir. Pénétré d'une vive sympathie, il s'arrêta un moment à contempler cette femme avec la tendresse d'une mère qui voit souffrir son enfant.

Enfin George prit la main d'Emmy, la reconduisit dans sa chambre à coucher, et reparut immédiatement, mais seul cette fois. Les derniers adieux avaient eu lieu ; il partit.

« Grâce au ciel, pensa George en descendant l'escalier son épée sous le bras, voilà un terrible moment de passé. »

Il se rendit en toute hâte au lieu de ralliement, où soldats et officiers arrivaient de toutes parts et en tumulte. Son pouls battait bien fort, ses joues étaient bien brûlantes, on allait jouer au grand jeu des batailles, et il avait sa part dans l'enjeu !

George, répondant ainsi au premier appel de la trompette guerrière, s'était élancé des bras de sa femme pour se soustraire à des pensées qui auraient pu amollir son courage. Il rougissait presque de cette faiblesse de cœur, de ce mouvement de tendresse. Ce reproche, hélas ! il n'avait eu, jusqu'ici, que trop rarement à se l'adresser. Du reste, le même sentiment d'anxiété et d'exaltation régnait dans tout le régiment, depuis le gros major, qui conduisait ses hommes au feu, jusqu'à l'enseigne Stubble, qui ce jour-là portait le drapeau.

Le soleil se montrait à peine à l'horizon, lorsque le 2e régiment commença à s'ébranler ; il faisait beau à voir l'air martial de toutes ces figures avec la musique en tête jouant une marche guerrière. Le major venait ensuite sur Pyrame, son cheval de bataille, puis les grenadiers commandés par leur capitaine, et au centre le drapeau porté par de jeunes et vieux enseignes. Enfin George à la tête de sa compagnie.

Il leva les yeux, sourit à Amélia en passant sous sa fenêtre, puis disparut avec ses hommes, et bientôt le son même de la musique se perdit dans le lointain.

CHAPITRE XXXI
Dévouement de Jos Sedley pour sa sœur

Tandis que chacun des officiers allait occuper sur le champ de bataille le poste qui lui était désigné, Jos Sedley restait à Bruxelles pour y commander la petite colonie que nous connaissons déjà. Comme compensation du trouble où l'avaient jeté les confidences de Dobbin et les événements de la matinée, il prolongea de plusieurs heures les plaisirs du lit, et, n'ayant pas l'espoir de reprendre son sommeil où il l'avait laissé, il se mit à réfléchir jusqu'à l'heure de son lever sur les circonstances actuelles. Le soleil était déjà fort avant dans sa course ; déjà nos vaillants amis du ***e avaient parcouru plusieurs milles, que le fonctionnaire civil ne s'était point encore montré pour le déjeuner avec sa robe de chambre à ramages.

En l'absence de George, Jos Sedley se sentait beaucoup plus à son aise. Peut-être même au fond du cœur n'était-il pas fâché du départ d'Osborne ; car, en présence de ce dernier, son rôle dans la maison était fort secondaire, et George témoignait sans aucun scrupule un mépris marqué pour ce gros et gras personnage. Emmy, au contraire, avait toujours été pleine de prévenances pour l'ex-receveur ; c'était elle qui veillait à son confort, qui lui préparait mille petites friandises, qui l'accompagnait dans ses promenades en voiture.

Elle encore, qui par de doux sourires, savait lui faire oublier les colères et le mépris de son mari. Combien de timides remontrances n'avait-elle pas, à ce sujet, hasardées à l'oreille de George, et combien de fois n'avait-il pas, d'un ton tranchant, coupé court à ses supplications.

– C'est dans mon caractère d'être franc, disait-il. J'ai un sentiment, je le montre ; c'est ainsi que doit agir tout homme de bien. Prétendez-vous donc, ma chère, que j'irai prendre des gants pour parler à un nigaud de l'espèce de votre frère ?

En conséquence, Jos était fort satisfait de se voir débarrassé de George. En voyant le chapeau rond et les gants du capitaine placés sur un coin du buffet, il pensait avec plaisir que le propriétaire de ces objets était déjà bien loin ; un tressaillement de plaisir courait par tout son être.

« Au moins, ce matin, pensait-il, il ne m'accablera point de son insolente et dédaigneuse fatuité. »

Puis se tournant vers Isidore, son domestique :

– Allez mettre, lui dit-il, le chapeau du capitaine dans l'antichambre.

– Peut-être n'en aura-t-il plus grand besoin, dit le laquais répondant à son maître.

Il détestait George dont l'insolence à son égard justifiait tout ce qu'on a dit des Anglais sous ce rapport.

– Allez dire à Madame que le déjeuner est servi, dit Mr Sedley, avec une dignité majestueuse, et dédaignant de s'expliquer avec un domestique sur son aversion pour George.

Il ne s'était pas cependant toujours montré aussi discret, et plus d'une fois, en présence de Mr Isidore, il avait donné libre cours à sa mauvaise humeur contre son beau-frère.

Madame, hélas ! n'était point en état de venir déjeuner, de couper à Jos des tartines comme il les aimait. Madame se sentait beaucoup trop indisposée pour cela ; depuis le départ de son mari, suivant la réponse de sa bonne, elle n'avait cessé d'être dans un état d'agitation déplorable. La plus grande marque de sympathie que son frère pût imaginer à son endroit, fut de verser pour elle une immense tasse de thé : chacun a sa manière d'exprimer sa tendresse, c'était celle de Jos. Non content de lui avoir envoyé son déjeuner, il pensa aux friandises qui, au dîner, pourraient le plus flatter son goût.

Mr Isidore avait regardé d'un air sournois le domestique d'Osborne faire les préparatifs du départ de son maître. Il en voulait d'abord beaucoup à Mr Osborne pour ses airs méprisants avec lui ; les domestiques du continent sont en général d'une nature peu endurante. En second lieu, il était tout contristé de voir tant d'objets de prix soustraits à sa convoitise pour passer en des mains autres que les siennes après la déroute des Anglais. La défaite des alliés paraissait inévitable à la plupart de ceux qui se trouvaient alors en Belgique. L'opinion générale était que l'empereur, passant sur le ventre des Prussiens et des Anglais, serait dans trois jours à Bruxelles. En conséquence, Mr Isidore s'attribuait déjà en esprit toute la garde-robe et tous les meubles de ses maîtres actuels auxquels il ne restait qu'à choisir entre être pris, tués, ou mis en fuite.

Au milieu des soins que ce fidèle serviteur donnait chaque matin à Jos pour la confection de sa toilette, il calculait, à mesure que chaque objet lui passait dans les mains, le parti qu'il en pourrait tirer pour son usage ou son avantage personnel. Il destinait les flacons en argent et autres objets de même nature à une jeune personne, pour laquelle il nourrissait de très tendres sentiments. Il s'adjugeait les rasoirs anglais avec une superbe épingle montée en rubis. Il se voyait déjà se prélassant avec les chemises à jabots, le chapeau galonné d'or, la redingote à brandebourgs, qu'on pourrait facilement rajuster à sa taille, la canne à pomme d'or du capitaine, sa grosse bague à double rangée de rubis, dont on lui ferait deux superbes boucles d'oreilles ; il pensait que tout ceci ferait de lui un parfait Adonis et de miss Reine une proie facile.

« Ces doubles boutons m'iront à merveille, pensait-il en fixant ses regards sur les susdits boutons qui scintillaient aux énormes poignets de son maître. Avec ces boutons, je mettrai les bottes à éperons de cuivre que le capitaine a laissées dans la chambre à côté, et alors, corbleu ! comme on va me regarder passer dans l'allée Verte[102] ! »

Tandis que Mr Isidore, saisissant d'une main hardie l'extrémité du nez de son maître, lui rasait la partie inférieure de la figure, il se voyait déjà en imagination s'avançant majestueusement dans l'allée Verte, miss Reine au bras et l'habit à brandebourgs sur le dos, ou bien encore, attablé en face d'une chope de Faro, dans une brasserie sur la route de Laeken.

Mais, heureusement pour son repos, Mr Jos Sedley n'avait nulle notion des opérations intellectuelles qui s'accomplissaient dans le cerveau de son domestique, pas plus que nous n'en savons en général sur ce qu'on pense de nous à l'office. Le pauvre Jos ne se doutait pas plus des funestes projets médités contre lui que les poulets qui figurent sur la carte du traiteur n'ont eu la prescience de leur sort.

La domestique d'Amélia était loin de se livrer à ces vues intéressées et cupides. Personne dans son entourage, et jusqu'aux subordonnés eux-mêmes, ne pouvait approcher de cette aimable et douce créature sans se sentir épris pour elle de dévouement et d'affection. Pauline la cuisinière, pendant cette longue matinée, chercha à consoler de son mieux

102. Lieu de promenade très prisé à Bruxelles au début du XIXe siècle.

sa jeune maîtresse. En voyant Amélia rester des heures entières immobile et silencieuse à la fenêtre d'où elle avait vu disparaître la dernière baïonnette du régiment, cette honnête fille, lui prenant la main, lui dit d'un accent pénétré :

– Et moi, madame, moi aussi, n'ai-je pas mon homme à l'armée ?

Puis elle se mit à fondre en larmes. Amélia se jeta dans ses bras ; elles pleurèrent ensemble, et leur douleur s'adoucit dans cette communauté de peines.

Plusieurs fois pendant la journée Mr Isidore alla parcourir la ville en quête de nouvelles. Il s'arrêtait à la porte des hôtels qui avoisinent le parc. Il se mêlait aux valets et aux gens de service, et, dans la ville, saisissait à la volée les bruits divers qui circulaient, et rapportait bien vite à son maître le bulletin du moment. Tous les Belges étaient attachés au fond de l'âme à la cause de l'empereur, et ils le voyaient déjà vainqueur et la campagne terminée. La proclamation suivante avait été répandue à profusion dans Bruxelles :

PROCLAMATION

Avesnes, 14 juin 1815.

Soldats !

C'est aujourd'hui l'anniversaire de Marengo et de Friedland, qui décidèrent deux fois du destin de l'Europe. Alors comme après Austerlitz, comme après Wagram, nous fûmes trop généreux, nous crûmes aux protestations et aux serments des princes que nous laissâmes sur le trône ; aujourd'hui cependant, coalisés entre eux, ils en veulent à l'indépendance et aux droits les plus sacrés de la France. Ils ont commencé la plus injuste des agressions ; marchons à leur rencontre : eux et nous ne sommes plus les mêmes hommes !

Soldats, à Iéna contre ces mêmes Prussiens, aujourd'hui si arrogants, vous étiez un contre trois, et à Montmirail un contre six !

Que ceux d'entre vous qui ont été prisonniers des Anglais vous fassent le récit de leurs pontons et des maux affreux qu'ils y ont soufferts.

Les Saxons, les Belges, les Hanovriens, les soldats de la Confédération du Rhin gémissent d'être obligés de prêter leurs bras à la cause des princes ennemis de la justice et des droits de tous les peuples. Ils savent que cette coalition est insatiable ; après avoir dévoré douze millions de Polonais, douze millions d'Italiens, un million de Saxons, six millions de Belges, elle devra dévorer les États du second ordre de l'Allemagne.

Les insensés, un moment de prospérité les aveugle ; l'oppression et l'humiliation du peuple français sont hors de leur pouvoir. S'ils entrent en France, ils y trouveront leur tombeau.

Soldats, nous avons des marches forcées à faire, des batailles à livrer, des périls à courir ;

mais, avec de la constance, la victoire sera à nous ; les droits de l'homme et le bonheur de la patrie seront reconquis. Pour tout Français qui a du cœur, le moment est arrivé de vaincre ou de périr.

Signé : NAPOLÉON

Les partisans de l'empereur allaient plus loin : ils annonçaient l'extermination de ses ennemis ; parmi les Anglais et les Prussiens, tout ce qui échapperait au fer et au canon devait infailliblement être fait prisonnier et traîné à l'arrière-garde de l'armée conquérante.

Tous ces bruits répandus dans la ville étaient rapportés à Mr Sedley avec une minutieuse exactitude. On avait bien soin de lui dire que le duc de Wellington, après avoir rallié son avant-garde, qui, la nuit précédente, avait été complètement écrasée, s'était mis en marche et commençait sa retraite.

– Écrasée ! allons donc, disait Jos toujours fort courageux au sortir de table. Oui, le duc est en marche, mais pour battre l'empereur comme il a battu ses généraux.

– Il a fait brûler ses papiers, partir ses bagages, et l'on prépare le logement qu'il occupait pour le duc de Dalmatie, lui répondit son empressé donneur de nouvelles. Ces renseignements, je les tiens de son maître d'hôtel en personne. Les gens de milord le duc de Richemont font les paquets en toute hâte et achèvent d'emballer son argenterie ; quant à

Sa Grâce, elle a pris les devants et est allée rejoindre le roi de France à Ostende.

– Le roi de France est à Gand, mon ami ! répondit Jos avec un sourire railleur et sceptique.

– Hier, le roi de France s'est sauvé à Bruges ; aujourd'hui, il s'embarque à Ostende. Le duc de Berri est prisonnier. Ceux qui tiennent à leur peau n'ont qu'à partir au plus vite. Demain on va rompre les digues ; il sera trop tard de songer à fuir quand tout le pays sera sous l'eau.

– Chansons que tout cela, maître sot ; nous sommes trois contre un, entendez-vous ? Buonaparte n'est pas en mesure de tenir un instant contre nous. Les Autrichiens et les Russes sont en marche ; il est impossible que le Corse ne soit pas écrasé au milieu du choc, dit Jos avec un grand coup de poing sur la table.

– Les Prussiens étaient trois contre un à Iéna : eh bien ! en une semaine leur armée était battue et leur royaume conquis ! ils étaient six contre un à Montmirail, et lui les a dispersés comme un troupeau de moutons. Les troupes autrichiennes sont en marche, mais avec le roi de Rome et l'impératrice à leur tête ; les Russes se disposent à la retraite ; et quant aux Anglais, point de quartier ; leur compte est bon ; ils n'ont qu'à se tenir coi. Regardez un peu ici ; lisez-moi ça comme c'est rédigé : en voilà une crâne proclamation de Sa Majesté l'empereur et roi !

Mr Isidore tirant de sa poche le susdit papier, le fit passer d'un air de défi sous le nez de son maître.

Il croyait déjà n'avoir plus qu'à mettre la main sur l'habit à brandebourgs et les autres objets de sa convoitise.

Jos, comme nous l'avons dit, sortait de table, et ces récits, tout en ébranlant sa confiance, ne l'alarmaient pas encore très vivement.

– Mon habit, mon chapeau, monsieur, dit-il, et suivez-moi. Je veux aller aux informations, et juger par moi-même de la vérité de tous ces bruits.

Isidore était furieux ; Jos mettait l'habit à brandebourgs.

– Milord ferait mieux de mettre un autre habit qui ait une apparence moins militaire. Les Français ont fait serment d'exterminer jusqu'au dernier soldat anglais.

– Silence, drôle ! répondit Jos d'une voix résolue.

Et il enfila son bras dans la manche avec une intrépidité héroïque.

Mistress Rawdon entrait au même instant : elle venait voir Amélia. Trouvant la porte ouverte, elle n'avait pas eu la peine de sonner.

Rebecca n'était ni moins jolie ni moins élégante qu'à son ordinaire. Le paisible et profond repos qu'elle avait goûté depuis le départ de Rawdon lui avait rendu la fraîcheur de son teint ; ses joues roses et souriantes faisaient plaisir à voir, surtout à voir au milieu des figures pâles et inquiètes que l'on rencontrait à chaque pas dans la ville. Elle ne put s'empêcher de rire à la vue de Jos, tout essoufflé de ses efforts pour pénétrer dans les manches de sa redingote.

– Vous vous disposez à rejoindre l'armée, monsieur Jos ? demanda-t-elle. Qui restera donc à Bruxelles pour nous protéger, nous autres, pauvres femmes ?

Le bras de Jos étant enfin parvenu à franchir l'entrée de la redingote, notre séducteur s'avança tout rougissant, et balbutia quelques excuses à la belle visiteuse, et lui demanda comment elle avait supporté les fatigues du bal et les événements de la matinée.

Mr Isidore était allé ranger, pendant ce temps, la robe de chambre à ramages.

– Que c'est aimable à vous de vous informer ainsi de ma santé, dit-elle en serrant une des mains de Jos dans les siennes. À la bonne heure : au moins, vous êtes calme et de sang-froid, tandis que les autres ont tous l'air de ne plus savoir où ils en sont. Et notre petite Emmy ? la séparation a dû être bien terrible pour elle.

– Déchirante ! dit Jos.

– Vous autres hommes, vous êtes tous de roc ; les séparations, les dangers, rien ne vous émeut. Allons, vous vous disposez à rejoindre l'armée, n'est-ce pas ? vous voulez donc nous abandonner à notre malheureux sort. Je savais bien que je devinais juste ! j'en avais comme un pressentiment. Cette pensée que vous alliez nous quitter m'a mise tout en émoi, c'est que je pense souvent à vous quand je suis seule, monsieur Jos, et alors je suis vite accourue pour vous supplier de n'en rien faire, de ne point nous abandonner.

Voici maintenant de quelle manière on pouvait interpréter ces paroles : « Mon cher monsieur, dans le cas où l'armée éprouverait un échec et serait forcée de battre en retraite, vous avez une excellente voiture où je compte bien trouver une place. »

La pénétration de Jos alla-t-elle jusqu'à découvrir ce sens caché ? Nous n'oserions le garantir. Jos gardait, du reste, à la dame un profond ressentiment de ses airs d'indifférence pour lui pendant son séjour à Bruxelles. L'avait-elle jamais présenté aux illustres amis de Rawdon ? C'était tout au plus si elle l'avait invité à ses réunions. Il faut ajouter qu'il était d'une timidité excessive au jeu et ne hasardait jamais beaucoup. George et Rawdon ne pouvaient le sentir ; peut-être n'étaient-ils pas bien aises de l'avoir pour témoin de leurs amusements favoris.

« C'est cela ! pensait Jos, elle vient me trouver quand elle a besoin de moi. Elle pense à son vieux Jos Sedley quand personne d'autre ne lui trotte en tête. »

Mais il se sentait surtout très fier de l'opinion avantageuse que Rebecca paraissait se faire de son courage. Il rougit de nouveau, se rengorgea dans sa cravate, et d'un ton d'importance :

– Il est vrai, dit-il, que je ne serais pas fâché d'assister à une bataille rangée ; c'est une pensée, d'ailleurs, que tout homme de cœur aurait à ma place, n'est-ce pas ? J'ai bien vu comme une guerre en miniature dans les Indes, je voudrais voir maintenant de la haute stratégie.

– En vérité, messieurs, vous sacrifieriez tout à un plaisir, continua Rebecca du même ton. Le capitaine Crawley m'a quittée ce matin aussi gai que s'il allait à une partie de chasse. Que lui importaient, que vous importent à vous les angoisses et les tortures de la femme que vous abandonnez ? Je viens, mon cher monsieur Sedley, je viens chercher auprès de vous refuge et consolation. J'ai passé ma matinée dans les larmes et la prière dans l'appréhension des périls qui menacent nos maris, nos troupes, nos alliés. Et venant ici dans l'espoir d'y trouver asile et protection auprès du seul ami qui me reste pour me défendre au milieu de ces scènes de sang et de carnage, devais-je m'attendre à vous voir partir, vous aussi ?

– Ah ! chère madame, répondit Jos oubliant toutes les anciennes rancunes, il ne faut pas vous tourmenter ainsi ; je dis seulement que j'aurais du plaisir à aller voir cela ! c'est un langage que tiendrait tout Anglais à ma place ; mais mon devoir, à moi, m'enchaîne ici, et je ne puis laisser cette pauvre sœur qui est là enfermée dans sa chambre.

En même temps il désignait du doigt la porte d'Amélia.

– Noble frère et excellent cœur ! dit Rebecca en passant sur ses yeux son mouchoir, qui sentait l'eau de Cologne, comme j'ai été injuste envers vous, moi qui vous accusais de n'avoir point de cœur !

– Oh ! certes oui, je vous le jure, dit Jos en portant sa main sur l'organe en question, vous avez été injuste envers moi, chère mistress Rawdon, oh ! oui, bien injuste !

– Il faudrait être aveugle pour nier votre fidélité et votre dévouement à votre sœur ; mais vous, il y a deux ans, je m'en souviens encore parfaitement, vous avez été bien perfide à mon endroit.

Et Rebecca, après avoir un instant fixé ses yeux sur lui, se dirigea vers la fenêtre.

Une vive rougeur monta aux oreilles de Jos. L'organe dont Rebecca accusait l'absence chez lui se mit à faire de furieuses gambades. Il se rappela son brusque éloignement, sa passion incandescente d'autrefois, leurs promenades en voiture, la bourse de soie verte, le temps où il contemplait avec un cœur épris la blancheur de ses bras et l'éclat de ses yeux.

– Je sais que vous me croyez ingrate, reprit Rebecca. Et quittant la fenêtre, elle se mit à le regarder de nouveau ; puis elle continua d'une voix émue et tremblante : Votre froideur, vos regards dédaigneux, tout dans vos manières, lorsque nous nous sommes retrouvés dernièrement, tout m'a prouvé votre indifférence et votre oubli. Quant à moi, n'avais-je pas des motifs pour vous éviter ? Cherchez dans votre cœur la réponse à cette question. Pensez-vous que mon mari fût d'humeur à vous voir avec plaisir ? Les seuls mots un peu durs qu'il m'ait adressés, je dois cette justice au capitaine Crawley, me sont venus à votre sujet. Quelle blessure, hélas ! ne rouvraient-ils pas dans mon cœur !

– Juste ciel ! grands dieux ! disait Joseph dans un élan de joie et d'inquiétude. Qu'ai-je fait pour… pour…

– Ah ! croyez-le bien, dit Rebecca, la jalousie est une terrible chose ! j'ai eu bien à souffrir de sa part à cause de vous. Cependant, en dépit du passé, mon cœur lui appartient tout entier, et vous savez si je suis innocente, monsieur Sedley.

Le sang de Jos lui brûlait les veines ; il couvait du regard cette victime, qui avait fini par subir le charme séducteur de sa personne. D'adroites paroles, de tendres œillades rallumèrent en un instant ses ardeurs assoupies, et lui firent refouler bien loin et doutes et soupçons. Y compris Salomon lui-même, les hommes les plus sages ne se sont-ils pas toujours laissé prendre aux cajoleries des femmes ?

« En cas de désastre, pensa Becky, ma retraite est assurée. Je puis maintenant compter sur la place d'honneur dans sa voiture. »

Personne ne peut mesurer à quels amoureux transports, à quelles brûlantes déclarations Mr Jos se fût laissé entraîner dans le désordre de ses sens, si Mr Isidore ne fut aussitôt survenu pour remplir auprès de lui les devoirs de sa charge. Jos tout prêt à se répandre en tendres aveux, pensa étouffer de l'émotion qu'il lui fallut comprimer en lui-même ;

et quant à Rebecca, elle jugea que désormais elle n'avait plus rien de mieux à faire que d'aller consoler sa chère Amélia.

– Au revoir, dit-elle, en faisant à Mr Jos le geste de main le plus amical, puis elle frappa doucement à la porte de mistress Osborne.

Tandis qu'elle tirait la porte sur elle, Joseph s'affaissait sur son fauteuil de la façon la plus tragique ; à entendre ses soupirs on aurait dit un soufflet de forge.

– Voilà un vêtement qui doit gêner monsieur, se risqua à dire Isidore, les yeux fixés sur la redingote de Jos.

Son maître n'entendit point ; il pensait bien à son habit ! Tantôt la vision trop fugitive de son enchanteresse le plongeait dans une folle extase, et tantôt il se laissait aller aux défaillances d'une conscience coupable, croyant voir déjà le jaloux Rawdon, ses moustaches fièrement retroussées et posant le doigt sur la détente de ses terribles pistolets de duel.

À la vue de Rebecca le cœur d'Emmy tressaillit d'effroi, et la pauvre enfant fit un bond en arrière. La soirée de la veille lui revint tout entière à l'esprit. Elle l'avait oubliée sous le poids de ses terribles préoccupations ; elle avait oublié Rebecca, sa jalousie et le reste en présence du départ et des périls de son mari. Nous-mêmes n'avons point voulu troubler le mystère de ses larmes et de sa douleur jusqu'au moment où cette effrontée coquette rompit le charme et tourna le bouton. Qui pourra dire les angoisses de ces longues heures passées par cette pauvre enfant prosternée dans une prière muette au milieu d'amères rêveries ! Ceux qui racontent les batailles et chantent le triomphe parlent rarement de ces pénibles détails. Au milieu des hymnes de la victoire, le conquérant n'a jamais voulu entendre les gémissements des veuves et les cris des mères ! Jamais cependant plus légitime et plus douloureuse protestation ne s'éleva contre les joies lugubres et ensanglantées du triomphateur.

Amélia éprouva d'abord une répulsion instinctive devant ce regard glauque et brillant, cette fraîche toilette qui semblait défier l'anxiété générale, ces bras tendus vers elle pour protester d'une amitié mensongère. Puis un juste courroux s'empara de son cœur, le sang monta à sa figure d'abord aussi pâle que la mort ; elle renvoya à Rebecca un coup d'œil fixe et glacial, et sa rivale s'arrêta toute surprise et presque troublée.

Mais cet embarras fut de courte durée, et faisant un pas vers sa victime :

– Ma chère Amélia, lui dit-elle, vous avez l'air d'être souffrante ; je vous en prie, pour ma tranquillité, dites-moi, ce que vous avez ?

Amélia recula de nouveau. Pour la première fois de sa vie, cette âme confiante et sincère refusait d'ajouter foi à une démonstration affectueuse et bienveillante. Elle recula et un frisson lui parcourut tout le corps.

– Vous ici, Rebecca ? dit-elle avec une froideur pleine de dignité.

Ce regard fit naître quelque inquiétude dans l'esprit de la visiteuse.

« Elle l'a vu au bal glisser la lettre dans le bouquet », pensa Rebecca.

– Voyons, chère Amélia, reprit-elle tout haut et en baissant les yeux, soyez plus calme, je viens voir si je puis… si vous vous sentez mieux.

– Et vous-même, repartit Amélia, comment vous trouvez-vous ? Oh ! fort bien sans doute, car vous n'aimez point votre mari. Autrement seriez-vous ici ! Vous avez été pour moi la source de bien cruelles souffrances, et cependant avez-vous jamais trouvé en moi autre chose qu'une amie tendre et dévouée ?

– Non, sans doute Amélia, répondit l'autre femme le front toujours incliné.

– Quand vous étiez malheureuse, n'ai-je pas été comme votre sœur ? Ne vous ai-je pas tendu les bras quand vous n'aviez ni parents ni amis, et quand tous ces souvenirs devaient vous faire aimer mon bonheur, vous engager au moins à le respecter, vous êtes venue porter le trouble dans mes affections, vous êtes venue vous mettre entre mon amour et lui ! Qui êtes-vous donc pour porter la discorde où Dieu a mis l'union, pour m'enlever le cœur de mon bien-aimé, de mon mari ? Pensez-vous l'aimer d'un amour aussi vrai, aussi pur que le mien ? Sa tendresse formait toute ma joie, vous le savez, et malgré cela vous avez voulu me la ravir. Honte à vous, Rebecca, âme méchante et dépravée ! honte à vous, amie trompeuse et épouse infidèle !

– Amélia, j'en prends Dieu à témoin, je n'ai aucun reproche à me faire à l'égard de mon mari.

– Ah ! Rebecca, interrogez votre conscience, et voyez si elle vous en dira autant pour ce qui me concerne. Si vous n'avez pas réussi, ce n'est pas faute au moins d'y avoir essayé.

« Elle ignore tout », pensa Rebecca plus rassurée.

– Je ne sais quelle voix secrète disait à mon cœur qu'il échapperait à vos pièges, à vos fourberies, et qu'enfin il reviendrait à moi. J'étais sûre de la générosité de son cœur ; j'avais foi dans son amour, et son amour a été rendu à mes vœux.

La pauvre enfant prononça ces paroles avec une vivacité et une effusion dont Rebecca ne l'avait jamais crue capable, et qui la laissèrent muette. Amélia poursuivit d'une voix attendrie :

– Vous ai-je jamais fait aucun mal pour chercher ainsi à m'enlever celui que j'aime ? Il est à moi depuis six semaines au plus. Vous auriez dû, par pudeur au moins, respecter les premiers jours de notre mariage ; et vous semblez, au contraire, n'avoir rien eu de plus pressé que de corrompre mon bonheur. Et vous venez sans doute maintenant pour jouir du spectacle de mon affliction. Ah ! quinze jours des plus cruelles souffrances auraient dû m'épargner cette dernière insulte !

– Mais, mon Dieu !… fit Rebecca, puis elle finit sa phrase de la façon la plus maladroite : M'a-t-on jamais vue mettre le pied ici ?

– Jamais, vous dites la vérité ; mais, par vos séductions, vous avez enlevé mon mari à son intérieur. Venez-vous me le ravir encore ? Il n'est plus ici, il est bien loin maintenant… Il s'est assis sur ce sofa ; c'est là que nous avons prononcé nos dernières paroles… J'étais sur ses genoux, ma tête inclinée sur la sienne. Nous avons prié tous deux, et nous avons dit : « Notre Père… » Oui, il était là et on me l'a emmené ; il est bien loin maintenant ; mais il m'a promis de revenir.

– Il reviendra, chère Emmy, fit Rebecca en proie à une émotion involontaire.

– Regardez, dit Amélia, voici son ceinturon ; n'est-il pas d'une jolie couleur ?

En même temps elle le portait à ses lèvres et le couvrait de baisers, puis elle le passait autour de sa taille, et elle restait ainsi de longs instants, immobile comme une statue de marbre. Elle ne pensait plus ni à son courroux, ni à sa jalousie, ni à la présence même de sa rivale. Enfin, à moitié souriante, elle alla caresser l'oreiller où George reposait la nuit à côté d'elle.

Rebecca quitta la chambre sans proférer une parole.

– Comment se trouve Amélia ? demanda Jos, toujours étendu dans son fauteuil.

– Je l'ai trouvée fort souffrante, répondit Rebecca. Il faudrait mettre quelqu'un auprès d'elle pour la soigner.

Après quoi elle partit toute sérieuse, malgré les vives instances de Jos, qui la pressait d'accepter son dîner.

En quittant Amélia, mistress Crawley rencontra la major O'Dowd, dans l'âme de laquelle les sermons du Doyen n'avaient pu réussir à ramener le calme. Peu habituée aux politesses de mistress Rawdon, elle fut toute surprise de se voir abordée par elle. Rebecca lui apprit que cette pauvre petite mistress Osborne était dans un état pitoyable, et que le chagrin l'avait rendue presque folle. Qu'enfin ce serait une bonne action à mistress O'Dowd d'aller consoler sa jeune amie.

– J'ai déjà beaucoup de ma propre affliction, dit mistress O'Dowd avec gravité, et cette pauvre Amélia doit fort peu désirer les visites ; toutefois, si elle est aussi souffrante que vous le dites, et si vos occupations ne vous laissent pas le temps de rester auprès d'elle, après toutes vos belles protestations de tendresse à son égard, je vais voir ce que je pourrais faire pour elle. J'ai bien l'honneur d'être la vôtre, madame.

Là-dessus, la dame au turban, après une légère inclination de tête, tira sa révérence à mistress Crawley, dont la compagnie ne lui paraissait aucunement désirable.

Becky, avec un sourire sur les lèvres, s'arrêta pour voir s'éloigner la majestueuse major. Enfin, son sérieux ne put tenir contre un dernier regard que lui décocha mistress O'Dowd par-dessus son épaule, comme la flèche du Parthe[103] ; et sa bonne humeur l'emporta.

– Charmée, ma belle dame, marmotta Peggy entre ses dents, de vous voir si gaie. Ce n'est pas votre chagrin qui vous abîme les yeux à force de pleurer.

En même temps, elle se dirigea d'un pas rapide vers la demeure de mistress Osborne.

La pauvre femme se trouvait encore auprès du lit où l'avait laissée Rebecca ; elle était debout, toujours égarée par le chagrin. La femme du major, d'un caractère plus ferme et plus énergique, essaya de son mieux à consoler sa jeune amie.

– Allons ! du courage, Amélia, lui dit-elle avec douceur. Il ne faut pas qu'il vous trouve par trop souffrante, quand il vous reviendra après la victoire. Vous n'êtes pas la seule aujourd'hui dont le sort repose entre les mains de Dieu.

– Hélas ! fit Amélia, la force et le courage m'ont abandonnée.

Elle avait le sentiment de sa faiblesse ; toutefois la présence d'une personne plus énergique releva son moral, et elle se retint par la crainte de donner à son amie le spectacle de ses défaillances. Pendant

103. Attaque verbale qui vient conclure une conversation.

le temps que ces deux femmes passèrent ensemble, leur cœur avait rejoint le régiment, et en suivait la marche lointaine. Des craintes, des prières et des vœux, tel est le triste lot des femmes dans la guerre. Car la guerre lève son tribut sur les deux sexes : aux hommes elle demande leur sang, aux femmes elle prend leurs larmes.

Vers les deux heures et demie vint se placer un événement d'une haute importance pour Mr Joseph ; il s'agissait de dîner. La mort pouvait à quelques lieues de là faire sa terrible moisson, pour lui il n'en perdait pas un coup de dent. Il se rendit lui-même auprès d'Amélia, espérant la décider à prendre quelque nourriture, il eut recours dans ce but à toute son éloquence culinaire.

– Venez, dit-il, venez, la soupe est excellente. Allons Emmy, du courage, que diable !

Et il lui baisa la main.

Depuis bien des années, si l'on excepte le jour du mariage, il ne lui avait fait pareille tendresse.

– Vous êtes bien bon, Joseph, lui dit-elle. Tout le monde est bien bon pour moi, je vous en suis très reconnaisante, mais je désire ne pas quitter ma chambre de la journée.

Le fumet de la soupe produisit toutefois un si agréable chatouillement sur les nerfs olfactifs de mistress O'Dowd, qu'elle s'offrit pour tenir compagnie à Mr Jos. Tous deux allèrent se mettre à table.

– Grâces à Dieu, pour nous avoir donné cet excellent bouillon, dit avec solennité la femme du major.

Elle pensait à son digne époux, chevauchant alors à la tête de ses braves.

– Ils feront un bien mauvais dîner aujourd'hui, ces pauvres enfants, ajouta-t-elle avec un soupir ; puis elle avala le contenu de son assiette avec une résignation très philosophique.

Le courage de Jos grandissait en proportion des morceaux qu'il mangeait : à la fin du dîner, pour boire, disait-il, à la santé du régiment, il se fit apporter un verre de champagne.

– Allons, mistress O'Dowd, fit-il avec un aimable salut à sa convive ; vous, Isidore, remplissez le verre de la major ; et buvons à la santé de ce bon O'Dowd et du brave ***[e].

Tout à coup Isidore tressaillit, la femme du major laissa tomber son couteau et sa fourchette, et, à travers les fenêtres toutes grandes ouvertes, on put distinguer dans le lointain un roulement sourd et continu.

– Qu'avez-vous, drôle ? demanda Jos en apostrophant son domestique. Allons, versez-nous à boire.

– N'entendez-vous pas ? dit Isidore en courant à la fenêtre.

– Dieu nous protège, s'écria mistress O'Dowd, c'est le canon.

Elle s'élança à la suite d'Isidore comme pour se rapprocher du bruit.

Toutes les maisons étaient garnies de figures pâles et inquiètes, et les rues de la ville encombrées d'une foule morne et silencieuse.

CHAPITRE XXXII
Où Joseph prend la fuite

Bruxelles présentait alors des scènes de tumulte et d'effroi dont notre plume ne peut donner qu'une idée affaiblie. Des flots de peuple se précipitaient vers la porte de Namur, située dans la direction du bruit. La route était couverte de gens à cheval, qui allaient aux renseignements sur le sort de l'armée. On se demandait des nouvelles de proche en proche. Les plus gros seigneurs et les plus grandes dames de l'Angleterre ne faisaient aucune difficulté de parler au premier venu.

Les partisans de Napoléon couraient de côté et d'autre dans un état d'exaltation fébrile et prédisaient le triomphe de leur empereur. Les marchands fermaient précipitamment leurs boutiques pour prendre leur part des inquiétudes de la foule et grossir le tumulte. Les femmes se pressaient dans les églises, encombraient les chapelles et s'agenouillaient pour prier jusque sur les dalles du porche. Les sourds roulements du canon se succédaient de minute en minute. Des voitures chargées de fuyards sillonnaient la ville, se dirigeant vers la barrière de Gand. Déjà les prédictions du parti napoléonien prenaient la consistance de faits accomplis.

– Il a culbuté ses ennemis, disait-on, et il est en marche sur Bruxelles.

– En un tour de main il aura raison des Anglais, disait Mr Isidore à son maître, et il arrivera ici ce soir.

Le pauvre Jos était toujours par voie et par chemin, s'informant à tous ceux qu'il rencontrait du désastre de ses compatriotes. À chaque nouveau détail, sa figure pâlissait davantage et ce pacifique héros commençait à céder à la panique générale ; le champagne ne pouvait plus suffire à remonter son courage. Avant la nuit, il en était arrivé à un tel degré d'abattement et de faiblesse, qu'Isidore, au comble de la joie, se voyait déjà propriétaire de la redingote à brandebourgs.

Après avoir un moment prêté l'oreille à la fusillade, la femme du major se souvint d'Amélia, restée seule dans la pièce voisine. Elle courut auprès d'elle pour la consoler ou partager au moins ses douleurs. Cette brave et digne femme puisait un redoublement d'énergie dans la pensée que cette faible créature l'avait alors pour seul appui. Ces deux femmes passèrent ensemble de longues heures, pendant lesquelles l'honnête Irlandaise s'efforçait, tantôt par le raisonnement, et tantôt par ses tendres paroles, de ramener le calme dans cette âme agitée ; puis elle-même s'adressait au ciel dans une fervente prière.

– Tant que le feu a duré, disait plus tard cette excellente femme, j'ai gardé sa main dans la mienne.

Pauline, la bonne, était allée à l'église voisine prier pour son homme à elle.

Quand le canon eut cessé de gronder, mistress O'Dowd sortit de la chambre d'Amélia et trouva dans la pièce voisine maître Joseph en tête-à-tête avec deux bouteilles vides ; mais elles avaient été impuissantes à lui rendre le courage. Une ou deux fois il s'était présenté à la porte de sa sœur avec une mine très effarée ; il avait ouvert la bouche comme pour dire quelque chose ; mais l'immobilité de la femme du major l'avait fait battre en retraite sans qu'il ait pu soulager son esprit des paroles qui le gênaient si fort. Il songeait à la fuite, mais n'osait pas l'avouer.

Cependant, lorsque mistress O'Dowd vint le rejoindre dans la salle où, rendu plus mélancolique encore par une demi-obscurité, il se lamentait en face de ses deux bouteilles de champagne, Joseph alors se hasarda à lui ouvrir le fond de son cœur.

– Mistress O'Dowd, lui dit-il, vous ferez bien de dire à Amélia de s'apprêter.

– Voulez-vous donc la mener prendre l'air ? demanda la femme du major. Elle n'est pas de force à cela.

– C’est que… j’ai demandé ma voiture, dit-il, et… des chevaux de poste. Isidore est allé les chercher.

– Vous prend-il donc fantaisie de vous promener au clair de la lune ? repartit mistress O’Dowd. Quant à elle, ce dont elle a le plus besoin, c’est son lit ; aussi je viens de la faire coucher.

– Allez la faire lever, il faut qu’elle se lève, s’écria Jos en frappant du pied avec force. J’ai demandé des chevaux, m’entendez-vous ? des chevaux de poste. La déroute est complète, et…

– Et après ? demande mistress O’Dowd.

– Eh bien ! je pars pour Gand, continua Jos. Tout le monde fait comme moi. Il y a une place pour vous dans ma voiture. Il faut que nous soyons en route dans une demi-heure.

La femme du major lui jeta un regard de suprême mépris.

– Je ne bougerai pas, dit-elle, tant que je n’en aurai pas reçu l’avis de O’Dowd. Partez, si tel est votre bon plaisir, monsieur Sedley ; mais, je vous le jure, je reste ici avec Amélia.

– Je veux qu’elle parte ! vociféra Joseph avec de nouveaux trépignements.

Mistress O’Dowd, la main fièrement campée sur la hanche, barra la porte de la chambre à coucher.

– Vous êtes trop bon frère, en vérité, monsieur Sedley, lui dit-elle ; mais vous irez tout seul vous mettre sous les jupes de petite maman. Beaucoup de plaisir je vous souhaite, très cher monsieur, et surtout *débarquez sans naufrage*, comme dit la chanson. Toutefois, si j'ai un conseil à vous donner, vous ferez bien de raser vos moustaches, ou elles pourraient vous jouer un vilain tour.

– Mille tonnerres !… hurla Jos, partagé à la fois entre la crainte, la rage et le dépit.

Sur ces entrefaites, arriva Isidore.

– Pas un cheval dans cette diable de ville ! maugréait le laquais furieux.

Les moindres quadrupèdes avaient été mis en réquisition, car Jos n'était pas le seul à écouter les inspirations de la peur.

Mais les terreurs de Jos, déjà si cruelles et si poignantes, devaient atteindre avant peu aux dernières limites. Pauline, la femme de chambre, avait, comme on l'a vu, *son homme à elle* dans les rangs de l'armée envoyée contre Napoléon. Cet homme, originaire de Bruxelles, servait dans les hussards belges. Ses concitoyens se signalèrent, dans cette lutte mémorable, par tout autre chose que la valeur, et le jeune Régulus Van Cutsum, l'amant de Pauline, connaissait trop bien le devoir du soldat pour ne pas obéir à l'ordre de sauve-qui-peut donné par son colonel.

Le jeune Régulus, ainsi nommé pour avoir eu un sans-culotte pour parrain, venait passer tous les loisirs que lui laissait son état dans la cuisine de sa Pauline, et les joies de son existence se partageaient entre les faveurs et le bouillon de sa belle. Lorsqu'il fallut partir avec le régiment, la sensible Pauline, tout en versant des torrents de larmes, avait garni les poches et les fontes de son hussard d'un choix de comestibles destinés à lui adoucir les ennuis du bivouac.

Pour lui, pour son régiment, la campagne fut bientôt finie. Il faisait partie du détachement commandé par le prince d'Orange. À juger de la bravoure de ces hommes par la longueur des épées et des moustaches, par la richesse de l'uniforme et des harnais, Régulus et ses compagnons devaient être le corps le plus vaillant qui ait jamais défilé à la parade.

Ney, s'étant porté aux avant-postes des ennemis, avait successivement enlevé leurs positions. Tout semblait perdu pour les alliés, lorsque la division anglaise, débouchant aux Quatre-Bras, changea à elle seule la face de la lutte. Les escadrons parmi lesquels se trouvait Régulus avaient été admirables dans leur ardeur à battre en retraite devant les Français. Par politesse, sans doute, et pour laisser aux Anglais le champ plus libre, ainsi que tous les honneurs de la guerre, nos héros prirent la fuite dans toutes les directions. En un clin d'œil le régiment avait cessé d'exister ; il n'était plus nulle part, et quant à se rallier, il n'en sentait nul besoin. Ce fut ainsi que Régulus se trouva galopant à plusieurs milles du lieu de l'action, sans autre escorte que lui-même. Et maintenant pour lui quel refuge plus sûr que la cuisine de sa Pauline, toujours si hospitalière, toujours présente à sa mémoire, à son cœur, à son estomac reconnaissant ?

Vers dix heures environ, dans la maison qu'habitaient les Osborne, on entendit le cliquetis d'un sabre retentir sur les marches de l'escalier. On poussa discrètement la porte de la cuisine, et la pauvre Pauline pensa s'évanouir de terreur, quand, à son retour de l'église, elle vit se dresser devant elle son hussard aux yeux effarés. Il était aussi pâle que l'amant de Lénore[104] dans la légende allemande. Pauline pensa bien à crier ; mais ses cris auraient fait venir ses maîtres, et que serait alors devenu son bien-aimé ? Elle préféra donc étouffer toute exclamation. Après s'être assurée que son héros n'était point un vain fantôme, elle lui servit de la bière et les restes du dîner que Jos, dans l'excès de ses terreurs, avait renvoyé presque intact. Entre chaque bouchée, le hussard faisait à sa belle le récit de la déroute.

Son régiment avait fait des prodiges de valeur et, un moment, avait soutenu à lui seul l'effort de toute l'armée française ; mais force avait été de plier devant le nombre. Toute l'armée anglaise était maintenant taillée en pièces, tous les régiments avaient été détruits l'un après l'autre. En vain les Belges avaient tenté d'en sauver quelques-uns du carnage ; les soldats du duc de Brunswick, prenant

---

104. Protagoniste de la comédie *Les Fausses Apparences* ou *L'Amant jaloux* (1778) d'André-Ernest-Modeste Grétry (1741-1813).

la fuite avaient laissé tuer leur duc, en un mot, la débâcle était générale. Quant à Régulus, il ne désirait qu'une chose, c'était de noyer dans des flots de bière la douleur de la défaite.

Isidore, qui, sur ces entrefaites, était venu à la cuisine, s'empressa d'aller tout répéter à Mr Joseph.

– Tout est fini, lui cria-t-il dès qu'il fut à portée d'être entendu, le duc de Wellington est prisonnier, le duc de Brunswick est tué, l'armée anglaise est en déroute… Un seul homme a pu échapper au massacre, il est en ce moment à la cuisine. Venez, venez, il vous dira tout.

Jos s'élança aussitôt vers la cuisine, et trouva Régulus occupé à venger sa défaite sur une bouteille de bière. À l'aide des phrases les plus françaises qu'il put trouver, et qui étaient fort loin d'être irréprochables du point de vue grammatical, Joseph pria le hussard de recommencer son récit. Ce récit s'augmentait de détails de plus en plus lugubres à chaque nouvelle édition donnée par Régulus. De tout le régiment, il était le seul homme qui n'eût pas succombé à cette boucherie. Il avait vu le duc de Brunswick étendu mort, les hussards en fuite, et les Écossais hachés par le canon.

– Et le ***^{e} ? balbutia Jos.

– Taillé en pièces, répondit imperturbablement le hussard.

À ces mots, Pauline fut prise d'une crise nerveuse, et remplit la maison de ses cris et de ses sanglots.

– Oh ! ma chère maîtresse, ma bonne petite dame ! s'écriait-elle par intervalles.

Égaré par la terreur, Jos Sedley ne savait plus à quel coin du monde demander son salut. De la cuisine il se précipita dans le salon et regarda la porte d'Amélia avec une expression suppliante ; mais bientôt, se rappelant les dédains de mistress O'Dowd, il prêta l'oreille pendant un moment, et, prenant un parti énergique, résolut de s'aventurer dans la rue.

Saisissant une chandelle avec tout le courage du désespoir, il se mit à la recherche de son chapeau galonné, qu'il finit par retrouver à sa place ordinaire, sur la console de l'antichambre, devant un miroir où il avait coutume de donner le dernier coup d'œil à sa toilette. Telle est la puissance de l'habitude, que, malgré ses terreurs, il se mit instinctivement devant la glace pour passer l'inspection d'usage. À la vue de sa pâleur, il se sentit défaillir ; mais ses moustaches surtout attirèrent son attention ; depuis sept semaines environ qu'on leur avait permis de voir le jour, elles avaient atteint un degré de développement bien capable de lui donner des inquiétudes dans la circonstance actuelle.

« On va me prendre pour un militaire », pensa-t-il, en se rappelant l'avis d'Isidore et les menaces de massacre proférées contre toute l'armée anglaise.

Il remonta précipitamment dans sa chambre et tira violemment la sonnette.

Isidore accourut. Jos était déjà sur sa chaise, sa cravate enlevée, son col rabattu, sa tête renversée, et les deux mains autour du cou, au-dessous du menton.

– *Coupé moâ, Isidore*, criait-il, *vite, coupé moâ.*

Isidore pensa un moment que son maître, atteint d'aliénation mentale, lui disait de lui couper la gorge.

– *Les moustaches... moâ vouloar descendre dans le rou... coupé les moustaches... rasé vite.*

Son français se pressait avec assez de rapidité sur ses lèvres, mais il était en révolte constante avec la grammaire.

D'un coup de rasoir, les moustaches disparurent. À la suite de cette opération, Isidore éprouva une satisfaction ineffable, lorsqu'il entendit son maître lui concéder tous ses droits de propriété sur le chapeau et l'habit si longtemps désirés.

– *Moé ne porté plou le habit militaire, le bonné... donné à vous, vous le prené dehors.*

Isidore allait donc pouvoir enfin figurer avec avantage dans l'allée Verte.

Après cet acte de générosité, Jos prit dans sa garde-robe un habit et un gilet noirs, une cravate blanche et un castor à larges bords. Il les trouvait encore trop petits. Dans ce costume il avait toute l'allure de quelque honnête et gras ministre de l'Église réformée.

– *Véné mainténant,* continua-t-il, *souivé moâ, allé, partons dans le rou.*

Après s'être assuré d'une escorte, il descendit l'escalier sur la pointe du pied, comme pour ne pas donner l'éveil, et se trouva enfin dans la rue.

Au dire de Régulus il était le seul de son régiment, peut-être même de toute l'armée alliée qui eût échappé à la boucherie générale. Cependant bon nombre de ces prétendues victimes n'étaient pas aussi mortes qu'il voulait bien l'affirmer, et déjà beaucoup d'autres hussards commençaient à rentrer de toutes parts dans Bruxelles, tous répétaient qu'ils n'avaient cédé qu'à la dernière extrémité et ainsi s'accréditaient dans la ville les bruits d'une défaite pour les alliés. D'un moment à l'autre on s'attendait à voir arriver les Français, la panique était à son comble, et partout on se préparait au départ. « Point de chevaux ! » pensait Jos au comble de l'effroi. Il envoya Isidore en vingt endroits différents en demander, soit à vendre soit à louer. La réponse était partout la même, tous les chevaux étaient partis et à chaque fois le cœur de Jos était prêt à défaillir. Faudrait-il donc entreprendre le voyage à pied ? Même sous l'influence de la peur, cette masse pesante n'aurait pu se mouvoir si vite.

Les hôtels donnant sur le parc étaient presque tous occupés par les Anglais. Jos se mit à errer à l'aventure dans ce quartier, il allait écoutant de groupe en groupe, il trouvait les esprits agités comme lui par la crainte et la curiosité. Quelques familles assez heureuses pour se procurer des chevaux se hâtaient de sortir de la ville. Le plus grand nombre, aussi à plaindre que Jos, n'avait pu à aucun prix s'assurer des moyens de retraite. Parmi les fuyards de cette catégorie, Jos remarqua lady Bareacres et sa fille, qui étaient assises toutes deux dans leur voiture, sous la porte cochère de leur hôtel, leurs malles chargées sur l'impériale ; elles n'avaient comme Jos d'autre obstacle à leur fuite que le manque de chevaux.

Mistress Rebecca Crawley habitait le même hôtel que ces dames, et, jusqu'à cette époque, elles s'étaient efforcées de part et d'autre à se prouver, dans leurs moindres rapports, combien elles se détestaient. Si, par hasard, milady Bareacres rencontrait mistress Crawley dans l'escalier, aussitôt elle détournait la tête avec affectation. Toutes les fois qu'on prononçait devant elle le nom de sa voisine, elle avait mille petites infamies à raconter sur sa conduite. La comtesse ne pouvait digérer les familiarités du général Tufto avec la femme de l'aide de camp, et lady Blanche la fuyait comme si c'eût été la peste ou la vermine. Le comte seul échangeait volontiers quelques paroles avec elle toutes les fois qu'il pouvait échapper à la surveillance de ces dames.

Rebecca allait pouvoir enfin se venger de tant d'outrages. Tout l'hôtel savait que les chevaux du capitaine Crawley étaient restés à l'écurie. Et, dès le commencement de l'alerte, lady Bareacres avait daigné envoyer à Rebecca sa femme de chambre pour lui présenter ses compliments et lui demander le prix qu'elle voulait de ses chevaux.

Mistress Crawley lui retourna ses compliments dans un billet où elle lui faisait savoir qu'il n'était pas dans ses habitudes de traiter avec des femmes de chambre.

À la suite de cette brève réponse, le comte en personne fut dépêché auprès de Becky, mais son ambassade n'obtint pas plus de succès que la précédente.

– M'envoyer une femme de chambre, à moi ! s'écriait mistress Crawley simulant la fureur. Pourquoi lady Bareacres ne m'a-t-elle pas fait dire tout de suite de mettre les chevaux à sa voiture ? Est-ce milady ou sa femme de chambre qui veut prendre la fuite ?

Telles furent les seules paroles que le comte put arracher à mistress Crawley, et qu'il alla reporter à la comtesse.

Mais à quoi la nécessité ne peut-elle nous réduire ? Après ce second échec, la comtesse alla trouver elle-même mistress Crawley ; elle la supplia de lui céder ses chevaux, lui promit de les payer ce qu'elle voudrait, s'engageant même à recevoir Becky à l'hôtel Bareacres si celle-ci consentait à lui procurer les moyens d'y rentrer.

Mistress Crawley partit d'un éclat de rire.

– Je me soucie peu de connaître la couleur de votre livrée, lui dit-elle d'un ton moqueur. Quant à vous, ma belle dame, vous ferez bien de faire votre deuil de l'Angleterre, ou pour le moins de vos diamants. Soyez tranquille, les Français s'en accommoderont. D'ici à deux heures, vous les verrez à Bruxelles ; pour moi, je serai déjà à moitié chemin sur la route de Gand. Vous m'offririez, pour mes chevaux, les deux gros diamants que Votre Seigneurie portait au bal, que je n'en voudrais pas, entendez-vous, ma très noble lady.

Lady Bareacres frémissait de rage et d'effroi ; elle avait cousu une partie de ses diamants dans la doublure de sa robe, et caché le reste dans les habits et les bottes de milord.

– Madame, reprenait-elle, mes diamants sont chez le banquier, et j'entends avoir vos chevaux à l'instant.

Rebecca se mettait à rire de plus belle.

La comtesse redescendit, toute bouleversée par la fureur, et elle rentra dans sa voiture. La femme de chambre, le valet de pied et le mari furent expédiés dans des directions opposées, pour tâcher de se procurer une rosse quelconque. Malheur à qui manquerait à l'appel ! Milady était décidée à partir impitoyablement dès qu'elle aurait des chevaux : tant pis pour son mari s'il ne se trouvait pas là.

Rebecca, de sa fenêtre, eut la satisfaction de voir milady assise dans sa voiture toute prête à partir, sauf les chevaux, et de lui adresser de railleuses condoléances, tandis que la comtesse s'emportait contre les lenteurs de ses maladroits émissaires.

– Ne point trouver de chevaux ! disait mistress Crawley, il y a de quoi se désoler, lorsqu'on a tant de diamants cousus dans les coussins de sa voiture !

Les Français auront à se réjouir d'une si belle prise ! je ne parle que des diamants, bien entendu.

Mistress Crawley se livrait ainsi tout haut à ses réflexions devant le maître d'hôtel, les domestiques, les autres voyageurs et les flâneurs amassés dans la cour, et si les yeux de lady Bareacres eussent été alors des pistolets, Rebecca n'aurait plus eu longtemps à figurer parmi les personnages de cette histoire.

Jos apercevant Rebecca toute rayonnante de son triomphe sur son ennemie humiliée, se dirigea aussitôt de son côté. Sa grosse figure pâle et effarée trahissait assez le secret de son âme. Lui aussi voulait fuir, et cherchait à s'assurer les moyens de retraite.

« Il veut m'acheter mes chevaux, pensa Rebecca. Je garderai pour moi ma jument et lui vendrai les deux autres. »

Jos, s'adressant à sa chère amie, lui répéta la question qu'il faisait pour la centième fois depuis une heure :

– Connaissez-vous des chevaux à vendre ?

– Eh quoi ? dit Rebecca en riant, vous songez à fuir, monsieur Sedley, vous, le champion, le défenseur des dames ?

– Je ne suis pas un militaire, balbutia Jos d'une voix étouffée.

– Et Amélia, que deviendra-t-elle, qui protégera cette pauvre petite sœur, demanda Rebecca ; vous ne voulez pas l'abandonner, je suppose.

– À quoi bon puis-je lui servir, si l'ennemi se présente ? On ne lui fera aucun mal ; tandis que mon domestique m'a dit qu'ils avaient juré, les lâches, de ne point faire de quartier aux hommes.

– C'est affreux ! fit Rebecca fort divertie de ses terreurs.

– Et d'ailleurs, je ne veux point l'abandonner, s'écria cet excellent frère. Non, elle ne sera point abandonnée, car il y a une place pour elle dans ma voiture, et une autre pour vous, ma chère mistress Crawley, si vous voulez venir, et si je puis trouver des chevaux, soupira-t-il.

– J'en ai deux à vendre, reprit son interlocutrice.

Jos se serait volontiers jeté dans les bras de Rebecca.

– Préparez la voiture, Isidore, s'écria-t-il. Je les ai trouvés, je les ai trouvés.

– Mes chevaux n'ont jamais été attelés, observa mistress Crawley. Tintamarre mettra votre voiture en pièces s'il sent seulement le brancard.

– Mais au moins est-il facile à monter ? demanda notre héros pacifique.

– Doux comme un agneau et rapide comme un lièvre, répondit Rebecca.

– Croyez-vous qu'il soit assez fort pour me porter ? dit Jos.

Il se voyait déjà galopant sur Tintamarre à plusieurs milles de Bruxelles, et ne pensait plus à la pauvre Amélia. Pour une personne qui savait monter l'occasion était magnifique.

Rebecca engagea Jos à venir dans sa chambre, il franchit l'escalier en quatre bonds et arriva tout haletant pour conclure ce marché. Dans toute la vie de Jos on peut dire que ce fut le quart d'heure qui lui coûta le plus cher ; Rebecca fixa le prix de sa marchandise sur le désir que Jos éprouvait de s'en voir possesseur, et sur la rareté de l'objet. La demande fut toutefois si considérable que notre gros peureux recula d'un pas en arrière.

– C'est à prendre ou à laisser ! dit résolument Becky.

Elle avait reçu de Rawdon la recommandation expresse de ne pas s'en défaire à un prix moindre que celui qu'elle indiquait. Lord Bareacres, à l'étage inférieur, n'en offrait ni plus ni moins, mais son affection, son attachement sans borne pour la famille Sedley la décidaient en faveur de Jos. Enfin, ce cher Mr Jos avait le cœur trop bon pour ne pas comprendre qu'il faut que tout le monde vive. Bref, avec l'affection la plus tendre, il était impossible de se montrer plus serré en affaire.

Joseph finit par accéder au prix de Rebecca, comme il était facile de le prévoir. La somme qu'il avait à lui compter était si importante, qu'il fut obligé de lui demander quelque délai ; si importante, qu'elle constituait presque une fortune pour Rebecca. Elle eut bien vite calculé que cette somme jointe au prix des autres effets de Rawdon et à la pension qu'elle recevrait comme veuve, s'il restait sur le champ de bataille, lui créerait une position indépendante dans le monde, et que, désormais, elle n'avait plus à se préoccuper de voir arriver le veuvage.

Une ou deux fois dans le courant de la soirée, elle avait songé à fuir comme les autres. Mais la réflexion lui suggéra un meilleur parti.

« En admettant que les Français nous arrivent, pensa Becky, que pourront-ils faire à la femme d'un pauvre officier ? Allons ! nous ne sommes plus dans des temps de sac et de pillage ; on nous laissera tranquillement retourner chez nous ; ou je pourrai encore me fixer sur le continent avec un revenu assez honnête. »

Jos, accompagné d'Isidore, descendit à l'écurie sans plus de retard pour examiner les chevaux ; puis il dit à son valet de les seller sur-le-champ. Il voulait partir le soir même, à la minute. Il laissa à son valet le soin de préparer les montures, et lui-même se dirigea vers sa demeure pour y prendre ses dernières dispositions. Il voulait s'entourer du plus grand mystère, ne se sentant pas le courage de se présenter devant mistress O'Dowd et Amélia et de leur révéler ses projets de fuite.

Tandis que Jos achevait son marché avec Rebecca et faisait sa visite à l'écurie, l'horizon commençait à s'éclairer des premières lumières du jour. Cette nuit s'était passée sans repos pour la cité ; tout le monde était resté sur pied, toutes les fenêtres avaient de la lumière, à toutes les portes il se formait des groupes, et une agitation inquiète régnait dans toutes les rues. Les bruits les plus contradictoires circulaient de bouche en bouche. L'un annonçait la défaite complète des Prussiens, un autre la déroute des Anglais après une lutte acharnée, un troisième affirmait au contraire qu'ils étaient maîtres du champ de bataille. Peu à peu, ce dernier bruit finit par prendre une certaine consistance. En effet, les Français ne paraissaient point. Quelques traînards apportèrent de l'armée des nouvelles plus favorables. Enfin, un aide de camp arriva avec des dépêches pour le commandant de la place, et l'on put lire bientôt sur les murs de la ville l'annonce officielle du succès des alliés aux Quatre-Bras. La colonne, commandée par le maréchal Ney, avait battu en retraite après un combat de six heures.

Il faut placer l'arrivée de l'aide de camp à peu près vers le temps où Jos achevait son marché avec Rebecca et allait examiner son acquisition.

Jos trouva, en rentrant, sur la porte de l'hôtel, une vingtaine de personnes occupées à commenter les dernières nouvelles, auxquelles on ajoutait une foi complète. Il monta aussitôt pour les communiquer aux deux femmes placées sous sa garde. Il pensa qu'il était inutile de les informer de ses projets de retraite, de son marché, et de l'argent qu'il lui en coûtait.

Le succès ou la défaite préoccupait moins ces deux femmes que le sort de ceux qui leur étaient chers. À la nouvelle de la victoire, Amélia se sentit prise d'une inquiétude plus vive encore que par le passé. Elle voulait rejoindre l'armée, et tout en larmes suppliait son frère de l'y conduire. L'anxiété et la terreur étaient arrivées chez elle au dernier degré. La pauvre femme qui depuis plusieurs heures paraissait en proie à une léthargie profonde courait maintenant de côté et d'autre avec tous les symptômes de la folie : elle sanglotait, pleurait et criait.

Jos avait l'âme trop sensible pour supporter longtemps le spectacle d'une telle douleur. Il laissa sa sœur aux mains de son énergique compagne et redescendit à la porte de l'hôtel où l'on était encore réuni à causer en attendant de plus amples informations.

Le jour était enfin arrivé, et avec lui ne tardèrent pas à venir des nouvelles plus complètes du champ de bataille. On les reçut de la bouche même de ceux qui avaient été acteurs dans ce terrible drame. Des charrettes, des voitures chargées de blessés commencèrent à entrer dans la ville, au milieu des plaintes et des gémissements de ceux qu'elles ramenaient. On apercevait sur des litières de paille des figures décomposées par la souffrance. Un de ces fourgons attira plus particulièrement la curiosité de Jos Sedley. Les cris de ceux qu'on y avait couchés avaient de quoi fendre le cœur ; les chevaux fatigués pouvaient à peine traîner la voiture.

– C'est là, cria une voix faible et méconnaissable, et la voiture s'arrêta en face de l'hôtel de Sedley.

– C’est George, je le reconnais, s’écria Amélia la figure toute bouleversée et les cheveux en désordre.

Ce n’était point George, mais au moins elle allait avoir de ses nouvelles. C’était le pauvre Tom Stubble, qui vingt-quatre heures auparavant partait d’un pas résolu agitant avec orgueil le drapeau de son régiment. Il l’avait vaillamment défendu sur le champ de bataille, et la cuisse traversée d’un coup de lance, il était tombé en serrant toujours son étendard. À la fin de l’action notre jeune héros avait trouvé une place dans une charrette qui l’avait ramené dans ce triste état à Bruxelles.

– Monsieur Sedley ! monsieur Sedley ! criait le blessé d’une voix défaillante.

À cet appel, Jos tressaillit d’abord ; puis s’avança tout effrayé. Le pauvre Stubble lui tendait une main brûlante et affaiblie.

– C’est ici qu’on doit me déposer, ajouta-t-il, Osborne et Dobbin l’ont dit, et vous donnerez deux napoléons à l’homme de la charrette, ma mère vous les rendra.

Pendant les longues heures passées dans la charrette, en proie aux souffrances de la fièvre, le jeune enseigne s’était transporté en imagination à la cure de son père, qu’il avait quittée quelques mois auparavant, et par instants ses souvenirs l’avaient aidé à oublier sa douleur.

L’hôtel était vaste, ceux qui l’habitaient étaient bons et compatissants. Les blessés de la charrette trouvèrent chacun un lit. Le jeune enseigne fut porté dans l'appartement d'Osborne ; Amélia et la femme du major étaient venues à sa rencontre, après l'avoir reconnu du balcon. Vous imaginez peut-être le soulagement de ces dames lorsqu'elles eurent appris que la lutte était interrompue et que leurs maris n'avaient pas la moindre égratignure. Amélia, transportée de joie, se jeta au cou de son amie, l'embrassa, et dans l'élan de sa reconnaissance, tomba à genoux pour élever son cœur à Dieu et remercier le Tout-Puissant d'avoir protégé son George bien-aimé.

Tous les médecins de la terre n'auraient pu apporter à cette jeune femme, dans son état de surexcitation nerveuse, un soulagement aussi puissant que celui que le hasard lui offrait. Assistée de mistress O'Dowd elle soigna le blessé et s'efforça d'adoucir ses cruelles souffrances. Cette occupation forcée l'enlevait aux inquiétudes et aux craintes de son esprit, et son activité fébrile prenait, de cette manière, une autre direction.

Notre jeune ami racontait avec la simplicité du soldat les événements de la journée et les faits d'armes de ses vaillants compagnons du ***e. Ils avaient eu beaucoup à souffrir. Ils avaient perdu beaucoup de monde. Le cheval du major avait été tué sous lui pendant une charge du régiment, et on avait d'abord cru que c'en était fait de O'Dowd et que Dobbin allait lui succéder. Mais en revenant à leur point de ralliement ils avaient trouvé le major assis sur le flanc de Pyrame et demandant des consolations à la bouteille d'osier. Le capitaine Osborne avait sabré le lancier qui avait blessé l'enseigne.

À ce récit, une telle pâleur se répandit sur la figure d'Amélia, que mistress O'Dowd interrompit bien vite le jeune enseigne. À la fin de la journée, le capitaine Dobbin, bien que blessé lui-même, avait pris son jeune camarade dans ses bras pour le porter aux chirurgiens ; la charrette l'avait ensuite ramené à Bruxelles.

Le capitaine avait promis deux louis au conducteur pour transporter l'enseigne à l'hôtel de Mr Sedley, et annoncer à mistress la capitaine Osborne que le feu avait cessé et que son mari n'avait pas la plus légère blessure.

– Il a bon cœur, ce William Dobbin, observa mistress O'Dowd, quoiqu'il ait toujours l'air de rire de moi.

Le jeune Stubble déclara que Dobbin n'avait pas son pareil dans toute l'armée. C'étaient des éloges sans fin sur les qualités de l'excellent capitaine, sur sa modestie, sur sa bonté, sur son sang-froid au feu. À toutes ces paroles, Amélia ne prêtait qu'une oreille fort distraite ; elle n'écoutait que lorsqu'on parlait de George, et lorsqu'on n'en parlait plus, ses pensées étaient encore pour lui.

La journée s'écoula assez rapidement pour Amélia, au milieu des soins qu'elle donnait au malade et des récits merveilleux de la bataille. Pour elle, toutefois, il n'y avait qu'un homme dans l'armée britannique, et son salut l'inquiétait bien plus que tous les mouvements des alliés et les attaques de l'ennemi. Les nouvelles que Jos lui rapportait de la rue faisaient à ses oreilles l'effet d'un vague bourdonnement. Notre craintif ami ne s'y montrait pas toutefois aussi indifférent que sa sœur, et il était en proie aux inquiétudes les plus sérieuses. Les Français avaient été repoussés ; mais, après une lutte acharnée et indécise, soutenue par une seule division de l'armée française. L'empereur, avec le corps principal, se trouvait à Ligny, où il avait culbuté les Prussiens sur toute la ligne, et débarrassé de ce premier obstacle, il se disposait à concentrer toutes ses forces contre les alliés. Le duc de Wellington se repliait sur Bruxelles. Une grande bataille devait probablement être livrée sous les murs de la capitale, et son issue paraissait fort douteuse. Le duc de Wellington n'avait que vingt mille hommes de troupes anglaises sur lesquelles il pût compter. Les troupes allemandes se composaient de nouvelles recrues, et les Belges ne suivaient le reste de l'armée qu'à contrecœur. Avec cette poignée d'hommes le duc devait résister aux cinquante mille hommes qui envahissaient la Belgique sous les ordres de Napoléon, jusqu'alors invincible et avec lequel aucun capitaine ne semblait pouvoir se mesurer avec chance de succès.

En présence de ces réflexions qui se pressaient dans son esprit, Jos ne trouvait d'autre ressource que de trembler de tous ses membres. Du reste, tout le monde en était là à Bruxelles, car chacun comprenait que le combat de la veille n'était que le prélude d'une bataille inévitable et plus terrible encore. Déjà l'empereur avait fait subir un échec à l'armée qu'il avait trouvée sur son chemin. Il lui en coûterait à peine un effort pour passer sur le corps de quelques Anglais qui le séparaient de Bruxelles. Malheur alors à ceux qu'il y trouverait ! On rédigeait d'avance les discours ; les autorités s'étaient réunies pour discuter en secret le cérémonial à observer. On préparait les appartements, les drapeaux tricolores, les emblèmes de triomphe pour l'entrée de Sa Majesté l'Empereur et Roi.

L'émigration continuait de plus belle : dès qu'on avait trouvé des moyens de transport, on suivait le mouvement général. Quand Jos se présenta dans l'après-midi à l'hôtel de Rebecca, il remarque que la voiture des Bareacres avait enfin débarrassé la porte cochère. Le comte s'était procuré une paire de chevaux à un prix fabuleux, et, en dépit de mistress Crawley, galopait maintenant sur la route de Gand. Louis XVIII était tout prêt lui-même à abandonner les murs de cette ville. Le malheur semblait s'acharner à poursuivre de pays en pays le royal exilé.

La clairvoyance de Jos allait jusqu'à prévoir l'imminence d'une crise finale. D'un moment à l'autre, il allait avoir besoin des chevaux qui lui coûtaient si cher. Cette journée se passa pour lui au milieu d'angoisses impossibles à dépeindre.

Par précaution, il ramena ses chevaux des écuries où ils se trouvaient dans celles de son hôtel. Dans un cas urgent, cette distance eût été encore trop grande ; et, en outre, il les tenait ainsi à l'abri d'un enlèvement de vive force. Isidore faisait bonne garde à la porte de l'écurie. Les chevaux étaient tout sellés et tout prêts, ce qui n'empêchait pas Jos d'attendre la suite des événements avec la plus grande anxiété.

Après l'accueil de la veille, Rebecca n'était pas fort pressée de venir auprès de sa chère Amélia ; mais la femme la fit penser au mari et elle rafraîchit les queues du bouquet de George, en changea l'eau et relut sa lettre.

– L'infortunée, dit-elle en roulant entre l'index et le pouce le coupable billet, avec cela je pourrais la rendre bien malheureuse ! Dire qu'elle a la bonté de se torturer le cœur pour un être pareil, un sot, un fat, qui la néglige et la dédaigne ! Mon pauvre Rawdon, tout bête qu'il est, vaut dix fois plus.

Alors elle se mit à réfléchir sur ce qu'elle aurait à faire si… s'il arrivait quelque malheur au pauvre Rawdon. Il avait eu une bien bonne idée de lui laisser ses chevaux.

Mistress Crawley qui, dans le courant du jour, avait eu le regret de voir les Bareacres trouver les moyens de partir, songea à son tour à prendre les mêmes précautions que la comtesse. À l'aide de quelques coups d'aiguille, elle mit en sûreté la meilleure partie de ses bijoux et de ses billets, et se trouva ainsi prête à tout événement, soit qu'elle se décidât à prendre la fuite ou à attendre de pied ferme les vainqueurs anglais ou français. Tandis que Rawdon, enveloppé dans son manteau, bivouaque au mont Saint-Jean par une pluie battante et pense de toutes les forces de son âme à sa chère petite femme, qui pourrait affirmer que celle-ci ne songe pas, dans un cas donné, à devenir Madame la maréchale et à se décorer d'un titre de duchesse ?

Le lendemain, qui était un dimanche, mistress la major O'Dowd eut la satisfaction de voir que le repos bienfaisant de la nuit avait rendu le calme et le courage à ses deux malades. Elle-même avait pris quelque sommeil sur le grand fauteuil de la chambre d'Amélia, toute prête à courir auprès de son amie ou de l'enseigne, suivant que l'un ou l'autre aurait réclamé ses soins. Dans la matinée, elle se rendit à sa demeure pour procéder à sa toilette avec toute la recherche et l'élégance qu'exigeait la solennité du jour. Il est fort possible que se trouvant seule dans cette chambre qu'elle avait partagée avec son mari, que, voyant le bonnet de coton du pauvre Mick encore sur l'oreiller et sa canne dans un coin, elle ait adressé ses prières au ciel pour le brave soldat.

Elle rapporta avec elle son livre de prières et le fameux recueil des sermons de son oncle le doyen ; elle n'y comprenait trop rien à la vérité, et ne prononçait même pas très correctement tous ces mots barbares et abstraits, mais elle n'aurait pour rien au monde manqué à sa lecture des dimanches.

« Que de fois, mon cher Mick, pensait-elle, a écouté avec recueillement ces sermons que je lisais dans le calme de la traversée. »

Ce jour-là elle comptait bien avoir pour auditeurs de cette lecture intéressante Amélia et l'enseigne commis à ses soins. Le même jour, le même office se lisait à la même heure dans plus de vingt mille églises, et des millions d'hommes et de femmes imploraient à genoux, de l'autre côté du détroit, la protection du Tout-Puissant.

Mais leurs oreilles ne furent point troublées par le bruit qui émut notre petite colonie de Bruxelles, bruit bien plus menaçant encore que celui de la veille. Tandis que mistress O'Dowd débitait l'office de sa voix la plus claire, le canon de Waterloo commença à gronder.

À ce bruit redoutable, Jos, de plus en plus convaincu que son tempérament ne lui permettait pas de supporter ces alertes si souvent répétées, décida qu'il n'y avait plus à hésiter, et que, sans plus tarder, il allait prendre la fuite. Il s'élança, en conséquence, vers la chambre où nos trois amis avaient suspendu leurs prières pour mieux saisir les moindres rumeurs.

– Emmy, dit-il brusquement à sa sœur, il m'est impossible de rester plus longtemps ici ; je finirais par en mourir. Venez avec moi : j'ai acheté un cheval pour vous ; quant au prix, c'est mon affaire. Allons ! habillez-vous vite, et en route ; vous monterez derrière Isidore…

– Dieu me pardonne, monsieur Sedley, vous m'avez tout l'air d'un poltron, dit mistress O'Dowd en posant son livre.

– Allons Amélia, entendez-vous, continua l'employé civil, ne vous arrêtez pas aux sornettes de cette radoteuse ; belle avance d'attendre les Français pour être massacrés par eux !

– Vous oubliez le ***e, mon cher monsieur, dit de son lit le jeune Stubble, et vous mistress O'Dowd, vous consentiriez donc à me quitter.

– Non, non, répondit-elle en s'approchant de lui, le caressant comme elle eût fait à son enfant. Ne craignez rien. Je ne bougerai pas sans un ordre de Mick. La jolie figure que je ferais à califourchon derrière ce monsieur.

Cette saillie fit éclater de rire le jeune malade, et provoqua même un sourire de la part d'Amélia.

– Est-ce qu'on la demande ? murmurait Jos. Est-ce qu'on lui parle, seulement ? Voyons, Amélia, une fois pour toutes, oui ou non, voulez-vous venir ?

– Sans mon mari, Joseph, fit Amélia avec un regard de surprise, et en même temps elle tendit la main à la femme du major.

La patience de Jos était à bout :

– Eh bien ! alors, bonsoir ! s'écria-t-il en brandissant son poing avec colère et tirant violemment la porte par laquelle il venait de sortir.

Une minute plus tard, Jos était en selle, et mistress O'Dowd entendait le piétinement des chevaux qui franchissaient la porte de l'hôtel.

Elle alla à la fenêtre pour voir passer Mr Jos, escorté d'Isidore en chapeau galonné. Les deux montures, qui n'étaient pas sorties depuis plusieurs jours, se livraient à des pointes de gaieté et faisaient toutes sortes de courbettes dans la rue. Jos, naturellement gauche et timide, avait toutes les peines du monde à se tenir en équilibre.

– Regardez-le donc, Amélia ma chère, bon, le voilà qui va entrer par la fenêtre du salon. Je n'ai jamais vu pareil magot[105] dans les boutiques de chinoiseries.

Enfin les deux cavaliers s'élancèrent au galop dans la direction de Gand. Mistress O'Dowd les accompagna des railleries les plus méprisantes tant qu'elle put les apercevoir.

Nous connaissons tous par des ouï-dire ou par nos lectures le choc terrible qui, pendant ce temps, avait lieu à quelques heures de Bruxelles. Le souvenir de cette fameuse journée est resté gravé dans le cœur de tous les braves soldats qui, vainqueurs ou vaincus, prirent part à cette grande bataille. Faudra-t-il qu'une nouvelle lutte donnant la victoire à ceux qui pleurent encore leur défaite, fasse succéder nos enfants à un héritage maudit de haine et de vengeance ? Faudra-t-il ne voir jamais terminer ces massacres dans lesquels deux nations généreuses arrosent les champs de bataille du plus

105. Figurine représentant un personnage obèse et grimaçant, chinois ou japonais.

pur de leur sang ? Depuis tant de siècles de lutte et d'égorgement, Anglais et Français n'ont-ils pas payé assez chèrement leur tribut à ce qu'on appelle le code de l'honneur.

Tous nos amis se conduisirent en hommes de cœur dans cette grande journée. Tandis que les femmes agenouillées priaient loin du champ de bataille, les lignes inébranlables d'infanterie anglaises essuyaient et repoussaient les charges furieuses des régiments français. La fusillade, dont les roulements arrivaient jusqu'à Bruxelles, portait la mort au milieu des rangs ennemis ; ceux qui tombaient étaient aussitôt remplacés par d'autres aussi résolus à faire leur devoir. Vers le soir, l'attaque des Français, si bravement conduite, si énergiquement repoussée, sembla se ralentir un peu. Ils semblaient délibérer pour savoir s'ils tourneraient leurs efforts d'un autre côté, ou s'ils réuniraient leurs forces pour un suprême assaut. À un signal donné, les colonnes de la garde impériale gravissent les hauteurs du mont Saint-Jean pour débusquer les Anglais qui, tout le jour, s'étaient maintenus dans leur position. Cette imposante colonne, déployant ses mouvants anneaux dans la plaine, commença à escalader la colline sans paraître entamée par l'artillerie anglaise qui vomissait la mort du sein de nos bataillons. Déjà elle attaquait le sommet du mamelon occupé par les Anglais, quand soudain elle se ralentit et hésita dans sa marche. Elle s'arrêta alors faisant toujours face au feu, mais enfin les Anglais repoussèrent leurs agresseurs et conservèrent le poste d'où nul ennemi n'avait pu les déloger.

Aucun bruit n'arrivait plus à Bruxelles, la lutte s'était engagée à quelques milles plus loin. D'épaisses ténèbres couvraient de leurs voiles la ville et le champ de bataille. Amélia adressait au ciel de ferventes prières pour son bien-aimé, et George, couché sur la face, gisait sans vie, une balle dans le cœur.

NOTE BIOGRAPHIQUE

William Makepeace Thackeray naît dans un faubourg de Calcutta le 18 juillet 1811. Son père, Richmond Thackeray, administrateur de la Compagnie des Indes orientales, meurt en 1815. Sa mère, Anne Bercher, qui appartient à une grande famille anglo-indienne, envoie l'enfant en Angleterre en 1817 parce qu'il supporte mal le climat indien. Restée en Inde, elle épouse Henry Carmichael-Smyth, un officier du génie dont elle était amoureuse avant de rencontrer Richmond Thackeray. Les époux ne rejoignent le jeune Thackeray en Angleterre qu'en 1818. L'enfant entre à l'école de Charterhouse en 1822, où il mène une existence solitaire et désolée jusqu'en 1828. Dans ses années de formation en demi-teinte, Thackeray puisera une matière essentielle pour ses satires. En février 1829, il entre au Trinity College, mais l'étudiant Thackeray est un dilettante qui quitte Cambridge au bout d'un an sans obtenir de diplôme. À cette période, il perd une belle somme au jeu et passe sept mois en Allemagne. De retour à Londres en 1831, il entreprend, sans grand enthousiasme, des études de droit au Middle Temple.

Passionné de peinture, il s'installe à Paris à sa majorité pour suivre des études d'art. Son existence insouciante de jeune homme de la haute société anglaise est bouleversée par la faillite d'une banque en Inde qui le dépossède de la majeure partie de son patrimoine. Contraint de travailler pour gagner sa vie, il se lance dans une carrière de journaliste. Son beau-père, un homme influent dans le monde la presse, lui permet de devenir correspondant à Paris pour deux journaux anglais. Malgré ses dons artistiques indéniables, les travaux d'illustration de Thackeray ne trouvent pas preneur. Le 20 août 1836, il épouse Isabelle Shawe. Les deux titres de presse auxquels il collaborait font faillite l'un après l'autre, le contraignant à regagner Londres avec son épouse en 1837. Le couple a deux filles, Anne Isabella en 1837, et Jane, en 1838. Elles mourront un an plus tard.

Sous différents noms de plume tels que Mr Michael Angelo Titmarsh, Fitz-Boodle, The Fat Contributor ou Ikey Solomons, il contribue à de nombreux magazines comme *Fraser's Magazine*, *Yellowplush Papers*, *Bentley's*, *The New Monthly* et *Punch*, dans lequel paraîtra la série des feuilletons hebdomadaires *The Snobs of England, by One of Themselves* (*Les Snobs d'Angleterre, par l'un d'entre eux*), de février 1846 à février 1847. Ses textes sont appréciés et lui valent une certaine renommée. En 1839, il fait paraître *Catherine* dans le *Fraser's Magazine*. L'année suivante, sa troisième fille, Harriet, vient au monde, mais la maladie mentale s'empare d'Isabella Thackeray, qui est internée définitivement dans un asile. L'écrivain tente alors de tromper son désespoir en s'étourdissant dans les soirées mondaines, les clubs et l'écriture. En 1844, il fait paraître *The Luck of Barry Lyndon* dans *Frazer's*. Son roman *Vanity Fair*, publié en série en 1847-1848, fait de lui un auteur prospère et reconnu sur la scène littéraire anglaise. Ses contemporains le considèrent comme le seul rival de Dickens. Durant cette période, Thackeray entretient une relation intense et platonique avec Jane Brookfield, mais l'époux de cette dernière, le pasteur Brookfield, y met un terme en 1851. Ce chagrin profond nourrira sa plume et ses analyses sur les tourments amoureux et les sentiments secrets. En 1848-1850, il fait paraître *The History of Pendennis*, qui s'inspire librement de sa vie personnelle et estudiantine à l'université d'« Oxbridge ». Son roman historique *The History of Henry Esmond* paraît en 1852, et il entame des séries de conférences aux États-Unis (1852-1853 et 1855-1856).

Les œuvres de Thackeray s'enchaînent à un rythme soutenu : *The Newcomes* (1853-1855), une étude au scalpel de la bourgeoisie ; *The Virginians* (1857-1859), dont l'intrigue se partage entre l'Amérique et l'Angleterre à la fin du XVIIIe siècle ; *Lovel the Widower* (1860) et *The Adventures of Philip* (1861-1862), qui paraissent en feuilleton. La mort le surprend le 24 décembre 1863 à Londres, alors qu'il travaillait à son nouveau roman *Denis Duval*.

La Foire aux vanités paraît pour la première fois en fascicules sous forme de feuilletons dans les vingt numéros du magazine mensuel *Punch,* entre 1846 et 1847. Le texte est ensuite publié en deux volumes en 1848. Sur fond de guerres napoléoniennes, ce grand roman sur l'arrivisme suit le parcours de deux jeunes femmes qui gravitent dans la grande bourgeoisie victorienne : Becky Sharp et Amélia Sedley. Fille d'un artiste bohème et d'une danseuse, la première est ambitieuse, charmante et dotée d'un esprit aussi vif que son nom de famille le laisse supposer. La seconde, une héritière fortunée, se montre malheureusement innocente, honnête et passive. Thackeray, qui a lui-même connu une jeunesse dorée, excelle dans la description des milieux aisés où les deux jeunes femmes esquissent des trajectoires diamétralement opposées. Alors que Becky Sharp va réussir à force de manœuvres à s'extraire de sa condition et à gravir les échelons de la bonne société en épousant un homme riche, Amélia Sedley, elle, fera un mariage d'amour qui ne lui apportera qu'un époux égoïste, jouisseur, et des désillusions. Déchue par les revers de fortune, elle apprend, quinze ans après le décès de son époux, qu'il avait en réalité une liaison avec son amie Becky.

L'irrésistible ascension de Becky ne la conduit pas pour autant à se réformer ; elle reproduit, envers ses semblables, les injustices qu'elle a subies. Son mari, inapte et endetté ; Joseph Sedley, le frère aîné de son amie Amélia, veule et vaniteux ; la tante, fortunée et tyrannique… tous les personnages de *La Foire aux vanités* se placeront bientôt comme des pions sur l'échiquier de l'intrigante. La fresque se clôt toutefois sur une touche plus morale lorsque Amélia finit par se remarier avec un capitaine qui l'aime en secret depuis toujours et que Becky s'installe dans une vie confortable et s'affaire à ses œuvres caritatives.

La Foire aux vanités est un des plus grands classiques de la littérature anglaise mais c'est aussi une œuvre en rupture avec son temps et délibérément antihéroïque. Thackeray déjoue les attentes de ses lecteurs en dépassant les archétypes de l'époque. Son analyse psychologique échappe au manichéisme du roman de genre, il dresse des portraits plus nuancés, ses protagonistes ne sont ni des types ni des caricatures et se révèlent plus complexes et plus vraisemblables. Il s'attache à décrire des personnalités ordinaires comme il le laisse entendre dès le sous-titre de ce « roman sans héros », mais son écriture romanesque est vivifiée par l'humour très britannique de Thackeray. Avec un regard sarcastique et attendri, l'auteur croque l'aristocratie et ses mœurs, les petits et grands travers des plus fortunés de ce monde. Constamment agitée par l'ambition, l'égoïsme, la vanité, la société victorienne est passée au crible dans cette satire drolatique, riche et colorée. L'œuvre par sa puissance narrative offre un panorama remarquable de son époque mais pose plus largement un regard lucide sur des existences aux motivations ambivalentes, sur des désirs qui en définitive ne sont jamais assouvis.

TABLE

DANS LA MÊME COLLECTION

HUGO POCHE CLASSIQUE

(texte intégral)

dirigée par Isabelle Solal

Les Quatre Filles du docteur March, LOUISA MAY ALCOTT
Amour et Amitié suivi de *Lettres choisies*, JANE AUSTEN
Emma, JANE AUSTEN
Lady Susan, suivi de *Les Watson* et *Sanditon*, JANE AUSTEN
Mansfield Park, JANE AUSTEN
Northanger Abbey, JANE AUSTEN
Orgueil et Préjugés, JANE AUSTEN
Persuasion, JANE AUSTEN
Raison et Sentiments, JANE AUSTEN
Le Lys dans la vallée, HONORÉ DE BALZAC
Le Roman de Tristan et Iseut, ANONYME, par JOSEPH BÉDIER
Agnès Grey, ANNE BRONTË
La Dame du château de Wildfell, ANNE BRONTË
Jane Eyre, CHARLOTTE BRONTË
Le Professeur, CHARLOTTE BRONTË
Shirley, CHARLOTTE BRONTË
Villette, CHARLOTTE BRONTË
Les Hauts de Hurlevent, EMILY BRONTË
Don Juan, LORD BYRON
Les Trois Mousquetaires, ALEXANDRE DUMAS
Le Comte de Monte-Cristo I, ALEXANDRE DUMAS
Le Comte de Monte-Cristo II, ALEXANDRE DUMAS
La Dame aux camélias, ALEXANDRE DUMAS FILS
Gatsby le magnifique, FRANCIS SCOTT FITZGERALD
L'Éducation sentimentale, GUSTAVE FLAUBERT
Madame Bovary, GUSTAVE FLAUBERT
Les Mille et Une Nuits I, ANONYME, A. GALLAND
Les Mille et Une Nuits II, ANONYME, A. GALLAND
La Lettre écarlate, NATHANIEL HAWTHORNE
Les Liaisons dangereuses, CHODERLOS DE LACLOS
La Princesse de Clèves, MADAME DE LAFAYETTE

La Princesse de Montpensier, suivi de
La Comtesse de Tende, MADAME DE LAFAYETTE
Bel-Ami, GUY DE MAUPASSANT
Une vie, GUY DE MAUPASSANT
Carmen, POSPER MÉRIMÉE
Manon Lescaut, L'ABBÉ PRÉVOST
Indiana, GEORGE SAND
Roméo et Juliette, WILLIAM SHAKESPEARE
Frankenstein, MARY SHELLEY
La Chartreuse de Parme, STENDHAL
Le Rouge et le Noir, STENDHAL
Dracula, BRAM STOKER
Anna Karénine, Léon TOLSTOÏ
La Belle et la Bête, MADAME DE VILLENEUVE
Notre-Dame de Paris, VICTOR HUGO
Le Portrait de Dorian Gray, OSCAR WILDE

Composition et mise en pages
Nord Compo à Villeneuve-d'Ascq